동아시아
문학 속
상인 형상

글쓴이

소의평 邵毅平, Shao Yiping_복단대학 중문계 교수
정환국 鄭煥局, Jung, Hwankuk_동국대학교 국어국문문예창작학부 교수
박경남 朴京男, Park, Kyeongnam_고려대학교 민족문화연구원 HK교수
미즈타니 다카유키 水谷隆之, Mizutani Takayuki_릿쿄대학 문학부 문학과 일본문학 전공 부교수
신정수 申正秀, Shin, Jeongsoo_한국학중앙연구원 글로벌한국학부 조교수
정광훈 鄭廣薰, Jung, Kwanghun_고려대학교 민족문화연구원 HK연구교수
송진영 宋眞榮, Song, Jinyoung_수원대학교 중어중문학과 부교수
김수현 金秀玹, Kim, Soohyun_고려대학교 중국학연구소 연구교수
탁원정 卓元娗, Tak, Wonjong_이화여자대학교 강사
김수연 金秀燕, Kim, Sooyoun_이화여자대학교 극어국문학과 조교수
고영란 高永爛, Koh, Youngran_고려대학교 민족문화연구원 HK연구교수
최태화 崔泰和, Choi, Taewha_경희대학교 외국어대학 학술연구교수

문화동역학라이브러리 25

동아시아 문학 속 상인 형상

초판 1쇄 발행 2017년 6월 5일
초판 2쇄 발행 2018년 9월 30일
엮은이 박경남 **펴낸이** 박성모 **펴낸곳** 소명출판 **출판등록** 제13-522호
주소 서울시 서초구 서초중앙로6길 15, 1층
전화 02-585-7840 **팩스** 02-585-7848 **전자우편** somyungbooks@daum.net **홈페이지** www.somyong.co.kr

값 35,000원　ⓒ 박경남 편, 2017

ISBN 979-11-5905-120-3　94800
ISBN 978-89-5626-851-4　(세트)

이 책은 2007년 정부(교육과학기술부)의 재원으로 한국연구재단의 지원을 받아 수행된 연구임(NRF-2007-361-AL0013).

고려대학교 민족문화연구원
문화동역학 라이브러리 25

동아시아 문학 속 상인 형상

A Study of Merchants Represented in East Asian Literature

박경남 편

문화동역학 라이브러리 문화는 복합적이고 역동적인 구성물이다. 한국 문화는 안팎의 다양한 갈래와 요소가 상호작용하는 과정을 통해 끊임없이 변화해왔고, 변화해 갈 것이다. 고려대학교 민족문화연구원이 주관하는 이 총서는 한국과 그 주변 문화의 복합적이고 역동적인 양상을 추적하고, 이를 통해 한국 문화는 물론 인류 문화에 대한 새로운 통찰과 그 다양성의 증진에 기여하고자 한다. 문화동역학(Cultural Dynamics)이란 이러한 도정을 이끌어 가는 우리의 방법론적인 표어이다.

소명출판

　세상과 인간을 읽는 경로는 다양하다. 그럼에도 옛 문헌을 다루는 고전 연구자들은 대체로 사대부 지식인의 눈으로 세상을 바라보고 인간을 이해한다. 현재의 연구자들 자신이 지식인 계층인 탓도 있지만, 무엇보다 산더미 같이 쌓인 고문헌의 대부분은 사대부에 의한, 사대부를 위한, 사대부의 글들이다. 따라서 고전을 읽는 대다수는 자연스럽게 사대부의 눈으로 과거와 현재를 바라보고, 세상과 인간의 모습을 구상하고 상상한다. 그런 까닭에 그것이 위선이든 실제든 동아시아 지식인들 사이에서는 유가儒家의 차등적 예의를 지키며 속된 이익을 멀리하고 성현들의 책 속에서 진리를 찾는 인간이 하나의 본받아야 할 표상이자 인간됨의 모범으로 여겨져 왔다.

　하지만 예나 지금이나 세상에는 이익을 추구하고, 욕망에 솔직하며 감정에 충실하게 자기 삶을 영위하는 사람들도 있다. 어떤 삶이 가치로운가를 따지기 전에 무엇이 거짓 없는 인간의 모습이며 인간으로서 가능한 길이 무엇인가를 정직하게 마주보아야 한다. 그러기 위해서 우리는 이기심과 욕망을 절제하고 극복하거나 아예 초월해버린 위대한 인간들의 모습에 주목하는 그만큼 생존과 성장을 위한 인간의 본능적 욕구에서 비롯된 원초적 이기심과 욕망에 따라 생각하고 행동하는 평균치 인간들의 모습에도 주의를 기울이지 않을 수 없다. 바로 이러한 이유로 우리는 현실에서 경제적 이익에 가장 충실하며 다른 어떤 계층보다 욕망과 감정에 충실한 인간으로 여겨지는, 또한 대체로는 바로 그런 욕망과 이익의 화신으로 문학 속에 형상화되었던 '상인'에 주목하게 되었다. 그리고 상인을 통해 인간을 다시 생각하고자 하였다. 이익과 욕망과 감정에 충실한 인간이 보여주는 '이기성'과 '이타성', '윤리적 일탈'과 동전의 양면으로 존재하는 '새로운 윤리의 확립'을 동시에 보고자 했으며, 그러한 인간됨이 보여주는 '위험성'과 '가능성'을 함께 보고자 하였다.

그러나 이런 문제의식과 별개로, 우리는 문학 속의 상인에 대해 깊이 있게 음미하고 상인을 통해 인간을 다시 생각해 보는 기회를 가지기 전에, 우선 상인이 나오는 작품이 무엇인지를 광범위하게 조사하고 그 텍스트들의 전체적 의미를 해독하고, 그 안에서 상인 형상의 겉으로 드러난 모습들을 요령 있게 정리해 내는 것만으로도 많은 시간과 정력을 소비해야 했다. 또한 '상인'을 전면에 내세운 문학 연구의 일천한 역사 때문에 아직 개념조차 정립되어 있지 않은 '상인 문학'이라는 개념의 성립 가능성을 사고하면서, 그것이 '상인이 쓴 문학'인지, 아니면 '상인을 제재로 한 문학'인지, 제제로 했다면 작품 속에 어느 정도의 비중을 차지해야 그것을 '상인을 대상으로 한 문학'으로 인정할 수 있는지, 아니 더 나아가 도대체 '상인이란 누구이고 무엇인지'와 같은 너무도 간단하지만 막상 생각해보면 그렇게 쉽지만은 않은 기본적인 물음에 대해서도 근본적으로 다시 생각해보고 성찰해야만 했다.

결국 우리는 오랜 논의와 고민 끝에 '상인'과 '상인 문학'에 대한 연구자들의 다양한 시각과 생각들을 하나로 정리해 서둘러 합의에 이르고 섣불리 한 가지 개념으로 규정하기보다는 그 다양한 생각들을 그대로 유지한 채 각자의 논의에서 필요한 만큼 자신의 생각을 밝히는 방식으로 아직 합의되지 못한 부분에 대해 그 차이를 그대로 드러내기로 하였다. 또한, 섣부른 개념 규정 이전에 상인을 다룬 작품의 구체적인 모습을 확인하며 '문학 속의 상인 형상'이 실제 작품 속에서는 어떻게 나타나고 형상화되고 있는지를 탐구하고 정리하는 길을 택하게 되었다. 그리고 이러한 귀납적 방법을 통해 '문학 속 상인'의 다면적 모습을 확인하는 가운데, 이를 가장 효과적으로 설명할 수 있는 '상인' 개념을 새롭게 도출하고, '상인 문학'의 성립 가능성, 더 나아가 상인을 통해 인간을 다시 생각해보는 계기를 마련하고자 하였다.

선행 연구를 검토하고 상인 형상을 담은 작품 목록을 선정하는 과정에서 우리는 이 분야에 관한 한국의 연구가 단편적인 소논문 몇 편에 불과할 뿐, 상인형상을 담은 작품의 목록조차 정리되어 있지 않을 정도로 초보적인 단계에 있음을 인정해야 했다. 반면, 상인 스스로가 소설 등 다양한 문학 작품의 창작자이자 생산자이며 출판업을 통해 유통을 담당하기도 했던 에도시대 이후의 일본에서는 거의 모든 스설 및 문학 작품들이 상인의 삶과 생활을 다룰 정도로 문헌 자료가 풍부하고 다양함에 놀라기도 하였다. 또한 중국에서는 이미 '상인 소설사'나 '상인소설목록'을 정리한 책이 출간되었고, 선진先秦 시대부터 청대淸代까지 '문학 속 상인형상'을 통시적으로 정리한 연구 성과가 나올 정도로 이 분야 연구에서 선편을 잡고 있음을 확인할 수 있었다.

이 책에 실린 첫 번째 글의 저자인 소의평은 『중국문학 속 상인세계 中國文學中的商人世界』를 출간한 복단대 중문과 교수로, 중국 문학 전체에서 상인이 '조연'과 '주인공'으로 등장하는 작품뿐 아니라, '엑스트라'나

단지 인물의 신분적 배경으로만 잠깐 언급되는 작품까지도 모두 섭렵하여 중국 문학 속 상인 형상의 여러 측면을 다각적으로 탐구해 오고 있다. 이 책에 실린 글에서도 그는 다양한 문학 장르 속에 형상화 되어 있는 상인-여인-선비의 삼각관계의 구체적 실상과 그 의미를 밝히기 위해 당대唐代부터 청대淸代까지의 자료들을 일일이 검토하여 하나의 일관된 맥락 하에 그 역사적 변이과정을 다루는 수고를 마다하지 않았다. 이 글에 따르면, 상인과 선비가 한 여인을 둘러싸고 '애정의 세계'에서 각축을 벌일 때 문학 속에서 선비들은 언제나 승리하고 상인들은 패배하고 있는데, 그는 이것이 실제적 현실을 반영하고 있기보다는 오히려 현실에서 패배한 사士 계층인 문인들이 문학적 상상력을 발휘해 현실 세계에서 자신들을 압도하는 상인들에게 복수하고자 했던 데서 기인한, 문학적 전복顚覆임을 밝히고 있다. 문학 작품에 대한 표면적 이해를 넘어 역설적 통찰을 보여주는 이 글 자체도 물론 흥미롭지만, 이 밖에도 중국 문학 속 상인 세계의 풍부한 내면과 외면을 함께 들여다보며 그 전모를 파악하고자 하는 독자라면, 본 연구팀이 공동 번역하여 본서와 함께 문화동역학 총서의 하나로 출간하는 그의 노작勞作 『중국문학 속 상인 세계』를 일독하기 바란다.

정환국의 글은 오랜 시간동안 한국 전기 서사를 연구해 온 저자만이 가질 수 있는 예민한 감각으로, 미미한 '상인' 소재를 거시적인 '전기' 서사의 역사적 변화와 관련지어 풀어내고 있다. 이 글은 한국 전기서사傳奇敍事에서 상인이라는 소재가 극히 제한적이거나 파편적으로 활용되고 있기에, '상인'과 '전기'를 연관시키려는 이 주제의 성립 여부가 의문스러울 정도라는 스스로의 회의에서 시작한다. 하지만 최초의 한국 전기인 「최치원崔致遠」과 전기 서사의 변화를 보이는 17세기 「주생전周生傳」·「최척전崔陟傳」·「왕경룡전王慶龍傳」에 묘사된 상인의 모습을 면밀하게 분석하고 곰곰이 따져본 저자는 오히려 지나가는 장면처럼 보이는 상인과 상행위에 대한 소재를 단서로 해서 한국 전기서사의 성격과 그 변화 양상을 가늠하고 있다. 얼핏 보면 작품 내에서 특별한 기능을 하지 못하는 상인 소재가 재자才子 가인佳人의 의절義節을 주 테마로 삼고 있는 전기 서사에서 유업儒業과 상업 간에 어떤 길항拮抗 관계를 형성하고 있는지, 그리고 그것이 한국 전기 서사의 변화와 어떤 관계를 맺고 있는지를 확인하는 과정은 사뭇 흥미롭다.

박경남은 조선후기 야담野談 작품 속에 존재하는 상인 형상을 통시적으로 살펴보면서, '상인'의 범주와 개념을 역사적 실상에 맞게 재조정하려는 도전적인 작업을 시도한다. '겸업 상인'을 포함한 넓은 의미의 상인 개념과 '전업 상인'만을 포함하는 좁은 의미의 상인 개념을 동시에 설정하여, '물건을 팔아 이익을 취하는' '상인'이라는 존재가 특수한 직업군으로 범주화될 수 있음과 동시에 또한 역사적으로 사실상 거의 모든 계층이 삶의 일부분으로 일정 기간 동안 상업에 종사함으로써 겸업 상인으로 존재해 왔음을 개념적으로 포착하고 있다. 아울러『어우야담於于野談』·『천예록天倪錄』·『학산한언鶴山閑言』·『동패락송東稗洛誦』·『삽교만록霅橋漫錄』 등 17·8세기 조선 후기 야담에 수록된 상인형상을 개괄하면서 전통시대 상인의 다양한 겸업적 존재양상을 밝히고 야담 속에 묘사된 상인 및 치부 형상이 대략 세 가지 방향으로 변화하고 있음을 밝히고 있다. 이 글은 시론적 성격을 띠고 있지만, 역사적 사실에 근거해 '상인'의 내포와 외연을 상품 거래의 관계 속에 놓인 모든 개인, 혹은 모든 계층, 더 나아가 모든 인간을 포괄하는 개념으로 확장할 수 있는 가능성을 열어 놓음으로써 상인을 통해 인간을 재음미하고자 하는 연구를 위한 하나의 포석을 마련하고 있다.

미즈타니 다카유키는 일본 상인町人(조닌) 소설의 효시인 이하라 사이카쿠井原西鶴의 『닛폰에이타이구라日本永代藏』와 그 후대 작가들의 작품을 통해 에도 시대 대표적 소설 장르인 우키요조시浮世草子에 형상화된 상인의 모습을 탐구하고 있다. 『닛폰에이타이구라日本永代藏』는 부자가 되고자 하는 상인들의 경제적 욕망과 성공 및 실패담을 집중적으로 다루고 있어 일본에서는 '경제소설'로 불린다. 사이카쿠가 형상화한 성공한 상인들은 사회 현실을 정확히 판단하는 '분별력'과 새로운 상품과 상술을 고안하는 '상업적 자질商材'을 가졌거나 '검약'과 '정직'을 우선으로 재산을 축적하는 모습을 보인다. 반면 이러한 덕목과 재능을 가지고 있지 못한 상인들은 결국 실패하는 것으로 그려진다. 사이카쿠 이후의 작가들은 사이카쿠가 강조한 '검약'과 '정직'의 윤리적 상인 형상을 계승하거나 혹은 사이카쿠에 의해 성립된 현실적 상인 묘사의 보다 극단적인 형태인 '사기담'을 묘사하는 데까지 이르고 있다. 이 글에 따르면 우키요조시浮世草子에 형상화된 상인의 특징적 모습은 사이카쿠의 작품에서 그 원형이 만들어졌으며, 후대 작가들은 이를 답습하거나 변형시켜 다양한 상인 형상을 창조했던 것이다.

이상 제1부에 실린 네 편의 글이 비교적 시간적 편폭이 긴 동아시아 문학의 전개 과정 속에서 상인 형상이 어떻게 변모되고 있는지를 살피고 있다면, 제2부에 실린 글들은 중국·한국·일본에서 상인을 형상화하고 있는 주요 작품에 더욱 집중하여 그 속에 표현된 상인 형상의 특징적 면모를 밝히고 있다.

　신정수는 한대漢代의 「고아행孤兒行」·「고시십구수古詩十九首」와 남조南朝의 「고객악估客樂」·「삼주가三洲歌」·「막수악莫愁樂」·「야도랑夜度娘」 등 악부시가 속에 재현된 상인의 모습을 고찰하고 있다. 이 글에 따르면 시 속에 표현된 상인들은 한결같이 사방을 주유하며 낭만적인 로맨스를 추구하고, 관습과 도덕에 얽매이지 않은 채 자신의 이익과 감정에 충실한 모습을 보이고 있다. 정광훈은 「착계포전문捉季布傳文」·「동영변문董永變文」과 「순자변舜子變」·「여산원공화廬山遠公話」·「대목건련명간구모변문大目乾連冥間救母變文」 및 「부모은중경강경문父母恩重經講經文」 등의 당대唐代 변문變文 작품을 분석하며, 변문 속 상업적 요소와 상인 형상이 이야기의 전개에 중요한 역할을 하거나 사건 해결의 결정적인 실마리가 되고 있음을 밝히고 있다. 박경남은 동남 연해의 행상업과 해외무역을 통해 부상대고가 된 정군程君과 절강 지역의 염업을 기반으로 부유한 상인으로 성장한 왕현의汪玄儀, 그리고 장강長江과 운하를 따라 장사하며 큰 상인이 된 옹삼翁參 등 왕세정王世貞이 쓴 상인전기 작품 속 명대 상인들의 성장 및 자기실현 과정을 재현하고 있다. 또한 이를 통해 복고파인 왕세정의 문학이 오히려 지극한 현실에의 관심을 내포하고 있음을 밝히고 있다. 송진영은 두 편의 글에서 '삼언三言'과 '이박二拍'에 수록된 상인소설을 개괄하고, 그 중 대표적인 「장흥가중회진주삼蔣興哥重會珍珠衫」과 「전운한우교동정홍 파사호지파타룡각轉運漢遇巧洞庭紅 波斯胡指破䶂龍殼」 속 상인의 모습을 분석하며, 두 작품집 속 상인 형상의 특징적 면모와 그 차이점을 짚어내고 있다. 두 작품집이 모두 상인과 상업 활동에 대한 높은 관심을 보여주며 상인의 가치관과 문화 등을 반영하고 있지만, '삼언'의 경우 송원대宋元代 및 명대 초기의 경제상황을 반영하여 소상인을 다룬 경우가 많고, '이박'은 명대 중후기의 거부거상巨富巨商 중심의 상업경제를 반영하고 있어 해상교역을 묘사한 작품이 많음을 밝히고 있다. 김수현은 청대의 장편소설『홍루몽』에 묘사된 여성 인물의 경제활동과 금전인식에 주목하고 있다. 가문 내의 월전月錢 분배 및 고리대금업, 전당포, 대관원大觀園의 상업적 경영 등 여성의 다양한 경제행위가 가문의 체면 때문에 어떻게 좌절되는지를 밝히고 아울러 각각의 여성 인물이 가문 내부의 위치에 따라 서로 다른 경제적 상황에 처해 있으며 이에 따라 금전에 대한 의식도 다름을 보여주고 있다.

탁원정은 조선 후기 고소설의 상인 형상을 담은 작품들을 목록화하고 간단히 개괄한 후, 상인적 정체성을 지닌 위지덕과 사족으로서의 정체성을 지닌 아들 위연청과의 갈등 구조로 주목받아 온 국문장편소설『보은기우록』의 상인 형상에 주목한다. 몰락 양반으로서 푸줏간을 운영하고, 나중에는 관원과 결탁한 대규모 고리대금업자로 변모하는 위지덕에 대한 핍진한 묘사와 그런 아버지와 갈등하며 이익을 추구하기 보다는 사람들에게 은혜를 베푸는 위연청의 모습 및 그들 간의 갈등 구조는 분명 이전의 조선 소설에서는 볼 수 없는 흥미로운 장면들임에 틀림없다. 저자는 이 작품이 상인 생활을 생생하게 묘사하고, 상업 경영 방식 및 상인 윤리에 관심을 보이면서 상인의 삶을 전면화하고 있다는 점에서 본격 상인 소설로 규정하고 있다. 김수연은 19세기 국문소설『조부인전』에 나타난 여성 유상儒商 조옥정에 주목한다. 조옥정은 전통적 여성 교육을 받은 사대부 여성이지만, 시부모와 남편이 죽은 후 뭇 남성들에게 원치 않은 혼인과 성적 위협을 받은 후 자강自强의 방도를 찾는 과정에서 사회지도층 유상으로 거듭나는 인물이다. 그녀는 유약하고 순종적인 여성의 길에서 벗어나 상업 활동을 통해 재물을 축적하고, 이를 바탕으로 마을의 향약을 재건하여 학문과 예법을 진작시키고 정예 병사와 무기를 구비해 부강하고도 예의바른 마을을 건설하고 있다. 이는 신구新舊가 교차하는 근대로의 문명 전환기에 여성 상인으로 거듭나 자신과 사회를 구제하는 새로운 여성 영웅의 모습이라고 할 만하다.

고영란은 18세기 일본의 우키요조시 작가 에지마 기세키江島其磧의 「아킨도 군파이 우치와商人軍配団」·「도세이 아키나이 군단渡世商軍談」·「아킨도 가쇼쿠쿤商人家職訓」·「세켄 데다이 가타기世間手代氣質」를 통해 일본 상인의 치부致富 의식을 탐구하는 과정에서 작품 속에 형상화된 '데다이手代'에 주목한다. 데다이는 상인 집안의 금전 출납과 매매 등의 업무를 돕는 중간 관리자격의 종업원인데, 나중에 쓰여진 작품으로 갈수록 키세키는 상점 경영의 성패를 좌우하고 상점 주인의 가업을 계승할 수도 있는 치부의 실질적 주체로서 데다이의 존재를 부각시키면서 상점 주인과 데다이와의 공존 공생의 필요성을 피력하고 있다. 저자는 작품 속에서 공생을 강조하는 키세키의 이러한 태도를 치부 과정에서 발생하는 상점 주인과 종업원의 욕망과 갈등을 문화적 차원에서 해소해 보고자 한 것으로 이해하며 그 의의를 높이 평가하고 있다. 최태화는 19세기 에도 말기 출판업자 출신의 상업적 대중 작가인 다메나가 슌스이爲永春水의 작품들을 개괄한 후, 『매화꽃 필 무렵春色梅曆』이후의 '닌조본人情本' 소설의 특징적 면모를 현대의 드라마와 비교하며 탐색하고 있다. 이글에 따르면, 슌스이 닌조본의 내용은 현대 드라마의 단골 소재인 남녀 간의 삼각관계이며, 슌스이렌春水連이라는 집단작가 시스템에 의해 옴니버스식 구성으로 생산된다. 또한 최근 한국에서 방영한 인기드라마 〈프로듀사〉처럼 실존 인물과 가상 인물을 섞어 독자들의 호기심을 자극해 화제성을 높이고, 심지어는 자신을 돕거나 후원하는 상인들의 상품과 가게를 작품 줄거리나 배경 속에 교묘하게 삽입해 '간접광고PPL'를 하기도 한다. 슌스이 닌조본의 주인공은 가게 소유주인 단나旦那라고 불리우는 상인들로서 이들은 경제력과 배려심은 물론 예술적 교양을 갖춘 이상적인 상인의 모습으로 형상화된다. 결국 슌스이의 닌조본은 그 창작 시스템과 작품의 구성 및 배경, 인물 형상 등 모든 측면에서, 상인 주인공의 자극적 삼각관계 연애담을 소재로 하여 최대한의 상업적 이익을 추구하는 상인의 상인에 의한 상인을 위한 작품이라고 할 수 있다.

'동아시아 문학 속 상인 형상'을 탐구의 대상으로 삼은 이 책은 고려대 민족문화연구원 동아시아 문명과 한국팀이 지난 2년간 지속해 온 공부의 결과물과 이 주제에 평소 관심을 가지고 있었던 연구자들의 글을 모은 것이다. 이 책을 일독한 독자라면 금방 눈치 채겠지만, 제1부의 통시성을 가미한 글을 포함해서 제2부의 작품을 다룬 글까지 이 책에 실린 대부분의 글은 중국·한국·일본의 상인 형상을 다루고 있는 한 장르나 작가의 작품을 우선 개괄적으로 보여주고, 자신의 주제와 관련된 부분을 보다 집중적으로 논의하는 방식을 취하고 있다. 또한 수록된 글의 주제도 한두 편을 제외하면 등장인물의 경제적 활동이나 상인들의 상업 경영과 치부의 과정을 다루고 있다. 거의 모든 글에 개괄적 서술이 필요했던 이유는 특히 한국에서 문학 속 상인 형상에 대한 연구가 일천한 까닭에 후속 연구를 위해 되도록 광범위한 관련 작품 목록을 제시하고자 했던 데서 기인한다. 또한 인간의 여러 욕망과 자질 중 상인의 정체성과 가장 가까운 것이 이익을 추구하고 부자가 되고자 하는 그들의 경제적 욕망과 실천이라고 생각했기 때문에 가장 먼저 경제적 측면과 관련된 주제를 살펴 본 것이다.

이 책은 '상인'이라는 창을 통해 '인간'을 다시 보고자 했던 애초의 우리의 목표를 달성하기 위한 하나의 출발점이다. 아니 어쩌면 우리는 이 주제를 위해 아직 첫걸음도 떼지 못한 것일 수도 있다. 왜냐하면 본서는 그러한 목표를 달성하기 위해 사람들이 보다 쉽게 다닐 수 있는 넓은 길을 하나 마련한 것에 불과하기 때문이다. 그렇긴 하지만, 한·중·일의 문학 속 상인 형상에 대한 연구를 이렇게 한자리에 도은 책이 한국은 물론 이웃 두 나라에도 아직 없는 것을 보면, 이 책이 하나의 출발점이 되어 동아시아의 더 많은 연구자들이 문학 속 상인 형상 및 상인을 통해 인간을 다시 생각해보는 더욱 심화된 연구를 할 수 있을 것이라고 기대해 본다.

2017년 5월
안암골에서 박경남

2부 동아시아 문학 작품 속 상인 형상

중국 문학 속 상인 대 선비의 애정 쟁취 양상의 변화

소의평

1. 들어가며

오랜 기간 동안 남성중심의 사회에서 얼마나 많은 여인을 점유하느냐는 종종 남성의 능력을 가늠하는 기준이 되었다. 권력과 경제력을 지닌 남성들이 대체로 많은 여인들을 거느렸다(특히 황제는 가장 막강한 권력을 지닌 남성이었기에 가장 많은 여인을 거느릴 수 있었다). 하지만 하층 남성들 중에는 평생을 독신으로 보내는 경우도 적지 않았다.

상인 계층은 상당한 경제력이 있었기 때문에 '애정의 세계'에서 대부분은 승자였다. 이 방면에 있어서 그들의 능력은 아마도 통치 계층 다음으로 막강하였을 것이다. 항상 '농민農'이나 '공인工' 계층보다 우위를 점하였으며, 심지어는 일반적인 '선비' 계층보다도 한 수 위였다. 상인들은 금전을 바탕으로 당시 여인들 마음속의 '영웅'으로 자리를 잡았다.

하지만 다양한 문학 작품들 속에서는 이와 반대의 현상이 나타났다. 상인과 선비가 '애정의 세계'에서 각축을 벌일 때마다 선비들은 항상 승리를 거두었고, 상인들은 언제나 참패를 당하였다. 특히 여인들의 마음속에서 선비들의 '글재주'는 언제나 환영을 받았으며, 상인들의 '금전'은 반대로 멸시를 당하였다. 선비들은 상인들의 금전적인 능력에 밀려서 한 때 좌절을 맛보기도 하지만, 결국에는 역전승을 거두고 최후의 승자가 되었다. 게다가 한 때는 좌절을 맛보았다 할지라도 여인들의 마음속에는 여전히 선비들이 자리를 잡고 있었지 결코 그 마음이 상인들에게 가지는 않았다.

이처럼 문학 작품에 종종 등장하는 상인과 여인 그리고 선비들의 삼각관계에 대해 순진한 독자들은 이를 쉽게 사실로 받아들이며 과거의 현실 생활에서도 그랬을 것이라고 생각한다. 그러나 우리는 이러한 삼각관계가 선비(문인)들의 상상에서 비롯된 것으로 본다. 그들은 이러한 상상을 통해 현실 생활에서 이루지 못한 상인들에 대한 승리와, 항상 상인들에게 밀리는 자신들의 처지에 대한 아쉬움을 달랬으며, 문학적인 상상을 통해서 자신들을 압도하는 상인들에게 복수했던 것이다.

이 글을 쓰는 이유는 당시 선비들의 입장과 편견이 그들로 하여금 상인들의 생활을 묘사하는 데 있어서 어떠한 편차와 오해를 가져왔는지를 관찰하여, 우리가 문학 작품 속에 묘사된 상인의 모습에 대해 더욱 신중한 태도를 취하도록 하기 위함이다.

2. 당대唐代 시가詩歌 — 은밀한 환상

상인과 여인 그리고 선비의 삼각관계에 대한 내용을 담고 있는 문학
작품 중에서 가장 주목을 받는 작품은 아마도 당대 시인 백거이의 「비
파행琵琶行」이 아닐까 싶다. 이 시의 내용에 대해서는 실화라고 말하는
사람도 있고 허구라고 말하는 사람도 있다. 하지만 사실이건 허구이건
시가 담고 있는 주제는 다를 바가 없으며, 우리가 말하고자 하는 논지
와도 별 상관이 없다. 「비파행」은 시인이 좌천되어 간 곳에서 왕년에
장안長安의 명기名妓였던 상인의 아내를 우연히 만난 후, 그녀의 몰락
한 신세에 대해 동정의 마음이 절로 생겨나고 이를 자신의 처지에 빗
대어 쓴 시이다. 특히, 주목할 점은 시에 나타난 시인과 상인의 아내
그리고 시에는 등장하지 않는 상인 이 세 사람 사이의 삼각관계이다.
먼저 시의 서문을 살펴보자.

원화元和 10년(815년)에 나는 구강군 사마로 좌천되었다. 이듬해 가을 분
포구에서 손님을 배웅하는데, 밤중에 배에서 비파 연주하는 소리를 듣게
되었다. 그 소리를 들어보니, 높고도 맑게 울리는 것이 장안에서나 들을 수
있는 소리였다. 누구인지 물어 보니, 본래 장안의 기생으로 일찍이 믁穆, 조
曹 두 사람의 명인에게서 비파를 배웠는데, 나이가 들어 용모가 시들게 되
자 상인의 아내로 의탁하게 되었다고 한다. 곧 술을 시키고 몇 곡을 거리낌
없이 더 타게 하였다. 곡조가 끝나자 시름에 잠긴 채 스스로 젊었을 때의
즐거웠던 일과 이제 와서 영락하여 초췌해진 모습 그리고 강호를 떠돌며
전전하게 된 일들에 대해서 이야기하였다. 내가 외직外職으로 나온 지 2년,

스스로 편안하게 만족하고 있었는데 이 사람의 말을 듣고 느낀 바가 있어 오늘 저녁 비로소 좌천되어 폄적된 내 신세를 깨닫게 되었다. 그래서 긴 시를 지어 그녀에게 주었다. 모두 612字이며, 제목을 「비파행」이라 하였다.[1]

이 시를 보면, 주변 환경이 감상적이고 낭만적인 분위기로 가득 차 있다. 외지로 좌천되어 온 시인은 어느 가을날 밤에 스산한 갈대가 있는 강가에서 장안에서 온 상인의 아내와 우연히 만나 한때 잘나가던 시절의 그녀가 연주하는 비파 소리를 듣게 된다. 그리고 나서 그는 그녀와 자신의 처지가 비슷하다는 사실을 알고 '타향에서 고향 친구를 만난 것'처럼 친밀한 감정을 느낀다. 또한 '벼랑 끝에 몰린 것' 같은 그녀의 처지에 공감하며 '상인에게 몸을 의탁한 아낙네'를 동정하게 된다. 이처럼 복잡하게 얽혀있는 착잡한 심정은 우리에게 알게 모르게 어떤 미묘한 느낌을 준다. 그것은 바로 시인과 상인의 아내 사이에서 생겨난 친밀한 감정에 대한 느낌이고, 또한 그와 반대로 상인에 대해서 두 사람이 느낀 반감의 심리에 대한 느낌이다. 시를 보면 이러한 정서와 심리가 상인 아내의 자술을 통해서 더욱 뚜렷하게 나타나 있다.

올해의 즐거운 웃음 다음해에 되풀이 되고,

가을 달 봄바람 따라 한가롭게 보냈지요.

---

1   白居易,「琵琶行」,『全唐詩』卷435, 北京 : 中華書局, 1960.
"元和十年, 予左遷九江郡司馬. 明年秋, 送客湓浦口, 聞船中夜彈琵琶者, 聽其音, 錚錚然有京都聲. 問其人, 本長安倡女, 嘗學琵琶於穆, 曹二善才. 年長色衰, 委身爲賈人婦. 遂命酒, 使快彈數曲. 曲罷, 憫默. 自敍少小時歡樂事, 今漂淪憔悴, 轉徙於江湖間. 予出官二年, 恬然自安, 感斯人言, 是夕始覺有遷謫意. 因爲長句, 歌以贈之, 凡六百一十二言, 命曰「琵琶行」."

아우는 군대에 가고 이모는 죽었으며,

저녁이 가고 아침이 오는 사이 얼굴빛도 시들해졌지요.

문 앞은 쓸쓸해지고 말을 타고 오는 이도 드물어져,

나이 들어 시집가 상인의 아내가 되었지요.

상인은 이익을 중시하고 이별을 가볍게 여겨,

지난달 부량浮梁으로 차를 사러 떠났지요.

강나루 오가며 빈 배만 지키자니,

뱃전에 달은 밝고 강물은 싸늘했지요.

밤 깊어 홀연히 꿈을 꾸니 젊을 때 일이어서,

꿈에 화장한 눈에서 눈물만 붉게 흘렀지요.

今年歡笑復明年, 秋月春風等閒度.

弟走從軍阿姨死, 暮去朝來顔色故.

門前冷落鞍馬稀, 老大嫁作商人婦.

商人重利輕別離, 前月浮梁買茶去.

去來江口守空船, 繞船月明江水寒.

夜深忽夢少年事, 夢啼妝淚紅闌干.

　상인 아내와 상인의 이별을 주제로 한 당시唐詩들 중에서도 특히 이 시는 유일하게 아내의 남편에 대한 불만과 원망의 마음을 표현하고 있다. 다른 시에 등장하는 상인의 아내들은 남편에 대한 애정으로 가득 차 있어 남편이 돌아오기를 간절히 기다리고 있지만, 이 시에서는 남편에 대한 애정을 결코 찾아볼 수가 없으며, 오히려 남편에 대한 실의와 원망의 마음만 느낄 수가 있다. 뿐만 아니라, 이 아낙네의 혼인은 마지못해 한 경우라 그녀에게 현재의 생활은 사실 과거만도 못한 것이었다. 이는 상인과 그 아내 사이의 감정이 그다지 원만하지 못하다는 사실을 말해주고 있다. 이러한 내용은 같은 시대의 다른 시 작품은 물론 백거이白居易가 쓴 비슷한 내용의 또 다른 작품인 「염상부鹽商婦」에서도 찾아볼 수 없다.

시인과 상인 아내 사이의 감정은 또 어떠한가? 시인은 시종일관 상인의 아내를 동정하고 있다. 사실 이 시를 보면, 시인은 자신의 감정을 투영하여 '짝사랑'하는 역할을 담당하고 있다. 이러한 점은 다른 시와는 달리 감정의 몰입을 불러오는데, "상인은 이익을 중시하고 이별을 가볍게 여긴다商人重利輕別離"라고 말한 것처럼, 내팽개쳐진 상인의 아내를 시인만이 가엾게 여김으로써 역으로 시인의 "감정과 이별을 중요시 여기는重情重別離" 시인 자신의 마음을 부각시키고 있다. 이런 까닭에 시인이 듣기에 상인의 아내가 연주하는 비파 소리는 마치 여러 가지 불만, 즉 현재의 처지와 상인의 아내라는 자신의 신분에 대한 불만을 토로하는 것처럼 들렸던 것이다.

축軸을 조이고 현弦을 퉁겨 두세 번 소리 내어 보니,
곡조도 이루지 않았는데 정이 먼저 이는구나.
현弦마다 낮게 가라앉아 소리소리 생각이 담겨,
흡사 평생 이루지 못한 뜻을 하소연하는 듯하네.
눈썹 내려 깐 채 손 끝 따라 연이어 뜯으니,
마음속에 서린 끝없는 사연을 이야기하는 듯하네.

轉軸撥弦三兩聲, 未成曲調先有情.

弦弦掩抑聲聲思, 似訴平生不得意.

低眉信手續續彈, 說盡心中無限事.

　　그리고 시인은 상인의 아내가 토로한 불만을 자신만이 이해할 수 있다고 생각했다. 이처럼 서로 간의 심경 토로와 이해를 통해, 일종의 '동지'라는 친밀한 느낌이 생겨난 것이다. 이것이 바로 시인과 상인의 아내 사이에서 일어난 심리적 반응이다.

나는 비파 소리 듣고 이내 탄식했으며,

또 이 말까지 듣고 거듭 탄식을 했네.

똑같이 세상의 벼랑 끝에 몰락한 사람 신세로,

이렇게 서로 만났으니 지난날을 알아 무엇 하리.

(…중략…)

나의 말에 감격하여 한참을 서 있더니,

물러 앉아 현弦을 고르는데 현이 점점 빨라지네.

처량하기가 이전 소리 같지 않아,

앉아 있는 모든 사람 듣고는 얼굴 묻고 울었네.

그 중에서 누가 가장 많이 눈물을 흘렸던가?

강주사마江州司馬의 푸른 옷이 흠뻑 젖었네.

我聞琵琶已歎息, 又聞此語重喞喞.

同是天涯淪落人, 相逢何必曾相識?

······

感我此言良久立, 卻坐促弦弦轉急.

凄凄不似向前聲, 滿座重聞皆掩泣.

就中泣下誰最多? 江州司馬靑衫濕!

시인은 상인의 아내를 동지로 삼았고, 상인의 아내는 시인을 지기知
로로 삼았다. 시인은 자신 같은 시인이야말로 상인 아내의 고독과 번뇌
를 이해할 수 있으며, 자신만이 그녀의 재능과 풍격을 제대로 감상할
줄 안다고 생각했다. 반대로 우둔하고 매정하며 실리만 추구하는 무식
한 상인은 이 모든 것을 절대로 이해할 수 없기에, 그녀와는 어울리지
않는다고 생각했다. 이처럼 재능 있고 다정다감한 여인은 당연히 시인
의 반려자이지 절대로 상인의 배필은 될 수 없을 것이라고 생각했다.
하지만 그녀는 결국 시인이 아닌 상인의 아내였다.

이를 통해 알 수 있듯, 이 시에 나타난 시인과 상인의 아내 그리고 상
인, 이 세 사람의 삼각관계에서 시인과 상인의 아내는 서로 이해하고
동정하는 지기로서 일종의 '동지'가 된 것 같은 친밀한 감정을 품게 된
다. 한편, 두 사람은 시에 등장하지 않는 상인에 대해서는 무시하고 원
망하는 마음을 나타내면서 "(시인과 상인의 아내) 두 사람이 해후한 강어
귀"의 저편으로 상인을 팽개쳐 버린다. 하지만 이 모두가 시인의 손에
서 나온 것으로, 사실은 (그 출처가 진실이건 허구이건 간에) 시인의 상상으
로부터 비롯된 것이었다.

3. 원대元代 잡극雜劇 — 환상의 현실화

아마도 「비파행」을 통해서 위와 같은 여러 가지 감정들을 느낀 후에 영감을 받아 원대의 마치원馬致遠이 「강주사마청삼루江州司馬靑衫淚」라는 잡극을 쓰지 않았나 싶다. 그는 원래의 시에서는 드러내지 않았던 환상을 아예 현실화해버렸다. 특히, 시인의 '짝사랑'을 더욱 구체화하여, 백거이와 기생 배흥노裴興奴는 서로 사랑을 나누게 되지만, 부량浮梁의 차 판매상인 유일랑劉一郎이 금전으로 그들의 사랑을 방해하고 배흥노를 속여 자신의 손아귀에 넣는다. 하지만 결국은 시인과 기생이 동지가 되어 금전으로 그들의 사랑을 방해했던 상인을 물리친다. 이 잡극의 줄거리는 원래 출처인 「비파행」의 내용과는 아무런 상관이 없는 황당한 내용처럼 보이지만, 어쩌면 극작가가 이러한 황당한 줄거리를 통해 시인이 원래 시에서는 드러내지 않았던 환상을 꿰뚫어 보고 표현해낸 것일지도 모른다.

백거이와 배흥노가 서로 사귀고 왕래한 지 대략 반년이 지났을 즈음, 뜻밖에도 백거이가 강주사마江州司馬로 좌천을 당하면서 어쩔 수 없이 이별을 하게 되자 그들은 헤어지면서 서로 잊지 말자고 맹세한다. "백시랑白侍郎이 가신 후로 어린 흥노는 빗질과 화장도 하지 않은 채 다른 손님을 받지 않고 홀로 독수공방하며 지낸다. 自從白侍郎去了, 孩兒興奴也不梳妝, 也不留人, 只在房裏靜坐." 바로 이때 강서江西 지역의 차茶 상인 유일랑이 등장하여 경제적인 능력을 바탕으로 배흥노에게 애정공세를 펼친다.

강서 사람은 원래 운치와 멋을 잘 모른다고 하는데, 소인만은 강서에서 가장 풍류를 즐길 줄 압니다. 소인 유일랑은 부량 사람으로, 장안에서 장사를 하기 위해 삼천 인引의 고급 차를 가져왔습니다. 들리는 말로는 교방의 배씨 부인 댁에 흥노라는 따님이 계시다고 하던데, 어제 앙央씨와 장張씨 두 형님께서 말하길, 마님께서 저보고 직접 찾아가 보라고 하셨답니다. (…중략…) 아가씨의 명성이 자자하여, 제가 특별히 삼천 인引의 고급차를 가져왔으니 받아주십시오.[2]

아가씨께 인사를 올립니다. 소인은 당신을 흠모해왔습니다. 삼천 인引의 차를 가져와 아가씨께 드리고 마음을 녹이고 싶습니다. 먼저 오십 냥의 은을 상견례 비용으로 드리겠습니다.[3]

마님께서 얼마를 요구하시든 소인은 드릴 수 있습니다.[4]

소인은 금전뿐만 아니라 외모 또한 멋진데, 왜 굳이 그런 사람과 함께 하시려고 하십니까?[5]

---

2 馬致遠, 「江州司馬靑衫淚」, 『元曲選』, 北京 : 中華書局, 1958.
   "都道江西人, 不是風流客. 小子獨風流, 江西最出色. 小子劉一郎是也, 浮梁人氏, 帶著三千引細茶, 來京師發賣. 聽的人說, 敎坊司裴媽媽家有個女兒, 名興奴, 昨日央張二哥說知, 老媽叫我今日自去. (…중략…) 久聞令愛大姐大名, 小子有三千引細茶, 特來做一場子弟."
3 위의 글. "大姐拜揖. 小子久慕大名, 拿著三千引茶, 來與大姐焐脚. 先送白銀五十兩, 做見面錢."
4 위의 글. "隨老媽要多少錢, 小子出的起."
5 위의 글. "小子金銀又多, 又波俏, 你不陪我, 卻伴那樣人?"

하지만 배홍노는 결코 '삼천 인의 고급차三千引細茶'에 넘어가지 않았고, 상인의 금전과 선비의 재능 사이에서 단호하게 전자를 버리고 후자를 선택하였다.

소첩은 시랑의 고귀한 인품과 뛰어난 재능을 보고 평생을 의탁하기로 마음을 먹었습니다. (…중략…) 이 차 상인은 강서 사람으로, 삼천 인引의 차를 가져와 저와 하룻밤을 보내려고 합니다. 하지만 소첩의 인연은 시랑侍郎에게 있기에 절대로 그를 따를 수가 없습니다.[6]

기생어미는 어쩔 수 없이 유일랑과 계략을 세워 가짜로 편지를 써서 백거이가 이미 죽었다고 말했다. 하지만 배홍노는 믿지 않았다. 그래서 기생어미는 강제로 그녀를 유일랑에게 팔아버렸고, 그녀는 그를 따라 강서 지역으로 갔다. 어느 날 저녁, 차를 실은 배가 강주江州에 다다랐을 때 그녀는 강변에서 우연히 백거이를 만나 「비파행」의 내용과 비슷한 장면을 연출하였다. 그리고 유일랑이 깊게 잠든 틈을 타서 백거이와 몰래 도망을 갔다. 이 일이 황제의 귀에까지 들어가 황제가 친히 나서서 다음과 같이 판결을 내렸다. "백거이를 복직시키고, 배씨 부인과 함께 영광을 누리도록 하거라. 이 못된 늙은이는 곤장 육십 대를 때리고, 유일랑은 멀리 쫓아버리거라."[7]

이 잡극의 내용을 보면 완전히 선비의 편을 들고 있다. 선비와 상인

---

[6] 위의 글. "妾見侍郎人品高, 才華富, 遂有終身之托. (…중략…) 這茶客是江西人, 拿著三千引茶, 要來伴宿. 妾因侍郎分上, 堅意不從他."

[7] 위의 글. "白居易仍復舊職, 裴夫人共享榮光. 老虔婆決杖六十, 劉一郎流竄遐方."

의 쟁탈전에서 기생은 완전히 선비의 편이었다. 선비의 인품과 재능 그리고 상인의 경제적인 능력 사이에서 기생은 단호하게 후자가 아닌 전자를 선택하였다. 이는 당연히 선비의 상상에서 비롯된 것이다. 한편, 선비의 일시적인 패배와 재기는 모두 그의 권력 여부와 밀접한 연관이 있다. 선비는 결국 상인을 물리치고 기생을 되찾아 오는데, 이는 어쩌면 그가 결국 원래의 관직을 되찾았기 때문일지도 모른다. 이 또한 당연히 선비의 상상에서 비롯되었다. 바로 이 선비들의 환상을 표현했다는 측면에서 이 잡극과 「비파행」은 정신적으로 일맥상통한다고 말할 수 있다.

상인과 여인 그리고 선비의 삼각관계를 이야기한 또 다른 잡극으로 가중명賈仲明(일설에는 무한신武漢臣이 썼다고 전해짐)의 「이소란풍월옥호춘李素蘭風月玉壺春」을 예로 들 수 있다. 그 내용은 다음과 같다. "문학적인 재능과 바느질 솜씨가 뛰어나며 외모도 출중한詩詞歌賦, 針指女工, 無不通曉, 生的十分大有顔色" 가흥嘉興의 명기名妓 이소란李素蘭과 "어려서부터 유학을 공부하고 가화 지역으로 유학 온自幼攻習儒業, 因遊學來至嘉禾地方" 서생 이빈李斌은 청명절淸明節에 교외로 답청踏靑 놀이를 나갔다가 서로 만나 사랑에 빠진다. 1년 넘게 함께 지낸다. 이빈이 돈이 떨어지게 되자 기생어미로부터 쫓겨나게 되고, 이때 양모 비단 장수 심사甚舍가 나타나 막대한 자본을 바탕으로 이소란의 환심을 사려고 한다.

저는 양모와 비단을 서른 수레에 싣고 가흥부로 장사를 하러 왔다가, 이 곳의 행수 기생 이소란의 외모가 출중하다는 말을 듣고 그녀와 함께 지내고자 왔습니다.[8]

상인은 경제적인 능력으로 기생어미의 마음을 움직인다.

어멈, 제가 당신에게 이십 냥의 은을 찻값으로 드리지요. 만약 당신이 따님을 저에게 주신다면, 제가 가지고 있는 양모 비단 서른 수레를 모드 다 마님에게 예단으로 드리겠습니다.[9]

제가 가지고 있는 서른 수레의 양모와 비단을 모두 다 마님에게 드리고, 당신의 따님을 아내로 얻고 싶습니다.[10]

상인은 경제적인 능력이 있었기 때문에, 가난한 선비인 이빈을 업신여겼다.

이 무례한 가난뱅이야! 네가 나보다 먼저 이곳에 왔지만, 어찌 감히 양모 비단 서른 수레를 가지고 있는 나와 비교할 수 있겠느냐![11]

난 돈도 많은데, 어찌 나와 비교하려 드느냐![12]

8　賈仲明,「李素蘭風月玉壺春」,『元曲選』, 北京 : 中華書局, 1958. "我裝三十車羊絨潞紬, 來這嘉興府做些買賣. 此處有一個上廳行首李素蘭, 生得十分大有顏色, 我有心要和他做一程兒伴."

9　위의 글. "奶奶, 我與你二十兩銀子做茶錢, 你若肯將女孩兒嫁與俺, 我三十車羊絨潞紬, 都與奶奶做財禮錢."

10　위의 글. "我有三十車羊絨潞紬, 都與媽媽, 則要娶你個大姐."

11　위의 글. "這窮廝無禮! 你雖然先在他家走, 怎比的我有三十車羊絨潞紬!"

12　위의 글. "我又有錢, 你怎生比的我!"

이 가난뱅이야, 난 양모 비단을 서른 수레나 가지고 있다!13

반대로 이빈도 자신의 글재주를 믿고 심사를 무시하였다. 왜냐하면 뛰어난 글재주는 언제든 통치계층으로 들어갈 수 있는 보증수표가 되었지만 경제적인 능력은 언제든지 순식간에 사라질 수 있었기 때문이다.

네가 비록 만 관의 재산이 있다 하나 어찌 내 글 짓는 재주만 하겠어. 둘 중 어느 것이 명성이 더 클까? 너의 그 재물은 항상 호랑이 입과 같은 위험한 길을 다니다 세상 속으로 사라져 버리지만, 나의 이 재주는 등용문만 넘으면 위로 황금 궁전에까지 쭉 펼쳐진다고.14

그는 이소란이 자기를 마음에 둔 이유도 자신이 벼슬길에 오르면 그녀에게 행복한 미래를 가져다줄 수 있기 때문이라고 생각했다.

그녀는 내가 이 자색 비단도포와 상아로 만든 홀笏과 황금 요대를 갖도록 해주었지. 나는 네 마리 말이 끄는 마차를 타고 시끌벅적한 이 기방으로 곧장 들어가서는 오색 말을 잡고서 이제 기녀의 신분을 벗어버리라고 말해 줘야지.15

---

13 위의 글. "你這等窮廝, 我見有三十車羊絨潞紬哩!"
14 위의 글. "你雖有萬貫財, 爭如俺七步才. 兩件兒那一件聲名大? 你那財常踏著那虎口去紅塵中走, 我這才但跳過龍門向金殿上排."
15 위의 글. "他守我那紫羅蘭, 白象簡, 黃金帶. 我直著駟馬車鼎沸這座鶯花陣, 我將著五花誥與他開除了那面煙月牌."

이처럼 선비와 상인 간의 쟁탈전 앞에서 이소란은 확고하게 선비의 편에 서서 선비의 재능을 굳게 믿었고, 이빈에 대해서 변치 않는 마음을 보여주었다. 심사는 한때 승리를 한 듯이 보였지만, 이빈이 어느 순간 관직에 오르면서 결국은 이빈에게 패하게 된다. 심사는 기성을 얻기는커녕 "곤장 사십 대를 맞고, 관가에서 쫓겨났다."[16]

가중명이 쓴 잡극 「형초신중대옥소기荊楚臣重對玉梳記」 역시 상인과 여인 그리고 선비 사이의 삼각관계를 이야기하고 있다. 그 내용은 다음과 같다. 송강부松江府의 기생 고옥향顧玉香은 양주부楊州府의 선비 형초신荊楚臣과 만나 2년의 세월을 같이 보낸다. 형초신이 가지고 있던 '수십 정錠의 은銀'을 다 써버릴즈음 새로운 도전자가 나타났는데 그가 바로 동평부東平府에서 '스무 재載의 면화'를 싣고 송강부로 팔러 온 상인 유무영柳茂英이었다. 그 역시 경제적인 능력을 바탕으로 형초荊楚의 선비와 자웅을 겨루었다.

먼저 오십 냥의 은을 마님에게 찻값으로 드리고, 면 포 스무 재載까지 전부 드리고 가리다.[17]

나처럼 운치 있고 돈이 많은 남자가 그깟 형초荊楚의 선비만도 못하겠느냐?[18]

아가씨, 소인이 가진 면 포 스무 재載를 모두 드리리다. 그런데 제가 어찌

---

16 위의 글. "杖斷四十, 搶出衙門去."
17 賈仲明, 「荊楚臣重對玉梳記」, 『元曲選』, 北京 : 中華書局, 1958. "先留五十兩銀子, 與奶奶作茶錢; 料著二十載棉花, 也不到的剩一分回去."
18 위의 글. "這等風流子弟, 又有錢, 不强似那荊秀才?"

저 가난뱅이만도 못한지요?[19]

　　결국 형초신은 기생어미로부터 쫓겨나게 되었다. 하지만 고옥향은 "내 어찌 돈만 밝히고 사람은 나 몰라라 하겠어요我怎肯錢親人不親." 라고 하며 여전히 형초신을 잊지 못한다. 자신의 치욕스런 처지를 벗어나기 위해 형초신은 고옥향에게 아픈 이별을 고한 후 상경하여 시험을 본다. 고옥향은 끈질기게 달라붙는 유무영을 끝까지 거부한다. 형초신은 수도에서 "일거에 장원급제하여 구용현 현령을 제수받는다一擧狀元及第, 所除句容縣令." 한편 고옥향이 몰래 도망을 나오자 유무영은 그녀를 뒤쫓는다. 유무영이 막 폭력을 쓰려던 순간 마침 이미 관리가 된 형초신과 맞닥뜨리고, 이에 형초신은 고옥향을 구하고 유무영을 체포한다.

　　또 한 편의 작자미상 잡극 「정월련추야운창몽鄭月蓮秋夜雲窓夢」 역시 상인과 여인 그리고 선비 사이의 삼각관계에 대해서 이야기하고 있다. 변량汴梁의 기생 정월련鄭月蓮은 선비 장균경張均卿과 사랑에 빠진다. 하지만 장 선비는 수중에 있던 돈이 다 떨어져 기생어미로부터 쫓겨나게 되고, 차茶 상인 이모李某가 재력을 바탕으로 정월현을 차지하려 한다.

　　소인의 성은 이 씨로, 강서 사람입니다. 변량 지역에서 팔기 위해 몇 척의 배에 차를 싣고 왔습니다. 이곳의 행수기생 정월련의 미모가 출중하다는 말을 듣고, 흠모하는 마음이 생겼습니다. 어찌하여 그녀는 장 선비와 함께

19　위의 글. "大姐, 小人二十載棉花都與大姐, 不强如那窮身破命的?"

하고자 하는지, 제가 끼어들 틈이 없네요. (…중략…) 나의 재력으로 반드시 그를 물리칠 것입니다.[20]

하지만 정월련은 '재물財' 대신 '재능才'을 사랑하였으며, "그가 설령 돈이 많다 해도 나는 싫다. 난 오로지 그 선비만을 기다릴 것이다他雖有錢我不愛, 我則守著那秀才"라고 말한다. 그리고 그녀는 기생어미에게 다음과 같이 말하였다.

> 당신이 좋아하는 것은 수척의 배에 실린 강회江淮의 찻잎이지만, 제가 좋아하는 것은 사랑을 노래한 감동적인 애정시 백 편입니다. 당신이 좋아하는 것은 삼천 인引의 찻잎이지만, 제가 좋아하는 것은 백 편의 글입니다.[21]

장 선비는 기생집에서 몸 둘 곳이 없게 되자 홧김에 과거시험을 치르러 서울로 올라갔고, 장원급제를 하여 낙양현洛陽縣을 다스리게 되었다. 그때 마침 정월련이 낙양의 어느 기생집으로 팔려왔고, 장균경은 그녀를 불구덩이로부터 구해내어 마침내 두 사람이 부부가 되었다.

원대元代가 되면 이러한 내용의 잡극이 매우 많이 등장하는데, 위에서 언급했던 네 편의 잡극 외에도 여러 목록이나 인용문을 보면 다음과 같은 작품들이 소개되어 있다. 예를 들어, 왕실보王實甫의 「소소경월야

---

20 미상, 「鄭月蓮秋夜雲窓夢」, 『元曲選外編』, 北京 : 中華書局, 1959. "小子姓李, 江西人氏. 販了幾船茶, 來汴梁發賣. 此處有個上廳行首鄭月蓮, 大有顔色, 我心中十分愛他. 爭奈他和張秀才住著, 挿不的手, (…중략…) 憑著我金銀財物, 定然挨了他."
21 위의 글. "你愛的是販江淮茶數船, 我愛的是撼乾坤詩百聯. 你愛的是茶引三千道, 我愛的是文章數百篇."

판차선蘇小卿月夜販茶船」(일명 「신안왕단몰판차선信安王斷復販茶船」, 약칭 「판차선販茶船」), 유천석庚天錫의 「소소경시주려춘원蘇小卿詩酒麗春園」, 기군상紀君祥의 「신안왕단복판차선信安王斷復販茶船」, 작자 미상의 「간소경趕蘇卿」, 「예장성인월량단원豫章城人月兩團圓」, 「소소경쌍점판차선蘇小卿雙漸販茶船」 그리고 극본으로 쓰여진 「소소경월야범차선蘇小卿月夜泛茶船」, 「비파정琵琶亭」 등과 같은 작품들은 모두 서로 비슷한 내용의 주제를 이야기하고 있다. 한편, 위에서 언급한 몇몇 잡극의 출처를 살펴보면, 당시에 이러한 종류의 극본이 지금 우리가 알고 있는 것보다 훨씬 더 많았음을 알 수 있다. 명대 초반에 들어선 이후에도 이러한 제재의 잡극은 여전히 출현했는데, 주유돈朱有燉의 「유반춘수지향낭원劉盼春守志香囊怨」, 「난홍엽종양연화몽蘭紅葉從良煙花夢」 등이 그 예이다. 당시 이러한 부류의 잡극을 쓰는 것이 일종의 유행이었음을 알 수 있다.

위의 내용을 종합해보면, 다음과 같은 특징을 발견할 수 있다. 첫째, 대부분의 선비들이 기생의 마음을 얻을 수 있었던 반면에, 상인들은 결코 기생의 환심을 얻을 수 없었다. 둘째, 상인들은 경제적인 능력을 바탕으로 처음에는 선비들보다 우위를 점하여 한때는 기생들을 손에 넣었고, 선비들도 잠시 후퇴를 하여 앞날을 도모하는 수밖에 없었다. 셋째, 선비들은 관직을 얻은 후에 상인들을 물리쳤고, 결국은 기생을 되찾아왔다. 위의 내용이 바로 상인, 여인, 선비의 삼각관계를 그린 잡극의 '삼부곡三部曲'이라고 말할 수 있다.

게다가 이러한 잡극이 빈번하게 출현한 원대元代에 선비들 대부분은 "아홉 번째가 유생, 열 번째가 거지"인 처지에 있었으므로, 과거에 응시해 관리가 되는 것이 마치 천일야화나 헛된 꿈과 같아서 대부분 극중의 선비들처럼 상인을 물리치고 최후의 승리를 얻을 수 있는 것은 아니었다. 그러므로 우리는 상술한 종류의 잡극들이 모두 선비들의 상상과 환상의 산물이라고 생각한다. 이러한 잡극의 빈번한 출현은 거꾸로 상인이 기방에서 강한 힘을 가졌다는 것, 그리고 이 때문에 선비들은 문학에서 위안과 보상을 찾을 수밖에 없었다는 것을 증명해준다. 선비들은 문학에 의지해 현실 생활에서는 이루기 어려운 상인에 대한 승리를 획득함으로써 현실에서는 언제나 상인에게 패배했던 상실감을 보상받았으며, 자신들을 늘 압도했던 상인에게 보복을 가했던 것이다.

4. 명대明代 백화소설白話小說 – 새로운 각축

선비와 상인 사이의 계층 차이가 존재하는 한 '애정의 세계'에서 그들의 각축은 사라질 수 없었으며, 이러한 소재에 대한 문인들의 관심 또한 사라지지 않았다. 명대의 백화소설 중에도 이러한 유형의 이야기들을 볼 수 있으며, 여전히 이야기 속 상인들은 선비들을 이기지 못했다. 하지만 종종 생각지 못한 상황이 벌어지기도 하여 문학 바깥의 현실에서는 소설과 상반된 사실이 존재했음을 드러내기도 한다.

『유세명언喻世明言』권12에 실려 있는 「중명희춘풍조류칠衆名姬春風吊柳七」을 보면, 유영柳永이 기생집에서 완전히 승리를 거두는 것으로 묘사되는데, 이야말로 선비들의 상상을 표현해낸 전형적인 작품이라고 할 수 있다. 그 중에서도 특히 상인과 관련된 내용이 두 군데 등장하는데, 모두 선비와 상인의 '애정 관계'를 둘러싼 각축 및 문인의 각색에 의한 사인의 필연적 승리를 묘사하고 있다.

첫 번째는 명기名妓인 주월선周月仙과 선비 황수재黃秀才 그리고 상인 유이원외랑劉二員外郎 사이의 삼각관계에 관한 스토리이다. 비록 주월 선은 황수재와 좋은 관계를 맺고 있었지만, 능력 면에서 황수재는 유이 원외랑을 이길 수가 없었다. 하지만 황수재가 실패할 무렵에 또 다른 능력자 유영이라는 선비가 끼어들어 그들 사이에 근본적인 변화가 발 생하게 된다. 이는 원잡극元雜劇의 상투적인 수법으로, 선비가 재능에 만 의지해서는 돈 많은 상인에게 대항할 수 없지만 권력을 더하면 반드 시 이긴다는 원칙이 이 소설에도 여전히 적용되고 있는 것이다. 다만, 원잡극은 사인의 재능과 권력이라는 두 측면을 동일한 한 사람의 전후 변화로 표현했는데, 이 소설은 이를 두 명의 배역에게 분담시켜 표현하 고 있다. 이 소설의 전신인 「유기경시주완강루기柳耆卿詩酒玩江樓記」(「청 평산당화본淸平山堂話本」, 권1)는 원래 주월선과 상인의 사이가 좋았는 데, 나중에 권력을 얻은 유영이 그 권력을 이용해 그녀를 상인에게서 빼앗아 오는 내용이다. 서로 다른 이 두 종류의 이야기 전개는 유영과 상인의 인물 형상화와 크게 관련이 있지만, 선비와 상인이 기생을 두고 다투는 주제에서 문인인 작가가 항상 선비를 우위에 놓는 경향이 있다 는 점에 있어서는 두 편의 소설이 사실상 어떤 차이도 없다.

두 번째는 강주江州 지역의 기생인 사옥영謝玉英과 선비 유영柳永 그 리고 신안新安 지역의 거상인 손원외랑孫員外郎과의 삼각관계에 관한 스 토리이다. 유영은 강주지역을 지나면서 현지의 유명한 기생인 사옥영 을 우연히 만나고 서로 한눈에 반하게 된다. 하지만 유영은 공무를 집 행하던 신분이라 아쉬운 이별을 할 수밖에 없었다. 유영은 임기가 끝나기를 기다려 다시 강주지역을 찾아 사옥영을 데리고 함께 장안으로 돌아가기로 약속을 하였다. 이별의 기간 동안 사옥영은 "두문불출하면서 손님을 받지 않은 채 유영을 기다리리라杜門絶客以待" 맹세하였다. 하지만 유영이 3년의 임기를 채우고 동경으로 돌아가는 길에 강주에 들려 사옥영과의 지난 약속을 지키고자 하였으나, 사옥영은 이미 과거의 맹세를 저버리고 신안의 거상과 교제를 하고 있었다.

원래 사옥영은 유영과 이별한 뒤에 처음에는 정말 문을 닫고 손님을 받지 않았다. 하지만 1년이 지난 후에도 유영의 소식이 들리지 않자 바람과 달을 한스러워 할 수 밖에 없었다. 게다가 들어오는 돈도 없어 생활은 곤궁해졌다. 날마다 손님들이 문을 두들기지만 유영을 생각하며 손님을 거절하였다. 유영과의 짧았던 관계를 생각해보니 그의 약속이 진담인지 거짓인지도 모르겠고, 또 중간에서 부추기는 자들도 있었다. 결국에는 유혹을 뿌리치지 못하고 예전처럼 손님을 받기 시작했다. 그 중에는 신안 지역의 거상인 손원외랑이 있었는데, 매우 교양이 있고 예의가 발랐으며, 그녀와 일 년 넘게 사귀면서 천금이 넘는 돈을 썼다. 유영이 사옥영의 집을 찾아갔을 때, 마침 손원외랑이 사옥영을 불러 함께 호숫가로 뱃놀이를 간 뒤였다.[22]

이 장면은 선비들이 '애정의 세계'에서 맛본 큰 좌절을 표현하고 있

---

22 「衆名姬春風吊柳七」, 『喩世明言』 권12. "原來謝玉英初別耆卿, 果然杜門絶客. 過了一年之後, 不見耆卿通問, 未免風愁月恨. 更兼日用之需, 無從進益; 日逐車馬塡門, 回他不脫. 想著五夜夫妻, 未知所言眞假; 又有閒漢, 從中攛掇. 不免又隨風倒舵, 依前接客. 有個新安大賈孫員外, 頗有文雅, 與他相處年餘, 費過千金. 耆卿到玉英家詢問, 正值孫員外邀玉英同往湖口看船去了."

으며, 동시에 상인들이 반드시 패배자는 아니라는 내용을 담고 있다.
하지만 소설가는 당연히 선비가 실패하는 것을 보고 싶지는 않았을 것
이고, 이러한 까닭에 스토리는 예상했던 대로 바뀌게 된다. 즉 유영은
불만에 가득 차 울적한 마음으로 벽에 글을 적어 약속을 어긴 사옥영
을 책망한 후, "소매를 떨치고 가버림拂袖而出"으로써 선비의 위엄을
보여준 것이다. 뱃놀이에서 돌아온 사옥영은 이 글을 본 후 한없이 부
끄러워하며 후회를 하고, 즉시 상인을 버리고 동경으로 유영을 찾으러
간다.

> 호수에서 뱃놀이를 즐기고 돌아온 그녀는 벽에 쓰여진 「격오동擊梧桐」이
> 라는 글을 발견하고 나서 읽고 또 읽었다. 사옥영은 유영이 정말로 정이 있
> 으며 과거의 약속을 어기지 않았다고 생각하고 스스로 자괴감에 빠졌다.
> 이에 사옥영은 손원외랑을 속이고 집안의 물건들을 모두 챙긴 뒤 사공을
> 고용하여 유영을 찾기 위해 동경으로 한 걸음에 달려갔다.[23]

뿐만 아니라 그녀는 "집안의 모든 물건을 가지고 나와 버려 일말의
여지도 남기지 않았다帶著一家一火前來, 並不費他分毫之事." 이렇게 해서 선
비들은 자연스레 완승을 거두고 상인들은 여지없이 참패했다. 한 가지
주목해야 할 점은 이 소설의 근거가 된 원래 소재에서는 "신안 거상 손
원외랑"의 역할이 등장하지 않는다는 점이다. 관한경關漢卿의 「전대윤
지총사천향錢大尹智寵謝天香」에도 위와 같은 내용이 없다. 이는 완전히

---

23 위의 글. "他從湖口看船回來, 見了壁上這只「擊梧桐」詞, 再三諷詠. 想著耆卿果是有情之
人, 不負前約, 自覺慚愧. 瞞了孫員外, 收拾家私, 雇了船只, 一徑到東京來."

소설가가 덧붙여 지어낸 것으로, 앞에서 언급했던 것처럼 선비가 상인을 이긴다는 주제를 나타내고 있다.

이 소설은 선비들의 상상이 절정에 다다른 작품이라고 말할 수 있다. 유영의 장례식을 보면, "상복을 입은 온 성의 기녀 중 오지 않은 기생은 한 명도 없었으며 애도의 소리가 천지를 뒤흔들었다."[24] "장례식이 끝난 후 매년 청명절 즈음에 봄바람이 살랑거리면 많은 기생들이 약속이나 한 듯이 모여들었고, 각각 제수용품을 준비하여 유칠관의 묘지를 찾아가 종이돈을 매달고 성묘를 하였는데, '조류칠吊柳七'이라고 부르거나 '상풍류총上風流冢'이라고 부르기도 하였다."[25] 이 같은 묘사들은 바로 선비들이 가지고 있는 환상의 심각성을 보여주는 대목으로, 당연히 문인들의 작품 속에서 상인들은 이처럼 특별한 영예를 영원히 누릴 수가 없었다.

상인이 '애정의 세계'에서 선비에게 패하는 스토리는 『경세통언警世通言』 권24에 실린 「옥당춘락난봉부玉堂春落難逢夫」에도 잘 나타나있다. 그 내용을 살펴보면, 유명한 기생인 옥소저玉小姐는 오로지 선비인 왕공자王公子에게 마음을 두고 다른 손님은 절대로 받지 않았다. 산서 지역의 객상인 심홍沈洪은 그녀를 한 번 만나보고 싶었지만, 옥소저는 단호하게 거절하였다.

서루西樓에 있는 한 손님은 산서山西 평양부平陽府 홍동현洪同縣 사람으로,

---

24 위의 글. "只見一片縞素, 滿城妓家, 無一人不到, 哀聲震地."
25 위의 글. "自葬後, 每年淸明左右, 春風駘蕩, 諸名姬不約而同, 各備祭禮, 往柳七官人墳上, 掛紙錢拜掃, 喚做'吊柳七', 又喚做'上風流冢'"

은자 만냥을 가지고 북경에 와서 말을 판매했다. 이 사람의 성은 심沈이요 이름은 홍洪인데, 옥당춘玉堂春의 명성을 듣고 특별히 찾아왔다. (…중략…) 옥소저가 크게 놀라 "어떤 분이신지요?"라고 물으니 이렇게 대답했다. "소인은 산서 사람 심홍으로, 몇 만 냥의 자금을 가지고 이곳에서 말을 판매합니다. 옥소저의 명성을 듣고 오래전부터 사모해왔는데 얼굴을 뵙지는 못했지요. 오늘 만나게 되니 마치 먹구름이 걷히고 하늘이 갠 듯합니다. 바라건대 옥소저께서 저를 내치지 마시고 함께 서루에 가셨으면 합니다." 옥소저는 화를 내며 이렇게 말했다. "당신은 나와 전혀 모르는 사이인데, 어찌 이 야심한 밤에 찾아와 스스로의 재력을 과시하며 함부로 사단을 일으키시는지요?" 심홍이 애처로이 말했다. "왕삼관王三官도 그저 한 사람일 뿐이고 나도 한 사람일 뿐입니다. 그가 돈이 있다면, 나 또한 돈이 있지요. 도대체 나보다 어디가 나은 건가요?" 말을 마치자마자 앞으로 다가가 옥소저를 껴안으려고 하였다. 옥소저는 얼굴에 침을 뱉고 서둘러 문을 닫고서 집 안으로 들어가며 하녀에게 야단을 쳤다. "간도 크구나. 어쩌자고 이런 들개 같은 놈을 안으로 들여 놓았어?" 심홍은 아무 소득도 없이 돌아갔다.[26]

훗날 심홍은 돈으로 기생어미를 포섭해 옥당춘을 사들이려고 했지만, 옥당춘은 그의 제안을 받아들이지 않았고, 아예 그를 안중에 두지

---

26 「玉堂春落難逢夫」,『警世通言』권24. "卻說西樓上有個客人, 乃山西平陽府洪同縣人, 拿有整萬銀子, 來北京販馬. 這人姓沈名洪, 因聞玉堂春大名, 特來相訪 (…중략…) 玉姐大驚, 問:'是甚麼人?'答道:'在下是山西沈洪, 有數萬本錢, 在此販馬. 久慕玉姐大名, 未得面睹. 今日得見, 如撥雲霧見靑天. 望玉姐不棄, 同到西樓一會.'玉姐怒道:'我與妳素不相識, 今當寅夜, 何故自誇財勢, 妄生事端?'沈洪又哀告道:'王三官也只是個人, 我也是個人. 他有錢, 我亦有錢. 那些兒强似我?'說罷, 就上前要摟抱玉姐. 被玉姐照臉唾一口, 急急上樓關了門, 罵丫頭:'好大膽, 如何放這野狗進來?'沈洪沒意思自去了."

도 않았다. 다른 비슷한 내용의 기록과 비교해 보더라도, 특히 이 소설은 상인들에게 무례한 태도를 보여주고 있다. 예를 들면, 『정사류략情史類略』 권2에 실린 「옥당춘玉堂春」에는 "얼마 지나지 않아, 산서의 상인이 그 명성을 듣고 찾아와 만나주기를 간청하였다. 그리고 그녀의 사정을 알고 나서는 더욱 공손하게 대하며 백금을 주고 기생의 신분에서 벗어나게 해주었다. 세월이 흘러도 아름다운 자태는 여전하여 결국 상인의 아내가 되었다"[27]라는 대목과 『해강봉선생거관공안海剛峰先生居官公案』 제29회 「투첩성옥妒妾成獄」에는 "얼마 지나지 않아 절강의 어느 상인이 찾아왔는데, 난계 사람으로, 성은 팽씨, 이름은 응과였다. 그는 기생의 명성을 듣고 찾아와 만나주기를 간청하였다. 그리고 그녀의 사정을 알고 나서는 더욱 공손하게 대하며 백금을 주고 기생의 신분에서 벗어나게 해주었다. 세월이 흘러도 아름다운 자태는 여전하여 결국 상인의 아내가 되었다"[28]라는 대목 그리고 『청루소명록靑樓小名錄』 권6에 실린 「옥당춘」에는 "산서의 상인이 공손하게 그 사정을 듣고는 그녀를 아내로 맞이하였다"[29]라는 대목이 나오는데, 모두가 상인들이 상대방을 공손한 태도로 대하고 기생들의 고통도 헤아려주었기에 기생들 또한 상인을 따라 간다는 내용을 담고 있다. 이를 보면, 백화소설에 등장하는 장면들은 모두 소설가의 상상에서 나온 것임을 알 수 있다. 기타 각종 기사와 비교해 어느 것이 진짜고 어느 것이 가짜인지의 여부와

---

27 「玉堂春」, 『情史類略』 권2. "未幾, 山西商聞名求見, 知其事, 愈賢之, 以百金爲贖身. 逾年髮長, 顔色如故, 攜歸爲妾."

28 「妒妾成獄」, 『海剛峰先生居官公案』 제29회. "未幾, 有一浙江客, 蘭溪人, 姓彭, 名應科, 聞妓名, 求見. 知前事, 愈賢之, 以百金爲贖身. 逾年髮長, 顔色如舊, 攜歸爲妾."

29 「玉堂春」, 『靑樓小名錄』 권6. "山西商賢其事, 納爲妾."

관계없이 선비와의 경쟁에서 상인이 패배하도록 하는 것이 이 소설 특유의 것임은 분명하며, 그 속에는 상인과 싸워 이기기를 갈망하는 선비의 심리 및 현실 생활에 존재하는 상반된 사실이 표현되어 있다.

『박안경기拍案驚奇』 권25에 실린 「조사호천리유음 소소연일시정과趙司戶千里遺音 蘇小娟一詩正果」에도 마찬가지로 상인이 '애정의 세계'에서 선비에게 패배한다는 주제가 표현되어 있다. 전당錢塘의 유명한 기생 소반노蘇盼奴는 태학생인 조불민趙不敏과 좋은 관계를 유지하고 있었다. 훗날, 조불민은 과거시험에 급제하여 양양襄陽의 사호司戶로 부임하였다. 하지만 여러 해가 지나도록 소반노의 기생 적을 없애주러 오지 않았다. 소반노는 "문 밖 출입도 일절 하지 않고, 한 명의 손님도 받지 않았다足不出門, 一客不見." 하지만 이때 한 상인이 등장하였고, 상인은 소반노와 사귀고 싶었지만 그녀는 상인을 전혀 거들떠보지 않았다.

하루는 문득 어잠於潛 지역의 한 상인이 몇 상자의 관용 비단을 가지고 전당으로 왔다. 반노의 명성을 알고 있었기에 꼭 한번 만나고 싶어 했다. 수차례의 간청에도 반노는 병을 핑계로 만나주지 않았다. 나중에 정말로 병세가 악화되었고, 상인은 일부러 핑계를 대며 거절하는 줄 알고 마음속에 원망과 분노를 품었다. 소연은 두 차례 접대를 하면서도 아둔한 멍청이라는 것을 알고는 상인에게 눈길도 주지 않았다. 몇 번이나 소연이 있는 곳에서 억지로 머무르려고 하자, 소연은 "언니의 병세가 위중하여 밤에는 곁에서 간호하며 시중을 들고 약을 달여야 하니, 여기에 계실 수 없습니다"라고 말하였다. 상인은 어쩔 수 없이 다른 집으로 가서 묵게 되었다.[30]

훗날, "어잠의 손님은 관용 비단을 창녀와 자는 비용으로 사용하려 했다는 사실이 일행에게 발각되어 관부에 끌려오자 옛 원한을 품고 도리어 반노와 소연을 끌어들인다."[31] 이 역시 같은 주제의 이야기로, 기생이 상인을 안중에 두지 않음을 묘사함으로써 선비와 문인의 기를 살려준 것이다. 하지만 다른 소재의 이야기 속에서는 오히려 이러한 장면이나 내용은 찾아 볼 수 없고, 이와 반대로 모두 상인을 "반노가 좋아하는 사람盼奴所歡"으로 묘사하였다. "상인을 유혹하여 비단 백 필을 얻었다誘商人官絹百匹"라는 것 또한 "반노가 한 일이다盼奴事"(매정조梅鼎祚의 『청니련화기靑泥蓮花記』 권8에 실린 「소소연蘇小娟」이 『무림기사武林紀事』를 인용한 내용). 이로 보면, 소반노는 상인을 거부한 것이 아니라, 사실은 상인과 좋은 관계를 맺고 있었으며, 상인을 유혹하여 비단을 화대로 받았음을 알 수 있다. 단지 이 소설에서만 반노가 상인을 거부해 상인이 비단을 가지고 다른 기생집에 가도록 유도했다. 그 목적은 오로지 하나뿐인데, 상인이 '애정의 세계'에서 패배하고 선비가 승리하도록 만드는 것이었다. 이 역시 문인들의 상상으로 만들어진 산물이었다.

하지만 『경세통언警世通言』 권32의 「두십낭노침백보상杜十娘怒沉百寶箱」을 보면, 이러한 주제에 모종의 변화가 나타남을 알 수 있다. 이야기 속에서 명기인 두십낭은 공자公子 이갑李甲을 사모하고 그와 함께 백년해로하기를 기원하였다. 뜻밖에 이갑은 엄격한 아버님을 내심 두

---

30 「趙司戶千里遺音 蘇小娟一詩正果」, 『拍案驚奇』 권25. "一日, 忽有個於潛商人, 帶著幾箱官絹, 到錢塘來. 聞著盼奴之名, 定要一見. 纏了幾番, 盼奴只是推病不見, 以後果然病得重了, 商人只認做推托, 心懷憤恨. 小娟雖是接待兩番, 曉得是個不在行的蠢物, 也不把眼稍帶著他. 幾番要矸在小娟處宿歇, 小娟推道：'姐姐病重, 晚間要相伴, 伏侍湯藥, 留客不得.' 畢竟纏不上. 商人自到別家闕宿去了."

31 위의 글. "於潛客人被同伙首發, 將官絹費用宿娼, 拿他到官, 懷著舊恨, 卻把盼奴, 小娟攀著."

려워했고, 밖으로는 간사한 말에 홀려 일천 냥의 은자를 얻기 위해 두 십랑을 신안新安 상인 손부孫富에게 팔아넘긴다. 이는 어쩌면 상인의 승리로 보일 수 있는데, 상인은 돈과 재물이 많았을 뿐만 아니라 예법에도 구속을 받지 않았기 때문이다. 하지만 소설가는 상인이 승리하는 것을 바라지 않았다. 그래서 두십낭으로 하여금 자살하게 만들었다. 두십낭은 임종을 앞둔 유언에서 자신은 상인을 사랑할 수 없고 오직 선비만을 사랑한다고 밝혔다. 하지만 이갑과 같은 선비는 오히려 "눈에 진주가 안보였고眼內無珠(분별력이 없음)", "아내는 남편을 버리지 않았지만, 남편은 스스로 아내를 버린"[32] 경우였다. 그러므로 기생집에서 발생한 상인에 대한 선비의 승리는 그 본질적인 면에 있어서는 결코 아무런 변화가 없었던 것이다.

위에서 언급한 몇 편의 소설을 종합적으로 살펴보면 어느 정도 공통된 부분을 발견할 수 있다. 바로 문인의 필치에 의해서 기생은 항상 선비들을 좋아하였고, 반대로 상인들은 싫어하였으며, 항상 문인들의 '재능'을 좋아하고, 반대로 상인들의 '재물'은 싫어하여, 선비들은 항상 승리를 하고 상인들은 패배한 것처럼 보인다는 것이다. 설령 상인이 어떤 면에서 승리한 흔적이 보일지라도 그 원인은 역시 다른 곳에 있었다. 예를 들면, 기생어미가 돈에 대한 욕심이 있던가, 아니면 선비들의 "눈에 진주가 안 보이는 것, 즉 분별력이 없는 것眼內無珠"이 그 원인이었을 뿐, 기생 자신과는 아무런 연관이 없었다. 만일 선비들이 기생집에서 여전히 승리자라고 말할 수 있다면, 기생의 마음속에서 그들은

영원한 승리자였을 것이다.

하지만 이는 단지 이러한 주제의 문학 작품들만이 가지고 있던 특수 현상이었다. 이러한 주제를 표현하지 않은 다른 문학 작품들 속에서 (예를 들어 위에서 언급한 공안소설公案小說과 문언소설文言小說) 상인들은 '애정의 세계'에서 거의 항상 승리자였고 궁색한 선비들을 참패로 몰아넣었다. 바로 이러한 까닭으로 우리는 위의 작품들 속에 표현된 상인에 대한 선비의 승리가 단지 문인들의 상상에 의해서 만들어진 산물일 뿐임을 더욱 굳게 믿을 수밖에 없다.

5. 청대 문언소설文言小說 – 희극화된 환상

「두십낭노침백보상杜十娘怒沉百寶箱」은 하나의 비극적인 스토리로, 이 갑과 손부의 거래는 사람들에게 특히 실망감을 안겨주었다. 그 내용을 살펴보면, '애정의 세계' 속 상인과 여인 그리고 선비 간의 '삼각관계'라 는 각축장에서 선비는 처음으로 자신의 동맹자를 팔아버렸다. 하지만 역사는 흔히 이와 같기 마련인데, 처음에는 장엄한 비극이었지만 나중 에는 익살스러운 희극으로 변하고, 문학적인 주제 또한 매번 이렇다는 것이다. 『요재지이聊齋誌異』「곽녀霍女」를 보면, 선비인 황생黃生과 곽녀 그리고 거상의 아들 사이의 삼각관계에 있어서도 「두십낭노침백보상」 과 유사한 스토리가 연출되지만, 전자와 달리 그 결과는 오히려 유쾌 하게 만드는 희극으로 바뀐다.

　양주 관내에 이르러 배는 강변에 정박하였다. 곽녀는 때마침 선창에 기대어 있었는데, 어느 거상의 아들이 이곳을 지나가다 곽녀의 아름다움에 홀려 뱃머리를 돌려 곽녀가 타고 있던 배 옆에 닻을 내렸다. 하지만 황생은 이 사실을 알아채지 못했다. 곽녀는 별안간 황생에게 말하길 "당신의 집안은 너무 가난해요, 지금 당신을 가난으로부터 구해줄 방법이 있는데 당신이 내말을 들을지 모르겠네요." 황생이 어떤 방법인지 반문하자, 곽녀는 "제가 당신과 함께 한지 수년이 지났지만, 당신을 위해 아이를 낳고 기르지 못했어요. 이것이 늘 마음에 걸렸답니다. 비록 제가 누추한 용모이지만, 다행히도 아직 젊습니다. 만일 누군가가 천 냥의 돈을 당신에게 줄 수만 있다면, 나를 팔아서 그 돈으로 장가도 가고 토지와 집도 살 수 있습니다. 이 방법이 어떠신지요?" 황생은 이 말을 듣고 아연실색하고 곽녀가 왜 이런 말을 하는지 몰랐다. 이에 곽녀는 웃으며 말하길 "너무 조바심을 내지 말아요. 이 세상에는 아름다운 미인들이 많은데, 누가 거액의 돈으로 나를 사겠어요? 단지 한 번 해본 소리이고, 그런 사람이 있는지를 본 거랍니다. 나를 팔던지 안 팔던지는 당신이 결정하세요." 황생은 완강하게 거절하였다. 곽녀는 사공의 아내에게 이 사실을 말했고, 사공의 아내가 황생을 보니 황생은 별로 개의치 않은 듯 보였다. 사공의 아내가 잠시 자리를 비운 뒤에 다시 돌아와 말하기를 "옆에 있는 배에는 거상의 아들이 타고 있는데, 800냥을 내겠다고 합니다." 황생은 짐짓 고개를 가로저으며 안 된다고 거절을 하였다. 잠시 뒤에 사공의 부인이 다시 돌아와 당신들이 요구한 금액의 돈을 줄 테니 황생이 직접 그 배에 가서 사람을 건네주고 돈을 받으라고 말했다. 순간 황생은 싸늘한 웃음을 던졌고, 곽녀는 "거상의 아들에게 잠시 기다리라고 하세요. 저는 남편에게 몇 마디 당부하고 곧 그리로 보내겠습니다" 하였다. 이어 곽녀가 황생에게 말하길 "저는 매일을 천금의 가치가 있는 몸으로 당신을 섬겼습니다. 이제야 아시겠지요?" 하였다. 황생이 "무슨 핑계로 그에게 가서 거절할 것인가?"라며 거듭 묻자, 곽녀는 "당신은 지금 타로 가서 계약서에 서명이나 하세요, 가든 안가든 내가 결정할 문제입니다"라고 답했다. 황생은 여전히 내키지 않았지만, 곽녀가 억지로 재촉하는 바람에 어쩔 수 없이 거상의 아들이 있는 배로 건너갔다. 상대방이 바로 황생에게 돈을 건네주었고, 황생은 상대방에게 돈을 원래대로 담게 하고 도장을 찍고는 말하기를 "가난이 연고가 되어 결국 이렇게 아내를 팔게 되었구나. 갑자기 헤어지고, 아내를 내치니 정말 참기 힘들도다. 만일 내 아내가 허락하지 않으면, 원래대로 이 돈을 돌려드리리다." 황생이 타고 있던 배로 돈을 옮기고 있을 때 곽녀는 이미 사공의 아내를 따라 선미에서 상인의 태로 옮겨 타고 있었다. 곽녀는 멀리서 고개를 돌려 황생에게 이별을 고했지만, 이별을 아쉬워하는 기색을 보이지 않았다. 황생은 아연실색하여 넋을 잃고 목이 메여 말조차 할 수 없었다. 상인의 배는 곧장 밧줄을 풀고는 화살처럼 빠른 속도로 사라졌다. 황생은 대성통곡을 하며 상인의 배를 쫓아가달라고 부탁을 하였지만 사공은 이를 거절하고 배를 남면으로 저어갔다. 잠시 눈을 돌린 사이에 배는 어느덧 진강鎭江에 도착했고, 부둣가에 황생과 돈을 내려놓고는 사공은 급히 떠나버렸다. 황생은 행장을 보며 그곳에 울적하게 앉아 있었는데, 마땅히 갈 곳도 없고 그저 유유히 흐르는 강물만을 바라보고 있노라니 가슴이 찢어질 것만 같았다. 하염없이 눈물을 흘리고 있을 때 문득 어디선가 "황생 낭군님"하는 연약하고 고운 목소리가 들려왔다. 황생이 놀라 뒤돌아보니 곽녀가 앞면의 길가에서 걸어오고 있었다. 황생은 기뻐서 어쩔 줄을 몰라 하며 행장을 짊어지고 곽녀에게 달려가 묻기를

"당신 어떻게 이렇게 빨리 돌아왔소?" 하자, 곽녀는 웃으며 "더 늦게 돌아오면 낭군께서 의심하시지 않겠습니까"라고 말했다. 황생은 그제야 곽씨가 보통여자가 아님을 깨닫고, 자세한 정황을 이것저것 따져 물었다. 곽녀는 웃으면서 "저는 일생동안 저런 인색한 사람을 만나면 파산시키고, 사악한 사람과 부딪히면 골탕 먹이며 살아왔습니다. 만일 당신에게 사실대로 말하고 상의를 하였다면, 당신은 분명히 허락하지 않았을 겁니다. 그러면 어디에 가서 천금을 얻을 수 있겠습니까? 이제 돈주머니에 돈도 가득하고, 당신의 아름다운 아내도 아무 탈 없이 돌아왔으니, 당신은 행복하고 만족해 하셔야지 끝없이 물어보기만 하면 어떻게 합니까?" 이렇게 해서 두 사람은 인부를 고용하여 행장을 짊어지게 하고 함께 길을 떠났다.[33]

이 스토리는 「두십낭노침백보상」과 비교해 볼 때 전체적으로 상반된 내용을 가지고 있다. 곽녀의 손에 의해서 이러한 희극이 연출되었

---

[33] 「霍女」, 『聊齋誌異』. "至揚州境, 泊舟江際. 女適憑窗, 有巨商子過, 驚其艶, 反舟綴之, 而黃不知也. 女忽曰:'君家綦貧, 今有一療貧之法, 不知能從否?' 黃詰之, 女曰:'妾相從數年, 未能爲君育男女, 亦一不了事. 妾雖陋, 幸未老耄. 有能以千金相贈者, 便鬻妾去, 此中妻室, 田廬皆備焉. 此計如何?' 黃失色, 不知何故. 女笑曰:'君勿急, 天下固多佳人, 誰肯以千金買妾者? 其戲言於外, 以覘其有無. 賣不賣, 固自在君耳.' 黃不肯. 女自與榜人婦言之, 婦目黃, 黃漫應焉. 婦去無幾, 返言:'鄰舟有商人子, 願出八百.' 黃故搖首以難之. 未幾, 復來, 便言如命, 卽請過船交兌. 黃微哂. 女曰:'敎渠姑待, 我囑黃郎, 卽令去.' 女謂黃曰:'妾日以千金之軀事君, 今始知耶?' 黃問:'以何詞遣之?' 女曰:'請卽往署券, 去不去固自在我耳.' 黃不可. 女逼促之, 黃不得已, 詣焉. 立刻兌付. 黃令封誌之, 曰:'遂以貧故, 竟果如此, 遽相割舍. 倘室人必不肯從, 仍以原金璧趙.' 方運金至舟, 女已從榜人婦從船尾登商舟, 遙顧作別, 並無凄戀. 黃驚魂離舍, 嗌不能言. 俄商舟解纜, 去如箭激. 黃大號, 欲追傍之. 榜人不從, 開舟南渡矣. 瞬息達鎭江, 運貨上岸. 榜人急解舟去. 黃守裝悶坐, 無所適歸, 望江水之滔滔, 如萬鏑之叢體. 方掩泣間, 忽聞嬌聲呼'黃郎'. 愕然四顧, 則女已在前途. 喜極, 負裝從之, 問:'卿何遽得來?' 女笑曰:'再遲數刻, 則君有疑心矣.' 黃乃疑其非常, 固詰其情. 女笑曰:'妾生平於吝者則破之, 於邪者則詿之也. 若實與君謀, 君必不肯, 何處可致千金者? 錯囊充牣, 而合浦珠還, 君幸足矣, 窮問何爲?' 乃雇役荷囊, 相將俱去."

는데, 곽녀는 자발적으로 자신을 거상인 자에게 팔라고 요청하고, 황생이 '거액'을 벌 수 있도록 하였다. 황생은 돈보다 감정을 더 중요시하였기에 오로지 곽녀 혼자서만 상인을 속이는 계획을 세워야만 했다. 하지만 결국은 힘을 들이지 않고 돈과 사랑을 모두 얻을 수 있었다. 이때 거상은 기존의 경우와 마찬가지로 미녀를 위해서라면 거금도 아까워하지 않았지만, 손부처럼 비극을 초래하는 인물은 아니었으며, 오히려 어리석고 가련한 인물이 되었다. 이는 작가가 패러디 수법을 사용하여 「두십낭노침백보상」의 스토리를 새롭게 재구성한 것임을 분명히 알 수 있다.

하지만 이처럼 선비가 상인을 물리치고 여인을 차지하게 된다는 전통적인 주제는 여전히 바뀌지 않았으며, 단지 그 표현 방식에 있어서 좀 더 이상적으로 변모하였을 뿐이다. 재능과 미모를 갖춘 곽녀처럼 기생들은 오히려 가난에 찌든 선비의 배필이 되길 원하였지 거상의 첩이 되는 것은 원치 않았으며, 선비를 중시하고 상인을 경시하는 태도는 사실 앞에서 언급했던 기생의 캐릭터와도 일치하는 면이 있다. 곽녀와 같은 여인이 앞에서 언급했던 기생보다 더욱 이상적인 부분은 감정적인 면에서 선비에게 충절을 보였을 뿐만 아니라 실질적으로도 선비를 도울 수 있었다는 점이다. 거상을 속여 얻은 거액의 돈은 그녀의 실질적인 능력을 증명하는 것이었다. 이것은 '하나도 쓸모가 없는' 기생에 비하면 자연히 선비들의 구미를 당기는 부분이었다. 만일 이갑이 저승에서 이와 같은 사실을 안다면 아마도 큰 불만을 늘어놓을 것이다. 왜냐하면 두십낭은 투신할 줄만 알았지 선비를 위해 속임수를 써서 거액을 가져오는 방법을 몰랐기 때문이다. 물론 곽녀는 행동으로 옮기기 전에 선비의 진심을 시험해보는 것도 잊지 않았다. 선비가 이 시험을 통과한 후에야 그녀는 비로소 한 걸음 더 나아간 행동을 취했다. 이는 그녀가 남들보다 뛰어난 기지를 보여주는 대목으로, 이 역시 두십낭으로부터 교훈을 얻은 것이 아닐까?

'애정의 세계'에 있어서 선비들의 승리에 대한 상상은 한층 업그레이드된 것처럼 보인다. 선비는 상인으로부터 여인을 뺏어 오길 갈망했을 뿐만 아니라, 상인에게서 돈도 가로채오길 바랐다.

하지만 이렇게 업그레이드된 상상은 여전히 현실과는 상반된 모습이었다. 즉, 현실생활 속에서 선비들은 갈수록 나약해지고 무기력하게 변하였기에, 그들은 상인들에게서 여인을 쟁취할 수 없었고 돈도 얻지 못했을 것이다. 그래서 어쩔 수 없이 『유림외사儒林外史』의 심대년沈大年처럼 스스로 자신의 딸을 상인에게 첩으로 보냈을 지도 모른다.

6. 나가며

중국 고대문학에서는 상인, 여인, 선비의 삼각관계가 자주 등장한다. 이 삼각관계가 표현되는 방식은, 상인과 선비가 '애정의 세계'에서 각축을 벌일 때마다 선비들은 항상 승리를 거두고, 상인들은 언제나 참패를 당한다는 것이다. 특히 여인의 마음속에서 선비의 '글재주'는 언제나 환영을 받았으며, 상인의 '금전'은 반대로 멸시를 당하였다. 상인의 금전적인 능력에 밀려서 선비가 잠시 좌절을 맛보기도 하지만, 결국은 역전승을 거두고 최후의 승자가 된다. 게다가 선비들이 한 때는 좌절을 맛본다 할지라도 여인의 마음속에는 여전히 선비들이 자리를 잡고 있었지 결코 상인들에게 그 마음이 가지는 않았다. 사실 이러한 삼각관계는 선비(문인)들의 상상에서 비롯된 것이다. 그들은 이러한 상상을 통해 현실 생활에서 이루지 못한 상인들에 대한 승리와 상인들에게 밀리는 자신들의 처지에 대한 아쉬움을 달랬으며, 그리고 이러한 문학적인 상상을 통해서 그들을 압도하는 상인들에 대해 복수를 하였던 것이다. 당대 시가로부터 원대 잡극, 명대 백화소설, 청대 문언소설에 이르는 동안, 선비의 환상은 은밀함으로부터 현실화, 새로운 각축, 희극화의 특징으로 계속 변화·발전해왔다. 본 글은 이 문제에 대해 자세히 살펴보았다.

참고문헌

단행본

淩濛初 撰, 章培恒 整理, 王古魯 注釋,『拍案驚奇』, 上海 : 上海古籍出版社, 1982.

________, 章培恒 整理, 王古魯 注釋,『二刻拍案驚奇』, 上海 : 上海古籍出版社, 1983.

徐沁君 校點,『新校元刊雜劇三十種』, 北京 : 中華書局, 1980.

隋樹森 編,『元曲選外編』, 北京 : 中華書局, 1959.

王季思 主編,『全元戲曲』, 北京 : 人民文學出版社, 1999.

臧懋循 編,『元曲選』, 北京 : 中華書局, 1958.

彭定求 等編,『全唐詩』, 北京 : 中華書局, 1960.

蒲松齡 撰, 張友鶴 輯校,『聊齋誌異(會校會注會評本)』, 上海 : 上海古籍出版社, 1978.

________, 朱其鎧 主編,『聊齋誌異(全本新注)』, 北京 : 人民文學出版社, 1989.

馮夢龍 編, 嚴敦易 校注,『警世通言』, 北京 : 人民文學出版社, 1956.

________, 許政揚 校注,『古今小說』(『喩世明言』), 北京 : 人民文學出版社, 1958.

馮夢龍 編著, 顧學頡 校注,『醒世恒言』, 北京 : 人民文學出版社, 1956.

洪 楩 撰, 程毅中 校注,『清平山堂話本校注』, 北京 : 中華書局, 2012.

洪 楩 編, 譚正璧 校點,『清平山堂話本』(含『雨窗集』,『欹枕集』), 上海 : 上海古籍出
　　　版社, 1987.

한국 전기서사^{傳奇敍事}에서의 상인 소재와 그 의미

정환국

1. 사士계층과 전기傳奇, 그리고 상업
─전기서사의 태생적 성격

이 글은 한국 전기서사에서 상인, 또는 상행위가 소재로 된 사례를 분석하여 그것의 의미를 짚어본 것이다. 기실 전기서사에서 상인이라는 소재는 극히 제한적이거나 파편적으로 활용되고 있기에 이 주제의 성립 여부가 의문스러울 정도다. 그만큼 한국 전기서사에서 상인, 또는 상업에 대한 소재는 익숙하지 않으며 특별한 경향성이 감지되지도 않는다. 아무튼 상인 / 상업은 전기서사에서 대접 받을 수 없는 대상이거나 소재였다. 우리의 경우 동아시아에서 유교적 메커니즘이 가장 완강했거나 온전하게 유지되었던 사정을 환기해 볼 때, 또 전기서사가 유교사회의 첨병이었던 士(집단)의 자기정체성을 구현한 장르였다는 점까지 고려하면 이 전제가 더 명확해진다.

그럼에도 한국 전기서사의 성립과 전환에는 의외로 상인과 상행위에 대한 소재가 일종의 포석처럼 자리하고 있다. 그것이 작품 내에서는 특별한 기능을 하지 못하는, 그래서 지나가는 장면처럼 보이지만, 이 장면들을 붙잡아 곰곰이 따져보면 논란거리가 있을 법 하다. 요컨대 이 부분을 잘 들여다보면 한국 전기서사의 자기 성격과 그 변화의 양상까지 가늠하는 단서가 될 수도 있지 않을까 싶다.

여기서는 최초의 본격적인 전기 작품인 「최치원崔致遠」을 비롯, 전기서사의 일대 변모로 거론되는 「주생전周生傳」과 「최척전崔陟傳」, 그리고 명대明代의 화본소설話本小說을 전기적인 색채로 개작한 「왕경룡전王慶龍傳」 등을 통해 이 문제를 개진해 보고자 한다.

전기서사는 애초 士계층의 자기정체성 성립 과정에서의 산물인 만큼, '상행위'에 대한 편집증적인 반응을 보이는 글쓰기 유형이었다. 당대唐代 이후 유가지식인 중심으로 성립된 사집단은 비유가담론인 소설류를 자기 집단의 정체성 확립을 위한 도구로 이용하였는데, 그 첫 사례 중에 하나가 전기였다.[1] 종래의 귀족관료지배의 메커니즘에서 과거제로 통칭되는 새로운 관로 진출 시스템은 귀족 아닌 士人 계층으로서는 신세계 그 자체였다. 이 입신의 욕망이 그들로 하여금 전기라는 형식을 고안하게 하였으며, 이 호흡이 긴 글쓰기를 통해 유교 이념─의리 전통─을 선양함으로써 자신들이 유학儒學으로 체화된 주체임을

---

1 당송대의 筆記類도 이런 맥락에서 볼 필요가 있는데, 다만 傳奇에 비해 성립 시기가 늦은 편이고 경향이 약간 다르다. 즉 전기가 지식인 개인의 자기색채를 위해 골몰한 장르였다면, 필기는 개인의 단계를 넘어선 집단화의 산물이다.

 동아시아 문학 속 상인 형상

과시하고자 했다.[2] 따라서 당대 전기는 이전까지 구체화된 적이 없는 유가 이념을 다양한 소재를 통해 모색한 가장 긴 글쓰기 양식이었다.

실상이 그렇기는 하나 내용상에서 이런 점이 온전하게 구현되었을까. 꼭 그렇지는 않았던 것 같다. 이 이념의 산포 과정에는 적잖은 흔들림도 드러나 있기 때문이다. 특히 상행위가 벌어지는 시정 공간이나 그 주변의 인물들은 의리義理를 일삼는 지적 소유자들의 모습과는 판이하다.

길을 나서 동구에 다다르니 문은 아직 열리지 않은 상태였다. 문 옆에는 호인胡人이 떡을 파는 가게가 있었는데, 등불을 밝히고 화로에 불을 때던 참이었다. 정자鄭子는 이 가게의 처마 아래에 앉아 파루 북이 울리기를 기다리며 그곳 주인과 얘기를 나누었다. 정자는 앞서 묵었던 곳을 가리키며 물었다. "이곳에서 동편으로 돌아서면 문이 나오는 데 그 집은 누구의 집이오?" "그곳은 무너져 버려진 땅으로 집이라곤 없는데요?" "그곳을 거쳐 왔는데 어째서 없다는 거요?" 둘의 논쟁은 물러섬이 없었다. 그러다가 가게 주인은 마침 뭐가 떠올랐는지 말했다. "아! 내 이제 알겠소. 그 안에는 여우 한 마리가 살고 있는데, 사내를 유혹하여 함께 묵는 일이 많다오. 지금까지 세 번을 봤는데, 지금 당신도 만났단 말이오?" (…중략…) 십여 일이 지나 정자는 놀다가 서시西市의 한 옷가게로 들어갔다가 별안간 그녀를 보게 되었다. 접때처럼 여종을 데리고 있었다. 정자가 급히 그녀를 부르자 임씨任

2　기존에 논의된 만큼 唐代 전기의 성립에 도교 / 불교의 영향은 컸다. 따라서 여기서 유교 이념이란 전제가 자칫 오해를 불러 올 수도 있겠다. 그럼에도 당대 전기의 도교 / 불교적 성격과 내용은 분명하지만, 작자는 거의 대부분 유가지식인이었다는 점은 확실하다. 그들은 종래의 불교적인 것, 도교적인 요소들을 새로운 양식에 끌어들여 '자기화'했던 것이다.

氏는 몸을 숨기더니 모여 있던 인파 속에서 쫓고 쫓기다가 이내 사라지고 말았다.³

「임씨전任氏傳」의 한 대목이다. 여우의 변신인 임씨는 거처가 저잣거리의 폐가인 데다, 장안의 서시西市에 출몰하는 시정의 아낙네이다. 그녀에게 미혹된 정육鄭六(정자鄭子)은 주색을 좋아하지만 집이 가난하여 처족에게 얹혀사는 형편이다. 다만 무예를 익혔던 그는 나중에야 처족의 도움으로 외방의 무관이 되는데, 그 와중에 임씨의 도움이 적지 않았다. 그녀는 정육더러 돈을 빌려 말을 구입하라 하고는 이 말을 다시 되팔게 함으로써 여섯 배의 이득을 안겨 준다. 장사꾼으로서의 수완을 여지없이 발휘한 것이다.⁴ 하지만 정육은 여전히 그녀의 정체는 물론 그녀의 원망에 대한 깊은 이해도 없었고, 결국 그녀를 죽음으로 몰고 가고 만다.

이런 시정을 배경으로 한 또 다른 작품이 「이왜전李娃傳」이다. 배경

3 　沈旣濟,「任氏傳」. "旣行, 及里門, 門扃未發, 門旁有胡人鬻餅之舍, 方張燈熾爐. 鄭子憩其簾下, 坐以候鼓, 因與主人言. 鄭子指宿所以問之曰: '自此東轉, 有門者, 誰氏宅?' 主人曰: '此隤墉棄地, 無第宅也.' 鄭子曰: '適過之, 曷以云無?' 與之固爭. 主人適悟, 乃曰: '吁! 我知之矣. 此中有一狐, 多誘男子偶宿. 嘗三見矣, 今子亦遇乎?' (…중략…) 經十許日, 鄭子遊, 入西市衣肆, 瞥然見之, 曩女奴從. 鄭子遽呼之, 任氏側身, 周旋於稠人中以避焉."(內田泉之助・乾一夫,『唐代傳奇』, 明治書院, 86~88면)

4 　위의 글. "他日, 任氏謂鄭子曰: '公能致錢五六千乎? 將爲謀利.' 鄭子曰: '可!' 遂假求於人, 獲錢六千. 任氏曰: '鬻馬於市者, 馬之股有疵, 可買以居之.' 鄭子如市, 果見一人牽馬求售者, 疵在左股. 鄭子買以歸, 其妻昆弟皆嗤之曰: '是棄物也, 買將何爲?' 無何, 任氏曰: '馬可鬻矣, 當獲三萬.' 鄭子乃賣之, 有酬二萬, 鄭子不與. 一市盡曰: '彼何苦而貴買, 此何愛而不鬻?' 鄭子乘之以歸, 買者隨至其門, 累增其估, 至二萬五千也. 不與曰: '非三萬不鬻!' 其妻昆弟聚而誚之, 鄭子不得已遂賣, 卒不登三萬. 旣而密伺買者, 徵其由, 乃昭應縣之御馬疵股者, 死三歲矣, 斯吏不時除籍. 官徵其估, 計錢六萬, 設其以半買之, 所獲尙多矣. 若有馬以備數, 則三年芻粟之估, 皆吏得之, 且所償蓋寡, 是以買耳."(위의 책, 98~99면)

이 이번에는 장안의 동시東市이다. 주지하듯이 서시가 민간 시장이고 국제화된 저자라면, 동시는 귀족 및 관료들이 이용하는 저잣거리였다. 이곳 고급 유곽遊廓에서 치명적인 창기 이왜李娃에게 홀려 가진 돈을 모두 탕진한 한 젊은 수재는 하루아침에 저잣거리의 노숙자가 되기에 이른다. 하지만 그가 다시 재기하는 공간도 이 저잣거리였다.[5] 결과적으로 동시는 한 전도양양한 수재를 엄청난 곤경에 빠뜨리는 교묘한 '사기'의 공간이자, 정리에 기반 한 '이익'을 가져다주는 공간이기도 했다. 곧 양가성의 공간이다.

어쨌든 위 두 작품은 저자를 배경으로 하고 있다. 비록 주인공들이 상인으로 설정된 것은 아니지만 그곳 사람들의 상행위와 연결되어 서사가 진행되며, 극적 전환을 가져오기도 한다. 그런데 분명한 것은 저잣거리와 상행위가 이들 저작의 목적은 아니었다. 심기제沈旣濟와 백행간白行簡은 작품의 의도를 다른 데서 찾고 있다. 즉 한쪽은 정욱이라는 돈실하지 못한 인물을 비판하기 위해,[6] 또 한쪽은 창기였던 이왜의

---

5 白行簡, 「李娃傳」. "生惶惑發狂, 罔知所措. 因返訪布政舊邸, 邸主哀而進膳. 生怨懣, 絶食三日, 遘疾甚篤, 旬餘愈甚. 邸主懼其不起, 徙之于凶肆之中, 綿綴移時. 合肆之人共傷歎, 而互飼之. 後稍愈, 杖而能起. 由是, 凶肆日假之, 令執繐帷, 獲其直以自給, 累月漸復壯. 每聽其哀歌, 自歎不及逝者. 輒嗚咽流涕, 不能自止, 歸則效之. 生聰敏者也, 無何, 盡其妙, 雖長安無有倫比. 初二肆之備凶器者, 互爭勝負. 其東肆車轝皆奇麗, 殆不敵, 唯哀挽劣焉. 其東肆長, 知生妙絶, 乃醵錢二萬索顧焉. 其黨耆舊, 共較其所能者, 陰敎生新聲, 而相讚和. 累旬人莫知之. 其二肆長, 相謂曰:'我欲各閱所備之器于天門街, 以較優劣. 不勝者罰直五萬, 以備酒饌之用, 可乎?' 二肆許諾, 乃邀立符契, 署以保證, 然後閱之. 士女大和會, 聚至數萬. 於是, 里胥告于賊曹, 賊曹聞于京尹. 四方之士, 盡赴趨焉, 巷無居人. 自旦閱之, 及亭午, 歷擧輦轝·威儀之具, 西肆皆不勝, 師有慚色, 乃置層榻于南隅. 有長髥者, 擁鐸而進, 翊衛數人. 於是, 奮髥揚眉, 扼腕頓顙而登, 乃歌白馬之詞. 恃其夙勝, 顧眄左右, 旁若無人. 齊聲讚揚之, 自以爲獨步一時, 不可得而屈也. 有頃, 東肆長, 于北隅上設連榻, 有烏巾少年, 左右五六人, 秉翣而至, 卽生也. 整衣服, 俯仰甚徐, 申喉發調, 容若不勝. 乃歌薤露之章, 擧聲淸越, 響振林木, 曲度未終, 聞者歔欷掩泣. 西肆長, 爲衆所誚, 益慚恥, 密置所輸之直于前, 乃潛遁焉. 四座愕眙, 莫之測也."(위의 책, 263~266면)

절행을 강조하기 위해서였다.[7] 한쪽은 연식지사淵識之士, 즉 식견을 갖춘 선비를 요망하고, 또 한쪽은 열녀를 갈망하는 의식의 반영이다. 이와 같은 '열녀 찾기'는 이공좌李公佐의 「사소아전謝小娥傳」에서도 여전한데, 사소아는 아예 출신이 장사치의 딸이었다.

소아小娥는 성이 사씨謝氏로 여장豫章 출신 행상의 딸이었다. 여덟 살에 어머니를 여의고 역양歷陽의 협사俠士 단거정段居貞에게 시집을 갔다. 거정은 의기가 넘치고 의리를 중시하여 호협한 이들과 교유하였다. 소아의 부친은 큰 재산을 모은 장사치로 이 속에 이름을 숨긴 사람이었다. 그는 사위 거정과 함께 배를 타고 장사하느라 강호 사이를 왕래하였다. 그때 소아의 나이 열 넷으로 이제 막 머리를 올린 참이었다. 그런데 부친과 남편이 도적들에게 죽임을 당하여 돈과 비단을 모두 빼앗기고, 거정의 형제와 사씨의 생질 및 하인들 수십 명이 모두 물속에 수장되고 말았다. 소아도 가슴을 다치고 다리가 부러져 물속에 떠내려가다가 다른 뱃사람에게 구조되어 한밤을 넘기고서야 깨어날 수 있었다. 이로부터 여기저기 떠돌며 걸식하면서 상원현上元縣에 도착, 묘과사妙果寺의 비구니 정오淨悟의 방에서 붙어살게 되었다.[8]

---

6   沈旣濟, 「任氏傳」. "惜鄭生非精人, 徒悅其色而不徵其情性. 向使淵識之士, 必能揉變化之理, 察神人之際, 著文章之美, 傳要妙之情, 不止於賞翫風態而已. 惜哉! (…중략…) 衆君子聞任氏之事, 共深歎駭, 因請旣濟傳之, 以志異云."(위의 책, 105~106면)

7   白行簡, 「李娃傳」. "嗟乎! 倡蕩之姬, 節行如是, 雖古先烈女, 不能踰也, 焉得不爲之歎息哉! (…중략…) 貞元中, 予與隴西公佐, 話婦人操烈之品格, 因遂述汧國之事. 公佐拊掌竦聽, 命予爲傳, 乃握管濡翰, 疏而存之."(위의 책, 279면)

8   李公佐, 「謝小娥傳」. "小娥, 姓謝氏, 豫章人, 估客女也. 生八歲, 喪母, 嫁歷陽俠士段居貞. 居貞負氣重義, 交遊豪俊. 小娥父畜巨産, 隱名商賈間. 常與段壻同舟貨, 往來江湖. 時小娥年十四, 始及笄. 父與夫俱爲盜所殺, 盡掠金帛, 段之弟兄, 謝之生姪, 與童僕輩數十, 悉沈

그녀의 부친은 장사로 큰 재산을 일군, 그러면서 자신을 드러내지 않고 상행위 속에 숨은 인물이다. 일종의 '상은商隱'이다. 의협심이 강한 그녀의 남편 단거정段居貞도 장인을 따라 장사를 하는 몸이다. 말하자면 사소아의 식구들은 정의로운 상행위를 실천하는 주체들이었다. 그런데 이들 가족은 하루아침에 도적떼에게 재화를 모두 뺏기그 몰살을 당하게 된다. 사소아만 죽을 고비를 넘기고 살아남을 수 있었다. 겨우 목숨을 보존한 그녀는 이후 남장을 하고 남의 고용살이를 하면서 자기 집안의 재화로 호의호식하는 도적의 우두머리를 처단한다. 사소아는 선상船商 집안의 딸로 태어나 상인의 아내로 살다가 나중에는 품팔이를 하는 굴곡진 삶을 경험한 것이다.

그런데 이공좌는 그녀의 이런 굴곡진 삶에는 별 관심이 없다. 오히려 부친과 남편을 위해 복수한 사실을 대서특필하고자 한다. 품괄이들이 잡거하는 곳에서 여자가 정절을 실천한 사실에 놀라워하며 찬양한다.[9] 이 예실구야禮失求野의 사례는 당대인들에게 '교훈'이자 자기계층에는 일종의 '경계'이기도 했다. 공교롭게도 다른 전기 작품들과는 달리 여기 거론된 전기의 주인공들은 사인士人으로서 부적절하거나 또는 애매한 위치에 있다. 그럼에도 이런 인물들, 그리고 이런 시정의 공간에서도 유가적 이념의 구현이 가능하다는 새로운 모색 차원에서 작품들이 산생된 것이다. 저잣거리나 상행위가 이루어지는 공간은 이런 점

於江. 小娥亦傷胸折足, 漂流水中, 爲他船所獲, 經夕而活. 因流轉乞食至上元縣, 依紗果寺尼淨悟之室."(위의 책, 242면)

9 위의 글. "君子曰 : 誓志不捨, 復父夫之讎節也. 傭保雜處, 不知女人貞也. 女子之行, 唯貞與節能終始全之而已, 如小娥, 足以儆天下逆道・亂常之心, 足以觀天下貞夫・孝婦之節. 余備詳前事, 發明隱文, 暗與冥會, 符於人心. 知善不錄, 非春秋之義也, 故作傳以誈美之."(위의 책, 250면)

들을 환기하기 위해 적절했던 셈이다.

이런 당대 전기의 성격은 같은 시기 상인을 소재로 한 단편 작품들과도 일정정도 변별된다. 『태평광기太平廣記』 소재 상인 형상 단편들을 가지고 그 양상에 주목한 연구를 보면, 당대의 다양한 상인들의 활동과 그들의 상행위가 극적으로 구현되어 있는 점에 주목한다. 비록 이들 작품에서도 상행위를 긍정하거나 선양하는 방향은 아니었으나,[10] 그럼에도 이들 작품은 앞에서 살핀 당대唐代의 장편의 이야기, 즉 전기보다는 상업 활동이 문면에 더 적극적이며 구체적으로 그려지고 있었다. 또한 상인과 상행위 자체가 이야기의 목적이라면 전기의 경우 유가적 이념을 선양하기 위해 이들 요소가 대타적對他的으로 설정되어 있다는 점에서, 그 소재의 이용 취지가 분명히 갈린다.

2. 「최치원崔致遠」에서의 '염상鹽商'과 '명고茗估'

이런 당대의 전기 전통은 우리의 경우 「최치원」에서 시작된다. 이 작품은 주지하듯이 작가가 아직 밝혀져 있지 않은데, 최치원 자신에서부터 최광유崔匡裕(9세기 후반), 박인량朴寅亮 등이 작자로 거론되고 있는 실정이다. 이처럼 작자가 특정되지는 않았지만 육두품 문인, 그중에서도 당나라에 유학한 경험이 있는 이의 창작이라는 점에는 대개 동의하고 있다. 유학을 하여 빈공과를 경험한 육두품이라면 국내에서든 국외

---

10 蕭嫻慈, 「唐小說中的商賈形象及塑造意涵」, 孫映逵・單周堯 主編, 『漢唐文學與文化研究』, 學林出版社, 2004, 129~164면.

에서든 자신의 유학적 지식을 발판으로 입신하기를 욕망했을 법하다. 그리고 이들은 당대 문화, 특히 전기 작품들에 관심을 가졌을 성 싶다.[11] 이들 육두품 지식인들의 현실은 그리 녹록하지 않기 때문에 당 제국에서 발군의 실력을 발휘했던 최치원은 그들에겐 로망 그 자체였을 터다. 그를 통해 또 다른 자신을 발견하고, 그와 동시에 세아불합世我不合의 현실을 반추하는 기제로 이 작품을 창작했을 개연성은 아주 높다.

그런데 정작 작품 안에서 세아불합을 겪는 인물은 주인공 최치원만이 아니었다. 최치원을 자신들의 거처로 끌어들인 팔낭자八娘子와 구낭자九娘子는 이미 죽은 존재로, 최치원의 세아불합을 선체험한 이들이다.

자줏빛 치마의 여자가 눈물을 흘리며 말했다. "저와 동생은 율수현溧水縣 초성향楚城鄉 장씨張氏의 두 딸입니다. 돌아가신 아버지께서는 현의 관리가 되지 않고 지방의 토호로 이익을 독점하여 동산銅山처럼 부유했고, 금곡金谷처럼 사치를 부렸답니다. 제 나이 열여덟 살, 동생의 나이 열여섯 살이 되자 부모님은 혼처를 의논하셨지요. 저는 소금장수와 결혼하고 동생은 차 장수에게 혼인을 허락하셨지요. 하지만 저희들은 매번 남편감을 바꿔 달라 말하며 마음에 차지 않아 울적한 마음이 맺혀 풀기 어렵게 되고 급기야 요절하게 되었지요. 어질고 현명한 분을 바라는 것이니 혐의를 두지 마세요." 이에 치원이 말했다. "옥음玉音이 뚜렷한데 어찌 혐의를 두겠소?" 그러면서 두 여자에게 물었다. "무덤에 든 지 오래 되었고 초현관招賢館에서 멀

지 않으니 영웅과 만난 일이 있었을 터인데, 어떤 아름다운 사연을 들려주 겠소?" 붉은 소매의 여자가 대답했다. "왕래하는 자들이 모두 비루한 사람 들뿐이었는데, 오늘 다행히 기품이 오산鼇山처럼 수려한 수재를 만나게 되 었으니 함께 현묘한 이치를 말할 만합니다."12

최치원이 저들의 내력을 묻자 언니는 눈물부터 흘린다. 선주宣州 율 수현溧水縣이 고향인 자매는 부모가 자신들을 '염상'과 '명고', 즉 소금 장수와 차장수에게 시집보내려 한 것에 분만憤懣을 이기지 못하고 폭 사暴死하게 되었다는 것이다. 그녀들이 기대하는 상대자는 어진 이로, 현묘한 도리를 함께 얘기할 수 있는 군자였다. 여기 군자는 당연히 유 가의 이상적인 현인군자다. 그러나 인현에 대한 꿈이 아무리 컸다고 해도 폭사까지 한다는 것은 잘 납득이 가지 않는다. 그런데 바로 이 설 정이 대단히 상징적으로 읽힌다.

우선 언니의 발화에서 부친 장씨張氏의 존재가 남다르다. 그는 현리 縣吏되는 것을 거부하고 지방 토호가 되어 부를 독점한 인물이다. 말하 자면 지방 공무원을 포기하고 그 지역의 세력가가 되어 이익을 독점한 셈이다. 그런 그가 딸들을 소금장수와 차장수에게 각각 시집보내려 했 던 것은 나름의 이유가 있었다.

당시 염상과 명고茶商는 가장 각광받던 상인이었다. 소금의 경우 종

---

12 「崔致遠」. "紫裙者隕淚曰:'兒與小妹, 溧水縣楚城鄕張氏之二女也. 先父不爲縣吏, 獨占 鄕豪, 富似銅山, 侈同金谷. 及姊年十八, 妹年十六, 父母論嫁, 阿奴則定婚鹽商, 小妹則許 嫁茗估. 姊妹每說移天, 未滿于心, 鬱結難伸, 遽至夭亡. 所冀仁賢, 勿萌猜嫌!' 致遠曰:'玉 音昭然, 豈有猜慮?' 乃問二女, '寄墳已久, 去館非遙, 如有英雄相遇, 何以示現美談?' 紅袖 者曰:'往來者皆是鄙夫, 今幸遇秀才, 氣秀鼇山, 可與話玄玄之理.'"(박희병 표점·교석, 『韓 國漢文小說 校合句解』, 소명출판, 2005. 63~64면)

래 철과 함께 대표적인 국가 관리 품목이었다가 점차 개인 무역으로 전환되는 것이 육조시기의 추세였다. 당대도 예외는 아니었다. 그러다가 새로 차산업茶産業이 돌출하여 당시 무역 분야의 블루오션으로 자리하게 되었다. 당대 차문화의 흥성은 가히 경이로운데, 문인묵객들의 다회와 선승들의 다도는 당대 문화의 신경지를 이루었다.[13] 육우陸羽(733~804)라는 존재와 그의 저작 『다경茶經』은 이런 당대 중기 이후 신문화의 구체적인 증좌이기도 하다. 결국 당대 차문화의 흥성과 그 수요는 차상茶商이라는 새로운 직종을 창출해 냈으며, 이는 부를 축적하는 분야로 자리하게 되었다.[14] 이리하여 차세茶稅는 염세鹽稅와 함께 당조정의 주요 세입원이 되기에 이르렀다.[15]

이처럼 당시 가장 선호되는, 그래서 부가 보장될 수 있는 직종을 가진 상인에게 자기 딸들을 시집보내려는 장씨의 욕망은 어쩌면 당연한 것이었다. 이런 점에서 장씨는 당시 관료 집단의 지향과는 반대로 상업 행위를 통한 부의 축적을 욕망하는 계층을 대변하는 인물로 비춰진다. 그러니 굴지의 상인 집안과 혼인관계를 맺어 자신의 부를 확장하려 하는 것은 자연스러운데, 정작 딸들은 아버지의 뜻과는 반대로 사인士人을 염원하고 있었다. 그리하여 그녀들은 폭사라는 극단적인 방법으로 장사치를 거부하였던 것이다. 그렇게 여귀가 된 자매는 자신들이 죽을 수밖에 없었던 사정이 배우자가 인현仁賢이 아니었다는 데 있었음을 천명하고 있다.

13　姜革文, 『商人·商業·唐詩』, 復旦大學出版社, 2007.
14　郭孟良, 『中國茶史』, 山西古籍出版社, 2003, 18~28면.
15　王孝通 著, 關未代策 譯, 『支那商業史』, 大東出版社, 1940, 124~125면.

그런데 「최치원」의 이런 설정은 당대 전기에서는 찾아볼 수 없다. 귀신이 된 주인공이 등장하는 경우는 있지만 저들이 죽을 수밖에 없는 원인이 남편감이 마음에 들지 않아 결사 항거한 데 있던 예는 따로 없기 때문이다. 당시에 가장 각광 받는 직업인을 부정하는 두 여인의 발화에는 분명 의도성이 엿보인다.

결국 이러한 설정은 「최치원」의 작자, 아니 당대 유가 학문으로 무장한 사계층의 적극적인 의지에 기인한 것이다. 두 여인이 장사치와의 혼인을 거부하고 폭사한 것과 최치원이 부지소종不知所終한 것은 모두 사계층의 뚜렷한 지향[16]으로 볼 수 있겠다는 말이다. 실제 견당유학생으로 빈공과에 급제했던 당대의 대표적인 지식인 최치원(857~?), 최승우崔承祐(?~?), 최언휘崔彦撝(868~944)는 왕조교체기에서 각자 다른 길을 갔다. 최승우와 최언위는 견훤과 왕건을 섬겼으니, 새로 발호하는 세력에 결탁하여 다른 왕조를 꿈꿨다. 물론 한쪽은 성공하고 또 한쪽은 실패했지만. 그에 반해 최치원의 행적은 왕조의 쇠락과 함께 끝까지 운명을 같이 한 것으로 유명하다.

「최치원」의 작자는 이 점을 대단히 중시한 것으로 판단된다. 최치원의 행력은 당시 사계층이 견지해야 할 하나의 방향성이었으리라. 특히 전기를 창작하는 주체들은 보다 감성적인 지적 소유자로 비정되는데, 그런 점에서 최치원쪽을 선망할 이유는 충분했다. 공교롭게도 이 끗을 추구하는 상인, 또는 상행위를 부정하는 속에서 절의에 기반한 사의식을 내걸었던 바, 「최치원」의 이런 설정은 그래서 그 인상이 강

---

16 물론 이런 의식의 지향이 당대 모든 사계층에 적용될 성질의 것은 아닐 터다.

렬하다. 이로써 한국 전기서사는 士의 자기정체성을 드러내는 장르로
서 그 장도에 오르게 되었다.

3. 「주생전周生傳」과 「최척전崔陟傳」의 '상판商販'

이런 흐름은 『금오신화』에서도 기본적으로 유지되고 있다. 물론 「최
치원」처럼 상인을 대상화한 예는 없지만, 절의의 문제와 이상적인 유
가질서를 고민한 『금오신화』야말로 사계층의 자기정체성을 고민한 가
장 정점에 있는 작품이라 할 수 있다.

그런데 동아시아 전란과 사상의 변혁기에 닥쳐 다시 출현한 전기는
앞 시기와는 상당히 다른 모습이었다. 「주생전」을 필두로 이어진 17세
기 전기에 대해서는 자기 갱신이냐 아니면 장르의 해체냐를 놓고 논란
이 있으나, 그 의식과 글쓰기 방식에서는 종래의 전기서사 유형을 유
지하고 있음은 분명하다. 따라서 17세기 전기는 기본적으로 전기 장
르의 연속선상에서 봐야 한다. 하지만 변화가 있었던 것도 분명하다.
편폭에서부터 현실 반영의 성격까지 변모의 정도가 큰 편이다. 이런
외형적인 변화는 종래 전통 전기에다 명대 이후 중국 화본소설話本小說
의 영향이 부가된 결과로 볼 수도 있지만, 역시 조선 내부의 상황이 이
를 추동한 원동력이었다. 즉 내부적으로는 전란 등의 대사회적 충격이
더해져 정치 질서가 와해된 상황도 무시할 수 없다는 것이다.[17] 또한

---

[17] 한국 전기서사의 개별 작품들을 봤을 때, 왕조교체기나 치명적인 정치적 사안이 도래했
을 때 출현한다는 점이 특징이다. 「최치원」은 나말여초라는 왕조교체기, 『금오신화』는

이는 사집단의 정체성의 변화와도 무관하지 않을 성 싶다.

16세기 전반에 지속된 사화土禍의 여파는 16세기 후반으로 들어 내부적 분열에 따른 당쟁으로 이어졌다. 그런 가운데 지식인 사회는 정치적 환멸에 맞닥뜨려 있었다. 바로 이 시점에서 조선사회는 사상 유례가 드문 동아시아 전란의 한 가운데 위치하게 된 것이다. 이런 현실 앞에 유가지식인들은 모종의 방향을 모색해야 할 처지였다. 특히 비판적인 문인지식인들은 종래의 이념에 대한 회의와 함께 변화를 꾀했다. 그때 마침 새로운 사유체계인 양명학은 이들에겐 참신한 호흡거리였다. 그 결과인지 이 시기 활약한 작가들은 남다른 작품을 산출했던 바, 주로 이념적인 지향보다는 현실 사회를 반영하는 방향이었다. 전기도 이런 변화의 와중에서 길어 올린, 리모델링한 신상품이었다.

아무튼 이 시기 일군의 작가 — 권필權韠·조위한趙緯韓 등 — 들은 전기를 통해 「최치원」·『금오신화』와는 다른 차원의 문제들을 제기하였다.

주생은 어려서부터 총명하고 슬기로운 아이로 시를 잘 지었다. 열여덟 살에 태학에 들어갔는데, 동료마다 그를 우러러 보았고, 그 또한 자부심이 대단하였다. 그러나 태학에서 공부한 몇 년 동안 과거에 연거푸 낙방하고 말았다. 이에 자조 섞인 탄식을 하였다. "인생살이가 작은 먼지가 바람에 흔들리는 풀에 매달린 격이로군. 그렇다면 명예에 집착해 티끌 세상에 묻혀 내 삶을 마쳐야 되겠는가?" 이리하여 주생은 과거 공부에 대한 미련을 딱 끊었다. 돈상자를 털어보니 천 냥 가량이 남아 있었다. 그 절반으로 강

계유정란, 그리고 17세기 전기는 전란과 그에 따른 정치적 격랑과 밀접한 관계에 있었다. 이런 점에서 한국 전기서사는 중국 전기에 비해 훨씬 정치적인 담론이었다.

과 호수 사이를 왕래할 배를 구입하고, 나머지 반으로는 잡화를 사서 필요할 때마다 거래를 하여 그 이익으로 생활했다. 이렇게 아침에는 오吳 땅, 저녁에는 초楚 땅으로 마음 내키는 대로 돌아다녔다. (…중략…) 적이 놀란 배도裵桃는, "이런 재주라면 그리 오래 남의 밑에 있을 분이 아니신데 아직껏 이렇게 딱 막힌 채 떠돌고 계시다니요?"라고 하였다.[18]

「주생전」은 학업에서 발군의 실력을 발휘했던 주생이 과거어 낙방한 뒤 강남 지역을 떠돌게 됨으로써 서사가 시작이 된다. 당연히 급제가 예견됐던 주생은 그러나 연거푸 낙방하는 비운을 맞는다. 그런 그는 마침내 과업을 포기하고 장사를 생업으로 삼는다. 졸지에 강호 사이를 오가며 잡화를 파는 선상船商이 된 것이다. 이 과정이 아주 간단하게 처리되어 있지만, 주생은 나름대로 유유자적하는 삶을 사는 듯하다. 하지만 그런 그를 맞이한 배도裵桃는 과업을 이어가도록 독려한다. 그녀는 주생의 재기를 기필하고자 했다. 그럼에도 주생의 '상인화'는 배도와 선화仙花라는 두 여성과의 결연과 이별의 기제가 되었으며, 배도에서 선화로 옮아가는 욕망의 추이마저 가늠케 한다. 요컨대 주생의 상인 모티프는 작품의 서사 전개에 적지 않은 동력을 불어넣고 있다. 심지어 주생이 선화와 이별하여 낙담하던 때 그 끈을 이어주는 사람도 외가의 장로張老라는 호주湖州의 거부巨富였다. 장로 역시 상행우로 거

---

18 「周生傳」. "生少時, 聰銳能詩, 年十八入太學, 爲儕輩所推仰, 生亦自負不淺. 在太學數歲, 連擧不第, 乃喟然歎曰:'人生世間, 如微塵栖弱草耳. 胡乃爲名韁所繫, 汨汨塵土中, 以終吾生乎?' 自是, 遂絶意科擧之業, 倒篋, 中有錢百千, 以其半買舟, 往來江湖間, 以其半市雜貨, 時取贏以自給, 朝吳暮楚, 惟意所適. (…중략…) 裵桃大驚曰:'郎君有才如此, 非久屈於人者, 一何泛梗飄蓬若此哉?'"(박희병 표점·교석, 앞의 책, 251~253면)

부가 된 인물일 터, 주생의 조력자로 자처하여 선화와의 혼인을 주선하였다.[19]

이처럼 「주생전」이 상행위 모티프가 앞부분에 배치되고 향후 서사적 동력을 불어넣고 있다면, 「최척전崔陟傳」은 작품 중반부부터 개입하여 후반부까지 지속되는 경향을 보인다. 사대부가 출신이었던 최척과 옥영玉英은 전란으로 인해 전혀 다른 삶을 영위해야만 했다. 그 중에서도 흥미로운 점은 그들이 상행위를 하게 되는 장면이다. 일본으로 잡혀간 옥영은 상판商販을 하는 왜노倭奴 돈우頓于에게 거두어져 '승선행판乘船行販'을 했으며,[20] 명장明將 여유문余有文을 따라 중국에 간 최척은 유상儒商이라고 할 수 있는 송우宋佑와 함께 '판증매다販繒賣茶'를 해야 했다.[21] 이들의 상행위는 주체적이라기보다는 불가피한 현실에 기인하고 있다. 그럼에도 이들은 국제적 해상 무역에 참여함으로써 안남安南에서의 극적인 재회까지 할 수 있었다. 더구나 이들의 후원자라고 할 수 있는 송우와 돈우는 이들 부부가 재결합하여 중국에 안착할 수

---

19 「주생전」, "生之母族有張老者, 湖州巨富也, 素以睦族稱. 生試往依焉, 張老館待之甚厚. 生身雖安逸, 念仙花之情, 久而彌篤, 輾轉之間, 已及春月, 實萬曆壬辰也. 張老見生容貌日悴, 怪而問之, 生不敢隱, 以實告之. 張老曰: '汝有心事, 何不早言? 老妻與盧丞相同姓, 累世通家, 老當爲汝圖之.' 明日, 張老令妻修書, 遣老蒼頭專往錢塘, 議王謝之親焉."(위의 책, 273면)

20 「崔陟傳」, "時玉英, 則見執於倭奴頓于. 頓于老倭卒, 不殺生, 慈悲念佛, 以商販爲業, 習御舟楫, 倭將行長, 以爲船主而來. 頓于愛玉英機警, 惟恐見逋, 給以善衣美食, 慰安其心. (…중략…) 頓于尤憐之, 名之曰沙于, 每乘船行販, 以火長置舟中, 往來于閩・浙之間."(위의 책, 432~433면)

21 「최척전」, "適有宋佑(朱祐)者, 號鶴川, 家在杭州湧金門內, 博通經史, 不屑功名, 以著書爲業, 喜施與, 有義氣, 與陟許以知己. 聞其入蜀, 載酒而來, 飮至半酣, 字陟而謂曰: '伯昇! 人生斯世, 孰不欲長生而久視? 古今天下, 寧有是理? 餘生幾何, 而何乃服食忍飢, 自苦如此, 而與山鬼爲隣乎? 子須從我而歸, 浮扁舟適吳越, 販繒賣茶, 以娛餘年, 不亦達人之事乎? 陟洒然而悟, 遂與同歸. 歲庚子春, 陟隨佑, 與同里商舶, 往賈於安南. 時有日本船十餘艘, 亦泊于浦口."(위의 책, 434면)

있도록 도와주는 등 결정적인 역할을 한다.[22] 저들은 최척과 옥영을
보호해주었을 뿐만 아니라, 재결합을 주선한 시혜자이다.

이런 중국과 일본 상인들의 동선과 최척 부부의 재회는 베트남의 호
이안會安을 기점으로 이루어졌던 동아시아 무역 라인을 상기시킨다.
나아가 저들의 호혜적인 모습을 통해서 상인과 상행위를 긍정적으로
바라보게 할 여지까지 남겼다. 그러니 「최척전」은 전기서사의 일대 전
환을 예고한다. 언뜻 상업이 유업을 대체할 수 있다는 대안으로까지
비춰지기 때문이다.

「최척전」의 상인 모티프는 이것으로 끝나지 않는다. 중국에 안착했
던 옥영은 다시 종군한 최척을 기다리다가 고국행을 결심한다. 항주杭
州에서 배를 타고 고향 남원으로 돌아가겠다는 것이다.

옥영도 재차 다짐을 했다. "물길이 어렵기는 하나 많이 준비를 하면 되잖
니. 전에 일본에 있을 때도 배에서 생활하며 봄에는 복건성, 가을에는 유구
琉球로 장사를 나갔었단다. 고래 물결이 세차게 넘실대는 속에서도 별자리
를 보고 물길을 살펴 항해하는데 이미 익숙하단다. 그러니 험한 풍랑은 내
가 감당하고 운항의 안전은 네가 알아서 조정하거라. 불행한 이 환란을 벗
어나려 할진대 어찌 방편이 없겠느냐?" (…중략…) 그러던 어느 날 명나라

---

22 「최척전」. "鶴川請於頓于, 欲以白金三錠買歸, 頓于怫然曰：'我得此人, 四年于兹, 愛其端
慤, 視同己出, 寢食未嘗少離, 而終不知其是婦人也. 今而目覩此事, 天地鬼神猶且感動, 我
雖頑蠢, 異於木石, 何忍貨此而爲食乎?' 便於橐中出十兩銀, 贐之曰：'同居四載, 一朝而別,
悵惘之懷, 雖切於中, 而重逢配耦於萬死之餘, 此人世所無之事, 我若陷之, 天必殛之. 好去
沙于! 珍重珍重!' 玉英擧手謝曰：'賴主翁保護, 得不死, 卒遇良人, 受惠多矣. 矧此嘉貺, 何
以報塞?' 陟亦再三稱謝, 攜玉英歸寓其船. 隣船之來觀者, 連日不絶, 或以金銀綵繪相遺,
以爲賀餞, 陟皆受而謝之. 鶴川歸家, 別掃一室, 館陟夫妻, 使之安頓."（위의 책, 436면）

순시선을 만나게 되었다. 이 배가 다가와서는 캐물었다. "어디 배이며 지금 어디로 가는 중인가?" 옥영이 대응하였다. "저는 항주 사람으로 산동에 차를 사러 가는 길입니다." 그러자 그냥 지나갔다. 다시 하루가 지나 이번에는 일본배가 와서 정박하였다. 옥영은 당장 일본 옷으로 갈아입고 이들을 기다렸다. "어디서 오는 배요?" 옥영은 일본말로 대답하였다. "고기를 잡으러 바다에 나갔다가 바람에 밀려 타던 배를 버리고 항주의 배를 빌려 오는 길이랍니다." 왜인은, "정말 고생이구려! 이 뱃길은 일본으로 가는 항로에서 좀 벗어나 있소. 남면으로 향해 가시오"라고 하면서 역시 떠나갔다.[23]

옥영은 돈우 밑에서 선판에 종사하며 바닷길을 익혔기에 고향으로 돌아가는 계획을 감행할 수 있었다. 그리고 해로에서 중국의 순시선과 일본의 상선 등을 번갈아 조우하지만, 그때마다 '차를 판매한다', '고기잡이를 한다'는 핑계를 대어 무사히 지나칠 수 있었다. 이 역시 옥영의 선상 무역 경험에서 나온 설정이었다. 더구나 해랑적海浪賊, 즉 해적을 만나 가진 것들을 모두 털리기도 하는데,[24] 이 역시 당시 바다와 무역, 그리고 그 위험 요소가 적실하게 반영된 사례이다.

---

23 「최척전」, "玉英又曰:'水路艱難, 我多蒲嘗. 昔在日本, 以舟爲家, 春商閩·廣, 秋販琉球, 出沒於鯨波駭浪之中, 占星候潮, 涉歷已慣. 風濤險易, 我自當之; 舟楫安危, 我自御之. 脫有不幸之患, 豈無方便之道?' (…중략…) 一日, 遇天朝邏船, 來問曰:'何處船, 向何方?' 玉英應聲曰:'杭州人, 將往山東賣茶耳.' 卽過去. 又過一日, 有倭船來泊, 玉英卽變着日本衣服而待之. 倭人問:'從何來?' 玉英作倭語曰:'以漁採入海, 爲風所飄, 盡棄舟楫, 雇得杭州船而來矣.' 倭曰:'良苦! 此路去日本差枉, 向南方而去!' 亦別去."(위의 책, 444~446면)

24 「최척전」, "夜半, 風浪少息, 轉泊小島修葺船, 且留數日不發. 渺茫洋中, 有船看看漸近, 令夢仙取船中裝, 藏橐于巖竇. 俄而其船人叫噪而下, 語音衣服, 俱非鮮·倭, 略與華人相似, 手無兵器, 惟以白梃歐打, 索其貨物. 玉英以華語對曰:'我以天朝人, 漁採于海, 漂泊於此, 本無貨物.' 涕泣求生, 卽不殺, 只取玉英所乘船, 繫其船尾而去. 玉英曰:'此必是海浪賊也……'"(위의 책, 446면)

이처럼 「최척전」에는 최척 부부의 재회와 생환에 상인과 상행위, 그리고 그 현장 등이 상당히 구체적으로 드러나 있다. 이런 요소는 전란이라는 물리적 폭압성의 맞은편에서 '인정'과 '부조扶助'의 기능까지 겸하고 있다는 점에서 매우 유익한 것이었다. 또한 서사 내부의 지나친 우연성을 상쇄하는 효과까지 거두고 있다. 이 정도라면 종래의 전기와는 분명 다른 양태이다. 특히 이 상업의 소재를 이용하거나 바라보는 시선이 부정적이지 않다는 점도 간과할 수 없는 「최척전」의 미덕 가운데 하나이다. 그렇다면 과연 이 시기 조선사회에서도 상업의 중요성을 인지했기에 이를 전기 작가들이 적극적으로 받아들인 결과일까.

그런데 여기 거론된 두 작품의 상인 및 상행위 모티프는 모두 조선이라는 공간을 벗어나 있다. 즉 중국과 일본, 그리고 베트남 등 주로 해상 무역의 현실이 주인공의 전력前歷이나 조력자의 등장으로 띄업된 셈이다. 그것도 동아시아 전란이라는 파고를 통해 비로소 바깥세상을 경험한 속에서 '발견'한 것이기도 하다. 그러니 여전히 상인이나 상업은 내부의 것이 아닌 외부의 생경한 모습이었다. 하지만 이 발견은 신선한 충격이 아닐 수 없다. 이 시기 전기 작가들은 이 외부의 현실에서 모종의 자극을 받았고, 그것이 이들 서사에 자연스럽게 반영되었을 것이기 때문이다. 인간 삶의 순기능으로써 말이다. 따라서 이들에게 상인 모티프는 종래의 이념적 차원에 대한 반성적 기제로 받아들여졌을 공산이 크다. 하지만 이를 구체화한 작품의 사례는 끝내 나오지 않았다. 다만 다음에 살펴 볼 「왕경룡전」은 극히 예외적이면서도 여전히 이런 가능성에 대한 회의를 품게 한다.

4. 「왕경룡전王慶龍傳」의 '장사치'

「왕경룡전」도 17세기의 작품으로 알려져 있는데, 앞에서 거론한 전기들과는 그 성격이 사뭇 다르다. 이미 지적된 바 있듯, 이 작품은 명대 화본소설의 집성 '삼언三言' 중 하나인 『경세통언警世通言』의 제24화 「옥당춘락난봉부玉堂春落難逢夫」를 개작한 결과물이다. 이 「옥당춘락난봉부」는 명대의 실존 인물의 고사를 극화한 것으로, 그 연원은 앞에서 잠시 거론한 당대 전기 「이왜전」까지 올라간다. 하지만 이를 개작한 「왕경룡전」은 상당한 독자성을 확보하고 있다.[25] 무엇보다 범작 수준의 작품[26]을 매우 정연한 전기서사 체계로 일신했다는 점이 그렇다. 그럼에도 서사의 연원을 중국에 두고 있는 만큼 종래의 우리 전기소설의 색채와는 상당한 거리가 있다.

여기서 주목할 것은 주인공과 주변 인물들의 관계성인데, 그 중에서도 다양한 상인들이 등장하여 서사를 이끌어가는 점이다. 본격적인 악인으로 설정되어 적대자의 역할을 톡톡히 하는 창모娼母를 비롯해, 주요 갈등 대상자인 조고趙賈, 그리고 주변인물로 복수複數의 소상인이 등장한다. 이들은 서사의 도처에 출몰하며 적대자와 조력자로 행세한다. 그로 인해 매수하는 자와 매수되는 자가 속출하는 등 '물욕'에 기반한 물신주의가 작품 저변에 자리하고 있다. 요컨대 종래의 전란 등의 대사회적 상황을 토대로 한 우리 전기서사의 기존 패러다임을 한참 벗

---

25 이에 대한 자세한 사정은 정환국, 「17세기 번안·개작 전기소설의 면모」, 『초기소설사의 형성과정과 그 저변』, 소명출판, 2005 참조.

26 이는 阿英이 「玉堂春故事的演變」(『小說二談』, 上海古典文學出版社, 1958)에서 언급하였다.

어나 있다. 이 점에 대한 몇 가지 특징을 짚어두고자 한다.

우선 등장인물이다. 주인공 옥단玉檀과 왕경룡 및 집안 식구를 제외하면 나머지는 거의 모두 상행위에 종사하는 이들로 채워져 있다. 가히 '상인들의 서사'라고 해도 과언이 아닐 정도다. 사건은 부친 왕각로王閣老가 부상富商에게 빌려준 은자銀子를 경룡더러 받아오라고 타명한 데서 시작된다. 그 돈을 무사히 챙긴 경룡이 창루에 들렀다가 기녀 옥단에게 홀림으로써 사단이 난다. 이후 창루의 주인인 창모娼母의 마수에 걸려든 경룡은 부상에게 받은 수만 냥의 은자를 모두 탕진하면서 죽을 고비를 맞고, 이후 유리걸식하게 된다. 이 과정에서 숱한 인물들이 주인공과 연결되는데, 그 대부분이 장사치였다.

처음 경룡을 창모와 연결시켜준 인물은 다름 아닌 그 주변에서 표주박을 팔던 노파賣瓢子였다. 그녀는 경룡으로부터 수고비로 20냥 은자를 받고는 옥단을 연결시켜주는데 아주 적극적이다.[27] 그런데 경룡이 돈을 많이 갖고 있다는 정보를 안 포주 창모는 그 돈에 혈안이 되어 달려든다. 창가의 속성이란 게 끝없는 욕심을 내어 이익이 다하면 정도 함께 사라지는 법이란 점[28]을 그녀는 여지없이 보여주고 있는 것이다. 그녀는 극단적인 유흥업자로서 이곳을 위한 일이라면 살인도 불사하는 인물이다. 그리고 또 한편에서는 만만찮은 인물이 옥단 일행을 괴롭히는데, 조고趙賈라는 장사치다. 그는 이른바 부상대고富商大賈로, 이미 늙

---

[27] 「王慶龍傳」(국립중앙도서관본). "龍卽以二十兩銀子, 贈媼曰 : '此物雖小, 聊以致愽, 媼能爲我招此佳兒否?' 媼謝其賜而笑曰 : '彼以悅人爲業, 招之則來. 但公子之欲見彼孃者, 以其美貌之故, 則美於斯者, 亦存焉, 乃彼娥之少妹也, 其名玉檀, 年今十四, 姿色絶人, 討盡兩館無出其右者. 但以年小時未售價, 若賂重貨, 必有好緣.'"

[28] 「왕경룡전」. "玉檀乃一日乘其獨處, 以告之曰 (…중략…) 況娼家多慾, 利盡情疎, 主母待公子, 安得如初乎?"

은 나이임에도 젊고 아름다운 옥단을 보고는 돈으로 그녀를 사려 드는 천박한 인물이다.[29] 하지만 욕망을 채울 수 없자, 그는 급기야 창모와 공모하여 옥단을 차지하기 위한 악행에 가담한다. 이 납치 계획에 또 다른 장사치가 개입함으로써 옥단은 거의 막다른 위험에 봉착한다.

창모는 옥단이 너무 미워 언제든 죽이고자 하였으나 이웃사람들이 알까 두려워 실행을 못하고 있었다. 전날 조고趙賈는 옥단을 차지할 수 없다는 것을 알게 되자 급히 창모에게 주었던 뇌물을 되돌려 달라고 하였다. 그 돈을 되돌려주기가 아까웠던 창모는 조고와 몰래 여차여차하기로 약속하였다. (…중략…) 이에 앞서 창모는 같은 마을의 한 장사치 노파에게 큰돈을 뇌물로 주고 비책을 쓰기로 약조하였다. 한편 옥단은 집안에서 쫓겨나 계집종 하나를 데리고 이웃에 돌아다니며 걸식해야 했다. 갈 곳이 없는 궁한 형편이라 길에서 통곡을 하고 있었는데, 그 장사치 노파와 마주치게 되었다. 노파는 옥단이 우는 이유를 묻고는 거짓으로 눈물을 흘리며, "매번 낭자가 절개를 지키느라 밥을 빌어 입에 풀칠하는 걸 안타까워했거늘, 지금 또 쫓겨났으니 어디서 의지할지? 갈 데가 없으면 누추한 우리 집이라도 갑시다"라고 하였다. (…중략…) 한 달이 넘어가자 노파는 갑자기 이렇게 제안하였다. "내 낭자를 보아하니 낭군을 배반하지 않을 뿐 아니라 시간이 지날수록 더욱 돈독하니, 맘이 참 안쓰러워요. 낭자를 위해 재산을 털어 사람과 말을 임대해 줄 테니 절강浙工으로 돌아가시오. 그러면 왕공자王公子가

---

29 「왕경룡전」. "却說, 玉檀自送嫗之後, 凝粧盛餙, 談笑自若, 或遊隣里罕處北樓. 同郡大賈
趙姓者, 年雖已老夙, 慕玉檀之姿色. 今聞放節, 欲得一歡, 以千金賂娼母, 娼母受之勸玉
檀, 玉檀遂許諾, 與之爲期."

후한 답례로 환송해 주지 않겠소?" 옥단은 이 말을 철석같이 믿고 두 손을 모으고 감사해 했다. "혹시라도 그렇게 할 수 있다면 힘을 다해 은덕을 갚지 않겠어요?" 노파가 그러라고 하여 당장 사람과 말을 사서 날을 정해 길에 올랐다. 그런데 서주徐州 경계를 벗어나지 못했을 때 느닷없이 여러 사람들이 떼로 모여 길을 막고 옥단을 붙잡아 끌고 가는 것이었다. 다급한 옥단이 돌아서 노파를 불렀으나 노파는 이미 사라지고 없었다.[30]

옥단을 처치하고자 하는 창모는 먼저 조고에게 접근하여 공도를 한다. 나중에 밝혀지지만 여차여차하라고 한 것은 옥단을 납치해서 보낼 터이니 그때 차지하라고 한 것이다. 이미 조고가 옥단을 차지하기 위해 자신에게 뇌물로 준 돈을 돌려줘야 했던 창모는 그 돈을 돌려주기 아까웠다. 어떤 식으로든 그냥 차지하고 싶었는데, 마침 이 비책을 쓰면 옥단을 처치할 수도 있다는 생각에 이 같은 '몹쓸 상술'을 부린 것이다. 이를 더 구체적으로 실행하기 위해 창모는 다시 한 장사치 노파를 끌어들인다. 조고에게 받은 돈으로 이 노파를 매수한 것이다. 이 돈에 매수된 노파는 망설임 없이 옥단 납치의 공범이 된다. 이들 공도에 옥단은 여지없이 걸려들었고, 이제 자신의 운명을 저울질해야 했다.

---

30 「왕경룡전」. "(娼)母甚疾檀, 常欲殺之, 恐爲隣人所知, 不果焉. 前日趙賈以知檀不可求, 急推所賂於娼母, 娼母惜其財寶, 相與陰約曰:'如此如此.'(…중략…) 先時, 娼母陰與同里商嫗賂重貨, 秘計約之. 及玉檀被出, 率一婢行乞於隣, 窮無所歸, 沿路而哭. 商嫗遇於途, 問其故, 佯泣曰:'吾每憐娘子貞節苦乞米以糊口, 今又被出, 何所依賴? 若無所歸, 姑往陋地.'(…중략…) 月餘, 嫗忽然曰:'吾見娘子, 不背所天, 久而愈篤, 心實矜惻, 爲娘子傾財賃人馬, 率歸浙江, 娘能令王公厚報還送否?' 檀信其言, 祝手拜謝曰:'倘得如此, 敢不竭力而報德?' 嫗許諾, 卽賃人馬, 治行卜日, 乃行登程. 未出徐州境, 忽有衆人, 群聚阻於路中, 擁玉檀驅迫而去. 檀顧呼嫗, 嫗已無有.'"

하지만 조고는 옥단의 기지로 비극적인 최후를 맞고 만다. 그의 아내가 이웃의 무당과 바람난 사실을 알아차린 옥단이 이를 역이용하여 들통 날 상황을 조성한다. 그리하여 자신들의 소행이 발각될까 두려웠던 저들은 조고를 독살하게 되었던 것이다.[31] 조고는 한낱 옥단의 미모에 빠져 자신의 경제력을 이용한 속물이었다. 그의 악심은 악행으로 이어져 창모의 계략에 넘어간 나머지 애꿎게 자신만 독살되는 비운을 맞았던 것이다. 이 점에서 조고라는 인물의 설정은 상징적이다. 장사로 돈을 벌었으나 가정은 지키지 않은 채 속물근성에 사로잡힌 한 재력가의 말로로서 말이다.

그런데 「왕경룡전」의 특장은 등장하는 장사치가 모두 부정적인 모습으로만 설정되지 않았다는 데 있다. 충직한 노복奴僕은 경룡이 창루에 빠져 정신을 못 차리자 충언을 마다하지 않는데, 그래도 되돌릴 수 없자 책임을 느껴 자결하고 만다. 이 과도한 충정을 실천하던 중에 노복은 고향의 상판商販을 만나게 된다. 이 장사치는 노복의 부탁으로 경룡의 사정을 왕각로에게 전달하는 역할을 한다.[32] 그뿐 아니다. 앞서 경룡과 옥단을 연결했던 노파는 경룡이 고초를 겪고 있을 때 다시 나

---

31 「왕경룡전」. "玉檀居數月, 審舊妻, 雖有姿色, 素無貞操. 又見隣人巫覡夫婦, 相交游此家, 而其巫夫, 亦無行檢, 唯耽酒色. 故乃僞作舊妻相邀期會之書, 依其手迹, 而摸之以投巫夫. 又作巫夫之書, 摸亦如此. 兩人各自爲信, 相會相通, 俱不悟矣. 自此, 晨往暮來, 輒以爲常. 檀一日, 乘其來會, 覘於窓外, 手銷窓牖, 顯示窺覘之狀. 兩人恐怯必告其夫, 相與謀計, 欲滅其跡. 會其夫出宿于隣家, 翌朝而還. 舊妻以陳味作粥, 置毒於中, 進于其夫及玉檀. 玉檀方梳頭, 其粥甚美, 嬌態曰: '吾欲取其多者.' 換其所進而置於前, 托以粧梳, 遷延不食. 及其趙賈盡食之後, 佯若觸手覆之. 俄而, 趙賈仆地嘔血而死.

32 「왕경룡전」. "遂引去, 行未至浙江, 適逢同里人商販者, 泣而告之曰: '汝歸告于閣老, 老僕無狀, 陪郎君落後, 不能以道引喩, 終倀郎君惑於妖物, 中道忘返, 今旣失銀子, 又失郎君. 僕之罪當誅, 將何面目歸見閣老乎?' 遂拔劍自刎, 商人救之, 而僕已死矣. 商人歸見於閣老具告, 閣老憤恨不已."

타나 은자를 내어 주며 주인공의 시련을 감내케 한다.[33]

　이렇듯 「왕경룡전」의 등장하는 많은 장사치들에 대한 시선이 일방적이지만은 않았다. 아무튼 창루의 창모는 물론, 경사京師의 부상富商과 동리同里의 매표자賣瓢子·상판·상구商嫗 등은 도처에 출몰하며 인정세태에 입각한 서사적 긴장과 이완을 반복하게 하는 인물군을 형성하였다.[34] 이들은 속고 속이는가 하면,[35] 매수하기도 하고 매수되기도 하는데, 이 과정에서 빠지지 않고 거래되는 것이 돈이다. 이를 통해 정리情理보다는 이익 우선의 서사 논리가 지배하는 「왕경룡전」의 서사적 특질을 담보하게 된 것이다.

　사실 이 점이 원작이라고 할 수 있는 「옥당춘락난봉부」와 비교되는 부분이다. 의외로 「옥당춘락난봉부」에는 「왕경룡전」처럼 상인이 자주 등장하지 않는다. 창모에 해당하는 노보老鴇와 조고에 해당하는 심홍沈洪, 그리고 매표자 대신 매과자賣瓜子 김가金哥가 전편에 걸쳐 활약은 하지만, 「왕경룡전」처럼 그 외의 상인의 출몰은 없다. 서두에 왕각로에게 돈을 빌린 주체도 부상富商이 아닌 복수의 '타인'으로만 설정돼 있다. 더구나 이 작품에 등장하는 상인들의 행태는 단순하면서도 부정 일변도다.

　그런 만큼 「왕경룡전」에 등장하는 장사치들은 물신주의가 팽배한

---

33 「왕경룡전」. “遂登程, 先關王廟, 將卜其吉凶, 路上逢老嫗, 乃舊時賣瓢子也. (…중략…) 嫗曰：‘我以販酒, 乘舡到此, 今且回棹不久. 又當復來, 公子幸計程小留, 當以消息往返於檀.’又以數兩銀子與龍, 曰：‘願公子以此姑備留待之資.’”
34 주인공 외 주변 인물 중 장사치가 아닌 경우는 경룡의 老僕과 왕각로의 예전 胥吏였던 韓鷗 정도가 있을 뿐이다.
35 이 점은 장사치에만 해당되는 것은 아니다. 옥단도 위험에 봉착하자 상대방을 속이는 행위를 서슴지 않는다.

세상을 훨씬 적나라하게 그려내고 있다. 물론 상행위의 순기능적인 측면을 반영한 인물들도 없지 않아 인정의 실상을 붙잡고 있기도 하다. 그럼에도 「왕경룡전」은 상인과 상행위에 대한 순기능에 주목한 서사가 아니라 이것의 역기능에 초점을 맞춘 작품이다. 요컨대 상행위를 부정적인 시선으로 처리해 간다는 점에서 물신주의에 대한 강한 거부감이 기저에 깔려 있는 것이다. 그런데 이런 현실의 물욕을 전제로 하다 보니, 또 여러 상인들의 이해관계에 따른 서사를 좇다보니, 이야기가 대단히 현실적인 맥락으로 구축될 수 있었다. 종래의 전기서사의 비현실적인 지점이 완전히 소거되었다고 봐도 무방할 정도다.

이처럼 명대 화본소설을 개작한 「왕경룡전」은 한국 전기서사에서 좀처럼 찾기 힘든 '돈이 지배하는 세상'을 그린 작품이다. 여기에 여러 장사치들은 그 실상을 드러내는 데 충실하게 복무하는 형국이다.

5. 의절義節과 상행위, 그 길항성의 한계

전기서사의 핵심은 재자才子와 가인佳人인 주인공들의 의절義節을 내세워 이를 실현할 수 없는 현실 앞에 고뇌하고 좌절하는 형태였다. 이 점을 주로 애정을 소재로 하여 드러내되, 남여 주인공은 그런 자신들의 의절을 실현할 수 있는 지기知己로서 결연을 꿈꾸었다. 「최치원」의 팔낭자와 구낭자의 욕망도, 『금오신화』의 남여 주인공의 욕망도 결국 그런 것이었다. 그럼에도 그런 의지가 실현되지 못한 현실 앞에 이들은 비극적 결말을 맞아야 했다.[36] 이들의 소망하는 삶은 그랬기에 이런 절의한 삶과 동떨어져 있는, 예컨대 상인붙이와는 결코 결연할 수 없다는 확고한 의식이 자리하고 있었다. 팔낭자와 구낭자의 요절은 바로 그런 의지의 상징이었다.

이런 흐름은 17세기 애정전기에서도 기본적으로 유지된, 전기 미학의 골자였다. 주생周生과 선화仙花, 최척崔陟과 옥영玉英은 전란의 시대를 맞아서도 예의 남녀의 도를 다하며 의리를 함께 하기를 염원했다. 심지어 기녀의 신분인 옥단마저도 그런 사대부적인 삶을 추구하고 있었다.[37] 하지만 현실은 녹록치 않아 불가피한 상인 행세와 상행위를 해야 할 상황에 맞닥뜨려야 했다. 그러나 그것은 불가피한 과정이었을 뿐, 결코 이런 행세를 긍정하는 맥락은 아니었다. 어쩌면 이를 긍정하는 순간, 유업儒業과 의절은 포기해야만 하는 것이었는지도 모른다. 전기서사의 본질인 의절과 그 딜레마라는 내밀한 주제가 거세된다면 그것은 더 이상 사대부 전기가 될 수 없기 때문이다. 이런 문제가 「주생전」과 「최척전」에서 환기되는가 싶더니 「왕경룡전」에 와서 재확인 된 셈이다.

---

36 「萬福寺樗蒲記」. "曩者, 梵宮祈福, 佛殿燒香, 自嘆一生之薄命, 忽遇三世之因緣. 擬欲荊釵椎髻, 奉高節於百年; 羃酒縫裳, 修婦道於一生. 自恨業不可避, 冥道當然. 歡娛未極, 哀別遽至." 「李生窺墻傳」. "女執生手, 慟哭一聲, 乃敍情曰 : ‘妾本良族, 幼承庭訓, 二刺繡裁縫之事, 學詩書仁義之方. 但識閨門之治, 豈解境外之修? 然而一窺紅杏之墻, 自獻碧海之珠. 花前一笑, 恩結平生; 帳裏重邁, 情愈百年. 言至於此, 悲慚曷勝? 將謂偕老而蹄居, 豈意橫折而顚溝? 終不委身於豺虎, 自取磔肉於泥沙, 固天性之自然, 匪人情之可忍.'"(박희병 표점·교석, 앞의 책, 111면)
37 「왕경룡전」(국립중앙도서관본). "玉檀乃一日乘其獨處, 以告之曰 : ‘妾以娼家賤質, 蒙君子不棄, 欲治一室, 妾之所恩, 孰大焉? 感則深矣. 妾旣與君成誓, 非不欲甘與子同處, 其奈公子以妾之故, 得罪於親庭, 貽咎於士林何? 須展丈夫之壯志, 勿顧兒女之深情. (…중략…) 爲公子計, 莫如懷彼未盡之重寶, 悟其將半之迷塗, 還鄕省親, 讀書勤業, 速取妙年登第, 早得當路事君, 則公有立揚之譽妾, 遂團圓之約矣. 公子去之後, 妾當爲守死以待後期. 妾之愚計, 固如是也.'"

그런데 사실 이런 점은 모순이 아닐 수 없다. 유업과 절의라는 사계층의 귀의처가 어쩌면 이런 상업 요소로 인해 적잖이 흔들리는 결과를 가져 왔다. 그럼에도 결코 그 면에서 모종의 대안적 모색을 하진 않았다. 오히려 이를 이용하여 자신들의 의지를 다지는 방향으로 나아갔다. 결과적으로 상인과 상행위는 이럴수록 부정되는 대상이나 행위로 정립되기에 이르렀다.

앞에서 잠깐 언급했지만 이후 전기의 명맥을 유지하는 작품들의 경우, 더 이상 「왕경룡전」과 같은 방향으로 나간 예는 없었다. 그러니 「왕경룡전」은 아주 특이한 사례였을 뿐이다. 그렇다면 또 다른 방향은 없었을까. 있기는 있다. 전기서사의 여풍餘風이었던 19세기 작품 「포의교집布衣交集」에서도 장사치가 등장하여 갈등 국면이 조성된 바 있다. 여주인공 초옥楚玉의 남편은 저자에서 콩을 파는 사고肆賈이다. 그는 처음부터 무식한 인물로 등장하거니와, 아내가 한사寒士인 이생李生과 바람이 나자 폭력을 서슴지 않은 남편으로, 또 초옥의 결사 항거에는 무능력한 모습으로 일관한다.[38] 그는 사인士人을 꿈꾸었던 초옥에게 애초 부적격한 인물이었다. 그런데 정작 문제는 초옥 자신에게도 있었다.

---

38 「布衣交集」(규장각 소장본). "如是多日, 其媤姪女, 年十四名喜者, 告楊婆之夫, 以潛通玉環之說. 楊夫大怒, 遂操楊婆, 無數亂打, 至曰 '何不遂李書房主去耶.' 又擧砧石, 將欲擊殺之. 廊之諸婦女, 幷皆遮手, 又持刀刺之, 流血狼藉. 其媤父老楊, 責其子而解紛矣. 其夫又大談曰: '兩班獨無法乎? 豈有有夫女通奸而無事也? 李書房主若來, 吾必決一死生矣.' 爲人慓毒, 畢竟不安, 故內堂爲書房主大懼, 使小的來告者也.' (…중략…) 其夫大怒, 遂健鎖門戶, 揪住楊婆之頭髮, 顚之沛之, 畢竟據于腹上, 將廚用大劍, 欲刺而殺之. (…중략…) 今曉又結項, 亦爲人所救, 則其志必死乃已. 其夫懇乞不聽, 其媤父及其親母亦來, 責之誘之, 無可奈何."(김경미·조혜란 역, 『19세기 서울의 사랑―절화기담·포의교집』, 여이연, 2003을 참조했으되 적절하게 윤문하였음)

제가 어려서 남영위댁南寧尉宅의 별가別駕를 모셨는데, 그분은 여자지만 시인이셨지요. 제가 재주가 있다고 부지런히 가르쳐 주셨어요. 덕분에 저는 『자치통감』·『십팔사략十八史略』·『시전詩傳』·『효경』·『고문진보』 등의 책을 외우지 않은 게 없었고, 고시古詩에 대해서도 때때로 논했으며 우리나라 『난설헌집蘭雪軒集』은 지금도 입에 익숙하답니다. 저의 마음에는 문장 잘하는 선비를 만나 밤낮으로 이야기를 나누며 일생을 보내는 것이 소원이었어요. 그런데 일이 크게 잘못되어 그렇게 하지 못하고, 비단을 만나려다 베를 만난 격이 되어 이렇게 영락하게 되었지요. 다행히 낭군을 만나 그동안 쌓아온 것을 다 기울여 변변찮은 문장을 대략 보여드린 것이랍니다. 그런데 낭군께서 저를 비루하게 여기지 않으시고 마음을 열어 허락해 주시니 감격을 이기지 못해 이렇게 만나게 된 것이지요.[39]

시녀 신분인 초옥은 사대부가의 여인들이나 일삼던 유가의 규범을 체득하였고,[40] 자신에게 어울리지 않은 꿈을 꾸었다. 더구나 문장하는 선비를 만나 소회를 나누며 일생을 보낼 요량이었다는 것이다. 그런데 현실은 그런 대상을 만나지 못하고 상인붙이를 만나게 되었다며 한탄한다. 이를 '비단을 만나려다 베布를 만난 격'이라고 표현하는 대목은 그래서 보기에 불편하기까지 하다. 정작 이 낭군이란 작자 — 이생 — 는 그런 위인도 못되었기에 더 안타깝다.

---

39 「포의교집」. "楊婆曰 : '妾幼時, 侍於南寧尉宅別駕, 駕以女中詩人, 謂妾有才, 敎之不怠. 妾是以『通史』及『詩傳』·『孝經』·『古文』等書, 無不誦傳, 古詩亦往往持論, 而我國『蘭雪軒集』, 至于今口習耳. 妾情願得一文章之士, 晝夕談論, 以送一生矣. 事乃有大謬不然者, 擇錦而逢布, 如是流落. 幸逢郎君, 欲罄所蘊, 故略示微章, 郎君不以妾卑鄙, 遂許胸襟. 妾不勝感激, 如是相會耳.'"

40 허난설헌의 문집을 들먹인 것은 그래서 상징적이다.

사실 이 작품은 19세기 시정사회를 배경으로 대단히 파격적인 남여의 사랑과 신분의 문제 등을 심중하게 건드리고 있다. 종래의 고답적인 이상세계에서 민인들의 활동 영역인 시정으로 공간을 옮겨 온 데서 전기서사의 엄청난 변화를 예고한다. 사대부들의 이상적 공간에서 현실 공간으로의 전환은 이미 17세기 전기서사에서 목도한 것이기는 하지만, 「포의교집」의 시정 공간은 훨씬 더 열린 공간이었다. 그런데도 초옥은 이생이라는 촌스런 선비와 이 공간 안에서 시류에 맞지 않은 욕망을 불태웠다. 그렇기에 초옥은 이 열린 공간에서 철저하게 고립되었다. 이곳을 좇고 심지어 오입쟁이가 득실거리는[41] 시정에서 초옥은 오히려 갇힌 채 이상한 탈주를 지속했던 것이다.

이 설정이 가혹해 보이는 것은 초옥의 현실이다. 그녀가 이 시정 공간에 갇힌 것은 시정인으로서 사대부가적 삶을 꿈꾸게 한 데 있다. 결코 종래의 가인이 아니었음에도 그녀를 고결한 지식인적 면모로 형상하고자 했다. 결국 그녀를 통해 사인士人의 의식을 길어 올린 셈이다. 「포의교집」이 19세기적인 사회를 기반으로 했고, 그에 따른 충격적인 현실을 묘파해 냈음에도 불구하고[42] 시대의 표상이 되지 못한 이유가 여기에 있었다.

결국 전기계 서사는 끝까지 상인붙이를 대체자로 받아들이지 않았다. 유업을 일삼는 이들에게 상행위는 의절을 훼손시키는 불손한 것

---

41 「포의교집」. "眞曰:‘選入此者, 家饒者, 有侍婢及其夫守之, 別爲下處而留, 則雖外入者, 不敢近之, 衣服首飾皆自備, 故內外嚴肅. 若家貧而不能自備者, 則誤入者誰某自當, 乃嘉禮前爲其人之處, 雖家(嘉)禮後, 永願爲其人之妻, 本夫不敢言.’"
42 이에 대해서는 정환국, 「‘楚玉’과 ‘옹녀’―19세기 비극적 자아의 초상」,『한국문학연구』33집, 한국문학연구소, 2007 참조.

이었을 뿐이다. 유업과 상업, 양자는 그야말로 길항관계에 있었다. 조선 후기가 상업사회의 도정에 올랐음에도, 또 일정 부분 이쪽을 긍정하는 시선이 없지 않았음에도[43] 거기서 사인 자신의 새로운 가치를 찾는 의식의 돌파구는 마련되지 않았다. 최소한 전기서사의 맥락어서 볼 때 그렇다.

주지하듯이 18, 19세기로 오면 고전서사는 다양한 유형의 출현으로 일신하게 된다. 특히 한문단편류는 당대의 시대상을 비교적 살갑게 반영하고 있다. 거기에는 상행위의 향연이 벌어지고 있는 경우도 없지 않다. 따라서 여기 전기서사의 흐름과는 딴판이다. 그럼에도 고전서사에서 전기는 특정 시기까지 주류적 위상을 점한 장르였다. 상인과 서사 문제에서 이쪽의 사정은 이렇거니와 다른 유형에서는 또 다른 지형이 그려질 것으로 기대된다. 그러므로 상인과 서사, 이 문제는 아직 다양한 가능성을 열어두고 있다. 나아가 이런 상인 소재, 또는 형상화에 대한 시선의 문제도 중요하지만, 그것이 서사화되는 순간 기존의 틀을 회의하고 새로운 삶의 방식을 예견하게 되는 지점에도 착독할 필요가 있어 보인다. 앞으로 이 문제는 여전히 궁구해야 할 사안이다.

43　이를테면, 박지원의 『放璃閣外傳』 등에서 그런 사례를 찾을 수 있겠다.

참고문헌

자료
沈旣濟,「任氏傳」, 內田泉之助・乾一夫,『唐代傳奇』, 明治書院, 1971.
白行簡,「李娃傳」, 內田泉之助・乾一夫,『唐代傳奇』, 明治書院.
李公佐,「謝小娥傳」, 內田泉之助・乾一夫,『唐代傳奇』, 明治書院.
박희병 표점・교석,「崔致遠」,『韓國漢文小說 校合句解』, 소명출판, 2005.
_______________,「萬福寺樗蒲記」,『韓國漢文小說 校合句解』, 소명출판, 2005.
_______________,「周生傳」,『韓國漢文小說 校合句解』, 소명출판, 2005.
_______________,「崔陟傳」,『韓國漢文小說 校合句解』, 소명출판, 2005.
「王慶龍傳」, 국립중앙도서관본.
「布衣交集」, 규장각 소장본.

논문 및 단행본
정환국,「17세기 번안・개작 전기소설의 면모」,『초기소설사의 형성과정과 그 저변』,
　　　소명출판, 2005.
______,「'楚玉'과 '옹녀'－19세기 비극적 자아의 초상」,『한국문학연구』33집, 한국문
　　　학연구소, 2007.
蕭嫺慈,「唐小說中的商賈形象及塑造意涵」, 孫映逵・單周堯 主編,『漢唐文學與文化
　　　研究』, 學林出版社, 2004.
阿英,「玉堂春故事的演變」,『小說二談』, 上海古典文學出版社, 1958.

김경미・조혜란 역,『19세기 서울의 사랑－절화기담・포의교집』, 여이언, 2003.
姜革文,『商人・商業・唐詩』, 復旦大學出版社, 2007.
郭孟良,『中國茶史』, 山西古籍出版社, 2003.
王孝通, 關未代策 譯,『支那商業史』, 大東出版社, 1940.

조선 후기 야담野談에 나타난 상인의 범주와 상인 형상의 변모 과정

박경남

1. 조선 후기 야담과 상인

이 글은 '야담野談'으로 일컬어지는 조선 후기 한문단편서사 및 야담계 단편소설 속에 존재하는 상인 형상을 통시적으로 살펴보면서, 문학 속에 드러난 상인의 치부致富 및 경영經營의 모습이 어떻게 변화되고 있는지를 검토하고자 한다. 이를 위해 먼저 본고는 조선 후기 상업적 거래의 현실과 상인의 존재양상, 그리고 이후의 변화과정 및 현재와의 관련성을 고려하여, 넓은 의미의 상인 개념과 좁은 의미의 상인 개념을 동시에 설정하고자 한다.

그리고 17세기 초의 『어우야담於于野談』에서부터 18세기의 야담집인 『천예록天倪錄』·『학산한언鶴山閑言』·『동패락송東稗洛誦』·『삽고만록雪橋漫錄』 등에 수록된 상인형상을 개괄하면서 전통시대 상인의 다양한 겸업적 존재양상을 밝히고, 야담 속에 묘사되는 상인 및 치부 형상이 우연적이고 일시적인 치부에서, 계획적인 이익 추구 및 분배를 지향하는 전업專業 상인의 치부를 그리는 것으로 변모되어 가는 과정을 살펴보고자 한다. 또한 그 과정에서 야담 속에 형상화되고 있는 상업적 교역의 범위 및 상인 및 상업적 거래의 형상화가 어떻게 달라지고 있는지도 밝혀보고자 한다.

조선 후기 야담 속에 상인이 등장하는 작품들은 대체로 '애정갈등'·'신분갈등'·'경영과 치부' 등을 주제로 한 것들이 많은데, 이 글은 그중 '경영과 치부'를 주제로 한 작품을 중심으로 상인의 모습이 어떻게 형상화되며 변모하고 있는지를 살펴보고, 이것의 변화가 가지는 의미를 음미해보고자 하는 것이다.

2. 전통시대 상인의 개념과 범주

조선 후기 야담 속에 형상화된 상인 형상의 전모와 그 존재 및 변화 양상을 살피기 위해서는 무엇보다 상인 개념의 명확한 범주 설정이 필요하다. 이 글에서는 조선 후기를 중심으로 역사적으로 존재했던 상업적 거래의 현실과 겸업적兼業的 상인의 존재양상, 그리고 상거래를 전업으로 하는 전문 상인 인구의 증가 및 현재와의 관련성을 고려하여 넓은 의미의 상인 개념과 좁은 의미의 상인 개념을 동시에 설정하고자 한다.

먼저 이 글에서 규정하고 있는 좁은 의미의 상인이란 '상업적 거래를 전업專業으로 하면서 매매행위를 통한 이윤으로 자신의 생계와 이익을 도모하는 직업계층'을 말한다. 여기에는 한 장소에 머물면서 물건을 사고 파는 '점포상坐賈'과 여러 지역을 돌아다니며 각 지역의 물건을 교환·유통시키며 상업적 이익을 도모하는 '행상行商' 등이 포함된다. 이는 오늘날 점포를 가진 '자영업자'와 지역과 국가를 넘나들며 거래를 매개하는 '세일즈맨'이나 '국제무역상'과 대응하는 용어라고 할 것이다.

넓은 의미의 상인이란 '다른 직종에 종사하면서 단기적短期的·상시적常時的으로 상업적 거래를 통해 이익을 취하는 사람들'을 폭넓게 지칭하는 개념이다. 이러한 개념이 요청되는 이유는 지금처럼 상업적 거래가 전면화 되지 못했던 근대 이전의 전통사회에서는 상업 교역을 통해 생계를 꾸려가는 순수한 전업상인은 일부에 불과하고, 농업·수공업·통역·유학·무관武官 등등의 자기 본연의 직업을 가지면서 우연한 기회에, 혹은 필요에 따라 상업적 교역에 참여하여 이익을 취하는 겸업상인兼業商人이 보다 일반적인 상인의 존재 양상이었기 때문이다. 따라서 조선 후기는 물론 그 이전 시대 문헌에서 상업 거래 및 상인 형상을 포착하기 위해서는 순전한 상인의 모습으로 등장하는 사상私商·관상官商 외에도 농상農商·염상鹽商·공상工商·천상賤商(노상奴商)·무상武商·역상譯商·사상士商·신상紳商 등 두 직능 분야에 걸쳐있는 상인을 포괄하는 넓은 의미로서의 상인 개념과 범주 설정이 필요하다.

농부·염부鹽夫·공인工人은 모두 농산물 경작, 소금 산출, 도구 생산 등 각자의 생업에 종사하면서 거기서 산출되거나 제작된 생산물로 자신의 생계를 꾸리고, 국가에 세금을 납부하면서 일상적 생활을 영위하는 것이 보통이다. 하지만, 이들은 오래전부터 잉여 생산물이 발생하면 사적인 거래를 통해 번외의 이익을 취했으며, 조선 후기에 들어서면서 상업적 거래의 영역이 확대되면서 합법적 혹은 불법적으로 자신이 노동으로 산출·생산한 작물과 물품을 시장에서 매매하여 이익을 취하는 것이 빈번해지고 점차 일상화되어 갔다. 농상·염상·공상은 바로 이러한 겸업적 상업행위를 포괄하기 위한 용어이다. 스스로 먹기 위한 자급자족적 농산물 재배나 세금납부를 위한 관급官給 이외에 벼농사 등을 지으면서 '풍흉의 시세차익'을 노려 이익을 얻거나, 담배 등 '상품 작품을 재배'해서 '판매수익'을 올려 '부를 축적'하는 경우, 그는 농사를 짓는 농부이긴 하지만, '자급'과 '관급'을 넘어 '상업적 이윤'을 목적으로 한 '농산물 생산과 판매'를 추구하기에 농부이면서 또한 상인이라고 할 수 있을 것이다. 염상과 공상의 경우도 자급·관급 이외의 생산과 판매를 겸하는 경우라면 염부나 공인이면서 상인이라고 할 수 있다. 야담이나 실록 자료 등을 통해 보건대 조선 후기로 갈수록 이러한 겸업적 판매행위가 증가하므로 이 글에서는 전통시대 상업 행위 및 상인의 현실적 모습을 포착하기 위해 이들을 넓은 의미의 상인 개념으로 포괄하고자 한다.

마찬가지로 천상賤商(노상奴商)·무상武商·역상譯商·사상士商·신상紳商은 신분적 체계 속에서 노비·무관·역관·사인·진신縉紳으로서 자신의 본분을 수행하면서 때때로 상업 행위에 참여했던 사람들을 포괄하는 용어이다. 실제로 노비들은 사대부 계층을 대신하여 상업적 매매의 대리인으로 오래전부터 그 역할을 수행해왔고, 역관 역시 통역을 통한 외교적 실무를 담당함과 동시에 국제 무역의 실무자로서 스스로 이익을 취하거나 관료들의 상업적 거래를 도우며 사례를 받거나 증간 마진을 취하는 경우가 비일비재했다. 무관의 경우 훈련도감 병사들이 17세기 후반부터 옷감·소금·수공업 제품을 판매한다는 기록이 실록 등의 문헌에 자주 보이며, 사士 계층 역시 노비나 역관을 통해 간접적으로 상업 거래를 해왔는데, 조선 후기에 들어서면 벼슬하지 못하는 몰락 양반 계층을 중심으로 다수가 상업을 통해 생활을 영위하며 상인 계층으로 전화되어 가기도 하였음은 주지의 사실이다. 또한 지체 높은 관료縉紳들은 대체로 노비나 역관을 이용해 상업적 거래를 해서 그 실체가 잘 드러나지는 않지만, 윤원형尹元衡(?~1565)처럼 권력을 이용해 공개적으로 시장을 열어 물건을 팔아 시세차익을 거두어들여 공분公憤을 삼으로써 그의 비판자들을 통해 관료들의 상업 거래의 실상이 드러나는 경우도 있다.[1] 조선에서는 이러한 경향이 하나의 집합적 의미로 사용된 예가 드물지만, 이웃 청나라에서는 19세기 후반부터 신상이란 용어가 신사紳士로서 상업을 경영하거나 상인으로서 기부금捐納을 통해 직함을 얻은 사람을 지칭하는 말로 쓰여, 관료이며 상인을 겸하는 존재를 가리키게 되었다.[2]

---

1 金貴榮,「論尹元衡罪惡箚」,『東園先生文集』卷3. "赴京驛官, 公然指使, 販貿唐物. 有同商賈, 至於視物價之低昂, 而開市私門, 利防納之倍徒, 而營爲已私."
2 오금성 외,『명청시대 사회경제사』, 이산, 2007, 356~357면.

3. 17~18세기 야담 속 상인 형상의 변화

1) 역사서와 한국 한문학 속 상인전의 부재

한국사에서 국내외의 교역과 상업이 시작된 것은 고조선부터이다. 이는 『관자管子』에 보이는 춘추시대 齊나라와 고조선과의 교역과,[3] 물건을 교환하는 수단인 화폐로 도둑질에 대한 벌금을 부과하는 고조선의 팔조법금八條法禁[4]을 통해 간접적으로 확인할 수 있다. 그리고 그 후로도 시대마다 일정한 굴곡을 겪으면서, 수도와 지방 거점 도시를 중심으로 시장市場이 형성되고, 국가의 허가와 관리 하에 있는 시전市廛 상업과 상대적으로 자유로운 민간의 행상 활동이 삼국시대부터 조선시대 말까지 지속·확대되어 왔으니, 한국 상업의 역사도 그 연원이 멀고도 오래된 것이다.[5] 하지만 현전하는 최초의 정사正史인 『삼국사기』에는 제사祭祀·악樂·거복車服·옥사屋舍·지리地理·직관지職官志는 있어도 상업 및 경제를 다룬 「식화지食貨志」가 없고, 상인의 전기를 다룬 「화식열전」도 없다. 또한 『고려사』에도 「화식열전」은 없고 「식화지」만 전

---

3 「揆度」, 『管子』. "桓公問管子曰：'吾聞海內玉幣有七筴, 可得而聞乎?' 管子對曰：'陰山之礝䃶, 一筴也; 燕之紫山白金, 一筴也; 發朝鮮之文皮, 一筴也; 汝·漢水之右衢黃金, 一筴也; 江陽之珠, 一筴也; 秦明山之曾青, 一筴也; 禺氏邊山之玉, 一筴也. 此謂以寡爲多, 以狹爲廣. 天下之數盡於輕重矣.'" 원문의 '發朝鮮'이 곧 고조선으로 文皮를 제나라와 교역하고 있음을 알 수 있다.

4 「地理志」, 『漢書』 卷28下. "朝鮮民犯禁八條：相殺以當時償殺; 相傷以穀償; **相盜者**男沒入爲其家奴, 女子爲婢, **欲自贖者**, **人五十萬**, 雖免爲民, 欲猶羞之, 嫁取無所讎, 是以其民終不相盜." 강조―인용자.

5 한국 상업사의 개괄은 홍희유, 『조선 상업사(원시~중세편)』(개정판), 평양：사회과학출판사, 2012 참조.

할 뿐이고, 편년체 역사 기술인 『조선왕조실록』에는 이러한 분류가 있을 수가 없다.

중국의 경우 『후한서後漢書』 이후의 역사서에서 상인 전기를 독립적으로 다룬 「화식전貨殖傳」을 볼 수 없는 것처럼, 한국 역시 『삼국사기』 이후의 사서史書에서 상인 전기를 독립적으로 다룬 편목篇目은 볼 수 없다. 따라서 이 시기 이후의 상인들의 삶을 기술하려고 할 경우, 중국·한국·일본 할 것 없이 각종 역사서와 문집 자료 및 고문서 자료, 기행 자료, 지리지 및 지방지 자료, 혹은 국외 자료까지를 총동원해서 여러 문헌 속에 단편적으로 존재하는 자료들을 모두 모아 유기적으로 결합해서 그 상像을 재구성하는 방법 밖에 없다. 마치 사마천이 「화식열전」을 쓸 때의 마음으로, 연구자 자신이 각 시대에 상인 출신으로 입신, 성공하거나 상업과 무역에서 큰 성취를 보인 인물들을 선별해 상인 열전을 재구성하는 수밖에 없는 것이다. 필자는 문학 속 상인 형상을 살펴보는 본고의 작업 외에도 이처럼 역사 사료 및 기타 문헌 자료를 활용해 실존했던 상인의 삶을 재구성하는 작업이, 왕과 사대부 중심의 역사를 벗어나 일상적·경제적 욕망에 충실한 평균치 인간의 눈으로 인간과 역사와 문화를 새롭게 이해하는 또 하나의 방법이라고 생각한다.

이 글은 그보다는 좀 더 간접적이고 우회적인 방법으로 17~18세기 야담문학 속에 상인들이 어떻게 형상화되고 있는지, 시기마다 상업적 거래 및 상인의 형상화는 어떻게 달라졌으며 그것이 의미하는 바는 무엇인지에 대해 생각해 보고자 한다. 좀 더 광범위한 자료 조사를 통해 달라질 수 있겠지만, 필자가 현재까지 확인한 바로는 정통 한문학의 영역인 전傳과 묘지명墓誌銘 장르에서 상인을 입전한 예가 우리나라에서는 17세기 말까지 발견되지 않는다. 18세기 이후에는 박지원朴趾源 (1737~1805)의 「허생전許生傳」(1780), 채제공蔡濟恭(1720~1799)의 「만덕전 萬德傳」(1796), 조수삼趙秀三(1762~1849)의 「죽서조생전鬻書曺生傳」, 김려金 鑢(1766~1821)의 「고수재전賈秀才傳」 등이 보이고, 묘지명으로는 짚신을 삼아 생계를 유지하는 노인의 생애를 그린 이건창李建昌(1852~1898)의 「유수묘지명兪叟墓誌銘」 정도가 상인 관련 작품으로 어느 정도 부합하 는 작품이지 않을까 한다. 이 중 『열하일기熱河日記』의 「옥갑야화玉匣夜 話」에 실려있는 「허생전」은 몰락 양반이 독점적 상업 경영을 통해 치 부致富하고, 그렇게 벌어들인 막대한 부를 이용해 도적들을 이끌고 작 은 섬에 이상향을 건설한다는 내용으로, 그 복합적 형식과 주제적인 측면에서 일찍부터 많은 연구자들에 의해 주목받아 왔다.[6] 하지만 이 작품을 제외하고 위에 거론된 작품들은 대상이 된 인물의 상인·상업 적 측면이 지극히 미미하게 기술되고, 오직 그들의 인품과 덕성에 초 점을 맞추어 글이 작성되어 있기 때문에 본격적인 상인 전기로 분류하 기 어렵다.

---

6 「許生傳」 및 「玉匣夜話」에 관한 연구는 양적으로 방대하므로 여기서는 몇 가지 대표적 인 것만을 들어둔다. 김태준, 『朝鮮漢文學史』, 조선어문학회, 1931, 176~179면; 김태준, 『朝鮮小説史』, 京城 : 學藝社, 1939, 167~180면; 이가원, 『燕巖小説研究』, 을유문화사, 1965, 586면; 김명호, 「연암의 현실인식과 전의 변모양상」, 『박지원문학연구』, 창작과비 평사, 2001, 63~77면; 이현식, 「『옥갑야화』, 교역 대상으로서의 청나라에 관한 이야기」, 『古典文學研究』 33호, 한국고전문학회, 2008. 이 중 최근 연구인 이현식의 글에 그간의 연구 성과들이 요령 있게 정리되어 있다.

2) 『어우야담於于野談』 이전 상인에 대한 기록과 형상

정통 한문학의 영역과는 달리 '야담' 장르에서는 일찍이 이우성·임형택이 『이조한문단편집』에서 편역·소개했듯 상인들의 치부담致富談을 어렵지 않게 발견할 수 있다. 중국에서는 명대 중·후반 이후 만개했던 상인전·묘지명이 조선에서는 김창협金昌協(1651~1708)·신정하申靖夏(1681~1716) 등 문단 권력을 행사했던 문인들에 의해 전·비지碑誌 등의 정통 한문학 영역에서 배제됨으로써,[7] 상인·상업·치부에 관련된 일화들이 비정통·비주류 한문학 장르라고 할 수 있는 '야담'적 글쓰기를 통해서만 표출되었던 것으로 보인다.[8] 필자는 이러한 현상이 17세기 이전의 한문학 장르에도 똑같이 적용 될 수 있는 것인지를 파악하기 위해 좀 더 시대를 거슬러 올라가 이인로李仁老(1152~1220)의 『파한집破閑集』 등 고려시대 이후 발간된 필기 잡록류 부터 강희맹姜希孟(1424~1483)의 『촌담해이寸談解頤』 등의 소화·패설류 자료들 및 15세기 17세기까지의 야사 잡록을 총집한 『대동야승』을 통독하며 상인담의 유무를 조사해 보았다.[9]

7 　명대 중엽 이후 왕세정 등 대표적인 문인들에 의해 작성되었던 상인묘지명에 대한 金昌協·申靖夏의 거부 반응은 다음을 참조. 金昌協, 「雜識」 外篇, 第8則, 『農巖集』. "弇州作商販婦女誌傳, 其人瑣瑣無足記, 而其文動累百千言, 此可見工拙之辨也"; 申靖夏, 「策問－碑誌之文」, 『恕菴集』 卷12. "碑誌之文, 莫盛於皇明, 皇明大家, 莫過於弇山. 而冶女俠士, 皆得有誌, 商婦販翁, 亦許乞銘, 連編累牘, 動至千萬言, 其可謂得碑誌之體歟?" 원문의 '弇州'·'弇山'은 王世貞의 호.

8 　「허생전」의 경우도 후대의 연구자들에 의해 傳으로 명명되었을 뿐, 그 창작 배경과 허구적 이야기 구성을 보면, 장르적으로는 야담에 가깝다. 「허생전」의 야담과의 친연성과 관련해서는 임형택, 「한문단편 형성과정에서의 강담사 : 許生故事와 尹映」, 『창작과비평』 49, 창비, 1978; 류홍렬, 「'허생이야기'의 변이양상에 대한 연구」, 『先淸語文』 28호, 서울대 국어교육연구소, 2000 참조.

필자가 현재까지 확인한 바로는 유몽인柳夢寅(1559~1623)의 『어우야
담』 이전에도 필기 잡록류에는 드물기는 하지만, 상인에 대한 기록과
형상이 등장하고 있었다.

① 이인로李仁老(1152~1220) 『파한집破閑集』: 이녕李寧의 그림을 받아
고려 예왕睿王에게 바친 송상宋商에 대한 기록[10]

② 성현成俔(1439~1504) 『용재총화慵齋叢話』(卷5): 무인武人 봉석주奉石
柱의 탐욕스럽고 파렴치한 식화殖貨이야기[11]

③ 조신曺伸(1454~1529) 『소문쇄록謏聞瑣錄』: 상인 심금손沈金孫이 무명
을 천여 동 쌓아두었다가 화를 입었다는 기록[12]

④ 송세림宋世琳(1479~1519) 『어면순禦眠楯』: 인가에 투숙했다가 집주
인의 부인과 교합하다 걸려 도망가는 행상(「부부적도負釜跡盜」)[13]
인가에 투숙했다가 부부의 강환講歡소리에 잠 못 이루는 소금장수
(「염상촉롱鹽商觸聾」)[14]
권농勸農의 처를 속여 합환한 어떤 생선장수(「매공득어賣空得魚」)[15]

---

9 일찍이 이강옥은 『조선시대 일화연구』, 태학사, 1997에서 『대동야승』을 중심으로 평민
   일화에 대해 조사 연구한 바 있다. 필자는 이강옥의 문제의식을 계승하면서 상인 일화만
   을 대상으로 연구를 진행한 것이다.
10 李仁老, 『破閑集』. "昔睿王時, 畫局李寧, 尤工山水, 爲其圖, 附宋商. 久之, 上求名畫於宋
   商, 以其圖獻焉."
11 成俔, 大東野乘本 『慵齋叢話』 卷5. "奉石柱驍勇善射, 其擊毬爲當時第一, 以靖難功臣, 至
   正二品封君. 爲人貪婪酷暴, 日以殖貨爲業."
12 曹伸, 『謏聞瑣錄』. "吾東方不産金銀, 本朝不行錢法, 只以綿布爲貨, 綿布三十五尺一疋,
   五十疋爲一同, 居積者多不過千同. 近代宰相尹坡平, 商賈沈金孫, 積綿布無慮千餘同, 甲
   子丙寅年間, 並罹奇禍."
13 民俗學資料刊行委員會 編, 『古今笑叢』, 民俗學刊行會, 4291(1958), 56면.
14 위의 책, 144면.
15 위의 책, 162면.

⑤ 어숙권魚叔權(1498~1554)『패관잡기稗官雜記』: 왜인에게 납으로 은銀을 만드는 법을 가르쳐 준 상인[16]

⑥ 이제신李濟臣(1536~1583)『청강선생후청쇄어淸江先生鯸鯖瑣語』: 아내를 살해했다고 누명을 쓰고 잡혀갔다가 풀려나는 행상이야기[17]

⑦ 윤국형尹國馨(1543~1611)『갑진만록甲辰漫錄』(1604): 임란 이후 중국의 군사들과 함께 다수의 중국 상인이 와서 종로 거리에 가게들이 즐비해졌다는 기록[18]

⑧ 차천로車天輅(1556~1615)『오산설림초고五山說林草藁』: 계유정난 때 공을 세운 상인이 살인을 해서 이에 대한 사면을 둘러싸고 성종과 정희대비貞熹大妃가 갈등을 빚는 일화[19]

⑨ 신흠申欽(1556~1628)『상촌잡록象村雜錄』: 상인에게 돈을 빌려 중앙 관서에 뇌물을 써서 관직에 오르는 세태에 대한 비판과 그렇게 뇌물을 써서 통제사統制使에 오른 이정표李廷彪 예화例話[20]

---

16 魚叔權,『稗官雜記』一."倭人, 舊不知用鉛造銀之法, 只持鉛鐵以來. 中廟末年, 有市人, 挾銀匠潛往倭奴泊船地方, 敎以其法, 自此倭人之來, 多費銀兩. 京中銀價頓低, 一兩之價, 只惡布三四疋而已."

17 李濟臣,『淸江先生鯸鯖瑣語』."某地方有一男子, 出商遠地, 經久回家, 夜與妻同宿, 及覺, 其妻被刺而死. 妻黨告其男子殺妻, 男子不勝栲掠遂誣服, 及論囚. 巡按以筆勘點將死者姓名, 點及男子, 則有飛蠅連抱筆頭, 使不得下點, 屢揮而蠅殊不去, 御史深異之, 更考其案, 則似涉冤疑."

18 尹國馨,『甲辰漫錄』."戊戌大兵出來後, 中原商賈多賫物貨, 項背相望, 鍾樓街路. 設肆排貨, 不知其數. 於是, 中原物貨, 反爲賤物, 稍飾容儀者, 則勿論有職無職, 除表着外, 或有純用段子羊裘, 亦通貴賤老少, 無不着持."

19 車天輅,『五山說林草藁』."光廟反正時, 有一賈豎, 功最多, 御筆賜之曰三死無與. 後成廟初卽位, 其人殺人, 有司論以如律, 其人上御敎. 貞熹大妃敎曰：'先王旣有手敎, 其原之.' 成廟難之."

20 申欽,『象村雜錄』;「春城錄」,『象村稿』卷55."四五年來, 武官蔭官, 大少差除, 外而擬望, 內而受點, 俱以貨賄, 而市中賈豎爲之主. (…중략…) 李廷彪武班中之最無賴者也. 戊申癸丑之間, 殺臨海及大君時有力, 因以拔擢, 至躋閫鉞. 甲寅爲江華府使, 亦因市賈, 紉銀累百兩, 爲統制使. 纔往鎭所, 卽中惡死, 其市賈失利憤惋, 取索於全州本家云."

⑩ 이덕형李德泂(1566~1645) 『송도기이松都記異』: 송도松都의 천인賤人
이유성李有成이 상업을 통해 큰 부를 축적한 후 원래 주인에게 은혜를
갚는 이야기[21]

위에 제시한 필기 잡록류의 상인관련 내용 중 ①, ③, ⑤, ⑦, ⑧, ⑨는
상인의 구체적 언행과 활동에 초점을 맞춘 서사적 글이 아니라, 어떤
사실을 기록하는 과정에서 상인을 잠깐 언급하고 있는 것이어서 문학
속 상인 형상에 주목하고자 하는 본 연구와는 크게 관련이 없을 수도
있다. 그럼에도 불구하고, 이 짤막한 기술들은 조선의 상공업 발전 및
상인의 활동과 관련하여 주목할 만한 내용들이 적지 않다. 가령, ①은
고려시대에 파견된 송상宋商이 상품 교역뿐 아니라 그림과 같은 문화
예술의 전파에도 개입하고 있음을 보여주고 있고, ③은 중국에서의 무
명木綿 재배 및 방적기술의 기원, 문익점에 의한 조선으로의 전파와 유
행 및 화폐로의 전용轉用 등을 기술하는 과정에서, 상인 심금손沈金孫을
언급하고 있는 것으로, 이 기록을 통해 막대한 부를 축적했던 상인 심
금손의 존재와 목면업의 중국 · 조선에서의 발전과정과 화폐로의 전
용 과정을 알 수 있다. ⑤에서는 상인의 이름이 구체적으로 언급되지
않은 채로, 은 제조 기술의 일본으로의 유출에 상인이 개입되었음을,
그리고 은 제조 기술의 일본 전래 시기와 경로들에 대한 정보를 제공
하고 있다. ⑦은 임진왜란 때 군사들과 함께 온 중국 상인들의 상거래

21　李德泂, 『松都記異』. "有成者, 松都賤人也. (…중략…) 有成業商, 家饒於財, 事母至孝.
　　(…중략…) 有成歸語其母, 母聞上典計, 卽發喪失聲悲哭. 自此常貢之外, 又致節物, 殆無
　　虛月, 積五六年. (…중략…) 至今松都人, 作爲美談云."

활동이 조선 점포상의 정착과 확대에 하나의 전환점이 되었음을 알려 주는 자료이다. 또한 ⑧과 ⑨는 왕의 인척과 관료들의 정치적 진출에 상인들의 재력이 점차 큰 변수로 작용하고 있음을 보여주고 있다. 따라서 이들 필기 잡록류에 실린 정보 및 기록들은 상인들의 구치적 형상이 드러나 있지는 않지만 시대적 상업의 발전 추이와 상인들의 사회적 위치의 변화를 어느 정도 가늠케 할 수 있는 중요한 자료들임에는 틀림이 없다.

한편, ②, ④, ⑥, ⑩은 상대적으로 서사적 성격이 강한 인물기사류人物記事類 기록들이다. 무인武人이자 공신功臣으로서 권력을 이용한 물품의 부당한 점유 및 매매행위를 통해 치부하는 봉석주奉石柱의 파렴치한 식화殖貨 이야기(②)는 권력자들이 무상武商·신상紳商이 되어 자신의 지위를 이용해 폭리를 취하는 부정적 모습을 형상화한 것이라면, 상업을 통해 큰 부를 축적한 후 사족士族의 가노家奴였던 어머니를 대신해 원래의 주인집을 다시 찾아가 종복從僕으로서의 도리를 다하는 송도松都의 천인賤人 이유성李有成의 일화(⑩)는 한 노비 출신 상인의 신의와 덕성을 사대부의 관점에서 선양宣揚하고 찬양한 것이라고 하겠다. ④는 『어면순』에 실려 있는 소화笑話로서, 떠돌이 행상들이 집을 방문하거나 투숙하며 겪을 법한 성적性的 일탈과 갈등을, 웃음을 유발하는 어리숙고 과장된 표현과 상황설정을 가미해 기술한 것이다. 또 ⑥은 저자 이제신李濟臣(1536~1583)이 중국에 갔을 때 역관譯官에게서 들은 이야기로, 한 중국 상인이 장사하러 떠났다가 집으로 돌아와 아내를 죽였다는 누명을 쓰고 옥에 갇혔는데, 나중에서야 비로소 아내와 간통한 강칠康七의 소행으로 진실이 밝혀져 풀려나게 된다는 내용이다. 옥사를 판결하는 순안사가 붓으로 사형당할 사람의 성명 위에 점을 찍어 표시하려고 하니, 날아다니던 파리들이 연달아 붓끝에 모여들어 그 상인의 이름 위에 점을 찍을 수 없게 한 것이라든지, 점쟁이가 써 준 오언시五言詩의 내용에 따라 모든 일이 진행되는 등 다분히 허구적 요소가 가미되어 극적인 재미를 더하고 있다.

지금까지 살펴 본 것처럼,『어우야담』이전 필기 잡록류의 기록에는 비록 그 편수는 적지만, 객관적 사실 기록, 혹은 성적 소화나 일화, 인물기사의 다양한 형태로 상인 관련 내용들이 간간히 쓰여 있고, 저자의 시각 및 사안의 성격에 따라 상인들이 긍정적 혹은 부정적으로 형상화되어 있다. 그리고 이러한 문학적 토양 위에서 17세기 초에 그 초고가 완성된『어우야담於于野談』22과 그 이후의 야담집에서는 넓은 의미의 상인 개념으로 포착할 수 있는 한문단편 서사 작품들이 더욱 빈출할 수 있었던 것으로 보인다.

3) 17~18세기 야담 작품 속 상인의 변화

필자는 이전 연구에서 '매매 및 거래 행위'가 있는 치부致富와 관계된 작품들을 광범위하게 수집하여 조선 후기 산문 속 상인 및 치부 관련 작품을 목록화하여 제시한 바 있다.23 이제 이 장에서는 그 중 17~18

---

22 이경우,『한국야담의 문학성 연구』, 국학자료원, 1997, 16면에 따르면,『於于野談』은 1622년에 초고가 완성되었지만, 편집되지 않은 채로 초고가 산일되어 많은 이본을 낳은 것으로 파악하고 있다.

23 朴京男, 「'행운'과 '기회'의 땅으로서의 중국─16·17세기 對中國貿易 관련 野談에 형상

세기 야담 속에서 매매를 통해 부를 획득한 작품들을 선별 제시하고,
이들 야담 작품 속에 형상화된 인물들을 넓은 의미의 상인 개념으로
포착하여, 야담 작품 속에서 상인 및 상업적 거래의 형상화가 어떻게
달라지고 있는지에 주목하여 분석을 진행하고자 한다.

〈표 1〉 17~18세기 야담 속 상인 치부담致富談의 내용

작자	출전	대상인물 및 내용요약	종류	출신지	교역범위	결과
柳夢寅 (1559~1623)	於于野談 (萬宗齋本) 제44화	朴繼金 일화. 상인의 아들 朴繼金이 연경에 가 큰 돈을 벌기 위해 왜인에게 야광주를 사서 연경에 갔지만, 야광주가 가짜임이 밝혀져 오히려 큰 빚을 지게 됨.	私商	서울	한양–북경	실패
	於于野談 (萬宗齋本) 제91화	李之菡 일화. 스스로 상인이 되어 백성들에게 생계를 마련할 치산의 방법을 가르친 일화 및 백성들과 고통을 함께 하려는 그의 여러 면모들을 기록하고 있음.	士商	미상	한양(마포)	성공
	於于野談 (萬宗齋本) 제362화	尹鉉의 일화. 戶曹 판서 윤현의 국가·집안 살림 운용의 근검성을 보여줌. 가정 살림 예화에서는 여종의 땔나무 낭비를 방지하고, 말먹이로 기장을 이용하며 목화값의 시세 변동을 이용해 치산을 이루는 과정이 소개됨.	紳商	서울	한양	성공
	於于野談 (萬宗齋本) 제363화	高蚌의 일화. 재물을 저축·판매하여 백만장자가 된 忠州 사람 高蚌의 인색함을 보여주는 두 가지 예화.	미상	忠州	미상	·
	於于野談 (萬宗齋本) 제364화	全州 상인 일화. 전주 상인이 생강의 시세차익을 이용해 평양에 가서 큰돈을 벌려고 했으나 기생에게 빠져 재산을 탕진하였다가 기생이 헤어질 때 준 올공금으로 인해 큰 부자가 됨.	私商	全州	全州–平壤–黃岡–全州	성공
	於于野談 (萬宗齋本) 제365화	李華宗 일화. 역관 李華宗이 연행 갔을때, 팔뚝만한 큰 뼈를 발견했는데, 그 안에 귀한 보물인 龍珠가 있어 북경 시장에서 十萬金에 팔고 甲富가 됨.	譯商	미상	한양–북경	성공
	於于野談 (萬宗齋本) 제366화	申石山 일화. 서울 사는 천민 申石山이 연행을 따라갔다가 뿔을 주웠는데, 아들을 낳게 하는 효험이 있는 蛇角이어서 十萬金에 팔아 京城甲富가 됨.(제365화의 이본)	賤商 (奴商)	서울	한양–북경	성공
	於于野談 (萬宗齋本)	火砲匠 일화. 가난한 火砲匠이 水路 朝天 사행의 일원이 되어 배를 타고 가다가 水厄이 있다고 지목되어 섬에 남	工商	미상	豐川–海中一島	성공

화된 중국의 이미지」, 『한문학논집』 37권, 근역한문학회, 2013의 '부록 : 조선 후기 산문
속 商人 및 致富 관련 작품' 참조.

작자	출전	대상인물 및 내용요약	종류	출신지	교역범위	
	제367화	게 되었는데, 이무기大蟒를 죽여 그 뱃속에 있는 보물을 팔아 갑부가 됨.				
	於于野談 (萬宗齋本) 제368화	閔山의 일화. 市井에 사는 庶孽 閔山이 종로 거리에서 헤진 옷을 입고 망태기에 황금을 든 사람(神)에게 베 만 필로 황금을 사서 갑부가 됨.	士商	서울	한양(종로)	
	於于野談 (萬宗齋本) 제369화	어떤 武士의 일화. 牙山에 사는 武士가 燕京에서 胡商에게 학 둥지에 있던 靑石을 팔아 부자가 될 뻔했는데, 靑石의 때를 닦다가 볼록한 부분을 떼어버려 그 精氣를 잃게 되자 다만 十金을 받고 팔게 됨.	武商	아산	아산-북경	
	於于野談 (野乘本) 제151화	朴禮壽 일화. 線紬廛의 富商인 朴禮壽가 시장 사람에게 비단500필을 빌려 주고 빚 대신 받은 별장을, 李爾瞻의 孽弟가 이중으로 구입해 소송이 일어나게 되자, 박예수가 도리어 계약서를 태워 자신의 권리를 포기함.	官商	서울	서울	
任埅 (1640~1724)	天倪錄 (天理大本) 潦澤裡得萬金寶	어떤 역관의 일화. 어떤 역관이 연행을 갔을 때 우연히 뼈를 발견했는데 그 안에 귀한 보물인 龍珠가 있어 북경 시장에서 南蠻國 상인에게 육천금에 팔고, 다시 그 중 보물로 받은 것들을 조선의 東萊倭館에서 팔아 만금의 재산을 획득함.(萬宗齋本『於于野談』제365화의 이본)	譯商	미상	(한양)-高平·盤山-북경-동래	
	天倪錄 (天理大本) 海島中拾二斛珠	어떤 역관의 일화. 어떤 역관이 水路 朝天 사행의 일원으로 배를 타고 가다 水神이 요구하는 사람으로 지목되어 한 섬에 남게 되었는데, 그 곳의 이무기를 죽여 뱃속에 있는 명주를 싣고 와 倭館에 팔아 거부가 됨.(萬宗齋本『於于野談』제367화의 이본)	譯商	미상	海中一島	
辛敦復 (1692~1779)	鶴山閑言 (野乘本) 光海時漢師有一大賈	어떤 대상인의 일화. 광해군 때 서울의 대상인이 西關巡營과 義州의 富人들에게 빚을 내 인삼을 산 후, 중국 남경까지 가서 열배가 넘는 가격으로 팔고 돌아와 빚을 갚고 巨萬의 부자가 됨.	私商	서울	서울-의주-북경-남경	
盧明欽 (1713~1775)	東稗洛誦 (東洋文庫本) 鹽**24**	金都令 부부 일화. 서울의 가난한 양반출신 서생 金都令과 가난한 평민인 張風憲의 딸이 혼인하여 길쌈·염업·목축·買畓을 통해 재산을 증식한 일화. 특히 소금장사로 돈을 버는 과정이 상세하게 서술됨.	士商 (鹽商)	서울	서울-南陽	
安錫儆 (1718~1774)	雪橋漫錄 (東洋文庫本) 可興**25**	黃希淑 일화. 서울에서 萬錢을 가져온 노인이 풍년에 콩2천말을 사서 忠州 可興 사람 黃希淑에게 맡기고 떠났는데, 노인의 말에 따라 흉년이 와도 팔지 않다가 대기근이 들어 20배가 되는 가격에 콩을 팔게 되어 豐凶의 시세차익을 통해 치부한 일화.	私商 (都賈) 農商	忠州	서울-충주	
	雪橋漫錄 (東洋文庫本) 江景	江景 절름발이 일화. 서울의 거금을 가진 이가 강경에 내려와 어떤 절름발이에게 十萬錢을 빌려주고 떠나자 절름발이가 煙草의 시세차익으로 치부한 일화.	私商 農商	江景	서울-江景	

작자	출전	대상인물 및 내용요약	종류	출신지	교역범위	결과
	雪橋漫錄 (東洋文庫本) 舟販	양민 李씨의 일화. 강원도 原州의 法泉에 사는 양민 李씨가 흉년에 서울에 쌀을 선적해 와 팔아 이익을 남긴 일화. 이 당시 李씨는 10년 동안 거래해 온 서울 객주가 굶주린 것을 돕지 않았는데, 이 객주도 다른 사람에게 곡식을 구제받은 후 돈놀이와 장사로 큰 성공을 이룸.	私商 (船商) 客主	原州	原州-서울	성공
	雪橋漫錄 (東洋文庫本) 邊士行 제2화	吳少年 일화. 平壤의 田長福이 거지인 吳少年에게 장사 밑천을 대주자 소년은 두 차례에 걸쳐 원금의 세 배나 되는 돈을 돌려 주었다. 그러자 전장복이 그 능력을 보고 오소년을 사위로 삼은 후 다시 자금을 대주니 더욱 크게 치부하고 자손도 번성하게 되었다.	私商	平壤	평양	성공
	雪橋漫錄 (東洋文庫本) 嶺南寒士	가난한 선비의 일화. 嶺南의 한 가난한 선비가 서울 大夫의 婢夫로 들어가 신뢰를 얻어 오만냥의 자금을 얻어 중·한·일 仲介貿易을 통해 서너 배의 큰 이득을 얻고 그것을 대부와 공평히 나눈 일화.	士商 (奴商)	嶺南	嶺南-서울- 평양-동래	성공
	雪橋漫錄 (東洋文庫本) 北京丐者	북경 거지 일화. 조선의 한 老譯官이 戶曹에서 빌린 오천냥을 북경거지에게 빌려주자, 그 거지가 강남지역에 가 무역하여 열 배의 이득을 낸 후, 역관에게도 강남의 진귀한 물건들을 가져다 주어 역관도 부자가 되었다는 일화.	譯商 客主	서울	서울-북경- 강남	성공

위에 정리한 도표에서 볼 수 있듯『어우야담』속에는 사상私商(박계금 朴繼金·전주全州상인)·사상士商(이지함李之菡)·신상紳商(윤현尹鉉)·역상譯商 (이화종李華宗)·천상賤商(신석산申石山)·공상工商(화포장火砲匠) 등 넓은 의미의 상인 개념으로 포착할 수 있는 다양한 인물들의 매매 행위에 대한 기록 들이 존재한다.『어우야담』의 저자인 유몽인柳夢寅(1559~1623)은「중강 개시변무계사中江開市辨誣啓辭」라는 산문에서 중강개시中江開市를 지속할 것을 주장하고,「안변삼십이책安邊三十二策」에서는 화폐 사용用錢幣과 노 점상 개설開路舖을 주장하는 등 상업적 거래에 많은 관심을 보였는데,

---

24 이우성 편, 栖碧外史海外蒐佚本『동패락송 외 5종』(영인본), 아세아문화사, 1990의 목차 제목을 따름.

25 이우성 편, 栖碧外史海外蒐佚本『雪橋集－下』(영인본), 아세아문화사, 1986의 목차 제목을 따름.

바로 이에 대한 관심이 『어우야담』에도 자연스럽게 반영되어 다양한 형태의 상업 거래 현장들을 견문見聞·포착하여 형상화할 수 있었던 것으로 보인다.

다만, 위의 일화에서는 대체로 일화 속 인물들이 일시적·일회성의 상업적 거래로 치부한 것처럼 형상화되어 있어 이들까지 과연 넓은 의미의 상인 개념으로 포착할 수 있는지 조금 저어되는 측면이 없지 않다. 하지만, 16세기 말 이후 관료·사인士人·노비·역관·무인武人들의 상업행위가 점차 빈번해지고 일상화되고 있음을 감안하면, '일회성의 상업 거래를 통한 치부'는 극적인 재미를 추구하는 일화의 문법에서 기인한 것으로 볼 수 있다. 가령, 위 일화 속의 이화종李華宗은 단순히 한번 사행을 갔다 와서 막대한 부를 축적한 것으로 묘사되어 있지만, 현실의 이화종은 역관으로서 빈번히 연행길에 올랐고, 역관들의 무역 행위는 당시인들에게는 당연시될 정도로 일상화된 것이었다.

따라서 필자는 일화 속에서는 비록 극적인 측면을 고려해 일회성 거래로 형상화되고 있지만, 이를 당대 무역 및 상업 거래를 통한 치부를 드러내는 일화적逸話的·극적劇的 형상화 방식임을 고려해 이런 일화들까지도 넓은 의미의 상인 개념으로 포괄했음을 밝혀 둔다. 이제 위에 도표로 제시한 일화 중 일부를 옮겨 『어우야담』 속 상업 거래 및 상인 형상의 특징을 간단히 살펴보고자 한다.

하루는 상인이 떠나겠다고 하자 기생이 그를 가엾게 여겨 노자돈을 대주고 싶었지만 쌀 한 말, 베 한 자도 아까웠다. 집에서 여러 해 동안 먼지가 쌓일 정도로 쓸모없는 물건을 찾아보니, 부식되어가는 장고의 올공금 16매가 있었다. 그것을 상인에게 주면서 말했다. "길 가다가 바꾸면 한 됫박 쌀은 될 거에요" 상인이 기쁘게 받고 울며 작별하고 떠나왔다. 길에서 모래흙으로 올공금을 문질러보니 옻칠한 색이 거울처럼 빛나 기이하게 생각했다. 황강黃岡의 저자거리에서 팔려고 하니 그 값이 치솟아 백만 금에 기르렀다. 감식鑑識하는 이가 의아해서 자세히 살펴보더니 "이건 진짜 오금烏金이니 값이 금보다 열 배는 되네"라고 하더니, 여비를 후하게 대주고 전주全州에 이르러 백만금을 주었다. 상인은 옛 가업을 회복했을 뿐만 아니라, 갑자기 재산이 백만 금까지 치솟아 동방의 갑부가 되었다.[26]

이화종李華宗은 중국어를 잘하는 뛰어난 역관이었다. 일찍이 연행燕行을 가다가 반산盤山에 이르러 (…중략…) 팔뚝만한 큰 뼈를 습득해서 물로 씻어 행랑에 간직했다. 북경에 도착해서 시장이 열리는 날에 좌판 앞에 그 뼈를 놓아두니 뭇 상인들이 모여들어 그것을 보았다. (…중략…) 마침내 십만 금을 받고 파니 상인이 기뻐하며 갔다. (…중략…) 상인이 톱으로 그 뼈의 위아래 중간 마디를 취해 잘라내자 밤톨보다 큰 붉은 구슬 하나가 나오니 광채가 눈부셨다. (…중략…) 화종은 십만 금을 얻어 갑부가 되었고, 자손들은 지금 거족巨族이 되었다.[27]

26　萬宗齋本『於于野談』제364화. 全州 상인 일화. "一日, 告辭而退, 其妓憐之, 欲資行需, 惜斗米尺布, 見家中有積歲塵煤無用之物, 無如敗腐杖鼓兀孔金十六枚也. 以與商人曰：'可於行路, 易升米爲糧.' 商人喜而受之, 泣辭而歸. 至路上, 磨之沙土, 漆色可鑑, 心異之, 衒於黃岡市上, 刁騰其價至百萬. 識者疑之, 諦視之曰：'是眞烏金也, 價高十倍於眞金.' 厚資其行, 至全州城, 以百萬酬之. 商人非徒復其舊業, 卒至貨峙百萬, 爲東方甲富."
27　萬宗齋本『於于野談』제365화. 李華宗 일화. "李華宗, 善華語, 譯官之翹楚也. 嘗赴燕, 至盤山, (…중략…) 得一大骨如臂者, 洗而藏之槖中. 至北京, 於開市日, 置其骨於座前, 衆商咸聚而觀之, (…중략…) 卒以十萬酬之, 商人歡喜而去. (…중략…) 商人遂以鉅斷其骨上下取中節劈之, 得一赤珠, 大於栗, 光彩炯煌, (…중략…) 華宗得十萬金爲甲富, 子孫今爲

위에 제시한 첫 번째 인용문은 평양 기생에게 빠져 재산을 탕진하였다가 기생이 헤어질 때 준 올공금 덕택에 큰 부자가 된 '전주全州 상인' 일화의 일부이고, 두 번째는 연헝길에서 주은 큰 뼈 속에 담긴 용주龍珠로 인해 갑부가 된 '역관 이화종李華宗' 일화의 한 부분이다. 위 인용문과 도표의 내용요약에서 간단히 확인할 수 있듯, 『어우야담』 속 상인 일화들은 사대부 계층이면서 일정한 계획에 따라 수공업적 생산과 상업적 매매를 하는 이지함李之菡(1517~1578)과 윤현尹鉉(1536~1597)을 제외하면, 전업 상인으로 분류할 수 있는 사상私商이든, 넓은 의미의 상인으로 분류할 수 있는 역상譯商·천상賤商·공상工商이든, '계획적이고 지속적인 거래'를 통해 부를 획득하기 보다는 '우연적인 행운을 통한' '물품의 획득'과 그것에 대한 '일회성 매매'를 통해 부자가 되는 모습으로 형상화되고 있다.

위에 인용한 전주 상인 일화에서 치부의 수단이 되고 있는 '장고의 올공금'은 기생의 입장에서 보면 "먼지가 쌓일 정도로 쓸모없는 물건"을 찾아서 전주 상인에게 노잣돈으로 준 것이고, 그것을 받은 전주 상인 역시 길가다가 우연히 "올공금을 문질러보니" 옻칠한 색이 거울처럼 빛나 "기이하게 생각"하는 것으로 보아, 그것이 백만금이나 되는 "진짜 오금烏金"일 줄은 꿈에도 몰랐던 것이다. 또한 역관 이화종은 연행 중에 우연히 큰 뼈를 습득해서 북경 시장에서 좌판을 벌여 놓기는 했지만, 정작 그것이 얼마나 값이 나가는 물건인지 어떤 용도로 쓰는 것인지도 모른 채 물건을 팔아[28] 십만 금을 얻어 갑부가 된 것이었다.

巨族."

[28] 萬宗齋本『於于野談』제365화. 李華宗 일화. "一老商曰：'此價幾何？' 華宗曰：'價三萬' 商

전주상인이나 역관 이화종이나 모두 스스로의 의지와 상관없이 그 물건을 받거나 길을 가다 우연히 주운 것인데, 뜻밖에도 그것이 엄청난 가치를 지닌 물건이었으니, 이들의 치부는 스스로의 계획과 실천으로 이루어진 것이 아니라 우연한 기회와 행운을 통해 뜻하지 않은 횡재를 한 것이다.

반면, 『어우야담』 속 상인 치부담 중 사대부 계층임에도 스스로 상인이 되어 백성들에게 생업을 가르쳤던 이지함은 유리걸식하는 백성들을 한 곳에 모아 놓고 수공업을 가르치고, 짚신을 삼아 시장에 팔게 하여 백성들의 생계를 도모했다.[29] 그리고, 호조戶曹 판서로서 이재理財에 밝았던 윤현은 가정에서도 목화 값의 시세 변동을 이용하여 열 배나 되는 이익을 남기고 팔면서 집안사람들에게 치산의 방법을 가르치는 등,[30] 계획적인 경영을 통한 재산 축적을 도모하는 것으로 형상화되어 있다. 사상·신상으로 분류될 수 있는 이 두 사람의 계획적 매매 활동을 제외하면, 『어우야담』 속 상인 형상은 무역과 매매에 참여하는 사상·역상·천상·공상·무상 및 서얼庶孼 민산閔山에 이르기까지 모두 다 '우연적이고 일시적인 행운(불운)'으로 '물품을 획득'해서 그것에

人怒曰：'勿戲, 試直言之.' 華宗曰：'五萬.' 商人猶冷笑. 華宗始覺其極貴, 陽曰：'豈有價? 試傾城而來.' 卒以十萬酬之, 商人歡喜而去. 華宗追問曰：'吾只知其貴, 而不知用於何所, 試言之.'"

29 萬宗齋本『於于野談』제91화. 李之菡 일화. "李之菡, 之蕃之弟也, 亦奇士也. (…중략…) 手自爲商賈以敎民赤手贏生業, (…중략…) 哀流民敝衣乞食, 爲飢民作巨竇以館之, 誨之以手業, 於士農工賈, 無不面諭耳提, 各資其衣食. 而其中最無能者, 與之禾藁, 使作芒鞋, 親課其役. 一日能成十對, 鞋販之市, 一日之工, 無不辦一斗米, 推其利以成衣, 數月之間, 衣食俱足."

30 萬宗齋本『於于野談』제362화. 尹鉉의 일화. "一日, 謂家人曰：'今年木花極賤, 出千布貿來.' 旣貿, 積之樓上, 充棟宇, 亦不見費用. 不數載, 市上木花極貴, 悉取而貿穀, 其直十倍, 得鉅萬石. 謂家人曰：'示! 若屬治產, 當如是矣.'"

대한 '일회성 매매'를 통해 부자가 되거나 실패하는 모습으로 형상화 되고 있다. 『어우야담』 속 상인 형상이 보여주는 이러한 계층적 차이는 16세기 조선의 각 계층의 상업적 생산 및 매매의 모습을 실제적으로 반영할 수도 있겠지만, 그보다는 사대부 계층이었던 유몽인이 각각의 일화를 선택, 윤색하는 과정에서 빚어진 결과이지 않을까 싶다.

일화 선택 및 서사적 형상화 과정에서 보이는 이러한 사대부 중심적인 시각 외에도 또한 『어우야담』 속 상인 일화들은, 『사기』「화식열전」이나 송대의 『태평광기』 속에 그려져 있는 상인들에 대한 묘사처럼 대부분 짧은 편폭의 요약적인 화소로 기록되어 있는 까닭에, 문체상으로나 서사의 편폭으로나 보다 상세한 상업 활동이 반영되기 어려운 측면이 있다. 그럼에도 불구하고 『어우야담』 속 상인 형상은, 위에서 살펴본 상인관련 서사 작품들이 후대의 야담이나 소설 등에 계속해서 변주되며 지속적으로 반복 재생산되고 있다는 점에서 야담문학 속 상인 형상의 '원형原型'으로서의 성격을 지닌다고 하겠다. 도표에서도 간단히 밝혔듯 임방任埅(1640~1724)의 『천예록天倪錄』에 수록된 「요택리득만금보潦澤裡得萬金寶」와 「해도중습이곡주海島中拾二斛珠」는 각각 『어우야담』(萬宗齋本) 제365화와 제367화의 이본적 성격을 띠는 것으로, 이화종 일화와 화포장火砲匠 일화의 인물이 각각 바뀌고 서사가 보다 구체화된 형태로 변주된 것이다. 또한 그밖에 〈표 1〉에 제시된 『어우야담』의 상인 관련 일화들은 18세기 야담집은 물론 19세기의 『청구야담』・『동야휘집』 등에 까지 다양한 형태로 변주되고 있다.[31] 따라서 『어

---

31 火砲匠 일화는 임방의 『천예록』에 수록된 「海島中拾二斛珠」 외에도, 신돈복의 『학산한언』 (野乘本) 제56화 「水路朝天時」, 『청구야담』 권5(서울대 고도서본)의 「隨使行薄相得貨」

우야담』 속 상인서사는 조선 후기 야담 속 상인 형상의 전개과정을 살
피는데 계속적으로 환기되는 원형으로서 하나의 기준점이 되는 중요
한 위치에 있다고 하겠다.

　아래에 『어우야담』의 상인형상 중 '이화종 일화'가 18세기 초반에
쓰여진 야담집인 『천예록天倪錄』[32]의 「요택리득만금보」에서는 어떻게
변주되고 있는지를 간략히 살펴봄으로써, 상인 및 상업 거래의 형상화
가 어떻게 달라지고 있는지를 점검해 보기로 한다.

〈표 2〉『어우야담』'이화종 일화'와 『천예록』「요택리득만금보」의 '매매현장' 부분

『於于野談』(83字)	『天倪錄』(332字)
(ⓐ) "至北京, 於開市日, 置其骨於座前, 衆商咸聚而觀之,	(Ⓐ) "旣到燕京, 乃訪寶貝之肆, 試欲賣之, 適値外國賣寶之商, 一時齊集, 珊瑚・瑪瑙・琉璃・珠玉, 奇珍異寶, 雲委山積, 不知其數. 肆中規制, 以貨寶多少, 爲座次高下, 象官不少問議, 卽自上座于第一椅, 諸商以次皆坐, 先使象官, 出其寶貨, 卽以囊中之珠, 出置于前,
(ⓑ) 一老商曰:"此價幾何?" 華宗曰:"價三萬" 商人怒曰:"勿戲, 試直言之." 華宗曰:"五萬." 商人猶冷笑. 華宗始覺其極貴, 陽曰:"豈有價? 試傾城而來."	(Ⓑ) 其中南蠻國一商人, 見之大驚曰:"旣有此寶, 坐于首席, 理固當矣. 奇乎奇乎!" 諸商競相把玩, 仍問:"珠價幾何?" 象官曰:"此乃無價之寶, 吾不欲言, 君輩試定賈言之." 南蠻商與同伴諸商, 出外相議, 還言曰:"白金二千兩, 可乎?" 象官冷笑曰:"何大少也? 不可不可." 復出議, 還言:"三千兩可乎?" 又答以不可, 漸此加數, 至四千五千六千之後, 蠻商乃言曰:"買此珠者, 是吾一人, 而價難獨辦, 多貸諸商之貨, 白金四千則具備, 而其餘二千, 則以寶貝定價充數, 力已竭矣. 君若不許, 則買賣將不成, 奈何?"
(ⓒ) 卒以十萬酬之, 商人歡喜而去.	(Ⓒ) 象官沈思良久, 乃示屈意强從之意, 蠻商大喜, 卽出白金四千兩, 雜寶定價二千兩, 仍成賣買文字, 各把一張, 復設酒饌, 會飮燕樂.

『어우야담』

　(ⓐ) 북경에 이르렀다. 시장이 열리는 날 그 뼈를 좌판 앞에 놓아드자 여
러 상인들이 다 모여들어 구경하였다.

　와 『동야휘집』卷7(경북대본)의 「落小島砲匠獲貨」라는 이본이 있고, 도표의 申石山 일화
　는 『東野彙輯』卷4의 「鴛蛇角綠林修貢」에서 金義童으로 이름을 바꾸어 변주되고 있다.

32 진재교, 「천예록의 작자와 저작연대」, 『서지학보』17, 한국서지학회, 1996, 57~60면에
　따르면, 『천예록』은 1716~1724년 사이에 지어진 것으로 추정된다.

(ⓑ) 한 나이 많은 상인이 말했다. "이 물건은 얼마요?" 이화종이 대답했다. "삼만 금입니다." 상인이 화를 내며 말했다. "장난하지 말고 바로 말해 보시오." 이화종이 대답했다. "오만 금입니다." 상인이 오히려 비웃자 이화종은 비로소 그것이 지극히 귀한 것임을 알고 짐짓 말했다. "어찌 값이 있겠습니까? 성 안의 재물을 다 끌어와야 할 것입니다."

(ⓒ) 마침내 십만 금을 주고 파니 상인이 기뻐하며 갔다.

『천예록』

(Ⓐ) 연경燕京에 도착하자 곧 패물 가게를 찾아 그것을 팔고자 하였다. 그때 마침 외국의 보석 상인들이 일시에 모여 산호·마노·유리·주옥 등 진귀한 보석들을 구름처럼 몰려들어 산처럼 쌓아 놓으니 그 수를 헤아릴 수 없었다. 가게들은 재화와 보석의 많고 적음에 따라 좌판의 순서와 고하高下를 정하는 규칙이 있었는데, 역관은 묻지도 않고 상좌上座의 첫 번째 의자에 앉았다. 여러 상인들이 차례대로 모두 앉은 후 먼저 역관에게 보물을 꺼내라고 하니 역관은 곧 주머니 속의 구슬을 앞에다 꺼내 놓았다.

(Ⓑ) 그 중 남만국南蠻國에서 온 상인이 구슬을 보고 크게 놀라서 말했다. "이런 보물이 있으니 첫 번째 자리에 앉는 것이 마땅하지요. 기이하고 또 기이합니다." 여러 상인들이 다투어 구슬을 보고 나서 물었다. "구슬 값이 얼마인지요?" 역관이 말했다. "이것은 값을 매길 수 없는 보물이니 말하고 싶지 않소이다. 당신들이 한 번 값을 정해서 말해 보시지요." 남만南蠻 상인과 동료 상인들이 밖으로 나가 상의하고 돌아와 말했다. "백금 이천 냥이면 되겠소?" 역관이 냉소하며 말했다. "어찌 그리 적소이까. 안 돼요 안 돼." 그러자 다시 나가 의논하고 돌아와서 말했다. "삼천 냥이면 괜찮겠소?" 역관

이 또 안 된다고 답하니 점점 액수가 늘어나 사천, 오천, 육천 냥이 된 후에
야 남만 상인이 말했다. "이 구슬을 살 수 있는 사람은 나 한 사람뿐이지만,
혼자 마련하기 어려운 가격이니 여러 상인들의 돈을 빌려야겠소. 백금 사
천 냥은 바로 준비되고 나머지 이천 냥은 가져 온 보석 가격으로 충당하면
거의 될 듯하오. 당신이 만약 허락하지 않으면 매매는 이루어지지 않을 거
요. 어떻게 하겠소?"
　(ⓒ) 역관은 한참을 깊이 생각하더니 뜻을 꺾고 마지못해 받아들이니 남
만의 상인이 크게 기뻐하였다. 백금 사천 냥을 내고 여러 가지 보석으로 이
천 냥 값을 치르고, 매매문서를 작성하고 각자 한 장씩 가진 다음 술과 안주
를 내와 같이 마시고 놀았다.

　위에 제시한 원문과 번역문은 『어우야담』의 '이화종 일화'와 『천예
록』의 「요택리득만금보」의 '매매현장' 부분을 옮긴 것이다. 〈표 2〉에
도표로 제시한 원문을 보면, 『어우야담』에서는 83자로 간략히 처리되
었던 것이 「요택리득만금보」에서는 332자로 무려 4배나 확대되어 기
술되고 있음을 알 수 있다. 글자 수의 현격한 차이만으로도 후자의 서
사적 표현이 더욱 세밀하고 구체화되면서 장편화 되고 있음을 간단히
확인할 수 있다. 『천예록』의 「요택리득만금보」는 이처럼 그 서술의 편
폭이 확대되면서 『어우야담』의 '이화종 일화'에는 보이지 않던 '의국매
보상_{倚國賣寶商}'들이 모이는 국제시장으로의 북경의 모습이 형상화되어
있고, 판매되는 상품의 다채로움과 거래되는 방법이 세세하게 그려져
있다.
　이화종 일화의 ⓐ부분에는 북경 시장에 대한 묘사가 전혀 없는 반면,

「요택리득만금보」의 ⓐ에서는 북경 시장에 구름처럼 모여든 외국 상인들과 산호·마노·유리·주옥 등 진귀한 보석들을 산처럼 쌓아놓은 패물 가게들의 모습이 구체적으로 묘사되고 있다. 또한 재화와 보석의 많고 적음에 따라 좌판의 순서와 고하高下를 정하는 시장의 규칙까지도 상세히 언급되어 있다. 또한 ⓑ에는 물건을 사는 사람이 한 나이 많은 상인一老商으로 되어 있고, 흥정의 과정도 상인 주도로 단순한데, Ⓑ에서는 국제시장의 분위기에 걸맞게 '남만국南蠻國 상인'으로 교역의 주체가 바뀌었고, 또 판매자와 구매자 간의 밀고 당기는 흥정과정도 훨씬 더 긴장감 있게 그려지고 있다. 또한 ⓒ에서는 간단히 "십만 금을 주고" 팔았다고만 서술되어 있는 것이 Ⓒ에서는 "매매문서를 작성"하는 과정까지 빠짐없이 기술되고 있어 교역 현장이 더욱 구체적이고 생생하게 묘사되어 있다. 이와 같은 상업 거래 및 상인 형상의 구체화는 대략 백여 년이 지난 상황에서 북경 시장이 더욱 번화해지고 규모가 커짐에 따라, 그 '교역 범위'도 더욱 국제화되고 '교역 상품'도 다채로와졌으며 '거래 행위' 역시 더욱 신중해진 상황을, 『천예록』의 저자 임방이 의식적으로 추가해서 반영한 것으로 해석할 수 있을 듯하다.[33]

하지만 교역과 매매의 상대방이 '한 나이 많은 상인'에서 '남만국 상인'으로 바뀌고, 상업적 교역 행위가 더욱 상세하게 묘사되는 방식으로 그 서술이 바뀌었다고는 해도, 『천예록』의 주인공 역관 역시 연행

---

[33] 임방은 『천예록』에서 비단 이 작품뿐만 아니라, 그 이전 문헌들에 수록된 일화들을 다수 수용하면서도 줄거리만을 제시하는 데 그치지 않고 사건이 전개되는 과정을 보여줌으로써 사건 및 배경이 되는 공간을 더욱 구체화시키는 서술 방식을 취하고 있다. 이에 대해서는 이강옥, 「『천예록』의 서술방식과 서사 의식」, 『한국야담연구』, 돌베개, 2006, 329~371면 참조.

을 통해 중국을 다녀오면서 의도치 않은 '행운'으로 보물을 얻어 '큰 부를 획득했다'는 점에서는 공통점을 띠고 있다. 결국, 『천예록』 속의 일화는 매매의 주체와 배경이 국제화되고 매매의 과정은 더욱 세밀해져서, 전체적으로 서사의 편폭이 확대되고 상업적 거래의 상황이 더욱 구체화되어 있지만, '연행을 통한 한 역관의 우연성과 행운에 의한 치부'라는 이야기 구조에는 변함이 없는 『어우야담』 속 상인 일화의 이본으로서의 성격을 가지고 있다고 하겠다.

그런데, 18세기 후반에 쓰여진 야담집인 신돈복辛敦復(1692~1779)의 『학산한언鶴山閑言』[34]에 수록되어 있는 어떤 대상인의 일화에 이르면, 바로 이러한 우연성과 행운에 의한 치부에서 벗어나 계획적이고 의도적인 상거래를 통해 부를 축적하는 경영형 상인의 모습이 최초로 등장한다는 점에서 주목을 요한다. 이 상인은 작품 속에서는 '광해군 때의 한양의 대상인'으로 소개되어 있지만, 그 활동 범위와 양상으로 보면 당대 의주 상인의 무역활동을 소재로 삼아 형상화한 것으로 보인다.[35] 아래에 관서關西 지역에서 북경을 오가며 장사를 해왔던 그가 남경까지 가서 인삼 무역을 하는 과정을 간단히 살펴보기로 한다.[36]

---

34 김상조, 「『학산한언』 연구」, 『國文學報』 13, 제주대 국어국문학회, 1995, 143~147면에 따르면 『학산한언』은 1759~1779년 사이에 저작된 것으로 추정된다. 이 글은 정명기 편, 『야담문학연구의 현단계』 2, 보고사, 2001에 재수록 되어 있다.

35 이강옥, 「초기 야담집 『학산한언』의 현실 지향과 비현실 지향」, 『한국야담연구』, 돌베개, 2006, 308~310면에서 이강옥은 이 일화(「광해시」)에 대해 언급하면서 "비교적 건실한 중국 무역의 실상을 포착했다"는 간략한 평을 남기고 있다. 하지만 상인 형상에 주목하여 상세한 분석을 진행하지는 않았다.

36 이하 의주 상인의 무역활동에 대한 분석은 朴京男, 앞의 글, 204~208면의 해당 부분을 간략히 요약한 것임을 밝혀 둔다.

① 은화 육칠만 냥을 빌려 인삼과 담비 가죽을 모조리 사고, 남는 돈으로는 건장한 말을 여럿 사서 짐을 모두 싣고 다시 북경에 갔다. 북경의 객주는 예전의 큰 상인으로 남을 잘 도와주는 사람이었다. 상인이 그에게 말했다. "만약 이 물건을 가지고 남경에 간다면 마땅히 백배의 이익을 올릴 것입니다. 남자가 일을 도모하매 성공하면 천당에 갈 것이요, 실패하면 지옥에 떨어질 뿐입니다. 당신과 나는 마음이 통하니 나를 따라 줄 수 있겠소?" 객주도 그렇다고 여겨 흔쾌히 허락했다. 이에 객주와 함께 튼튼한 배 한 척을 세내어 물건을 싣고 통주通州에서 배를 출발해 순풍을 만나 열흘도 되지 못해 양자강楊子江에 도달했다.[37]

② 남경에 들어가니 십리에 걸쳐 높다란 누대樓臺에 주렴과 장막이 가려져 있었으니 모두 물건을 파는 가게였다. 보배로운 물건들이 산처럼 쌓여 있는데, 중국사람唐人이 상인을 인도하여 어떤 약포藥舖로 들어가 상세히 설명한 후, "이 분은 조선 사람인데, 귀중한 물건을 가져왔으니 은밀히 거래하고 누설하지 마십시오"라고 했다. 약포 주인은 크게 기뻐하며 동업자인 부자들을 불러 올 테니 약속된 시간에 물건을 교역하자고 하였다. 상인이 돌아가 인삼과 담비 가죽을 가져 와서 점포에 늘어놓으니 하나하나가 다 정결精潔하고도 새로웠다. 남경의 약포藥舖에서는 본래 우리나라 인삼을 귀중하게 여겼다. 약포 주인이 값을 치르니 조선의 수십 배여서 상인은 큰돈을 벌었다.[38]

---

37 장서각 소장『野乘』본『鶴山閑言』제59화. "得債銀又六七萬兩, 盡買人蔘·貂皮, 仍以其餘, 多買健馬, 盡載之, 復赴北京. 其(主人)舊日大商, 而好義者也, 賈說之曰: '若以此貨, 徃南京, 則當獲百倍之利矣. 男兒作事, 成則昇天, 敗則入地耳. 爾我知心, 能從我乎?' 主人然之, 快許. 遂與主人, 雇一牢固船載貨, 自通州發船, 得順風, 未滿十日, 達楊子江." 원문에 괄호로 표시한 "主人"은 이 글의 이본인「徃南京鄭商行貨」(버클리대본『靑邱野談』卷9)에 근거하여 추가한 것임.

　　윗글 ①과 ②는『학산한언』에 실린 의주 상인의 일화 중에서, 중국과의 교역과 매매와 관련된 부분만을 발췌해서 제시한 것이다. 윗글 ①에서 의주 상인은 "은화 육칠만 냥"을 밑천으로 해서 "인삼과 담비가죽"을 사서 "다시 북경으로" 갔던 바, 이 자금은 사실 평안도 감영과 의주義州 및 관서 지방의 부자들에게 공채公債와 사채私債로 빌린 돈이다.[39] 그는 그렇게 마련한 돈으로 "인삼과 담비 가죽人蔘, 貂皮"을 싣고 북경에 가서 전부터 거래가 있었던 북경의 객주상과 함께 남경행을 도모한다. 의주 상인은 그 동안의 무역 거래를 통해 조선의 특산품인 인삼과 담비가죽이 북경은 물론 멀리 남경에까지 큰 인기가 있다는 사실을 알고 있었다. 따라서 그는 강남지역으로 가서 인삼을 팔면 훨씬 더 큰 시세 차익을 올릴 수 있다는 것을 확신하고, 평안도 관찰사와 관서 지역 부잣집들에게 거금 칠만 냥을 빌렸던 것이고, 보다 안전한 교역을 위해 전부터 거래가 있었던 북경의 대상인과 동업하여 "튼튼한 배 한 척을 세내어" 통주通州에서 출발하는 경항대운하京杭大運河를 따라 남경 밀무역 길에 오른 것이다.

　　남경에 도착하기 전에 그는 ②의 본문에서 '당인唐人'으로 지칭되는 남경의 현지인을 만나 그를 붙잡아서 남경으로 가는 "물길의 경로" 및 그 지역의 "상품 가격" 등등을 알아내고, 그 사람을 설득해 동업자로

---

38 위의 글. "入南京城中, 十里樓臺簾幕掩映, 皆是貨肆, 宝貨山積, 唐人引賈, 就一藥舖細陳, '此朝鮮人, 挾重貨, 可潛市勿泄.' 舖翁大喜, 邀來同契富翁, 約期交貨. 賈歸取蔘貂, 羅列舖上, 一一精新. 南京藥舖, 素重羅蔘. 舖翁輸價, 比本國, 可十數倍, 賈大獲財."

39 위의 글. "光海時, 漢師有一大賈, (⋯중략⋯) 賈從獄中上言: '身旣囚繫, 徒死而已, 公私无益. 請更貸二萬銀, 二年內, 當盡償四萬, 无絲毫欺負.' 按使壯其志高其言, 給銀如數. (⋯중략⋯) 賈卽往沿海諸邑, 自義州始, 而訪問富室, (⋯중략⋯) 凡西關銀錢子母家百數, 而賈循環貸償者, 幾一年而无一欺瞞, 諸富人, 益大信, 仍大得債銀又六七萬兩."

만든 후, 중국인 복장으로 변장한 다음 남경에 들어가는 치밀함을 보인다.[40] 남경에 도착한 후 그는 온갖 보배로운 상품이 산처럼 쌓여 있고, 높은 누대로 지어진 상점이 십 리나 뻗쳐 있는 남경南京 상가商街에 들러 동업을 약속한 그 '중국 사람唐人'을 따라 남경의 한 한약방에 들어가, 자신이 가져온 "인삼과 담비 가죽"을 높은 값에 팔 수 있었던 것이다. 특히 조선 인삼羅蔘은 "남경의 약포藥舖"에서도 귀하게 여겨 조선보다 "수십 배"나 되는 가격으로 팔 수 있어서 막대한 돈을 벌 수 있었다. 그렇게 성공적인 거래를 마친 의주상인은 자신을 도왔던 '남경의 현지인'과 '북경의 객주'는 물론 함께 배를 타고 남경에 갔던 '십여 명의 뱃사공'들에게까지 적절한 보수를 주어 이익을 분배한 후 금의환향한다.[41] 또한 그렇게 불과 몇 개월 만에 남경 무역을 통해 큰 부를 축척하고 조선에 돌아온 그는, 평안 감영과 관서 지방 부인富人들에게 빌렸던 돈을 이자까지 다 계산해서 갚고도 남은 돈으로 거만巨萬의 재산을 모을 수 있었다.[42]

이제까지의 분석을 통해 알 수 있듯, 광해군 때의 한양의 대상인으로 소개되어 있는 『학산한언』 속의 이 상인은 『어우야담』이나 『천예록』에 형상화된 역관과 상인들의 우연적 행운에 의한 물품의 습득과

---

40 장서각 소장 『野乘』본 『鶴山閑言』 제59화. "遇一唐人, 棹小船, 掠賈舟, 而賈卽與格軍健者數人, 乘耳船追之, 入小船中, 縛其人, 載還觧之, 備問水之程所從入, 及市貨貴賤, 人心眞偽, 國禁輕重, 冠賊有无, 旣詳悉, 又厚給其人物産, 以結其心, 其人大感謝. 賈又許以事成後, 當重報, 其人指天爲誓, 願爲之死. 遂自楊子江, 乘潮而入, 直至石頭城下, 唐人家在江邊, 遂泊岸下. 翌日, 賈率船夫之有心計者數人, 皆以唐製衣服, 隨唐人, 入南京城中."
41 위의 글. "厚給唐人, 歸至北京, 以數千金與主人, 又分給十餘棹夫各千金, 遂還本國."
42 위의 글. "不過數月之間, 償納巡營銀四萬兩, 又償沿海富家, 兼利息无所遺, 自享餘財, 累巨萬."

매매를 통한 치부와는 질적으로 다른 모습을 보여준다고 하겠다. 그는 의주와 북경을 넘나드는 무역 거래의 오래된 경험으로, 애초에 남경에 서의 인삼 무역이 막대한 이윤을 남길 수 있다는 것을 알고, 그것을 실 현하기 위해 육칠만 냥에 달하는 관청의 公債와 관서지역 富人들의 私 債를 빌렸던 것이고, 또한 이를 성공적으로 수행하기 위해 북경과 남 경의 현지 동업자를 적절하게 활용하여, 가장 빠르고 안전한 뱃길을 따라 현지에 도착해 예상했던 높은 가격으로 물건을 팔아 큰 이윤을 남길 수 있었다. 또한 그렇게 번 돈으로 거래를 도왔던 현지 상인들 및 뱃사공들과 이익을 적절히 나누고, 조선에 돌아와서는 자신이 빌렸던 공채와 사채에 이자까지 덧붙여 원금을 돌려주고도 막대한 부를 축적 할 수 있었던 것이다.

중국 시장을 바라보는 넓은 안목과 신용과 달변으로 막대한 자금을 동원할 수 있는 능력, 국제 교역의 위험을 최소화하는 현지 인력의 적 절한 활용 및 교역을 통해 벌어들인 수익을 동업자·노동자·채권자 들이 만족할 정도로 적절히 나누는 모습 등은 현대 기업가들의 계획적 투자와 경영 및 이익분배 행위와 거의 다를 바 없을 정도이다. 이처럼 『학산한언』 속 의주 상인은 '우연적 행운을 통한 개인적 치부'에 그쳤 던 그 이전의 상인 서사와 비교하면, 보다 많은 사람들이 거래와 이익 분배에 참여하는 확대된 형태의 상업 거래를 보여줄 뿐만 아니라, 철 저한 준비와 계획 속에 남경으로의 무역을 떠나며, 여러 조력자들의 규합과 도움 속에 큰 부를 이룬다는 점에서 보다 현실적이고도 계기적 인 치부과정을 보여준다고 하였다. 그리고 이러한 경향은 『학산한언』 보다 조금 늦게 쓰여진 18세기 후반의 또 다른 야담집 『동패락송東稗洛

誦』⁴³과『삽교만록雪橋漫錄』⁴⁴ 속의 상인 일화에서도 지속된다. 바로 그런 점에서 조선 후기 야담 속 상인 형상의 변화에 있어서『학산한언』속 의주 상인 일화는 '우연과 행운에 의한 치부致富'에서 '계획적 경영에 의한 치부'로의 변화를 보여주는 중요한 결절점을 이룬다고 평가할 수 있다.

노명흠盧明欽(1713~1775)의『동패락송』에 수록되어 있는 '김도령金都令 부부 일화'는 서울의 가난한 양반출신 서생 김도령과 가난한 평민인 장풍헌張風憲의 딸이 혼인하여 길쌈·염엄·목축·매답買畓을 통해 재산을 증식하는 과정을 보여주고 있는데, 특히 소금장사로 돈을 버는 모습이 상세하게 기술되어 있다. 특이한 점은 치산治産을 주도하는 것이 양반출신 서생인 신랑이 아니라 평민의 딸인 신부라는 점이다. 신부가 시집오기 전에 손수 짜 놓았던 무명 천 두 필을 팔아서 번 돈 중의 일부를 종자돈으로 해서, 신랑은 염장鹽場에서 소금을 공급받아 돈을 벌 수 있었다. 구걸로 가족의 생계를 이어갔던 남편은 처음부터 아내의 도움과 권유로 소금 장사를 시작했던 것이고, 또한 아내의 말을 따라 30냥을 염장에 주고 3년 동안 소금을 받아 파는 방식으로 6년 만에 만 냥에 가까운 돈을 벌게 되었다. 이 일화는 물론 이야기 전개에서 보

---

43 김영진, 「조선 후기 사대부의 야담 창작과 향유의 일양상―盧命欽·盧兢 부자와 풍산 洪鳳漢家와의 관계를 중심으로」,『어문논집』37, 민족어문학회, 1998, 36~37면에 소개된 홍취영의 「동패락송서」(1818)에 따르면, 盧命欽은 만년에『동패락송』을 부분적으로 엮어 초고를 만들었지만, 완성본을 만들지 못하고 세상을 떠났고, 이후 홍취영의 손을 거쳐 재정리 된 것으로 보인다.

44 栖碧外史海外蒐佚本『雪橋集』의 漫錄―三~六의 첫머리에 각각 庚寅秋·辛卯·壬辰季夏·癸巳로 기록연대가 밝혀져 있어『삽교만록』이 안석경의 만년인 52~55세(1770~1773) 사이에 쓰인 것임을 알 수 있다.

면『학산한언』속 의주 상인의 일화와는 전혀 다른 별개의 이야기이다. 상업적 거래의 세부 사항도 당연히 다 다르다. 거래 품목이 인삼이 아닌 소금이고 상업 교역의 대상과 지점이 중국이 아닌 국내라는 점, 그리고 경영의 주체가 매매를 하는 상인 남자 자신이 아니라 평민 출신 아내라는 점 등 하나도 같은 것이 없다. 하지만 어떻게 부를 이루었는지 그 얼개만을 놓고 보면, 스스로의 기획에 따라 미리 계획하고 준비하며 거래상의 이익을 도모하는 가운데 큰 부를 획득하고 있다는 점에서 우연과 행운을 통한 치부를 보여주는『어우야담』속 상인이 아닌, 치산을 위한 계획적 경영마인드를 보여주는『학산한언』의 상인 형상과 동궤에 있는 작품이라고 하겠다

안석경安錫儆(1718~1774)의『삽교만록』에는 앞서 제시한 〈표 1〉의 도표에서 확인할 수 있듯 넓은 의미의 상인 개념으로 포착할 수 있는 다섯 편의 일화가 수록되어 있다. 서울 자본과 현지 상인의 결합을 보여주는 충주 가흥可興 사람 황희숙黃希淑 일화와 강경江景 절름발이 일화, 흉년 때 강원도 원주에서 서울까지 쌀을 선적해 와서 큰 이익을 남긴 양민 출신의 선상船商 이씨李氏의 일화, 어린 나이로 뛰어난 경영 능력을 발휘한 평양平壤의 오소년吳少年 일화, 영남嶺南의 선비로서 서울 대부大夫의 비부婢夫로 들어가 중개무역仲介貿易을 통해 큰 이득을 얻은 영남한사嶺南寒士의 일화, 노역관老譯官의 돈을 빌려 중국의 강남지역에 가서 무역하여 열 배의 이득을 낸 북경 거지 일화 등 여러 지역고 다양한 계층의 상인들의 다채로운 상업적 매매 현장이 이야기 속에 포착되어 있다. 이들이 풍흉豐凶의 시세차익과 지역간 시세차익, 특정 상품의 도거리와 중개무역을 통해 부를 축적하고 있다는 점에서 계획즈 투자

와 경영에 의한 치부행위를 하고 있음은 두 말할 필요가 없다.

『삽교만록』 속 상인 형상에서 그보다 더 나아가 주목해야 할 것은 우선 국제 무역이 아닌 국내 교역을 통해 부를 축적하는 내용이 다수를 이루고 있다는 점이다. 『어우야담』에서는 11편의 상인 일화 중 5편이 '연행燕行'을 통한 부의 축적과 관계된 내용이고, 『천예록』의 일화 2편은 다 연행이 계기가 되어 역관들이 부자가 된 것이다. 또한 『학산한언』의 광해군 때의 대상인도 남경 무역을 통해 큰 부를 이루었으니, 이 세 야담집의 저작시기와 일화의 시간적 배경 등을 고려하면, 17세기 초반까지는 대중국 무역이 부의 축적에서 가장 중요한 계기가 되었음을 문학적으로 형상화하고 있는 것으로 볼 수 있다. 『동패락송』의 김도령 부부 일화와 『삽교만록』의 황희숙黃希淑·강경江景 절름발이·양민 이씨李氏·오소년吳少年·영남한사嶺南寒士의 일화는 서울·남양南陽·충주(가흥可興)·강경江景·원주原州·평양平壤·동래東萊 등 국내의 주요 교역 도시를 배경으로 쌀과 콩, 소금과 연초煙草 등을 매매함으로써 부를 축적하는 모습을 보여주고 있다. 물론 『삽교만록』에도 북경 거지의 일화처럼 여전히 연행이 축재蓄財의 계기로 작용하고 있긴 하지만, 영남한사가 평양 등 관서지방에서 중국제품唐貨을 구매해 동래로 가서 일본제품倭貨으로 바꾸고, 다시 서울로 올라와 판매하여 서너 배의 이익을 얻을 수 있었듯,[45] 이 글이 창작된 18세기 후반 즈음[46]에는 북경

---

[45] 「嶺南寒士」, 『雪橋漫錄』. "寒士遂以五萬兩 防西關諸弊瘼, 以五萬兩, 船唐貨南下." "吾以五萬銀貿唐貨, 舡往東萊, 而回易倭貨, 更之京師而發之, 旣得三四倍之利."

[46] 「嶺南寒士」가 수록된 栖碧外史海外蒐佚本(동양문고본) 『삽교만록』 권5의 첫머리에는 '壬辰季夏'라고 그 연대가 밝혀져 있으므로, 이 글은 대체로 1772년(55세) 음력 6월경에 창작되었음을 알 수 있다.

이나 일본으로 건너가지 않고도 평양과 동래 등 국내의 교역 도시를 통해 중국과 일본의 상품을 거래할 수 있을 정도로 국내외의 상업적 거래망이 성숙되어 있음을 미루어 짐작할 수 있다.

『삽교만록』 속 상인 형상에서 두 번째로 주목해야 할 것은 여섯 편의 일화에서 모두 자본을 대는 사람과 실제로 교역과 매매를 행하는 사람이 구분되어 형상화되고 있는 점이다. 『어우야담』의 박계금朴繼金·전주全州 상인 일화는 자금이 있는 상인이 동시에 매매를 행하는 주체로 형상화되어 있고, 연행에 참가하는 이화종李華宗·신석산申石山·화포장火砲匠 등은 그 실제가 어떻든 간에 일화 속에서는 모두 연행 길에 뜻하지 않게 금은보화를 습득하는 것으로 되어 있어서 애초에 기초 자산이 없어도 부를 축적할 수 있는 서사 구조로 작품들이 형상화되어 있는 것이다. 그런데, 『학산한언』의 의주 상인 일화에서부터는 그것이 실제 상황을 반영한 것인지, 아니면 서사의 계기적 현실성을 높이기 위해서인지는 확실히 알 수 없지만, 여하튼 작품 속 의주상인은 남경 무역을 위한 대자본을 끌어모으기 위해 평안감영과 의주의 부인富人들에게서 공채와 사채를 빌리는 것으로 형상화되어 있다. 그런데 『삽교만록』에서는 단 한편의 일화에서가 아니라 모든 작품에서 사업 경영에는 관여하지 않고 자본만을 대는 투자가형 독립 자본이 등장한다. 황희숙과 강경 절름발이 일화에서는 그들에게 사업 자금을 맡기는 서울 사람이 공히 등장하고, 양민 이씨의 일화에서는 그와 10년 동안 거래해 온 서울 객주가 '돈놀이貸錢'와 장사를 겸해서 재기하는 내용이 서술되고 있다. 또 오소년에게 장사 밑천을 대주는 전장복田長福은 그야말로 착한 대부업자의 전형으로 묘사되며,[47] 영남嶺南의 한 가난한 선비 역시 평안도 관찰사가 된 서울 대부大夫에게 오만 냥의 자금을 얻어 중개무역을 펼쳐 큰 부를 축적하고 있다. 마지막으로 북경의 거지 역시 노역관老譯官이 호조戶曹에서 빌린 오천 냥을 다시 빌려서 강남 무역을 떠나고 있다.

이처럼『삽교만록』속에 기술된 상인들의 일화에는 돈이나 물품을 사업당사자나 교역실무자에게 빌려주거나 전적으로 맡겨버리는 대부업자·투자가·자본가들이 형상화되어 있고, 다른 한 편에는 자본금, 곧 장사 밑천은 없지만 애초에 받은 밑천이나 물품으로 몇 배의 수익을 올려 투자가에게 되갚는, 능력 있고 신의 있는 매매자·교역자·경영자들이 등장한다. 황희숙 같은 이는 서울 노인이 사 준 콩 2천 말을 노인의 말에 따라 흉년이 와도 끝끝내 팔지 않다가 대기근이 와서 더욱 큰 이익을 보았으니 '충심'과 '신의'가 있는 중간관리자의 모습으로 형상화 되어 있고, 강경 절름발이·오소년·영남한사嶺南寒士·북경개자北京丐者 같은 이들은 스스로 물건을 사고 교역에 뛰어들어 몇 배의 이익을 남겨 투자가에게 적정 이상의 이익을 자발적으로 돌려주고 있으니 능력 있고 신의 있는 경영자의 모습을 연상시킨다. 이 일화들에 그려져 있는 이자 수익에 무심한 착한 대부업자 또는 신의 있고 능력 있는 경영실무자들이 현실의 직접적 반영인지, 저자들의 소망이 투여된 이상적 상인상인지를 밝혀내기는 쉽지 않다. 하지만, 그것과 상관

---

47 「邊士行」제2화,『雪橋漫錄』. "平壤城中, 有田長福者, 家積累萬金, 而自奉甚豊, 而餉人亦侈. 借貸人, 無記籍, 期限償還, 與不償還, 一任其人之所爲曰：'貨財之爲物也, 豈一人之所可擅者乎? 亦非欲擅而得擅之物也. 吾以白手, 致貨如此, 雖謀爲之不失, 然多對外之得, 要之所天幸, 而爲貨財之取寄積也. 天旣以貨財, 寄積於我, 我若認爲吾財而擅有之, 必有天殃而大不利於吾身, 吾何敢然哉? 盖長福之豁達長厚如此, 而借貸不償還者, 十不能二三, 而償還與兼歸利息者, 十居六七."

없이 우리가 18세기의 야담집인 『학산한언』과 『삽교만록』의 상인 /
상업의 형상화를 통해 어느 정도 확신할 수 있는 것은 자본가와 경영
자, 투자자와 판매자, 대부업자와 상인들이 분리된 이 현상이 도든 상
업 교역의 형상화에 등장할 정도로 당시 사회에 일반화되어 있었다는
사실이다.

  결국 『삽교만록』의 다수 작품 속에 형상화된 상인 및 상업 교역의
모습은 『학산학언』의 의주 상인 일화나 『동패락송』의 김도령 부부 일
화처럼 고립적으로 존재하는 것이 아니라, 여러 작품 속에 마치 일상
처럼 흩어져 존재하고 있는 까닭에 이들을 종합해서 보면, 조선의 여
러 도시를 배경으로 이미 활발한 교역이 이루어지고 있으며, 또한 이
러한 일상적인 교역을 바탕으로 축적된 자본들이 경영과 분리된 채 자
본 수익만을 취하는 투자 자본으로 존재할 수 있을 정도로 상업이 발
전하고 신용에 입각한 금융 거래가 일상화되고 있음을 짐작할 수 있게
해준다.

4. 상인 형상 변화의 의미

  이 글은 지금까지 전통 시대 상인의 존재 양상을 고려하여 곁업 상
인까지를 포괄하는 넓은 의미의 상인 개념을 사용하여, 주로 17~18세
기 야담집을 중심으로 상인 및 상업 거래 형상의 변화 양상을 논의해
보았다. 17세기 초반에 창작된 『어우야담』에서부터 18세기 초반의 야
담집인 『천예록』과 18세기 후반의 야담집인 『학산한언』·『동파 락송』

·『삽교만록』등 야담집에 수록된 상인 형상을 개괄하면서 본고는 다음과 같은 몇 가지 중요한 사실을 발견을 할 수 있었다.

우선 16세기에 들어 필기 잡록류에 상인과 상업 거래의 형상이 이전 시기에 비해 그 수가 증가하는 경향을 보이는데, 17세기 초의 『어우야담』에 이르면 넓은 의미의 상인으로 포괄할 수 있는 인물들이 서사의 주인공으로 작품 속에 다수 등장하고 있음을 알 수 있다. 다만 이들 작품 속에 등장하는 매매 행위는 일시적이고 우연적인 특징을 지니고 있다는 점에서 본격적인 상업 경영을 행하는 상인의 모습은 아직 형상화되고 있지 않다고 하겠다. 상인이 서사의 중심으로 등장할 뿐 아니라 치밀한 계획과 준비 속에 상업적 매매를 수행하여 얻은 이익을 투자가·동업자·조력자들과 공정하게 분배하는 본격적인 의미의 상인 형상은 18세기 후반 『학산한언』에 수록된 의주상인의 모습에서부터 발견된다고 하겠다. 이후 이러한 형상들이 『동패락송』과 『삽교만록』 등의 상인 일화에서 지속된다는 점에서 『학산한언』 속 의주 상인의 일화는 상인 형상의 변화에 있어서 중요한 결절점이 된다고 할 수 있다.

17세기 초반에서 18세기 후반까지의 야담집 속 상인 형상 변화를 요약하면, 우연과 행운을 통한 치부에서 계획적 경영에 의해 부를 추구하는 모습으로의 변화가 보이고, 개인적인 치부致富에서 여러 조력자들과의 협업을 통한 수익 창출과 이익 분배로의 변화양상이 보인다. 또한 교역범위에 있어서도 연행을 통한 대중국 무역 위주의 상업적 매매 행위에 대한 형상이 주를 이루다가 점차 국내 교역 도시에서 벌어지는 상업적 거래 행위가 다수 등장하는 것으로 변화되고 있었다. 또한 『삽교만록』에는 자금을 대는 투자자와 직접 사업을 주도하거나 매매의 실무를 책임지는 사람이 분리되어 있는 모습이 거의 모든 작품에 등장하고 있었다.

이러한 야담 속 상인 형상의 변화들은 조선 후기 상업 거래의 확대와 심화과정을 반영하고 있을 뿐 아니라, 무엇보다 상업을 통한 이익 추구 행위가 전업 상인 한사람의 특수한 행위가 아니라, 여러 도시에서 겸업이나 협업을 통해 매매행위에 참여한 다수의 사람들의 삶 속에서 일상화되고 있음을 보여주는 것이라고 하겠다. 또한 그에 따라 상인 및 상업적 매매에 대한 묘사가 더욱 구체화되고 생동감을 띠게 되었으며, 더 나아가 능력 있고 신의 있는 상인의 모습과 착한 대부업자의 모습들이 야담 속에 형상화되는 등 상인에 대한 태도도 점차 긍정적으로 바뀌고 있는 듯이 보인다. 그러나 야담 속에 형상화된 모습들은 현실의 직접적 반영이기 보다는 굴절된, 혹은 전도된, 혹은 결핍된 현실에 대한 소망의 표현일 가능성 또한 없지 않으므로 본고는 이에 대한 판단은 유보한 채로 우선 상인 형상 그 자체에만 주목하여 그 변화 양상을 정리해 보았다.

필자의 역량상 본고에서는 그 대상과 시기를 우선 17~18세기 야담집으로 제한했다. 차후에 상인의 형상화가 더욱 다채롭게 진행되는 19세기 야담집까지를 폭넓게 검토하는 가운데, 당대 현실과의 관련 속에서 야담 속 상인 형상이 보여주는 의미에 대한 보다 심도 깊은 논의를 진행할 수 있으리라 기대된다.

참고문헌

자료

『管子』, 『史記』, 『漢書』, 『後漢書』, 『三國志』, 『晉書』, 『宋書』, 『南齊書』, 『梁書』, 『陳書』, 『魏書』, 『北齊書』, 『周書』, 『隋書』, 『南史』, 『北史』, 『舊唐書』, 『新唐書』, 『舊五代史』, 『新五代史』, 『宋史』, 『遼史』, 『金史』, 『元史』, 『明史』, 『新元史』, 『淸史稿』.

『三國史記』, 『高麗史』, 『朝鮮王朝實錄』.

李仁老, 『破閑集』, 국립중앙도서관본(B2古朝44-가52).

成俔, 『慵齋叢話』, 大東野乘本.

曺伸, 『謏聞瑣錄』, 大東野乘本.

宋世琳, 『禦眠楯』, 民俗學資料刊行委員會 編, 『古今笑叢』, 民俗學刊行會, 4291(1958).

魚叔權, 『稗官雜記』, 大東野乘本.

金貴榮, 『東園集』, 한국문집총간본.

李濟臣, 『淸江先生鯑鯖瑣語』, 大東野乘本.

洪聖民, 『拙翁集』, 한국문집총간본.

尹國馨, 『甲辰漫錄』, 大東野乘本.

申欽, 『象村雜錄』, 大東野乘本; 『象村稿』, 한국문집총간본.

柳夢寅, 『於于野譚』, 만종재본; 『於于集』, 한국문집총간본.

李德泂, 『松都記異』, 大東野乘本.

許筠, 『鶴山樵談』, 稗林本(探求堂 영인본, 1969).

任埅, 『天倪錄』, 天理大本.

申靖夏, 『恕菴集』, 한국문집총간본.

辛敦復, 『鶴山閑言』, 野乘本.

盧明欽, 『東稗洛誦』, 栖碧外史海外蒐佚本(동양문고 소장본), 아세아문화사, 1990.

安錫儆, 『霅橋集』(전3책), 栖碧外史海外蒐佚本(동양문고 소장본), 아세아문화사, 1985.

蔡濟恭, 『樊巖集』, 한국문집총간본.

朴趾源, 『燕巖集』, 한국문집총간본.

趙秀三, 『秋齋集』, 한국문집총간본.

金鑢,『藫庭遺藁』, 한국문집총간본.

李源命,『東野彙輯』, 韓國文獻說話全集影印本(서울대 규장각본), 民族文化社, 1981.

李建昌,『明美堂集』, 한국문집총간본.

宋申用,『古今笑叢』.

미상, 民俗學資料刊行委員會 編,『古今笑叢』, 民俗學刊行會, 4291(1958).

____, 민족문화추진회 역,『국역 대동야승』전17책, 1971~1975.

____,『大東野乘』전13책, 朝鮮古書刊行會本, 서울대 출판부 재출간본, 1968.

____,『大東野乘』, 朝鮮古書刊行會本, 활자본, 1907~1910.

____,『野乘』, 장서각본.

____,『靑邱野談』, 栖碧外史海外蒐佚本(버클리대본), 아세아문화사, 1985.

이우성 편,『栖碧外史海外蒐佚本』, 아세아문화사, 1985~1995.

동국대 한국문학연구소 편,『韓國文獻說話全集』(影印本, 전10책), 民族文化社, 태학
　　　사, 1981; 1991.

박용식・소재영・大谷森繁 편,『韓國野談史話集成』(전5책), 태동, 1990.

정명기 편,『한국 야담자료 집성』(전23책), 계명문화사, 1992.

이원명, 정명기 편,『東野彙輯』(상・하), 보고사영인본, 1992.

논문 및 단행본

김명호,「연암의 현실인식과 전의 변모양상」,『박지원문학연구』, 창작과비평사, 2001
　　　(임형택・최원식 편,『전환기의 동아시아 문학』, 창작과비평사, 1985에서 轉載).

김상조,「『학산한언』연구」,『國文學報』13, 제주대 국어국문학회, 1995.

김영진,「조선 후기 사대부의 야담 창작과 향유의 일양상－盧命欽・盧兢 부자와 풍
　　　산 洪鳳漢家와의 관계를 중심으로」,『어문논집』37, 민족어문학회, 1998.

김종철,「「玉匣夜話」이해의 시각」,『先淸語文』28집, 서울대 국어교육연구소, 2000.

김진균,「허생許生 실재인물설의 전개와 「許生傳」의 근대적 재인식」,『大東文化硏
　　　究』62, 성균관대 대동문화연구원, 2008.

류홍렬,「'허생이야기'의 변이양상에 대한 연구」,『先淸語文』28호, 서울대 국어교육
　　　연구소, 2000.

박경남,「행운과 기회의 땅으로서의 중국－16・17세기 對中國貿易 관련 野談에 형
　　　상화된 중국의 이미지」,『한문학논집』37권, 근역한문학회, 2013.

이강옥, 「『천예록』의 서술방식과 서사 의식」, 『한국야담연구』, 돌베개, 2006.

______, 「초기 야담집 『학산한언』의 현실 지향과 비현실 지향」, 『한국야담연구』, 돌베개, 2006.

이현식, 「『옥갑야화』, 교역 대상으로서의 청나라에 관한 이야기」, 『古典文學研究』 33호, 한국고전문학회, 2008.

임형택, 「한문단편 형성과정에서의 강담사—許生故事와 尹映」, 『창작과비평』 49호, 1978.

______, 「화폐에 대한 실학의 두 시각과 소설」, 『민족문학사연구』 18호, 민족문학사학회, 2001.

진재교, 「『천예록』의 작자와 저작연대」, 『서지학보』 17, 한국서지학회, 1996.

김명호, 『열하일기연구』, 창작과비평사, 1990.

김태준, 『朝鮮漢文學史』, 조선어문학회, 1931.

______, 『朝鮮小說史』, 京城 : 學藝社, 1939.

오금성 외, 『명청시대사회경제사』, 이산, 2007.

이가원, 『燕巖小說研究』, 을유문화사, 1965.

이강옥, 『조선시대 일화연구』, 태학사, 1997.

이경우, 『한국야담의 문학성 연구』, 국학자료원, 1997.

이우성·임형택 편역, 『이조한문단편집』(상·중·하), 일조각, 1973·1978.

정명기 편, 『야담문학연구의 현단계』 1~3, 보고사, 2001.

홍희유, 『조선상업사(원시~중세편)』(개정판), 평양 : 사회과학출판사, 2012.

일본 근세소설 속 상인상의 형성과 전개

사이카쿠西鶴와 그 이후의 우키요조시浮世草子를 중심으로

미즈타니 다카유키

1. 들어가며

일본문학에서 제대로 된 경제소설을 창작한 것은 이하라 사이카쿠 井原西鶴(1642~1693)가 처음이다. 그리고 그러한 작품들은 후대의 문예에 막대한 영향을 끼쳤다. 이 글에서는 우선 사이카쿠의 작품『닛폰 에이타이이구라日本永代藏』(1688)를 중심으로 본서의 성립 배경과 사이카쿠가 묘사한 상인町人(조닌)의 특징을 확인하여, 근세 경제소설의 특징을 살펴보고자 한다. 즉, 사이카쿠가 종래의 교훈을 축으로 하면서도, 이를 답습하거나 변형시키는 방법으로 다양한 상인상을 그렸다는 사실을 지적하려 한다.

또한 사이카쿠의 영향을 받은 1688~1715년 즈음의 서민소설 조닌모노町人物 우키요조시浮世草子에는 순수하게 상인의 치부담을 기록한『니

혼 신에이타이구라日本新永代藏』(호조 단스이北條団水, 1715), 『시손 다이코쿠 바시라子孫大黑柱』(게쓰진도月尋堂, 1709)가 있고, 그 외 조닌의 경제생활을 그린 작품으로『릿신 다이후쿠초立身大福帳』(유라쿠켄唯樂軒, 1703), 『가라나시 다이몬야시키棠大門屋敷』(니시키 분류錦文流, 1705), 『조쟈 기겐부쿠로長者機嫌袋』(후쿠토미 겐스이福富言粹, 1705), 『쇼닌쇼쿠닌 후토코로 닛키商人職人懷日記』(1713) 등이 있다. 또는 금전을 둘러싼 사기詐欺를 소재로 하는『오키쓰 시라나미沖津白浪』(미야코노 니시키都の錦, 1702), 『주야 요진키晝夜用心記』(단스이団水, 1707), 『데렌 요진키儷偶用心記』(게쓰진도, 1709)와 같은 작품도 포함될 것이다. 이와 같은 후속 작품은 사이카쿠 작품을 답습하면서도 각 작가들의 창작 의식이 가미되어 있다. 소설 창작과정에서의 다양한 궁리와 취향이 심화되는 한편 점차 유형화되는 상인상의 특징에 대해 언급하고자 한다.

2.『닛폰 에이타이구라』의 성립 배경

1) 조닌 작가와 조닌 독자

근세에는 상업자본주의가 발전하고, 조닌이 사회의 주역으로 활약하게 되었다. 이와 더불어 조닌은 문학의 최적의 제재가 되었다. 또한 새로운 독자의 증대와 이에 따른 인쇄기술의 향상, 출판업자의 융성[1]

---

1   당시 출판에 관해서는 하세토모 지요하루長友千代治의 『에도시대의 책과 독서江戶時代の書物と讀書』, 東京堂出版, 2001 참조.

도 우키요조시 성립 요건으로 들 수 있다.

이와 더불어 하이카이俳諧 전문가로서의 소양을 갖추고 있던 사이카쿠와 하이카이를 즐겨했던 독자의 존재도 간과할 수 없다. 하이카이란 고전의 미의식인 고상함, 즉 '아(미야비雅)'를 의식하면서, 이를 세속적인 '속(조쿠俗)'의 문체에 녹여내서, '아'와 '속'을 뒤엎어 웃음을 유도하는 문예이다. 근세 일본의 사회는 신분제에 의해 통치되고 있었지만, 한편으로는 하이카이를 즐기는 자리에서는 신분 구별이 없었다. 예를 들어 무사계급의 '다이묘 하이카이大名俳諧'에서는 다이묘와 신하, 다이묘와 하이카이시俳諧師라고 하는 신분의 차이는 문제 삼지 않았고, 같은 하이카이 집단인 '자座'에 속해 있는 인간으로써 대등한 처우를 받았다.

근세 초기에 속문예俗文芸의 발전은 하이카이俳諧 인구의 증대와 궤도를 같이 하고 있고, 우키요조시의 효시라 여겨지는 사이카쿠의 작품 『호색일대남好色一代男』(1682) 역시 하이카이를 즐기던 독자들에게 수용되었다. 사이카쿠는 『호색일대남』 권1의 1인 시작부분을 다음과 같은 문장으로 시작하고 있다.

벚꽃도 언젠가는 지는 것이기에 한숨을 짓고, 달이 하늘에 떠 있는 것도 그 끝이 있어 산 뒤로 들어간다. 시에서 들어가는 달과 같이 읊어지는 이루사야마入佐山가 있는 다지마但馬 지방의 은을 캐는 고을 근처에는 한 남자가 있어, 세상일을 돌아보지 않고, 자나 깨나 여색과 남색의 색도色道에 빠져있기에 꿈을 의미하는 유메스케夢助라는 별명을 얻었다.[2]

---

2   井原西鶴, 『新編西鶴全集 1－好色一代男』, 勉誠出版, 2007. "櫻もちるに嘆き月はかぎり
     ありて入佐山ここに但馬の國かねほる里の辺に浮世の事を外になして色道ふたつに寝ても

『호색일대남』의 주인공 '요노스케世之介'의 아버지 '유메스케'가 등장하는 장면이다. 일본의 전통시 와카和歌에서 즐겨 사용되는 '달이 산으로 들어가다月が山に入る(쓰키가 야마니 이루)'라는 표현에 뒤이어서, 역시 와카 세계에서 달이 유명한 지명인 '이루사야마入佐山'를 늘어놓아, '들어가다'의 의미를 가지는 '이루入る'와 '이루사야마'의 '이루入'를 앞뒤로 연결하여, 같은 음의 언어를 유희적으로 사용하는 '가케코토바掛詞'라는 기법을 사용하고 있다. 더욱이 사이카쿠는 '이루사야마'로부터 이 산이 있다고 여겨지던 '다지마 지방'을 연상하고, 다시 다지마 지방에 있는 '은을 캐는 고을', 즉 '이쿠노 은산生野銀山'을 끄집어내고 있다. 이 문장은 와카의 세계를 기점으로 연상되는 비슷한 말들을 구사해서 문장을 이어나가는 수법이 구사되어 있어, 정말이지 하이카이적인 문장이라 아니할 수 없다.

또한 사이카쿠가 종래의 '아문학雅文學'에서 찬미되어 온 '달'과 '꽃'을 이용해, 꽃은 지고, 달은 산자락으로 들어가는(지는) 것이니, 그런 허무한 대상을 바라보기 보다는 이코마 은산에서 벌어들인 재력으로 '색도色道'를 즐기는 편이 더할 나위 없는 즐거움이라고 적고 있는 것도 주목할 만하다. 즉, 사이카쿠는 이 소설의 집필 당시부터 당대의 세상은 '금전'과 '사랑色戀'으로 즐거움을 누리는 세계라는 사실을 분명하게 표명하고 있는 것이다.

그리고 그러한 유곽이라는 곳에서 전개되는 '사랑色戀'을 속세의 문맥에 녹여내고, 인간의 색욕을 전면에 내세워, 이제까지 없었던 새로

覺めても夢助とかへ名よばれて" 이하 사이카쿠의 작품은 위의 『新編西鶴全集』본을 이용했음을 밝혀 둔다.

운 호색 세계의 다양한 모습을 그려낸 것이 『호색일대남』이다. 『호색일대남』의 무대가 되는 유곽遊郭은 신분 구별을 하지 않는 세계였고, 이러한 점이 조닌 주인공과 조닌 작가의 출현을 가능케 했다.

이와 더불어 근세 경제사회의 주역은 조닌이었다. "젊었을 때부터 돈을 벌어 세상에 부자로서 이름을 남기지 못하는 것은 안타까운 일이다. 속세의 이름이나 가문과는 상관없이 단지 금은만이 조닌의 가계家系가 되는 것이다"(『日本永代藏』권6의 5)라는 말과 같이 가계家系, 즉 가문을 중시하는 무사와는 달리 조닌의 본분은 돈을 버는 것이고, 더욱이 돈을 버는 행위야말로 미덕이라고 하는 점이 특징이다. 무사와는 신분 뿐 아니라 윤리관에서도 명확하게 다르기 때문에 그러한 특이성이 두드러지는, 조닌을 주역으로 하는 경제소설이 성립될 수 있었던 것이다.

하이카이의 유행으로 성장한 조닌 작가와 조닌 독자, 그리고 조닌 중심으로 발달하는 경제사회가 우키요조시의 성립과 유행의 배경이 되었다.

2) 가나조시의 교훈

『닛폰 에이타이구라』는 교토・오사카・에도를 중심으로 일본의 모든 도시의 조닌의 성공담, 몰락담을 그린 작품이다. 또한 일본 소설사상에서 다루어지지 않았던 조닌의 생활 속에서, '금전'을 중심으로, 금전에 휘둘려서 악전고투하는 사람들의 경제활동 모습을 재미있고 우스꽝스럽게 형상화한 작품으로 주목 받아왔다.

이 작품은 '다이후쿠 신초자쿄大福新長者教'라는 부제가 있다. 『조쟈쿄
長者教』(1627)는 조닌町人의 생활 방식을 치부致富에 있다고 보고, 분별分
別, 검약, 정직 등의 교훈을 이야기한 소설이다. 즉 『닛폰 에이타이구
라』는 조닌의 생활방식을 치부라고 보고, 분별, 검약, 정직 등의 교훈
을 설교하는 『조쟈쿄』에서 영감을 얻어, 사이카쿠의 시대에 맞는 이야
기로 바꾼 새로운 『조쟈쿄』를 세상에 내어놓은 작품이라고 해도 좋다.
『일본고전문학대사전日本古典文學大辭典』에서는 『조쟈쿄』를 다음과 같
이 해설하고 있다.

『조쟈쿄』 가나조시. 작자미상. 1627년 간행. 가마다야鎌田屋, 나바야那波
屋, 이즈미야泉屋의 세 부자와 마을 아이의 문답형식으로 부자가 되기 위해
지녀야 할 처신과 그 주의사항을 훈시함. 가마다야는 조쟈야마長者山(부자
산)의 비유를 들어, 티끌 모아 태산이 되고, 억만장자가 된다고 이야기함.
나바야는 평소에 살림살이를 소중히 여기고 자연스러운 절약을 통해 재물
을 모아야 한다고 가르침. 이즈미야는 분수를 알고, 재물을 아끼고 생업에
정진하라고 이야기함.[3]

본 작품은 근세 초기에 출판되어 오랫동안 읽혔고, 다음과 같은 작
품에도 인용되는 등 널리 알려져 있었다.

---

3 野間光辰, '『조쟈쿄』' 항목, 『日本古典文學大辭典』, 岩波書店, 1984. "『長者教』仮名草子.
著者未詳. 寛永四年 (一六二七) 年刊. 鎌田屋・那波屋・泉屋の三長者が里の童の問うま
まに長者となるべき身の取置の心得を教訓する. 鎌田屋は長者山の喩を以て"微塵積もって
山となり一億の長者となる"ことを說く. 那波屋は平生より世帯を大切に"自然に始末して貯
えよ"と教える. 泉屋は身の程を知り"才覺始末して生業を專らとせよ"述べる."

「이구치 모노가타리」 권6(『爲愚痴物語』, 1662)

「이마초자 모노가타리」(『今長者物語』, 1675 이전)

「니오이 부쿠로」 상권(『にほひ袋』, 1681)

「쇼닌초호키」 권1(『諸人重宝記』, 1695)

본 작품의 특징에 대해, 나카무라 유키히코中村幸彦는 다음과 같이 설명하고 있다.

『조쟈쿄』는 일관되게 치부致富를 이야기한 작품이지만, '가마다야' '나바야' '이즈미야'라는 세 명의 조닌의 교훈이라는 형태로 이야기를 시작해, '모든 일이 돈에 대한 욕심 때문'이라고 끝을 맺고 있는 점을 보면, 이를 조닌의 도리로 여기고 있다고 볼 수 있다. 다시 말하면, 치부를 조닌의 주된 목적으로 보고 있다는 것이다. 정직이나 감내 등도 노력이라는 범주에 들겠지만, 비논리적이며 올바른 치부를 손에 넣을 수 있다는 보장이 있는 것도 아니기에, 이러한 이야기는 세상을 등진 은자적 정신을 지닌 가난의 신을 대조적으로 부각시키거나, 악녀가 현녀처럼 행동한다든지, 거지가 단식을 한다든지 하는 풍자적인 묘사로 끝을 맺고 있다. 이를 통해서도 조닌의 치부제일주의를 엿볼 수 있다.[4]

---

4 「近世町人思想」,『日本思想大系』59, 岩波書店, 1975. "『長者教』は專ら致富を說いた書'であるが,「かまだや」「なばや」「いづみや」の三人の町人の敎訓として說き起こし, "なにゝつけても, かねのほしさよ"と結んだ處, それをもって'町人道'ともしたものと見てゝい. 換言すれば'町人生活の主目的を致富に置いた'と見てよい. 非倫理的であって, 正しい致富が得られるべきでもないので, 勿論, 正直や堪忍なども努力の項目に入るけれども, 末に隱者的精神の貧乏神を對照的に取り上げて,'惡女の賢女ぶり, 乞食の斷食'と皮肉っているのからも, 町人の致富第一主義がわかる."

근세 초기에는 상인의 절대요건은 무엇보다도 치부였다. 상인은 금은을 벌어야 비로소 그 존재가 세간의 인정을 받는다는 사고방식이다. "젊었을 때부터 돈을 벌어 세상에 부자로서 이름을 남기지 못하는 것은 안타까운 일이다. 속세의 이름이나 가문과는 상관없이 단지 금은만이 조닌의 가계가 되는 것이다"(『닛폰 에이타이구라』 권6의 5), "사무라이는 이득을 버려 명성을 추구하고, 조닌은 명성을 버리고 이득을 취하여 금은을 모은다. 이것을 도道라 한다"(지카마쓰 몬자에몬近松門左衛門, 〈야마자키 요지베 네비키노 가도마쓰山崎与次兵衛壽の門松〉, 1718 초연)는 부분에서도 알 수 있듯 상인은 재산을 축적하는 것을 제일로 삼는다는 축재제일주의가 후대의 문예작품에도 답습되었고, 이것이 근세 경제 소설의 전제가 되었다.

그리고 조닌 윤리는 치부를 실현하기 위한 구체적인 수단이기도 했다. 즉 『조쟈쿄』 및 그 외의 가나조시 이후 종종 언급되고 있는 분별, 검약, 정직과 같은 가르침, 교훈 등의 조닌 윤리를 갖춘 인물이 성공하고, 그렇지 못한 인물은 실패한다는 것이다. 이들의 요소는 경제 소설에서도 중요시되어, 이를 소중히 지키는 상인이 칭송을 받고, 그렇지 못한 상인이 비판을 받거나 또는 희화화 된다.

이하 이 글에서는 장사를 위한 아이디어(궁리), 검약, 정직이라는 교훈을 축으로 사이카쿠의 우키요조시浮世草子 및 그 이후의 작품을 소개하고, 동시에 상인상의 형성과 전개상을 살펴보도록 하겠다.

3. 경제소설의 작법

1) 장사의 아이디어('분별'과 '감각')

사이카쿠가 묘사한 실재했던 상인중에 가장 유명한 이는 『닛폰 에이타이구라』 권1의 4 「옛날은 외상거래 지금은 현금거래昔は掛算, 今は当座銀」에 기록된 에치고야越後屋, 즉 미쓰이 하치로에몬三井八郎右衛門(『닛폰 에이타이구라』에서는 '구로에몬九郎右衛門'이라 표기됨)일 것이다. 당시의 기록에 의하면 1673년, 에도 혼초本町에 등장한 미쓰이 에치고야는 종래의 외상 거래(일정 기간 이후에 대금을 받을 것을 약속하고 물건을 먼저 건네는 것)를 버리고 '현금거래, 외상사절'이라는 새로운 장사법을 도입했으며, 박리다매를 통해 기반을 다졌지만, 기존 포목 상인들의 심한 방해에 부딪혀, '따돌림'을 받게 된다. 하지만 1682년의 대화재를 계기로, 그 다음해 스루가초駿河町에 새로운 가게를 내고, 환전소도 개설하며 점점 번영을 하게 된다. 1683년에는 막부의 공식 거래상이 되고, 공금의 환전을 담당하게 되어 거액의 부를 축적하였다.[5]

이하 미쓰이 에치고야의 예를 통해, 소설에서의 상인상의 형성에 대해 구체적으로 고찰하겠다. 미쓰이 에치고야는 사이카쿠의 경제소설에서는 어떻게 묘사되고 있을까? 『닛폰 에이타이구라』 권1의 4는 다음과

---

[5]　中田易直, 『三井高利』, 『人物叢書』17, 吉川弘文館, 1959에 자세하다.
　　"古代にかはつて, 人の風俗, 次第奢になつて, 諸事其分際よりは花麗を好み, 殊に妻子の衣服, また上もなき事共, 身の程しらず, 冥加をそろしき. (…중략…) 此時節の衣装法度, 諸國諸人の身のため, 今思ひあたりて, 有がたくおぼえぬ. 商人のよき絹きたるも見ぐるし. 紬はおのれにそなはりて, 見よげなり. 武士は綺羅を本としてつとむる身なれば, たとへ無僕のさふらひまでも, 風義常にしておもはしからず."

같은 문장으로 시작하고 있다.

> 고대와는 달리 인간은 삶이 점점 윤택해져서 만사에 자신의 분수보다 화려한 것을 선호해, 특히 처자의 의복에 사치를 다하는 것은 분수를 모르는 것으로 안타깝고 두려울 정도이다. (…중략…) 지금과 같은 세상에 내려진 의상과 관련된 규제는 실로 전국의 만민을 위해 내려진 것이라는 생각이 들어 감사할 따름이다. 상인이 고급 비단으로 만든 옷을 입는 것도 보기에 좋지 않다. 명주옷이 신분에도 어울리고 보기에도 좋다. 하지만 무사는 위엄을 세워 근무해야하기 때문에 설령 하인을 거느리지 않는 무사라 하더라도 의복이 조닌과 비슷해서는 안 된다.[6]

조닌의 의복이 화려해진 점을 비판하고, 막부에 의한 의상 규제를 언급하고 있다. 예전부터 사치금지법은 반포되어 왔지만, 특히 근세에 이르러서는 에도 막부가 많은 관련법을 반포했다. 이는 근세의 신분제도와 밀접한 관계가 있다. 사람들은 신분에 맞는 생활을 해야 할 의무가 있고, 이를 일탈하는 것은 사회 전체의 질서를 어지럽히는 행위로 간주되어 규탄을 받았기 때문이다. 도쿠가와 이에야스德川家康가 제정한 무가제법도武家諸法度에는 검약 조항이 있고, 도쿠가와 히데타

---

6 井原西鶴, 『新編西鶴全集 3 − 日本永代藏』, 勉誠出版, 2003. "(現代語譯)昔とちがって, 人の身なりがしだいに贅澤になって, 万事, その分際以上に華美を好み, 特に妻子の服装にこのうえもないほどのことをするのは, 身の程知らずで, もったいなくも恐ろしいことだ. (…中略…) こんな今の時節に出た衣装法度は, まさに諸國・万人の身のために出されたのだと, 今, 思いあたり, ありがたく感ずる. 商人が上等の絹物を着ているのも見苦しいし, 紬のほうがその身分にふさわしく, 見た目にもよい. だが, 武士は威嚴を正して勤めるものだから, たとえ下僕を持てぬ侍でも, 服装が町人並では思わしくない."

다德川秀忠 시대인 1628년에는 궁핍화한 하타모토旗本[7]의 재정을 타개하기 위해, 하타모토의 등성登城, 시중을 왕래할 때 거느려야할 사람 수에 규제를 가하는 법령을 내렸다. 도쿠가와 이에미쓰德川家光 시대에는 하타모토에게 의복 사치 금지령을 내렸고, 조닌에게도 무사의 사치 금지 때마다 검약을 강요했다. 상위 신분의 무사 생활수준을 하위 신분의 조닌 생활수준이 넘어서는 것을 용인하지 않았기 때문이다.

『닛폰 에이타이구라』 간행 당시에도 의상 규제는 다음과 같이 몇 번이나 반포되었다.

1683년 2월

1. 이전에 명령했듯이 하급무사, 하녀와 같은 하인들은 덧옷깃, 겹소매, 예복, 허리띠, 두건과 손수건, 휴지집, 주머니 등에 이르기까지 전부 목면, 마 이외에는 일체 금지하고, 이를 더욱 굳게 지키고, 서로서로가 하인들에게도 당부할 수 있도록 한다. 만약 이를 위배하는 자가 있다면 잡아들일 것을 관리들에게 명하는 바이며, 각자 순찰을 할 때에는 위와 같은 사실을 명심하여 전할 수 있도록 한다. 이상.

1683년 윤달 5월

1. 여성은 금실로 수를 놓은 의복을 소지하고 있다 하더라도, 이 옷을 입는 일은 없어야 할 것이다. 아울러 가문의 문양을 수놓는 일도 없어야 한다.

7　도쿠가와 이에야스 직속 무사단 중에 1만석 이하의 무사들.

1688년 12월

1. 요즈음 마을의 여자들이 매우 고급스런 옷을 입고 있다는 이야기가 있다. 몇 년 전에 정해 놓은 것을 어기고 상당히 고급스런 옷을 입는 일은 없어야 할 것이다. 여자뿐만 아니라 조닌들도 규제를 벗어나는 의류를 입어서는 안 된다. 만약 법도가 정해 놓은 것을 어기고 매우 고급스런 옷을 입는다면 남녀를 막론하고 반드시 잡아들일 것을 밝히는 바이니, 이 내용을 서로서로 굳게 지켜야 할 것이다. 이상.[8]

조닌, 특히 여성의 사치스런 의상이 금지되고, 이를 어기는 자는 잡아들여 처벌한다는 내용이다. 몇 번이나 금지령이 내려진 것은 실제로는 잘 지켜지지 않았다는 사실을 나타내는 증거이기도 하다. 사실 이러한 조닌의 사치에 관해서는 사이카쿠의 우키요조시에도 다음과 같이 반복되어 묘사되고 있다.

요즈음의 혼례는 아랫사람들인 조닌, 백성에 이르기까지 고귀한 사람들의 호화스런 모습을 보고 들어서, 각자의 신분에 어울리지 않는 사치를 부려, 의류와 모든 생활도구의 최상품을 준비한다. 이는 당대의 풍속이라고

---

8 『오후레가키 간포 슈세御触書寬保集成』, 岩波書店, 1989. "（天和3年, 1683年 2月）一, 先達て被仰出候條目之通, 中間, 下女, はしたの分, 半ゑり袖へり上下帶頭巾三尺手拭鼻紙袋巾着等に至迄, 惣て木綿麻布之外, 一切可爲停止旨今日被仰出候間, 弥堅相守, 面々下人共に可申付候. 若違背之者於有之は, 召捕可申由, 御步行目付被仰渡, 方々廻り申候間, 左様可相心得旨被仰出候. 以上. （天和3年, 1683年 閏5月）一, 女衣裝縫金紗之衣服持合候共, 着候之儀無用たるべし. 幷縫之紋所無用之事. （元祿元年, 1688年 12月）一, 頃日町中にて女之衣類, 結構成物着し候由相聞え候. 弥先年被仰出候御定之外, 結構成衣類着し申間敷候. 女に不限, 町人共も御法度之衣類着し申間敷候. 自然相背, 御定之外, 結構成衣類着し候はば, 男女共に召捕之, 急度可申付候間, 此旨可相守候以上."

는 하지만, 자신의 주제를 전혀 모르는 것이다. (…중략…) 만사가 이처럼 사람들이 눈치 채지 못하는 곳에서 비용이 들어, 점차 사치스런 물건을 좋아하는 사회가 된 것이다.[9]

—『호색일대녀好色一代女』 권4의 1, 1686

특히 요즘에는 어느 집이나 부인과 집주인이 사치를 부려, 의복에 맘껏 돈을 써서, 그때그때 유행하는 무늬의 설빔을 염두에 두고, 한 필어 은 45돈 하는 고급비단을 사서 색색으로 염색을 하는데, 그 비용이 금 1량이나 되어 비단 값보다 더 한다. 하지만 이 정도로는 사람들의 이목을 끌지도 못하기에, 부질없이 금은을 버리는 것과 같다. (…중략…) 옛날에는 영주의 부인도 안 하던 행동으로, 생각해 보면 조닌 부인의 신분으로 이렇게 하는 것은 천벌이 두려울 정도이다.[10]

—『세켄 무네산요世間胸算用』 권1의 1, 1692

『닛폰 에이타이구라』 권1의 4와 마찬가지로 인용문들은 이야기의 도입부분이다. 현재 사회의 풍속 설명으로 이야기를 시작하고 전개하려는 작자의 의도를 엿 볼 수 있다. 사치를 억제시키고 신분에 걸맞는

---

9 井原西鶴, 『新編西鶴全集 1－好色一代女』, 勉誠出版, 2000. "今時の縁組, するずるの町人, 百姓迄, うへづかたの榮花を見および聞伝へて, それそれの分限より奢て, 衣類諸道具, 美をつくして仕付ける. 是当世の風俗, 身の程をしらぬぞかし. (…중략…) 万の事此ごとく, 人しらぬ物入, 次第にいたりせんさくの世なり."

10 井原西鶴, 『新編西鶴全集 4－世間胸算用』, 勉誠出版, 2004. "ことに近年は, いづかたも女房家ぬし奢りて, 衣類に事もかかぬ身の, 其ときの浮世模やうの正月小袖をたくみ, 羽二重半疋四十五匁の地絹よりは千種の細染百色かはりの染賃は高く, 金子一兩宛出して, 是さのみ人の目たたぬ事にあたら金銀を捨ける. (…중략…) むかしは大名の御前がたにもあそばさぬ事, おもへば町人の女房の分として, 冥加おそろしき事ぞかし."

생활을 종용하는 막부의 금지령과, 가나조시 이후 반복된 상인으로서 지켜야할 검약의 교훈을 부동의 축으로 설정하고, 나아가 이를 지키는 상인, 또는 일탈하는 상인을, 허구를 섞어가며 구체적으로 적어나가, 소설로 형상화하려는 작자의 의도가 보이는 부분이다.

한편 『닛폰 에이타이구라』 권1의 4는 다음과 같은 이야기가 전개된다.

요즘 에도의 정치는 안정되어, 소나무의 푸르름처럼 영원히 변하지 않을 성이 보이는 도키와 다리常盤橋, 그 근처에 있는 혼초本町의 포목점은 대부분이 교토의 지점으로, 무사와 상인의 가문을 적어놓은 『몬쓰키 가가미紋付鑑』라는 책에도 그 이름이 보인다. 지배인인 반토番頭와 하인手代들도 각자 단골집과 거래를 유지하고, 일치단결하여 서로 격려하고, 장사에서는 방심하는 것이 없다. 화술이 좋고 실력도 좋고 지혜와 돈에 대한 감각도 있고, 계산도 빠르고 질이 나쁜 화폐에 속지도 않는다. 이익을 위해서라면 살아 있는 소의 눈이라도 뽑아내고, 밤늦은 시간에 에도 성의 도라노 몬虎の門을 넘어 천리라도 가는 것은, 모두 고용살이를 하는 입장이기 때문이다. 아침 일찍 별을 보고 일어나 열심히 저울질을 하고, 밤낮으로 단골집의 문을 드나든다. 하지만 옛날과는 달리, 번성하고 있는 에도라 하더라도, 구석구석까지 감시의 손길이 미치지 않는 곳이 없어 예전처럼 막대한 이익을 얻을 수는 없다. 예전부터 혼례나 하인들에게 설빔을 나누어주는 기누쿠바리衣配 때에는 담당하는 반토가 납품하는 업자와의 친분을 통해 한몫 잡을 수 있었다. 하지만 지금은 여러 상인이 입찰을 하기 때문에 작은 이익을 얻으려고 모두가 경쟁을 하기에 서로 가세가 서서히 기울어 주머니 사정은 악화되지만, 다른 사람의 눈이 있어 하인들의 고용은 유지하고 있는 것이다. 더욱이 고액의 외상이 수년 밀려, 교토에서 빌린 운영 자금의 이자도 벌지 못할 정도가 되었다. 그리고 환전을 위한 돈을 마련하기도 어려워 곤란하면서도, 넓힌 가게를 하루아침에 닫을 수도 없는 노릇이라, 자연스럽게 소규모 경영이 된다.[11]

포목점의 반토와 하인은 현명하고 부지런하기 때문에 장사를 위해서는 어떠한 일도 마다하지 않지만, 예전과는 다르게 돈을 버는 것이 힘든 세상이 되었다고 하며, 당시 에도의 포목점이 처한 경영 상황의 어려움을 서술하고 있다.

『닛폰 에이타이구라』 권1의 4는 서두에 지금까지 인용했던 내용들을 열거한 후에, 미쓰이의 새로운 상술을 구체적으로 기술해 간다. 즉 사이카쿠는 조닌의 의복 사치에 이어 에도의 무가를 상대로 하는 장사가 '단골집의 문을 드나'드는 왕래를 통한 거래에서 '입찰'로 변화한 경영의 어려운 현실을 독자에게 설명하는 것으로 사회정세를 '분별'(정확히 판단)하고, '현금거래, 외상사절'이라는 신상법을 생각해낸 미쓰이의 '돈에 대한 감각'(才覺·商才 : 장사의 아이디어)을 부각시키고 있다고 할 수 있다.

한편 미쓰이 에치고야의 상술商術을 서술한 후에 이야기의 말미에는

11　"近代江戸靜にして, 松はかはらず常盤ばし, 本朝吳服所, 京の出見世, 紋付鑑にあらはし, 棚もり, 手代, それそれに得意の御屋敷へ出入, ともかせぎに勵あひ, 商賣に油斷なく, 弁舌手だれ智惠才覺, 算用たけて, わる銀をつかまず, 利德に生牛の目をもくじり, 虎の御門の夜をこめ, 千里にゆくも奉公, 朝には星をかづき, 秤竿に心玉をなして, 明暮御機嫌とれ共, 以前とちがひ, 今はん昌の武藏野なれ共, 隅から角まで手入して, 更に攬取もなかりき. 御祝言, 又は衣配の折からは, 其役人, 小納戸かたの好みにて, 一商して取けるに, 今時は諸方の入札, すこしの利潤を見掛て, 喰ひ詰になりて, 內証かなしく, 外聞斗の御用等調へ, 剩へ, 大分の賣かかり, 數年不埒になりて, 京銀の利まはしにもあはす, かはし銀につまりて難義, 俄に取ひろげたる棚も仕舞かたく, 自小前になりぬ."

다음과 같이 기술하고 있다.

이 주인을 보건데, 눈코와 팔다리가 있는 점이 다른 사람과 다른점이 없지만, 가업을 함에 있어 다른 이와 달리 현명하여 대상인의 본보기가 된다. 번호를 매긴 서랍에 당나라와 일본의 포목을 정리해 놓고, 당나라의 오래된 포목 여러 점과, 나아가 16살에 출가해 연꽃 실로 만다라를 짰다고 하는 주조히메中將姬가 손수 짠 모기장, '어렴풋이 아카시의明石 ……'라는 시를 읊은 유명한 시인 히토마루人丸가 입었던 아카시 천, 아미타불의 턱받이, 유명한 무사인 아사히나朝比奈가 입었던 마이즈루舞鶴의 무늬가 수 놓여진 천 조각, 달마대사가 깔고 앉았던 방석, 송나라의 유명한 은둔자인 임화청林和靖이 썼다는 두건, 11세기 초 교토의 대장장이의 칼주머니까지 없는 것이 없을 정도이다. 여러 물건이 장부에 적혀 있는 것은 실로 기쁜 일이라 할 수 있다.[12]

미쓰이 하치로에몬의 외견이 보통사람과 다를 바 없었지만, '가업'에서는 특별히 뛰어났나든 점을 '대상인'의 본보기라고 칭찬을 한다. 그리고 나서 '주조히메의 모기장'과 같이 현실에는 존재할 리 없는 여러 상품들을 열거하여 웃음을 유도하는 오치オチ를 마련했다.

이처럼 새로운 궁리를 테마로 하는 이야기를 몇 개 더 소개해 보도록 하겠다.

---

12 "此亭主を見るに, 目鼻手足あつて, 外の人にかはつた所もなく, 家職にかはつてかしこし. 大商人の手本なるべし. いろは付の引出しに, 唐國和朝の絹布をたたみこみ, 品品の時代絹, 中將姬の手織の蚊屋, 人丸の明石縮, 阿弥陀の涎かけ, 朝比奈が舞鶴の切, 達磨大師の敷蒲団, 林和靖か括頭巾, 三條小鍛冶が刀袋, 何によらず, ないといふ物なし. 万有帳めでたし."

(줄거리) 중국인은 본래 작은 일에 안달하지 않지만, 일본인은 그럴 수 없다. 어떤 사람이 시계 세공에 착수해 3대째에 이르러 완성하여 세간의 인정을 받아 널리 쓰이게 되었다. 하지만 그렇게 손이 많이 가는 장사만을 할 수는 없다. 별사탕金平糖의 제조법을 고안해 1대에 일확천금을 얻은 사람이나 해외 무역을 담당했던 나가사키長崎 상인의 현명함 등, 출세담을 들어보면 새로운 상술을 시도했던 사람도 있고 과부의 쌈짓돈을 자본금으로 삼았던 사람도 있어 모두 각자의 사정이 있다.

—「멀리 돌아가는 시계 세공廻り遠きは時計細工」, 『닛폰 에이타이구라』 권5의 1

별사탕 제조와 새로운 장사법의 소개를 축으로 이야기를 전개하고 있다. 이 이야기는 과부가 앞날을 대비해 모아 놓은 쌈짓돈을 노리고 결혼을 해서 그 쌈짓돈을 자금으로 장사를 시작한다고 하는, 세상 사람들의 뒷사정까지 꿰뚫어 보는 해학이 있다.

이어 '정보'를 바탕으로 장사의 궁리를 하는 예도 많다.

(줄거리) 셋쓰攝津 이타미伊丹에서 오랫동안 영업을 해온 술가게는 매년 은 오백관의 수입에 만족을 하고 살고 있었다. 어느 날 그 가게의 머리는 뛰어나지만 놀기 좋아하는 장남總領은 시마바라島原에서 유녀들과 유흥을 즐기고 있을 때, 옆방에서 쌀값 급등에 관한 이야기를 하는 것을 듣고는 유흥을 멈추고 쌀을 사들여 큰돈을 벌었다. 그리고 이를 밑천으로 삼아 큰 재산을 모았다.[13]

—『사이카쿠 오리도메西鶴織留』 권1의 1, 1694

---

[13] 이하, 『西鶴織留』의 인용은 『新編西鶴全集』 4, 勉誠出版, 2004에 의하고, '줄거리'는 인용자가 별도로 작성한 것이다.

　장남은 유곽에서 여색을 즐기는 도중에도 가업을 위한 ‘정보’ 수집을 우선으로 하고 있었기에 사업을 성공할 수 있었다. ‘사랑色戀’을 거역하지 못하는 사람들의 모습에서 재미를 찾았던 호색물好色物을 역전시켜, ‘사랑’에 필적하는 ‘금전’의 마력을 그려내는 데에 성공한 것이다.

　이처럼 경제소설에는 ‘장사 아이디어’에 초점이 맞추어져, 그 참신함과 기발함이 소설의 재미를 유발한다. 그리고 이것이 경제소설의 기본 축으로서 후대의 소설에도 답습되는 것이다.

2) ‘검약’과 ‘정직’

　미쓰이 에치고야는 장사의 아이디어에 의해 장사를 성공시켰다고 할 수 있는데, 상인이 성공하기 위해서는 남다른 ‘감각’에 더해 자본과 투자가 필요하다. ‘감각’만으로 치부를 이루는 상인은 사실 드물다. 여기에서 중요시 되는 것은 무익한 지출을 삼가 하는 ‘검약’과 가업을 이어받아 성실한 장사에 유념하는 ‘정직’이다.

　우선 ‘검약’에 대해 근세 초기의 가나조시에서는 다음과 같이 설명하고 있다.

　어느 유학자가 말하길, ‘알뜰하다つましき’와 ‘인색하다しわき’는 비슷한 듯하면서도 전혀 다르다. 알뜰하다는 것은 군자가 즐기는 행동이고, 인색한 것은 소인배가 즐기는 행동이다. 이익이 있는 일에는 넘치도록 사용하고, 이익이 없는 일에는 한 냥, 한 푼이라도 낭비하지 않는 것을 ‘알뜰하다’고

한다. 따라서 군자는 '알뜰하'고, 내실은 궁핍하지 않으며 타인에게는 겸허하고 자신은 풍족하다. 소인은 '인색하'고 내실은 궁핍하며 타인에게는 오만하고 그 자신은 부족하다. [14]

—『이구치 모노가타리爲愚痴物語』권7, 1662

'알뜰하다'(검약)와 인색하다'(인색)의 구별이다. 둘 다 지출을 최소화한다는 점에서는 같지만, 이 둘의 차이점은 금전의 유익한 사용을 명확하게 판단할 수 있는가의 유무다. 금전을 낭비 없이 유익하게 사용하는 '알뜰하다'(검약)는 군자의 행동, 금전을 모아 허영을 추구하는 것을 '인색하다'(인색)는 소인배의 행동으로 나누었다. 따라서 '알뜰'한 검약가는 허영을 부리지 않고, 타인에게는 겸허한 행동을 하여 심신이 풍족하다고 말하고 있다.

이러한 검약을 철저하게 이행하는 인물로 가장 유명한 사람은 교토 무로마치室町의 상인 후지야 이치베藤屋市兵衛(이하 후지이치藤市)일 것이다. 후지이치에 관해서는 『고콘 이누 조몬주古今犬著聞集』(무쿠나시 잇세쓰椋梨一雪, 1684) 권5의 17 「후지야 이치베의 이야기藤屋市兵衛が事」에 기재되어 있고, 『이마 초자 모노가타리今長者物語』에도 다음과 같이 기술되어 있다.

교토 무로마치에 후지이치라는 당대의 부자(이마초자)가 살고 있었다. 이 사람은 부귀에 이르는 도 수행에 정진하여 깨달음을 얻은 사람이었다.

---

14 『仮名草子集成』제2권, 東京堂出版, 1981. "ある儒者のいはく. つましきと, しはきとは, 似たる物にて, かくべつなり. つましきは, 君子のこのむ所, しはきは, 小人のこのむところなり. 益ある事には, 過分にもちゐ, 益なき事には, 一りん一せんをも, もちゐさるを, つましきといふ. 此ゆへに, 君子は, つましくして, 內とぼしからす, へりくだりて, ゆたかなり. 小人は, しはくして, 內とほしく, おこりて, ゆたかならす."

이 사람의 행적을 보면 시, 노래, 문학에 한눈을 팔지 않고, 불교에도 귀의하지 않았으며 오로지 하루 종일 즐기는 것이 있다면 해진 종이옷을 입고 면으로 만든 두건을 쓰고 아침저녁으로 가마솥의 불을 때고, 정원을 쓸고, 도랑을 치운다. 다른 사람에게는 겸손하여, 마치 가난한 사람의 생활 같아서 겉으로 보기에는 조금도 안락하게 보이지 않았다. (…중략…) 재화는 많이 있기 때문에 금전이 부족한 것으로 슬픈 것은 없고, 미식은 싫어하기 때문에 맛있는 음식에 집착하지 않고, 체면을 바라지 않기 때문에 옷차림이나 주거를 꾸미려는 생각도 없으며, 명예를 생각지 않기 때문에 시, 노래, 문학, 예술을 즐기려는 생각도 없다. 또한 주위에 비교할 만한 사람도 없기 때문에 다른 사람을 이기려는 마음도 없고, 바라는 것이 없기 때문에 높은 신분의 사람들을 부러워하지도 않고, 늙었기에 음욕도 없다. 고관에게 굽신거리지도, 지위가 낮은 사람에게서 재물을 빼앗으려고도 하지 않기에 항상 마음이 풍요롭고 한가로운 세월을 보내고 있다. 이러한 생활이 바로 즐거움을 추구하는 길인 것이다.[15]

—『이마초자 모노가타리』, 1675 이전

---

15 『仮名草子集成』제5권, 東京堂出版, 1984. "都むろ町に, 藤市なにがしとて, 今長者有り. 此人, ふうきのみちをよくしゆぎやうしてさとりゑたる人なんありける. その人のかうせきを見るに, 詩, 歌, 文學のみちにもたづさわらず, ぶつだうにもおもむかず, ただあけくれすける事とては, やぶれたるかみこをちやくし, おわたのづきんをかぶり, てうせきかまの火をたき, にわをはき, みぞをきらへなどして, 身をいかにもへりくだり, ひとへにまづしき人のいとなみのごとく, ほかより見ればすこしもやすきことなし. (…中略…) ざいはうはみちてもちぬればなきをかなしむおもひもなく, びしよくをうとめばあちはひにちやくする心もなく, みやうりなければ身をも居所をもかざらんとおもふ心もなく, ほまれを思はねば詩, 歌, 文字, 芸能をたしなまんとおもふ心もなく, 所にならぶ人なければ人にさき立, まさらんとおもふがまんもなく, のぞみなければ大人かうゐの人をもうらやまず, おひぬればいんよくのおもひもなく, たかきにへつらはず, ひくきをむさぼることもなければとこしなへに心ゆたかにして, たのしみにちやくし, 心にかかる山のはもなく, ただ我すける事をのみことわざとして, のどかに年月をおくる. 是則, たのしみをきはむる道也."

후지이치는 아무것도 바라는 것 없이 재물에 집착하지 않았기에 부를 얻었고, 타인을 부러워하거나 아첨하려는 마음도 없었다고 설명되어 있다. '군자는 알뜰하고, 내실은 궁핍하지 않으며 타인에게는 겸허하고 자신은 풍족하다'는 『이구치 모노가타리』의 설명을 답습하여, 후지이치를 세속을 떠나 깨달음을 얻은 은둔자와 같은 모습으로까지 구체화해서 그 덕을 설명한 것이다.

한편 사이카쿠의 우키요조시에서는 후지이치를 다음과 같이 묘사하고 있다.

(줄거리) 후지이치는 '넓은 세상에 비할 바 없는 재력가이다'라고 자신하고 있었다. 2칸 반의 셋집에 살고 있지만, 금 천 관을 가지고 있었기 때문이다. 이 남자는 만사에 검약하여 일대에 재산을 일구었지만, 이도 상인의 본보기가 되려는 마음가짐이 있었기 때문이다. 1월 7일 밤, 이웃 사람들은 이 아들에게 부자가 되는 법을 가르쳐달라고 후지이치에게 왔다. 초저녁부터 이런저런 이야기를 하고 저녁식사 시간이 되었다. 하지만, 손님들의 기대와는 달리 '저녁식사를 대접하지 않는 것이 부자가 되는 마음 자세이다'라고 했다.
　　　　—「세계 최고의 셋집 대장世界の借屋大將」, 『닛폰 에이타이구라』 권2의 1

『닛폰 에이타이구라』의 기술의 대부분은 후지이치의 검약상에 할애하고 있다.

이 남자는 태생이 구두쇠인 것은 아니다. 처세함에 다른 사람들의 모범이 되려는 바람이 있어, 이 정도의 가세가 되기까지 신년을 맞이하는 자신의 집에서는 떡을 찧어 본 적이 없다. 바쁠 때에 일손이 필요할뿐더러 떡을 찧는 여러 도구들은 취급하기도 번잡하다고 여겨, 이것저것 계산해서 절 앞의 떡집에 떡 한 관에 얼마라는 식으로 주문을 했다. 12월 28일 이른 아침에 분주하게 떡을 짊어지고 여럿이 몰려와 후지아藤屋의 가게 앞에 늘어서서, "주문하신 떡을 가지고 왔습니다. 받아주십시오"라고 했다. 막 찧은 떡은 먹음직스러워 보여 정월 기분을 물씬 풍기는 듯 했다. 주인은 들리지 않는 듯이 주판알만 튕기고 있었는데, 떡집 사람도 시기가 시기인지라 틈을 주지 않고 몇 번이나 재촉을 하자, 마음씨 좋은 하인이 저울을 정확히 달아서 떡을 받고 돌려보냈다. 2시간 정도 후에 "아까 가지고 온 떡은 받았느냐?"라고 주인이 묻기에 "좀 전에 떡을 놓고 돌아갔습니다"라고 대답했다. 그러자 "이 집에서 일할 그릇이 못 되는 놈이구나. 아직 온기도 식지 않은 떡을 잘도 받아들였겄다"라고 꾸짖길래 다시 저울에 달아보니 의외로 무게가 줄어있었다. 하인은 몹시 죄송하게 생각하여 떡을 먹지도 않았음에도 입을 쩍 벌리고 넋을 놓았다.[16]

가나조시에 기록된 검약의 교훈, 유교적인 가르침을 배경으로 하면서도 소설은 후지이치의 검약 방법과 그 행동을 구체적으로 드러내는 데에 주안점을 두고 있다. 즉 가나조시와 같은 교훈을 기본 축으로 하

---

16 "此男, 生れ付て恪きにあらず. 万事の取まはし, 人の鑑にもなりぬべきねがひ. かほどの身袋まで, としとる宿に餅搗ず, いそがは敷時の人遣ひ, 諸道具の取置もやかましきとて, 是も利勘にて, 大仏の前へあつらへ, 壹貫目に付, 何程と極める. 十二月二十八日の曙, いそぎて荷ひつれ, 藤屋見せにならべ, うけ取給へといふ. 餅は搗たての好もしく, 春めきて見えける. 旦那は, きかぬ顔して, 十露盤置しに, 餅屋は, 時分柄にひまを惜み, 幾度か断て, 才覺らしき若ひ者, 杜斤の目りんと請取てかへしぬ. 一時はかり過て, 今の餅請取たかといへは, はや渡して歸りぬ. 此家に奉公する程にもなき者ぞ, 温もりのさめぬを請取し事よと, 又目を懸しに, 思ひの外に減のたつ事, 手代我を折て, 喰もせぬ餅に, 口をあきける."

면서도, 가르침이 아닌 상인의 검약 방법의 기발함과 철저함에 초점을 두어, 과장된 표현을 섞어가며 구체적으로 기술함으로써 독자의 흥미를 끌어 소설의 재미를 추구하는 방법이 사용되고 있다.

(줄거리) 에도도리초 나카바시江戸通り町中橋 근처에 환전소를 하고 있는 젊은이들을 여럿 거느리고 있는 사람이 있었다. 평소 무엇보다도 검약을 제일로 여겼는데, 10월 20일, 재물의 신인 에비스惠比壽를 모시는 연회에서 만큼은 값비싼 도미를 식사와 곁들여 대접했다. 하지만 이세伊勢에서 온 14살짜리 하인丁稚이 '비싼 도미의 소금구이를 먹는 것은 마치 은을 씹는 것 같다'라며, 한 마리가 한량 반, 자른 도미는 한 조각에 얼마얼마라며 단가 계산을 했다. 이 말을 들은 주인은 감복을 하고 그 하인을 양자로 맞아들였다. 이후 그 양자의 재량으로 3만 냥이 넘는 큰 부자가 되었다. 여러 문예에는 능하면서 셈에는 눈이 어두운 교토의 2대를 생각하면 처세술이 얼마나 중요한지 알 수 있다.

―「잘 고른 사위의 뛰어난 장사 수법見立て養子が利發」,

『닛폰 에이타이구라』 권6의 2

고용된 신분인데다가 항시 배를 곯아야했던 한창 때의 젊은이기에, 어린 하인은 주인이 베푸는 맛있는 요리를 먹고 싶어 하는 것이 일반적이다. 하지만 이 이야기에서는 그러한 상식을 뒤집어 검약가인 주인마저도 혀를 내두르게 하는 하인의 철저한 검약 정신이 잘 나타나 있다. 주인과 하인이 '검약'의 정도가 상식을 뒤엎는 입장의 역전으로 인한 의외성과 해학성이 소설의 주안점이다.

(줄거리) 어느 해인가 연말에 에도에서도 가미가타上方에서도 정월에 장식으로 쓰이는 이세 왕새우와 등자나무 열매橙가 품귀 현상을 보였다. 오사카 사카이堺의 히구치야라는 사람은 장사에 빈틈이 없는 사람이었기에 대하車海老와 향귤九年母로 대체해서 넘어갔는데, 이를 두고 세간에서는 감탄을 하여 사카이의 사람들은 히구치야를 따라했다. 어느 심야에 손님이 한 푼 정도의 식초를 사러오자 하인은 자는 척 하고 그대로 돌려보냈다. 다음날 히구치야는 하인에게 "문 앞을 3척 정도 파보아라"라고 명을 내리고, "돈은 나왔느냐?"라고 물었다. 하인이 "자갈과 조개껍질 밖에 없습니다"라고 대답하자, 돈 한 푼의 소중함에 대해 알아듣도록 얘기했다.

— 「이세 왕새우의 고가매입伊勢海老の高買」, 『닛폰 에이타이구라』 권4의 5

이 이야기에서는 정월의 장식조차 고가로 사지 않고, 여러 궁리를 하여 불필요한 지출을 줄여 철저히 검약하는 히구치야의 모습이 그려져 있다. 또한 한 푼의 돈도 하찮게 생각해서는 안 된다는 장사에 임하는 진지한 자세가 강조되고 있는 점도 특징적이다.

(줄거리) 미마사카美作 지방의 요로즈야万屋라 불리던 큰 부자는 검약가인 조카를 데릴사위로 맞이했다. 조카는 질투가 심한 여자를 골라 결혼을 하고 상속을 받았다. 경제적으로 자유로워지고 바람기가 발동해도 질투가 심한 아내 때문에 어디 놀러가지도 못했기에, 예상대로 집안은 조용했다. 하지만 아내가 질투심을 자제하게 되자 조카는 놀러 다니기 시작했고, 얼마 안 돼 집안의 재물을 탕진하고 말았다.

— 「세 돈 다섯 푼, 새벽의 종소리三匁五分曙のかね」, 『닛폰 에이타이구라』 권5의 5

'질투'는 유교와 불교, 수많은 교훈서에서 반복해서 주의시키고 있는 여성의 '칠거지악七去之惡' 중의 하나이다. 이 이야기는 '질투'하는 여자를 내쫓기는커녕 일부러 아내로 맞이한다고 하는, 본래의 교훈과 반대되는 내용이 웃음을 자아낸다. 그리고 그러한 아내의 질투마저도 장사에 이용하는 만만치 않은 상인의 모습을 강조하면서, 동시에 유교와 불교에서 말하는 '질투'를 삼가는 것보다도 돈을 '검약'하는 면이 어렵다고 하는 과장을 섞어가며 우스꽝스럽게 작화한 것이다. 이처럼 본 이야기도 '검약'과 가업에 '정직'하게 종사하는 것의 중요함과 어려움을 축으로 하면서도, 이를 과장하는 형식으로 소설화 한 것이다.

그런데 지금까지 살펴본 바대로, 근세의 경제소설에서는 '검약'이 중요시되고 있지만, 지금까지의 예가 그러했듯이 '검약'과 함께 중요하게 다루어지고 있는 것이 '가업'에 '정직'하게 종사하는 정신이다. 이를 단적으로 나타내는 예가 『세켄 무네산요世間胸算用』 권5의 2「돈을 벌기 위한 발才覺の軸すだれ」이다.

(줄거리) 어느 남자가 매일 앞날을 대비해 어림셈을 통해 일의 끝맺음을 확실히 하는 것을 제일로 생각해, 마음을 다잡아 살고 있었지만 생활은 늘 가난했다. 부자가 되는 것은 타고나야 한다. 서당 훈장이 '다 쓴 붓을 모아 발을 만들어 팔거나 버리는 종이를 모아 팔거나 하는 아이는 부모의 눈에는 현명하게 보일지는 몰라도, 글에 정진하는 아이가 후에 가업에 더욱 정진하게 되므로 부자가 된다.'라고 하였다. 이 말대로 발이나 종이를 파는 아이는 부자가 되지 못하고, 글공부에 열심이었던 아이는 자연스럽게 큰 뜻을 품게 되어 이것저것 궁리해서 부자가 되었다.

이 이야기에서 이야기하고 있듯이 상인에게는 자신이 처한 입장이나 신세에 따라 '가업'에 순순히 종사하는 것을 장려했다. 자녀들의 서당 공부 역시 자신이 처한 입장이 글을 익히는 것이라면 한눈을 팔지 말고 글공부에 정진해야만 한다는 것이다. 문방구를 이용하여 돈을 벌 방법을 생각해낸다 하더라도, 이는 불필요한 행동이고 딴 짓에 지나지 않는다. 따라서 근세소설에서는 상인 자신에게 주어진 '가업'을 바꾸어 성공하는 이야기는 거의 없다. 다음은 '정직'이라는 도를 저버렸기 때문에 실패하는 상인의 이야기이다.

(줄거리) 쓰루가敦賀 마을 끝자귀에 고바시小橋의 리스케利助라는 남자가 있었다. '에비스의 아침차'라는 차를 팔러 다니며, 자금을 모아 넓은 찻집을 냈다. 하지만 얼마 있어 악심이 생겨 차를 끓이고 남은 찌꺼기를 차에 섞어서 팔기 시작했다. 처음에는 돈을 손에 쥘 수 있었지만 천벌을 받았기 때문일까? 갑자기 정신이 이상해져서 돈을 갉아먹고 죽고 말았다. 사람들은 리스케의 강한 집착에 두려움을 느꼈고, 누구도 재산을 상속하려고 하지 않았다. 결국 집은 도깨비집이라고 불리며 그대로 방치되어 무너지고 말았다. 인간이라면 일반적인 처세를 해야만 한다.

―「차의 열 가지 덕도 한 번에 모두茶の十德も一度に皆」,『닛폰 에이타이구라』 권4의 4

리스케는 교토 염색을 할 때 쓴다며 차 찌꺼기를 모아 마시는 차에 섞어 팔아 이익을 얻지만, 그 악심에 의해 미쳐 죽고 만다. '가업'을 '정직'하게 하라는 교훈은 후대의 우키요조시에도 답습된다. 예를 들면 다음과 같다.

(줄거리) 재목상이 세 아들에게 들을 바라보며 돈벌이가 될 만한 식물의 종자를 알아내라고 아들들의 지혜를 시험한다. 장남은 가격이 오를 것으로 예상되는 종자를 사둘 것을 제안하고, 차남은 진귀한 골동품을 찾아서 이익을 얻으려고 하지만, 막내는 부지런하게 재목상을 하는 것이 제일 좋다고 말한다. 아버지는 막내에게 가업을 물려주고, 장남과 차남은 결국 파산을 하고 만다.[17]

— 에지마 기세키江島其磧, 『세켄무스코카타기世間子息氣質』 권4의 2, 1717

그리고 또 하나. 정보를 바탕으로 성공한 이야기의 전형적인 예를 들어 보겠다.

(줄거리) 가스야 곤사쿠糟屋權作는 에도에서 술지게미가 남는다는 이야기를 듣고 그렇다면 에도에서는 가지 농사가 잘 안 된다고 생각을 하고, 팔리지 않는 술지게미에 덴마天満에서 싸게 사들인 가지를 절여 다시 에도에서 팔아 목돈을 손에 넣을 수 있었다.[18]

— 게쓰진도月尋堂, 『시손 다이코쿠바시라子孫大黑柱』 권3의 4, 1709

어디까지나 자신의 가업에서 벗어나지 않는 장사를 개선하는 것이 중요하고, 이 이야기에서도 역시 술지게미(가스) 장사를 본업으로 하는 '가스야糟屋'였기에 눈치 챌 수 있었던 점이 소설의 재미의 주안점이다.

---

17 『八文字屋本全集』 제6권, 汲古書院, 1994 수록본을 참조하여 줄거리를 요약함.
18 「子孫大黑柱」, 『德川文芸類聚 2－敎訓小説』, 國書刊行會, 1970을 토대로 줄거리 요약함.

4. 상인상의 전개

이상 '분별'과 '감각'에 의한 장사의 궁리, '검약'과 '정직'이라는 교훈을 축으로, 이를 과장하거나, 이 축에서 벗어나는 인물들을 희화화하는 식으로 사이카쿠의 경제소설이 창작되었다는 것을 확인했다. 이제 이러한 경제소설이 후대의 작품에 어떠한 전개를 보이는지 살펴보겠다. 지금까지 소개했던 미쓰이 에치고야의 '현금거래, 외상사절'이라는 상술을 예로 들면 다음과 같다.

지금 시대에 장사에 임하는 것은 매우 어렵다. 불안하게 외상을 통한 장사를 하지 말고, 현금으로만 장사를 하려고 하면 전혀 단골이 생기지 않고, 나중에는 장사를 접을 수밖에 없다. 또한 아무리 거래가 있다 하더라도 외상을 준 상품의 지불이 막혀버린다면 그 대금뿐 아니라 상품마저도 상대방의 손에 넘어간 후라서 안타깝게도 가세가 기울고 말 것이다. 뭐라 뭐라 해도 눈을 크게 뜨고 찬찬히 사람을 보고 판단해 한 푼이라.도 손해를 보지 않도록 주의해 상황에 따라서는 거액의 외상거래를 통해 승부를 해야 할 때도 있다.[19]

— 호죠 단스이北條団水, 「몸을 재산으로 한 천만 금의 시작身柱もとに千貫目の埃」,
『니혼 신에이타이구라日本新永代藏』 권3의 3, 1713

---

19 『日本新永代藏』(「北條団水集 草子篇 3」), 古典文庫, 1980. "当代至極むつかしきは商の取つきなり. 心狹して懸商をせず現銀にのみ買んといへば皆敷得意なくのちには商しまふより外なし. 又いかに商があればとて掛さきとどこほりては利元も人にとられてむねんや身袋を潰す事, とかく眼玉を見出して能々人を見たてて一錢もかけまじ, 又はのしきつて賣がけて勝負をも見るべし."

현금 거래의 위험을 이야기하고 있다. '현금거래, 외상사절'이라는 상술은 1688년 『닛폰 에이타이구라』 간행시기에는 시의적절한 화제였다. 하지만 20년 이상이 경과한 『니혼 신에이타이구라』의 시점에는 이미 참신함이 사라진 후였다. 『주야요진키畫夜用心記』(호조 단스이, 1707) 권6의 3에는

> 혼초 현금거래를 하는 포목점은 에치고야, 고베니야, 마쓰바야, 마스야, 이세야 등으로 처마를 나란히하고 있는데 (…중략…) 여러 사람들의 왕래가 많으니, 가게마다 할 일이 없는 하인 너댓명이 감시를 하며 천 조각이라도 분실하는 일이 없도록 주의를 하니 수상한 사람은 제 발이 저려 출입하기 어렵다.[20]

라고 적혀 있어, 이를 통해 1707년에는 이미 현금 거래를 하는 포목점이 많았던 것을 알 수 있다. 종래의 화제를 이용하면서도 새로운 각도로 이를 비판하고, 새로운 화제를 제공하여 소설화하려고 하는 방법을 확인할 수 있다. 더불어 앞서 예로 들었던 후지이치의 이야기에 관해서도 다음과 같은 기술이 있다.

> 옛날에는 셋집살이를 하면서도 거금을 소지했던 남자를 매우 칭송을 했지만, 이는 시대에 의한 것으로, 지금과 같은 세상에는 전혀 통하지 않는

---

[20] 『畫夜用心記』(「北條団水集 草子篇 2」), 古典文庫, 1980. "(現代語譯) 本町現銀吳服店は, 越後屋, 小紅屋, 松葉や, 升屋, 伊勢屋軒を並べ(…중략…) 諸人出入おほければ, 店毎に無役の手代四, 五人橫目付あつて, 切一寸の紛失をも改め油斷せねば, おのづから紛らわはしき者立入がたし.

다. 지금은 무슨 일이 있어도 집을 먼저 사고, 이를 생활의 간판으로 삼아, 확실한 재산이 있다는 것을 사람들에게 알려, 신용을 얻어야만 한다. 그렇게 하지 않으면 사람들이 웬만해서는 납득을 하지 않는다.[21]

—「장사에 마음이 넓은 무사시의 남자商に氣の廣いむさし男」,

『니혼 신에이타이구라』 권6의 2

일찍이 '셋집살이를 하면서도 거금을 소지했던 남자'라고 칭송을 받았던 후지이치였지만, 지금 세상은 집을 소유해야만 상인의 자금이 신용을 얻고, 상거래의 전제가 된다는 것이다. 물론 작가는 후지이치의 검약을 부정하는 것은 아니다. 시대에 맞추어 새로운 견해를 제시함으로써 새로운 이야기를 창조해 나는 토양을 일군 것이다.

한편 미쓰이 에치고야의 '현금거래, 외상사절'의 상술은 다음과 같은 화제로도 전개된다. 다음에 예로 드는 것은 현금거래의 맹점을 적은 사기소설てれん物이다.

(줄거리) '현금거래, 외상사절'의 장사를 하는 다마에야라는 포목점이 있었다. 어느 날 60세 정도의 과부가 하녀를 데리고 가게에 와서 여 조카의 혼례품으로 조카가 마음에 들어 했던 천으로 기모노着物를 만들어 입히고 싶다고 했다. 과부는 가게에 남고 하인이 옷감을 가지고 하녀와 함께 조카의 집으로 갔다. 조카의 집에 들어간 하녀가 나와서 가격흥정을 요구하자

---

21 "昔は借宅にて千貫目の身體, 是をことの外称美しけれ共, それは時々にて, 今の世にはひとつも合ず. 当世はまづ何とぞして, 家を買て, 是を世上のかんばんにして, 慥にありもののしれたるを見すべし. さなくては中々人のがてんする事にあらず."

하인이 가게로 돌아와 주인에게 물었다. 주인은 '현금거래, 외상사절'이기 때문에 가격을 깎을 수는 없다며 하인을 조카의 집으로 되돌려 보냈다. 하지만 이미 하녀는 옷감을 가지고 도망간 후였다. 사실 그 집은 하급무사의 셋집이었던 것이다. 하인은 당황해서 가게로 돌아왔지만, 과부 역시 화장실을 핑계로 뒷문으로 도망간 후였다.

―「혼례 전의 포목점嫁入前の染絹屋」, 『주야요진키』 권3의 3

같은 『주야요진키』 권6의 3 「처마를 나란히 하는 무늬 비단軒を並ぶる綾錦」에도 현금거래의 포목점에서 무사가 가게의 물건을 훔치는 듯 보여준 후, 가게 사람들이 이를 꾸짖자 '무사에게 있을 수 없는 누명이다'라고 협박을 해서 보상금을 받아내는 사기가 소개되고 있다. 이들 이야기는 '현금거래, 외상사절'이라는 상술을 단골뿐 아니라 불특정다수의 미지의 손님에게까지 종용해서 생기는 위험성에 착안해서 그 맹점을 설명하는 이야기이다.

이상으로 미쓰이 에치고야의 상법을 예로 들어, 그 변천과 다양화를 소개했다. 사이카쿠의 우키요조시가 하나의 정형이 된 후에, 이를 답습하고 또한 변화시키면서 즐기는 소설군이 창작되어 간다.

한편, 장사의 방법과 아이디어에 새로운 관점을 도입해서 새로운 작품이 만들어지게 되는데, 그 어느 작품에도 '검약' '정직'이 강조되는 것은 마찬가지이다. 예를 들면 『시손 다이코쿠바시라』(게쓰진도月尋堂, 1709) 권1의 1에는 한슈 시와쿠播州塩飽의 오키나야 마쓰다유翁屋松太夫가 폭풍에 배를 모두 잃고 도산하지만, 자식인 사키타로咲太郎가 조선공과 닻을 만드는 사람을 잘 속여서 조선을 위한 자금을 모아, 그 배로 물자운

송에 성공하여 재산을 모은다는 '사기'를 적고 있다. 이 이야기의 재미
는 사키타로의 사기수법에 있는데, 한 번은 속여서 빼앗은 돈을 조선공
과 닻업자에게 이자를 붙여 돌려주는 수법으로 신용을 얻어 성공하는
것에 있다. 이 이야기에서의 성공의 열쇠 역시 '정직'함이다. 새로운 소
설을 위해 '사기'를 묘사하는 데에서도 어디까지나 '정직'이 빠질 수는
없는 것이고, 상인의 교훈의 틀을 넘어서서는 소설화할 수 없다는 것을
알 수 있다.

(줄거리) 오사카에서 골동품점을 하는 이즈미야和泉屋는 가업에만 정진
하여, 다른 이익을 취하려고 하지 않았다. 한편 11세기 중반에 활약했던 무
사 미나모토노 요시이에源義家의 투구를 땅에서 파낸 어느 상인이 이 투구
가 팔리지 않자, 투구를 넣는 상자에 돈을 들여 가격을 높여 에도에 있는 높
은 무사에게 바치니, 금 3,000량을 하사받기로 약조를 받았다. 하지만 무
사의 신하들은 명장의 투구에 의지해 무예를 소홀히 해서는 안 되고, 그러
한 물건에 큰돈을 쓰기 보다는 백성을 도우는 데에 쓰는 것이 옳다고 간언
을 하고, 무사 역시 신하들의 말에 수긍을 한다. 결국 그 소문이 퍼져서 아
무도 그 투구를 사려고 하지 않았고, 결국 그 상인은 큰 손해를 보고 말았
다. 명검이라 불리는 마사무네正宗에도 비싼 값을 매기지 않았던 이즈미야
는 자연히 재산이 늘어 부를 더욱 공고히 했다.

—『시손 다이코쿠바시라』 권2의 1

이 이야기는 골동품점이라는 '가업'을 '정직'하게 정진한 이즈미야와 가
업에서 벗어나는 방법으로 폭리를 취하려고 했던 상인을 대비시키고 있다.

또 다른 후기 우키요조시에서 하나의 예를 들어 보겠다.

(줄거리) 후쿠토쿠야福德屋의 곤자에몬權左衛門은 12살의 나이에 부모를 따라 교토의 시조四條에서 상연되던 연극이 번성하는 것을 보고, 교토는 돈을 벌 수 있겠다는 생각이 들었다. 스스로 부모에게 자신을 버려줄 것을 청한 후, 부자에게 거두어져서 상업에 대한 재능을 인정받아 그 부자의 양자가 되었다. 양부가 죽음을 앞두고 가옥을 담보로 사촌 동생으로부터 자금을 빌리고 있다는 것을 깨닫지만, 겉으로는 물론이고 증거조차도 잘 마무리를 지어, 가게를 다시 세웠다. 70살이 되어 재산을 후대에 물려주그 자신은 일선에서 물러나지만, 사치를 몰랐기 때문에 장수를 위해 유도를 배워 유도에 깊이 빠지고 만다. 어느 날 일본 씨름인 스모相撲 선수에게 유도 기술을 걸어 부상을 입고, 처음으로 가마를 타고 집으로 돌아오던 도중에 발병을 해서, 가마 삯을 아까워하면서 숨을 거두고 만다. 이러한 마음가짐을 대대로 이어간다면 후쿠토쿠야의 가계는 굳건할 것이다.[22]

— 하치몬지 지쇼「八文字自笑」,『세켄 조쟈 가타기世間長者容氣』 권1의 1, 1754

스스로 버려지는 아이를 선택한 '궁리(아이디어)', 양자로 들어간 집안의 '가업'을 어떻게 해서든 지키려고 하는 '정직', 부상을 입고 탄 가마에서도 적은 지출을 아쉬워하는 상식 밖의 '검약'처럼, 근세 초기부터 상인의 교훈을 하나의 틀로 지켜가면서, 새롭게 과장하는 수법을 고안해내어 소설화하는 수법을 확인할 수 있다.

---

22 『八文字屋本全集』 제21권, 汲古書院, 2000을 토대로 줄거리 요약함.

5. 금전의 어두운 측면−사기담의 성립

장사에는 흥정, 나아가 속고 속이는 행동이 따라오기 마련이다. 조닌町人의 성공담을 그리려했던 사이카쿠 역시, 모든 경제활동을 낙관적이고 긍정적으로만 여긴 것은 아니었다. 오히려 인간의 '욕심'으로 인한 '금전'의 어두운 측면을 다룬 이야기 중에 수작이 많다.

앞에서도 소개한 바와 같이 『닛폰 에이타이구라』 권4의 4 「차의 열 가지 이로운 점을 한 번에 전부茶の十德も一度に皆」에 등장하는 고바시小橋의 리스케利助는 교토京都의 염색에 쓸 것이라는 이유로 사들인 차 찌꺼기를 차에 섞는 방법으로 양을 부풀려 많은 이익을 취하나, 결국 그 악심이 원인이 되어 미쳐 죽고 만다. 역시 권3의 5 「종이옷이 찢어질 때紙子身袋の破れ時」의 옷감 상인 주스케忠助는 재주도 없고 꼼꼼하지 못한 성격 때문에 부친에게 물려받은 거액의 재산도 탕진하고 파산하여 극심한 가난에 시달렸다. 그래서 다음 생에는 무간지옥無間地獄에 떨어지더라도 이번 생에 부귀를 누릴 수 있다는 전설이 있는 사요佐夜의 나카야마中山에 있는 무간의 종을 두드리고 "자식들 대에 가서는 거지가 되어도 상관이 없으니, 내가 죽을 때까지 만이라도 부자가 되게 해주십시오"라는 실로 어처구니없는 소원을 빈다. 슬프기까지 한 이 장면에 사이카쿠는 다음과 같은 결정타를 날린다.

요즘 사람들은 이 종을 쳐서 부자가 될 수 있다면 기꺼이 다음 세상에 뱀으로 환생한다고 대답할 것이다. 아니 거머리지옥에 떨어지는 것쯤 대수롭지 않게 생각할 것이다. 어리석은 주스케는 여기까지 오기 위한 노비로

허투루 돈을 사용해, 그만큼 손해를 보았다.[23]

주스케의 행동과 소원은 극단적으로 보이는데, 세상 사람들은 그마저도 뛰어넘는 금전에의 집착을 가지고 살아간다고 사이카쿠는 말하고 있다.

이처럼 금전은 인간의 '욕심'을 조장하는 존재이고, 이러한 금전을 둘러싼 인간의 욕심을 철저하게 그려내려고 한 끝에 소위 '사기물儻偶物, 데렌모노'이라고 하는 사기 소설들이 등장하게 된다. 그 효시라 할 수 있는 『주야 요진키晝夜用心記』(호조 단스이, 1707)의 작가 단스이는 사이카쿠에게 사사를 받고, 사이카쿠 사후에는 그 유고집을 편집, 출판한 인물이다. 그렇기에 사이카쿠의 우키요조시를 가장 잘 이해하고 있던 사람이라 해도 좋다.

『주야 요진키』에 기록된 금전욕은 더욱 과격하다. 예를 들어 권2의 5 「스루가에서 소문난 처녀駿河に沙汰ある娘」는 다음과 같은 내용이다.

(줄거리) 스루가駿河 고장에 사는 야부이 사사에몬藪井笹右衛門의 딸은 뛰어난 미모를 자랑했지만, 요절을 하고 말았다. 사사에몬은 하염없이 울며 딸을 사이쿠 절西空寺에 매장했다. 49일이 가까워지자 한 미남이 절의 스님을 찾아와서 자신이 사사에몬의 딸과 몰래 사랑을 나누고 있던 사이었음을 털어놓고 자살을 하려고 했다. 스님은 무덤 속에서 부패한 딸의 시체를

23　"此鐘を突て, 分限にならは, 今の世の人, 末の世には, 蛇になる事もかまふべきか. 增て, 蛭の地獄など, 恐しからず. 愚なる忠助, 無用の路錢をつかひて, 爰に來にけり. 先さし当て, 是程の損になりぬ."

보여주고 집착을 끊게 하려고 하지만, 남자는 시체를 끌어안고 슬퍼할 뿐이었다. 한편 사사에몬이 49일의 법회를 열려고 할 때, 낯선 법사로부터 하코네箱根 산에서 딸의 영혼과 만나 사사에몬의 불심이 얕은 탓에 자신이 지옥에서 고통을 받고 있노라고 전해 듣는다. 법사는 자신의 말을 믿지 않는 사사에몬에게 딸의 영혼에게 받았다고 하며 여러 물품을 전해준다. 그 물건들은 사사에몬이 딸의 내세를 위해 묻었던 부장품이었다. 법사를 믿게 된 사사에몬은 딸의 다음 생을 빌어달라며 큰돈을 건넨다. 하지만 실은 미남과 절의 스님이 한 통속이 되어 딸의 시체와 같이 있던 부장품을 훔쳐서 일을 꾸민 것이었다.

본문에는 사이쿠 절의 스님이 청년의 딸에 대한 연정을 끊게 하기 위해 '남녀의 음욕은 서로의 시체 냄새를 맡는男女の婬樂はたがひに臭骸をいだく'것과 같기 때문에, 남자에게 '눈앞의 꽃에는 **사랑이 솟아나고, 악취가 진동하는 것에는** 사랑이 순식간에 사라지는 것과 같이, 저 무덤을 파헤쳐 허무하게 변한 모습을 본다면 순식간에 단념하리라는 것은 뻔한 일이다かの墓をほりかへし，かはりしおもかげをも見せたらば，見し花の形には嫣湧かへり，臭氣甚敷につけては愛想たちまち盡，おもひきるは決定なり'라고 기술하고 있는데, 이는 "구상시九相詩"[24]의 '남녀의 음악은 서로 껴안고 시체 냄새를 맡는 것과 같다男女婬樂互抱臭骸'(서문) 및 '흰 벌레가 몸속에 수도 없이 꿈틀대고 / 푸른 파리는 살에 집을 지으며 / 바람은 그 악취를 2, 3리 밖으로　전한다白蠕身中多蠢々 / 靑蠅肉上幾營々 / 風伝臭氣二三里'(제4방란상肪亂

---

24 『近世文學資料類從 仮名草子編』10, 勉誠社, 1973 참조.

相)을 이용한 문장이다. 절세 미녀가 점점 부패해서 끝내는 흙으로 돌아가는 과정의 묘사를 통해, 불교 수행승에게 여색은 공허하고, 육체역시 허무하다는 점을 실감케 하여 번뇌를 버리고 수행에 정진하도록설법하는 "구상시"를 이용함으로써, 혐오의 대상이 되는 부패, 시체마저도 대수롭지 않게 생각하고, 오히려 이를 능가하는 인간의 금전욕을그리고 있다.

또한 『주야 요진키』 권2의 4 「난생 처음의 속삼임이 후회막급始の私語後悔千万」은 환전소를 무대로 한 사기이다.

(줄거리) 매일 금화를 은화로 환전하러 오는 남자가 있었다. 어느 날 그남자가 환전소 주인에게 "요즘 가지고 오는 한 푼의 금전이 가짜로 보이지않는가?"라고 물었다. 주인이 가짜로 보이지 않는다고 대답하자 남자는 "두푼의 금전으로 두 냥의 금전을 만들 수 있는데 자금이 없어서 많이 만들 수없다"고 했다. 이를 들은 환전소 주인은 몰래 그 남자에게 50냥의 금전을 건네 가짜 돈을 만들게 했다. 하지만 그 후 남자의 발길은 끊기고 말았다. 환전소 주인이 남자를 찾아가자 남자는 그런 이야기는 처음 듣는다는 얼굴로"전혀 기억이 없는 일이다. 금전이 필요하면 금전 주조하는 곳에 가면 될 것을. 그것도 아니라면 가짜 돈을 만들어 나라의 법도를 어기라는 셈인가?"라고 했다. 사실 남자가 매일 환전소에 가지고 갔던 것은 진짜 금전이었다. 환전소 주인은 가짜 돈 주조를 의뢰했다고 고소를 할 수도 없는 노릇이고 해서, 울며 겨자 먹기로 50냥을 사기 당한채로 발을 돌릴 수밖에 없었다.

에도江戸 시대 막부는 금 관리를 엄격하게 했고, 금 원료 가게에서 재료로 쓸 금을 살 경우에도, 금 조각을 금박 공방打箔屋에 팔 때에도 관리기관인 하쿠자箔座의 봉인을 받지 않으면 안 되었다. 하물며 가짜 돈의 주조와 관련된 자는 마을을 한 바퀴 돌아 치욕을 준 뒤 공개처형을 시켰다. 돈을 벌기 위해서는 '감각'이 필요하지만, 그러한 '감각'을 궁리한 새 방법 중의 하나가 사기행위였던 것이다.

『시손 다이코쿠바시라子孫大黑柱』 권2의 5 「마음이라고 써서 기억하는 부귀心と書おぼえたる富貴草」는 빚을 지고 있는 미망인과 결혼한 화가가 병풍 그림押し繪을 판화로 찍은 후에 채색을 하는 대량 생산 방법을 고안해서, 시골에 도매로 넘겨 큰돈을 벌어 처자식을 먹여 살렸다는 이야기이다. 한편 같은 소재를 다룬 게쓰진도의 사기소설 『데렌 요진키儻偶用心記』[25]에는 '병풍, 장지문의 그림을 최근에 판화로 찍은 후에 채색을 한다. 손으로 그린 것보다 솜씨가 좋고 저렴하게 팔려'라는 내용이 있어 동 수법이 소개되고 있다. 그러나 게쓰진도는 '이는 시골이기는 하지만, 진정한 상인이라면 할 일이 아니다'라고 본래 수작업으로 해야 할 그림을 판화로 하는 것은 장사의 궁리가 아니라고 부정적인 평가를 내리고 있다. 두 이야기에서 알 수 있듯이, 장사의 궁리도 사기의 궁리도 둘 다 돈을 벌기 위한 수단이라는 점에서 시작은 같다고 할 수 있다. 경제소설에서 사기소설이 파생되는 것도 이를테면 필연적인 결과라고 할 수 있다.

이러한 사기소설은 후속작에도 영향을 미치고 있다. 『쇼닌쇼쿠닌 후토코로 닛키商人職人懷日記』(작자 미상, 1713)는 서문에서 "나니와難波 항구에서 고명한 법사가 쓴 에이타이구라永代藏, 무네산요胸算用, 오리도

---

25 東京大學總合図書館藏『霞亭文庫本』에 의한다.

메織留도 지금까지 내리는 눈 속에"[26]라고 밝히고 있는 것처럼, 사이카쿠의 조닌물 우키요조시를 답습한 작품이다. 권3의 2 「네덜란드의 묘술おらんだの妙術」은 질이 나쁜 금을 사용하는 고라이바시高麗橋의 흥망으로 이야기를 시작해서, 아네가코지姉が小路의 돈가게錢屋 주인이 매일 돈을 3,000문文씩 사러오는 남자로부터 은을 늘리는 비법을 전수해주겠다는 말에 속아 전 재산을 날리는 이야기가 수록되어있다. 이 이야기에 대해서 아사노 아키라淺野晃는 "욕심을 날카롭게 들여다보고 있는 점을 통해 사이카쿠 조닌물의 연장선상에 있음을 지적할 수 있다"[27]고 지적하고 있지만, 앞서 소개한『주야 요진키』권2의 4도 참고를 해서 본 작품이 창작되었음은 명확하다. 즉『쇼닌쇼쿠닌 후토코로닛키』는 사이카쿠의 조닌물의 대부분을 답습하는 한편 그 후 창작된 조닌물이 더해져 창작된 작품이다. 사이카쿠의 우키요조시 → 단스이의『주야 요진키』→『쇼닌쇼쿠닌 후토코로 닛키』와 같이 도식화 할 수 있는데, 이를 통해 사이카쿠의 우키요조시가 후대 작품에 매우 큰 영향을 끼쳤음을 알 수 있다.

6. 나가며

이상으로 근세 초기부터 중기에 이르기까지, 근세 소설의 난숙기라고도 할 수 있는 우키요조시에 묘사되고 있는 상인의 모습을 확인해

---

26 『江戶時代文芸資料』제2권, 名著刊行會, 1964.
27 『日本古典文學大辭典』, 岩波書店, 1984, 淺野晃, '商人職人懷日記' 항목.

보았다. 근세 경제소설은 가나조시 이후 이야기된 상인을 위한 교훈을 단단한 축으로, 이를 과장이라는 수법을 통해 표현하거나 장사의 새로운 수법을 고안, 소개하거나 교훈의 축에서 벗어난 상인을 비판적 또는 희화적으로 묘사하거나 하는 방법으로 창작되어 있다.

무엇보다도 이 글에서 주로 확인하고자 했던 것은 어디까지나 순수한 경제소설의 예이다. 당연히 상인은 다른 장르의 소설에서도 여기저기 얼굴을 내밀고 있다. 예를 들면 『호색일대녀好色一代女』(1686) 권4의 2에서는 미쓰이 에치고야가 다음과 같이 그려지고 있다.

(줄거리) 호색일대녀는 재봉사로 영주의 집에 고용되었지만, 여자에 둘러싸인 생활에 질려서 계약기간 도중에 휴가를 청하여 혼고6초메本鄕六丁目에 바느질집을 열었다. 영주의 저택과 거래가 있었던 에치고야를 찾아가서 억지를 부려 옷을 외상으로 사왔다. 그 외상을 받으러 장사에 열심이던 교토 본점의 주인의 심복이라 불리우던 남자가 찾아 왔으나, 유혹을 해서 돌려보내고, 그 후에는 색을 팔아 생활했다.

'현금거래, 외상사절'이라는 참신함은 확실한 장사를 하는 미쓰이 에치고야의 건실한 지배인을 축으로, 이 조차도 유혹하는 일대녀의 색기와 호색의 과장된 묘사는 독자의 웃음을 유도하고 있다. 독자가 품고 있는 미쓰이 에치고야의 모습을 이용해서 그 상식을 뒤집어 웃음을 자아내는 수법이다. 이러한 다양한 작법의 예를 거쳐 상인상은 점차 유형화되어 가는 것이다.

또한 이 글에서 소개한 바와 같이 상인의 경제 활동은 『주야 요진키』

등에서 살펴본 '사기물'(사기를 중심으로 한 소설)로도 파생되는 등, 새로운 문학 장르를 만들어 냈다. 상인을 주체로 하면서도 경제소설의 틀을 벗어난 작품군으로는 전쟁이야기를 다룬 군담물에 상인 이야기를 접목시킨 『아킨도 군빠이 우치와商人軍配団』(에지마 기세키, 1722)과 『도세 아키나이군단渡世商軍談』(에지마 기세키, 1723), 역사적 사실을 주된 내용으로 하는 시대물에 상인을 등장시킨 『세켄 데다이 가타기世間手代氣質』(에지마 기세키, 1730) 등을 역시 예로 들 수 있다. 이때까지 축적되어 정착화된 상인상을 기반으로 하면서도, 이를 다양한 아이디어와 접목되고, 또는 새로운 아이디어가 더해져, 다양한 장르의 소설이 만들어지게 되는 것이다.

가나조시와 마찬가지로 교훈성을 표방하여 1751년경부터 1780년경까지 유행했던 골계적인 오락소설인 단기본談義本의 효시가 된 『이마요 헤타단기当世下手談義』(조칸보 고아靜觀房好阿, 1752)는 그 서문에서 지금까지의 우키요조시를 평하여 "우키요조시 작가인 지쇼自笑, 기세키其磧가 쓴 '무스메 가타기娘形氣', '무스코 가타기息子形氣'는 겉으로는 풍류스럽게 꽃으로 치장하고, 안으로는 쓴 소리를 하는 열매를 품어, 보기에 싫증나지 않고 듣기에 질리지 않는다. 이는 당대의 훌륭한 불교의 설교에 비유할 수 있다"라고 적고 있다. 우키요조시는 '꽃' 즉 소설로서의 허식이나 재미를 허구로 표현하면서, 그 배경에는 '열매'로서 확실한 교훈이 자리 잡고 있다는 지적이다. '꽃'과 '열매'가 교묘하게 융합되어 소설이 된다는 지적은 지금까지의 경제소설의 특징을 잘 표현하고 있다고 할 수 있다.

참고문헌

논문 및 단행본

野間光辰,「長者教」項,『日本古典文學大辭典』, 岩波書店, 1984.

淺野晃,「商人職人懷日記」,『日本古典文學大辭典』, 岩波書店, 1984.

家永三郎・中村幸彦,『日本思想大系 59 近世町人思想』, 岩波書店, 1975.

高柳眞三・石井良助,『御触書寛保集成』, 岩波書店, 1989.

國書刊行會 編,『德川文芸類聚 2 教訓小説』, 國書刊行會, 1970.

近世文學書誌研究會,『近世文學資料類從 仮名草子編』10, 勉誠社, 1973.

近松門左衛門,『日本古典文學大系 49 近松淨瑠璃集』上, 岩波書店, 1958.

名著刊行會 編,『江戶時代文芸資料』第2卷, 名著刊行會, 1964.

野間光辰他 編,『北條団水集』2, 古典文庫, 1980.

______________,『北條団水集』3, 古典文庫, 1980.

月尋堂,『儻偶用心記 霞亭文庫本』, 東京大學總合図書館藏, 1709.

長友千代治,『江戶時代の書物と讀書』, 東京堂出版, 2001.

井原西鶴,『新編西鶴全集 1－好色一代男・好色一代女』, 勉誠出版, 2000.

_________,『新編西鶴全集 3－日本永代藏』, 勉誠出版, 2003.

_________,『新編西鶴全集 4－西鶴織留・世間胸算用』, 勉誠出版, 2004.

朝倉治彦 編,『仮名草子集成』第二卷, 東京堂出版, 1981.

____________,『仮名草子集成』第五卷, 東京堂出版, 1984.

中野三敏 校注,『新日本古典文學大系』81, 岩波書店, 1990.

中田易直,『人物叢書 17 三井高利』, 吉川弘文館, 1959.

八文字屋本研究會 編,『八文字屋本全集』第6卷, 汲古書院, 1994.

______________________,『八文字屋本全集』第21卷, 汲古書院, 2000.

당대唐代 이전 상인시가商人詩歌 작품에 드러난 상인의 모습

이동성과 이질성을 중심으로

신정수

Throughout the history of economy,

the stranger everywhere appears as the trader,

or the trader as stranger.

— Gerog Simmel

1. 상인시가 연구의 의의와 필요성

상인시가를 논의하기 전에 먼저 학계에서 그동안 관심을 갖지 않았던 원인과 지금의 시점에서 관심을 가져야 하는 이유를 설명할 필요가 있겠다.[1] 전통적으로 중국 시인들의 관심 대상은 문인과 농민이었다. 문인은 시인 자신들이 속한 계층이었기 때문에 당연히 주 관심 대상이

었고 농민들 역시 자연합일을 추구한 전원시, 은일시 등에 자주 등장
하였다. 상대적으로 상인은 사농공상이라는 사민사회에서 신분이 가
장 낮은 존재였기 때문에 지배층 문인에게는 관심 바깥의 존재였다.
그러나 관점을 바꾸어서 생각하면, 오늘날 바로 이런 까닭으로 상인시
가에 주목할 필요가 있다.

　명청 시대의 장회소설에서 상인이 등장하는 것은 이상한 일이 아니
다. 상공업이 발달한 시대에 상인의 존재와 그들의 활동은 문학에서
는 미메시스적 인물로, 역사학에서는 당시 생활상을 이해하기 위한 수
단으로 활발하게 연구 되어져 왔다. 상대적으로 시가문학에서 상인을
소재로 하는 작품은 별다른 주목을 받지 못해왔다. 그러나 문인 중심
의 전통적인 문학관에서 벗어나서 혼종성이라는 오늘날의 관심으로
접근하면, 전아한 삶을 추구하는 귀족 시인들이 저잣거리의 상인을 등
장시키는 것 자체가 이변이며 흥미로운 연구대상이다. 또 한 가지 흥
미로운 점은 대부분의 상인시가는 귀족 문인들이 자신의 성별을 감추
고 상부商婦, 기녀妓女 등 상인을 사랑하는 여인의 목소리로 노래한 것
이다. 이러한 특징을 현대적 맥락에서 재언술하면, 주류 문단의 작가
들이 타자의 시선으로 주변인이나 이방인에 관심을 가지는 것과 유사
하다. 본 연구는 이와 같이 상인이 이질적 존재였고 상인을 바라보는
시선 역시 타자적이었다는 점에 주안을 두고 텍스트를 분석하면서 상

1　이 글에서 논하는 상인시가는 '상인이 쓴 시'보다 '상인에 관한 시'를 의미한다. 상인 계층
　이 직접 상인시를 쓰는 현상은 원대 말엽에 등장한다. 邵毅平(『中國文學中的商人世界』,
　上海 : 復旦大學出版社, 2005, 187면)은 상인이 지은 작품들이 수량은 많지 않지만 상인
　들이 직접 감정을 표출하였다는 점에서 중요한 가치가 있다고 하면서 오 지역 거상의 두
　딸 薛蘭英, 薛蕙英이 지은 「蘇臺竹枝」十章의 여섯 번째 詞를 예로 들었다.

인의 형상 속에 투영되어 있는 지배층 문인들의 호기심과 욕망을 밝힐 것이다.

상인시가는 아직까지 한국에서 연구되지 않은 분야이기 때문에 상인시가의 기원과 형성 단계에 해당하는 한대부터 남조 시대의 상인시가를 고찰하는 데 주력할 것이다. 당대 이전의 상인시가는 분량이 많지는 않지만 상인시가의 본질적인 특징을 보여주는 중요한 텍스트이다. 한국에서는 주목을 받고 있지 않지만 중국과 서구 학계에서는 초기 상인시가에 대한 연구가 남조南朝의 악부시樂府詩 서곡西曲을 중심으로 어느 정도까지 이루어졌다. 왕운희王運熙[2]는 서곡의 남자 주인공을 상인으로 논의하였고 홀즈먼[3]은 『악부시집樂府詩集』에 수록된 남조와 당대의 대표적인 상인시가를 영어로 번역하고 분석하였다. 상인문학 전반에서 탁월한 성과를 낸 소의평邵毅平[4]은 서곡 중에서 상인시가를 찾아서 정리하고 분석하여 새로운 방향성을 제시하였다. 노화어盧華語[5]는 범위를 남조로 확대해서 상인시가를 선별하고 분석하는 작업을 하였다. 2005년 이후의 성과는 CNKI로 검색하면 아직까지 단편적인 논문 몇 편에 불과하고 내용도 반복적이어서 큰 진전을 보이지 않고 있다. 상인시가 자체를 다룬 연구는 아니지만 한국에서는 오지연[6]이 남조의 악부시 서곡을 연구하면서 상인 관련 작품들을 분석한 바 있다.

2　王運熙, 『樂府詩述論』, 上海古籍出版社, 2014, 466, 412~415면.

3　Holzman, Donald, "The Image of the Merchant in Medieval Chinese Poetry," *Immortals, Festivals, and Poetry in Medieval China*, Ashgate Publishing : 93~107, 1998

4　邵毅平, 『中國文學中的商人世界』, 上海 : 復旦大學出版社, 2005, 72~78면.

5　盧華語, 「六朝商人詩及所反映的商品經濟」, 『中國經濟史研究』 4 : 112~9, 2005.

6　오지연, 「南朝 樂府民歌 '西曲' 研究」, 성균관대 석사논문, 2013.

이 글은 기존의 연구 성과를 바탕으로 상인시가에 대한 새로운 담론을 생산하고자 한다. 이제까지 상인시가는 중국문학사의 맥락에서 논의되어왔고 작품 해설에 치중한 나머지 상인시 자체에 대한 분석이 이루어지지 못했다. 이 글은 이러한 연구경향을 탈피해서 당시 사회에서 상인이 이질적인 존재로 묘사되는 과정에 감추어진 문인의 편견과 욕망을 들여다볼 것이다. 이질성은 고대 중국 사회에서 상인 계층이 가지고 있었던 타자적 성격을 의미한다. 예법으로 구획되고 인의를 지향하는 사회에서 이익을 추구하는 상인은 존재론적으로 환영받을 수 없는 계층이다. 의리와 명분을 강조하는 사회에서 재화를 축적하는 상인은 관직에 임용될 자격이 없었고,[7] 심지어 상인의 과시적인 소비는 왕조의 권위에 도전하는 오만한 행동으로 여겨졌다. 상인 형상의 또 다른 특징은 이동성이다. 당시 상인 가운데는 좌상坐商도 많았지만 작품에서 등장하는 상인은 시정지인市井之人이 아니라 한결같이 돌아다니는 존재들이다. 이는 당시 문인들의 관념에서 상인은 정주의 삶을 거부하고 이익을 추구하는, 즉 사회 관습과 도덕규범에 포획되지 않는 존재였음을 보여준다. 이러한 이동 과정 속에서 상인은 많은 여성을 만나고 다시 떠나가는 과정을 반복한다. 이와 같이 이동성과 이질성의 맥락에서 상인의 형상을 살펴보면서 상인시가 텍스트를 통시적으로 논의할 것이다.

---

7 「平準書」,『史記』:"孝惠高後 時, 爲天下初定, 復弛商賈之律, 然市井之子孫, 亦不得仕宦 爲吏." 여기서 市井之子孫은 坐商이 아니라 상인 전체를 가리킨다.

2. 한대漢代의 상인시가

—「고아행孤兒行」과「고시십구수古詩十九首」

상인시가를 분석하기에 앞서서 상商과 가賈의 어원을 고찰할 필요가 있다.[8] 갑골문에서 상은 높고 웅장한 건축물의 형태를 보여준다.[9] 건축물과 같은 형상의 상商이 어떻게 상인, 상업의 의미를 갖게 되었는지에 대해서는 아직까지 의견이 분분하다. 허신許愼은 『설문해자說文解字』에서 '바깥에서 안을 알다從外知內也'라고 설명하였는데 갑골문과 금문을 보지 못하고 한대의 의미와 맥락을 가지고 자원字源을 해석한 것으로 보인다. 허진웅許進雄[10]은 상商이 상인들이 제사를 지내는 건축물일 수 있다고 보았다.[11] 역사학자 중에는 상인을 상 왕조와 연관시키는 학자들도 있다. 상 왕조의 유민들이 상업을 하면서 돌아다니는 것을 보고 주나라 사람이 상업하는 사람을 상인이라고 했다는 주장이다.[12] 그러나 상인들의 제례용 건물로 보는 허진웅과 상 왕조와 연결

---

8 商에 대한 문자학적 해석과 관련하여 많은 도움을 주신 중국 인민대학교 조용준 선생님께 감사드립니다.

9 許進雄, 조용준 역, 『중국문자학강의』, 고려대 출판부, 2013, 408면.

10 許進雄, 『簡明中國文字學』(修訂版), 北京 : 中華書局, 2009, 32면.

11 甲骨

金文

商[st'jang]으로 首府를 삼고 大商, 中商, 丘商 등의 구별이 있으며 商에 포함된 口는 특별한 의미가 없는 것으로 보았다.

12 이러한 부류의 학자들은 吳慧의 『中國商業通史』1(北京 : 中國財政經濟出版社, 2004, 58・63면)에 잘 정리되어 있다.

시키는 역사학자들의 견해는 모두 문헌적인 근거가 충분하지 않다.

　상대적으로 商과 資를 동원자로 보는 주덕희朱德熙의 견해가 구체적이고 설득력이 있어 보인다. 주덕희[13]는 상商의 원자를 행가行賈의 뜻을 가진 資로 보면서 貝의 부수에서 재물, 상업과 관련시킨다. 이러한 해석으로 商과 資는 다음에 설명할 賈와 자형적 유사성을 보여준다. 상商에 비하여 가賈의 어원은 명확하다. 금문金文에서부터 등장하는 가賈는 재화, 돈貝에서 시작해서 '시장', '사다', '상인' 등으로 의미가 확장되었다.[14] 후대에 등장하는 沽, 估는 賈의 통가자이다.[15] 『좌전左傳』에 이미 商과 賈가 모두 등장한다.[16] 한대에는 商과 賈가 이동성 여부로 뜻이 구별되었지만,[17] 혼용되어 쓰이기도 하였다.[18]

13　李圃 主編, 『古文字詁林·商』, 第二冊, 上海：上海教育出版社, 1999; 2004, 673～674면.

14　『說文解字』6b. 20a："賈, 市也. 一曰坐賣售也."

15　『論語·子罕』："子貢 曰 有美玉於斯, 韞櫝而藏諸? 求善賈而沽諸? 子曰 沽之哉, 沽之哉! 我待賈者也."

16　『春秋左傳』, 桓公二年冬 "서민, 공인, 상인은 각각 친함으로 구분하여 순서를 정한다." 庶人工商, 各有分親, 皆有等衰.; 桓公十年秋 "필부는 죄가 없지만 보옥을 생각하면 죄이다'라고 한다. 내가 어찌 보옥을 사용해서 재난을 사겠는가?' '匹夫無罪, 懷璧其罪.' 吾焉用此, 其以賈害.; 閔公二年 "위 문공이 옷과 관을 검소하게 하고 목재의 생산에 힘쓰고 농사를 가르치고 장사하는 길을 터주고 뛰어난 공인을 치하하였다." 衛文公大布之衣, 大帛之冠, 務材, 訓農, 通商, 惠工.

17　班固, 「商賈」, 『白虎通疏證』권7, 346면："商과 賈는 어떤 뜻인가? 商은 거리를 계산하고 (재화의) 유무를 헤아리고 사방의 물건을 유통시키는 것이다. 따라서 商이라고 한다. 賈는 고정되어 있다는 말이다. 물건을 두어서 사람이 오기를 기다려서 이익을 구하는 사람들이다. 이동하면서 장사하는 사람이 商이고 멈추어서 장사하는 사람이 賈이다." 商, 賈 何謂也? 商之爲言, 商其遠近, 度其有亡, 通四方之物, 故謂之商也. 賈之爲言固, 固有其用 物以待民來, 以求其利者也. 行曰商, 止曰賈; 鄭玄 역시 『周禮』의 원문 "六曰商賈"에 "行曰 商, 處曰賈"라고 주를 달았다. 『周禮』, 「天官塚宰」："以九職任萬民：一曰三農, 生九穀. 二 曰園圃, 毓草木. 三曰虞衡, 作山澤之材. 四曰藪牧, 養蕃鳥獸. 五曰百工, 飭化八材. **六曰商 賈, 阜通貨賄**. 七曰嬪婦, 化治絲枲. 八曰臣妾, 聚斂疏材. 九曰閑民, 無常職, 轉移執事."

18　「酒誥」, 『尚書』："수레와 소를 이끌고 멀리 나가서 장사를 한다." 肇牽車牛, 遠服賈.

1) 「고아행孤兒行」 — 행상行商의 활동범위와 고난의 삶

상인시가는 한대부터 등장하지만 중국 학계에서 『시경詩經』, 「위풍衛風」의 「맹氓」이 상인과 관련 있는 작품으로 해석되고 있기 때문에 살펴볼 필요가 있다. 작품에서 등장하는 남성은 화폐로 사용되는 베를 가지고 왔다는 점에서 상인으로 해석된다.

> 氓之蚩蚩   순박해 보이는 사람,[19]
>
> 抱布貿絲   포를 가지고 실을 사러 오네.
>
> 匪來貿絲   실을 사러 오는 것이 아니라,
>
> 來卽我謀   나를 생각해서 오는 것이지.

실을 사러 온 사람은 타지의 사람이다.[20] 소의평[21]에 따르면,[22] 남자가 가지고 온 베布는 화폐의 기능을 하고 있기 때문에 이 남자는 물물교환이 아니라 매매행위를 하러 왔다. 따라서 남자는 상인일 것이며 이후에 전개되는 사건, 즉 부유한 남자가 여인을 유혹하고 나중에 버리는 과정 역시 "시란종기始亂終棄"라는 상인문학의 주제에 부합된다고 하였다. 그러나 당시 직업의 분화가 일어나지 않은 상황을 생각할 때

---

19 毛傳에서는 "敦厚之貌"라고 하였고 朱熹는 "無知之貌"라고 하였다. 이밖에 '웃는 모습'(笑嘻嘻)으로 보는 현대 학자의 견해도 있다.

20 氓은 본래 타지에서 온 사람을 뜻한다. 『說文解字』: "自彼來此之民曰氓."

21 邵毅平, 『中國文學中的商人世界』, 上海: 復旦大學出版社, 2005, 23~24면.

22 桓寬『鹽鐵論・錯幣』云: "古者市朝而無刀幣, 各以其所有易無, '抱布貿絲'而已, 後世卽有龜貝金錢交施之也."是漢儒相傳, 亦以爲"抱布貿絲"爲經商之事. 唯"布"實乃古幣之一種, 則漢儒已然數典忘祖矣.

작품에 등장하는 남자는 상인이 아니라 단순히 실을 구입하러 온 사람일 수 있다. 또 실을 사는 것은 명분이고 처음부터 여인을 유혹할 목적으로 왔다고 볼 수도 있다. 따라서 작품의 주인공이 반드시 상인이라고 단정하기에는 무리가 있다.

상인이 직접 언급되는 작품은 한대부터 등장한다. 「고아행」에서 주인공은 부모가 돌아가시자 형수의 강요와 형의 묵인으로 험한 행상의 길을 나선다.

孤兒遇生	고아로 태어났으니,
命獨當苦	삶이 외롭고 힘들 것이다.
父母在時	부모가 계실 적엔,
乘堅車 駕駟馬	튼튼한 수레를 타고 사륜마차를 몰았는데
父母已去	부모가 떠나시니,
兄嫂令我行賈	형수가 행상을 강요하네,
南到九江	남면으로 구강까지,
東到齊與魯	동면으로 제와 노까지.[23]

작품은 고아의 입을 빌어서 행상의 간난을 직접 묘사한다. 「위풍」의 「맹」과 달리 상인이 직접 등장한다는 점에서 중국문학사에서 최초로 상인이 등장하는 시가라고 할 수 있다. 또 다른 한대 악부 「염가행豔歌行」 역시 문맥상 주인공의 신분이 행상이라고 추측할 수 있다.[24] 한대

---

^{**23**} 郭茂倩, 『樂府詩集』 卷38, 人民文學, 2009, 843~844면. 본 연구에서 인용할 판본은 傅增湘藏宋本이다. 이후 권호와 면수만 밝힌다.

악부의 작품을 통하여 볼 때 당시 상인들의 행동반경은 남면의 강서성, 동면의 산동까지 상당히 넓었으며 타향살이를 했기 때문에 당시 사람들이 꺼리는 직업이었음을 알 수 있다.[25]

「고아행」과 「염가행」은 정도의 차이는 있지만 모두 상인이 등장한다는 점에서 상인시가의 남상으로 볼 수 있다. 그러나 관련 부분은 작품 전체에서 큰 비중을 차지하지 않으며 주제 역시 상업보다 인간 갈등을 다루고 있기 때문에 엄밀한 의미에서 상인시가라고 보기에는 부족한 면이 있다.

2) 「고시십구수古詩十九首」

―상인으로서 유자游子와 탕자蕩子의 가능성

대부분의 문학 작품에서 유자游子는 떠돌이 문인으로 등장한다. 유자遊子라고도 불리는 이들은 지방의 부임지로 떠나는 기관유자羈官遊子나 모종의 이유로 정계에서 물러나 방랑하는 유객자遊客子이다. 그러나 이들의 유랑은 일시적인 방편이며 유랑 생활이 삶의 본질적인 면을 차지하지는 않는다. 반면 상인으로서 유자는 생계를 위해서 돌아다니기 때문에 이동 자체가 생활이며 삶이다.[26] 문학 작품에서 유자가 문

---

24 「豔歌行」, 卷39, 861면 : "형제 두세 사람이 다른 현에서 돌아다니네." 兄弟兩三人, 流宕在他縣.

25 邵毅平, 『中國文學中的商人世界』, 上海 : 復旦大學出版社, 2005, 39~42면.

26 『管子』, 卷77, 「地數」: 桓公問於管子 曰"事盡於此乎?" 管子對曰"未也, 夫齊衢處之本, 通達所出也, **遊子勝商之所道**." 환공이 관자에게 물었다. 이것으로 (부국강병의) 일이 다 끝났습니까? 관자가 대답하였다. "아닙니다. 제나라는 사방을 연결하는 중심이며 생산

인으로 상정되는 경우가 많은데 이는 문학을 창작하는 계층이 문인이었기 때문이다. 지배계층이 소수이고 피지배계층이 다수였던 당시 피라미드형의 사회 구조를 생각해 볼 때 실제적으로 상당수의 유자는 행상行商이었을 것이다. 따라서 서민들의 생활을 소재로 한 악부나 악부의 영향을 받은 「고시십구수古詩十九首」에 등장하는 떠돌이는 상인으로 생각해 볼 필요가 있다.

「고시십구수」는 『문선文選』에 수록된 열아홉 편의 고시이다. 전통적으로 매승枚乘, 장형張衡, 채옹蔡邕, 조식曹植 등의 작품으로 여겨져 왔지만 현대 학자들은 건안 이전 동한 말엽의 무명의 시인들이 민가의 영향을 받아서 지은 오언시로 본다.[27] 「고시십구수」에는 떠돌이와 이를 그리워하는 여인에 관한 작품이 많다. 떠돌아다니는 남자는 전통적으로 문인이라고 생각되어져 왔지만 이러한 생각은 당시 문학의 창작과 향유 계층이 모두 문인이기 때문에 등장인물을 작가와 동일시한 결과이다. 그러나 작가와 작품 속 대상은 항상 일치하는 것은 아니기 때문

물을 통하게 하니, **떠돌이가 상업에서 이기는 길입니다**"; 陸機, 「大田議」 : "상인은 일이 힘들지 않은데 이윤이 많다. 농민은 수고롭게 일하는데 보상이 적다. 농업이 유리하게 인도하면 농부들이 근면해질 것이다. 상업을 법으로 제제하면 떠돌이들이 돌아올 것이다." 夫商人逸而利厚, 農人勞而報薄. 導農以利, 則耕夫勤; 節商以法, 則遊子歸. 참고로 游手는 아무 일 하지 않고 돈을 버는 사람으로 상인을 뜻하는 游子, 浮末보다 훨씬 부정적이다. 王符(85?~162), 『潛夫論』 : "지금 온 세상이 농업과 양잠업을 버리고 장사를 하려고 한다. 소와 말, 수레가 온 도로를 메우며, **일하지 않고 (돈을 버는 것을) 기술이라고 여기는 사람들이 도시에 가득하다.** 농사짓는 사람은 적고 돌아다니며 밥 먹는 사람이 많다. 『尙書』에 "상나라 도읍이 변화하니, 사방에서 이를 본받네"라고 하였는데 지금 낙양을 살펴보니, **돌아다니며 장사하는 사람들이 농부들보다 열 배나 되고 거짓을 일삼으며 아무 일 하지 않는 자는 상인보다 열 배나 많다.**" 今擧世舍農桑, 趨商賈, 牛馬車輿, 塡塞道路, **游手爲巧, 充盈都邑.** 治本者少, 浮食者衆. 商邑翼翼, 四方是極. 今察洛陽, **浮末者什於農夫, 虛僞游手者什於浮末.**

27 馬茂元, 『古詩十九首探索』, 高雄 : 復文圖書出版社, 1988, 11면.

에 작품에서 떠돌이가 누구인가를 재고할 필요가 있다. 이러한 문제의식을 가지고 제1수 「행행중행행行行重行行」의 도입부를 읽어보자.

行行重行行	가고 또 가고,
與君生別離	그대와 생이별을 하네.
相去萬餘里	서로 만여 리나 떨어져,
各在天一涯	각자 하늘 한 면 끝자락에 있지.
道路阻且長	길이 험하고 머니,
會面安可知	다시 만날 날을 기약할 수 있을까?[28]

"가고 또 가고行行重行行"로 시작하는 도입부는 작품이 민간에서 유행한 악부에서 연원하였음을 보여준다. 行行을 반복하고 중간에 '重'자를 집어넣어서 휴지休止를 표시한 방식은 악부 문학의 특징이다. 쉬지 않고 바쁘게 움직이는 모습 역시 실의에 빠져서 정처 없이 배회하는 문인과는 다른 모습이다.[29] 구비문학적인 특징과 묘사된 내용으로 볼 때 등장인물은 낙백한 문인이라기보다 생업으로 바쁜 행상의 이미지에 어울린다. 다음은 유자가 등장하는 대목이다.

浮雲蔽白日	떠다니는 구름이 태양을 가리니,
遊子不顧返	**떠돌이가 돌아올 생각을 하지 않는구나.**

---

28 『文選』, 卷29, 1343면.
29 『文選』, 卷29, 1363면, 曹植, 「雜詩」 제2수. "轉蓬離本根, 飄颻隨長風. 何意回飇擧, 吹我入雲中. 高高上無極, 天路安可窮. 類此遊客子, 捐軀遠從戎."

思君令人老	그대를 생각하는 마음으로 늙어가고,
歲月忽已晚	세월이 이미 훌쩍 지나가버렸네.
棄捐勿復道	이제 체념하고 다시 얘기하지 않으리,
努力加餐飯	애써 밥이라도 챙겨 먹으리.[30]

　전통적으로 이 작품이 간신의 모함을 받아서 유배된 충신의 이야기로 해석되어져 왔다.[31] 북방의 짐승 호마胡馬와 남방의 새 월조越鳥가 북면 바람과 남면 가지를 찾는 것은 자연스러운 일이며 이러한 비유는 모두 문인이 떠난 조국을 그리워하는 것思舊國으로 여겨졌다.[32] 그러나 인용문의 후반부를 읽어보면 작품은 연주시戀主詩의 정조와 다르다는 것을 알 수 있다. 연주시에서 여성 화자는 어떠한 어려움 속에서도 임을 향한 마음을 잃지 않고 있는데 이 작품에서 여성은 떠나간 남자를 잊고서 다시는 고민하지 않고 '밥飯'으로 비유되는 자신의 생활에 충실하겠다는 의지를 보여준다. 떠나간 남자를 군주에 비유한다면, 작품 속의 여성 화자는 군주를 향한 마음을 포기하고 새로운 생활을 도모하는 것이다. 이러한 태도는 연주시의 전형적인 정조나 주제에 맞지 않는다. 요약하면, 악부의 특징이 나타나는 도입부와 더불어 일반적인 연주시에서와 다른 여성 화자의 태도로 볼 때 작품 속 떠돌이를 문인으로 쉽게 단정할 수 없음을 알 수 있다.

30　『文選』, 권29, 1343면.

31　『文選』, 권29, 1343면, 李善注 : "浮雲之蔽白日, 以諭邪佞之毀忠良. 故游子之行, 不顧反也"; 五臣注, 『奎章閣所藏六臣注本文選』(다운샘, 1983), 권29, 695면. 張銑 "此詩意爲忠臣遭, 佞人讒譖見放逐也."

32　五臣注 상동. 李周翰 "胡馬出於北, 越鳥來於南, (…중략…) 皆思舊國也."

유자游子는 제16수 「늠늠세운모凜凜歲雲暮」에서 다시 한 번 등장한다. 작품은 집을 떠난 남자가 타지에서 새로운 여자를 만나고 있을 것이라고 걱정하는 아내의 노래이다.

涼風率已厲　　차가운 바람이 매서운데,

游子寒無衣　　떠돌이는 춥지만 입을 옷이 없네.

錦衾遺洛浦　　비단 이불을 낙수가에서 얻으니,

同袍與我違　　이제 나와 이불을 함께 덮지 않을 테지.[33]

작품의 여성 화자는 남편이 유랑 생활 중에 새로운 여자를 만났다고 믿고 함께 '이불을 덮던同袍' 사람, 즉 남편과 관계가 끝났다고 한다. 여기서 '비단 이불錦衾을 얻었다'는 내용으로 보아서 유자는 군역이나 부역으로 외지에서 고생하는 최하위 계층은 아닐 것이다. 따라서 유자는 벼슬을 구하거나求仕 상업을 경영하려는經商 사람일 것이다.[34] 인용문 이후에 등장하는 남자에 대한 양인良人이라는 호칭도 생각할 필요가 있다.[35] 작품에서 양인은 아내가 남편을 부르는 호칭이지만 본래 평민 신분의 남자라는 점을 고려할 때 작품의 주인공은 평민일 가능성이 높다.

「고시십구수」 제2수, 「청청하반초靑靑河畔草」는 탕자蕩子를 기다리는 가기歌妓의 노래이다. 가기는 자신을 탕자의 아내蕩子夫로 소개하고 있으나 정식 아내인지는 확실하지 않다. 마무원馬茂元[36]은 작품에서 탕자

33　『文選』, 卷29, 1349면.

34　吳小如, 『漢魏六朝詩鑒賞辭典』, 上海辭書, 1990, 160면.

35　위의 책, 같은 면. "남편은 예전에 좋아하셔서, 마차를 몰고 와 손잡이를 건네 주셨지." (良人惟古懽 枉駕惠前綏)

는 방탕하다는 뜻이 아니라 집을 떠나서 돌아오지 않는 남자라고 하고 있지만,[37] 기녀와 교제하고 사라지는 행적을 볼 때 작품에서 탕자는 방탕한 면모가 보인다.

昔爲娼家女　　예전에 노래 부르는 여자,
今爲蕩子夫　　지금은 탕자의 아내.
蕩子行不歸　　탕자는 나가서 돌아오지 않으니,
空床難獨守　　빈 침상을 홀로 지키기 어렵네.[38]

탕자는 귀족 문인이나 거상의 자제로 모두 해석이 가능하다. 동한 사회에서 고관대작이 상업에 적극적으로 간여하였기 때문에 양자의 구분이 실질적으로 큰 의미가 없다. 당시 호족들의 상업행위와 사치행락은 중장통仲長統(180~220)의 『창언昌言』에 잘 나타난다.

호족의 저택에는 수백 개의 용마루가 늘어서 있고 들판은 온통 기름진 밭이며 노비가 천 명이며 부리는 사람들이 만 명이었다. **상업용 배와 수레가 사방으로 나다닌다.** (…중략…) 어여쁜 동자와 아름다운 첩들이 화려한 방마다 가득하고 **기녀와 악사가 내당에 줄지어 있다.**[39]

36　馬茂元, 『古詩十九首探索』, 高雄 : 復文圖書出版社, 1988, 139면.
37　游子와 蕩子가 다르다고 하였으나 구체적으로 어떻게 다른 지는 밝히지 않았다.
38　『文選』, 卷29, 1344면.
39　『後漢書』, 卷49, 「仲長統傳」, 1648면 : "豪人之室, 連棟數百, 膏田滿野, 奴婢千群, 徒附萬計. 船車賈販, 周於四方. (…중략…) 妖童美妾, 塡乎綺室; 倡謳妓樂, 列乎深堂. 此皆公侯之廣樂, 君長之厚實也."

인용문은 「청청하반초」에서 남녀의 관계가 실제로 어떤 상황이었는지를 보여준다. 동한 사회에서 호족과 거상은 실질적으로 같은 사람들이었다. 오늘날 퇴폐한 자본가를 연상시키는 호족들은 적극적인 상업 활동을 통하여 치부를 이루었다. 동한은 표면적으로 서한의 상업 억제 정책을 계승하였지만 실질적으로 상업을 심하게 규제하지 않는 방임주의였다. 한 황실이 강하게 억상抑商 정책을 실시할 수 없었던 이유는 당시 지방 호족의 세력이 강해서 한 황실이 이들의 경제활동을 막을 수 없었기 때문이다.[40] 유가의 중본重本 사상의 변화 역시 염철 사업 등 호족의 상업 활동을 촉진시켰다. 서한 시대의 중본은 중농重農이었는데 동한 시대에 중의重義로 바뀌면서 황실과 제후는 백성과 이익을 다투어서는 안 된다고 생각하였다.[41] 그러나 일반 평민들은 황실이

---

[40] 동한을 개국한 光武帝 劉秀 자신이 南陽에서 곡식 매매로 부를 축적하였고 자신을 지지한 호족들이 상업에 관여하였기 때문에 국초부터 함부로 상인들을 제지할 수 없었다. 후대 황제들이 호족 세력을 약화시키고자 염철 사업을 국유화하고자 하였으나 결국 실패로 돌아갔다. 염철 사업은 지방에서 자치적으로 이루어졌고 결과적으로 지방 호족들이 염철 사업으로 막대한 이익을 얻으면서 황제의 힘은 더욱 약화되었다. 이와 같이 동한 시대에는 상업으로 치부를 이룬 호족들이 상당히 많았는데 樊宏, 李通, 吳漢曾, 張汎 등이 이러한 인물들이다(翦伯贊, 『秦漢史』, 知書房出版集團, 2003, 523면). 상인들은 정부 조직에도 관여하였다. 당대 상인 조직은 정부를 대행해서 세금을 거두고 요역을 파견하고 정부가 물가를 안정시키고 시장을 관리하는 데에도 협조하였다(吳慧, 『中國商業通史』, 北京 : 中國財政經濟出版社, 2004, 73~75면). 이러한 정부와 밀접한 관계를 통하여 상인들이 자연스럽게 자신들의 이익을 더욱 취하였을 것이다.

[41] 桓寬, 『鹽鐵論』, 卷1 「本議」:"傳曰 諸侯好利則大夫鄙, 大夫鄙則士貪, 士貪則庶人盜." 『鹽鐵論』은 西漢 昭帝 때 일어난 염철 전매에 관한 논쟁을 기록한 책으로 어사대부 桑弘羊 등 법가는 전매를 통해 국가 재정의 강화를 주장하였고 賢良, 文學 등의 유가는 민생의 피폐를 이유로 반대하였다. 관리가 민간인의 일에 참여하지 못하게 해야 한다는 생각은 『淮南子』, 「齊俗訓」에도 보인다. "是以人不兼官, 官不兼事, 士農工商, 鄕別州异, 是故農與農言力, 士與士言行, 工與工言巧, 商與商言數." 농업을 근본으로 여기고 상업을 말단으로 생각하는 방식은 농가, 유가, 법가 등 춘추전국 시대의 사상가들에게서 공통적으로 나타난다. 이러한 관념이 처음 나타난 곳은 『管子』, 卷8, 「小匡」:"사농공상 사민은 나라의 주춧돌이 되는 사람들이다."(士農工商四民者, 國之石民也) 사민관은 한대에 공고해 진 것으로 여겨져 왔으나 최근 사학계의 성과에 따르면(華偉, 「東漢商業的發展及其相

나 제후와 이익을 다툴만한 여력이 없었기 때문에 결과적으로 지방의 호족들이 상행위를 하면서 거상으로 성장하였다. 이러한 역사적 배경을 고려할 때 텍스트에서 가기歌妓가 기다리는 탕자는 재력이 있는 호족이거나 상인임을 알 수 있다.

이상으로 「고시십구수」에 등장하는 떠돌이가 통상적으로 문인으로 상정되어져 왔지만 상인일 가능성을 제기하였다. 제1수의 도입부에서 나타나는 구어적 특징과 떠나간 남편을 포기하는 듯한 어조는 일반적인 연주시와 차이가 있다. 따라서 제1수는 상인에 관한 악부에서 영원한 문인의 작품이라고 생각할 수 있다. 제16수의 유자와 제2수의 탕자는 문인과 상인 양자로 해석이 모두 가능하다. 다음 절에서 확인하겠지만, 상인시가에서 상인의 활동은 두드러지게 나타나지 않고 통상 상인과 여인의 이별을 다루고 있다. 이점에서도 「고시십구수」의 세 작품은 상인시가의 특징을 잘 보여준다.

3. 남조南朝의 상인시가 ― 「고객악沽客樂」・「삼주가三洲歌」・ 「막수악莫愁樂」・「야도낭夜度娘」

오성吳聲과 서곡西曲은 육조六朝 시대에 유행한 강남 지역의 민가民歌이다. 오성은 동진 시대에 건업建業(현 남경)을 중심으로 유행하였고 서곡은 오성의 영향을 받아서 유송과 남제 시대에 장강長江 중류와 한수

―――――――――――――――――

關問題」, 南京師範大學 學位論文, 2007), 동한 시대에 사민 관념이 있었지만 실질적으로 상업은 심하게 억제되지 않았고 오히려 상업이 비약적으로 발달했다는 의견이 지배적이다.

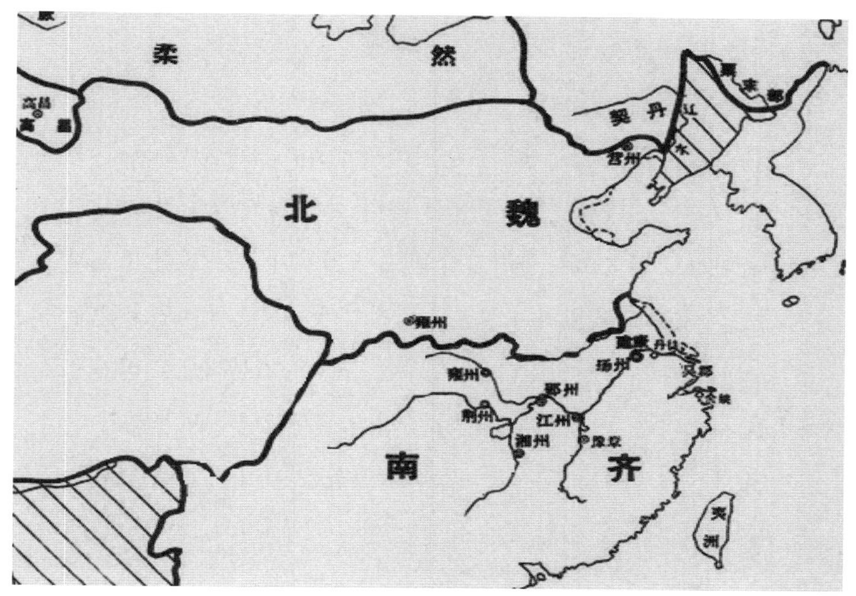

漢水 지역에서 애창되었다. 오성과 서곡 모두 오언사구五言四句 형식의 연가戀歌인 경우가 많으며 화성和聲, 송성送聲, 해음諧音, 쌍관어雙關語를 운용한다. 오성은 현재 약 330수, 서곡은 약 140수로 오성이 훨씬 많이 남아있다. 그러나 거의 모든 상인시가가 서곡이라는 점에서 본 연구에서 가장 중요한 텍스트이다. 서곡 중에서 상인시가는 『악부시집樂府詩集』 卷四十八 「청상곡사淸商曲辭」五에 집중적으로 수록되어 있다.[42]

건강의 서면 지역은 장강 중류와 한수 유역을 포함하는 형주荊州 지역으로 물길을 따라서 상업이 발달한 도시가 많다. 강릉江陵(호북성湖北省 형주시荊州市)을 중심으로 북으로 번樊(호북湖北 번성樊城), 등鄧(하남河南 등현鄧縣), 영郢(호북湖北 종상鍾祥),[43] 동북으로 회수淮水 중류에 위치한 수양壽陽

---

42 王運熙(『樂府詩述論』, 上海古籍出版社, 2014(1990 초판), 414면)는 오성에서 상인과 관련 있는 시로 「歡聞戀歌」, 「懊儂歌」 등을 꼽았지만 작품에서 상인이 직접적으로 언급되지는 않는다.

43 鍾祥은 호남의 제2도시 宜昌 부근에 있으며 삼국 시대에는 吳가 축성하여 石城이라고 하

(안휘성安徽省 수현壽縣), 동으로 예장豫章(남창南昌)과 심양尋陽(강서성江西省 구강九江), 남으로 파릉巴陵(호남성湖南省 악양현嶽陽縣), 서로는 파동巴東(호북성湖北省 하할현下轄縣)을 포함한다.**44** 이중에서 특히 강릉은 장강과 한수가 만나는 두물머리로 남북으로 통하려면 반드시 거쳐야 하는 교통의 요지였다. 물류의 유통이 활발하여 상인의 왕래가 잦아지면서 자연스럽게 유흥업소와 유곽이 발달하였다. 청루라는 공간은 기본적으로 금전으로 욕망을 사고파는 곳이지만 인간의 감정이 결부되면서 방문자와 기녀 사이에 애정이 싹트는 경우도 생긴다. 서곡은 이러한 관계를 바탕으로 생겨났기 때문에 시골에서 유행한 한漢 악부樂府의 소박한 정조와 근본적으로 달랐다.

1) 「고객악估客樂」―상인의 음악

남조 악부에서 가장 대표적인 상인시는 「고객악」이다. 『악부시집樂府詩集』에 남제南齊의 무제武帝 소색蕭賾(440~493, 재위 482~493) 한 편, 석釋보월寶月 두 편, 진후주陳後主(553~604) 한 편, 무명씨 두 편 등 총 여섯 편이 수록되어 있다. 「고객악」의 악은 음악과 즐거움 두 가지로 해석된다. 왕지청王志淸**45**은 「고객악」이 지어진 양양 지역이 악토樂土라고 불

였다. 西晉 元康 9년(299) 江夏郡에서 분리하여 竟陵郡으로 하였고 석성을 군청으로 삼았다.

44 『樂府詩集』卷四十七 : "西曲歌出於荊郢樊鄧之間, 而其聲節送和, 與吳歌亦異, 故其力俗謂之西曲云. 今樂府詩集錄有六朝人的西曲共三十五種曲調, 一百七十六首."

45 王志淸, 『晉宋樂府詩研究』, 河北大學出版社, 2007, 185면.

렸기 때문에 '즐거움'으로 해석하지만 『악부시집』에 수록된 작품들은 회상과 우수의 정조를 띠고 있으며 「막수악莫愁樂」과 같이 악이 들어간 작품 중에는 슬픈 정조를 띠는 경우도 있기 때문에 악은 '음악'으로 보는 것이 타당하다. 이 글에서는 「고객악」을 처음 지었다고 하는 소색과 소색의 작품에 곡조를 지은 보월의 두 작품을 중심으로 논의하겠다.

『악부시집』에 인용된 『고금악록古今樂錄』에 따르면, 「고객악」을 처음 지은 남제의 두 번째 황제 무제武帝 소색蕭賾은 당시 상업이 발달했던 장강 중류의 양양 지방을 돌아다니면서 지었다.[46] 소씨는 당시 저명한 무인 가문이었기 때문에 '포의布衣였을 때'라는 구절은 소색이 평민이 아니라 제위에 오르기 전을 의미하는 것으로 보인다. 소색은 482년 제위에 오르기 전부터 이 지역과 인연이 깊었다. 470년 전후로 소색은 번樊과 등鄧을 아우르는 양양 태수로 있었으며 고제高帝(재위 479~482)로 등극한 부친 소도성蕭道成(427~482)이 477년 유송에 반기를 들었을 때에도 소색은 이 지역에서 상당한 전과를 이루었다. 정황을 미루어 볼 때 소색이 '번과 등을 돌아다녔다游樊鄧'는 구절은 양양 지역에서 정치적, 군사적 임무를 수행하였다는 의미이며 이러한 과정에서 지역 상인들과 긴밀한 관계를 맺었을 것이다. 이후에 무제로 등극하여 이곳을 다시 찾게 되었을 때 매근저에서의 경험을 회상하면서 다음과 같은 곡을 짓는다.

---

46 『樂府詩集』卷48, 1023면 : "估客樂은 제 무제가 지었다. 무제가 布衣였을 때 樊과 鄧 지방을 돌아다녔는데 제위에 오른 뒤 지나간 일을 회상하여 이 노래를 지었다." 古今樂錄 曰 : "估客樂者, 齊武帝之所制也. 帝布衣時, 嘗游樊鄧. 登祚以後, 追憶往事而作歌."

昔經樊鄧役　　옛날 번과 등을 거쳐서 일을 나갔다가,

阻潮梅根渚　　매근저에서 조수가 가로막았었지.

感憶追往事　　감회가 생겨서 옛일을 생각하니,

意滿辭不敍　　생각이 가득한데 말로 표현하지 못하겠네.

제목과 달리 정작 작품에는 상인과 관련된 내용이 등장하지 않는다. 매근저를 방문했을 때 옛일이 생각나서 형언할 수 없는 감회가 일어났다고 하는 표현에서 당시 지역 상인들과 모종의 깊은 관계가 있었으리라고 추측할 수 있지만 감회가 일어난 구체적인 이유는 설명하지 않는다. 어떠한 맥락에서 지어졌는지를 알 수 없기 때문에 작품에 대한 해석은 학자들마다 다르다.

노화어盧華語[47]는 소색이 번과 등 지역에 있으면서 상인들의 사치풍조를 접하고 이를 비판하는 의도로 지었을 것이라고 보았다. 그러나 『樂府詩集』에 수록된 「估客樂」 다섯 수는 물론 남조의 상인시가 전체에서 상인의 향락풍조를 비판한 작품은 없기 때문에 노화어의 해석은 설득력이 떨어진다. 홀즈먼[48]은 작품이 상업과 관련이 없으며 한 무제가 지은 「대풍가大風歌」와 같이 태평성세를 기리는 제례적 목적에서 지어졌을 것이라고 보았다. 무제가 남조의 황제 중에서 훌륭한 군주로 평가받고 있는 점을 생각해 볼 때 작품을 송가頌歌로 해석한 홀즈먼의 견해는 타당한 면이 있다. 관련해서 태평성세를 보여주는 대상이 농민

47　盧華語, 「六朝商人詩及所反映的商品經濟」, 『中國經濟史研究』 4 : 112~9, 2005, 114~115면.

48　Holzman, Donald, "The Image of the Merchant in Medieval Chinese Poetry", *Immortals, Festivals, and Poetry in Medieval China*, Ashgate Publishing : 93~107, 1998, pp.93~94.

이 아니라 상인이라는 점은 남조의 문화가 상업 중심으로 형성되었음을 보여준다.

그러나 위의 두 학자는 모두 작품에서 상인과의 관련성을 고려하지 않고 있다. 작품의 제목과 앞서 인용한 『고금악록古今樂錄』의 해제에 근거할 때 작품에서 직접 표현되지는 않지만 행간에서 가장 중요한 요소는 상인과의 교유 경험이다. 이 점에서 소색이 지역 상인들의 수상 활동에 흥미를 느껴서 군주의 호사스러운 방식으로 그들의 활동을 모방하였다고 보는 소의평[49]의 해석이 설득력이 있다.

소색의 「고객악」에 음률을 지어주었다는 석釋 보월寶月에 대해서는 알려진 바가 많지 않다.[50] 『시품詩品』에서 하품下品으로 평가되고 있지만,[51] 종영의 평가는 유가적 세계관과 귀족주의 문학관에 근거하고 있다는 점을 고려해야 한다. 보월은 오늘날의 대중가요에 해당하는 작품을 지었기 때문에 종영의 편견이 개입되었을 가능성이 높다. 보월이 지은 「고객악」 두 곡은 모두 감정 표현이 직접적이고 애상적인 어조이다.

郎作十里行	그대가 십 리를 가면,
儂作九里送	나는 구 리를 따라가리.
拔儂頭上釵	머리 비녀를 뽑아서,
與郎資路用	그대의 여비에 보태고저.[52]

---

49 邵毅平, 『中國文學中的商人世界』, 上海: 復旦大學出版社, 2005, 75~76면.
50 『樂府詩集』 卷48, 1023면. "有人啓釋寶月善解音律, 帝使奏之, 旬日之中, 便就諧合. 敕歌者常重爲感憶之聲, 猶行於世. 寶月又上兩曲."
51 鍾嶸, 『詩品集注』, 上海古籍出版社, 1994, 421~422면.
52 『樂府詩集』 卷48, 1024면.

보월은 일인칭 여성 화자儂의 목소리를 빌려서 노래한다. 십 리를 가면 구 리까지 따라가겠다는 여인의 마음은 애절하다 못해 순진해 보이기까지 하다. 비녀를 뽑아서 노자에 보태겠다고 하는 말을 보면 자신의 소중한 것까지 내주겠다는 마음이 선연하다. 비녀는 여인의 정숙한 아름다움을 상징하지만 동시에 차갑고 단단한 재질과 가늘고 날카로운 끝부분은 여인의 결연한 의지를 보여준다.

첫 번째 작품이 떠나는 남자와 헤어지기 싫어하는 여성의 마음이었다면, 두 번째 작품은 이별을 받아들이고 연락이라도 지속되기를 바라는 마음이다.

有信數寄書	서신이 가능하면 자주 편지를 보내고,
無信心相憶	그렇지 않으면 마음으로 기억하소서.
莫作瓶落井	병이 우물에 떨어진 것 같이
一去無消息	한 번 가서 소식 없는 사람이 되지 마소서.[53]

제1수에서 화자는 이별을 받아들이지 못하는 태도였는데 제2수에서는 체념하고 대신 서신이라도 받을 수 있기를 소망한다. '우물에 빠진 병瓶落井'은 떠나는 남성과 남아있는 여성 양면 모두로 해석이 가능하다. 우물에 병이 빠지면 다시 올라올 수 없는 것처럼 남자가 한 번 떠나서 다시 소식을 전하지 않는 것일 수도 있다. 그러나 우물에 빠진 병이 가진 '어두움', '고독', '고립'의 이미지를 감안할 때 여인이 사랑하

---

53 위의 책, 같은 면.

는 남자를 보내고 외롭게 지내는 모습으로도 잘 어울린다. 여인은 '우물에 빠진 병'처럼 되지 않게 해달라고 하고 있지만 부지불식간에 그러한 운명을 직감하고 있는 듯하다.

2) 「삼주가三洲歌」 – 상인이 부르는 노래

「삼주가」는 상인시가 중에서 상인의 노래라는 기록이 남아있는 유일한 시가이다.[54] 『세설신어世說新語』의 일화를 보면,[55] 상인들이 가창문화를 즐겼고 문인들까지 동조하였음을 알 수 있다. 당시 상인들의 노래가 어떠했는지 전모를 파악할 수는 없지만 『악부시집樂府詩集』에 수록된 세 편을 통하여 그 대략을 짐작할 수 있다.

送歡板橋彎	판교만板橋彎에서 그대를 보내고서
相待三山頭	삼산三山 꼭대기에서 기다립니다.
遙見千幅帆	멀리서 수많은 돛단배를 바라보니

---

[54] 『樂府詩集』 卷48 : "唐書樂志曰 : "三洲, 商人歌也." 古今樂錄 曰 **三洲歌者, 商客數遊巴陵三江口往還, 因共作此歌**. (…중략…) 舊舞十六人, 梁八人."(고딕 강조–인용자) 三江은 長江, 湘江, 沅江을 말하며 三江口는 지금의 湖北省의 黃岡縣으로 蘇州 부근에 있다.

[55] 『世說新語』, 「文學」, #88 : "袁宏(328~376)은 젊어서 가난했기 때문에 稅穀을 운반하는 일을 하였다. 謝萬은 배를 타고 가다가 청풍명월한 밤, 강가에서 상인들이 노라 하는 시가 무척 정취가 있다고 생각했다. 부르는 노래가 五言이었는데 들어보지 못한 것도 있었고 아름다운 곡조에 감탄이 그치지 않았다. 사람을 보내어 물어보니 원굉이 스스로 지은 詠史詩를 노래 부르고 있었다. 이것으로 만나게 되었고 이후로 원굉이 유명해졌다." 袁虎少貧, 嘗爲人佣載運租. 謝鎭西經船行, 其夜淸風朗月, 聞江渚間估客船上有咏詩聲, 甚有情致; 所咏五言, 又其所未嘗聞, 嘆美不能已. 卽遣委曲訊問, 乃是袁自咏其所作咏史詩. 因此相要, 大相賞得.

知是逐風流　　　그저 바람 따라 흘러가는군요.[56]

　판교만은 건강성健康城 남면 30리에 있으며 삼산은 성의 서남西南면에 위치한다. 건강의 민가는 오성에 속하지만 이 작품이 서곡으로 수록된 것을 보면 오성과 서곡의 구분이 명확하지 않거나 서로 영향을 주는 경우가 있음을 보여준다.[57] 여인은 항구에서 남자를 배웅하고도 마음을 가누지 못해서 그리운 마음으로 조금이라도 더 보기 위하여 근처의 삼산에 올라가지만 남자의 배는 바람을 따라 하염없이 흘러가고 있을 뿐이다. 한 척의 배가 보통 십여 개의 돛이 있기 때문에 '천폭범千幅帆'은 과장이라고 보기도 하지만,[58] 남자의 배가 다른 수많은 배와 함께 떠나는 것으로 보면 문제가 없다.

　작품을 이해하는데 가장 중요한 단어는 쌍관어로 사용되는 풍류風流이다. "축풍류逐風流"는 사전적 의미로 돛단배가 바람을 따라가는 것이지만 풍류를 '풍류악사風流樂事'로 보아 남자가 새로운 곳에 가서 다른 여자를 쫓는 것으로도 해석할 수 있다. 이렇게 본다면 자신을 버리고 새로운 여자를 맞이할 것이라는 여인의 불안한 마음도 투영되어 있다고 해석할 수도 있다.[59] 이러한 의미에서 작품을 다시 읽으면, 떠나는 남성을 환歡이라고 부르며 각별한 사랑을 보여주는 여인이 더욱 애처롭게 느껴진다.

　풍류는 제1수와 제2수를 연결시켜 주는 기능도 하고 있다. 제1수가

56　『樂府詩集』, 卷48, 1033면.
57　王志淸, 『晉宋樂府詩硏究』, 河北大學出版社, 2007, 175면.
58　吳小如, 『漢魏六朝詩鑒賞辭典』, 上海辭書, 1990, 1534면.
59　위의 책, 같은 면.

풍류로 끝나고 제2수 역시 풍류로 시작하면서 두 작품이 자연스럽게 연결된다.

風流不暫停　　바람과 물결 잠시도 멈추지 않고
三山隱行舟　　삼산三山에서 배가 사라지네.
原作比目魚　　원컨대 외눈박이 물고기 되어
隨歡千里遊　　그대 따라 천 리까지 헤엄쳤으면.[60]

이 작품에서도 풍류는 두 가지로 해석될 수 있다. 일차적으로는 남자의 배를 데리고 가는 바람과 물살이지만, 남자의 풍류 행각이 멈추지 않는다는 의미로도 볼 수 있다. 전작에서 여인이 남자를 조금이라도 더 오래 보기 위하여 삼산에 올랐다면 이제 여인은 삼산 위에서 배가 사라지는 것을 지켜볼 수밖에 없다. 헤어지지 않고 영원히 사랑하는 사람과 함께 하려는 소망의 구현체로 연리지連理枝, 비익조比翼鳥 등이 쓰이지만 작품의 배경이 강변이기 때문에 비목어比目魚의 고사를 사용하였다.

「삼주가」 세 수에서 앞의 두 수는 시간의 흐름에 따라서 연관이 되고 있지만 세 번째 작품은 앞의 두 작품과 무관한 새로운 내용이다. 이러한 부자연스러운 조합은 본래 여항에 유행하는 「삼주가」가 상당히 많았으며 『악부시집』은 이 중에서 세 작품을 선취하였음을 보여준다.

60　『樂府詩集』卷48, 1033면.

湘東酃酴酒　　상동湘東의 좋은 술,

廣州龍頭鎗　　광주廣州의 용머리 술병,

玉樽金鏤碗　　옥잔과 금으로 수놓은 그릇,

與郞雙杯行　　그대와 함께 두 잔을 나란히 하네.[61]

작품은 여인이 준비한 술과 술상 위의 기물器物을 나열한다. 영록酃
酴은 호남성湖南省에 형양에서 생산되는 술로서 당시 황제가 제사를 지
낼 때 사용하는 최고의 술이다. 광주의 용머리 술병, 옥으로 만든 잔,
금으로 수놓은 그릇 등 기물 역시 최상품이다. 작품은 여인이 얼마나
남자를 위하고 있는가를 보여주고 있지만 동시에 당시 상인들의 재력
과 물질에 대한 욕망이 강남의 귀족 못지않음을 보여준다.

3) 「막수악莫愁樂」, 「야도낭夜度娘」 ― 상인을 기다리는 노래

「막수악」은 석성石城(호북성湖北省 종상현鍾祥縣)에 있는 가기歌妓 막수莫愁
에 관한 노래이다.[62] 제1수는 막수를 애타게 찾는 남자의 노래이고,[63]

61　위의 책, 같은 면.
62　『樂府詩集』:『唐書』, 「樂志」에 따르면, 「莫愁樂」은 「石城樂」에서 나왔다. 竟陵의 郡 소
　　재지인 石城에 莫愁라는 여자가 있었는데 노래를 잘 하였다. 「石城樂」의 和聲 중에 다시
　　忘愁라는 소리가 있어서 이러한 노래가 있는 것이다. 『古今樂錄』에는 "「莫愁樂」은 또한
　　蠻樂이라고도 하는데 옛날에는 16명이 춤을 추었으나 梁代에는 8명이 춤을 추었다"라고
　　하였다. 『樂府解題』에서 "옛 노래에 「莫愁」와 「洛陽女」도 있는데 이것과는 다르다"라고
　　하였다. 『唐書』, 「樂志」 曰: "「莫愁樂」, 出於石城樂. 石城有女子名莫愁, 善歌謠, 石城樂
　　和中復有忘愁聲, 因有此歌." 古今樂錄 曰: "「莫愁樂」亦云蠻樂, 舊舞十六人, 梁八人." 樂
　　府解題 曰: "古歌亦有「莫愁」, 「洛陽女」, 與此不同."

제2수는 남자를 배웅하는 막수의 노래이다. 제1수와 제2수 사이에는
두 사람이 사랑하는 사이로 발전했고 일정한 시간이 흘렀다는 가정이
암묵적으로 전제되어 있다. 여기서는 남자를 떠나보내는 여인의 복잡
한 심경이 잘 나타난 제2수를 인용한다.

聞歡下揚州	님이 양주揚州로 가시기에,[64]
相送楚山頭	초산楚山 머리자락에서 배웅합니다.
探手抱腰看	손을 펼쳐서 허리를 안으며 바라봅니다.
江水斷不流	강물이 끊어져 흐르지 않네요.[65]

　남자의 신원은 확실하지 않다. 당시 수도이자 물산의 총집결지인 남
경으로 내려간다고 하는 점을 볼 때 상인이거나 선원일 것이다. 상인
이 직접 배를 운전하기도 하였고 선원 역시 부업으로 매매행위에 참여
하였기 때문에 상업과 운송업을 겸하는 사람으로도 볼 수 있다. 제1수
에서 작은 배를 보낼 여력이 있고 가기歌妓와 관계를 가지기 위해서는
상당한 재력이 있어야 하기 때문에 부유한 상인일 가능성이 크다.[66]
　막수는 헤어지기 전에 마지막으로 남자의 몸을 안는다. 애정 표현에

---

[63] 『樂府詩集』 卷48, 1022면. "어디에 莫愁가 있는가? 莫愁는 石城 서면에 있답니다. 작은
배여, 두 노를 저어, 어서 莫愁를 오게 해 주오." 莫愁在何處, 莫愁石城西. 艇子打兩槳, 催
送莫愁來.

[64] 揚州는 오늘날의 揚州市가 아니라 당시 南京과 그 주위를 포함한 지역을 말한다.

[65] 『樂府詩集』 卷48, 1022면.

[66] 후대의 작품이긴 하지만 이백의 「江夏行」에서 유사한 상황이 벌어지는데 등장하는 남성
역시 상인이다. "去年下揚州, 相送黃鶴樓. 眼看帆去遠, 心逐江水流, (…중략…) 悔作商人
婦, 靑春長別離."

적극적인 서곡에 등장하는 여인의 모습이다. 바로 다음에 등장하는 '보다看'가 작품의 시안詩眼이다. 문맥으로 보면, 막수는 남자를 안으며 남자 뒤로 흐르는 강물을 보고 있다. 보내고 싶지 않은 심정이 강물에 투영되어서 흐르는 강물이 멈추어 버린, 즉 화자가 바라는 대로 시간이 정지한 듯한 착각에 빠진다. 또 다른 해석은 남자를 보고 있다는 것이다. 남자를 안으면서 마지막으로 남자의 몸을 마음에 담으려는 행동이겠지만 한편으로는 남자가 변심하려는 지를 살펴보려는 동작일 수도 있다.

「야도낭夜度娘」에서 상인이 언급되지는 않지만 작품에서 남자가 방문하는 시간과 정황을 볼 때 배를 타고 바쁜 일정을 따라가는 상인일 것이다.

夜來冒霜雪	밤에 올 때는 서리와 눈을 뒤집어쓰고,
晨去履風波	새벽에 떠날 대는 바람과 파도를 헤쳐 나가네.
雖得敍微情	비록 하찮은 정분이었다고 할 수 있지만
奈儂身苦何	이 몸이 고통스러운 것은 어떻게 할까요?[67]

밤에 오는 남자夜度娘를 맞이하는 여인이 '하찮은 정분微情'이라고 말하는 것으로 보아서 기녀로 보이며 적어도 정상적인 관계에서의 여인은 아닐 것이다. 그럼에도 불구하고 4행에서 몸이 고통스럽다고 한 것은 그녀가 순간적인 감정의 충동이나 금전적인 이유 때문이 아니라 남

---

67 『樂府詩集』 卷49, 1044면.

성을 진심으로 깊이 연모하였음을 보여준다. 남녀 관계에서 흔히 몸은 육체적 사랑을 상징하지만 작품에서 몸의 고통은 사랑으로 애타는 마음이 몸으로 전달되면서 생겨난 통증이다. 이와 같이 인간의 정서가 육체를 통하여 외현되는 방식은 육체와 정신, 본능과 이성이 모두 일체가 되어서 생의 의지를 형성한다는 니체의 자아das Selbst로 설명할 수 있다.

4. 상인의 낭만적 이미지에 숨겨진 문인의 욕망

이상으로 상인시의 기원과 형성과정을 살펴보면서 상인시의 범위와 특징을 고찰하였다. 『시경』의 「맹」, 한대의 「고아행」 등은 상인과 연관된 부분을 단장취의斷章取義한 면이 있지만 상인시가의 남상 혹은 기원으로 논의될 수 있는 유의미한 텍스트이다. 「고시십구수」는 그동안 상인시가에서 논의되지 않았지만 유자, 탕자가 당시 상인을 의미하고 여성화자의 정조가 남조 악부의 상인시가와 같다는 점에서 상인시의 특징을 보여준다. 본격적인 상인시가는 남조의 악부 서곡에서 등장한다.

선진시대부터 남조까지의 작품에서 나타나는 상인의 가장 큰 특징은 비정주성非定住性이다. 상인은 사농공상의 서열에서 가장 낮은 위치였지만 지역과 신분의 경계를 넘나드는 유일한 계층이다. 한대에 이미 행상과 좌상의 구분이 있었고 시정市井이 등장하지만 작품에서 상인은 항상 어디론가 떠나는 존재이다. 이동성이 두드러지게 나타나는 상인의 이미지는 당시 상인이 농업 위주의 정태사회靜態社會에서 예외적이고 이질적인 존재였음을 보여준다. 다음 단락에서 다시 살펴보겠지만, 상인은 끊임없이 이동하기 때문에 여성들에게 불안정한 삶을 야기시키는 불온한 존재이다. 이 점에서 상인 계층은 문인 중심의 중국 문학에서 관심을 받지 못한 것이 아니라 봉건 질서의 구획을 무너뜨리는 존재로 인식되면서 배제되어 왔다고 볼 수 있다.

상인시의 다른 특징은 여성 화자의 감정 표현이다. 남성 문인이 여성 화자의 목소리를 빌려서 창작하는 전통은 일찍부터 있어왔다. 「이소離騷」를 비롯한 문인시와 한대의 악부시가 모두 여성이 애정을 표출하는 형식을 차용하였다. 그러나 전자는 군주에 대한 충성을 표현하기 위한 방편이었고 후자는 남녀간의 애정이라고 해도 애이불비哀而不悲의 선을 넘지 않았다. 그러나 서곡의 경우 충의의 알레고리는 처음부터 없었고 애정의 표현 역시 직접적이다. 「막수악莫愁樂」에서 "손을 펼쳐서 허리를 안으며 바라봅니다探手抱腰看"와 같이 애정을 표현하는 동작이 가감 없이 묘사되는 등 전대 작품들에서 볼 수 없는 면이다. 또 많은 경우 여성화자가 가기歌妓이거나 신원 미상의 현지 여인으로 유학자의 시각에서 정상적인 여성이 아니다. 전대 작품들이 여성 화자를 통하여 우국충정과 정절이라는 유가 윤리를 고양시키려고 했다면, 상인시가는 평범하지 않은 남녀 사이의 욕망을 드러낸다. 비정상적인 애정을 추구하는 여성화자의 모습은 이익을 추구하는, 즉 봉건 도덕 사회에서 바람직하지 않은 것을 추구하는 상인의 존재와 짝패를 이룬다.

상인시가가 유행한 남조 시대에 『문선文選』이 편찬되었지만 상인시가는 수록되어 있지 않다. 「낙신부洛神賦」, 「등도자호색부登徒子好色賦」

와 같이 욕망을 다루는 작품들도 있었지만 이러한 작품들은 욕망의 주체가 남성 문인이었기 때문에 문제가 되지 않았다. 그러나 상인시가는 바람직하지 못한 남녀 관계를 읊고 여성의 욕망을 다루고 있기 때문에 목록에서 제외된 것이다. 『문선』의 편찬자는 욕망을 부정한 것이 아니라 윤리적 혼란을 두려워 한 것이다.

남은 문제는 그럼에도 불구하고 상인시가는 황제와 호족들에게서부터 문인에게까지 꾸준히 창작되고 향유되었다는 점이다.[68] 귀족 문인들은 행상의 고달픈 삶에 공감하면서 상인과 관계가 있는 여성에게도 도덕의 잣대로 평가하기보다는 연민의 감정을 보여준다. 또 예교의 윤리에 갇혀 있는 문인들은 양자강을 오가며 재물을 모으면서 자신의 애정을 적극적으로 표현하는 부유한 상인들을 부러워하였다. 귀족 문인들이 상인 계층의 영업 활동을 표면적으로는 사농공상에서 제일 낮은 단계로 부정하면서도 정작 자신의 내면세계를 보여주는 문학 작품에서는 낭만적으로 묘사한다. 이는 당시 남조의 귀족 문화가 양자강을 중심으로 활동하는 상인문화에서 많은 영향을 받았으며 왕족 및 귀족 문인들은 자신의 억눌려온 감정을 상인시가를 통하여 간접적으로나마 표출하였다고도 볼 수 있다. 상인시가 본격적으로 등장하는 당대부터는 추후의 연구를 기다린다.[69]

---

68 관련해서 남조 시대에 황실에서 유희적으로 상업 행위를 한 기록이 자주 보이는 것을 유념할 필요가 있다. 『宋書』,「本紀」, 第四少帝 : "時帝於華林園爲列肆, 親自酤賣. 又開瀆聚土, 以象破岡埭, 與左右引船唱呼, 以爲歡樂.";『南齊書』卷七,「東昏侯」: "又于苑中立市, 太官每日進酒肉雜肴, 使宮人屠酤, 潘妃爲市令, 帝爲市魁, 執罰, 爭者就潘妃決判.";『南史』,「齊本紀」下 "又開渠立埭, 躬自引船, 埭上設店, 坐而屠肉."
69 당대 상인시가에 대한 대표적인 연구 성과로 姜革文의 『商人・商業・唐詩』(上海 : 復旦大學出版社, 2007)가 있다.

	작자	제목	출전	화자
1	미상	氓	詩經 衛風	여성
2	미상	孤兒行	樂府詩集, 권38	남성
3	미상	豔歌行	樂府詩集, 권39	남성
4	미상	고시 제1수 行行重行行	文選, 권29	여성
5	미상	고시 제2수 靑靑河畔草	文選, 권29	여성
6	미상	고시 제16수 凜凜歲雲暮	文選, 권29	여성
7	미상	莫愁樂 2수	樂府詩集, 권48	남/여
8	齊 武帝	估客樂	樂府詩集, 권48	남성
9	寶月	估客樂 2수	樂府詩集, 권48	여성
10	미상	估客樂 2수	樂府詩集, 권48	여성
11	陳後主	估客樂	樂府詩集, 권48	남성
12	庾信	賈客詞	樂府詩集, 권48	여성
13	상인	三洲歌 3수	樂府詩集, 권48	여성
14	陳後主	三洲歌	樂府詩集, 권48	남성
15	미상	夜度娘	樂府詩集, 권49	여성
계		20		

참고문헌

원전

蕭統(501~531) 편, 『奎章閣所藏六臣注本文選』(전2책), 다운샘, 1983.

蕭統(501~531) 편, 『文選』(전6책), 上海古籍出版社, 1986.

郭茂倩(1041-1099) 편, 『傅增湘藏宋本樂府詩集』(전4책), 人民文學, 2009.

논문 및 단행본

오지연, 「南朝 樂府民歌 '西曲' 硏究」, 성균관대 석사논문, 2013.

盧華語, 「六朝商人詩及所反映的商品經濟」, 『中國經濟史研究』 4 : 112~9, 학술잡지
　　　　제4권, 112-119면, 2005.

華偉, 「東漢商業的發展及其相關問題」, 南京師範大學 學位論文, 2007.

Holzman, Donald, "The Image of the Merchant in Medieval Chinese Poetry," *Immortals,
　　　　Festivals, and Poetry in Medieval China*, Ashgate Publishing : 93~107, 1998.

Hsieh, Daniel, "The Origin and Nature of the 'Nineteen Old Poems'", *Sino-Platonic Papers*
　　　　77, : 1~49, January, 1998.

許進雄, 조용준 역, 『중국문자학강의』, 고려대 출판부, 2013.

薑革文, 『商人・商業・唐詩』, 上海 : 復旦大學出版社, 2007.

李圃 主編, 『古文字詁林・商』, 第二冊, 上海 : 上海教育出版社, 1999; 2004.

馬茂元, 『古詩十九首探索』, 高雄 : 復文圖書出版社, 1988.

邵毅平, 『中國文學中的商人世界』, 上海 : 復旦大學出版社, 2005.

吳小如, 『漢魏六朝詩鑒賞辭典』, 上海辭書, 1990.

吳慧, 『中國商業通史』(총4권), 北京 : 中國財政經濟出版社, 2004.

王運熙, 『樂府詩述論』, 上海古籍出版社, 2014(1990 초판).

王志淸, 『晉宋樂府詩研究』, 河北大學出版社, 2007.

翦伯贊, 『秦漢史』, 知書房出版集團, 2003.

許進雄, 『簡明中國文字學』(修訂版), 北京 : 中華書局, 2009.

Wolff, Kurt H. ed., *The Sociology of Georg Simmel*, New York : A Free Press, 1950.

돈황敦煌 변문變文 속 상인 형상과 그 문학적 작용

정광훈

1. 들어가며

주지하듯이 돈황 변문은 당대唐代에 유행한 강창講唱 공연 문학이다. '공연 문학'이라고 하는 이유는 변문이 공연의 직접적인 저본은 아닐지라도 특정 형식의 공연과 밀접한 관련이 있고, 그 중 상당수는 문학 작품처럼 읽기 위한 독본용으로 쓰였다고 추정되기 때문이다.[1] 그리고 '강창'이라고 하는 이유는 그 공연의 형식이 '강講'과 '창唱'을 번갈아

---

[1] 현존하는 다양한 형식의 변문이 연행이 아닌 독서용이었는지는 변문 작품 자체를 보고 판단해야 한다. 흔히 공연용 저본의 판단근거가 되는 '구술성'은 사실 절대적 근거가 될 수 없다. 독서용 작품에도 구술성은 얼마든지 스며들 수 있기 때문이다. 돈황 변문 중 구술성이 농후한 작품으로 판단되는 「韓擒虎話本」은 그 온전한 형식과 서사방식을 보면 오히려 독서용이었을 가능성이 크며, 현장의 연행을 직접 옮긴 증거들이 보이는 각종 강경문은 구술성이 여타 작품보다 농후하지 않은 경우가 많다. 관련 글로, 정광훈, 「敦煌 變文의 우리말 번역에 대한 고찰—번역 어투를 중심으로」, 『中國小說論叢』 제42집, 2014.4, 51~79면 참고.

반복하거나 전체가 '강' 혹은 '창'만으로 이루어져 있기 때문이다. 변문의 정의와 분류에 관한 논의는 변문이 중국문학사에서 본격적으로 주목받기 시작한 1920~30년대부터 이미 활발히 진행되어 왔고, 그 논쟁은 여전히 명확한 결론을 내리지 못하고 있다. 이는 돈황에서 발견된 소위 '변문'에 해당되는 작품 80여 편이 내용과 형식 모두 온전하게 통일되어 있지 않으며, 이에 대해 구체적으로 증명해줄 만한 방계자료도 거의 없기 때문이다. 즉, 한정된 작품의 수량, 완전한 귀납과 분류가 불가능한 작품들 자체의 특성, 유행한 시대의 단절로 인한 자료부족 때문에 거의 비슷한 논쟁이 수십 년 동안 반복되면서도 결론을 니리지 못한 것이다. 그러나 돈황에서 발견된 이 작품들을 어떤 이름으로 통칭하고 분류할 것인가라는 다소 소모적인 초기 문제의식에서 벗어나, 1990년대부터 작품들 각각의 공연 문학적 성격을 고려하여 그 형식에 맞는 이름과 분류방식을 사용해야 한다는 의견이 부각된 것은 문제의식이 더욱 확장된 결과라고 할 수 있다.[2]

이처럼 변문은 그 독특한 모습과 장르적 특성 때문에 주로 형식적인 측면에서 많은 연구가 이루어져왔다. 송대宋代부터 본격적으로 등장하는 장편 통속서사의 원형을 당대 변문에서 찾을 수 있었기 때문에,

---

2 변문의 정의와 분류 방식 등에 대해서는 지금까지 국내외 많은 학자들이 논의를 진행해왔고, 이에 대한 정리와 소개 역시 여러 저서와 논문들에 보인다. 따라서 본 글에서는 이와 관련된 구체적 소개는 생략한다. 이에 대해서는 특히 다음의 성과들을 참고할 만하다. 빅터 메이어Victor H. Mair, 정광훈・전홍철・정병윤 역, 『당대 변문』, 소명출판, 2012; 조명화, 『佛敎와 敦煌의 講唱文學』, 이회, 2003; 전홍철, 『돈황 강창문학의 이해』, 소명출판, 2011; 王小盾, 「돈황 문학과 당대 강창예술敦煌文學與唐代講唱藝術」, 『中國社會科學』, 1994 제3기. 이 글은 王小盾 교수가 필명 王昆吾로 출판한 『중국 초기 예술과 종교中國早期藝術與宗敎』, 東方出版文化中心, 1998에도 실렸다.

이러한 형식적 측면에서의 연구는 중국문학사 연구의 자연스러운 과정이자 성과였다고 할 수 있다. 그리고 내용적 측면에서의 연구는 주로 변문 내 작품들을 서로 비교하기보다는 다른 문학 장르들에 보이는 동일한 고사와 비교하는 방식으로 진행되었다. 따라서 돈황 변문 작품 전체를 연구대상으로 삼아 상인의 형상과 그 문학적 작용을 살펴보고자 하는 이 글은 기존의 변문 연구방식과 차이가 있다. 사실 이런 인물 형상에 관한 연구는 동일한 시대 혹은 동일한 장르의 작품을 대상으로 하여 공통적인 요소를 뽑고 그것에 의미를 부여하는 방식으로 진행되어야 할 것이다. 인물 형상에 시대성을 부여하려는 것이다. 그러나 통일되지 않은 시대 배경과 장르적 특성 때문에 변문이 과연 이러한 연구방식에 적합한 대상인지는 먼저 재고할 필요가 있겠다. 변문은 종잡을 수 없는 형식만큼이나 그 내용도 여러 가지 성격으로 나뉜다. 그중에서 다수를 차지하는 것은 역시 오자서伍子胥, 왕소군王昭君, 이릉李陵을 비롯한 당대 이전 인물들의 드라마틱한 장면을 담은 역사고사와 「여산원공화廬山遠公話」, 「쌍은기雙恩記」, 「항마변문降魔變文」 등의 불교고사, 그리고 기존 불경을 상세히 풀이하면서도 이야기적 성격을 가미한 강경문講經文이다. 그 외에 동물 우언, 당대 당시의 시사時事, 사물을 의인화한 고사, 남편과 아내, 아내와 시어머니가 말다툼을 하는 집안 이야기 등도 있다. 그러므로 이처럼 이야기의 배경이 되는 시대와 내용이 통일성을 보이지 않는 작품들 속에서 특정한 문학 형상이나 요소를 찾는 연구의 방식과 그것의 가치에 대해서는 본격적인 논의에 앞서 고민해볼 필요가 있다.

그럼에도 불구하고 이 연구에 의미를 부여하고자 하는 이유는 변문 작품들이 갖는 동시대적 성격과 현실 반영의 특징 때문이다. 변문은 그것이 필사된 바로 그 시기에도 민간에서 공연의 형태로 유행하고 있었던 것으로 보이며, 작품들 곳곳에서 구술문학에서 흔히 보이는 '현재성'이 드러나곤 한다. 현장에서 청자에게 직접 건네는 듯한 말투, 수백 년 전의 이야기를 하면서도 그것을 현재의 상황과 연관 짓는 부분, 이야기의 시대 배경과 맞지 않는 의도된 오류, 객관화된 서술이 아닌 화자가 1인칭으로 이야기 속에 개입하여 청자와의 거리를 더욱 가까이 하는 서술방식 등이 이러한 '현재성'의 증거가 된다. 즉, 고사의 배경이나 성격은 다를지라도 그것의 향유와 소비에 있어서는 동시대적 특징을 보인다는 것이다. 따라서 변문의 내용이나 형식이 다양할지라도 우리는 작품들에 보이는 특정 인물군의 형상이나 요소들에 나름의 시대적 의미를 부여할 수 있다. 뿐만 아니라 동일한 이야기가 변문으로 변용되는 과정에서 원래 이야기에는 없던 소재나 문학적 형상이 더해져 이야기를 더욱 풍성하게 만들기도 한다. 이러한 점을 전제하면서 아래에서는 변문 속 상업요소와 상인의 형상을 소개하고, 아울러 이러한 요소가 이야기의 전개에 있어서 어떤 문학적 역할을 하는지 살펴볼 것이다.

상업적 측면에서의 중국 고대문학에 대한 분석이나 중국 고대문학 속의 상인 형상에 대해서는 지금까지 많은 연구가 이루어져 왔다. 이 연구들 속에는 당대唐代라는 특정 시대의 문학과 상업의 관계에 대한 연구도 물론 포함된다. 이 분야의 가장 선구적 연구인 샤오이핑邵毅平의 『중국 문학 속 상인 세계中國文學中的商人世界』[3]에서는 선진先秦 때부터 청대淸代까지 시가, 소설, 산문을 포함한 중국 고대문학에서 상인이 어떤 형상으로 표현되었는지를 그 역사적, 사회적 배경과 함께 살펴보았다. 샤오이핑의 또 다른 저작『문학과 상인 — 전통 중국 상인의 문학적 표현文學與商人—傳統中國商人的文學呈現』[4]에서는 중국문학 속 상인의 형상을 사상士商 관계, 여성과 상인, 상인의 사회적 처지, 이상적인 상업 원칙 등의 여러 주제로 나누어 관련 작품을 다수 소개하고 분석하였다. 츄샤오슝邱紹雄의『중국상인소설사中國商賈小說史』[5]에서는 중국 상인소설의 발전 단계를 맹아, 형성, 번영, 새로운 변화의 시기로 나누어 선진 작품부터 근대의 백화소설白話小說까지 시대적으로 살펴보았다. 그리고 거용하이葛永海는 박사논문「고대소설과 도시문화古代小說與城市文化」[6]에서 먼저 고대소설과 도시에 대한 문제를 개략적으로 살펴본 후, 당대부터 중화민국 건립 전까지 중국 고대문학 속에 표현된 도시에 대해 고찰하였다. 여기에는 상업 중심 도시의 성격도 당연히 포함되었다. 시대를 당대로 한정하면, 창칭즈昌慶志의『당대 상업 문명과 문학唐代商業文明與文學』[7]을 비교적 최근의 대표 연구성과로 볼 수 있다. 이 책에서는 제1장에서 당대 이전의 상업 문명과 문학에 대해 소개하고, 2장부터 당대 상업 문명과 문학의 관계에 대해 본격적으로 논한다. 특히 작품 속에 반영된 상인 형상이나 상업 문명에 대한 분석 뿐 아니라, 문학의 생산과 소비, 상업화된 문학, 문학과 경영 등의 다양한 주제를 다루면서 문제

---

3 邵毅平,『中國文學中的商人世界』, 復旦大學出版社, 2005. 이 책은 저자의 박사논문「중국 문학에서 상인을 표현한 역사에 대한 연구中國文學表現商人的歷史的硏究」, 復旦大學, 1994를 수정·보완한 것이다.

4 邵毅平,『文學與商人—傳統中國商人的文學呈現』, 上海古籍出版社, 2010.

5 邱紹雄,『中國商賈小說史』, 北京大學出版社, 2004.

6 葛永海,『古代小說與城市文化』, 上海師範大學 博士論文, 2003.

7 昌慶志,『唐代商業文明與文學』, 黃山書社, 2010.

의식을 확장하고 있다. 그리고 장거원姜革文의 『상인・상업・당시商人・商業・唐詩』[8]는 문학 장르 중에서도 당시를 대상으로 하여 상업 문학과의 관계, 당대 상인의 종교와 사상, 시인과 상업의 관계 등을 논했다. 특히 마지막 장에서 상인을 당시 전파의 주체로서 논한 부분은 더욱 주목할 만하다. 이 외에 중국 문학 속 상인의 형상이나 상업 요소에 관한 석사학위 논문이나 학술지 논문은 대단히 많으며, 특히 상인의 형상이 빈번하게 출현하는 명대 이후의 소설에 대해서는 관련 연구가 더욱 풍부하다.

그러나 위의 연구저작들 중에 돈황 변문의 고사를 분석 대상으로 삼은 것은 없다. 창칭즈가 위 저서의 제4장에서 몇몇 돈황 변문 작품을 예로 들어 당대 속문학 작품의 상업화에 대해 논하였으나, 이는 작품 자체의 고사에 대한 분석이 아니라 그것이 어떻게 상업적으로 생산되고 소비되었는지에 대한 논의이다. 즉, 작품 속 상업 요소나 상인 형상에 대한 분석이 아니라 상업적 관점에서 속문학 자체의 생산과 소비에 대해 고찰한 것이다. 당대 문학이 상업 문명을 어떻게 반영하고 있는지를 논한 제3장에는 오히려 돈황 문학에 대한 언급이 없다. 이처럼 기존의 관련 연구들이 돈황 변문을 논의 대상으로 삼지 않은 이유로는 다음의 몇 가지를 들 수 있을 것이다. 우선, 돈황 변문이 문학사적으로 매우 중요한 것은 사실이지만, 그 내용의 풍부함이나 다양성, 작품의 수준이 다른 정통문학이나 후대 통속문학에 미치지 못한다고 인식되기 때문이다. 두 번째는 앞부분에서도 언급했던 문제이다. 즉, 현존하

---

8   姜革文, 『商人・商業・唐詩』, 復旦大學出版社, 2007.

는 변문의 장르적 특성 자체가 이러한 연구 방법에 맞지 않다고 여겼을 수 있다. 세 번째는 실제로 돈황 변문 자체에 상업 요소나 상인의 형상이 매우 드물어서 하나의 연구 성과로 만들기에는 부족하다고 판단했을 수 있다. 이유가 무엇이든 돈황 변문을 대상으로 당대 상업 활동이나 상인 형상을 논한 연구는 아직까지 찾아볼 수 없다.

2. 돈황 변문 속 상업 요소
— 인신의 매매를 통한 인물 관계 설정

돈황 변문 중에 이윤의 추구를 목적으로 하는 상업 활동이 고사 전체의 소재인 작품은 없다. 아울러 주인공이 상인의 형상으로 고사를 이끌어가는 작품도 없다. 이는 비단 돈황 변문에만 해당되는 현상은 아니다. 앞서 언급한 샤오이핑 교수는 당대 소설 속의 상인 형상을 논하면서 "우리가 알고 있는 당대 문언소설의 명편 중에서 상인을 주인공으로 하는 작품은 한 편도 없다. 혹은 바꿔 말하면, 상인을 주인공으로 한 당오대 문언소설 중 인구에 회자된 명편은 하나도 없다"[9]라고 밝혔다. 이전 시대보다 상인이 자주 등장하는 건 분명하지만, 그들이 유명 소설의 주인공인 경우는 없다는 것이다.[10]

---

9 邵毅平, 『中國文學中的商人世界』, 復旦大學出版社, 2005, 100면.

10 이 말이 당대 문언소설 중 상인을 주인공으로 하는 작품이 한 편도 없다는 의미는 물론 아니다. 당대의 대표적 문언소설집인 『太平廣記』를 보면 상인을 주요 인물로 삼은 작품들이 적지 않다. '異人'편의 「杜魯賓」, '報應'편의 「沈申」, '懲應'편의 「齊州民」, '鬼'편의 「陳導」 등이 이에 해당한다. 그러나 이들 작품은 주요 인물이 상인이긴 하지만, 그들의 상업 활동이 고사의 주된 내용은 아니며, 주제 역시 상인으로서의 형상이나 상업적 측면

그러나 돈황 변문 중에는 전문적인 상업활동은 아니라 하더라도 일종의 매매 과정이 이야기 전개에 있어서 중요한 역할을 하는 경우가 있다. 노예를 사고파는 인신의 매매 장면이 그렇다. 먼저 「착계프전문捉季布傳文」을 보자. 이 작품은 초한楚漢 전쟁 당시 초나라 장수 계포에 관한 이야기이다. 작품 속에서 항우項羽의 신하였던 계포는 양군이 대치하는 중에 심한 욕설을 퍼부어 면전에서 유방劉邦에게 모욕을 준다. 전쟁에서 승리한 유방은 지난날의 모욕을 참지 못하고 전국에 계포를 잡아들이라는 수배령을 내리고 주해朱解라는 신하에게 이 임무를 맡긴다. 그런데 계포는 오히려 이 주해를 이용해서 유방을 만나겠다는 계책을 세우고, 전창典倉으로 이름을 바꾼 다음 스스로 노예가 되어 주해에게 팔려간다. 전창은 천한 노비임에도 부구하고 물 흐르듯 매끄러운 필치로 스스로 계약서를 써서 주해를 놀라게 한다. 주해는 백금을 주고 그를 사들여 한의 땅으로 데리고 온다. 이후 계포는 한의 공신인 하후영夏侯嬰과 소하蕭何를 설득하여, 백성들이 계포를 잡는 일에 혈안이 되어 본업에 충실하지 않으니 수배령을 해제해 달라고 황제에게 청을 올리도록 한다. 게다가 천금을 주고 유능한 계포를 불러들여야 한다고 황제를 설득토록 한다. 황제는 신하들의 말을 따라 천금을 주고 계포를 불러들일 뿐 아니라 그에게 높은 관직까지 하사한다. 이 모든 과정이 계포 한 사람의 계략에 의해 이루어지는 것이다.

계포의 남다른 담력과 기지를 볼 수 있는 이 작품은 "모두 『한서漢書』를 수정하여 개작한 것이니, 사인詞人이 진실 아닌 것을 노래했다고 말

하진 말라具說漢書修製了, 莫道詞人唱不眞"는 당부로 끝난다. 이는 작품의 연행자가 직접 청중에게 건네는 말이다. 전체가 7언 운문의 노래라 '창唱'이라 하고, 그 가사를 이야기하는 사람이라 '사인詞人'이라 한 것이다. 계포의 기지가 본격적으로 드러나기 시작하는 부분은 바로 스스로 노예가 되어 주해의 환심을 사는 장면이다. 한낱 노예의 값으로 백만 금을 달라 하면서 주해의 관심을 끌고, 그 정도 값어치의 재주를 실제로 보여준 후 거래가 이루어짐으로써 계포의 계획은 일사천리로 진행된다. 『사기史記』「계포란포열전季布欒布列傳」과 『한서漢書』「계포전季布傳」의 관련 고사를 보면 「착계포전문」의 이야기와 전체적인 구성이 거의 같다. 따라서 『한서』를 수정해서 만든 것이라는 연행자의 마지막 언급이 의미 없는 말은 아니다. 다만 「착계포전문」은 기존 사서의 압축된 고사를 훨씬 길고 생동감 있게 부연한 것이며, 사서에서는 계포를 숨겨준 주해가 결정적인 기지를 발휘하는 반면, 「착계포전문」에서는 시종일관 계포가 초인적인 힘을 발휘하며 자신의 운명을 결정짓는다. 이는 주인공 한 사람에게 집중함으로써 이야기의 관심도를 높이는 공연 문학의 성격이 반영된 것으로 보인다. 앞서 언급한 인신의 매매 장면은 바로 이러한 부연의 과정에서 문학적 역할을 한다. 사서에서는 계포를 사들여 밭일을 맡기는 내용만 짧게 언급하지만, 「착계포전문」에서는 계포가 실제로 자신의 재주를 보여주며 값을 흥정하는 장면까지 매우 생동감 있게 묘사되고 있기 때문이다.

「동영변문董永變文」에서도 스스로의 몸을 팔아 노비가 되는 장면이 나온다. 효자 동영은 부모님의 장례비를 구하기 위해 자신의 몸을 판다. 「착계포전문」보다는 훨씬 단편적이지만, 이 작품에서도 인신의 매매를 위한 짧은 흥정 장면이 묘사되어 있다. 동영은 선불로 자신의 몸값을 받아 부모님의 장례를 치른 다음 종노릇을 하며 몸값을 갚아나간다. 동영의 이야기는 중국에서 효자 고사로 광범위하게 전해져 왔는데, 이 이야기가 가장 먼저 소개된 유향劉向의 「효자전孝子傳」(『법원주림法苑珠林』 권62)에는 "스스로를 부자에게 팔아 장례를 치를 수 있도록 했다自賣於富公以供喪事" 정도의 간단한 기록만 있다. 「동영변문」에서는 여기에 거래 과정까지 넣음으로써 이야기 자체를 더욱 풍부하게 만들었다.

위 두 작품에서는 스스로의 몸을 파는 인신의 매매를 통해 새로운 인물 관계가 설정되고, 이 과정에서 새롭게 등장한 인물이 갈등을 해결하거나 이야기의 전개에 있어서 결정적 역할을 한다. 특히 「착계포전문」에서 주해는 계포를 잡아들여야 할 사람임에도 불구하고 계포의 재주에 반하여 그를 노비로 사들일 뿐 아니라, 계포가 결국 한나라의 중신이 되기까지의 과정에서도 중요한 매개가 된다. 물론 이는 사서에는 없는 설정이다. 「동영변문」에서도 동영을 사들인 부자는 궁극적으로는 동영이 부모님의 장사를 치르게 해 준 인물일 뿐 아니라, 이를 통해 동영과 천녀天女가 만날 수 있게 해주고, 옷감을 짜는 천녀의 남다른 재주를 이용하여 동영이 빚을 갚을 수 있게 해준 인물이기도 한다. 즉, 인신의 매매라는 상업적 요소와 그 과정에서 등장하는 인물이 고사를 더욱 생동감 있게 전개할 뿐 아니라 갈등을 해소하는 역할까지 충실히 수행하고 있는 것이다.

3. 돈황 변문 속 상인의 모습과 문학적 작용

1) 「순자변舜子變」 – 상인 형상의 의도적 설정

돈황 변문의 몇몇 작품에서는 주인공이 상인과 밀접한 관련이 있거나 상인으로서의 인물 특징이 이야기 속에서 중요한 문학적 작용을 하는 경우가 있다. 이야기 전체에서 상업이나 상인의 요소가 주가 되진 않지만, 작품 속 인물이 보여주는 상인으로서의 특징이 이야기를 더욱 자연스럽게 이끌고, 원래의 고사를 길게 늘이면서 필연적으로 부닥칠 수밖에 없는 개연성의 문제를 상당부분 해소해준다. 즉, 상인이라는 형상을 더함으로써 청중이나 독자들이 이야기를 자연스레 받아들이도록 한다는 것이다.

먼저 「순자변」을 보자. 「순자변」은 요임금의 뒤를 이어 황제가 된 순임금의 이야기를 길게 풀어놓은 것이다. 황제가 되기 이전 순舜이 가족들로부터 박해를 받는 모습을 주로 이야기하며, 황제가 된 이후는 끝부분에 간략히 언급된다. 그런데 이야기 속에서 순의 아버지로서 순과 갈등 관계에 있는 고수瞽叟는 사실 전형적인 상인으로 봐도 무방하며, 순 역시 단편적이나마 상인의 면모를 보여준다. 고수는 순의 계모에게 새장가를 들고 얼마 후 장사하러 집을 떠나는데, 그때 순에게 다음과 같이 당부한다.

요양성이 전쟁 중이라 금년에 장사하기가 매우 좋단다. 이 애비는 잠시 요양으로 가면서 그 길에 여기저기 이문을 좀 찾아보려 하니, 집안일은 너한테 맡겨야겠구나.

　寮(遼)陽城兵馬下, 今年大好經記(紀). 阿耶暫到遼楊(陽), 沿路覓些些宜
利, 遣我子勾當家事.[11]

　　고수의 이 말은 이윤이 많이 남는 곳을 찾아 여기저기 돌아다니는
상인의 모습을 묘사하고 있다. 실제로 고수는 요양으로 장사를 떠나 3
년이 훨씬 지나 돌아온다. 그리고 고수가 곧 돌아온다는 소식을 들은
계모는 먼저 아버지가 순을 불신하도록 계략을 짜는 것부터 시작하여
본격적으로 순에게 해코지를 가한다. 그리고 훗날 계모와 아버지를 피
해 다른 고장에서 농사를 짓던 순이 가족들의 안부를 알게 된 것도 지
나가는 상인들을 통해서이다. 순이 떠난 후 아버지 고수는 눈이 멀고,
계모는 시장에서 땔감을 팔고, 동생은 문전걸식을 하며 다닌다는 소식
을 이 상인들이 전해준 것이다. 이후 순은 고향으로 돌아와 시장에서
계모에게 자주 쌀을 팔고, 이것이 계기가 되어 가족들을 만나게 된다.
이때는 순도 일종의 상인이 된 것이다.

　　위와 같은 「순자변」의 내용들을 살펴보면, 상인의 형상과 상업적 요
소가 곳곳에 퍼져 있음을 알 수 있다. 아버지는 원래 이곳저곳에서 장
사를 하는 상인이었고, 순이 가족들을 만날 수 있게 된 계기도 상인을
통해서였으며, 아버지처럼 순 자신도 상인의 역할을 하기 때문이다.
상인으로서의 순의 모습은 사서에서도 이미 보인다. 『사기』 「오제본

11　변문의 원문과 교정은 黃征·張涌泉 校注, 『敦煌變文校注』, 中華書局, 1997에 근거하였
　　으며, 위 인용문은 이 책의 200면을 참고하였다. 아래의 변문 인용문은 모두 이 책을 따
　　른다. 이하 책명, 인용면수로만 표기.

기五帝本紀」의 순임금 부분을 보면, 순이 가족들로부터 박해를 받는 내용들이 간략하게 언급되어 있다. 다른 점은 「순자변」에서는 철저히 계모가 계략을 꾸미고 고수를 설득하여 순자를 죽이려 하는 반면, 『사기』에서는 계모의 역할은 명확하지 않고 오히려 아버지 고수가 계모를 아껴서 자기 아들을 여러 차례 죽이려 한다는 것이다. 순의 상인으로서의 면모와 관련하여 『사기』에는 이런 말이 나온다.

> 순은 기주 사람이다. 순은 역산에서 농사짓고, 뇌택에서 고기를 잡고, 하의 물가에서 그릇을 굽고, 수구에서 여러 기물을 만들고, 부하에서 적당한 시기를 따랐다.
>
> 舜, 冀州之人也. 舜耕歷山, 漁雷澤, 陶河濱, 作什器於壽丘, 就時於負夏.[12]

인용문의 '적당한 시기를 따랐다就時'에 대해 『사기색은史記索隱』에서는 "취시就時는 축시逐時와 같으며, 시기를 보고 이윤을 취한다는 말과 같다就時猶逐時, 若言乘時射利也"[13]라고 했다. 다시 말해, 순은 부하라는 지역에서 시세를 봐가며 장사를 했다는 말이다. 『순자변』과는 달리 『사기』에는 순자의 아버지 고수의 직업에 대해서는 묘사되어 있지 않다. 변문보다는 훨씬 짧고 간략한 사서의 기록에서 아버지 고수의 직업이 무엇인지는 사실 중요치 않았을 것이다. 반면 이야기를 길게 늘인 「순자변」에서는 고수의 직업이 전형적인 상인으로 규정되어 있다. 이는 장사를 하러 떠나 있는 동안 계모가 계략을 꾸미고 장사에서 돌아온 후

---

12 『史記』「五帝本紀」, 中華書局 點校本. 中華書局, 1982년판, 1책, 32면.
13 위의 책, 33면.

함께 순을 죽이려고 하는 고사의 전개를 위한 일종의 서사 장치로 볼 수 있다. 사서와 달리 변문에서는 아버지보다 계모에게 악인의 면모를 더욱 분명히 부여하고, 이를 위해 아버지를 상인으로 설정하여 일정 기간 자리를 비우게 한 것이다. 그리고 순에게 상인의 측면이 있었다는 사실로 인해 그 아버지가 상인으로 설정된 것 역시 이야기의 전개상 매우 자연스럽게 받아들여진다. 결국 「순자변」은 원래 고사인 『사기』의 내용보다 상인과 상업의 요소가 더욱 분명하게 가미되어 있으며, 이런 의도적인 설정을 통해 이야기 전체가 더욱 개연성 있게 흘러간다고 볼 수 있다.

2) 「여산원공화廬山遠公話」 ─ 전생과 현생에 걸친 상인의 인연

「여산원공화」는 동진東晉 때 실존했던 승려 혜원惠遠의 이야기로 변문 작품들 중에서도 편폭이 매우 긴 편에 속한다. 이 작품은 승려 원공遠公, 즉 혜원의 파란만장한 운명과 함께 독송, 설법, 불교 교리 논쟁의 장면들이 곳곳에 섞여 있는 전형적인 불교 고사이며, 따라서 상인 형상이 명백하게 드러나거나 상업적인 요소가 이야기의 주가 되진 않는다. 그러나 원공의 전생 그리고 그가 다른 사람들과 관계를 맺는 과정 등에서 상업적 요소와 상인의 형상이 중요한 문학적 역할을 하고 있다.

　여산에서 독송을 하다가 도적떼 두목 백장白莊의 노예가 된 원공은 꿈에서 아촉여래阿閦如來를 만나 자신이 전생에 갚지 않은 빚이 있고 그 채무의 주인이 바로 조정의 재상임을 알게 된다. 백장이 원공을 강제로 사로잡아 노예로 부려왔기 때문에 둘 사이에는 계약서가 없었다.
그래서 원공은 노예 계약서가 없어도 되는 백장의 가복 자식으로 꾸며
중매인을 통해 재상인 최상공에게 정식 계약서를 쓰고 팔려간다. 이때
원공은 직접 매신賣身의 계약서를 기막히게 써내려가 최상공을 흡족하
게 한다.[14] 이후 이름을 선경善慶으로 바꾼 원공은 강경의 장소에서 교
리 논쟁으로 승려 도안道安을 굴복시키고, 주인인 상공도 그의 강경에
크게 감화된다. 원공이 전생의 채무자로서 이제야 빚을 갚게 되었다고
밝히자, 상공은 그에 대해 더욱 자세히 말해줄 것을 청한다. 이때 원공
은 이렇게 답한다.

상공께서는 전생에 상인이었그 그 백장 역시 상인이었는데, 상공께서 백
장으로부터 오백 관문의 돈을 빌렸었지요. 이때 소승은 보증인이었는데,
얼마 후 상공께서 돌아가심에 따라 소승이 그 빚을 갚으려 했는데 불행히
도 저 역시 죽게 되었습니다. 수차례 윤회를 거듭하면서도 서로 만나지 못
하다가 이번 인연으로 보증한 빚을 갚을 수 있었습니다.

相公前世作一個商人, 他家白莊也是一個商人, 相公遂於白莊邊借錢五(百)
貫文. 是時貧道作保, 後乃相公身亡, 貧道欲擬塡還, 不幸亦死. 輪迴數遍, 不
愚(遇)相逢, 已(以)是因緣, 保債得債.[15]

---

14 이 부분은 앞서 언급한 「착계포전문」에서 계포가 주해의 노비가 되면서 계약서를 스스
로 쓰고 이를 주해가 매우 만족해하는 장면과 매우 흡사하다. 전혀 다른 내용과 성격의
두 작품에서 흡사한 장면이 나온다는 것은 당시 이야기의 수용자들에게 이러한 설정이
환영을 받았다는 증거가 된다.
15 『敦煌變文校注』, 267~268면.

이처럼 원공은 전생의 신분과 인연을 모두 상인, 상업과 관련짓고 있다. 전생의 빚을 갚지 않았으니 지옥에 떨어질 것이라 걱정하는 상공에게 원공은 자신을 통해 빚은 다 갚게 된 것임을 알려주고, 아울러 문도들에게도 자기처럼 노비가 되지 않으려면 지고 있는 빚을 반드시 갚아야 한다고 깨우쳐준다. 원공, 백장, 상공의 인연은 상인들 사이의 채무 관계를 통해 맺어진 것이었다. 빚을 갚기도 전에 죽어버리고, 윤회가 거듭한 후에 세 사람이 다시 만나면서 결국 전생의 빚을 갚게 되는 것이다. 「여산원공화」에서 이러한 설정은 문학적으로 매우 중요하다. 고사가 거의 끝나갈 즈음에 위와 같은 전생의 인연을 밝힘으로써 전체 이야기의 구조가 드러나기 때문이다. 즉, 원공이 전생에 상인들 사이의 거래에서 빚을 지게 되었고 그 빚을 갚기 위해 자신의 몸을 바친 것이 곧 이야기를 구성하는 중심 구조가 된다. 이 작품은 불법의 교리를 설명하거나 강경의 시비를 놓고 논쟁하는 장면이 주를 이루지만, 그 배후가 되는 이야기의 틀은 곧 상인과 보증인 사이의 채무와 그것을 갚는 과정이었던 것이다.

사실 상인과 금전관계는 불교의 인연을 설명할 때 흔히 등장하는 소재이다. 현세의 인연이 전생의 업보에 의한 것이고, 금전적 채무가 이러한 업보를 만들어내는 대표적 원인 중 하나이고, 또 이 채무와 가장 관련이 깊을 수 있는 계층이 바로 상인들인 것이다. 부처의 전생 이야기인 『본생경本生經』에서 상인은 자주 등장하는 인물 형상 중 하나이다. '탐욕스런 상인의 전생 이야기', '간사한 상인의 전생 이야기', '채소 장수의 전생 이야기' 등이 그런 예들이다.[16] 또 불교의 '오계五戒' 중 두 번째 '도둑질하지 말라'에 대한 교리를 설명할 때도 상인과 채무의 소

재가 등장한다. 돈황 강경문인 「불설아미타경강경문佛說阿彌陀經講經文
(二)」의 '도둑질하지 말라'는 계율 부분을 보면, 한 상인이 여래에게 과
거의 업인業因에 대해 묻자 여래는 과거에 도둑질을 했기 때문에 금세
에 노비가 되어 배상을 하게 된다고 설명해준다. 「여산원공화」에서 주
요 인물들의 전생이 모두 상인이었고, 전생에 돈을 갚지 않은 원공이
현생에서 노비가 되어 빚을 갚는 과정은 모두 이러한 불교적 계율과
인연의 요소를 인물 간의 관계와 갈등 구도 속에 배치하여 이야기 속
에 반영한 것이라고 볼 수 있다.

3) 「대목건련명간구모변문大目乾連冥間救母變文」

―상인을 통한 새로운 주제 제시

돈황 변문 중 「목련연기目連緣起」와 「대목건련명간구모변문」은 목련
이 지옥에 떨어진 어머니를 구제한다는 내용으로, 서진西晉 축법호竺法
護가 번역한 「불설우란분경佛說盂蘭盆經」을 근거로 변문의 형식에 맞게
이야기를 늘린 것이다. 도입 부분은 「목련연기」의 서술이 자세한 편이
나, 지옥에서 본격적으로 어머니를 찾아나서는 부분부터는 「대목건련

---

16 부처의 전생 고사 중에서도 보살이 대상을 이끌고 폐허를 지나가는 이야기는 특히 상인
   이 응당 갖추어야할 덕목이 잘 드러나 있다. 앞서 간 대상들이 야차의 속임수에 넘어가
   물을 모두 버리고 잡아먹힌 후, 보살은 똑같은 야차의 속임수에 이렇게 답한다. "그대들
   은 물러가라. 우리는 상인이다. 달리 물을 발견하지 않고는 가지고 있던 물을 버리지 않
   는다. 물을 발견한 곳에서 수레를 가볍게 할 것이다." 자신이 받을 수 있는 대가를 분명
   하게 확인하기 전까지는 가지고 있는 물건을 함부로 내놓지 않는 상인의 덕목을 상인 자
   신의 입을 통해 직접 말해주고 있다. 이미령 역, 『본생경』, 민족사, 2001 중 「확실하고 올
   바른 길」 이야기 참고.

명간구모변문」의 내용이 훨씬 풍부하다. 돈황에서 출토된 사본 중에 거의 같은 내용의 목련구모 고사가 한 편 더 있는데, 이 사본은 목련이 어머니를 구하러 지옥으로 들어가는 부분에서 끝나고 그 이하는 남아 있지 않다.[17] 「불설우란분경」은 「대목건련명간구모변문」을 비롯한 변문 목련고사보다 편폭이 훨씬 짧다. 내용도 목련의 모친 청제부인靑提夫人이 지옥으로 떨어지게 된 경위와 지옥의 구체적이고 생생한 장면들은 나오지 않고, 신통력을 얻은 대목건련이 아귀가 된 모친을 보고 슬퍼하는 장면부터 시작된다. 즉, 변문이 「불설우란분경」의 내용에 근거하여 이야기를 길게 늘였을 뿐 아니라, 원래 경전에는 없는 내용들까지 고사의 주요 부분으로 더했다는 것이다.

그런데 여기서 눈여겨볼 부분 중 하나는 「목련연기」와 「대목건련명간구모변문」 모두 초반에 주인공 나복羅卜이 장사를 하러 타지로 떠난다는 사실이다. 나복은 목련의 출가 전 이름이다. 관련 부분은 각각 아래와 같다.

그러던 어느 날 아들은 장사를 하러 (타지로) 나가고자 함에 먼저 당 앞에 이르러 모친에게 아뢰었다. "소자 외지로 나가 장사를 해서 재물을 모아 어머니를 시봉하고자 합니다. 집안의 모든 재물을 이제 삼분하여 하나는 제가 가지고 가고 하나는 어머니께서 사용토록 하시고 하나는 집안에 두고서 빈궁한 자들에게 나누어 주시기 바랍니다." 모친은 이 말을 듣고 마음이 몹시 흡족하여 외지로 나가 장사하는 것을 허락하였다.

---

17 이 사본은 중국국가도서관 소장이며 사본번호는 北京成字96호이다. 원본에 제목이 없는 관계로 흔히 「目連變文」이라는 가제로 불린다.

偶因一日, 欲往經營, 先至堂前, 白於慈母. "兒擬外州, 經營求財, 侍奉尊
親. 家內所有錢財, 今擬分爲三分. 一分兒今將去, 一分侍奉尊親, 一分留在
家中, 將施貧乏之者." 孃聞此語, 深愜本情, 許往外州, 經營求利.

어느 날 그는 타국으로 장사를 떠나고자 마음먹었다. 그래서 재산을 모
친에게 맡기며 후원에서 재회齋會를 열어 불법승과 걸식자들에게 공양을
드리라고 당부하였다. 나복이 떠난 후 모친은 인색한 마음이 생겨 자식이
맡긴 재물 모두를 슬그머니 감추어버렸다.

(於一時間)欲往他國興易. 遂卽支分財寶, 令母在後設齋供(養諸佛法僧及
諸乞)來者. 及其羅卜去後, 母生慳悋之心, 所囑咐資財, 並私隱匿.

첫 번째 인용문의 '경영經營'은 당연히 '장사하다'의 의미이고, 두 번
째 인용문의 '흥역興易' 역시 '장사를 통해 이익을 추구하다'라는 뜻이
다. 앞서 언급했듯이 「불설우란분경」에는 인용한 두 변문의 앞부분,
즉 목련의 모친이 지옥으로 떨어지게 된 이유인 이승에서의 죄업에 대
한 묘사는 전혀 없다. 목련의 출가 전 모습인 나복이 장사를 위해 집을
잠시 떠나게 되고, 그 사이에 모친이 지옥에 떨어질 죄를 짓게 되는데,
이에 대한 묘사 역시 「불설우란분경」에는 없다. 다시 말해 이 불경을
당대에 유행한 변문 이야기로 각색하는 과정에서 목련의 형상을 상인
으로 새롭게 설정한 것이다.[18] 「목련연기」의 끝부분에는 동영董永, 곽

---

18 사본번호 北京成字96호 「목련변문」의 해당 부분을 보면 다른 두 목련고사 변문과 달리
나복이 장사를 하러 간다는 내용이 없다. "그러던 어느 날 그는 다른 지방으로 가고자 하
였다. 그래서 집안의 재물을 삼등분하여 두 몫을 모친에게 남기며, 그 중 한 몫은 부친을
모시는 데 필요한 옷이며 양식을 사도록 하고, 나머지 한 몫은 齋를 마련하여 사방 멀리

거郭巨, 맹종孟宗 등 중국의 대표적인 효자 고사들이 간략히 언급되어 있다. 즉, 불경 고사임에도 이야기 자체가 이미 중국적으로 변용되었고, 변용의 목적도 매우 분명하다는 것이다. 효도가 강조된 불경의 고사를 수용자에 맞게 현지화, 중국화한 것이다. 실제로 「대목건련명간구모변문」에는 지옥으로 간 어머니의 생전 모습을 미남으로 유명한 중국 시인 반악潘岳에 비유하기도 하고, 주나라 태공太公이 했다는 말이 인용되기도 한다. 이 역시 목련 고사가 수용자의 상황에 맞게 변용되었음을 증명하는 대표적 예들이다.

목련고사 변문에서 나복을 상인으로 설정한 것은 이 고사의 주제와도 밀접한 관련이 있다. 장사를 마치고 돌아온 아들이 주변 사람들에게 모친의 악행을 듣고 그에 대해 물어보자, 나복의 모친은 분을 이기지 못하고 스스로에게 저주를 퍼부어 지옥에 떨어지게 된다. 이 때문에 죄책감에 시달리던 나복은 출가를 결정하게 되고, 이후 제일의 신통력을 얻어 '목련'이라는 명호를 하사받는다. 이처럼 목련의 모친이 지옥으로 떨어진 가장 큰 이유는 재산을 불법승과 걸식자들에게 쓰라는 아들의 권유를 무시하고 날마다 가축을 삶아 먹거나 재산을 숨겨두었기 때문이다. 복전에 써야할 재산을 자신의 부귀영화에만 쓴 것이다. 이는 모든 사람들에게 재산을 함부로 쓰지 말고 탐욕의 마음을 갖지 말라는 경계이기도 하며, 여기서 주인공을 부유한 상인으로 설정한 것은 재물, 욕심, 탐욕과 직접적으로 관련될 수 있는 인물의 형상을 설

에서 온 스님들에게 보시토록 하였다(忽於一日, 思往他方. 家財分作於三亭, 二分留與於慈母, 內之一分, 用充慈父之衣糧, 更分資財, 縈(營)齋布施於四遠)." 이 점을 보더라도 상인 나복은 이야기가 변형되는 과정에서 새롭게 더해진 형상임을 알 수 있다.

정함으로써 그만큼 경계와 교훈의 효과를 높이기 위한 것으로 보인다. 「불설우란분경」의 중심 주제는 효도와 그것을 실현하기 위한 불교 의례, 즉 우란분재에 대한 강조이다. 그런데 변문에서는 원래 주제 외에 재물에 대한 욕심을 버리라는 새로운 주제를 더하였으며, 이 주제를 부각시키기 위해 목련을 장사하는 사람으로 설정하고 그 집안 역시 매우 부유했음을 미리 밝혔다.

4) 해좌문解座文 — 상인으로서의 강경인講經人

돈황 변문에는 강경의 시작을 알리는 압좌문押座文과 강경의 자리를 마치는 역할의 해좌문이 포함된다. 압좌문은 마치 판소리의 단가처럼 본격적인 강경을 시작하기 전 공연자가 목을 풀고 청중을 집중시키는 노래이며, 해좌문은 본 공연이 끝난 후 전체 자리를 정리하면서 다음 공연을 기약하는 노래라고 할 수 있다. 압좌문과 해좌문 모두 불교 관련 내용이긴 하지만, 강경에서 실제로 강의한 불경의 내용과는 상관없이 주위를 환기시킬 목적으로 부르는 것이다. 그래서 변문 속에서도 하나의 장르로 분류되어 있다. 강경을 시작하면서 부르는 압좌문이 엄숙하면서 다소 무거운 특징을 보인다면, 해좌문은 전체 공연을 끝내며 청중에게 다음 공연에도 참여해 달라고 직접 당부하는 말에서 매우 친근한 현장감을 느낄 수 있다. "각자 염불하고 집으로 돌아가시어, 늦게 왔다고 공연히 마나님 노하게 하진 마십시오各自念佛歸舍去, 來遲莫遣阿婆嗔", "섬돌 앞에서 합장하고 게를 받으시고, 내일 종소리가 들리면 일찍 들으러 오십시오_{合掌階前領取偈, 明日聞鐘早聽來}", "날이 늦어 염불하고 돌아가시되, 꼭 친속들께 말씀을 전해 명심토록 하십시오_{日晚念佛飯舍去, 事須傳語親屬記}" 등이 전형적인 예들이다. 그런데 이처럼 자리를 마무리 하는 말 중에는 강경인 스스로가 자신의 공연에 대한 금전적 대가, 즉 보시를 바라는 내용도 보인다. 아래의 예들이 그렇다.

더 말하려 해도 해가 서면으로 떨어져,
자리의 문도들께서는 각자 돌아가셔야겠습니다.
갑자기 또 쓰라린 부담을 느끼니,
50전이면 가지가 두 바구니랍니다.
更擬說, 日西垂, 坐下門徒各要歸.
忽然逢着故醋擔, 五十茄子兩旁箕.

며칠 동안 또 강경을 하러 왔으나,
보시는 신통치가 않군요.
염불하고 각자 집으로 돌아가시고,
내일 다시 와서 함께 자리하시지요.
還道講來數朝, 施利苦無大段.
念佛各自歸家, 明日却來相伴.

첫 번째 인용문 마지막의 '旁箕'는 글자 그대로는 의미가 불분명하다. 이에 대해 샹추_{項楚}는 '旁'을 '筹'으로 보고 '筹箕'는 대나무를 짜서 만든 용기라고 했다. 그리고 마지막 구는 "돈 50文이면 가지를 두 바구니나 살 수 있다"는 의미의 우스갯소리라고 했다.[19] 바로 앞 구에서 강경인이 '쓰라린 부담'을 느낀다며 자신의 처지가 여의치 않음을 토로한 것을 보면, 샹추의 의견은 매우 타당하다고 볼 수 있다. 즉, 생계를 꾸려갈 수 있도록 강경을 들은 청중들에게 보시를 바란다는 말을 해학적으로 표현하고 있는 것이다. 두 번째 해좌문은 해학적이라기보다는 훨씬 더 노골적으로 보시가 부족하다는 말을 하고 있다. 샹추는 위 인용문에서 '大段'을 '大量'의 의미로 보았고, 황정黃征과 장용취안張涌泉은 "施利苦無大段"이 "강경을 해서 얻은 보시가 많지 않음을 의미한다"고 했다.[20] 즉 강경의 대가로 더 많은 보시를 청중들에게 직접 요구하고 있는 것이다. 위의 예들에서 강경인은 자신의 재주를 팔아서 돈을 버는 '매예賣藝'의 상업 활동을 했다고 볼 수 있다. 그리고 해좌문에서 이처럼 매우 현실적이면서 친근한 말을 쓴 것은 매우 독특한 서술방식이다.

5) 「부모은중경강경문父母恩重經講經文」

―장사라는 직업에 대한 인식

「부모은중경父母恩重經」은 부모님의 은혜와 효도의 필요성을 직접적으로 설파한 불경이다. 불교가 원래 가족의 연에 얽매이지 않는 특성이 있기 때문에, 흔히 「부모은중경」은 중국적 효의 가치관을 강조하기

---

19 項楚,「解座文集」,『敦煌變文選注』下(增訂本), 中華書局, 2006, 1553면.
20 위의 책, 1597면; 黃征·張涌泉 校注,「解座文匯抄」,『敦煌變文校注』, 中華書局, 1997, 1190면.

위해 측천무후 시대에 처음으로 경전 목록에 포함된 위경僞經으로 인식된다. 따라서 이 경전의 강경 형식이라고 할 수 있는 「부모은중경강경문」은 사실 「부모은중경」이 경전으로 포함될 때와 거의 같은 시기에 이미 민간에서 유행했을 것으로 추정된다. 즉, 서로 같은 시대적 배경을 갖고 있다는 것이다. 다른 강경문과 마찬가지로 「부모은중경강경문」 역시 경전인 「부모은중경」의 내용에 서사성이 더욱 가미된 작품이다. 경전에서는 간략하게 언급되어 있는 부분을 강경문에서는 매우 핍진하면서도 감동적으로 묘사하여 당시 많은 사람들의 환영을 받았을 것으로 보인다.[21] 서두에서 언급했듯이, 이 변문 작품에도 특정 형상으로 귀납할 수 있는 상인의 모습이나 상업적 요소는 등장하지 않는다. 그러나 몇몇 부분에서 소위 '장사'라는 것을 간략히 언급하고 지나가는데, 이를 통해 직업으로서의 상인과 장사에 대한 당시의 인식을 유추할 수 있다는 점에서 살펴볼 만하다. 먼저 아래의 내용을 보자.

> 친척들이 권면해도 들을 생각을 않고,
>
> 부모의 가르침은 듣는 둥 마는 둥이네.
>
> 벼슬이든 장사든 도무지 하려 하지 않고,
>
> 긴 세월 한가하게 보내며 멋대로 떠돈다네.
>
> 親情勸着何曾聽, 父母敎招似不聞.
>
> 仕宦經營全不肯, 長時閑散恣因循.

---

21 돈황본 「부모은중경강경문」은 현재 프랑스국립도서관(사본번호 P.2418)과 중국국가도서관(사본번호 北京河字12號)에 한 작품씩 소장되어 있으며, 두 사본은 같은 경전에 바탕을 두면서도 서술과 묘사 방식에 차이가 있어 일반적으로 「부모은중경강경문(一)」과 「부모은중경강경문(二)」로 구별한다.

자식들이 성장한 이후에 각자 벼슬길에 나서고 장사를 위해 다른 지방으로 나가면 어머니의 마음도 그를 쫓아간답니다. 삭방에 수자리 나가면 3년 동안 장성만 바라보고, 검령劍嶺에 장사하러 가면 반 년 동안 혼은 금수錦水를 따라다닌답니다.

男女成長已後, 各須仕宦經營, 纔出他州, 母心相逐. 朔方征戍, 三年而目斷長城, 劍嶺興生, 半歲而魂隨錦水.

모두 「부모은중경강경문 (一)」에 나오는 내용이며, 둘 다 '경영經營'이라는 용어가 쓰였다. 「목련연기目連緣起」 설명 부분에서도 언급했듯이, 여기서 '경영'은 당연히 '장사'를 의미한다. 앞의 인용문은 낳고 길러주신 부모의 은혜는 잊은 채 자식들이 불효와 나쁜 짓만 일삼는다고 나무라는 부분이고, 뒤의 인용문은 장성한 후에도 자식에 대한 어머니의 걱정은 끊이지 않음을 묘사한 것이다. 이 부분을 보면 당시 사람들이 '장사'라는 직업 혹은 생계 수단에 대해 매우 긍정적으로 받아들이고, 나아가 권장하는 혹은 희망하는 직업의 하나로 보고 있음을 알 수 있다. 벼슬과 마찬가지로 장사는 장성한 자식이 자연스레 선택하게 되는 직업이었으며, 이 직업에 착실히 임하는 것이 곧 부모에게 효도하는 길이었던 것이다. 비록 말하고자 하는 바는 다르지만, 두 번째 인용문에서도 장사는 벼슬길과 함께 당시 사람들의 대표적인 직업으로 제시되고 있다. 「부모은중경강경문 (一)」에서는 이와 흡사한 묘사가 두 번 더 나온다. 모두 타향으로 떠난 자식을 어머니가 걱정한다는 내용이다. 이처럼 장사는 벼슬살이와 함께 타향살이의 가장 큰 이유 중 하나였다. 아울러 부모가 생각하는 자식의 생계수단으로서 장사가 언급된 것은 당시 사람들이 이 직업에 대해 가지고 있던 긍정적 인식이 작품 속에 반영된 것으로 볼 수 있다.

4. 나가며

이상으로 돈황 변문에 보이는 상업적 요소와 상인의 형상에 대해 살펴보았다. 위 논의에서 보이듯이 돈황 변문 중에는 물건의 매머나 시세 차익을 통해 이윤을 추구하는 전형적인 상업 요소는 찾을 수 없다. 「순자변」에서 순의 아버지가 전쟁이라는 시기를 틈타 장사를 하러 떠난다는 설정이 나오긴 하지만, 그에 대한 구체적 장면은 묘사되어 있지 않다. 이러한 현상은 서두에서 언급했듯이 돈황 변문의 내용과 장르 자체가 갖는 한계 때문일 것이다. 그리고 변문에서의 상인 형상 역시 일반적인 상인으로서의 활동이 묘사되었다기보다는 상인으로서 맺게 된 불교적 인연, 상인이라는 설정을 통한 도덕적 측면의 강조 등으로 표현되고 있음을 알 수 있다. 따라서 돈황 변문의 한정된 내용을 통해 당대 사회의 상업적 측면이나 상인의 형상을 귀납해내기에는 무리가 따른다. 그러나 돈황 변문 속 일부 상업적 요소와 상인의 형상이 고사의 전개에 있어서 중요한 역할을 하고 때로는 사건 해결의 결정적인 실마리가 되고 있다는 점도 부인할 수 없다. 즉, 공연 문학의 특징에 맞춰 이야기를 길게 늘이거나 새롭게 구성하는 변문 작품에서 원래 이야기에는 없는 상인의 형상이나 상업적 요소를 더함으로써 이야기 자체를 더욱 풍성하게 만들었다는 말이다. 이는 상인 형상과 상업 요소들이 작품 내의 등장인물과 서사 장치로서 문학적 작용을 충실히 수행하고 있다는 의미이기도 하다. 당시 사람들에게는 이러한 상업적 측면이 매우 일상적인 것으로 다가왔을 것이다. 「착계포전문」과 「여산원공화」라는 전혀 다른 성격의 이야기에서 노비의 매매 과정에 대한 묘사가 매우 흡사한 것을 보면, 당시 이야기의 수용자 입장에서도 이러한 상업적 요소는 매우 익숙한 것들이었음을 알 수 있다. 그리고 「해좌문」에서 강경인이 자신의 재주를 파는 상인으로서 사람들에게 합당한 대가를 바란 것, 「부모은중경강경문」에서 장사가 사람들이 으레 선택하는 직업으로 설정된 것 역시 변문이 유행하던 당시에 이미 상인이라는 직업과 상업 활동이 사람들에게 매우 보편적인 것으로 인식되고 있었음을 보여준다.

참고문헌

논문 및 단행본

王小盾,「敦煌文學與唐代講唱藝術」,『中國社會科學』, 1994.4.

鄭廣薰,「敦煌 變文의 우리말 번역에 대한 고찰─번역 어투를 중심으로」,『中國小說
　　論叢』第42輯, 2014.4.

(宋)李昉 등편, 김장환・이민숙 외역,『태평광기』, 학고방, 2001.

이미령 역,『본생경』, 민족사, 2001.

전홍철,『돈황 강창문학의 이해』, 소명출판, 2011.

조명화,『佛敎와 敦煌의 講唱文學』, 이회, 2003.

빅터 메이어Victor H. Mair, 정광훈・전홍철・정병윤 역,『당대 변문T'ang Transformation
　　Texts』, 소명출판, 2012.

葛永海,『古代小說與城市文化』, 上海師範大學 博士論文, 2003.

姜革文,『商人・商業・唐詩』, 復旦大學出版社, 2007.

邱紹雄,『中國商賈小說史』, 北京大學出版社, 2004.

邵毅平,『中國文學中的商人世界』, 復旦大學出版社, 2005.

　　　,『文學與商人─傳統中國商人的文學呈現』, 上海古籍出版社, 2010.

王昆吾,『中國早期藝術與宗敎』, 東方出版文化中心, 1998.

昌慶志,『唐代商業文明與文學』, 黃山書社, 2010.

(漢)司馬遷,『史記』, 中華書局點校本, 1982.

項楚,『敦煌變文選注』, 中華書局, 2006.

黃征・張涌泉 校注,『敦煌變文校注』, 中華書局, 1997.

왕세정王世貞의 상인전기商人傳記와 명대明代 상인의 성장

박경남

1. 왕세정 문학의 '현실 지향'과 '복고적 지향'

'복고復古'란 무엇인가? 이를 간단히 직역하면 '고古를 회복回復하는 것'일 터이다. 그렇다면 '고'란 무엇인가? 그것은 넓게 보면, '옛날古의 정치·사상·제도·문학·예술 등을 포함한 정신·물질 문화' 전반을 다 포괄하는 것이겠지만, 그 중 문학으로만 범위를 축소해 본다면, 아마도 그것은 '전범典範이 되는 고전古典'(正典 : Canon)이 되지 않을까 한다. 그렇다면 이제 문학상의 '복고'란 "전범이 되는 고전의 정신·문체·작법·자구 등등을 오늘에 되살리는 것"이라고 정의할 수 있을 것이다. 그런데 이 정의는 얼핏 보면 아주 간단명료하게 보이지만, 그 의미를 차근차근 따져보면 쉽게 합의하기 어려운 여러 가지 문제가 내포되어 있다.

우선 도대체 '전범이 되는 고전'이란 어떤 작품을 말하는가? 명대明代 문학사文學史의 당송唐宋 / 진한秦漢 고문古文 논쟁과 관련지어 말해보자면, 한유韓愈·유종원柳宗元·구양수歐陽脩·소식蘇軾과 같은 '당송 고문' 작가들의 작품이 전범인가? 아니면, 『사기史記』·『장자莊子』·『국어國語』·『전국책戰國策』 등의 '진한 고문'이 전범인가? 그것도 아니면, 『시경詩經』·『서경書經』·『역경易經』·『예기禮記』·『춘추春秋』·『논어論語』·『맹자孟子』·『대학大學』·『중용中庸』 등의 경전이 고문의 전범인가? 또한 고전을 회복한다는 말은 도대체 고전의 어떤 부분을 오늘에 되살리려고 하는 것인가? 고전의 자구字句를 빌어 와 예스럽고 전아한 고문투의 작품을 쓰는 것이 고전을 되살리는 길인가? 아니면, 고전이 되는 텍스트의 전체 구성과 작법을 분석·정리해서 현재의 창작에 활용하면 되는 것인가? 자구·문체·작법은 자유롭게 하되 고전을 쓴 작가의 정신을 오늘날에 계승하면 되는 것인가? 더 나아가 또한 어떻게 하면 고전 작가의 정신을 배우고, 어떻게 하면 고전 작가의 문체와 작법과 자구를 습득할 수 있는 것인가? 고전의 문장을 통째로 암송하거나 무작정 베껴 쓰면 저절로 고전의 모든 것들이 습득되는 것인가? 아니, 이런 방법은 자구나 문체만을 본뜨게 되고 정작 중요한 고전 작가의 정신을 계승하는 것에는 무용지물이 아닐까? 그렇다면 구성과 작법을 분석하고 습득하는 것으로 고전 작가의 정신을 계승할 수 있는 것일까? 이도 아니면, 암송과 초록과 분석의 방법에서 벗어나 다만 자신이 부딪친 현실을 그리되, 현재와 유사한 고민을 했던 고전 작가의 생각과 상황을 추론·상상하면서 현실의 대안을 제시하려고 노력하는 것이 고전의 정신을 오늘에 되살리는 것인가?

이처럼 '복고'라는 말과 그것의 정의에는 '고'란 '무엇'이고, '고'의 '어떤 부분'을 '어떻게' 계승할 것인가에 대해 무수한 질문들이 제기될 수 있고, 실제로 제기되어 왔다. 왕세정王世貞(1526~1590)에 국한해서 말해 보자면, 그의 반대자들은 왕세정이 '고문의 자구를 모의하는 것'을 '고전을 계승하는 것'으로 잘못 이해했다고 무수한 비난을 퍼부었던 반면, 그의 지지자들은 왕세정이 각 시대의 문체를 고루 흡수해서 '고금古今 각체各體의 시문詩文을 자유롭게 활용·구사했다'고 칭송한다. 필자는 후대인들의 비평보다는 그의 문학관과 작품적 실제를 직접 살펴봄으로써 왕세정의 작품에 일부 모의적 측면이 있다하더라도 전체적으로는 후자의 평가가 그의 작품적 성과를 온전히 반영한 것으로 판단하고 있다. 다만, 그의 작품적 성과를 긍정적으로, 혹은 부정적으로 평가하는 위 논의들은 공히 고전의 학습과 계승 및 활용의 측면에서만 그의 '복고적 지향'을 조명하여 왔다. 또한 왕세정이 '복고'를 주장한 이유에 대해서도 이전 시기 대각체臺閣體와 팔고문八股文의 구속을 타파하고자 했다는 식으로, 문체적인 측면에서만 주로 조명되어 온 것이 사실이다. 하지만, 필자가 생각하기에 이런 식의 논의는 당대 현실에 누구보다 민감했던, 그리고 당대의 현실을 가장 열정적이고 풍부하게 재현하고자 했던 왕세정 문학의 '현실 지향'과 그의 '복고적 지향'을 논리적으로 연관시키지 못하는 한계가 있다. 따라서 이 글에서는 왕세정의 문학에서 '고전古典'이 소환되는 가장 중요한 동기이자 계기였던 '현실'을, 그의 '복고'와 그의 '문학'을 이해하는 가장 중요한 요소의 하나로 부각시키면서, '왕세정' 및 '복고파' 논의에서 그동안 실상과 달리 소홀하게 취급되었던 그 문학의 '현실지향'의 측면을 그의 상인전기를 예로 삼아 드러내고자 한다. 이 과정에서 『사기』 등 진한고문에 대한 왕세정의 재평가가 현실과 무관하게 그저 책상물림으로 고전을 암송·초록하는 과정에서 생겨난 것이 아니라, 당대인들의 삶을 증언하고 재현하는 과정에서 요청된 것이라는 사실이 온전히 밝혀지리라 기대된다.

중국이나 한국에서 왕세정은 대체로 문학사 연구의 시각에서 복고파의 일원으로서 소개되어 왔는데, 최근에 와서는 '왕세정'에 대한 단독 연구가 눈에 띠게 증가하면서 그 실상에 대한 새로운 접근과 해석이 늘어나고 있다.[1] 또한, 복고파에 대한 시각 역시 문학사 전반을 소개하는 개괄적인 논의에서는 대체로 '의고擬古'나 '모의模擬'의 부정적인 시각으로 논의되는 경향이 지배적이었지만, '복고파'를 단독적으로 연구하거나,[2] 더 나아가 왕세정을 보다 집중적으로 탐구한 연구가 늘어남에 따라 '의고'나 '모의'로 간단히 부정할 수 없는 왕세정 및 복고파의 다면적인 실체들이 다양한 각도로 밝혀졌다.[3] 연보를 통해 왕세정의

---

1 왕세정에 대한 연구는 최근 다음 두 편의 글에서 연구사가 개략적으로 정리되었다. 魯茜·姚紅衛, 「20世紀以來王世貞研究述評」, 『湖南第一師范學院學報』, 2012-2; 李世林, 「王世貞史學硏究述評」, 『三峽大學學報』, 2011-1. 또한, 이보다 앞서 薛瑾(「『史記』與復古派盟主王世貞」, 西南大學 碩士論文, 2010)의 「緒論 : 關于王世貞研究現況」에서 '문학'과 '사학'으로 나누어 그 연구 현황을 요령 있게 정리하였다. 대체로 1980년대부터 복고파와 왕세정에 대한 연구가 비교적 많아지고, 연구 관점도 부정적인 평가에서 벗어나 그 문학적 실체를 객관적으로 검토하려는 경향이 늘어났으며, 1990년대 이후에는 왕세정에 대한 주목할 만한 단독 연구들이 진행된 것으로 보인다.

2 대표적인 연구로 廖可斌, 『明代文學復古運動硏究』, 上海古籍出版社, 1994; 陳國球, 『明代復古派唐詩論硏究』, 北京大學出版社, 2007 등이 있다.

3 상세한 연구목록은 각주 1번의 연구사로 대신하고, 여기서는 각 분야의 대표적인 연구목록만을 간략히 제시하기로 한다. 왕세정의 생애와 연보와 관련해서는 許建昆, 「王世貞評傳」, 臺灣 : 東海大學 碩士論文, 1976; 黃志民, 「王世貞硏究」, 臺灣 : 國立政治大學 博士論文, 1976; 鄭利華, 『王世貞年譜』, 上海 : 復旦大學出版社, 1993 등이 상세한 고찰을 하였고, 왕세정의 문학사상 연구는 朴均雨, 「王世貞詩文論硏究」, 臺灣國立政治大學 博士論文, 1990; 卓福安, 「王世貞詩文論硏究」, 臺灣 : 東海大學 博士論文, 1991; 酈波, 「王世貞文學硏究」, 南京師範大學 博士論文, 2003; 孫學堂, 『崇古理念的淡退 : 王世貞与十六世紀

생애가 보고되면서 엄숭嚴嵩 등 부패 권력과 대립했던 그의 비판적 지식인으로서의 면모가 드러나게 되었고, 그의 문학이론이 단순한 모의가 아니라 고전의 충실한 학습을 통한 새로운 문학의 창조를 목표로 하고 있음이 밝혀지게 되었다.[4] 또한 전겸익錢謙益이 제기했던 엄주만년정론弇州晚年定論의 진실성을 둘러싸고 논란이 제기되면서, 왕세정 문학의 초初·만년晚年의 변화에 동의하든 동의하지 않든, 진한 고문뿐만 아니라 당송의 고전적 작가들까지를 포괄하고자 했던 왕세정 문학관의 포용성이 드러나게 되었고, 더 나아가 만년의 모곤茅坤과 왕세정의 교유와 문학관의 동질적 지향이 보고되면서 당송파와 복고파의 대립 구도 속에서 왕세정을 이해하고자 하는 유파적 이해의 한계도 지적되었다.[5]

이처럼 왕세정과 명대 중엽 이후의 문학에 대한 연구가 심화되어 갈

文學思想』, 天津古籍出版社, 2004; 元鍾禮, 「王世貞의 宗唐主義에 담긴 近代的 自覺」, 『中國文學』 42집, 2004; 元鍾禮, 「李夢陽과 王世貞, 袁宏道 詩歌美學의 '俗雅之趣'와 '淸趣'」, 『中國文學』 44집, 2005; 鄭利華, 「后七子詩法理論探析−以王世貞·謝榛相關論說考察爲中心」, 『中國文學研究』 38집, 2009; 樊恒勇, 「王世貞論初唐四杰」, 安慶師范學院 碩士論文, 2013 등이 참조된다. 『예원치언』에 관한 연구는 王世貞, 羅仲鼎 校注, 『藝苑卮言校注』, 濟南：齊魯書社, 1992와 李燕靑 「『藝苑卮言』研究」, 上海大學 博士論文, 2010이 자세하다. 한편, 조선에서의 왕세정 수용사와 관련된 연구는 최근 擬古主義와 秦漢古文論 수용과 관련하여 김용태, 「한국한문학에 있어서 擬古主義 연구의 최근 쟁점」, 『한문학보』 30, 2014; 하지영, 「18세기 秦漢古文論의 전개와 실현 양상」, 이화여대 박사논문, 2014에 의해서 재차 정리된 바 있다.

4 대표적인 연구로는 鄭利華, 『王世貞年譜』, 上海：復旦大學 出版社, 1993; 鄭利華, 「后七子詩法理論探析−以王世貞·謝榛相關論說考察爲中心」, 『中國文學研究』 38집, 2009 참조.

5 왕세정의 晚年定論에 관한 최근 논의는 魏宏遠, 「王世貞晚年文學思想研究」, 上海：復旦大學 博士論文, 2008-4a; 魏宏遠, 「王世貞晚年文學思想轉變'三說'平議」, 『浙江社會科學』, 2008-4b; 李光摩, 「錢謙益"弇州晚年定論"考論」, 『文學遺産』, 2010-2 참조. 茅坤과 왕세정의 교유와 문학관의 동질적 지향은 朴京男, 「茅坤과 王世貞의 교유와 그 공통적 지향점−申最의 『皇明二大家文抄』를 통해 본 茅坤과 王世貞」, 『漢文學論集』 31집, 2010 참조.

수록 그의 문학을 단순한 '모의'나 '복고'로 치부할 수 없음이 드러나게
되었다. 하지만, 이제까지의 연구는 대체로 '문학론' 자체의 논의에 국
한되어 진행되어 왔기에, 왕세정의 작품을 분석하여 그 문학적 실체를
규명하고자 하는 노력은 아직까지도 많이 부족한 실정이다. 따라서 이
제 왕세정 문학의 연구는 그의 작품적 실체를 밝힘을 통해 그의 문학이
무엇을 새롭게 창조하고, 현실을 어떻게 반영하고 있으며, 또한 그의
복고적 문학관과는 어떻게 관련되어 있는지를 밝혀야 할 시점에 이르
렀다. 이 글은 필자의 이전 연구를 보완 · 확장하는 의미에서 왕세정의
상인전기를 포괄적으로 분석하는 가운데, 당대의 현실을 드러내고자
하는 그의 작품적 실천이 고전에서 문학과 삶의 원형을 찾고자 했던 그
의 복고적 문학관과 행복하게 조우했던 한 단면을 드러내고자 한다.

2. 왕세정의 상인전기商人傳記 개괄

　필자는 몇 년 전 조선의 문인 김창협金昌協(1651~1708)의 비평을 반성
적으로 검토하는 과정에서 그가 비판하고 있는 왕세정의 상인 묘지명
墓誌銘을 독해할 기회를 가진 바 있다. 당시 필자는 소략하게나마 『엄주
사부고弇州四部稿』와 『엄주속고弇州續稿』에 수록된 48편의 상인(상부商婦)
비지문碑誌文을 도표로 제시하고, 그 중 「처사남야고옹묘지명處士南野顧
翁墓誌銘」을 예시적으로 분석하여, 왕세정의 상인 묘지명이 '새로운 계
층의 문학적 수용' · '당대 현실의 사실적 묘파' · '묘지문의 장르적 확
대' · '위계적인 신분 의식의 타파' 등의 측면에서 비지문 장르의 창조

적 혁신으로 평가할만한 점이 있음을 지적한 바 있다.[6] 이 글에서는 그 범위를 좀 더 확대하여 상인·상부의 삶과 일생을 다루고 있는 묘지명·행장行狀·전傳·수서壽序 등의 장르를 총괄하여 간단히 '상인전기'로 명명하고, 그 개괄적 현황을 검토하기로 한다.

필자가 현재까지 발견한 왕세정의 상인 전기 총수는 부록의 도표에 제시하였듯『엄주사부고弇州四部稿』에 수록된 22편(표 2)과 『엄주속고弇州續稿』에 수록된 47편(표 3)을 합하여 모두 69편이다.[7] 이 중 단장單葬·합장合葬된 상인·상부의 묘지명·묘표墓表·신도비神道碑·묘비墓碑를 합친 상인 비지문은 57편이고, 전은 8편, 수서는 3편, 행장은 1편이다. 각 작품의 제목 아래에 간지干支가 표기되어 있지 않고, 내용을 통해서도 추론하기 어려운 것들이 많아서 창작연대는 정확히 알 수 없다. 다만『엄주사부고』가 1576년(51세)에 발간된 것을 고려하면,『사부고四部稿』에 수록된 22편의 작품들은 51세 이전의 작품들이고,『엄주속고』에 수록된 47편의 작품은 그 이후의 작품들이니, 왕세정이『예원치언藝苑卮言』(1558년, 40세)을 발간하여 자신의 독자적인 문예관을 드러내고, 이반룡李攀龍(1514~1570) 사후死後 문단의 영수로 존경받았던 40대 후반 이후의 작품들임에는 분명하다.

도표에 보이듯 왕세정이 상인전기를 창작하게 된 경위를 살펴보면,

---

6 朴京男,「金昌協의 비판을 통해 본 王世貞 散文의 진면목―商販 碑誌文을 중심으로」,『韓國漢文學硏究』46집, 2010, 207~208면 참조.

7 왕세정의 商人傳記를 개괄적으로 살핀 孫禮祥(「王世貞商人傳記硏究」, 安徽大學 碩士論文, 2004)에서는 대상작품이 무엇인지 명료하게 밝히지 않은 채로 왕세정이 총 64편의 상인전기를 창작했다고 언급하고 있다. 필자는『엄주사부고』·『엄주속고』를 통독하면서 여기에 5편을 추가해 총 69편의 왕세정 상인전기를 찾아 본고의 부록에 도표로 제시하였다.

대체로 고인故人의 아들이나 인척·지인들의 청탁에 의해서였음을 알 수 있다. 이는 그의 상인 묘지명 창작 역시, 부모·인친姻親의 삶을 기리고자 하는 후손들이 문필이 있는 명망가를 찾아 묘지명을 부탁하는 일반적 관례에 따라 지어졌음을 보여주는 것이다. 물론 그렇다고 해서 왕세정의 상인전기 창작을 작가의 창작 욕구 및 의사와 무관한 수동적인 행위로 본다면 이는 그 실상을 제대로 이해하지 못한 것이다. 왕세정의 상인전기는 상인의 자제인 왕도곤汪道昆을 제외하면, 수적으로도 여타 명대 문인들의 상인전기 창작을 압도할 뿐만 아니라,[8] 내용상으로도 상인들의 현실에 대한 구체적이고 다양한 묘사와 함께 사마천의 「화식열전貨殖列傳」을 계승하여 소외된 상인 계층의 삶을 재조명하고자 하는 뚜렷한 창작의식을 발견할 수 있기 때문이다. 이에 대해서는 후술하기로 한다.

끝으로 왕세정의 상인전기에 등장하는 상인들의 지역별 분포상황을 살펴보면 아래의 표 1과 같다. 왕세정의 문집에 수록된 상인전기 68편의 지역별 상인분포를 살펴보면,[9] 휘주상인徽州商人과 소주상인蘇州商人의 수가 55명으로 대략 80.9%의 비율을 차지하고 있음을 알 수 있다.

---

[8] 왕세정 이외에도 李夢陽·李攀龍·歸有光이 8편의 상인전기를 창작했고, 鐘惺이 4편, 潭元春이 2편의 상인 전기를 창작했다. 이밖에 원굉도袁宏道 등 다수의 명대 문인이 1편 정도의 상인전기를 남기고 있다. 왕세정은 69편의 상인전기를 지음으로써 수적으로 압도적 우위를 차지한다. 명대 문인 중에서 왕세정보다 많은 수의 상인 전기를 쓴 사람은 汪道昆으로, 그는 상인의 자제로서 총 112편의 상인전기를 남겼다. 이에 대해서는 孫禮祥, 앞의 글; 耿傳友, 「汪道昆商人傳記研究」, 安徽大學 碩士論文, 2002 참조.

[9] 『엄주사부고』·『엄주속고』에 수록된 상인전기는 총 69편이지만, 이중 「潘次公吳媼偕壽九十序」는 동일인을 대상으로 2편을 쓴 것이므로, 총 68편을 대상으로 지역별 상인분포를 조사하였다. 또한 상인부부를 대상으로 한 글은 2인으로 계산하지 않고, 동일지역의 1인으로 계산했다. 도표의 점유율은 백분율로 환산한 값이다.

또한, 안휘성安徽省・강소성江蘇省・절강성浙江省 등 양자강 유역의 강남 지역 상인들이 63명으로 92.6%의 점유율을 보이고 있다. 통계에서 확연히 드러나듯 왕세정의 상인전기는 자신의 고향인 강소성 태창太倉 주변의 소주蘇州・휘주徽州 상인을 중심으로 한, 장강長江 및 태호太湖 유역에서 생활했던 강남 지역 상인들의 삶을 재현하고 있다고 요약할 수 있겠다. 따라서 이하에서는 대표적인 몇 작품을 중심으로 작품 속에 형상화된 강남 지역의 현실 및 상인들의 삶을 살펴보고, 이들 상인들의 삶에도 그 나름의 의미와 가치를 부여하고자 했던 왕세정의 창작 의식을 검토하고자 한다. 또한 이 과정에서 『사기』 등의 고전古典을 문학적 전범으로 삼았던 그의 '복고 지향의 문학'이 당대인들의 삶과 현실을 담아내고자 했던 그의 창작 실천 속에서 어떻게 결합하여 새로운 성격과 의미를 띠게 되는지 음미해 볼 것이다.

〈표 1〉 왕세정 상인전기의 지역별 상인 분포

성省	출신지역	점유율	작품(사부고四部稿 소수所收 / 속고續稿 소수所收)
安徽省 (27)	徽州商人 (27)	39.7	贈程君五十敍・孫義卿傳・明故徵仕郎仁齋程君墓表・明故贈通議大夫兵部右侍郎汪公神道碑・程君汝義墓碣銘・太學生金君三園行狀 / 潘次公吳媼偕壽九十序・佳山吳鴻臚七十壽序・節孝汪吳傳・程母傳・許本中傳・畢處士曁配吳孺人合葬誌銘・淸溪蔣次公墓誌銘・程于行墓誌銘・將仕佐郎太醫院吏目春溪張君墓誌銘・黃母吳太孺人墓誌銘・吳淑人墓誌銘・潘配吳伯姬墓誌銘・程師文墓誌銘・處士汪次公繼婦許孺人合葬誌銘・處士程有功曁配吳孺人合葬誌銘・程處士汝宜曁配金孺人合葬誌銘・新安程君墓誌銘・程處士惟淸墓誌銘・羅山汪次公曁繼配杜孺人合葬誌銘・處士吳介石翁墓表・封通議大夫兵部右侍郎汪公神道碑
江蘇省 (28)	蘇州商人 (22)	32.4	許長公小傳・張隱君小傳・明封承德郎禮部祠祭署郎中東婁徐公曁配陳安人合葬誌銘・明故處士沙洲歐君曁配孔孺合葬誌銘・明故太醫院吏目徵泉劉君墓誌銘・明故處士閒谿朱公曁配宋孺人合葬墓誌銘・明故處士雲棲張君墓誌銘・明故鄭母唐孺人墓誌銘・明封文林郎浙江處州府推官冥林張翁墓表・處士友荊王翁墓表 / 處士春山翁君曁配吳姥

			合葬誌銘・金君夫婦合葬誌銘・布衣王全美暨配郁節婦合葬誌銘・承直郎通判歸德府事弋泉姜公暨元配王安人墓誌銘・太醫院冠帶醫士竹逸呂翁暨配鍾孺人合葬誌銘・故聽泉張翁暨配洪孺人合葬誌銘・吾山王次公墓誌銘・守愚時君暨配沈孺人合葬志銘・封承德郎南京兵部車駕淸吏司主事蓉泉史公墓誌銘・汪處士希胤墓誌銘・蔡孝廉琳泉墓誌銘・贈文林郎徐君新墓碑
	常州商人 (6)	8.8	贈登仕郎鴻臚司賓署丞古沙朱君暨配王孺人遷葬墓誌銘・明處士王守愚暨配蒯孺人合葬誌銘 / 龍洲顧君暨配徐孺人合葬誌銘・處士南野顧翁墓誌銘・例授指揮僉事一川于君墓誌銘・王處士有㠃暨馮令人合葬志銘
浙江省 (8)	杭州商人 (3)	4.4	없음 / 朱孺人墓誌銘・鶴洲黃處士配王孺人墓誌銘・恩例冠帶卓見齋翁墓表
	寧波商人 (2)	2.9	漁江沈君墓誌銘 / 屠丹溪公墓誌銘
	嘉興商人 (1)	1.4	없음 / 贈奉政大夫近溪項公配陳宜人墓誌銘
	龍游商人 (1)	1.4	없음 / 童子鳴傳
	遂安商人 (1)	1.4	없음 / 耆德拙齋詹翁墓誌銘
湖北省 (2)	武昌商人 (2)	1.4	封兵部員外郎龍溪劉公墓誌銘・贈中憲大夫邵武府知府吳公暨配李恭人墓表 / 없음
山東省 (2)	歷城商人 (1)	1.4	李大夫張太恭人合葬墓表 / 없음
	東明商人 (1)	1.4	없음 / 封禮部員外郎穆太公墓表
四川省 (1)	蜀商人 (1)	1.4	없음 / 張隱君傳

3. 명대明代 상인의 성장과 자기경영自己經營의 세 사례

왕세정의 상인전기는 그 생몰연대가 밝혀진 인물을 기준으로 보면, 1467년부터 1588년까지 생존했던 인물들의 삶을 그리고 있다. 왕세정의 몰년이 1590년임을 상기하면 그는 죽기 직전까지 동시대의 인물들을, 그것도 '상인'이라는 하층계급의 인물들의 현재적 삶에 관심을 가졌던 것이다. 사실, '복고파'라는 이미지가 전해주는 뉘앙스와 다르게 그의 삶과 문학은 그의 생애 전체를 통틀어 언제나 '고古'가 아니라 '금今'에 있었다. 당대의 권력자로 근 20년 동안 재상首輔의 지위에 있으면서 전횡을 일삼았던 엄숭嚴嵩(1480~1567)과의 갈등에서 드러나듯 왕세정은 현실의 부패한 정치권력에 대해 비판적 관점을 유지했다. 그로 인해 권력자 엄숭에 의해 자신의 부친을 잃는 슬픔을 겪으면서 더욱 현실 권력에서 수보首輔의 힘과 역할의 중요성을 실감했으리라 짐작된다. 그는 현실에서의 자신의 경험과 간접적으로 보고 들은 견문 및 사료史料들을 토대로 1590년에 당대 수보들의 전기인 『가정이래수보전嘉靖以來首輔傳』(8卷)을 탈고하는 바, 이 글 속에는 1517년(正德12) 11월~1524년(嘉靖3) 3월까지 수보로 재임했던 양정화楊廷和(1459~1529)에서부터 1583년(萬曆11) 4월~1591년(萬曆19) 9월까지 수보를 역임했던 신시행申時行(1535~1614)의 전기가 수록되어 있다. 이로 보면 왕세정은 상인전기를 써서 사농공상의 최하층인 당대 상인의 삶을 증언하고 있다면, 재상宰相들의 전기에 해당하는 『수보전』을 통해서는 사 계급의 최상층인 내각 수보의 삶을 비판적 역사가의 눈으로 엄정하게 기록·평가하고 있었던 것이다.

사실 그가 자신의 문집인 『엄주사부고』·『엄주속고』 외에도, 명대의 역사 및 제도를 정리한 일대실록一代實錄인 『엄산당별집弇山堂別集』(100권, 1590)을 편찬했고,[10] 또한 자기 시대의 역사를 기술하기 위해 방대

---

10 "『弇山堂別集』者, 大司寇王元美先生著也. (…중략…) 此則國朝典故, 此一代實錄云."(陳文燭,「弇山堂別集序」, 『弇山堂別集』 1, 北京 : 中華書局, 1985)

한 역사사료인 『엄주사료弇州史料』(100권, 董復表 編, 1614)를 남기고 있는 것을 보면, 왕세정은 문장가 이전에 자기 시대 전 계층의 삶과 제도를 사실과 자료에 입각해서 정리하고자했던 한사람의 열정적인 역사가 였던 것이다.[11] 명대 상인들의 삶을 기록하는 것 역시 이러한 역사가 의 태도와 결코 무관하지 않기에, 그는 자신이 쓴 상인전기들 속에서 끊임없이 역사가의 전범典範이자 문장가의 표본인 태사공 사마천을 환 기했고, 상인전의 효시인 『사기』 「화식열전貨殖列傳」의 인물들을 호출 하고 있었다. 그것은 반고班固(32~92)이래로 부정되어 온 「화식열전」[12] 이라는 고전적 텍스트의 재발견이자 오랜 역사시기 동안 소외되어왔 던 상인들의 삶에 대한 정당한 가치부여였던 것이다. 가장 가까운 거 리에서 보고 들을 수 있었던 명대 강남 상인의 현실이, 왕세정으로 하 여금 오랫동안 버림받았던 『사기』의 텍스트중의 하나인 「화식열전」 이라는 고전을 새롭게 인식할 수 있도록 해 주었던 것이고, 열전 속에 묻혀져 부각되지 못했던 가치로운 상인들의 이름들을 하나씩 호명하 며 그 모습들을 또렷이 되새기게 해 주었던 것이다.

그렇다면 도대체 왕세정이 만났던 현실의 상인들은 어떤 사람들이 었고, 16세기 명대 중엽의 상인 계층에서는 어떤 일들이 벌어지고 있

---

[11] 역사가로서의 왕세정과 그의 史學 방면 저술에 대한 연구는 孫衛國, 『王世貞史學硏究』, 北京 : 人民文學出版社, 2006 참조.

[12] "其是非頗繆於聖人, 論大道則先黃老而後六經, 序遊俠則退處士而進奸雄, 述貨殖則崇勢 利而羞賤貧, 此其所蔽也."(『漢書』, 「司馬遷傳」) 강조-인용자. 반고는 「화식열전」에 대 한 이러한 자신의 비판적 관점을, 유가적 예교질서 및 신분질서를 훼손하지 않는 방식으 로 첨삭·개작하여 『漢書』에 「貨殖傳」을 남기는 방식으로 실현하고 있다. 하지만, 그 이 후의 역사서에는 상인들의 전기인 「화식열전」이 아예 목록에서 삭제되어 버렸으니, 상 인을 正史에서 입전하려 했던 사마천의 정신은 반고 이후 온전히 이해받거나 계승되지 못했던 것이다.

었던 것일까? 왕세정이 조우했던 칠십 명에 가까운 상인들을 모두 다 소개하는 것은 지면이 허락되지 않으므로, 이 글에서는 우선 상인이 된 조건과 동기, 상업 활동 지역 및 직종, 그리고 노년의 서로 다른 행로에서 뚜렷이 구분되는 정군程君·왕현의汪玄儀·옹삼翁參 세 사람의 강남 상인을 예시적으로 소개하면서 명대 상인의 다양한 성장 과정과 그 경로를 구체적으로 살펴보고자 한다.

1) 상인이 된 개인적 동기

정군程君은 신안新安 사람이다. 신안은 산골에 치우쳐 있는데, 토지는 협소하고 사람들은 많다. 대대로 전쟁에 휩쓸리지 않아서 인구는 날로 많아졌지만 땅은 척박하여 농사를 지을 수 없었으니 그 풍속이 검소하고 사리事理에 밝았다. 대체로 휘徽땅의 속인俗人들은 열에 셋은 고을에서 살고, 열에 일곱은 천하에 흩어져 살며, 벌어들인 것 중의 일 할은 안에서 번 것이고 구 할은 바깥에서 번 것이다. 정군程君은 나이가 겨우 일곱 살일 때 외삼촌을 따라 장강長江·회하淮河 지역에서 장사를 하였다.[13]

공公께서 십분의 일의 세금을 내는 농사를 계획했지만, 휘 땅은 사람은 많고 소득은 적어 모아봤자 호부豪富가 되기는 쉽지 않다고 생각했다. 전대

---

13 "程君者, 新安人也. 新安, 僻居山谿中, 土地小狹, 民人衆. 世不中兵革, 故其齒日益繁, 地瘠薄, 不給於耕, 故其俗纖儉習事. 大抵徽俗人十三在邑, 十七在天下, 其所蓄聚, 則十一在內, 十九在外. 自程君年甫髫, 而從其舅, 江淮間, 爲下賈."(「贈程君五十叙」, 『弇州四部稿』 卷61)

纒帶 속에 자금을 받아서[14] 연燕과 대代땅에서 객상客商을 하다가 마침내 크게 염책鹽筴이 일어나자, 동해東海의 여러 마을을 돌아다니며 장사를 하였다. 염책의 자본으로 여러 종형제들이 모두 부유하게 되니, 이에 사람들이 공公을 염책좨주鹽筴祭酒로 추대했다.[15]

처사는 태어나면서부터 기골이 옹골찼는데, 일어나 집밖을 출입하게 되자 외숙外塾에 다녔다. 글을 읽고 대의大義를 알게 되자 경전을 외우고 글을 짓는 수업을 즐겨하지 않았다. "너희들과 함께 한번 산가지筭子을 들고 천하를 종횡할 수 있다면, 자공子貢과 나와의 거리가 얼마나 되겠는가?" 부친이 이를 기특하게 여겨서 전대 속의 자금을 내어주고 객지로 장삿길을 떠나도록 했다.[16]

위 세 인용문은 순서대로 「증정군오십서贈程君五十叙」·「명고증통의대부병부우시랑왕공신도비明故贈通議大夫兵部右侍郎汪公神道碑」·「처사춘산옹군기배오모합장지명處士春山翁君曁配吳姥合葬誌銘」에서 뽑은 것이다. 세 글은 증서贈叙(수서壽序)·신도비명神道碑銘·묘지명墓誌銘으로 그 용도

---

14 纒帶 속에 자금을 받아서 : 해당 원문은 "橐裝"이다. "橐裝"은 '橐中裝'으로 주머니나 전대 속에 들어 갈 수 있는 가볍고 값비싼 재물을 가리킨다. 『漢書』「陸賈傳」에 "賜賈橐中裝, 直千金"이라는 대목이 있는데, 顔師古는 이 구절을 다음과 같이 풀이했다. "張晏曰 : '珠玉之寶也.' (…중략…) 言其寶物質輕而價重, 可入橐囊以齎行, 故曰橐中裝也."

15 "公與謀什一之業, 以爲徽指衆而寡積, 聚未易豪也. 橐裝客燕代, 遂大起鹽筴, 遊賈東海諸郡中, 以其筴資, 諸從昆季, 咸饒沃, 遂推公爲鹽筴祭酒."(「明故贈通議大夫兵部右侍郎汪公神道碑」, 『弇州四部稿』 卷96)

16 "處士生而風骨隆隆, 起出就外塾, 讀書了大義, 然不樂受博士舩翰曰 : '與而曹一捏筭子, 能縱橫哉, 夫子貢去我, 何幾?' 父異之, 大出橐中裝, 俾客遊."(「處士春山翁君曁配吳姥合葬誌銘」, 『弇州續稿』 卷92)

가 조금씩 다르긴 하지만, 이 글 속에는 모두 강남 상인의 생애가 압축적으로 요약되어 있다. 첫 번째 글에는 신안新安 사람 정군程君의 삶이, 두 번째 글에는 휘주徽州 상인 왕현의汪玄儀(1468~1548)의 생애가, 세 번째 글에는 소주동정상인蘇州洞庭商人 옹삼翁參(1493~1572)의 일화가 기록되어 있다. 제시된 인용문은 그들 인생의 초반부에 상인이 되어 객지로 떠나게 되는 경위를 간략히 서술한 것이다. 첫 번째 인용문 하단에 보이듯 정군은 "나이가 겨우 일곱 살일 때, 외삼촌을 따라 장강·회하 지역에서 장사"를 시작하였다. 부모님의 품에서 한창 어리광을 피울 나이에 변변한 교육도 받지 못하고, 외삼촌의 손에 이끌려 생업의 현장으로 나가게 된 것이다. 그렇게 될 수밖에 없었던 이유는 그의 고향 신안이 "토지는 협소하고 사람들은 많은" 곳인데다가 "땅은 척박하여 농사를 지을 수 없었기" 때문이다.

하지만, 두 번째 글의 주인공인 왕현의는 같은 지역(徽州=新安) 출신이지만, 정군보다는 훨씬 나은 조건에서 장사를 시작한 것을 보면, 정군의 집은 그가 대고大賈로 성공하기 전까지는 휘주 지역에서도 땅 한 뙈기 없는 가장 가난한 집안에 속했던 것으로 보인다. 같은 휘주 출신이라도 왕현의는 그 집안에 아버지 대부터 노비를 들이고 있었고,[17] 처음에 "농사를 계획했지만" 다만, 휘주 지역이 "사람은 많고, 소득은 적어"서 "호부豪富가 되기 쉽지 않다"는 판단 하에 자발적으로 고향을 떠나 객상의 길로 들어서기 때문이다. 게다가 그는 "전대纏帶 속에" 가볍

---

[17] 묘지명에는 왕현의가 열네 살이었을 때, 아버지에게 대든 불손한 노비를 매로 다스린 일화가 나온다. "公年十四而亡寵於父也. 悍奴語弗順, 父恚, 執視之不能詰. 翁操大梃, 掊而詬之曰：'奴叛, 法當死.' 奴魄奪, 蒲伏受杖, 父以是心異公."(「明故贈通議大夫兵部右侍郎汪公神道碑」, 『弇州四部稿』 卷96)

고 값나가는 물건으로 "자금을 받아서" 고향을 떠났으니 부유한 상인 집안의 자제로서 정군보다는 훨씬 유리한 조건에서 상인의 길에 들어선 것이다.

소주상인 옹삼의 경우는 지방에 잔류한 무관 출신 향반鄕班의 자제로서 상업에 종사하게 된 경우이다. 그의 묘지명에는 송대의 무관인 천부장千夫長 옹승사翁承事가 황제를 호종扈從하여 대량大梁(개봉開封)에서 남면지역인 소주로 내려왔다가 동동정東洞庭에 정착하여 그 지역의 갑족甲族이 되었다고 기록되어 있으니[18] 처음부터 상인의 집안이 아니었던 것은 분명하다. 하지만, 옹승사 이외에 다른 훌륭한 선조들을 기록하지 않은 것으로 보아 그 뒤로 관직에 진출하지 못하고 소주 지역에 남아 집성촌集姓村을 형성하고 농상에 종사하며 소주 동정 지역에서 어른長者으로 불리며 존경받는 집안으로 남게 된 것으로 보인다. 그런 까닭에 옹삼은 어렸을 때 외숙外塾에 다니며 글공부도 할 수 있는 환경에서 자랐지만, 태어나면서부터 기골이 남달랐기에 체질상 책상머리에 앉아서 글이나 읽는 서생의 삶이 적성에 맞지 않았던 듯하다. 세 번째 인용문에는 옹삼이 글을 읽으며 대강의 뜻을 알게 되자 "경전을 외우고, 글을 짓는" 과거 공부를 그만두고 공자의 제자로서 화식貨殖에 능했던 자공子貢을 표본으로 삼아, 뜻을 같이하는 지역 친족집단을 이끌고 객상으로 길을 나서는 장면이 묘사되어 있다. 그의 부친 역시 그런 아들을 기특하게 여겨 두둑한 자금橐中裝을 지원했음은 물론이다.

---

[18] "翁之先世爲大梁人, 宋中葉有諱承事者, 以千夫長從扈蹕南渡, 旣倦遊, 聞東洞庭之僻且有伏腴曰 : '是可托而樹也.' 聚其族近百人居焉, 遂稱其鄕甲族. 凡十七傳, 而至處士父, 皆長者."(「處士春山翁君曁配吳姥合葬誌銘」, 『弇州續稿』 卷92)

강남의 휘주와 소주에 살았던 세 사람은 그렇게 각자의 처지와 형편은 다르지만, '자신의 생계程君'때문에, 혹은 '호부로서의 꿈汪玄儀'을 실현하기 위해, 또는 '천하를 종횡했던 자공子貢을 표상翁參'으로 삼아 고향을 떠나 상인으로서의 삶을 시작하였던 것이다. 정군程君은 처음에는 휘주에서 가까운 장강과 회하 일대의 강소성과 안휘성 중부지역에서 행상을 시작하였다. 그리고 어느덧 '중간 정도의 자본을 가진 상인中賈'으로 성장했는데, 당시 동남해안에 출몰하며 약탈을 일삼았던 왜구들의 "외환外患을 피해" 좀 더 내륙에 자리 잡은 호남성湖南省 일대湘楚로 옮겨와 장사를 지속했던 것으로 보인다. 그리고 다시 자금이 좀 더 쌓이자 명초明初부터 시박선市舶船을 통한 해외무역이 허용되었던 광동廣東·광서성廣西省 해안까지 내려가 베트남·태국·서양제국에서 들어오는 외국의 희귀한 물품인 "진주 및 무소뿔과 상아, 향초 및 과일과 옷감珠璣·犀象·香藥·果布" 등을 팔아서 몇 년이 지나지 않아 대고大賈로 성장하게 된다.[19]

한편, 호부가 되길 희망했던 휘주 출신의 또 다른 젊은이 왕현의는 처음부터 아예 멀리 북면으로 올라가 하북성 동북부燕와 산서성 서북부代 지역에서 객상으로 활동한다. 그 후 왕현의는 염상鹽商으로 재빨

---

19 "自程君年甫髫, 而從其舅, 江, 淮間, 爲下賈. 已進爲中賈屬, 有外難脫身歸, 則轉貨湘楚, 稍稍徙業二廣, 珠璣, 犀象, 香藥, 果布之湊, 蓋不數年而成大賈."(「贈程君五十叙」, 『弇州四部稿』卷61) 중국 남단의 광동지역 해외무역 상황은 『明史』「食貨志」의 다음 구절을 참조. "明初, (…중략…) 海外諸國入貢, 許附載方物與中國貿易. 因設市舶司, 置提擧官以領之. (…중략…) 洪武初, 設於太倉黃渡, 尋罷. 復設於寧波, 泉州, 廣州. 寧波通日本, 泉州通琉球, 廣州通占城, 暹羅, 西洋諸國." 원문의 占城은 베트남의 동남연해지역에 있었던 나라이고, 暹羅는 태국을 가리킨다. 광동·광서 지역은 市舶司의 통제를 받는 公貿易 외에도 私貿易이 성행했던 곳이므로, 단기간에 大賈가 된 정군은 사무역으로 막대한 이익을 취했을 가능성이 높다.

리 전환하는데, 이러한 그의 행적으로 보아 고향과 더욱 멀리 떨어진 연燕·대代 지역에서 상업 활동을 시작한 것은 지극히 의도적인 선택이었던 것으로 보인다. 그렇게 추론할 수 있는 이유는 왕현의가 생존했던 16세기 중반까지 명조明朝에서는 개중법開中法이라는 제도를 통해서 염업鹽業을 관장했는데, 이는 북면 변방에 군량미를 먼저 조달한 상인들에게 정부에서 그 대가로 염인鹽引을 주어 소금의 운송과 판매를 담당하게 하는 제도였기 때문이다. 이 제도를 잘 알고 있었던 왕현의는 하북-산서성 일대에서 상업 활동을 하면서 호조戶曹의 염업 정책鹽筴을 예의 주시하다가 그 해의 '상납미上納米 운반 창고 및 필요 수량'을 알리는 방榜을 접하고, 재빨리 군량미를 조달해 염인을 획득할 자격을 얻었던 것이다. 그리고 고향 휘주와 가까우면서 당시 제2의 소금생산지로 유명했던 동해의 절강성 지역으로 내려와 소금 운송과 판매를 시작하면서 큰 자금을 확보하게 된다.[20] 그리고 이 자본을 이용해 두 번째 인용문의 하단에 보이듯 친족들과 함께 염상으로 활동하며 절강성 항주 지역의 염상집단을 대표하는 염책좨주鹽筴祭酒로 추대되었던 것이다.

옹삼의 활동범위는 이 보다 더 넓고 스케일이 크다. 그는 주로 장강과 운하의 물길을 따라 이동한 것으로 보인다. 강남지역에서는 장강의

---

20 왕현의의 염상 활동의 배경이 되는 明代의 鹽業 정책 및 開中法과 관련된 사항은 郭正忠 主編, 『中國鹽業史』(古代編), 北京 : 人民出版社, 1997, 565~603면 참조. 또한, 인용된 원문에는 왕현의가 "염책이 크게 일어나자 東海諸郡에 가서 장사하였다"(遂大起鹽筴, 遊賈東海諸郡中)고만 간략히 서술되고 있는데, 여기서 東海諸郡이란 羅山 汪次公 묘지명을 통해 보건대 浙江省 武林(杭州) 지역을 가리킨다. "贈公之鹽鹽武林也, 實挾次公以從."(「羅山汪次公曁繼配杜孺人合葬誌銘」, 『弇州續稿』 卷123) 贈公은 왕현의를, 次公은 차남인 汪良植(1504~1579)을 가리킨다.

지류인 상수湘水와 한수漢水, 그 두 지류가 만나는 장강 중류의 호북성 형주荊州(강릉江陵)에서 장강 하류의 강소성 양주揚州(광릉廣陵)까지를 배를 타고 떠돌아 다녔으니, 장강 유역의 호남·호북·강서·안휘·강소성을 누비고 다닌 것이다. 또한 북면으로는 수도 북경과 가까운 하북성과 산서성 지역燕·趙까지 돌아다녔다고 하니, 이는 당시 상인들의 동선을 고려할 때 항주杭州―양주揚州―임청臨淸―북경北京 등 주요 상업도시를 잇는 경항대운하京杭大運河를 따라 올라갔음이 거의 확실하다. 그렇게 그는 동서남북의 주요도시를 잇는 장강과 운하를 따라 옮겨 다니면서 각 지역 물산의 시세차이를 이용해 가는 곳마다 두 배 정도의 고가로 물건을 팔아 큰 이익을 남겼다. 그리고 이처럼 수로를 통한 물자 유통의 흐름을 잘 알고 있었기에, 그는 중국 전 지역의 물산과 거상들이 모이는 "화물유통의 길목綰貨咽"인 산동성 임청臨淸이라는 상업 도시에 자신의 거점을 마련하고 있다.[21]

2) 대고大賈가 된 이후의 삶

세 사람은 이처럼 상인이 된 동기가 조금씩 다르고, 최초의 인적·물적·정보의 인프라도 다르며, 상업 활동의 지역과 범위도 많이 다르

---

21 "大出橐中裝, 俾客遊. 因挾其從季贊, 南浮湘, 漢, 止江, 廣二陵, 北狗燕, 趙, 所至獲輒倍爲高賈. 而息於淸源曰: '綰貨咽也.' 淸源, 多巨賈."(「處士春山翁君曁配吳姥合葬誌銘」, 『弇州續稿』卷92). 淸源은 臨淸의 옛 명칭이다. 대운하 및 수로를 통한 명대 강남 상인의 성장에 대해서는 조영헌, 『대운하와 중국 상인』, 민음사, 2011 참조. 운하 교통의 중심지로서의 임청의 경제·지리·문화적 성격에 대한 개괄적 정보는 全國政協文史和學習委員會·政協山東省臨淸市委員會, 『運河名城：臨淸』, 中國文史出版社, 2010 참조.

다. 정군은 동남 연해의 행상업과 해외무역을 통해 대고가 되었고, 왕현의는 절강지역의 염업을 기반으로, 옹삼은 장강과 운하의 물길을 따라 형성된 동서남북 유통의 길목을 장악하며 결국에는 모두 대고의 반열에 올랐다. 그들은 이처럼 서로 다른 경로를 통해 부유한 상인이 되었지만, 부상대고富商大賈가 된 이후에도 또한 같은 듯 조금씩 다른 행보를 취하고 있다. 아래에 계속해서 대고가 된 이후의 그들의 구체적인 행적을 살펴보도록 한다. 먼저 정군의 이야기다.

수년이 지나지 않아 대고大賈가 되니, 문하門下에 받은 물건을 장부에 적거나 이자를 내는 이들이 항상 수십 명이 되었다. 군君은 토양에 맞는 작물을 헤아리거나 기후에 따른 작물의 변화를 좇았고, 사람들에게 계산해 줌이 어긋나지 않았다. 수확량이 적으면 너그럽게 대하며 그 재질을 연구하도록 했고, 풍족하게 남으면 적게 취하여 그 이익을 돌려주니 사람들은 정군程君에게 고용됨을 즐거워했다. 정군이 대고가 된 뒤로부터 친족들 중에 혜택을 받지 않은 이가 없었다. 일찍이 관棺을 마련하고 묘지를 조성하여 자손이 없는 분의 상례喪禮를 치러 주었고, 자식 잃은 쇠약한 노인을 먹여 살렸다. 또 항상 유언遺言을 받들어 부모 잃은 고아들을 양육하여 자립하도록 하였다. 휘徽땅의 사람들은 옹기종기 모여 이야기하며 '덕을 행하기를 좋아하는 사람好行其德者'이라고 정군程君을 칭송하였다.[22]

---

22 “蓋不數年而成大賈, 門下受計出子者, 恒數十人. 君爲相度土宜, 趣物候, 人人授計不爽也. 數奇則寬之, 以務究其材; 饒羨則廉取之, 而歸其贏, 以故人樂爲程君用. 而自程君成大賈, 其族之人, 無不沾濡者, 蓋嘗治棺槨封土, 以給無後之喪而爲之, 食其失子之篤老, 又常推遣托以教養失父之孤, 而使之成立. 徽人固嘖嘖推程君謂'好行其德者'哉!”(「贈程君五十叙」, 『弇州四部稿』 卷61)

윗글을 통해 볼 때 대고大賈가 된 이후의 정군의 특징은 다음 두 가지로 요약된다. 하나는 '훌륭한 경영자로서의 자질'을 보여준 점이고, 다른 하나는 '친족들에게 베푼 선행'이다. 동남해안의 상업과 무역을 통해 대고가 된 후, 그는 고향 휘주에 정착하여 문하에 수십 명을 두고 휘주徽州 지역의 토양과 기후에 맞는 경제작물을 재배하는 농업 경영(혹은 산림경영)을 시작했던 것으로 보인다. 물론 그의 집에 출입하며 "장부를 적고, 이자를 내는" 이들이, 왕현의처럼 인근의 최대 염산지鹽産地인 양회兩淮·양절兩浙의 염업에 종사하는 이라면, 자금을 대어주고 이자를 받는 은행업典業을 정군이 겸업했을 가능성도 없지는 않다. 이미 15세기부터 휘주에서는 전당업典當業을 하는 상인들이 형성되고 있었기 때문이다.23 하지만, 윗글에서 정군이 "토양에 맞는 작물을 헤아리고", "기후에 따른 작물의 변화"를 좇아 여러 사람들과 무언가를 재배하고 수확하는 일을 관리하고 있는 것으로 보아, 벼농사가 아닌 휘주의 낮은 구릉 산지에 걸 맞는 새로운 작물을 재배하는 실험을 하고 있는 것처럼 보인다.

휘주의 차茶와 목木은 송대 이후로 하나의 산업재로 인식되었고,24 후대의 기록에도 두 가지 작목은 휘주 상업의 사대종四大宗으로 빠지지

---

23 명청대 휘주의 전당상인에 대해서는 鄭小娟·周宇(2010) 참조.
24 徽州의 나무와 차는 宋代부터 하나의 産業材로 인식되어 상인들과 지역주민들의 관심을 받았다. "東南趨睦而近歙, 民物繁庶, 有漆楮材木之饒, 富商巨賈, 多往來江浙."(方勺, 『泊宅編』 卷5) "休寧山中宜杉, 土人稀作田, 多以種杉爲業. 杉又易生之物, 故取之難窮."(范成大, 『驂鸞錄』乾道九年正月三日, 『范成大筆記六種』, 北京 : 中華書局, 2002, 45면) "朱元者, 徽州人, 蔡京改茶法, 元爲茶商, 坐私販抵罪."(洪邁, 『夷堅志』甲集) 또한, 명대에는 새로운 품종의 松羅茶가 개발되어 유행하기도 하였다. "徽郡向無茶, 近出松羅茶最爲時尙." (徐樹丕, 『識小錄』)

않고 등장[25]하는 것으로 보아, 어쩌면 정군은 이런 작물 중에서 더 재질이 좋은 신품종을 개발하는 것일 수도 있다. 하지만, 구체적인 작물명을 밝혀놓고 있지 않아 확언할 수는 없다. 어찌되었든 그는 휘주의 토양과 기후에 맞는 작물을 집단적으로 재배하며 그 일을 직접 맡고 있는 농민들이 가져온 작물의 "수확량이 적"더라도 혼내기는커녕 "너그럽게 대하며" 그 작물의 "재질에 대해서 연구"하도록 독려했고, "풍족하게 남"을 때는 자기 몫을 "적게 취하여" 일하는 이들에게 "이익을 돌려"줌으로써 고용된 사람들로부터 환영받는 경영자가 되었다.

또한 그는 자신이 번 돈을 도움이 필요한 친족들에게 나누어줌으로써 작은 선행을 베풀고 있었다. 환鰥・과寡・고孤・독獨은 예로부터 나라에서 보호해 주어야 할 의지할 데 없는 사람들인데, 정군은 "자손이 없는 분의 상례를 치러 주"고, "자식 잃은 쇠약한 노인을 먹여 살"리고, "부모 잃은 고아들을 양육하여 자립"하도록 도움을 주었으니, 한 사람의 상인이 국가의 복지정책을 대신하고 있었던 것이다. 그런 까닭에 그는 인용문의 마지막에서 확인되듯 "휘徽땅의 사람들"에게 "호헝기덕자好行其德者"라는 명예로운 칭송을 듣게 된 것이다.

요컨대, 정군의 사례는 16세기 중반 강남의 휘주 상인을 중심으로 종족宗族 내에서 상인의 기여도가 높아지는, 한 전형적인 모습을 보여주고 있다고 하겠다. 또한 해외무역을 통해 벌어들인 상업 자본을 동족 집단의 노동력과 결합해서 기후와 토양에 맞는 작물을 개량・재배

---

25 "徽郡商業, 鹽、茶、木、質鋪, 四者爲大宗. 茶葉六縣皆産, 木則婺源爲盛. 質鋪幾遍郡國, 而鹽商咸萃於淮、浙."(『五石脂』); "邑中商業以鹽、典、茶、木爲最著."(民國『歙縣志』卷1「輿地志・風土」) 이상은 張海鵬・王廷元 主編, 『明淸徽商資料選編』, 合肥 : 黃山書社, 1935, 109・110면에서 재인용.

하는 상인 출신 경영형經營型 부농富農의 형성을 보여주는 하나의 흥미로운 사례라고 할 것이다.[26]

다음은 절강성의 소금 장수 왕현의와 산동성 임청에 정착했던 옹삼의 이야기다. 두 사람은 대고로 성공한 뒤의 삶이 겉으로 보면 상반되는 것처럼 느껴진다. 한 사람은 자신이 이룬 성취에 만족하고 은퇴하여 후손 교육에 힘썼고, 다른 한 사람은 노익장을 과시하며 적극적인 사회사업을 펼쳤다. 은퇴하는 삶을 살았기에 더욱 높아진 왕현의의 일화를 먼저 살펴본다.

공公은 예순이 되자 장사를 그만두고 고향에 돌아와 쉬려고 했다. 뭇 상인들이 공을 만류하며 "좨주祭酒께서 바야흐로 우리들의 성패成敗를 계획하시는데 어찌 물러나려 하십니까? 두 아드님이 재질은 있으나 연소年少하니 실수가 없을 수 없을 듯합니다." 공이 사양하며 말했다. "늙어서 사업을 맡을 수가 없습니다. (…중략…) 내가 어찌 번거롭게 자그마한 이익刀錐之利을 위해 두 아들에게 수전노가 되겠습니까?" 얼마 안 있어 봉시랑군封侍郎君이 도곤道昆을 낳았는데, 세 살이 되자 공이 시 백 편을 가르치니 곧 외웠다. 공은 술을 돌리며 기뻐하며 말했다. "이 아이는 우리 가문을 장사치에

---

26 徽州 등 상업이 발달한 지역에서 상인 자본과 宗族이 결합하는 것에 대해서는 傅衣凌, 『明淸時代商人及商業資本』, 北京 : 中華書局, 2007, 77~79면 참조(이 글은 「明代徽商考」, 『福建省硏究員硏究會報』 제2기, 1947년에 발표된 것임). 이에 대한 한국의 연구는 朴元熇, 「明淸時代徽州商人과 宗族組織」, 『明淸徽州宗族史硏究』, 지식산업사, 2002, 136~160면 참조. 강남 지역의 富農經營에 대해서는 傅衣凌(2008), 121~146면 참조(이 글은 『廈門大學學報』 1957년, 제1기에 발표된 것임). 다만, 부의릉은 상인 자본과 종족 집단의 결합이 "생산기술에 대한 개혁요구를 약화시켰다."("沖淡了對於生産技術改革的要求", 傅衣凌, 같은 책, 79면)고 하면서 그 결합을 다소 부정적으로 평가하고 있는데, 程君의 경우를 볼 때 이러한 평가는 재고를 요한다.

서 벗어나게 해줄 것이오. 내가 맛있는 음식과 좋은 옷을 탐하지 않고, 장사를 하며 이익을 쌓아 놓는 것을 일삼지 않은 것은 이 아이 때문이지요."[27]

윗글은 예순이 된 왕현의의 모습을 보여준다. 그는 어찌된 일인지 뭇 상인들의 만류에도 불구하고 고향에 돌아갈 것을 결심한다. 중략된 부분에는 그가 꿈꾸는 삶이 기술되고 있는 바, 소금을 팔아 대고가 된 후 상인들 사이에서 염책좨주鹽筴祭酒로 추대되어 활약했던 그는 이제 그 짐을 벗어 버리고, 다만 '집안 제사'와 '손님 접대'와 '누정에서의 휴식'을 꿈꾸는 소박한 삶을 원한다.[28] 젊은 시절, 좁고 척박한 고향 휘주 땅에서는 호부豪富가 될 수 없다고 생각하며, 단숨에 그 꿈을 이루고자 북면 수도와 변방까지 내달려 염업에 뛰어들었던 그는 자신의 소망이 다 이루어지자 은퇴의 삶을 계획하고 있는 것이다. 자신이 벌어들인 재산과 염책좨주로서의 지위를 모두 자식들에게 넘기고, 이제 그는 후손들을 통한 새로운 꿈을 실현하고 싶었던 것으로 보인다.

왕현의는 두 아들인 왕양빈汪良彬(1504~1580, 오유인吳孺人 소생)과 왕양식汪良植(1504~1579, 황씨黃氏 소생)에게 사업을 넘김으로써 아들들을 통해서는 생업인 염업을 계속 유지할 수 있도록 하는 한편,[29] 봉시랑군封侍

---

27 "公至六十, 卽罷賈歸休里. 羣賈挽公謂:'祭酒, 方爲我曹筴成敗, 奈何舍去? 卽二子才, 年少, 恐不能無得失.' 公謝曰:'老不任道路矣. (…중략…) 吾安能僕僕刀錐, 爲二子守虜也?' 無幾而封侍郎君擧道昆, 三年矣, 而公授之詩百篇, 輒誦. 公以行酒喜曰:'是能出我家於賈者, 吾不偸甘食好衣, 而毋事蓄藏之産業者, 以此兒耳.'(「明故贈通議大夫兵部右侍郎汪公神道碑」,『弇州四部稿』, 卷96)

28 "家歲賦秫六百釜, 可以粢盛, 秫半之, 可酒漿. 洿池其間, 可網罟, 以羞客旁舍, 竹十畝, 軒二楹, 於吾計, 足矣."(「明故贈通議大夫兵部右侍郎汪公神道碑」,『弇州四部稿』, 卷96)

29 "贈公晩而息賈, 聽封公及次公也. (…중략…) 久之修其業, 見推爲鹽筴祭酒."(「羅山汪次公曁繼配杜孺人合葬誌銘」,『弇州續稿』卷123) 贈公은 汪玄儀를, 封公은 汪良彬을, 次公

郎君(왕양빈汪良彬)의 아들이자 자신의 손자인 왕도곤汪道昆을 통해서는 자신과 아들 세대에서 이루지 못한 또 다른 꿈을 실현하고 싶었던 것이다. 윗글의 후반부에 보이듯 그는 은퇴한 후 겨우 세 살이 된 손자에게 시를 가르치고 암송하게 하면서 손자 왕도곤 세대에서는 자신의 집안이 '장사치'의 삶에서 벗어날 것을 간절히 희망하고 있다. 아마도 그것은 자신이 살아온 인생을 통해, 신분적으로 하찮은 상인의 삶이란 아무리 많은 재산을 갖고 있다 해도 인격적으로 존경받지 못하고, 사회적으로 인정받지 못하며, 정치적으로 약자일 수밖에 없음을 피부로 느꼈기 때문일 것이다.

열네 살이었을 때 그는 눈을 치켜뜨고 대드는 불손한 노비에게 화가 나면서도 정작 아무 말도 못하는 아버지를 대신해 노비를 체벌로 다스린 바 있다.[30] 또한 나이 들어 염책좨주가 되었을 때에도 절강浙江으로 내려온 진수태감鎭守太監 류경劉景의 횡포로 동생을 잃을 뻔한 뼈아픈 기억도 있다. 염책좨주로서 지역 염상들의 염세鹽稅를 걷는 공리公吏의 역할을 하기도 하는 자신을 이용해, 환관 유경이 상인들에게 뇌물을 뜯어내려다가 자신이 피신하자 막내 동생을 대신 가두어 죽이려했기 때문이다.[31] 그런데 만약 왕현의의 부친이 사농공상의 최말단 신분으로 천시 받는 일개 상인이 아니라, 명망 있고 학식 있는 사대부 관료이

은 汪良植을 가리킨다.

30 "次公生十四, 而無寵於父也. 有奴睚眦, 父怒而不言, 公輒奮白挺詬曰：'奴無禮於家大人, 罪當誅!' 奴蒲伏受杖, 乃白罷之, 而里中壯之矣."(李攀龍,「明汪次公暨吳孺人合葬墓誌銘」, 『滄溟先生集』卷22, 514면) 원문의 次公은 汪玄儀를 가리킨다.

31 "中貴人劉景塡浙東西, 責賄諸賈, 大小相率亡去. 而景夙戒吏, 以非所急急, 欲得公吏, 遂繫公之弟. 公旣脫身, 念奈何以己故殺季, 乃自詣景."(「明故贈通議大夫兵部右侍郎汪公神道碑」,『弇州四部稿』, 卷96)

거나 고관대작의 가문이었더라면 일개 노비가 감히 눈을 째려보며 집안의 어른에게 그렇게 함부로 대들 수는 없었을 것이다. 명대 중엽까지도 상인이란 그처럼 아무리 돈이 많더라도 미천한 노비들한테도 업신여김을 당할 수 있는 사회적으로 존경받지 못하는 미미한 존재였던 것이다. 또한 설령 소금장수로 막대한 돈을 벌어 절강성 항주 지역의 상인 대표가 되었다 한들, 염책쾌주란 그저 상인들끼리 부르는 허울 좋은 호칭일 뿐, 류경과 같은 권력자의 횡포 앞에서는 동생의 목숨마저 위태로움에 빠뜨릴 수밖에 없는 지극히 미약한 존재였던 것이다.

상인이란 바로 그런 존재였기에, 왕현의는 "맛있는 음식과 좋은 옷을 탐하지 않고" "장사를 하며 이익을 축적하는 것"을 일삼지 않으면서 예순의 나이에 모든 사업에서 은퇴하여 세 살 난 손자에게 시를 가르치며 자신과 자기 가문의 미래를 걸었던 것일 터이다. 다행히도 조부 왕현의의 바램처럼 손자 왕도곤은 할아버지께서 돌아가시기 일 년 전인 1547년, 23세의 나이로 진사시進士試에 급제하게 된다.[32] 그리고 그 해 12월에 절강성浙江省 항주杭州 북면의 의오령義烏令 현감으로 부임한 후, 여러 관직을 거쳐 이십 사년이 흐른 1572년(隆慶6)에는 마침내 정3품의 병부우시랑兵部右侍郞에 오르게 된다. 손자를 무릎 맡에 앉혀 놓고 시를 가르쳐 주던 할아버지는 이미 세상을 떠났지만, 명조明朝의 추증제도에 따라 조부 왕현의는 아들 왕양빈과 함께 손자 왕도곤과 같은 품계와 관직을 받게 되었고, 그 이듬해인 1573년에는 법이 정하는 바에 따라 고

---

[32] "道昆成進士, 而公喜可知也."(「明故贈通議大夫兵部右侍郞汪公神道碑」, 『弇州四部稿』, 卷96) 왕도곤은 1547년 23세의 나이로, 王世貞・張居正 등과 함께 진사시에 급제한다. 왕현의는 1548년 향년 81세로 고인이 되니 조부가 세상을 하직하기 1년 전에 진사시에 급제한 것이다.

관에게만 주어지는 신도비神道碑와 황제의 제사制詞를 받는 영광을 누리게 된다. 상인 왕현의는 손자인 왕도곤이 "조정의 큰 재목廊廟之材匪"이 되는 밑거름이 됨으로써 "일세의 미덕을 쌓은一世積以美" 손자의 공덕에 힘입어, 결국 자신의 바람대로 장사치의 삶을 벗어나 신도비를 받는 고관으로 추증되었던 것이다.[33]

상인 출신 왕도곤 가문의 도약은, 물론 일차적으로는 왕현의 개인과 신안新安 왕씨汪氏 가문의 영광이겠지만, 보다 넓은 시야에서 보면, 명대 중엽 이후 자기 집안과 지역 사회를 넘어 국가의 동량棟梁으로 성장해가는 상인 출신 지식인의 정치·사회적 진출을 알리는 하나의 표상이자 징표라고 하겠다.

그러면 이제 마지막으로 고향 소주蘇州를 떠나 물자 교통의 요충지인 산동성의 임청(청원淸源)에 자리 잡았던 옹삼의 인생 후반기를 살펴보기로 한다. 임청에 많은 물자와 거상들이 모인다는 점은 앞서 소개했거니와, 옹삼은 타향인 산동성 임청에 정착할 당시 이미 상당한 부를 축적한 것으로 보인다. 보통의 경우라면 그 지역 거상들이 타지에서 온 객상을 따돌리거나 무시하며 텃세를 부릴 텐데, 임청의 거상들은 유독 처사處士 옹삼에게만은 자기를 낮추고 그를 섬기고 있기 때문이다.[34] 옹삼의 재산이 그들을 압도할 정도로 크지 않았다면 상인들의 세계에서 이런 일들이 발생하기는 어려울 터이다. 하지만 아래에 제시

---

33 "孫道昆起家, 義烏令矣, 又二十有四年, 而爲隆慶之六年, 義烏令爲兵部右侍郞, 得封公與良彬如其官. 以明年萬曆之改元, 葬公塘山之壤, 於是, 汪公至三品, 法得樹石神道, 而天子所下制詞, 大指謂廊廟之材匪, 一世積以美, 侍郞而推功於公."(「明故贈通議大夫兵部右侍郞汪公神道碑」, 『弇州四部稿』, 卷96)

34 "淸源, 多巨賈, 其豪好遊, (…중략…) 而顧獨折節事處士."(「處士春山翁君曁配吳姥合葬誌銘」, 『弇州續稿』卷92)

하는 몇 가지 일화를 보면 알 수 있듯, 임청의 거상들이 타향에서 온 옹삼에게 고개를 숙인 것이 단지 자산의 규모 때문만은 아닌 듯하다.

어느 해에 큰 역병이 돌았는데 처사는 성 밖의 땅을 사서 묘역을 만들어 죽은 자를 장사지내고 푯말을 세워 주었다. 백성들이 동악행사東嶽行祠를 지으려는데 역부족이었다. 처사 혼자 어려운 일까지를 떠맡아 완성하니, (…중략…) 처사의 의로운 명성이 제齊·노魯 지역에서 성대히 떨쳐졌다. (…중략…) 오吳 지방의 감옥은 사람들을 구금할 수 없을 정도로 협소해서 오래된 죄수들이 점호點呼하며 새로 들어온 자들을 능멸했다. 처사가 감방鋪室을 넓혀주길 청하면서 귀신鬼薪 이하의 죄인들은 별도로 거처하게 하고, 그 비용으로 대략 삼백금을 자신이 부담했다. 당시 왜구가 서동정西洞庭 지역을 유린하였지만 처사가 재물을 털어 악소년惡少年들을 모아 그 마을을 지키니 마을을 침범할 수 없었다. 어느 해에 큰 역병이 돌았는데 처사는 다시 재산을 기부해 요사要祠에서 약을 나누어 주고 명의名醫로 하여금 주관하도록 하니 살아난 사람들이 매우 많았다. [35]

윗글에 보이듯 옹삼은 산동에 정착한 후, 상인이라기보다는 차라리 한 사람의 헌신적인 사회사업가라고 부르는 것이 어울릴 정도로 지역민들을 위해 훌륭한 일들을 해내고 있다. 산동에 큰 역병이 돌아 많은

---

[35] "歲大疫, 買地郭外, 爲叢塚以葬死者, 而標蕝之. 民欲爲東嶽行祠, 力弗逮, 處士獨身任其劇, 旣成, (…중략…) 處士義聲, 振齊魯間. (…중략…) 吳獄秋不勝繫, 而宿囚點陵其新入者, 處士請廣鋪室, 別處鬼薪以下, 而身任其費凡三百金. 時倭已躪西洞庭 處士捐橐募惡少年, 衛其里, 里得無犯. 歲大疫, 復捐橐施藥於要祠, 而以名醫主之, 所全活甚衆."(「處士春山翁君曁配吳姥合葬誌銘」,『弇州續稿』卷92)

이들이 죽어갈 때에는 도시 외곽에 묘지를 만들어 그들의 영혼을 달래 주었고, 태산泰山의 동악대제東嶽大帝를 섬기는 동악묘東嶽廟의 지방행궁 地方行宮을 건설할 때는 사람들이 역부족이라고 그만두려 할 때에도 어려운 일까지 도맡아서 그 일을 훌륭하게 완수하고 있다. 그는 원래 공자의 제자인 자공子貢의 삶을 떠올리며 고향 소주蘇州를 떠나왔지만, 도교 신앙이 민간 풍속으로 자리 잡은 산동성 지역의 임청에 자리 잡게 되자 지역민들의 특성을 잘 이해하며 도교사원의 본산인 동악묘의 건설에 앞장섰던 것이다. 그리고 그렇게 함으로써 산동 지역 사람들에게서 의로운 사람이라는 명성과 평가를 얻을 수 있었다.

윗글의 두 번째 중략 부분에는 현지 사정에 맞추어 산동 지역민과도 잘 화합하던 옹삼이 환갑의 나이에 이르자, 불현듯 수레바퀴처럼 떠도는 객지의 삶에 회의를 느끼고 부모님의 묘소가 있는 고향으로 돌아가고 싶어 하는 독백의 장면이 나온다.[36] 그리고 그 옛날 고향을 떠나갈 마음이 일어나자 곧바로 소주를 떠나왔듯, 이번에도 고향으로 돌아가고 싶은 마음이 일어나자 바람에 나부끼듯 고향으로 돌아온다. 어딜 가더라도 사람들과 화합하는 능력이 뛰어났던 그는 고향인 오吳땅 소주 지역에 돌아와서도 관官에서 군민들을 대상으로 세금을 걷는 일에 참여하여, 성실하고 빠른 계산능력으로 금방 상관의 마음에 든다.[37] 그리고 그렇게 관민官民과 화합하면서 그는 또 산동에서 하던 대로 자신의 도움이 필요한 곳에 이미 장사를 통해 벌어들인 자금들을 효율적으로 씀으

---

36 "甫六十, 歎曰：'客不止車生耳. 且不腆先人之丘壟在我, 何敢頓忘之?' 於是, 幡然歸."(「處士春山翁君曁配吳姥合葬誌銘」, 『弇州續稿』卷92)
37 "時郡邑課貨以役, 處士遂得最劇役, 然以勤力籌筭, 更用是中上官."(위의 글)

로써, 소외된 이웃을 돕고 환란患亂에 빠진 소주 지역을 구해낸다.

윗글의 중간에 보이듯 그가 소주로 돌아와 처음 한 일은 오땅의 좁디좁은 감옥 환경을 개선하는 것이었다. 현대인들도 무심한 듯 모른 척 넘어가 버리는 감옥의 인권에까지 관심이 미칠 정도로 그의 눈길은 깊고도 넓다. 그는 사람이 더 이상 들어갈 수 없을 정도로 협소한 오땅의 감옥 문제를 해결하기 위해, 먼저 귀신鬼薪 이하의 벌을 받는 죄인들은 별도의 공간에 거처하도록 제안한다. 귀신이란 그 죄가 가벼워 '종묘宗廟의 땔나무를 공급'하는 등, 관부에서 요구하는 노역을 통해 그 죄값을 치르는 것이다.³⁸ 이런 경범 죄인들은 밖에서 노역을 해야 하니 감방에 있는 시간이 적고, 또한 형량도 낮아 3년 이내에 보통 출소하게 된다. 그러니 감방에 오랜 세월 갇혀있어야 하는 중죄인들의 입장에서 보면, 매번 신참으로 왔다가 금방 출소해버리는 이들을 보며 마음이 편할 리가 없다. 옹삼은 중죄인들과 경범죄인들을 분리 수용하는 아이디어를 냄으로써 "오래된 죄수"들이 "새로 들어온 죄수"를 "능멸"하는 문제를 해결하고, 감옥에 오래 머무는 중죄인들에게는 감옥에서 더 쾌적하게 생활할 공간을 마련해 줄 대안을 제시하고 있다. 그리고 그 의견이 받아들여지자 분리 수용에 따른 감옥을 증축하는 비용인 삼백 금을 지원함으로써 오땅의 감옥 문제를 깔끔하게 해결했던 것이다.

또한, 그는 소주 서동정西洞庭 지역에 왜구가 쳐들어 왔을 때도 평상

---

38 鬼薪은 원래 秦 나라 때 죄가 경미한 이들에게 부과했던 형벌의 하나로, 宗廟의 땔나무를 공급하는 노역을 하는 것이다. 그 형량은 보통 3년이다. 『史記』「秦始皇本紀」에 "及其舍人, 輕者爲鬼薪"이라는 구절이 나오는데, 그 구절에 대해 裴駰은 『史記集解』에서 "應劭曰：'取薪給宗廟爲鬼薪也.' 如淳曰：『律說』鬼薪作三歲'"라는 해설을 제시하고 있다. 다만 후대에 와서는 官府의 雜役 및 수공업 생산 등 각종 노역을 하는 것으로 그 의미가 확대되었다.

시 같으면 그 지역의 왈짜패나 두뢰배였을 "악소년惡少年들을 모아" 왜
구를 물리침으로써, 왜구의 침범으로부터 마을을 보호하는 번뜩이는
기지를 발휘했다. 마지막으로 소주에서도 또 한 번의 큰 역병이 일자,
그는 "다시 재산을 기부해" 전염병에 걸린 사람들을 구해낸다. 그는 우
선 요사要祠로 불리는 은신처에 역병에 걸린 이들을 분리 수용한 후 약
을 나누어 주었다. 그리고, "명의名醫로 하여금" 병자들을 돌보게 하였
다. 이러한 방법으로 옹삼은 일반사람들에게 더 이상 역병이 전염되는
것을 막으면서 병자들에게는 명의가 주관하는 좋은 약과 정확한 처방
을 제공하게 함으로써 더욱 많은 이들을 온전히 살려낼 수 있었던 것
이다. 이로 보면 그는 현실에서 부딪친 문제의 핵심을 정확히 파악하
고 인적·물적 자원을 상황에 따라 적절히 활용·배치하여 문제를 보
다 쉽고 빠르게 해결할 수 있는 능력이 뛰어났던 것으로 보인다.

요약하면, 옹삼은 상인이 되어 벌어들인 이익과 재산을 국가의 손길
이 미치지 못하는 산동·강소성 지역의 의료·종교·군사·사법 분
야의 문제들을 해결하는 데 사용함으로써, 상인의 지위를 넘어 한 사
람의 지역사회 사업가로서 성장해가는 명대 상인의 또 다른 모습을 보
여준다고 하겠다.

4. 「화식열전貨殖列傳」의 발견과 복고의 현실적 의미

이제까지 정군·왕현의·옹삼의 삶을 하나의 사례로 살펴보았거니
와, 결국 왕세정이 만난 명대 중엽의 휘주·소주 상인들은 탐욕스럽게

자신만의 이익을 탐하거나, 자신의 이익을 위해 다른 사람의 이익을 가로채는 '돈에 눈 먼' 상인들이 아니었음을 알 수 있다. 그들은 한결같이 부를 추구하는 상인이었긴 하지만, 그들에게는 또한 동족同族 근로자들과 함께 새로운 재질의 작목을 연구하는 경영자로서의 면모도 있었고, 후손을 교육하여 국가의 동량으로 길러내고자 하는 교육자의 모습도 있었으며, 지역민들과 화합하며 지역 사회의 여러 문제들을 적극적으로 해결하고자 하는 사회사업가로서의 면모도 있었다.

물론 묘지명墓誌銘이나 전傳과 수서壽序라는 장르가 한 사람의 일생을 요약하면서 대체로는 귀감이 될 만한 부분을 부각시키는 것이 일반적인 관례이기에, 분석한 세 편의 글 역시 그들이 했던 훌륭한 일들을 선양宣揚하고자 하는 의도가 있음을 부인할 수는 없다. 또한 이미 명대 이전부터 소설 속 상인들은 대체로 탐욕스런 악덕한 사람들로 등장하고 있으니, 상업이 날로 번성해가고 있는 명대 중엽의 시점에서 자기의 이익을 위해 온갖 부정을 저지르는 상인들이 없을 리 없다. 하지만 피도 눈물도 없이 이익만을 취하거나 금전과 욕망의 쾌락 속에 빠져드는 소설 속 상인의 모습만이 현실을 반영한 것이고, 고용된 사람들의 고충을 이해하고, 더 나은 삶을 위해 후손을 교육하며, 사회사업을 펼치는 상인들의 모습은 꾸며낸 거짓이라고 말할 수는 없다. 명대 중엽의 현실 속에는 당연하게도 그 두 가지 유형의 상인들이 다 있었을 터이지만, 그것은 '취재 혹은 견문한 대상'과 '작자의 의도'와 '장르적 속성'에 따라 다양한 모습으로 나타날 수 있는 것이다.

왕세정은 소설과 희곡에도 많은 관심을 가진 작가이기에 필요하다면 『금병매金瓶梅』의 주인공인 염상鹽商 서문경西門慶처럼 악덕과 쾌락의 화신으로 상인을 형상화할 수도 있었겠지만, 세상에는 정군·왕현의·옹삼과 같은 선량한 상인들도 존재하기에 후손들의 청탁에 부응하여 그들의 삶을 묘지명이라는 형식 속에 표창表彰의 방식으로 드러내었던 것이다. 그렇다면 왕세정은 보기 드문 자질과 능력을 가진 이 훌륭한 상인들의 가치를 더욱 공고히 하고 널리 알리기 위해 상인 전기를 창작하며 어떤 문학적 장치를 활용했을까? 아래에 세 상인을 주인공으로 삼았던 왕세정 글의 논찬 부분을 확인하며 현실적 필요에 의해 호출되었던 고전 속 인물들의 면면을 살펴보기로 한다.

무릇 도주공陶朱公은 월越나라의 재상을 그만두고 제齊·초楚 지역을 옮겨 다니다 나중에는 도陶땅에 가서 노년의 십구 년을 보내다 비로소 자손子孫들에게 일을 맡기니 자손들이 재산을 불려 수만금에 이르렀다. (…중략…) 요컨대 그의 나이가 근 백세까지 이르렀던 것은 부유한 사람이 편히 살면서 복식服食하고 섭생攝生하며 혈기를 다스리고 덕을 행하기를 좋아해서 하늘이 장수하도록 정하는데 어려움이 없었기 때문이다. (…중략…) 군君은 지금 오십일뿐이니 선행을 멈추지 말고, 손수 가래나무梓와 옻나무漆를 심었던 번군운樊君雲처럼 살게나. 그렇게 하여 훗날 대자戴子가 미리 술잔을 올리며 축원했듯이, 하는 일마다 그에 맞는 그릇이 될 수 있다면 태사씨太史氏가 칭송한 도주공陶朱公과 무엇이 다르겠는가?[39]

---

[39] "夫以陶朱公去越相, 已又轉相齊, 楚, 而後之陶計且老十九年, 而始聽子孫, 息之以至巨萬. (…중략…) 要其年不百歲不止也, 富人居便, 服食節攝營衛, 好行德, 而天隤之於壽, 爲無難者. (…중략…) 君今五十耳, 善爲之而不息, 若樊君雲手種梓漆. 異日, 戴子前稱觴, 種種堪器物, 則於太史氏所稱陶朱公者, 何異焉?"(「贈程君五十叙」, 『弇州四部稿』卷61)

내가 일찍이 사마천의 전傳을 읽어 보니, 사마천은 여러 객상客商중에서
도 임공臨邛으로 이주한 탁씨卓氏의 식견識見과 완宛땅 공씨孔氏의 넉넉함과
선곡宣曲 임씨任氏의 검소함을 최고로 여겼다. 하지만 그 후손을 헤아려 보
면 드러난 자가 없다. 재산을 가득 쌓아놓고서도 축재蓄財를 그치지 않으니
조화옹造化翁이 그들을 비루하게 여겼기 때문이다. 또한 넉넉한 재산 덕택
에 고생하는 바가 없어서 그로 인해 또한 시서詩書를 좋아하는 것도 잊어버
린 것으로 보인다. 그러므로 사마천이 "추로鄒魯 지방에 학문을 그만두고
이익을 쫓는 사람들이 많아진 까닭은 조曹땅의 병씨邴氏때문이다"라고 말
했던 것이다. 왕공汪公은 마음과 행실이 지극히 순박淳朴하여 갑자기 객상
을 그만두고 고향에 돌아와 좋아하던 시서를 꺼내들어 손자에게까지 마땅
히 향유하도록 했다. 황제께서 도곤道昆으로 인해 왕공汪公에게 영광과 은
총을 내리셨고, 마을에서의 행실을 들어 삼가 공公을 정려하여 길이길이 영
원하도록 하였다.⁴⁰

아! 처사는 말업末業으로 객지에서 부富를 이루고 본업本業으로 고향에서
부를 이루었으니, 세상에서는 실로 주朱·백白의 술術을 잘 터득했다고 말
한다. 그리하여 이르는 곳마다 반드시 그 의로운 이름을 성취하면서도 구
차하지 않았을 뿐이다.⁴¹

---

40 "不佞嘗竊讀史遷氏傳, 於諸客, 最稱臨邛之識宛孔氏之雍容, 宣曲之折節爲儉. 然度其後無
顯者, 積盈而不已, 則造化鄙之. 藉饒而亡所苦, 則見以爲因仍而忘詩書之好. 故其說曰:
"鄒魯以其故多去文學而趨利者, 以曹邴氏也. 乃汪公內行淳至, 驟去其客, 歸而擧詩書之
好, 於孫子, 宜其享矣. 人主以道昆, 故榮寵汪公, 至擧閭閻之行, 而亟旌之, 永永無斁."(「明
故贈通議大夫兵部右侍郎汪公神道碑」,『弇州四部稿』卷96)

41 "嗟乎! 處士以末富於旅, 以本富於鄉, 世固謂其善朱、白之術. 然所至必成其義名, 非苟焉而
已者."(「處士春山翁君曁配吳姥合葬誌銘」,『弇州續稿』卷92)

　세 인용문은 차례대로 정군·왕현의·옹처사翁處士를 대상으로 한 글의 마지막 논찬論贊에 해당한다. 첫 번째 글에서 왕세정은 오십이 된 정군의 장수를 축복하며, 도주공陶朱公과 번군운樊君雲의 삶을 언급하고 있다. 두 번째 인용문에서는 임공臨邛 탁씨卓氏·완宛땅 공씨孔氏·선곡宣曲 임씨任氏와 함께 조曹땅의 병씨邴氏를 언급하며 그들의 삶을 왕현의의 삶과 견주고 있다. 세 번째는 처사 옹삼의 삶을 칭송하며 그가 도주공과 백규白圭의 처세술을 잘 터득했다고 말하고 있다. 첫 번째 인용문의 하단부와 두 번째 인용문의 첫머리에서 왕세정 스스로 말하고 있듯 이들 인물들은 대부분 태사공 사마천에 의해 처음으로 주목받은 상인들이다. 위에 언급된 인물 중 '번군운'을 제외한 도주공·탁씨·공씨·임씨·병씨·백규는 모두 『사기』「화식열전貨殖列傳」에 나오는 사람들로, 이들은 왕세정 당대의 정군·왕현의·옹처사처럼 그 처지와 경로는 조금씩 다를지라도 한결같이 상업 행위를 통해 부자가 되었던 인물들이다. 앞서 언급했듯 『사기』「화식열전」은 반고에 의해 아주 일찍부터 불순한 텍스트로 부정되었던 까닭에 상인의 조상들인 이들 역시 오랫동안 사람들에 의해서 잊혀졌던 존재들인데, 윗글에 보이듯 왕세정에 와서야 비로소 이들의 이름이 빈번하게 호명되며 그 가치가 재발견되고 있는 것이다.

　정군의 삶을 기술하며 왜 왕세정은 도주공과 번군운을 떠올렸던가? 그리고 왜 세상 사람들은 처사 옹삼이 도주공과 백규의 처세술을 잘 터득했다고 말하는 것일까? 「화식열전」을 읽어 보면 금방 알겠지만, 도주공과 백규는 모두 시세의 변화를 잘 읽고, 그에 따라 세상에 대처하는 기술이 뛰어났던 사람들이다. 백규는 시세의 변화를 잘 관찰해서,

곡식이 익는 수확 철에 싼값에 곡식을 취하고, 옷감과 칠기漆器를 비싸게 팔아 시세차익을 이용해 큰돈을 번 사람[42]이니, 물길을 이용해 각 지역 작물의 시세차익을 이용해서 부고富賈가 되었던 옹삼과 매우 유사한 재테크治生를 사용하고 있는 셈이다. 또한 도주공(범려范蠡)은 오吳땅에서 제齊땅으로, 그리고 천하의 화물이 통하는 교역의 중심지인 도陶땅에 거처하여 큰돈을 벌었으니[43] 이 역시 오땅과 제땅을 오가며 돈을 벌고 임청臨淸이라는 교역 중심지에 정착했던 옹삼의 삶과 부절符節처럼 딱 들어맞는 것이다.

또한, 정군의 장수長壽를 축원하며 왕세정이 도주공을 언급한 이유는 정군이 도주공처럼 "덕을 행하기를 좋아하는 사람好行其德者"이기 때문이다.[44] 왕세정은 이제 오십이 된 정군에게 남아있는 삶도 도즈공처럼 친족과 이웃에게 덕을 베풀며 장수하기를 바라는 마음을 수서壽序에 담아 전하고 있다. 번군운은 조금 독특한 예인데, 그는 『후한서後漢書』「번굉전樊宏傳」에 나오는 인물로, 새로운 재질의 목기를 만들기 위해 가래나무梓와 옻나무漆를 심어서 주위 사람들의 비웃음을 산 사람이다. 그런데, 세월이 흘러 재질이 단단한 가래나무에 옻을 칠한 목기가 제작되어 나온 후, 내구성이 강하고 부식이 되지 않는 이 그릇만을 사

---

[42] "白圭樂觀時變, 故人棄我取, 人取我與. 夫歲孰取穀, 予之絲漆; 繭出取帛絮, 予之食. (…중략…) 蓋天下言治生祖白圭."(『史記』, 「貨殖列傳」)

[43] "範蠡 (…중략…) 乘扁舟浮於江湖, 變名易姓, 適齊爲鴟夷子皮, 之陶爲朱公. 朱公以爲陶天下之中, 諸侯四通, 貨物所交易也. 乃治産積居, 與時逐而不責於人. 故善治生者. 能擇人而任時."(『史記』, 「貨殖列傳」)

[44] "朱公 (…중략…) 十九年之中三致千金, 再分散與貧交疏昆弟. 此所謂富好行其德者也."(『史記』, 「貨殖列傳」) "徽人固嘖嘖推程君謂'好行其德者'哉!"(「贈程君五十叙」, 『弇州四部稿』卷61)

람들이 사용하게 되자 번군운은 거만巨萬의 부자가 되었던 것이다.[45] 번굉樊宏의 부친으로 다만 아들의 전인 「번굉전樊宏傳」에 부속되어 전해오는 이 사람의 일화를 왕세정이 굳이 정군과 관련하여 거론한 이유는 앞서 살펴보았듯 정군 역시 휘주에 정착하여 농민들과 함께 새로운 품종의 작목을 개발하고 있기 때문이 아닐까 한다.

이로 보면 왕세정은 현실의 정군과 옹삼의 삶을 진단하고 칭송하기 위해, 더 나아가 그들이 앞으로 추구해야 할 지향점을 보다 뚜렷이 제시하기 위해, 현실의 정군·옹삼과 가장 닮은꼴인 과거의 전범이 되는 인물들을 역사 속에서 하나씩 호출하고 있었던 것이다. 그것은 겉으로 보면 과거의 인물 속에서 상인의 전범을 찾고 있다는 점에서 '복고'의 색채를 띠고 있는 것이 분명하다. 하지만, 경제적으로나 도덕적으로 성장하고 있는 명대 상인 계층에게 '표본이 될 만한 전범'을 찾아 제시함으로써, 그들의 선행을 더욱 격려하고, 그들의 연구를 더욱 장려하고자 했다는 점에서, 옛 상인의 선배들은 또한 지극히 현실적인 필요에 의해 과거로부터 소환된 것이기도 하다. 요컨대, 고서의 한 귀퉁이에 묻혀있던 도주공·번군운·백규의 상인으로서의 삶이 상인 전기를 쓰고 있는 왕세정에 의해 재발견됨으로써, 「화식열전」은 비로소 의미 있는 텍스트가 되었고, 옛날과 지금의 상인들 모두가 고전과 현실 속에 살아 숨 쉬는 가치로운 인물로 새롭게 환기될 수 있었던 것이다.

물론 사마천의 「화식열전」이 모든 유형의 상인들의 전범을 제공하

---

[45] "樊宏, 字靡卿, 南陽湖陽人也. (…중략…) 爲鄕里著姓. 父重, 字君雲, 世善農稼, 好貨殖. (…중략…) 嘗欲作器物, 先種梓漆, 時人嗤之, 然積以歲月, 皆得其用, 向之笑者, 咸求假焉. 貲至巨萬, 而賑瞻宗族, 恩加鄕閭."(『後漢書』 卷32 「樊宏傳」)

고 있지는 않기에, 왕세정은 정군을 이해하기 위해 번군운 같은 연구
개발형 상인을『후한서後漢書』에서 불러내기도 하였다. 마찬가지로 현
실의 왕현의와 같은 상인을 이해하기 위해 왕세정은 두 번째 인용문에
서 그를「화식열전」의 여러 상인들과 견주고 있지만, 왕세정이 생각하
기에 사마천이 최고의 상인으로 여겼던 그들 모두는 현실의 왕현의를
설명하기에는 모두 부족한 인물들이었다. 조趙나라가 멸망해서 포로
로 잡혀가는 상황에서도 가장 장사하기 유리한 땅을 찾아 멀리 임공臨
邛까지 가서 제철업으로 부자가 되었던 탁월한 식견을 가진 탁씨卓氏[46]
도, 또한 대장간 사업鐵冶業으로 번 돈을 제후들과 유한공자遊閑公子들
에게 아낌없이 씀으로써 오히려 천금을 버는 부자가 될 수 있었던 넉
넉하고 화락한 성격을 지닌 공씨[47]도, 그리고 부유해지고 나서도 절약
하고 절제할 줄 알았던 선곡 임씨[48]도 모두 왕현의만은 못했던 것이
다. 왜냐하면, 왕현의는 염상으로 성공하는 가장 유리한 입지를 확보
하기 위해 고향에서 먼 연燕・대代 지역을 택하는 탁씨와 같은 '식견'과,
관료들과 염상집단을 아우를 수 있는 공씨와 같은 '화락한 성격', 그리
고 부자가 된 후에도 호의호식을 탐하지 않는 선곡과 같은 '검소함'을
모두 가지고 있었지만, 이 세 사람은 왕현의가 지닌 가장 중요한 요소

---

46 "蜀卓氏之先, 趙人也, 用鐵冶富. 秦破趙, 遷卓氏. 卓氏見虜略, 獨夫妻推輦, 行詣遷處. 諸
遷虜少有餘財, 爭與吏, 求近處, 處葭萌. 唯卓氏曰：'此地狹薄. 吾聞汶山之下, 沃野, 下有
蹲鴟, 至死不飢. 民工於市, 易賈.' 乃求遠遷, 致之臨邛, 大喜, 卽鐵山鼓鑄, 運籌策, 傾滇蜀
之民, 富至僮千人. 田池射獵之樂, 擬於人君"(『史記』,「貨殖列傳」)
47 "宛孔氏之先, 梁人也, 用鐵冶爲業. 秦伐魏, 遷孔氏南陽. 大鼓鑄, 規陂池, 連車騎, 遊諸侯,
因通商賈之利, 有遊閑公子之賜與名. 然其贏得過當, 愈於纖嗇, 家致富數千金, 故南陽行
賈盡法孔氏之雍容."(『史記』,「貨殖列傳」)
48 "富人爭奢侈, 而任氏折節爲儉, (…중략…) 富者數世. 然任公家約, 非田畜所出, 弗衣食,
公事不畢, 則身不得飮酒食肉. 以此爲閭裏率, 故富而主上重之."(『史記』,「貨殖列傳」)

를 갖추지 못했기 때문이다.

그 한 가지 요소란 바로 왕현의의 손자 왕도곤汪道昆처럼 학식과 문아文雅를 겸비하여 세상에 이름을 알린 후손이 이들에겐 없었다는 것이다. 왕세정은 이들이 "재산을 가득 쌓아놓고서도 축재蓄財"에만 관심을 가지고 "시서詩書를 좋아하"지 않았기에, 그리고 그들의 후손들도 "넉넉한 재산 덕택에 고생하는 바가 없어서" 굳이 "시서를 좋아하"지 않아도 되었기에, 모두 호학好學의 중요성을 까맣게 잊어 버렸음을 지적한다. 그러면서 온 가족이 인색할 정도로 절약하여 상인으로서는 성공했지만 공부에는 관심이 없었던 조曹땅의 병씨邴氏 가문으로 인해 공자와 맹자의 고향인 추로鄒魯 지역마저도 "학문을 그만두고 이익을 쫓는" 풍조가 유행하게 된 것을 사마천도 아쉬워했음[49]을 특별히 언급하고 있다. 실제로 돌이켜 생각해보면, 예나 지금이나 사람들이 "학문은 그만두고, 이익만을 쫓는다면" 그런 상인의 집안과 그런 상인들만 사는 지역 사회와 국가는 더 이상의 미래가 없는 법이다. 왕세정이 재물을 축척하는 데만 뛰어났던 「화식열전」의 세 인물을 조화옹造化翁의 말을 빌어 "비루하다"고 말하는 이유는 바로 그 때문이다.

다행히 왕공汪公은 이익만을 추구하는 상인의 길을 벗어나 더 나은 삶을 계획하며 "詩書를 꺼내 들어 손자에게까지 마땅히 향유하도록 했"던 까닭에 앞 장에서 상세히 분석했듯 그 손자 대에 와서는 소금 사업을 넘어 국가 경영의 일부분을 책임지는 가문으로 진입할 수 있었다. 후손 교육에 힘씀으로써 또 다른 상인의 길을 제시한 왕현의와 같은

---

[49] "魯人俗儉嗇, 而曹邴氏尤甚, 以鐵冶起, 富至巨萬. 然家自父兄子孫約, '俛有拾, 仰有取.' 貰貸行賈徧郡國. 鄒, 魯以其故多去文學而趨利者, 以曹邴氏也."(『史記』, 「貨殖列傳」)

새로운 유형의 상인은 「화식열전」에서는 찾으려 해도 찾아볼 수가 없었다. 바로 그랬기에 왕세정은 왕현의와 유사한 점이 없지 않은 탁씨·공씨·임씨를 차례대로 호명해 불러내긴 했지만, 최종적으로는 왕현의를 그들보다 훌륭한 상인으로 평가했던 것이다. 이로 보면 왕현의는 부를 축적한 뒤에도 호학할 줄 알았던, 그리고 그런 상인들에게 제도적으로 과거를 통한 출세를 허용했던 명대 중엽의 현실 속에서만 새롭게 탄생할 수 있었던 또 다른 유형의 상인이었던 것이다.

요약하면, 왕세정은 때로는 「화식열전」의 인물들을 호명하여 현실의 상인들을 격려하기도 하고, 「화식열전」에 없는 또 다른 상인의 전범을 다른 텍스트나 현실 속에서 발견해 제시하기도 하면서, 잊혀져갔던 상인의 선조들을 현실에 되살려냈고, 동시에 현실 상인들의 존재 가치를 드높였던 것이다. 그리고 이를 통해 비로소 한대와 송대의 여러 지식인들에게 부정되었던 「화식열전」이라는 텍스트는 새롭게 그 가치를 인정받으며 상인의 이야기를 대표하는 새로운 고전의 하나로 자리 잡아 나갔던 것이다.

5. 현실 문제의 해결과 고전의 재발견

지금까지 왕세정의 상인전기에 대한 개괄 및 세 편의 작품에 대한 예시적 분석을 통해 명대 중엽에 실제 했던 상인들의 모습을 구체적으로 살펴볼 수 있었다. 소설 속에 흔히 등장하는 물욕과 애욕에 빠진 상인들과는 달리, 왕세정은 부를 추구하면서 동시에 자기 자신과 사회를 개선하고자 했던 상인들의 모습을 묘지명墓誌銘·전傳·수서壽序 등의 전기적 글속에 담아내고 있었다. 묘지명 등의 문체적 특성이 대상인물을 칭송하고자 하는 의도로 작성됨을 감안한다 하더라도, 그것이 소설과 달리 허구가 아닌 사실에 근거해서 쓰여짐을 생각한다면, 묘지명 속에서 서술되고 있는 상인들의 구체적 행적들은 명대 중엽에 존재했던 실제적인 상인의 삶에 기반해서 쓰여 졌다고 할 것이다.

왕세정은 명대 중엽 상업의 발전과 함께 경제적으로나 문화적으로 새롭게 성장하고 있었던, 그리고 학문과 덕성의 측면에서도 점차 성숙해가고 있었던 이들 새로운 유형의 상인들의 가치를 드러내기 위해, 자신의 상인 전기 속에서 『사기』「화식열전」의 인물들을 하나씩 호명하고 있었다. 이를 통해 반고班固 이후로 부정되었던 「화식열전」의 인물들이 새롭게 부각될 수 있었고, 또한 명대의 현실 속에 출현했던 상인들도 고전적 전거를 확보하며 그 가치를 더욱 인정받을 수 있었다.

이로 보면, 고전으로 돌아가 그 원형과 전거典據를 찾고자 했던 왕세정의 복고는 고전의 옛 글자나 문구를 베껴 적는, 현실과 무관한 모방模倣의 독서에서 비롯된 것이 아니었음을 알 수 있다. 또한 왕세정의 복고 지향을 다만 대각체臺閣體의 연미한 문장이나 팔고문八股文의 틀에 박힌 형식을 탈피하여 강건한 고문의 문체를 회복하기 위해 비롯된 것으로, 그저 문체적 차원에 국한해서만 해석할 문제도 아님을 알 수 있다. 이제까지 살펴본 왕세정의 상인전기와 「화식열전」의 관계에서 보듯 왕세정의 복고는 오히려 명대 중엽의 인물과 현실을 형상화하는 과정에서 요청된 것이었다. 자신이 살고 있는 현실의 여러 인물들을 핍진하게 묘사하고 그들의 삶을 평가하는 과정에서 비교대상이 될 만한 기준이 필요했던 것이고, 그 기준이 되는 많은 인물들을 포학하고 있는 텍스트가 바로『사기』「화식열전」이었던 것이다.

차후 별고別稿를 통해 밝혀야 할 또 다른 주제이긴 하지만, 실저로 필자가 현재까지 조사한 바에 따르면 상인들의 전기인『사기』「화식열전」이 명대 이전까지 이처럼 중요한 텍스트로 취급되고, 또한 텍스트 속에 수록된 허다한 상인들이 이와 같이 집중적으로 조명된 예는 없었다. 능치륭凌稚隆(1533~1593)이 편집하고, 왕세정王世貞·모곤茅坤 등이 서문을 썼던『사기평림史記評林』과 그와 유사한『사기』관련 평점 비평서가 다수 출현하면서『사기』는 명대 중엽에 와서야 비로소 역사서의 범주를 벗어나 문장의 전범이 되는 텍스트로 인정받을 수 있었가. 마찬가지로 반고의 부정적 평가이후 오랫동안 그 가치를 인정받지 못했던 「화식열전」과 그 속의 상인들은, '축재蓄財'와 '나눔'의 삶을 공히 실천했던 자기 시대 상인들의 삶에 공감하며 열정적으로 그들의 가치로운 삶을 드러내고자 했던 왕세정·왕도곤汪道昆 등 명대 중엽 작가들의 창작 실천을 통해서야 비로소 새롭게 주목받을 수 있었던 것이다.

익히 알려져 있듯 왕세정의 복고는 진한秦漢 이전의 문헌들과 인물들에 특별한 관심을 보이고, 그것의 가치를 제고提高하고자 한다는 점에서 외면상으로 '오래된 과거'를 지향하는 듯 보인다. 하지만, 이제까지 살펴보았듯 왕세정의 복고는 자기 시대의 인물과 현실을 드러내고 가치지우는 과정에서 필연적으로 요청된 것이라는 점에서 또한 지극한 현실에의 관심을 내포하고 있다고 할 것이다. 왕세정을 필두로 하는 명대 중엽 작가들의 새로운 발견과 주목, 열정적인 선양과 가치 제고를 통해 비로소『사기』라는 텍스트가 역사서가 아닌 문학상의 고전으로까지

인정되고, 오랜 시간 동안 부정적 평가를 받아왔던 「화식열전」이 마땅히 주목해야 할 당대의 고전으로 새롭게 탄생하고 있음을 상기할 필요가 있다.

무릇 '고전'이란 그것이 세상에 처음 태어난 순간부터 '고전'으로서의 지위를 부여받은 것이 아니다. '고전'은 현실의 문제를 진지하게 고민하고 드러내는 과정에서 그것의 가치를 새롭게 자각하고 발견한 작가와 비평가들을 통해 비로소 우리시대의 고전으로 탄생하는 것이다. 「화식열전」의 재발견을 복고와 관련지어 다시 말한다면, 복고의 대상이 되는 '고전'으로서 「화식열전」이 먼저 존재했던 것이 아니라, 오히려 왕세정과 같은 뛰어난 작가에 의해 그 텍스트의 가치가 재평가되고 재발견됨으로써, 「화식열전」은 비로소 고전적 가치를 지닌 텍스트로 새롭게 인식되며 고전의 반열에 오르게 되었던 것이다.

부록

* 대상인물의 생몰연대는 년조가 밝혀져 있거나 내용상 추정 가능한 것에 대해서는 최대한 밝힘.
* 활동지역은 성省·부府·현縣의 순서로 표기하였다. 부와 현은 명대明代 당시의 행정 단위를 따랐으나, 성은 검색의 편의를 위해 현재의 행정구역상의 명칭을 따랐다.
* 창작연대는 년조가 밝혀진 것과 내용상 추정 가능한 경우 그 연대를 쓰고, 그렇지 않은 경우 대상인물의 몰년과 『사부고四部稿』의 발간연도(1576년)를 고려해 작성함.

〈표 2〉 왕세정의 상인·상부 전기(사부고四部稿 소수所收) 총22편

작품명	대상인물	분류 (활동지역)	창작 경위	창작 연대	출전	문체
君五十敍	程君	安徽徽州(新安)商人 (江淮間-湘楚-二廣)	程君의 姻親 太學生 洪雲龍이 왕세정의 벗 戴子를 통해 청탁.	1576년 이전	『四部稿』 卷61	壽序
公小傳	許鈇	江蘇蘇州(吳)商人	春坊贊善인 許國에게서 그 부친 許鈇의 생애를 듣고 지음.	1574	『四部稿』 卷82	傳
卿傳	孫允方	安徽徽州休寧商人	아들 孫光先의 청탁	1576년 이전	『四部稿』 卷84	傳
君小傳	張冲 (1502~1562)	江蘇蘇州長洲商人	왕세정의 벗 黃淳父의 청탁	1576년 이전	『四部稿』 卷84	傳
承德郎禮部祠祭署郎妻徐公曁配陳安人合銘	徐甫 (1490~1564) 陳安人 (1497~1552)	江蘇蘇州嘉定商人	아들 徐學謨의 청탁	1564	『四部稿』 卷90	碑誌
部員外郎龍溪劉公墓	劉緝	湖北武昌崇陽商人	아들 劉景韶의 청탁	1576년 이전	『四部稿』 卷90	碑誌
處士沙洲歐君曁配孔葬誌銘	歐君 (?~1548) 孔孺人 (?~1571)	江蘇蘇州沙洲商人·商婦	아들 歐大任의 청탁	1571년	『四部稿』 卷91	碑誌
太醫院吏目徵泉劉君銘	劉坊	江蘇蘇州長洲商人	아들 劉侹이 장인 支可大를 통해 청탁	1576년 이전	『四部稿』 卷91	碑誌
士郎鴻臚司賓署丞古君曁配王孺人遷葬墓	朱習之·王孺人	江蘇常州靖江商人·商婦	아들 朱正初의 청탁	1576년 이전	『四部稿』 卷91	碑誌
處士閒谿朱公曁配宋合葬墓誌銘	朱惟新·宋孺人	江蘇蘇州崑山商人·商婦	손녀사위 張文柱의 청탁	1576년 이전	『四部稿』 卷91	碑誌

明故處士雲槎張君墓誌銘	張冲 (1502~1562)	江蘇蘇州長洲商人・商婦	아들 張鳳翼의 청탁	1562 ~1576	『四部稿』 卷92	[illegible]
明處士王守愚暨配蒯孺人合葬誌銘	王守愚 (1496~1564) 蒯孺人 (1496~1559)	江蘇常州無錫商人・商婦	아들 王穉登의 청탁	1564 ~1576	『四部稿』 卷92	[illegible]
漁江沈君墓誌銘	沈文楨 (1494~1546)	浙江寧波鄞縣商人	아들 沈明臣의 청탁	1546 ~1576	『四部稿』 卷92	[illegible]
明故鄭母唐孺人墓誌銘	唐孺人 (1470~1552)	江蘇蘇州太倉商婦	미상 (부군은 望雲君)	1552 ~1576	『四部稿』 卷92	[illegible]
李大夫張太恭人合葬墓表	李寶 (1487~1522) 張太恭人 (1495~?)	山東濟南歷城商人・商婦	李攀龍이 쓴 개략적인 묘지명을 토대로 작성	1576년 이전	『四部稿』 卷94	[illegible]
贈中憲大夫邵武府知府吳公暨配李恭人墓表	吳顔 李恭人	湖北武昌興國州商人・商婦 (行賈吳越)	벗 吳國倫이 부친의 묘지명 청탁	1576년 이전	『四部稿』 卷94	[illegible]
明封文林郎浙江處州府推官東林張翁墓表	張士鏜	江蘇蘇州太倉商人	벗 張振之(職方君)가 부친의 묘지명 청탁.	1576년 이전	『四部稿』 卷95	[illegible]
處士友荊王翁墓表	王以東	江蘇蘇州太倉商人	벗 王錫爵이 大王父의 묘지명 청탁.	1576년 이전	『四部稿』 卷95	[illegible]
明故徵仕郎仁齋程君墓表	程倉	安徽徽州歙商人 (以游江淮, 北溯燕代)	조카 程本中이 莫是龍을 통해 청탁.	1576년 이전	『四部稿』 卷95	[illegible]
明故贈通議大夫兵部右侍郎汪公神道碑	汪玄儀 (1468~1548) 吳孺人 (1467~1544)	安徽徽州(新安)商人	孫子 汪道昆의 청탁	1573 ~1576	『四部稿』 卷96	[illegible]
程君汝義墓碣銘	程兀利	安徽徽州休寧商人 (周,趙,燕,楚-吳嘉定)	아들 程善之의 청탁	1576년 이전	『四部稿』 卷96	[illegible]
太學生金君三園行狀	金塘 (1509~1564)	安徽徽州休寧商人 (往來淮揚間)	아들 金伯鉉이 청탁	1564 ~1576	『四部稿』 卷100	[illegible]

<표 3> 왕세정의 상인·상부 전기(속고續稿 소수所收) 총47편

작품명	대상인물	분류 (활동지역)	창작 경위	창작 연대	출전	문체
次公吳媼偕壽九十 2편	潘侃·吳媼	安徽徽州歙商人 (歙人 → 蜀 → 吳越荊楚間)	미상	1576년 이후	『續稿』 卷33	壽序
吳鴻臚七十壽序	吳鴻臚[50]	安徽徽州歙商人	아들이 그 벗 梁生을 통해 부탁	1576년 이후	『續稿』 卷36	壽序
汪吳傳	吳氏	安徽徽州商婦	汪道昆의 七烈婦傳을 보고 그 에 感發받아 쓴 것으로 보임.	1576년 이후	『續稿』 卷69	傳
君傳	張弼	四川(蜀)商 (麻城·內江·耒陽·常寧)	미상	1576년 이후	『續稿』 卷70	傳
傳	程母 汪氏 (程汝義의 婦)	安徽徽州休寧商婦	아들 程善定이 兪仲蔚을 통해 청탁	1576년 이후	『續稿』 卷72	傳
鳴傳	童珮	浙江衢州龍游商人 (龍游·梁溪)	미상	1576년 이후	『續稿』 卷72	傳
中傳	許和	安徽徽州商人	미상	1576년 이후	『續稿』 卷72	傳
拙齋詹翁墓誌銘	詹文禧 (1492~1568)	浙江嚴州遂安商人	侍御 余君의 부탁	1576년 이후	『續稿』 卷91	碑誌
顧君暨配徐孺人 誌銘	顧聚 (1524~1583) 徐孺人 (?~1569)	江蘇常州無錫商人·商婦	아들 顧原會가 王稚登(王穉登) 을 통해 부탁	1584	『續稿』 卷91	碑誌
春山翁君暨配吳 葬誌銘	翁參 (1493~1572) 吳姥 (1489~1581)	江蘇蘇州洞庭商人·商婦 (湘漢·江廣二陵·燕趙· 清源·齊魯)	陳生이 고인의 아들 邊·簠과 함께 와서 청탁	1583	『續稿』 卷92	碑誌
士暨配吳孺人合 銘	畢濟 (1509~1576) 吳孺人 (1514~1577)	安徽徽州歙商人·商婦(靑 州·徐州·荊州·揚州)	아들 畢竟成·竟孝가 莫廷韓 를 통해 부탁	1578	『續稿』 卷92	碑誌
南野顧翁墓誌銘	顧學 (1516~1576) 錢孺人	江蘇常州無錫商人 (無錫·涇江)	아들 顧憲成의 부탁	1576 (51세)	『續稿』 卷92	碑誌
溪公墓誌銘	屠潗 (1497~1566)	浙江寧波鄞縣商人	아들 屠隆의 청탁	1576년 이후	『續稿』 卷93	碑誌
夫婦合葬誌銘	屠璋 → 金璲 (1530~1580)	江蘇蘇州太倉商人·商婦	아들 金朗의 부탁	1580년 이후	『續稿』 卷93	碑誌
蔣次公墓誌銘	蔣克恕	安徽徽州歙縣商人	첫째 사위인 汪道貫의 청탁	1581	『續稿』	碑誌

				(56세)	卷93	
程于行墓誌銘	程善定	安徽徽州休寧商人	兪仲蔚의 아들 瞽를 통해 부탁	1576년 이후	『續稿』 卷98	碑
贈奉政大夫近溪項公配陳宜人墓誌銘	項公 陳宜人	浙江嘉興商人・商婦	아들 上林君 元淇에게 배운 인연으로 씀	1576년 이후	『續稿』 卷98	碑
將仕佐郎太醫院吏目春溪張君墓誌銘	張旻 (1505~1577)	安徽徽州休寧商人	아들 濂의 청탁	1577	『續稿』 卷100	碑
布衣王全美暨配郁節婦合葬誌銘	王世完 (1509~1534) 郁節婦 (1510~1584)	江蘇蘇州太倉商人・商婦	季父의 부탁과 再從兄인 王世完과의 친분으로	1584	『續稿』 卷102	碑
承直郎通判歸德府事弋泉姜公暨元配王安人墓誌銘	姜佐周 王安人	江蘇蘇州(吳)商人	姜公이 童子때의 스승이므로 同門들과 함께 葬事를 치를 때 작성	1576년 이후	『續稿』 卷102	碑
例授指揮僉事一川于君墓誌銘	于君 (1500~1579)	江蘇常州商人	왕세정의 同年 벗이자, 于君의 從子인 于業의 청탁	1579	『續稿』 卷103	碑
太醫院冠帶醫士竹逸呂翁暨配鍾孺人合葬誌銘	呂麒 (1495~1577) 鍾孺人 (1485~1564)	江蘇蘇州太倉商人・商婦	미상	1577	『續稿』 卷105	碑
故聽泉張翁暨配洪孺人合葬誌銘	張淮 洪孺人	江蘇蘇州太倉商人・商婦	왕세정의 벗이자 張淮의 長者인 張新의 청탁	1576년 이후	『續稿』 卷105	碑
黃母吳太孺人墓誌銘	吳太孺人 (1501~1576)	安徽徽州歙商婦	아들 極・榜이 汪道昆을 통해 청탁	1576년 이후	『續稿』 卷106	碑
吳淑人墓誌銘[51]	吳淑人 (1504~1578)	安徽徽州歙商婦	아들 汪道昆의 부탁	1578 (53세)	『續稿』 卷106	
朱孺人墓誌銘	朱順秀 (1507~1551) (卓賢)	浙江杭州仁和商婦	아들 明卿의 부탁	1579	『續稿』 卷107	
潘配吳伯姬墓誌銘	吳伯姬 (1534~1581) (潘召南)	安徽徽州(新都) 商婦	아들 之恒과 方弘靖・汪道昆 등의 청탁	1581	『續稿』 卷107	
吾山王次公墓誌銘	王擧	江蘇蘇州商人 (蘇州・無錫・江淮間)	百谷 王穉登의 소개로 아들 王曉가 청탁	1576년 이후	『續稿』 卷109	
鶴洲黃處士配王孺人墓誌銘	黃處士 王孺人 (~1586)	浙江杭州錢塘商人	아들 汝亨의 청탁	1587	『續稿』 卷110	

제목	인물	출신·유형	저술 경위	연도	출전	유형
文墓誌銘	程師文 (1516~1588)	安徽徽州歙縣商人	同年인 程嗣功이 師文에 대해 쓴 글을 기초로 작성.	1588	『續稿』 卷114	碑誌
汪次公繼婦許孺 葬誌銘	汪良標·許 孺人	安徽徽州歙縣 商人·商婦	汪道昆의 부탁	1576년 이후	『續稿』 卷116	碑誌
程有功暨配吳孺 葬誌銘	程廷全 (1494~1561) 吳孺人	安徽徽州休寧 商人·商婦	아들 程遲이 汪道昆의 아들인 汪元勳의 소개로 행장과 폐백을 들고 와 청탁	1593년 이후	『續稿』 卷116	碑誌
士汝宜暨配金孺 葬誌銘	程尙義 ·金孺人	安徽徽州休寧 商人·商婦	아들 程利往이 司訓 吳瑞穀을 통해 청탁.	1576년 이후	『續稿』 卷116	碑誌
時君暨配沈孺人 志銘	時恩 ·沈孺人	江蘇蘇州嘉定商人·商婦 (閩·越·齊·楚·梁·宋 ·淮泗間)	아들 時偕行의 청탁	1576년 이후	『續稿』 卷117	碑誌
德郎南京兵部車 吏司主事蓉泉史 誌銘	史汝器 (1524~1583)	江蘇蘇州太倉長洲商人	아들 郎中君 史邦載의 청탁	1583	『續稿』 卷117	碑誌
士有年暨馮令人 志銘	王稑豐 (1519~1587) 馮令人	江蘇常州无錫 商人·商婦	百谷 王稺登의 청탁	1587	『續稿』 卷117	碑誌
程君墓誌銘	程衍壽 (1530~1588)	安徽徽州休寧商人	아들 程嘉燧와 벗 唐時升의 간청	1588 (63세)	『續稿』 卷122	碑誌
士惟淸墓誌銘	程洁 (1531~1588)	安徽徽州歙商人 (淮揚間)	아들 元正이 吳瑞穀의 서신을 가져와 청탁	1588 (63세)	『續稿』 卷122	碑誌
汪次公暨繼配杜 合葬誌銘	汪良植 (1504~1579) 杜孺人 (1507~1560)	安徽徽州歙商· 商婦	아들 道會가 청탁	1579	『續稿』 卷123	碑誌
士希胤墓誌銘	汪振芳	江蘇蘇州崑山商人	아들 一山의 부탁	1576년 이후	『續稿』 卷124	碑誌
兼琳泉墓誌銘	蔡孟堅 (1514~1588)	江蘇蘇州洞庭商人 (洞庭·襄陽)	아들 祖芬의 부탁	1588	『續稿』 卷124	碑誌
冠帶卓見齋翁	卓賢	浙江杭州仁和商人 (齊魯間)	아들 明卿의 부탁	1576년 이후	『續稿』 卷125	碑誌
吳介石翁墓表	吳榮讓	安徽徽州歙商 (襄陽·溪南·雲間·臨溪 ·桐廬·焦山)	미상	1576년 이후	『續稿』 卷127	碑誌
部員外郎穆太公	穆陳實 (1509~1588)	山東大名東明商人	石星의 편지를 통해 아들 穆文熙가 청탁	1588 (63세)	『續稿』 卷128	碑誌
義大夫兵部右侍	汪良彬	安徽徽州歙商	아들 汪道昆의 부탁	1581	『續稿』	碑誌

| 郎汪公神道碑 | (1504~1580) | | | (56세) | 卷130 | |
| 贈文林郎徐君新墓碑 | 徐履和
(~1567) | 江蘇蘇州太倉商人 | 아들 徐申卜의 청탁 | 1576
(51세) | 『續稿』
卷135 | |

50　吳鴻臚 : 鴻臚寺를 지낸 吳씨일터인데 이름은 미상이다.
51　原題는 「汪淑人墓誌銘」이지만, 이 글은 汪道昆의 모친인 吳淑人의 묘지명이므로 바로
　　잡음.

참고문헌

자료

王世貞, 『弇州四部稿』, 四庫全書本, 제1279집~1281집, 上海古籍出版社 影印本, 1993.

______, 『弇州續稿』, 四庫全書本, 제1282집~1284집, 上海古籍出版社 影印本, 1993.

______, 『弇山堂別集』(共4冊), 北京：中華書局, 1985.

______, 羅仲鼎 校注, 『藝苑卮言校注』, 濟南：齊魯書社, 1992.

范成大, 「『驂鸞錄』乾道九年正月三日」, 『范成大筆記六種』, 北京：中華書局, 2002.

李攀龍, 『滄溟先生集』, 上海古籍出版社, 1992.

徐樹丕, 『識小錄』, 上海商務印書館, 民國5, 1916.

張海鵬・王廷元 主編, 『明淸徽商資料選編』, 合肥：黃山書社, 1985.

논문 및 단행본

김용태, 「한국한문학에 있어서 擬古主義 연구의 최근 쟁점」, 『한문학보』 30, 2014.

朴京男, 「金昌協의 비판을 통해 본 王世貞 散文의 진면목－商販 碑誌文을 중심으로」, 『韓國漢文學硏究』 46집, 2010.

______, 「茅坤과 王世貞의 교유와 그 공통적 지향점-申最의 『皇明二大家文抄』를 통해 본 茅坤과 王世貞」, 『漢文學論集』 31집, 2010.

______, 「왕세정을 바라보는 두 대가의 시각－金昌協과 錢謙益의 王世貞 이허」, 『古典文學硏究』 39집, 2011.

朴元鎬, 「明淸時代徽州商人과 宗族組織」, 『明淸徽州宗族史硏究』, 2002.

元鍾禮, 「王世貞의 宗唐主義에 담긴 近代的 自覺」, 『中國文學』 42집, 2004.

______, 「李夢陽과 王世貞, 袁宏道 詩歌美學의 '俗雅之趣'와 '淸趣'」, 『中國文學』 44집, 2005.

李春姬, 「明 王世貞의 문학사상과 李彦瑱의 한시」, 『열상고전연구』 27집, 2008.

曹永憲, 『대운하와 중국 상인』, 민음사, 2011.

하지영, 「18세기 秦漢古文論의 전개와 실현 양상」, 이화여대 박사논문, 2014.

耿傳友, 「汪道昆商人傳記硏究」, 安徽大學 碩士論文, 2002.

郭正忠 主編, 『中國鹽業史』(古代編), 北京：人民出版社, 1997.

酈波,「王世貞文學硏究」, 南京師範大學 博士論文, 2003.

魯茜·姚紅衛,「20世紀以來王世貞硏究述評」, 『湖南第一師范學院學報』, 2012-2.

李世林,「王世貞史學硏究述評」, 『三峽大學學報』, 2011-1.

朴均雨,「王世貞詩文論硏究」, 臺灣國立政治大學 博士論文, 1990.

樊恒勇,「王世貞論初唐四杰」, 安慶師范學院 碩士論文, 2013.

傅衣凌, 『明淸時代商人及商業資本』, 北京：中華書局, 2007.

______,「明末淸初江南及東南沿海地區"富農經營"的初步考察」, 『明淸社會經濟史論文集』, 北京：中華書局, 2008.

薛瑾, 「『史記』與復古派盟主王世貞」, 西南大學碩士論文, 2010.

孫礼祥,「王世貞商人傳記硏究」, 安徽大學碩士論文, 2004.

孫衛國, 『王世貞史學硏究』, 北京：人民文學出版社, 2006.

______,「王世貞及其著作對朝鮮的影響」, 『文史知識』, 2006-1.

孫學堂, 『崇古理念的淡退：王世貞与十六世紀文學思想』, 天津古籍出版社, 2004.

王裕明, 『明淸徽州典商硏究』, 北京：人民出版社, 2012.

廖可斌, 『明代文學復古運動硏究』, 上海古籍出版社, 1994.

魏宏遠,「王世貞晩年文學思想硏究」, 上海：復旦大學 博士論文, 2008-4a.

______,「王世貞晩年文學思想轉變'三說'平議」, 『浙江社會科學』, 2008-4b.

李光摩,「錢謙益"弇州晩年定論"考論」, 『文學遺産』, 2010-2.

李燕青, 「『藝苑巵言』硏究」, 上海大學 博士論文, 2010.

全國政協文史和學習委員會·政協山東省臨淸市委員會, 『運河名城：臨淸』, 中國文史出版社, 2010.

鄭利華, 『王世貞年譜』, 上海：復旦大學出版社, 1993.

______,「后七子詩法理論探析-以王世貞·謝榛相關論說考察爲中心」, 『中國文學硏究』 38집, 2009.

鄭小娟·周宇, 『15~18世紀的徽州典當商人』, 天津古蹟出版社, 2010.

陳國球, 『明代復古派唐詩論硏究』, 北京大學出版社, 2007.

卓福安,「王世貞詩文論硏究」, 臺灣：東海大學 博士論文, 1991.

許建昆,「王世貞評傳」, 臺灣：東海大學 碩士論文, 1976.

黃志民,「王世貞硏究」, 臺灣：國立政治大學 博士論文, 1976.

'삼언_{三言}'의 상고소설_{商賈小說} 연구

「장흥가중회진주삼_{蔣興哥重會珍珠衫}」을 중심으로

송진영

1. 들어가며

1980년대 이후 중국은 개혁개방정책이 추진되면서 상업경제가 크게 발전하기 시작했고, 이러한 사회 분위기 속에서 중국 학술계에서는 중국역사와 문학사에서 상업경제의 전통을 찾아보려는 시도가 이어졌다. 그리고 자연스럽게 중국 전통상인과 그들의 삶이 잘 묘사된 전통소설에 대한 관심이 높아지면서 소설작품에서 상인형상이나 상업정신 등 중국전통상고문화를 분석하는 것이 학계의 뜨거운 논제가 되었다. 2000년대에 이르러서는 본격적으로 상업문학이나 상인소설 또는 상고소설 등의 개념을 제기하며 학술적 토론이 이어졌고 관련 저술과 학위논문의 수도 크게 증가했다.[1]

필자는 이러한 중국 대륙의 연구경향에 주목하여 상인과 상인의 활

동이 서사의 중심이 되는 소설이 하나의 유형으로 성립 가능한 것인지 검토하고 현재 거론되고 있는 상업소설, 상인소설, 상고소설 등 여러 명칭의 장단점을 비교한 후, 가장 합당한 개념으로 상고소설을 선택했다. 그리고 단순히 제재로 분류하는 상인제재의 소설이 아니라, 하나의 소설유형으로서 상고소설이 성립되기 위해서는 첫째, 상인이 주인공이어야 하고 둘째, 상업활동이 비중 있게 묘사되며 셋째, 상인정신 또는 상인의 가치관이나 상인문화 등이 다루어져야 한다고 정의한 바 있다.[2]

이 글은 필자가 이전의 글에서 정의한 상고소설의 개념에 입각해 중국전통소설 속에서 이에 상응하는 작품을 구체적으로 찾아보고자 하는 후속 논구에 해당한다.

주지하다시피 명대明代에 이르면 상업경제가 크게 발전하며 상인이 사회의 중요한 계층으로 성장했을 뿐 아니라, 드디어 본격적으로 소설의 주인공이 되어 등장한다. 따라서 명대는 상고소설이 발전할 수 있는 가장 적합한 배경을 갖춘 시대라고 할 수 있다. 특히 과거의 역사가 아니라, 현재 살아가고 있는 사회의 갈등을 반영하는 송대宋代 소설(은자이銀子兒)의 전통을 직접 이어받은 명대 의화본소설擬話本小說인 '삼언'에는 당시 사회에서 활발하게 활동하던 상인이 등장하고, 상인의 생활을 묘사한 경우가 많아서 상고소설의 조건에 부합하는 작품이 많다.[3]

1 　상고소설의 개념과 학술토론의 과정에 대한 시대적 배경 및 그 의미에 관해서는 이전의 글에서 이미 논술했으므로 여기서는 다시 언급하지 않는다. 자세한 것은 다음을 참조. 송진영, 「明淸商賈小說試論─『金甁梅』를 중심으로」, 『中國語文學誌』 第36輯, 2011.8, 37~39면.

2 　위의 글, 44면.

3 　명대 상업경제의 발전과 번영은 화본소설의 상업제재를 확대시켰고, 사대부와 상인의

따라서 본고는 '삼언'에 수록된 작품 중에서 전형적인 상고소설을 찾아서 명대의 상고소설, 또는 '삼언'의 상고소설의 특징을 고찰해보고자 한다.

지금까지의 연구는 '삼언'과 '이박二拍'의 상인형상에 주목해 그 개별적 특징을 분석한 것이 대부분이다.[4] '삼언'과 '이박'에 반영된 시민계층의 진보적인 세계관, 이를테면 이전 시대에 비해 진보적인 애정관을 분석한 논문이 많은 편이다. 그러나 상고소설이라는 개념에 입각해서 명대 화본소설을 구체적으로 고찰하는 것은 최근의 일이며,[5] 국내에서는 필자가 쓴 「명청상고소설시론」이 유일하다.

이에 본고는 상고소설의 정의에 입각해서 명대 화본소설 중 상고소설의 대표작으로 「장흥가중회진주삼蔣興哥重會珍珠衫」을 선택하여 상고소설의 제특징을 어떻게 구현하고 있는지 고찰해 보고자 한다. 「장흥가중회진주삼」은 『유세명언喩世明言』에 수록된 첫 번째 작품으로서 '삼언'의 대표적인 애정고사로 꼽힌다. 작품의 주인공과 그 주변 인물들이 모두 상인이며, 그들의 사랑과 결혼생활에서 파생된 갈등을 중심으로 서사가 전개되고 있다. 또한 그 갈등은 고된 상업경영활동에 기인

융합, 상인의 지위상승을 가져왔다. 명대 상업경제와 화본소설의 관계에 대해서는 다음을 참조. 張想林, 「明代中後期商業的繁榮對話本小說的影響」, 『無錫商業職業技術學院學報』 第9卷 第6期, 2009.12.

4 대표적인 국내 연구로는 다음을 참조. 함은선, 「사회문화적 측면에서 본 화본소설중의 상인형상」, 『중국소설논총』 제25집, 2007.3; 한혜경, 「명대 의화본 소설에 나타난 상인들의 풍모와 이국정취」, 『중국소설논총』 제27집, 2008.3.

5 중국에서는 2000년대 상고소설, 상고문학의 개념 제기와 단행본 출간 이후 삼언의 상고소설을 논한 몇 편의 석사논문이 제출되었다. 다음을 참조. 劉海濤, 「"三言""二拍"中的商賈小說研究」, 重慶師範大學 碩士論文, 2006.4; 王瑞雪, 「"三言"商人形象的文化解讀」, 延邊大學 碩士論文, 2008.5.

하고 있으며 상인들의 상업활동과 상인계층의 가치관이 잘 반영되어 있어서 명대 상고소설의 대표작으로 거론하는데 부족함이 없다고 하겠다.

「장흥가중회진주삼」에 관한 기존의 연구는 작품에 반영된 진보적인 애정관이나 상인형상에 관한 것이 대부분이었다. 그 외에 서사의 진행과정에서 나타나는 우연이나 만남의 예술구조[6]를 분석하는 것도 있었다. 따라서 본고는 상고소설로서의 화본소설, 즉 소설유형으로서 상고소설이라는 측면에서 「장흥가중회진주삼」을 전론專論하는 첫 번째 시도가 될 것이다. 상고소설의 정의에 가장 부합하는 작품이면서 '삼언'의 소설 중에서 가장 잘 알려진 작품 중의 하나이기도 한 「장흥가중회진주삼」에 대한 분석을 통해 명대 상고소설의 특징이 명확히 조명될 수 있으리라 기대한다.

2. '삼언'에 수록된 상고소설商賈小說

학계에 본격적으로 상고소설의 개념을 제기하고 『중국상고소설사中國商賈小說史』를 집필한 구소웅邱紹雄에 의하면 '삼언' 120편의 작품 가운데 상인을 묘사하거나 상인을 주인공으로 한 소설은 50여 편에 이른다.[7]

---

[6] 국내에서 독립적인 작품으로서 「장흥가중회진주삼」을 분석한 것은 장영의 연구가 유일하나, 애정소설의 입장에서 「장흥가중회진주삼」에 나타난 애정관과 작품 속에 표현된 객상의 활동을 분석했다. 중국에서의 연구는 「장흥가중회진주삼」에 표현된 상인의 애정관이나 여성상, 또는 '重會'와 '巧合'에 주목해 예술구조를 분석한 것이 많다. 장영, 「「蔣興哥重會珍珠衫」에 보이는 明代 客商의 愛情倫理觀에 관한 고찰」, 『中國人文科學』 제46집, 2010.12.

그러나 여기서 언급된 상인이 등장하는 소설 50여 편을 모두 상고소설로 간주하기는 어렵다. 이들 작품 중 상당수는 상인이 조연으로 등장할 뿐이며 작품의 주요 서사에 그다지 영향을 미치고 있지 않기 때문이다. 따라서 이러한 작품들은 상고소설과는 별도로 넓은 의미의 상인제재소설이라고 분류할 수 있을 것이다.

상고소설이란 상인이 주인공이면서 상인의 생활과 가치관 등 상인문화를 잘 반영한 소설이라는 정의에 부합하는 작품으로 한정하면 그 수는 훨씬 줄어들 수밖에 없다.[8] 그렇다면 '삼언'에 수록된 상인이 등장하는 소설 가운데 상고소설의 정의에 부합하는 작품은 얼마나 될까? 상고소설을 찾기 위해서는 먼저 주인공이 상인인 작품을 찾아내야 할 것이다. 아래의 작품들에서는 소설의 주인공과 그 주변인물들이 상인이며 다양한 상업활동이 비중 있게 묘사되고 있는데, 그 주요 인물과 그들이 종사하고 있던 상업의 형태와 취급품목을 살펴보면 다음과 같다.

작품명	수록권	주요 상인인물	취급품목 또는 형태
「장흥가중회진주삼蔣興哥重會珍珠衫」	『유세명언喻世明言』第1卷	장흥가蔣興哥, 진대랑陳大郎, 장세택蔣世澤, 설파薛婆	진주, 양곡, 장신구
「신교시한오매춘정新橋市韓五賣春情」	『유세명언』第3卷	오산吳山, 오방어吳防御	비단, 사금포絲錦鋪
「요운암완삼상원채閙云庵阮三償冤債」	『유세명언』第4卷	완삼阮三	양경兩京에서 장사
「양팔로월국기봉楊八老越國奇逢」	『유세명언』第18卷	양팔로楊八老, 벽파擘婆	행상
「이수경의결황정녀李秀卿義結黃貞女」	『유세명언』第28卷	황공黃公, 황선총黃善聰, 이수경李秀卿	향香 판매상
「송사공대뇨금혼장宋四公大閙禁魂張」	『유세명언』第36卷	송사공宋四公	야채만두가게

---

7   邱紹雄, 『中國商賈小說史』, 北京 : 北京大學出版社, 2004, 114면.
8   劉海濤는 '삼언' 중에서 상고소설에 해당하는 작품으로 23편을 적시하고 있는데 그 세부 편명은 필자의 분류 결과와 다소 다르다. 劉海濤, 앞의 글.

「임효자렬성위신任孝子烈性爲神」	『유세명언』第38卷	임주관任主管(임규任珪), 장수張秀, 장원외張員外	생약포生藥鋪
「왕신지일사구전가汪信之一死救全家」	『유세명언』第39卷	송오수宋五嫂, 왕신지汪信之	주가酒家, 매탄과 주철 매매, 야철冶鐵공장, 고방酤坊
「여대랑환금완골육呂大郎還金完骨肉」	『경세통언警世通言』第5卷	여옥呂玉	면화棉花, 융絨
「소녀인금전증년소小女人金錢贈年少」	『경세통언』第16卷	장원외張員外	융포絨鋪
「계압번만산화計押番鰻産禍」	『경세통언』第20卷	계안計安, 주삼朱三	주점酒店
「송사관단원파전립宋四官團圓破氈笠」	『경세통언』第22卷	유우재劉有才, 송금宋金	선박운수업, 전당포
「악소사병생면우樂小舍拼生覓偶」	『경세통언』第23卷	악미선樂美善	잡화점
「백낭자원진뢰봉탑白娘子遠鎭雷鋒塔」	『경세통언』第28卷	허선許宣	생약점生藥店
「교언걸일첩파가喬彦杰一妾破家」	『경세통언』第33卷	교언걸喬彦杰, 부인 고씨高氏	사絲, 대추, 호도 등 잡화 거래 행상, 주점
「장숙진문경원앙회蔣淑眞刎頸鴛鴦會」	『경세통언』第38卷	장이관張二官	행상
「매유랑독점화괴賣油郎獨占花魁」	『성세항언醒世恒言』第3卷	진중秦重, 주십로朱十老, 신선莘善	기름집, 양곡상
「유소관자웅형제劉小官雌雄兄弟」	『성세항언』第10卷	유덕劉德, 유기劉奇, 유방劉芳	주점
「요번루다정주성선鬧樊樓多情周勝仙」	『성세항언』第14卷	범대랑范大郎	주점
「시윤택탄우우施潤澤灘遇友」	『성세항언』第18卷	시복施復, 주은朱恩	주기綢機경영, 양잠
「장정수도생구부張廷秀逃生救父」	『성세항언』第20卷	장권張權, 장정수張廷秀, 장문수張文秀	목장점木匠店
「십오관희언성교화十五貫戲言成巧禍」	『성세항언』第33卷	유귀劉貴, 최녕崔寧, 정산대왕靜山大王	명주행상, 잡화
「서로복의분성가徐老僕義憤成家」	『성세항언』第35卷	아기阿寄	칠漆, 쌀

위의 표에서 알 수 있듯이 작품에 등장하는 상인들이 종사했던 업종과 품목은 양곡, 비단, 향초, 기름과 같은 생활필수품에서 잡화나 진주, 장신구 등 보석에 이르기까지 대단히 광범위하고 다양하다. 또한 선박을 소유하거나 임대해 사람이나 물품을 운반하는 선박운수업이나 광산을 개발해 주철을 생산하는 야철업에 종사한 상인도 등장한다. 한 지역 안에서 이루어지는 양잠과 방직 등 생산과정에서 판매까지의 전

과정이 생생히 묘사되어 있는 것도 매우 흥미롭다.

이들 상인들이 사업을 경영하는 형태를 분류하자면, 대부분이 집을 떠나 타지에서 상품을 구매하고 이곳저곳으로 운반하여 이윤을 남겨 판매하는 객상客商의 비중이 높지만 한 지방에 정착해서 상가를 경영하는 좌고坐賈도 적지 않았다. 객상은 대개 매우 다양한 물품을 취급하고 있었고 그 거래 규모도 상당한 경우가 많았다. 좌고로 그려지는 상인은 대부분 잡화점이나 주점을 경영하고 있었는데, 상인의 부인 또는 관원의 부인이나 가족이 경영에 참여했다.

이와 같이 '삼언'의 작품에 반영된 상인과 그들의 상업활동은 비교적 상세한 편이고 당시 생활을 현실적으로 반영하고 있기 때문에 허구의 소설임에도 불구하고 명대 경제, 특히 상업의 현황을 연구하고자 하는 이들에게 귀중한 참고자료로서 거론되고 있는 것이다.

그렇다면 상인이 주인공으로 등장한 위의 표에서 거론한 작품들은 모두 상고소설로 간주할 수 있을까? 위의 작품들은 모두 상인이 작품의 주인공이고 상업활동을 비중 있게 묘사해야 한다는 상고소설의 두 요건을 만족시켰다. 이제 다음 조건인 상인들의 가치관과 상인문화가 잘 반영되어 있는지 좀 더 자세히 살펴 볼 필요가 있다.

예를 들어, 비장미 넘치는 여주인공의 형상으로 유명한 「두십낭노침백보상杜十娘怒沈百寶箱」에도 중요한 역할을 하는 인물로서 상인이 등장한다. 상인 손부孫富는 주인공은 아니지만 남녀주인공의 원만한 결합을 방해하는 역할을 담당하는 인물이며 당시 이미 전국적인 명성을 얻고 있던 휘상徽商의 일원으로 묘사된다. 대대로 염전을 경영하는 상인 집안 출신의 태학생 신분이지만 문인의 모습 보다는 탐욕스런 상인의 속성을 강하게 드러낸다. 그럼에도 불구하고 이 작품을 상고소설로 간주하기는 어렵다. 왜냐하면 이 작품의 전반적인 주제와 서사가 남녀주인공의 애정과 결혼에 이르는 과정에 집중되어 있으며 상인의 생활과 문화는 주요한 관심사가 아니기 때문이다. 주변 인물로 등장한 손부가 악역이어서가 아니라 손부의 역할이 주인공에 비해 비중이 약하며 상인의 생활에 대한 묘사가 부족하기 때문이다.

'삼언'의 많은 작품들은 새로이 사회의 주요계층으로 성장한 시민계층의 대담한 애정관을 보여준다는 의미에서 특히 많은 소설연구자들의 관심을 받아왔다. 특히 상인계층과 귀족계층의 혼사와 관련된 고사가 상당수 보이는데 이는 상인계층의 지위 향상이 반영된 결과라고 볼 수 있을 것이다. 게다가 이 쉽지 않은 결혼 과정에는 늘 진취적이고 솔직하며, 사랑에 대범한 여성상이 등장하는 것은 주목할 만하다.

「요번루다정주승선鬧樊樓多情周勝仙」의 남자 주인공 번이랑樊二郎은 주점을 경영하는 집안의 둘째 아들이다. 우연히 그를 본 귀족집안의 딸 주승선周勝仙이 그와의 혼인을 추진하지만 부친이 상인집안임을 문제삼아 혼사가 어려워지면서 주승선의 수난이 시작된다. 따라서 이 작품의 서사는 주승선과 범이랑의 간남—주승선의 죽음—소생—다시 만남과 죽음으로 이어지는 주승선의 지순한 순정에 집중되어 있다. 그러다 보니 작품 중에 범이랑과 주승선이 만나는 범씨 집안의 주점에 대한 묘사와 주점 안에서 벌어지는 상황 등이 매우 흥미롭게 묘사되고 있다. 마찬가지로 「요운암완삼상원채鬧云庵阮三償冤債」 역시 상인집안의 완삼阮三과 장군부의 딸 진옥란陳玉蘭이 신분의 차이로 인해 남몰래 만나다가 완삼이 급사한 후 진옥란이 임신한 사실을 알게 되고 양가가 유복자를 위해 화해한다는 파란만장한 과정을 묘사하고 있다. 상인의 둘째 아들 완삼랑을 시사가부詩詞歌賦에 능하고 퉁소불기를 좋아하며 귀족자제와 교유하는 문인의 모습으로 묘사하고, 진옥란이 유복자를 낳게 되자 정식으로 시댁에 들어가 아들을 잘 키우고 과거급제 시키고 나중에는 과부의 몸으로 아들을 키웠다고 열녀비를 하사받는다는 매우 유가적인 결말을 보여줌으로써 문인과 상인이 사실 다르지 않음을 역설하고 있다. 이러한 소설들은 상업활동 자체에 대한 묘사는 적지만 상인계층의 결혼과정과 상인계층에 대한 사회의 인식, 문인귀족계층과 상인계층간의 관계 등이 반영되어 있기 때문에 상고소설에 포함시킬 수 있을 것이다.

한편, 상인의 품덕을 매우 긍정적으로 그려낸 작품도 적지 않다. 「매유랑독점화괴賣油郎獨占花魁」는 기녀와 매유랑의 진실한 사랑을 주제로 한 애정고사이지만 상인의 가치관을 비중 있게 묘사하고 있으므로 상고소설로 간주할 수 있다. '삼언'의 작품 중 대부분 인물은 모두 사회하층에서 생활하는 소상인 경우가 많은데, 소상인인 매유랑이 기루의 화괴를 차지하는 결말은 이전의 애정소설에서는 매우 드문 경우였다.[9] 미낭美娘은 원래 양곡가게 상인의 딸이었는데 전란통에 부모를 잃고 기루로 팔려가 기생이 된 인물이다. 그래서 미낭은 상인의 생활과 문화에 익숙한 편이었고, 처음에는 보잘 것 없던 진중秦重에 관심을 두지 않았지만 그의 성실함과 자신을 향한 진심을 알아차리게 된다. 작가는 「괘지아掛枝兒」를 인용하며 당시 미낭의 심정을 대변한다.

---

9   霍雅娟, 「從「賣油郎獨占花魁」等作品看明代白話小說的市民意識」, 『作家雜誌』 2009年 No.3.

당신은 분명 기생집이나 찾아다니는 한량이 아니고, 장사를 하며 분수를 지키는 사람. 그렇게 따뜻하고 부드러우며 남의 마음을 잘 감싸주네. 생각하건대 당신은 고집을 부리는 남자가 아니고 박정한 남자도 아니리라.[10]

주인의 가게를 맡아 확장하고, 미낭을 흠모하여 3년간 돈을 모아 첫 만남을 이룬 이후에도, 마음을 주지 않는 미낭을 다시 1년이나 그리워했던 진중이 결국 미낭의 선택을 받게 된 것은 진중이 보여주는 성실함과 겸손하고 따뜻한 마음씨 때문이었다. 그리고 이는 진중의 품성을 통해 상인에 대한 새로운 형상을 부여하고자 했던 작가의 의도가 반영되어 있다고 하겠다.

그 외에도 '삼언'의 상고소설은 상인의 생활모습이나 상인정신 및 상인문화를 잘 반영하고 있다. 「시윤택탄궐우우施潤澤灘闕遇友」는 소주부蘇州府 오강현吳江縣을 배경으로 양잠업이 발달한 지역적 특성에 따라 직조업, 비단가게 등이 성행하는 모습을 통해 당시 상업이 얼마나 번영했는지 묘사하고 있다. 「신교시한오매춘정新橋市韓五賣春情」에도 임안부臨安府에서 10리 떨어진 호서湖墅의 신교新橋 부근에 늘어선 비단가게가 묘사되어 있고, 「왕신지일사구전가汪信之一死救全家」에는 유민을 모아 야철공장을 세우고 부자가 되는 과정이 그려졌다.

또한 멀리 집을 떠나 타지로 장사 나가는 객상의 고달픈 삶과 이로 인해 벌어지는 가정의 비극과 파란은 상고소설의 전형적인 갈등양상을 제공한다. 「양팔로월국기봉楊八老越國奇逢」에서는 오랜 객상 생활로

---

10 "俏寃家, 須不是串花家的子弟, 你是個做經紀本分人兒, 那匡你會溫存, 能軟款, 知心知意. 料你不是個使性的, 料你不是個薄情的." 馮夢龍, 『醒世恒言』第3卷, 人民文學出版社, 1992.

인해 두 집 살림을 하게 되는 상인의 상황이 구체적으로 묘사된다. 또한 「교언걸일첩파가喬彦杰一妾破家」에서는 가장이 처첩을 남겨둔 채 타지로 장사 나간 후, 처는 주점을 경영하며 성실히 살아보고자 했으나 외로움을 견디다 못한 첩이 하인과 통간하고 이 하인이 처의 딸을 겁탈한다. 이에 격분한 부인이 하인을 교살했다가 모든 가족이 처참히 처형되는 과정을 이야기한다. 남편이 외지로 장사 나간 후 남겨진 여인들의 삶은 상고소설의 주요한 모티프가 되고 있는 것이다. 「장흥가중회진주삼」 역시 장사를 위해 오랫동안 집을 비우게 되면서 갈등이 시작된다.

3. 「장흥가중회진주삼」의 상고소설로서의 특징

1) 새로운 상인형상의 전면적 등장

『유세명언』의 첫 번째 작품으로 수록된 「장흥가중회진주삼」의 주요 인물들은 모두 상인집안 출신이다. 장흥가의 부친인 장세택蔣世澤은 "어려서부터 광동廣東 땅을 자주 돌아다니며 장사를 했고",[11] 외가인 나씨羅氏 집안도 역시 광동을 다니며 장사를 한 행상이었다. 다만 장씨 집안은 장세택이 장인 나공羅公을 따라 다니며 장사를 배워 객상 생활을 시작했다면, 나씨 집안은 삼대에 걸쳐 행상을 했다는 차이만 있을 뿐이다.

---

[11] "從小走熟廣東做客賣買." 馮夢龍, 『喩世明言』第1卷, 人民文學出版社, 2008.

이렇게 친가와 외가가 모두 행상에 종사했던 객상이었던 관계로 장홍가는 상인 집안의 분위기 속에서 성장했다. 게다가 아내를 잃은 장세택이 어린 아들을 맡길 마땅한 곳이 없자 장홍가는 아홉 살 때부터 아버지의 장삿길에 동행할 수밖에 없었다. 그리고 장세택이 세상을 떠나는 열일곱 살까지 장홍가는 아버지를 도우며 상인으로서의 자질을 닦았고, 전도유망한 상인으로 성장해 갔다. 따라서 그의 삶은 타지를 떠돌며 생계를 도모했던 객상의 전형적인 모습을 반영하고 있다고 하겠다.

「장홍가중회진주삼」의 또 다른 중요한 인물, 삼교아三巧兒와 정분이 난 대상도 상인이었다. "휘주徽州 신안현新安縣 사람으로 성은 진陳이요 이름은 상商"[12]이라고 한데서 알 수 있듯이 명청대 전중국의 상권을 장악하고 있던 휘상의 일원이었다. 또한 이름에 상商자를 넣은 데서 알 수 있듯 아마도 그의 집안은 대대로 상인집안이었을 것이고, 아들도 상인으로 살기를 기대했을 것이다. 삼교아와 만날 당시 그는 양곡상으로 일하고 있었다.

장홍가와 진대랑은 여주인공 삼교아와 함께 이야기를 끌어가는 역할을 하는 가장 중요한 인물인데, 이들 주인공 외에도 그들의 주변 인물들 역시 모두 상인이다. 그래서 이 작품은 모든 등장인물이 상인인, 완전한 상인들의 이야기라고 볼 수 있다. 그런데 작가는 지방을 떠돌며 행상에 종사했던 이 두 상인의 모습을 묘사하는데 있어 주목할 만한 변화를 보여준다.

---

12 "是徽州新安縣人氏, 姓陳名商." 위의 책.

시원스런 눈매에 흰 치아, 입술은 붉었으며, 단정한 행동거지에 말도 참 잘하네. 총명하기로는 선비를 능가하고 영리함도 어른에게 지지 않네. 사람들 마다 그를 가리켜 참한 아이라고 하며 모두들 그를 선망해 보배라고 하는구나.[13]

어린 장흥가를 묘사한 대목이다. 흰 피부와 붉은 입술, 단정한 매무새와 민첩한 말솜씨는 전통적으로 귀족계층 사대부의 형상을 묘사할 때 전형적으로 등장하는 표현이었다. 작가는 장흥가를 나이는 어리지만 잘 생기고 총명하며 누구나 좋아하는 호감형 젊은이로 그려내고 있다. 작품 속에서 삼교아와 부정한 만남을 만드는, 또 한 명의 승인 진대랑은 작품 속에서 남의 여인을 탐낸 반면인물反面人物이지만 작가는 이렇게 묘사한다.

한 인물 나게 잘 생겼는데 비록 송옥宋玉이나 반악潘岳을 능가하지는 못해도 결코 그들에게 뒤지지 않았다.[14]

그리고 작가는 두 사람이 상당히 닮았음을 강조하여 삼교아가 진대랑을 처음 보았을 때, 남편으로 착각했었다며 만남의 빌미를 제공하고 있다. 그리고 더욱 구체적으로 그의 옷차림을 묘사한다.

---

13 "眉淸目秀. 齒白唇紅. 行步端莊, 言辭敏捷. 聰明賽過讀書家, 伶俐不輸長大漢. 人人喚做粉孩兒, 箇箇美他無家寶." 위의 책.
14 "且是生得一表人物, 雖勝不得宋玉, 潘安, 不在兩人之下." 위의 책.

머리에는 소주산蘇州産인 듯한 백주종모百柱椶帽를 쓰고 몸에는 물고기 배 처럼 하얀 호주산湖州産 얇은 비단도포를 걸쳤는데, 공교롭게도 장흥가의 평소 차림새와 똑같았다.[15]

소주산 모자와 호주산 비단도포로 잘 차려입고 흰 피부와 단정하고 당당한 행동거지를 보이는 잘 생긴 남자라면 독자들은 쉽게 문인을 떠올리게 될 것이다. 게다가 작가는 여기서 더 나아가 재능을 강조하면서 중국 문인의 대표격이라고 할 수 있는 송옥과 반악을 끌어와 비유하고 있다. 글 솜씨는 물론이고 잘 생긴 외모로도 명성이 자자한 반악까지 언급한 것은 비록 상투적인 표현이라고 할지라도 상인의 형상에 문인의 모습을 의도적으로 투영시킨 것임이 자명하다. 『홍루몽』에 등장하는 문인의 묘사와 비교해 보면 이는 더욱 분명해진다.

얼굴은 분가루를 뿌려놓은 듯 뽀얗고 입술은 연지를 찍은 듯 붉으스레하고, 눈빛은 인정이 넘쳐나며 입가에는 상냥한 웃음이 감돈다.[16]

위의 묘사는 가보옥賈寶玉이 처음 등장할 때의 장면이다. 또한 가보옥과 함께 가숙에서 공부하던 진종秦鍾에 대해서는 "시원한 눈매에 분 바른 듯 흰 얼굴, 불그스레한 입술, 훤칠한 키에 풍류가 흐르는 몸가짐"[17]을 지니고 있다고 묘사한다. 이러한 표현은 위에서 살펴본 장흥

---

15 "頭上帶一頂蘇樣的百柱椶帽, 身上穿一件魚肚白的湖紗道袍, 又恰好與蔣興哥平昔穿著相像." 위의 책.

16 "面如敷粉, 唇若施脂, 轉盼多情, 語言常笑." 曹雪芹·高顎, 『紅樓夢』第3回, 人民文學出版社, 1992.

가나 진대랑의 묘사와 크게 다르지 않음을 알 수 있다.

명대 이전의 문학작품 중에는 상인의 모습을 묘사하고 있는 작품이 거의 없었다. 어쩌다 언급하더라고 아름답다고 할 만한 것은 없었고 비열하고 저속하다는 단어로 형용하고 있었다. 그러나 '삼언'과 '이박' 중의 상인은 외모가 아름답고 품격이 있으며 문화적 수양을 갖추고 있는 문인기질이 충만한 모습이 나타난다.[18] 장흥가와 진대랑에 대한 묘사는 이러한 변화를 보여주는 대표적인 예라고 할 수 있을 것이다.

영민하고 유생 같은 분위기와 교양 있는 품격을 갖춘 상인이 본격적으로 소설의 주인공으로 등장한 것이다. 이는 은연중에 상인과 문인이 완전히 다른 계층이 아니라는 의식이 반영된 것으로 「장흥가중회진주삼」만의 특징은 아니며, 다른 '삼언'의 작품에서도 쉽게 찾아 볼 수 있다. 예를 들어, 앞서 언급했듯이 「요운암완삼상원채鬧云庵阮三償冤債」에서 상인의 둘째 아들 완삼阮三은 문인의 모습으로 묘사되며, 비토 벼슬 높은 가문의 자제는 아니지만 부유한 집의 재주 있는 사내로서 귀족집안인 진옥란의 짝이 될만하다는 작가의 의식을 드러낸다. 그리고 진옥란이 완삼이 죽고 혼례도 치루지 않았지만 상인의 집안으로 시집가서 시부모를 봉양하고 아들을 키우며 부덕婦德을 실현하는 모습을 통해 상인 집안도 귀족 못지않게 예의를 중시함을 강조하고 있다. 「양팔로월국기봉楊八老越國奇逢」에서 오랜 객지 생활로 인해 두 집 살림을 하며 얻은 상인의 두 아들이 모두 같은 해 과거에 급제해서 진사가 되고 소흥

---

17 "眉淸目秀, 粉面朱脣, 身材俊俏, 擧止風流." 曹雪芹·高顎, 『紅樓夢』第7回, 人民文學出版社, 1992.
18 王培紅, 「"三言""二拍"商人形象之比較」, 『許昌師專學報』, 2002年 第3期.

紹興에서 함께 관리생활을 했다는 행복한 결말로 마무리 한 것 역시 마찬가지 의도가 엿보인다.

「장흥가중회진주삼」에는 장흥가와 진대랑 등 주요 인물 외에도 다양한 주변 인물이 등장하는데 대부분이 상인계층에 속하는 사람들이다. 그리고 자연스럽게 그들의 생활이 묘사되는데, 삼교아와 진대랑의 일탈적인 만남을 주선했던 설薛노파는 "매일같이 동네를 누비고 다니며日逐串街走巷" 부녀자들에게 진주나 구슬을 판매하는 상인이었다. 그러나 그녀의 아들이 보석을 사러 온 사람들을 접대하는 일을 한다는 설노파의 말에서 그녀의 사업이 심심풀이 수준으로 하는 장사가 아님을 짐작할 수 있다. 모자가 함께 상당한 규모의 보석상을 경영하는 상인이었던 것이다. 그녀의 딸 역시 휘주사람 주팔朱八의 후처로 시집가 소금가게를 하고 있었다. 이러한 언급을 통해서 설노파의 온 가족이 상업에 종사하고 있음을 알 수 있다.

또한 작품 중에는 다양한 업종이 등장하고 있다. 장흥가는 진주珍珠, 대모玳瑁, 침향沈香 등을 거래했고, 진대랑은 양곡류, 설노파는 구슬 등 보석을 취급하고 있었다. 그 외에도 여관업과 전당포도 등장한다. 고향을 떠나 지방에 머무는 상인들이 묵는 여관업이 발달해 있었는데, 병에 걸린 진대랑을 거둬 주고 부인 평씨平氏를 부른 것도 여관 주인 여씨呂氏였다. 또한 진대랑은 집에서 온 편지를 찾으러 장흥가의 집 맞은편에 있는 왕씨汪氏 전당포에 왔다가 우연히 삼교아와 눈이 마주치게 되는데, 여기서 전당포가 우편물을 전달해 주는 역할을 했음을 알 수 있다.

이처럼 「장흥가중회진주삼」에는 외모가 아름답고 품격이 있으며 문화적 수양을 갖춘 문인기질이 엿보이는 상인이 주인공으로 등장하고, 모든 이야기의 배경으로 다양한 업종에 종사하는 상인들의 모습이 묘사되고 있었다. 그래서 「장흥가중회진주삼」은 삼교아가 나중에 재혼하는 오걸吳杰을 제외하고는 거의 모두가 상인인, 상인들만의 이야기라고 할 수 있다.

2) 상업활동의 핍진한 묘사

「장흥가중회진주삼」에는 상인들의 수고로운 삶, 특히 객상의 어려움이 생생히 묘사되어 있다. 주인공인 장흥가나 반면인물反面人物인 진대랑 모두 객상이었기 때문에 작품 전반에 걸쳐 객상의 삶이 상세히 그려진다. 특히 두 사람과 관련된 모든 사건은 그들의 상업활동의 진행궤적과 함께 자연스럽게 전개된다.

장흥가는 어린 나이부터 객상인 아버지를 따라 객지를 두루 떠돌아다니며 장사를 배운 전형적인 상인이었다. 결혼 후에는 아내와의 달콤한 생활에 빠져 생업인 객상 생활을 포기하고 집안에 머물렀지만, 결국 생계를 위해서는 길을 떠날 수밖에 없었다. 그는 본래 "광동에서 진주와 대모玳瑁, 소목蘇木, 침향沈香 같은 물건을 거래했고",[19] 한 번 떠나면 다시 돌아오기까지 적어도 1년이 걸리곤 했다. 작품에서는 결혼 후 한참이나 주저하다가 다시 객상의 길로 접어들기로 결심하는 과정을 이렇게 묘사한다.

---

19 "在廣東販了珍珠, 玳瑁, 蘇木, 沈香之類." 馮夢龍, 『喩世明言』第1卷, 앞의 책.

어느 날 장흥가는 아버지가 생전에 해오던 광동의 사업을 생각하게 되었다. 어느덧 삼 년 남짓 지나버렸지만 그곳에는 아직까지 정리하지 않은 채권이 많이 남아 있었다. 그날 밤 장흥가는 부인과 상의하며 한 번 다녀오고자 했다.[20]

세월은 또 흘러 어느새 두 해가 지났다. 그때 장흥가는 이번에는 꼭 떠나리라 결심하고는 부인을 속이며 바깥에서 몰래 짐을 챙겼다.[21]

위의 묘사 중 미회수 채권이 존재한다는 언급에서 당시 상업이 얼마나 발전했는지 짐작이 가능하다. 장흥가가 주저주저하며 결혼 후 오년이라는 긴 시간 동안 장사를 하지 않았음에도 이 채권에 대해 걱정하지 않고 있는 데서 그에 대한 신용이 굳건하며 당시의 상업이 상당한 신용본위의 지불구조 위에 형성되어 있었음을 알 수 있다. 다시 장사를 하기로 결심하기까지는 오랜 시간이 걸렸지만 신혼 후 떠나는 첫 번째 행선지는 역시 부친과 함께 장사했던 광동이었다.

장흥가는 집에 있을 때 기운이 많이 축난 상태였는데 여행길에 피로가 쌓이고 이번에는 음식까지 절제를 못해 학질에 걸리고 말았다. 병은 여름내내 낫지 않았고, (…중략…) 가을이 끝날 즈음에야 비로소 나았다. 장사 시기는 이미 놓쳐 버려서 보아하니 일 년 만에 돌아갈 수는 없었다.[22]

20　"興哥一日間想起父親存日廣東生理, 如今担閣三年有余了, 那邊還放下許多客帳, 不曾取得. 夜間与渾家商議, 欲要去走一道." 위의 책.
21　"光陰荏苒, 不覺又攘過了二年. 那時興哥決意要行, 瞞過了渾家, 在外面暗暗收拾行李." 위의 책.

장흥가와 같은 객상은 여러 지역을 돌아다니며 물품을 구입하고 이를 다시 타지로 유통시켜 판매 수익을 도모하는 사업구조를 갖고 있었다. 장흥가나 진대랑이 모두 삼교아와 헤어지며 일 년 후에 돌아오기로 기약하는데서 객상의 이러한 구매와 판매 주기는 일반적으로 일 년의 시간을 필요로 함을 알 수 있다. 그러나 뜻밖의 발병으로 장흥가는 적시의 물품구매와 판매 타이밍을 모두 놓쳐 버려 상당한 손해가 발생했던 것이다. 장흥가는 이를 만회하기 위해서 다시 일 년을 기다릴 수밖에 없는 상황이 된 것이다. 1년 이상 돌아가지 못하고 계속 타향살이를 해야 하는 상인이나 언제 돌아오는지도 모른 채 하염없이 기다려야만 하는 부인에게 모두 쉽지 않은 시간이었을 것이다. 결국 홀로 남겨진 삼교아는 이 시기를 넘기지 못하고 진대랑과 정분이 나고, 장흥가는 삼교아의 부정을 인지하고 이혼한 후, 진대강의 부인이었던 평씨와 재혼한다. 그리고 재혼 후에도 다시 집을 떠나 예전처럼 광동으로 가서 장사를 한다.

장흥가는 집을 지키는 부인이 생겼기에 일 년 후에 다시 광동으로 장사를 떠났다. 마침 일이 있어 合浦縣에 갔다가 진주를 팔았다.[23]

그런데 재혼 직후 장흥가는 합포현에 진주를 팔러 왔다가 인명사고가 나고 송사에 휘말리게 된다. 합포는 당시 진주산지로 유명했던 곳

---

22 "興哥在家時, 原是淘虛了身子, 一路受些勞碌, 到此未免飮食不節, 得了個瘧疾, 一夏不好, (…중략…) 直延到秋盡, 方得安痊. 把買賣都担閣了, 眼見得一年回去不成." 위의 책.
23 "興哥有了管家娘子, 一年之后, 又往廣東做買賣. 也是合當有事. 一日到合浦縣販珠." 위의 책.

이어서 이 역시 현실에 기반한 서술이라고 하겠다.

장흥가와 함께 비중 있게 묘사되고 있는 또 다른 상인 진대랑 역시 "조실부모하고 밑천 이삼천 냥을 모아 양양부를 떠돌며 쌀과 콩을 팔던"[24] 객상이었다. 진대랑의 이동경로는 장흥가보다 훨씬 선명하게 묘사된다.

원래 신안 출신인 그는 신안에서 양양부로 와서 양곡을 팔았고, 나중에는 양양부를 떠나 소주부로 가서 장사를 한다. 작품에서 진대랑은 양양부에 장사하러 왔다가 삼교아를 만나는 장면에서부터 등장한다. 그리고 진대랑의 집요한 요청과 설노파의 치밀한 계획 아래 진대랑과 삼교아와의 만남이 이루어진다. 그러나 진대랑 역시 객상이었던 관계로 한 곳에 계속 머물 수는 없었다. 삼교아와의 교제에 온통 정신을 쏟는 바람에 양양부에 올 때 갖고 온 자본을 모두 탕진하고 "진대랑은 많은 장사 시기를 놓치고는 고향으로 돌아가야만 했다."[25]

결국 늘 하던 대로 배에 양식을 싣고 소주에 도착해 장사를 한다. 그리고 다시 고향 신안으로 돌아간다. 하지만 부인이 기다리는 집으로 돌아와도 마음은 여전히 딴 곳에 있었다.

진대랑은 마음이 심란해져 급히 은자를 준비해 노복 한 명을 데리고 다시 양양부의 옛길로 떠났다. 조양현에 가까이 와서 뜻밖에 도적 떼를 만나 자본은 다 빼앗기고 노복은 죽임을 당했다.[26]

---

24 "父母双亡, 湊了二三千金本錢, 來走襄陽販糶些米豆之類." 위의 책.
25 "陳大郎思想蹉跎了多時生意, 要得還鄉." 위의 책.
26 "陳大郎情懷撩亂, 忙忙的收拾銀兩, 帶箇小郎, 再望襄陽舊路而進. 將近棗陽, 不期遇了一伙大盜, 將本錢盡皆劫去, 小郎也被他殺了." 위의 책.

진대랑은 신안-양양-소주-신안을 거쳐 다시 삼교아가 있는 양양부로 가는 길에 조양현에서 도적을 만나 재물을 잃게 된 것이다. 모든 것을 잃은 진대랑은 양양에 와 삼교아에게 돈을 빌려 다시 장사를 도모하고자 했지만 이미 그보다 먼저 도착한 장홍가가 삼교아를 친정으로 돌려보낸 뒤였다. 진대랑의 일생은 당시 장사를 위해 전국을 떠돌아야만 했던 객상들의 이중생활과 막대한 재화를 싣고 다니는 한 피할 수 없었던 위험이 어떤 것이었는지 알려준다.

이때 장홍가와 진대랑의 객상활동을 묘사하는 가운데 공통적으로 발견되는 내용이 있다.

광동에 도착해 객점에 몸을 풀었다. 옛날 교분이 있던 사람들이 모두 나와 장홍가를 맞이했고, 그도 선물을 나누어 주었다. 그들은 집집마다 연회를 마련해 장홍가를 연일 대접하여, 반 달 동안 20여 일이나 한가할 틈이 없었다.[27]

뱃길이 순풍이어서 두 달도 못되어 소주부 풍교楓橋에 도착했다. 그 풍교라는 곳은 여러 업종이 모이는 곳이어서 이곳에 짐을 풀지 않을 수 없었다. 그 이야기는 그만하고 어느 날 동향 사람을 위한 술자리가 있다기에 우연히 나갔는데, 거기서 양양부에서 온 한 나그네를 만났다.[28]

---

27 "到了广東地方, 下了客店. 這伙舊時相識, 都來會面, 興哥送了些人事. 排家的治酒接風, 一連半月二十日, 不得空閑." 위의 책.
28 "一路遇了順風, 不兩月行到蘇州府楓橋地面. 那楓橋是柴米牙行聚處, 少不得投個主家脫貨, 不在話下. 忽一日, 赴個同鄉人的酒席. 席上遇個襄陽客人." 위의 책.

위의 두 단락에서 지역마다 전국을 돌아다니며 장사하는 상인들을 위한 여관업이 잘 발달해 있었고, 상인들을 위한 모임도 있었음을 알 수 있다. 특히 두 번째 서술은 당시 상업의 상황을 알려주는 중요한 정보를 담고 있는데, 동향 상인을 위한 모임이 있었다는데 주목할 필요가 있다. 이는 명대 조직된 상인들의 조직인 상방商幫일 가능성이 높다.

그 외에도 「장홍가중회진주삼」에 등장하는 상인들은 상당한 규모의 자본을 운영하고 있음을 알 수 있다. 예를 들어, 장홍가는 결혼 후 몇 년이나 장사를 나가지 않아도 생계에 지장이 없을 정도의 재산을 갖고 있었고, 진대랑은 삼교아에 빠져 반 년 만에 은자 천 냥을 탕진할 정도의 재력이 있었다. 또한 그들의 살림살이의 규모를 구체적으로 묘사하는 장면도 있다.

원래 하인이 두 명 있었는데 그 가운데 어린 사람 한 명만을 데려갔고 나이 든 사람은 집에 남겨서 부인을 시중들고 집안일을 하게 했다. 두 계집 몸종에게는 부엌일을 맡겼다.[29]

장홍가의 집안은 하인 여럿을 두고 살림살이와 장사를 할 정도의 재력이 있었음을 설명한다. 또한 주변인물로 등장하는 설노파와 같은 상인의 생활 역시 여유로웠다. 설노파는 딸을 왜 후처로 보냈냐는 삼교아의 의문에 부유한 상인의 후처로서 사는 풍족함을 설명한다.

비록 둘째 부인이긴 해도 본부인은 그저 집에만 있고 제 딸은 가게를 지키며 종들을 부리면서 다 누리고 산답니다. 제가 그 집에 갈 때마다 딸아이는 상전같이 아주 깍듯이 대접받으면서 조금의 소홀함도 없더군요.[30]

이처럼 「장흥가중회진주삼」에는 다양한 업종에 종사하는 상인의 상업활동이 그들의 생활방식과 함께 잘 묘사되고 있고, 작품 안의 모든 사건과 갈등은 상인들의 상업활동의 묘사 안에서 전개되고 있었다. 그래서 독자들은 이러한 '삼언'의 상고소설을 통해 명대 상품경제가 어느 정도 발달했는지, 상업의 발달이 어떤 인식의 변화를 가져왔는지 알 수 있게 된다.

3) 상인계층의 가치관과 정서 반영

상고소설의 세 번째 요건은 상인정신, 또는 상인의 가치관이나 상인문화 등이 다루어진다는 것이다. 「장흥가중회진주삼」에는 몇 가지 주목할 만한 상인정신과 상인의 정서가 반영되어 있다.

그 첫 번째 덕목은 상업경영을 존중하는 태도이다. 명대 상인들은 더 이상 사민제四民制의 맨 아래층에 위치한 집단이 아니었다. '삼언'의 상고소설을 살펴보면, 과거제에 합격하지 못한 사대부나 관리집안의 후예라도 형편이 어려워지면 상업에 뛰어 들었고,[31] 쉽지는 않았지만

---

[30] "雖則偏房, 他大娘子只在家裏, 小女自在店中, 呼奴使婢, 一般受用. 老身每遍去時, 他當箇尊長看待, 更不怠慢." 위의 책.

상인계층과의 결혼도 적지 않게 이루어졌다.[32] 또한 상인의 아들도 과거에 합격해 관리가 되기도 했다.[33] 이러한 묘사는 상인도 사대부 못지않은 교양과 품격을 갖추고 있음을 역설하려는 작가의 의도가 담겨 있다고 볼 수 있을 것이다. 이렇다보니 기존의 사민제가 흔들리고 "선비와 상인은 늘 뒤섞여 있다士商常相混"[34]는 말이 결코 과장이 아니었음을 '삼언'의 상고소설을 통해 확인할 수 있게 된다.

「장흥가중회진주삼」에서는 상인들의 자신의 직업에 대한 인식, 즉 상업을 존중하는 태도가 눈에 띄게 드러나 있다. 장흥가의 외가는 삼대째 상업에 종사하고 있었고, 장흥가는 어릴 적부터 상인이던 부친을 수행하며 상인으로서 필요한 교육을 받으며 성장했다. 생계를 유지하기 위한 것이기는 하지만 상인이 되고, 상업을 가업으로 계승한다는 것은 상업을 존중하고 있음을 보여주는 사례라고 할 수 있을 것이다. 장흥가는 삼교아와 결혼 후 신혼의 즐거움에 빠져 5년을 주저하다 드디어 장사를 다시 시작하기로 결심하고 이렇게 말한다.

---

31 예를 들어 「宋四官團圓破氈笠」의 宋金은 양반가 출신이나 조실부모하고 지현에서 일을 돕고, 뱃사람의 배에서 셈해주다가 뱃사람의 사위가 되고 나중에 큰 재물을 얻어 부자가 되고 전당포를 경영한다. 「十五貫戱言成巧禍」의 劉貴는 과거 공부를 하다가 가세가 기울어 장사를 하게 된다. 「樂小舍拼生覓偶」에서 樂美善의 조상은 관리였지만 부친은 잡화점을 운영한다.

32 「樂小舍拼生覓偶」에서는 잡화점 아들 樂美善이 우여곡절 끝에 관리집안의 딸 順娘과 결혼에 성공하고, 「鬧云庵阮三償冤債」의 완삼은 상인의 아들이나 장군부의 딸 진옥란과 남몰래 만났다가 급사했지만 나중에 진옥란과 영혼결혼을 한다.

33 「楊八老越國奇逢」의 楊八老는 객상 생활을 하며 두 집 살림을 하다가 장삿길에 왜구에 붙잡혀 19년을 일본에서 고생한다. 나중에 간신히 탈출해서 관리가 된 양쪽 집안의 두 아들과 재회한다.

34 余英時는 명청대 학자들의 기록을 통해 棄儒就賈 추세가 대거 조성되었고 儒商이 서로 뒤섞였던 수많은 사례를 예시하고 있다. 余英時, 정인재 역, 『중국 근세종교윤리와 상인정신』, 대한교과서주식회사, 1993, 175~206면.

속담에 앉아서 놀고먹기만 하면 그 큰 산 같은 재산도 바닥이 난다고 했소. 우리 부부도 본업이 있어야 하거늘 옛날 하던 이 장사를 포기할 수 없구료.[35]

장홍가에게 본업은 상업이었고, 진대랑도 마찬가지 생각을 갖고 있었다. 진대랑은 삼교아와의 교제로 인해 갖고 온 은자를 모두 탕진해서 결국 다시 본업인 양곡판매를 하지 않을 수 없게 된다. 그들에게 상업은 그들 자신과 그들 가족의 생계를 위해 각종 위험을 감수하면서도 기꺼이 몇 달 혹은 몇 년이나 되는 시간을 들여 종사해야 하는 본업이었던 것이다. 이와 같은 묘사를 통해 상업을 자신의 본업으로 존중하며 진지하게 임하는 상인정신이 긍정적으로 수용되고 전통적인 경상輕商이나 천상賤商의 관념에서 탈피하고 있음을 알 수 있다.[36]

또한, 이 작품에서 다른 '삼언'의 상고소설보다 두드러지게 나타난 것은 상인의 결혼과 성에 관한 솔직하고 성숙한 의식과 상대방을 배려하는 마음이다.

장홍가와 삼교아는 결혼과 성에 대해 상당히 진보적이고 대담한 태도를 견지하고 있었다. 신혼 초 "상중임을 빙자하여 외부 일은 하지 않고 오로지 이층에서 부인과 같이 짝을 이뤄 밤낮으로 쾌락을 나누었다"[37]고 묘사한 데서 장홍가와 삼교아가 부친의 상중에도 성을 즐기는

---

[35] "'常言'坐吃山空', 我夫妻兩口, 也要成家立業, 終不然抛了這行衣食道路?" 馮夢龍, 『喩世明言』第1卷, 앞의 책.

[36] 邱紹雄, 앞의 책, 115면.

[37] "只推制中, 不與外事, 專在樓上與渾家成雙捉對, 朝暮取樂." 馮夢龍, 『喩世明言』第1卷, 앞의 책.

데 거리낌이 없었을 정도로 예교에 얽매이기 보다는 본인의 감정에 솔직한 태도를 갖고 있었음을 알 수 있다. 이는 봉건예교 하에서 부부지간의 감정을 '상경여빈相敬如賓'처럼 사랑보다는 존경이 앞서는[38] 것으로 묘사 했던 다른 작품들과는 전혀 다른 새로운 것이었다. 또한, 장흥가는 삼교아의 부정한 행위를 알고도 어떤 폭력이나 욕설도 하지 않고 스스로 자책할 뿐이었다.

애초 우리 부부가 얼마나 사랑했던가. 내가 돈 몇 푼 벌기 위해 젊은 부인을 내팽개쳐 독수공방 시켰으니 오늘 이런 추악한 일이 생기고 말았구나. 후회막급이로다![39]

장흥가는 그저 눈물만 흘리며 남에게 알리지도 않고, 심지어 삼교아 본인에게도 전혀 내색 없이 조용히 이혼을 진행한다. 장흥가는 삼교아의 부정이 발생하게 된 것이 단순히 개인적 차원에서의 외도가 아니라 객상의 활동으로 인한 가정의 불안정성에서 기인한 것임을 명확히 통찰하고 이해와 동정의 태도를 보인 것이다. 객상활동이 장기화되면서 부부관계가 흔들렸고 이는 당시 상인사회의 중요한 문제로 등장하고 있었음이 삼언의 다른 작품을 통해서도 확인된다. 「양팔로월국기봉楊八老越國奇逢」에서는 상인들이 두 집 살림을 하는 '양두대兩頭大' 관습을 소개하며 주인공의 파란만장한 삶을 다루었고, 「교언걸일첩파가喬彦杰

---

38 장영, 앞의 글, 301면.
39 "想起 : 當初夫妻何等恩愛, 只爲我貪着蠅頭微利, 撇他少年守寡, 弄出這場醜來, 如今悔之何及!" 馮夢龍, 『喩世明言』 第1卷, 앞의 책.

一妾破家」에서는 남편이 장사 나간 후 장시간 돌아오지 않으면서 남겨진 가족들 사이에 벌어진 살인사건으로 집안이 풍지박산 나는 과정을 묘사한다. 모두 상인의 객상활동으로 인해 부부가 함께 살지 못하면서 벌어지는 사건이다.

이혼의 이유를 알려달라는 장인의 추궁에도 장흥가는 그저 진주삼[40]이 어디 있는지 삼교아에게 물어 보라며 삼교아의 잘못을 밝히지 않는다. 그리고 삼교아가 재혼을 하게 되자 전에 주었던 예물도 그대로 돌려주며 재혼을 축복해 준다. 이러한 태도는 어느 다른 작품에서도 볼 수 없는 상대방에 대한 성숙한 배려와 존중의 태도에 기반하고 있다.

삼교아와 진대랑의 관계에서도 주목할만한 부분이 있다. 두 사람의 관계는 기본적으로 부도덕한 부정한 관계이다. 그래서 인과응보의 원리에 따라 진대랑은 급사하고, 삼교아는 개가했다가 다시 장흥가와 재결합하지만 본처가 아닌 첩실의 자리로 강등된다. 작가는 두 사람에게 자신들의 죄에 대한 처벌을 내린 것이지만, 좀 더 면밀히 살펴보면 삼교아와 진대랑의 사랑도 진심이었음을 부정하지 않고 절실하게 묘사하고 있는 것이 눈에 띈다. 삼교아는 진대랑과의 관계에서 즐거움을 느끼고 진심으로 사랑했고, 그와 함께 도망가서 새 출발하려는 다음을 먹기도 했다. 그래서 작가는 "두 사람 사이는 은혜와 의리가 깊었다兩下恩深義重"고 묘사했는데, 은혜와 의리는 일반적으로 전통사회에서 정식

---

40 삼교아가 진대랑에게 정표로 준 진주삼은 사실 장씨 집안에서 대대로 내려오는 것이었기에 장흥가는 진대랑이 입고 있던 진주삼을 보자마자 자신의 것임을 알아차릴 수 있었다. 그리고 나중에 진대랑의 처였던 평씨가 진대랑이 죽은 후 장흥가와 재혼하면서 이 진주삼은 장흥가에게로 돌아온다. 진주삼은 삼교아의 부정을 증명하는 동시에 서 상일은 결국 인과응보에 따라 이루어진다는 작품의 주제의식을 드러내는 역할을 하고 있다.

부부관계를 설명할 때 사용되는 표현이었다. 그런데 부정한 관계였던 진대랑과 삼교아를 이렇게 묘사했다는 것은 상당한 파격이라고 하지 않을 수 없다. 게다가 진대랑이 일 년 후 돌아와 함께 훗날을 도모하기로 약속하고, 헤어지면서 삼교아가 준 진주삼을 진대랑이 늘 몸에 입고 그녀를 그리워했다며 진대랑의 진심을 드러내고 있다.

두 사람의 만남은 작품 전체의 서사분량 면에서도 상당히 많은 편폭이 할애되어 있다. 비록 작품 전반에 걸쳐 인과응보의 원리가 지배하고 있기는 하지만 결혼한 남녀의 외도에 대해, 특히 여성의 외도에 대해 이렇게 관대하게 처리한 작품은 드문 편이다. 남녀의 외도를 다룬 대개의 작품에서 남성은 자신의 과오와 인과응보의 도리를 깨달으면 용서받고 출가하거나 산 속에 은둔하며 편안히 생을 마칠 수 있지만 그들과 함께 음심淫心을 채우며 방종했던 여성들은 용서받는 법 없이 죽음으로 죗값을 치르는 경우가 많았음을 고려한다면 작가의 이러한 성숙한 태도는 매우 주목할 만하다.[41]

또한 이 작품은 여성의 이혼과 개가에 대해 상당히 자유로운 관념을 보여준다. 이혼당한 삼교아가 자살을 시도하자 어머니는 삼교아를 이렇게 달랜다.

넌 생각이 왜 그리 짧니? 이제 갓 스물을 넘겨 아직 꽃이 완전히 피지도 못한 나이인데 어찌 이런 어리석은 짓을 하니? 네 남편이 마음을 바꿔먹을

수도 있는 거고 설령 진짜로 헤어진다 하더라도 너만한 용모에 다른 남자 하나 못 찾을까? 좋은 짝 찾아 남은 인생 잘 살면 되지. 넌 안심하고 지내거라. 쓸데없는 걱정일랑 하지 말고![42]

비록 어머니의 입장에서 나온 위로의 표현이기는 하지만 대대로 상인이었던 왕씨 집안의 이혼과 재혼에 대한 솔직한 심정을 드러내고 있다. 그리고 어머니가 언급한대로 삼교아는 자살하려는 마음을 접고 얼마 지나지 않아 광동의 관리로 부임하는 오걸吳杰의 첩실로 개가한다. 이러한 태도는 봉건적 정조관념이 상인계층에서는 상당히 약화되었음이 반영된 것이며 인간 존중의 태도에 기반한 것이다.[43]

이와 같이 「장흥가중회진주삼」은 전통적인 애정혼인을 제재로 한 작품으로서 농후한 인문학적 분위기를 드러내며 새로운 시대의 특색 있는 시민계층의 혼인관념과 성애관을 표현하고 있는[44] 뛰어난 애정 고사이다. 하지만 또 다른 한편으로는 상업을 자신의 본업으로 여기고 고군분투하며 성실히 살아가는 상인들의 생활과 가치관을 여실히 반영하고 있는 전형적인 상고소설이라고 할 수 있다.

---

[42] "你好短見! 二十多歲的人, 一朵花還沒有開足, 怎做這沒下梢的事? 莫說你丈夫還有回心轉意的日子, 便眞箇休了, 恁般容貌, 怕投人要你? 少不得別選良姻, 圖個下半世受用. 你且放心過日子去, 休得愁悶." 馮夢龍, 『喩世明言』第1卷, 앞의 책.
[43] 邱紹雄, 앞의 책, 116면.
[44] 霍雅娟, 앞의 글.

4. 나가며

명대는 상업경제가 크게 발달하면서 상인이 사회의 주요 계층으로 성장했고, 이러한 현실은 사회현실을 반영하고 있는 화본소설에 자연스럽게 묘사되었다. 이러한 사회배경 아래 소설의 주인공으로서 상인이 전면적으로 등장한 것은 우연이 아닐 것이다.

그래서 명대 출간된 소설작품 중에는 상고소설의 요건에 부합하는 작품이 많이 등장하게 된다. 특히 '삼언'과 '이박'에는 상인이 주인공이고, 상업활동이 비중 있게 묘사되며, 상인문화와 가치관 등이 반영된 상고소설이 적지 않게 수록되어 있다.

구소웅邱紹雄에 의하면 '삼언' 120편 중에서 50여 편에 상인이 묘사되어 있거나 상인이 주인공으로 등장한다.[45] 그러나 이 가운데 상고소설의 조건에 부합되는 작품은 20여 편 정도로 파악된다. 이들 작품들은 모두 상인이 주인공으로서 다양한 상업활동이 서술되고 있다. 양곡, 비단, 향초, 잡화, 기름, 진주 등을 거래하거나 선박운수업, 야철업을 경영하는 등 그 취급하는 품목, 경영하는 업종과 형태가 매우 다양했다. 또한 사회적 지위가 향상된 상인들의 생활모습과 오랜 타향살이로 고단한 삶의 여정이 자세히 묘사되어 있다.

「장흥가중회진주삼」은 '삼언' 의 상고소설 가운데 대표작으로 꼽을 수 있을 정도로 상고소설의 전형적 특성을 잘 보여준다. 첫째, 주인공과 그 주변인물이 거의 모두 상인인데, 특히 객상인 장흥가와 진대랑

---

45 邱紹雄, 앞의 책, 114면.

의 묘사에서 이전 소설에서는 보기 힘든 새로운 상인형상이 발견된다. 수려한 외모, 단정한 행동거지와 교양을 갖춘 문인을 연상시키는 묘사가 이어진다. 이는 기존의 사민제가 무너지고 상인의 사회적 지위가 향상된 사회적 흐름이 반영된 것이라고 하겠다. 둘째, 다양한 엽종에 종사하는 상인들의 상업활동과 그 잠재된 위험성 등이 현실적으로 묘사되었고, 작품의 모든 사건과 갈등은 장흥가와 진대랑의 상업활동이 이루어지는 궤적 안에서 전개되고 있다. 셋째, 상업에 대한 상인들의 존중의식이 잘 드러나 있으며 시민계층의 진보적인 정서가 성숙한 배려심에 기반한 애정과 결혼에 대한 대담한 태도로 나타났다.

이상으로 「장흥가중회진주삼」을 통해 '삼언'의 상고소설의 특징을 살펴보았다. 시간과 지면의 한계로 20여 편의 '삼언' 속 상고소설을 꼼꼼히 살펴보지 못했는데, 이는 향후 과제로 미루고자 한다. 아울러 연구의 대상을 '삼언'의 다른 작품이나 '이박'의 상고소설로 확대하여 '삼언'과 '이박'의 상고소설 사이에서 어떤 차이점을 보이는지도 추후 살펴보고자 한다.

참고문헌

자료

馮夢龍,『醒世恒言』, 北京 : 人民文學出版社, 1992.

______,『喩世明言』, 北京 : 人民文學出版社, 2008.

______,『敬世通言』, 北京 : 人民文學出版社, 2008.

曹雪芹·高顎,『紅樓夢』, 北京 : 人民文學出版社, 1992.

논문 및 단행본

송진영,「擘襞傳을 통해 본 '악녀'이미지 연구」,『중국어문학지』제9집, 2001.6

______,「明淸商賈小說試論－『金甁梅』를 중심으로」,『中國語文學誌』第36輯, 2011.8.

장영,「「蔣興哥重會珍珠衫」에 보이는 明代 客商의 愛情倫理觀에 관한 고찰」,『中國
　　　人文科學』제46집, 2010.12.

한혜경,「명대 의화본 소설에 나타난 상인들의 풍모와 이국정취」,『중국소설논총』
　　　제27집, 2008.3.

함은선,「사회문화적 측면에서 본 화본소설중의 상인형상」,『중국소설논총』제25집,
　　　2007.3.

霍雅娟,「從「賣油郎獨占花魁」等作品看明代白話小說的市民意識」,『作家雜誌』, 2009
　　　年 No.3.

藍勇輝,「蔣興哥重會珍珠衫藝術上的新變, 靑春歲月, 2012년 24기.

林剛,「明淸小說中的商賈活動及其價値」,『阜陽師範學院學報(社會科學報)』, 2003年
　　　第1期.

方明,「明代文學作品中對商人地位上昇的表現－以三言二拍爲例」,『傳承』, 2011年 第
　　　24期.

王嫚,「試論"三言"對商人的描寫」,『岱宗學刊』第7卷4期, 2003.12.

王培紅,「"三言""二拍"商人形象之比較」,『許昌師專學報』, 2002年 第3期.

張想林,「明代中後期商業的繁榮對話本小說的影響」,『無錫商業職業技術學院學報』第
　　　9卷 第6期, 2009.12.

程慧琴,「馮夢龍"三言"的商業文化視界」,『陝西理工學院學報(社會科學)』第28卷 第3
　　　期, 2010.8.

周柳燕,「論明代小說中的商人形象」,『湖南商學院學報』第12卷 第1期, 2005.2.

余英時, 정인재 역,『중국근세종교윤리와 상인정신』, 대한교과서주식회사, 1993.
邱紹雄,『中國商賈小說史』, 北京 : 北京大學出版社, 2004.
王瑞雪,『"三言"商人形象的文化解讀』, 延邊大學 碩士論文, 2008.5.
劉海濤,『"三言""二拍"中的商賈小說硏究』, 重慶師範大學 碩士論文, 2006.4.

‘이박^{二拍}’의 상고소설^{商賈小說} 연구

「전운한우교동정홍, 파사호지파타룡각^{轉運漢巧遇洞庭紅, 波斯胡指破鼉龍殼}」을 중심으로

송진영

1. 들어가며

풍몽룡^{馮夢龍(1574~1646)}의 ‘삼언^{三言}’과 능몽초^{凌濛初(1580~1644)}의 ‘이박^{二拍}’은 송원화본^{宋元話本}을 계승한 의화본소설^{擬話本小說}의 대표작으로서 중국소설사에서 시종일관 함께 거론된다. 그러나 조금만 자세히 살펴보면 ‘삼언’과 ‘이박’은 의화본소설의 보편적 특징을 공유하고 있음에도 불구하고 적지 않은 차이점이 존재함을 알 수 있다. 학계에서는 이미 ‘이박’이 ‘삼언’에 비해 대중성과 통속성을 강조하고, 상업적 경향이 더 강하게 드러나고 있다는데 이견이 없는 편이다.[1]

---

[1] 예를 들어, ‘삼언’과 ‘이박’의 서문을 비교해 보면 시종 교화를 강조하는 ‘삼언’과 달리 ‘이박’에서는 교화와 함께 통속성과 오락성도 언급되고 있다. 두 작품에 대한 자세한 비교는 다음을 참조. 최수경, 「능몽초의 ‘양박’ 연구─작가의식을 중심으로」, 숙명여대 석사논문, 1995.12; 김민호, 「馮夢龍과 凌濛初, 그 같음과 다름」, 『중국소설논총』 제11집, 2000.2.

사실 1620~27년[2] 사이에 간행된 '삼언'과 1627~32년[3]에 간행된 '이박'은 출간년도 상으로는 큰 차이가 없어 보이지만 반영된 시대상황은 사뭇 다르다. '삼언'은 송원화본과 명대 의화본의 합본으로 '이탁'보다 먼저 출간되었고 주로 송원대와 명대 초기 상업의 상황을 반영했다.[4] 이에 반해 '이박'은 명 중엽 이후의 경제상황을 반영하고 있다. 그래서 상품경제가 명초에 비해 크게 발전했던 이 시대 시민들의 상업 활동과 그들의 변화된 사상의식이 잘 표현되어 있다고 볼 수 있다. 이와 관련해서 호사영胡士瑩은 '이박'이 명대 중엽이후 번영했던 상품유통과 물질적 이익을 추구하던 당시 상인들의 탐욕을 뚜렷이 반영하고 있다고 설명한다.[5] 또한 『중국상고소설사中國商賈小說史』를 저술한 구소웅邱紹雄 역시 '이박'이 명대 중후기 상인들의 심리, 원망과 추구를 표현하고 상인의 사회적 위상 변화를 반영하고 있다[6]는 점을 강조한다. 이처럼 '이박'에 상인계층의 현실이 잘 반영되고 강한 상업적 경향이 드러나는 것은 작품의 현실적 배경이 된 명대 중후기 사회의 상업경제가 전에 없이 발전했기 때문이지만, 집안 대대로 출판업에 종사했던 능몽초의 개인적인 상황과도 무관하지 않아 보인다.[7]

지금까지 국내에서 진행된 '이박'에 관한 연구는 고사나 제자의 연

---

2 『喩世明言』은 1620~21년, 『警世通言』은 1624년, 『醒世恒言』은 1627년에 간행되었다.
3 『拍案驚奇』는 1627년, 『二刻拍案驚奇』는 1632년에 간행되었다.
4 王培紅, 「"三言""二拍"商人刑象之比較」, 『許昌師專學報』, 2002年 第3期.
5 胡士瑩, 『話本小說槪論』, 中華書局, 1980, 472면.
6 邱紹雄, 『中國商賈小說史』, 北京大學出版社, 2004, 131면.
7 능몽초의 집안은 吳지방에서 閔版으로 이름 높은 閔氏 집안와 혼인하여 오랫동안 출판업에 종사했고 그들이 출간하는 서적들은 영리성을 띄고 있었다. 자세한 것은 다음을 참조. 최수경, 앞의 글, 6~7면; 김민호, 앞의 글, 80면.

원, 주제사상에 관한 것에서 시작해서 작가의식 등으로 확대되었고,[8] 최근에는 화본소설 속에 묘사된 상인형상과 상인문화 등으로 구체화되었다.[9] 필자 또한 상고소설이라는 개념을 제시하여 중국고전소설사에서 상고소설이 세부유형으로서 성립될 수 있는지 검토한 바 있다. 상인이 주인공이고, 상업 활동이 비중 있게 묘사되며 상인정신 또는 상인의 가치관이나 상인문화 등이 다루어진 소설을 상고소설로 정의하고, 이에 입각해서 명대 장편소설인 『금병매』와 단편화본인 '삼언'의 상고소설을 구체적으로 분석했다.[10]

이 글은 이러한 기존 연구의 연속선상에 있는 후속 논구로서 『박안경기』와 『이각박안경기』의 작품 중 상고소설에 해당하는 작품을 찾아보고, '이박'에 수록된 상고소설 중 대표작으로 꼽을 수 있는 「전운한우교동정홍, 파사호지파타룽각轉運漢巧遇洞庭紅, 波斯胡指破鼉龍殼」(이하 「전운한우교동정홍」)을 분석하며 '이박'의 상고소설이 갖는 특성을 살펴보고자 한다. 여기서 '이박'의 상고소설을 대표하는 작품으로 「전운한우교동정홍」을 선택한 것은 '삼언'의 상고소설을 고찰할 때 『유세명언喩世

---

8 허근배, 「양박연구」, 충남대 석사논문, 1985.2; 송동호, 「양박에 대한 연구」, 연세대 석사논문, 1986.2; 김영식, 「박안경기 연구」, 서울대 석사논문, 1988.2; 방영인, 「박안경기 연구—주제별 분석을 중심으로」, 단국대 석사논문, 1989.8; 최수경, 「능몽초의 '양박' 연구—작가의식을 중심으로」, 숙명여대 석사논문, 1995.12.

9 함은선, 「사회문화적 측면에서 본 화본소설중의 상인형상」, 『중국소설논총』 제25집, 2007.3; 한혜경, 「명대 의화본 소설에 나타난 상인들의 풍모와 이국정취—「轉運漢巧遇洞庭紅, 波斯胡指破鼉龍殼」」, 『중국소설논총』 제27집, 2008.3; 王飛, 「從"三言""二拍"的商人刑象看其商業價値觀」, 『中國學報』 第70集, 2014.

10 상고소설의 개념 정의와 학술토론 과정의 시대적 배경 등에 관해서는 이전의 글에서 이미 논술한 관계로 여기서는 다시 언급하지 않는다. 자세한 것은 다음을 참조. 송진영, 「明淸商賈小說試論—『金瓶梅』를 중심으로」, 『中國語文學誌』 第36輯, 2011.8; 송진영, 「'三言'의 상고소설연구—「蔣興哥重會珍珠衫」을 중심으로」, 『中國語文學誌』 第44輯, 2013.9.

明言』에 수록된 첫 번째 작품인 「장흥가중회진주삼蔣興哥重會珍珠衫」을 선택한 것과 같은 맥락이다. 단순히 첫 번째로 수록된 작품이 아니라 '정情'에 관한 의론을 강조하고자 했던 풍몽룡의 의도가 집중적으로 잘 표현된 대표작이 권일卷一에 수록된 것과 마찬가지로 능몽초 역시 첫 번째 수록된 「전운한우교동정홍」을 통해 높은 관심을 갖고 있었건 상인계층을 잘 표현하고 있기 때문이다.[11]

또한 「전운한우교동정홍」은 당시 해외무역에 종사하던 상인의 활동이 상당히 인상적으로 묘사되고 있어서 의화본소설 속의 상인 형상을 분석하는 글에서 빠지지 않고 거론되는 '이박'을 대표하는 작품이기도 하다. 그러나 「전운한우교동정홍」만을 독립적으로 전론專論하는 경우는 많지 않으며[12] 국내 연구로는 한혜경의 글이 유일하다.[13] 이들 연구는 모두 작품 속에 묘사된 상인 형상과 해외무역의 정황 또는 상업 문화를 해석하는데 집중하고 있으며 상고소설이라는 유형에 주목한 것은 아니었다.

따라서 이 글은 기존 연구의 성과를 바탕으로 소설유형으로서의 상고소설이라는 입장에서 「전운한우교동정홍」을 분석하며 '이박'의 상고소설이 갖는 고유의 특징을 '삼언'의 상고소설과 비교하며 고찰하고자 한다. 이러한 작업을 통해 명대 상고소설의 특징이 보다 일목요연하게 정리될 수 있기를 기대한다.

---

11 김민호, 앞의 글, 95면.
12 秦良, 「「轉運漢巧遇洞庭紅」的商業解讀」, 『南昌大學學報(人社版)』, 第34卷 第6期, 2003.11; 蘇丹, 「『辛巴德航海歷險記』和『轉運漢巧遇洞庭紅』中"商人"刑象比較, 『魅力中國』, 2009年 35期; 李麗霞, 「「轉運漢巧遇洞庭紅, 波斯胡指破龜龍殼」中商人形象淺析」, 『戲劇之家』, 2015年 第05(上)期.
13 한혜경, 앞의 글.

2. '이박二拍'에 수록된 상고소설商賈小說

『박안경기』, 『이각박안경기』에 수록된 78편[14] 작품 중 상인과 상업 활동과 상인문화를 비중 있게 다루고 있는 상고소설은 얼마나 될까? 구소웅邱紹雄은 '이박' 중 상인생활을 표현한 작품이 1/4 정도라고 언급하고 9편의 내용을 상세히 소개하고 분석한 바 있고,[15] 소의평邵毅平은 주로 상인생활을 표현했거나 약간 상인생활을 언급한 작품을 합쳐서 1/3 정도, 25~26편이라고 언급한다.[16] 한편 김민호와 유해도劉海濤는 학위논문의 부록에서 '이박'의 작품을 상인이 주인공인지 조연인지에 따라 작품을 분류했는데, 해당 작품과 편수는 다소 차이가 있다.[17]

이 글은 선행 연구를 참고하여 '이박'의 작품 중 상인이 주인공이고 상업 활동과 상인문화를 전반적으로 다루고 있는 작품과 묘사 비중이 적더라도 상인의 생활과 가치관을 잘 반영한 작품, 또는 상인이 주인공은 아니지만 상인문화와 가치관을 의미 있게 반영한 작품 등을 찾아 그들이 종사했던 상업의 형태와 취급 품목을 간단히 살펴보았다.

---

14 『박안경기』에는 총 40편이 수록되어 있고, 『이각박안경기』에 수록된 작품은 40편이나 1편이 『박안경기』와 중복되고 1편은 희곡작품이어서 38편으로 간주한다.

15 邱紹雄, 앞의 책, 114면.

16 邵毅平, 『中國文學中的商人世界』, 復旦大學出版社, 2005, 294~295면.

17 김민호는 상인이 주인공인 작품 6편과 조연인 작품 10편으로 분류했고, 劉海濤는 상인이 주인공인 작품 14편과 조연인 작품 11편으로 분류했다. 자세한 것은 다음을 참조. 김민호, 「중국 화본소설의 변천양상 연구」, 고려대 박사논문, 1998.12; 劉海濤, 「"三言""二拍"中的商賈小說研究」, 重慶師範大學 碩士論文, 2006.4.

작품명	수록권	주요 상인인물	취급품목 또는 형태
「전운한우교동정홍, 파사호지파타룡각 轉運漢遇巧洞庭紅, 波斯胡指破鼉龍殼」	『박안경기拍案驚奇』第1卷	문약허文若虛	파산상인破産商人, 해상무역海上貿易
「정원옥점사대상전, 십일낭운강종담협 程元玉店肆代償錢, 十一娘雲岡縱譚俠」	『박안경기』第4卷	정원옥程元玉	휘상徽商, 판화販貨
「오군일반필수, 진대랑삼인중 烏軍一飯必酬, 陳大郎三人重」	『박안경기』第8卷	왕생王生 진대랑陳大郎	잡화점雜貨店
「한수재진란빙교처, 오태수련재주인부 韓秀才趁亂聘嬌妻, 吳太守憐才主姻簿」	『박안경기』第10卷	김조봉金朝奉	전당포典當鋪
「위조봉한심반귀산, 진수재교계잠원방 韋朝奉狠心盤貴産, 陳秀才巧計賺原房」	『박안경기』第15卷	위조봉韋朝奉	전당포
「이공좌교해몽중언, 사소아지금선상도 李公佐巧解夢中言, 謝小娥智擒船上盜」	『박안경기』第19卷	사씨謝氏 단거정段居貞	해상무역
「전다처백정횡대, 운퇴시자사당소 錢多處白丁橫帶, 運退時刺史當艄」	『박안경기』第22卷	곽칠랑郭七郎 장다보張多保	거상巨商, 대부업貸付業 전당포, 주단포綢緞鋪
「조오호합계도가흔, 막대랑립지산신간 趙五虎合計挑家釁, 莫大郎立地散神奸」	『이각박안경기二刻拍案驚奇』第10卷	막옹莫翁	거상
「한시랑비작부인, 고제공연거랑서 韓侍郎婢作夫人, 顧提控掾居郎署」	『이각박안경기』第15卷	강용江榕	병포餅鋪
「허찰원감몽금승, 왕씨자인풍획도 許察院感夢擒僧, 王氏子因風獲盜」	『이각박안경기』第21卷	왕록王祿	염상鹽商
「서다주승뇨겹신인, 정예주명원완구안 徐茶酒勝鬧劫新人, 鄭蕊珠鳴寃完舊案」	『이각박안경기』第25卷	정씨鄭氏	경기행중인經紀行中人
「정조봉단우무두부, 왕통판쌍설불명원 程朝奉單遇無頭婦, 王通判雙雪不明寃」	『이각박안경기』第28卷	정조봉程朝奉 이방가李方哥	부자-, 휘주부徽州府 주점酒店
「증지마식파가형, 힐초약교해진우 贈芝麻識破假形, 擷草藥巧諧眞偶」	『이각박안경기』第29卷	장생蔣生	객상客商
「왕어옹사경숭삼보, 백수승도물상쌍생 王漁翁舍鏡崇三寶, 白水僧盜物喪雙生」	『이각박안경기』第36卷	심일沈一	대주점大酒店
「첩거기정객득조, 삼구액해신현령 疊居奇程客得助, 三救厄海神顯靈」	『이각박안경기』第37卷	정재程宰	`휘상, 약藥, 주단綢緞

위의 표에서 무엇보다 눈에 띄는 것은 거상 또는 부유한 인물이 많이 등장하고 있다는 점이다. 그래서 작품의 서두에서 주인공을 소개할 때면 재산이 많다는 언급이 빠지지 않고 등장한다.

이 이야기는 바로 당 희종 때 강릉에 살던 곽칠랑의 이야기이다. 부친이 살아 계실 때 강상江湘의 거상이었고 칠랑은 장사하는 배를 따라 자주 오르내렸다. 부친이 사망한 후 그가 집안을 주관하게 되니 그야말로 집안의 재산은 수만 냥에 이르고 사업은 날로 확장되었다.[18]

또한 상인이 아니더라도 부자인 경우가 많았다. 관료집안이라도 재산이 많음이 강조되고 특별히 내세울 것이 없는 집안이라도 부자로 묘사된다.

예장군에는 부자가 살았는데 성은 사씨였고 집안에 큰 재산이 있어서 그 명성이 상인들 사이에 알려져 있었다.[19]

말하자면, 원나라 때 수도에 이총관이라는 사람이 있었는데 관직은 삼품에 이르렀고 재산이 상당한 부자였다.[20]

이 일 역시 송나라 소흥 년간에 시작되었다. 오흥 지방에 한 노인이 있었는데 성은 막이요 집안에 재산이 엄청 많았고 아내와 두 아들이 있었고 이미 세 손자까지 두고 있었다.[21]

---

18 "這本話文, 就是唐僖宗朝, 江陵有一個人, 叫做郭七郎. 父親在日, 做江湘大商, 七郎長隨著船上去走的. 父親死過, 是他當家了, 眞個是家資鉅萬, 産業廣延."『拍案驚奇』卷22, 三民出版社, 2008, 366면. 이하『拍案驚奇』를 인용할 경우 책명, 권호, 면수로만 표기.

19 "豫章郡有個富人, 姓謝, 家有巨産, 隱名在商賈間."『拍案驚奇』卷19, 306면.

20 "話說元朝時, 都下有個李總管, 官居三品, 家業巨富."『拍案驚奇』卷38, 641면.

21 "這件事也出在宋紹興年間. 吳興地方有個老翁, 姓莫, 家資鉅萬; 一妻二子, 已有三孫."『二刻拍案驚奇』卷10, 三民出版社, 2007, 200면.

이와 같이 '이박'의 작품 속에 부자와 거상이 대거 등장하는 것은 명대 중후기의 상업경제가 명초에 비해 한층 더 발전하여 사회적으로 거상이 증가하고, 부에 대한 열망과 관심이 한층 더 고조되었던 당시 사회의 상황이 반영된 것임을 알 수 있다. 또한 작품 속에 휘상徽商의 고향으로 유명한 휘주부 지역의 이야기가 적지 않고, 자연스럽게 휘상이 주요 인물로 등장하고 있는데, 이 역시 명대 중후기 상업경제 발전에 주도적 역할을 담당했던 휘상의 현실을 잘 반영하고 있음을 방증한다고 하겠다.[22]

한편 '이박'에 등장하는 상인들은 주로 잡화점, 전당포, 주점 등을 경영하던 좌고坐賈와 선박을 이용한 무역에 종사했던 객상客商으로 묘사된다. 그런데 이는 양곡, 비단, 향초, 기름과 같은 생필품에서 진주, 장신구, 보석 등을 취급하는 보석상, 선박운수업, 광산개발, 야철업에 이르기까지 매우 다양한 업종이 묘사되었던 '삼언'과 비교하자면[23] 그다지 다양한 편은 아니다. 다만 '이박'의 상인들은 대개 자산 규모가 큰 거상인 경우가 많으며 특히 선박을 이용한 원거리무역에 종사하던 객상에 대한 묘사가 적지 않다는 점이 인상적이다.

해상무역은 큰 이윤을 보장하기는 하지만 배를 타고 이동하는 도중에 사고를 당하거나 강도를 만나면 모든 물품이나 목숨을 잃을 위험성이 상존하는 위험한 사업이었다. 능몽초는 '이박'의 여러 작품 속에서

---

22 '이박' 중 휘상이 등장하는 주요 작품으로는 권4, 권15, 권37 등이 있다. 의화본소설에 묘사된 휘상에 대해서는 다음을 참조. 함은선, 앞의 글; 兪曉紅, 『古代白話小說研究』, 安徽人民出版社, 2005, 73~97면.
23 자세한 상황은 다음을 참조. 송진영, 「'三言'의 상고소설연구―「蔣興哥重會珍珠衫」을 중심으로」, 『中國語文學誌』 第44輯, 2013.9, 198~200면.

이러한 위험 속에서 분투하는 상인들의 애환과 고충을 상세히 그려내며 그들에 대한 깊은 관심과 동정을 보여준다. 예를 들어 「전운한우교동정홍轉運漢遇巧洞庭紅」에서 주인공 문약허文若虛는 여러 차례 시도했던 장사에서 본전을 모두 잃어버리자 해상무역하는 상인들을 따라 나섰다가 운 좋게 크게 성공하는데 이 과정이 매우 상세히 묘사되어 있다. 또한 「오군일반필수, 진대랑삼인중烏軍一飯必酬, 陳大郎三人重」은 조실부모한 왕생王生이 과부 양씨의 도움으로 장사에 입문하고 성공하는 과정을 상세히 기술한다. 왕생은 소주에서 남경으로 배를 타고 이동하며 상거래를 시도했으나 도중에 사고가 나서 세 차례나 실패하고 본전을 잃어버린다. 그때마다 양씨는 왕생이 실망하여 가업을 포기하지 않도록 종자돈을 만들어 주며 다시 도전하도록 격려를 아끼지 않았고, 왕생은 결국 거상으로 성공할 수 있었다. 사실 왕생이 겪었던 고난, 이를테면 표류와 강도는 객상이라면 누구라도 감수해야 할 위험이었고, 능몽초는 이러한 연이은 실패에도 불구하고 끊임없이 도전하는 상인의 모습을 보여주며 모험정신과 도전의식으로 무장해 어려움을 극복해 가는 긍정적인 상인형상을 부각시켰던 것이다.

이밖에도 '이박'에는 상인들의 사회적 위상과 신분변화를 반영한 작품도 적지 않다. 특히 상인집안과 사대부집안의 자녀가 결혼하는 과정에서 흥미로운 변화가 보인다. 「요번루다정주승선鬧樊樓多情周勝仙」에서 번이랑樊二郎과 주승선周勝仙이 결혼하기 어려웠던 이유는 남자 집안이 주점을 경영하는 상인 출신이었기 때문이고 「요운암완삼상원채鬧云庵阮三償冤債」에서 완삼阮三과 진옥란陳玉蘭이 몰래 만날 수밖에 없었던 것도 상인 집안과 장군부라는 현격한 신분의 차이로 혼사가 순조롭게 진행될 수 없음을 인지했기 때문이었다. 그런데 '이박'에서는 이러한 상황에 큰 변화가 일어나고 있음이 감지된다.

「한수재진란빙교처, 오태수련재주인부韓秀才趁亂聘嬌妻, 吳太守憐才主姻簿」에서는 가난한 한수재가 매파를 통해 자신과 비슷한 선비가문과의 혼사를 도모하나 성사가 되지 않다가 전당포를 경영하던 휘상 집안의 청혼을 받았다. 그런데 그는 처음에는 이 혼사를 거절하는데, 그 이유가 신분의 차이 때문이 아니었다.

> 그런 말도 안 되는 말 마시오. 나는 일개 가난하기 그지없는 수재에 불과한데 어찌 영애를 얻을 수 있단 말이오?[24]

물론 당시 조정에서 절강지역에 수녀繡女선발령을 내리자 딸을 서둘러 시집보내려는 마음에 휘상 김조봉金朝奉이 가난한 한수재에게 청혼한 것임을 감안하더라도 상인이 먼저 사대부집안에 혼사를 제안하고, 가난을 이유로 이를 거절하는 장면에서 이제 더 이상 상인이라는 이유만으로 사대부집안에서 혼사를 반대하지 못하는 상황이 이루어졌음을 짐작케 한다. 경제적 조건이 신분의 한계를 상쇄하고 있는 것이다.

하지만 상인에 대한 사회적 인식과 신분의 위상이 아무리 제고되었다고 해도 상인과 관료집안의 혼사가 아무 어려움 없이 순조롭게 진행되기는 힘든 것이 현실이었다. 그래서 「증지마식파가형, 힐초약교해진우贈芝麻識破假形, 擷草藥巧諧眞偶」에서는 재주있고 용모가 뛰어나 부마로 삼을 만하다는 뜻에서 별명이 '장부마'인 객상 장생蔣生도 관료집안의

---

24 "休得取笑! 我是一貧如洗的秀才, 怎乘受得令愛起?"『拍案驚奇』卷2, 154~155면.

마소저馬小姐를 보고 마음에 들었지만 그 아버지 앞에선 위축될 수밖에 없었다. 그는 마소저의 부친 마소경馬少卿에게 이렇게 말한다.

소생의 원적은 절강으로 멀리 떨어진 타지 출신입니다. 게다가 상업을 경영하는 사람이라 유가에는 익숙지 않으니 그저 가풍에 흠이 될까 두렵습니다.[25]

그러나 장생의 비범함을 알아차린 마소경은 "강소와 절강은 좋은 지역이고 원래 타지가 아닐세. 상업경영 또한 선업善業이지 천한 것이 아닐세江浙名邦, 原非異地. 經商亦是善業, 不是賊流"[26]라고 말하며 격려한다. 이러한 마소경의 상업에 대한 태도는 당시 모든 사대부들의 인식을 대변하지는 않더라도 명대 중후기 상인이 더 이상 폄하되는 존재는 아니었으며 상업 역시 존중받고 있었음을 보여준다. 그리고 이러한 사회적 분위기는 「첩거기정객득조, 삼구액해신현령疊居奇程客得助, 三救厄海神顯靈」에서 문인집안 출신으로 어려서부터 꾸준히 글공부를 한 정재程宰가 스스로 상인의 길을 선택하는데 기여했을 것이다.

'이박'에 드러나는 이러한 상업에 대한 한층 우호적인 인식은 상인 집안과 사대부집안의 혼인을 묘사할 때에도 '삼언'과 비교된다. '삼언'에서는 서로 다른 신분으로 인해 양가의 반대가 있었지만 두 사람의 변치 않는 사랑으로 인해 이루어지는 과정을 따랐다면 '이박'에서는

25　"小生原籍浙江, 遠隔異地, 又是經商之人, 不習儒業, 只恐有玷門風."『二刻拍案驚奇』卷29, 앞의 책. 553면.
26　위의 책, 554면.

이미 변화된 사회적 인식아래 신분의 차이로 인한 장애는 존재하지 않음을 보여준다. 여기서 신분보다는 집안의 경제력이 더 중요한 가치로 자리 잡고 있음을 알 수 있다.

상업경제의 발전으로 인해 사농공상의 전통의 신분적 위계질서가 점차 무너지면서 상인과 사인士人의 구분이 어려워진 명대 중후기의 사회적 변화[27]가 '이박'에 직접적으로 반영되면서 '이박'의 상고소설 속에서 관료집안과 상인집안의 혼사를 찾는 것이 더 이상 어려운 일이 아니게 된 것이다.

3. 「전운한우교동정홍, 파사호지파타룡각轉運漢遇巧洞庭紅, 波斯胡指破鼉龍殼」의 상고소설로서의 특징

능몽초가 상인과 상인들의 삶과 문화에 큰 관심을 갖고 있었음은 상인의 이야기인 「전운한우교동정홍」을 『박안경기』의 첫 번째 순서에 배치한데서도 여실히 드러난다. 이 작품은 단순히 상인이 주인공일 뿐아니라, 상업활동이 비중 있게 다뤄지고 상인문화와 가치관을 반영해야 한다는 상고소설의 정의를 만족시키고 있기 때문에 '이박'을 대표하는 상고소설로서 부족함이 없다. 여기서는 「전운한우교동정홍」을 예로 들며 '이박'의 상고소설이 갖는 몇 가지 특징을 살펴보겠다.

---

[27] 명대 후기 사민제가 흔들리며 발생한 문인계층과 상인계층간의 신분이동 현상에 관해서는 다음을 참조. 余英時, 정인재 역, 『중국근세종교윤리와 상인정신』, 대한교과서주식회사, 1993, 175~206면; 김종박, 「명청시기 '士商浸透' 현상에 관한 연구」, 『역사학보』 제205집, 2010.3.

1) 의리겸중義利兼重의 거상巨商

‘이박’에 묘사된 상인들이 ‘삼언’에 비해 거상의 비중이 높다는 점은 이미 앞에서 언급한 바 있다. ‘삼언’의 상고소설 속 주인공들은 대개 보통의 객상들이 많았다. 예를 들어 「장흥가중회진주삼蔣興哥重會珍珠衫」의 장흥가蔣興哥나 진대랑陳大郎은 모두 소규모 자본으로 물건을 파는 객상이었다.

이에 반해 「전운한우교동정홍」의 주인공인 문약허文若虛는 나중에 거상이 되는 인물이다. 이를 강조하기 위해 작가는 문약허를 운명적으로 거부가 될 관상을 갖고 태어났다고 묘사한다. 정화正話의 서술에 앞서 입화入話에서는 돈에도 인연이 있고 주인이 있다며 부자가 되는 것도 타고 나는 운명이 있음을 역설한 뒤, 문약허를 이렇게 소개한다.

> 성은 文이요 이름은 實이고, 자는 若虛이다. 타고 난 성품이 지혜롭고 영민하여 일을 하면 능숙하게 하고 배우면 바로 했다. 거문고, 장기, 서예, 그림, 피리 불고 거문고 타는 거며 노래와 춤 등 모두 곧잘 했다. 어릴 적 어떤 사람이 그의 관상을 보고는 엄청난 부자가 될 상이라고 했다.[28]

총명하고 다방면에 걸쳐 재능이 넘치는데다 부자가 될 운명까지 갖고 태어났다는 주인공에 대한 묘사에서 활달하고 자신감 넘치는 젊은 이의 모습이 연상된다. 또한 인물에 대한 작가의 애정과 함께 훗날 심

---

[28] “姓文名實, 字若虛. 生來心思慧巧, 做着便能, 學着便會. 琴棋書畫, 吹彈歌舞, 件件粗通. 幼年間, 曾有人相他有巨萬之富.”『拍案驚奇』卷1, 5면.

상치 않은 인물이 될 것이라는 것을 어렵지 않게 짐작할 수 있다. 하지만 인생은 생각처럼 그렇게 쉽게 풀리지 않는 법이었다.

> 그는 자신의 재능만 믿고 생계를 도모하는데 크게 노력하지 않은 나머지 놀고먹으며 재산을 다 써버려서 조상대로부터 물려받은 천금의 재산은 사라져 갔다. 이후 가산이 얼마 남지 않은 것을 알고 다른 사람들이 상업에 종사해서 이윤을 도모하고 종종 몇 배의 이익을 얻는 것을 보고는 장사를 해야겠다고 생각했지만 하는 일마다 잘 되지 않았다.[29]

위 단락은 뛰어난 재주와 부자가 될 운명을 갖고 태어난 젊은이가 어쩌다 상업에 투신하게 되었는지를 설명한다. 문약허가 자신의 재주와 상속받은 재산을 믿고 호기롭게 일을 벌이나 성사되는 일이 없고 결국 가산을 다 잃어 버려 생계를 위해 어쩔 수 없이 장사를 시작하게 되었다는 것이다. 그리고 하는 일마다 실패해서 재수 없는 사람이라는 의미의 '도운한倒運漢'이라는 별명을 얻기에 이른다. 하지만 이러한 실패에도 좌절하지 않고 새로운 시도를 도모하며 해상무역상을 따라 길을 나서게 되는데, 이때부터 운이 트여 뜻밖의 횡재를 하게 되면서 별명도 운이 돌아왔다는 뜻의 '전운한轉運漢'으로 바뀌고, 결국 마지막에는 거상이 되는 것이다.

사실 「전운한우교동정홍」은 한 빈털터리가 된 한 파락호가 별 생각

---

[29] "他亦自恃才能, 不十分去營求生産, 坐喫山空, 將祖上遺下千金家事, 看看消下來. 以後曉得家業有限, 看見別人經商圖利的, 時常獲利幾倍, 便也思量做些生意, 卻又百做百不著." 『拍案驚奇』 卷1, 5면.

없이 1냥에 구입한 과일 동정홍이 천 냥에 팔리고, 우연히 주운 거북껍질이 귀한 보물임을 알아본 페르시아 상인과 오만 냥에 거래를 성사시킴으로써 거부가 되는 이야기이다. 많은 사람들이 흥미를 갖고 동경할 만한 거상의 탄생 과정인 셈이다. 소설은 이렇게 거상으로 성장하는 한 젊은이의 모험과 도전과정을 흥미롭게 서술한 후, 다음과 같이 마무리한다.

> 이로부터 문약허는 복건의 거상이 되었고, 그곳에서 아내를 얻어 집안을 일으켰다. 수년이 지나서야 소주에 한 차례 갔다가 오랜 친구들을 만나고 다시 돌아왔다. 지금까지 자손이 번창하고 집안은 부유함이 끊이질 않았다.[30]

그런데 「전운한우교동정홍」에는 문약허 외에도 주목할 만한 상인이 여럿 등장한다. 문약허를 해상무역으로 이끌었던 장대張大는 해상교역 상인들의 리더라고 할 수 있는 인물로서 인품으로나 물건을 보는 안목으로나 나무랄 데가 없다.

> 원래 이 장대라는 사람의 이름은 장승운이고 해외무역을 전문적으로 하는 사람이었다. 기이한 보물들을 잘 알아보고 타고난 성품이 호탕하고 남을 잘 도와줘서 마을에서는 그를 별명인 장식화張識貨라고 불렀다.[31]

---

[30] "從此文若虛做了閩中一個富商, 就在邦邊取了妻小, 立起家業. 數年之間, 纔到蘇州走一遭, 會會舊相識, 依舊去了. 至今子孫繁衍, 家道殷富不絶."『拍案驚奇』卷1, 23면.

[31] "原來這個張大名喚張乘運, 專一做海外生意, 眼裡認得奇珍異寶, 又且秉性爽慨, 肯扶持好人, 所以鄉里起他一個混名, 叫張識貨."『拍案驚奇』卷1, 6면.

또한 문약허가 주운 거북껍질의 진가를 알아보고 고가에 매입하는 페르시아 상인은 엄청난 규모의 재산을 가진 거상이었다.

> 이 주인은 페르시아 사람인데 성이 좀 이상해서 마노의 '마'자를 써서 마보합瑪寶哈이라고 한다. 전문적으로 해외 무역상들에게서 진귀한 보물을 사들이는데 얼마나 많은 재산이 있는지 알 수 없을 정도였다.[32]

그런데 이들 부자 상인들은 이재에만 밝아 인색하거나 또는 반대로 명분과 의리만을 중시하고 이재를 폄하하지 않고 있음에 주목할 필요가 있다. 소설은 전통적인 '중의경리重義輕利'의 의리義利관념에서 벗어나 의를 중시하면서도 리를 추구하는, 의리가 공존하는[33] 새로운 상인상을 제시하고 있기 때문이다.

이익을 좇아 교역하는 것이 상인의 본능이지만 그들은 어려운 사람은 도와주고 은혜를 입으면 보답할 줄 알았다. 또한 신의를 지키는 긍정적인 덕목을 충분히 갖추고 있다. 문약허는 가진 것 없는 자신을 상단에 합류할 수 있도록 도와준 장대와 동행한 동료들에게 고마운 마음을 갖고 있었다. 동정홍을 구입한 것도 사실 배안에서 간식용으로 구입해 동료들에게 나눠 주려는 생각에서였다. 그런데 뜻밖에 길령국 사람들이 앞다퉈 동정홍을 구입해서 높은 수익을 올리게 되자 번 돈의 일부를 동료들에게 감사의 표시로 나눠줄 줄 아는 배려심과 의리를 보여준다.

---

32 "這主人是個波斯國裡人, 姓個古怪姓, 是瑪瑙的"瑪"字, 叫名瑪寶哈, 專一與海客兌換珍寶貨物, 不知有多少萬數本錢."『拍案驚奇』卷1, 16면.
33 邱紹雄, 앞의 책, 132면.

장대는 어려움에 처한 문약허의 어려운 처지를 이해하고 그에게 새로운 길을 제시하고자 자신의 상단에 합류를 허락했을 뿐 아니라 경험이 일천한 문약허가 동정홍을 팔아 큰돈을 벌었을 때 이 돈을 어떻게 재투자해 경영할 것인지 조언하고, 거북껍질을 판매할 때도 당황하고 주저하는 문약허를 대신해 페르시아상인 마보합瑪寶哈과 가격을 중재하기도 한다.

> 사실대로 말씀드리겠습니다. 이 사람은 저의 좋은 친구인데 함께 해외에 놀러 나온 것이라 물건을 산 적이 없습니다. 이 물건은 바람을 피해 바다 한가운데 섬에서 우연히 주운 것이라 돈을 주고 구입한 것이 아닙니다. 그래서 얼마나 값이 나가는지 모르겠습니다. 만약 오만 냥을 그에게 주신다면 평생 부유하게 살기 충분할 터이니 만족할 겁니다.[34]

적당한 가격을 제시하라는 마보합의 요구에 문약허가 자신의 물건 가치가 어느 정도나 되는지 전혀 감을 잡지 못하고 주저하고 있을 때, 장대는 그냥 사실대로 말하는 게 낫겠다며 본인이 나서서 문약허가 희망하는 가격 오만 냥을 제시해 흥정을 성사시키고자 한다. 마보합은 상대방이 보물의 가치나 시세를 전혀 알지 못하는 상황을 이용해 가격을 깎으려고 하지 않고 일사천리로 계약을 진행하고 한꺼번에 많은 돈을 고향 소주로 운반하는 것은 위험하다며 복건에 정착해 새로이 사업

---

34 "實不瞞你說, 這個是我的好朋友, 同了海外玩耍的, 故此不曾置貨. 适間此物, 乃是避風海島, 偶然得來, 不是出價置辦的, 故此不識得價錢. 若果有這五萬與他, 勾他富貴一生, 他也心滿意足了."『拍案驚奇』卷1, 19면.

을 할 수 있도록 자신의 점포를 내어 주기까지 한다.

또한 계약이 성사된 후 마보합이 이 거북껍질의 가치는 사실 껍질 안에 숨겨진 24알의 야광주에 있다며 그 가치를 알려주고 감사를 표하자 이제야 물건의 가치를 실감한 주변 사람들은 문약허에게 가격을 다시 올리라고 부추긴다. 하지만 문약허는 이를 한 마디로 거절하며 지족함을 알아야 한다며 지나친 탐심을 경계한다.

> 지족하지 않으면 안 되지요. 보십시오 나 같이 재수 없는 놈이 맨날 본전을 까먹다가 하늘의 조화로 맨땅에서 재물을 얻을 팔자가 생기기도 하는군요. 인생은 운명이 정해져 있으니 억지로 구할 필요가 없어요. 보믈을 알아 본 마보합님이 아니었다면 그저 폐물에 불과했을 것입니다. 마보합님 덕분에 알게 된 것인데 어찌 양심을 속이고 다투겠습니까?[35]

이와 같이 거북껍질을 거래하는 과정에서 세 상인들은 상대방에 대한 신뢰를 바탕으로 합리적인 거래를 진행하고 있음을 알 수 있다. 문약허가 자신의 보물의 가치가 얼마나 되는지 전혀 알지 못하는 상황임에도 마보합은 상대방의 약점을 잡아 가격을 터무니없이 깎아내리지 않았고, 보물의 진가를 설명하며 낮은 가격에 판매해 준 데 감사를 표한다. 문약허도 더 이상의 욕심을 부리지 않고 자신은 가치를 달아보지 못했던 상황에서 얻은 수익에 만족하며 그동안 자신을 도와준 동료

---

[35] "不要不知足, 看我一個倒運漢, 做著便折本的, 造化到來, 平空地有此一主財爻. 司見人生分定, 不必强求. 我們若非這主人識貨, 也只當得廢物罷了. 還虧他指点曉得, 如何還好昧心爭論?"『拍案驚奇』卷1, 23면.

들에게 재물을 나눠주며 감사한다.

　능몽초는 문약허의 사려깊고 겸손한 태도를 높이 평가하며 동료들의 목소리를 빌어 문약허가 "마음씨가 충직하고 온유해서 부자가 될만하다存心忠厚, 所以該有此富貴"[36]는 평가를 내린다. 기민한 판단력과 결단, 끊임없는 노력 등 상업경영 능력은 물론이고 상대방에 대한 존중과 신뢰에 기반한 상거래 태도와 탐심을 절제하며 적절히 절제하는 태도[37]를 갖춘 문약허야말로 당시 사람들이 원하는 부자의 모습, 상인의 이상적 모습이라고 역설하고 있는 것이다. 사실, 이 이야기의 기원고사인 주현위周玄暐의 『경림속기涇林續記』에서는 해외무역을 종사하는 상인을 간상奸商으로 비난하고 있었지만[38] 능몽초는 동일한 제재를 이용해 완전히 다른, '의'와 '리'가 적절히 조화를 이루는 유상儒商의 모습으로 변화시켰던 것이다.

2) 상업활동 중심의 서사 진행

　상고소설로서 「전운한우교동정홍轉運漢遇巧洞庭紅」이 갖는 가장 큰 특색은 작품 전체를 관통하는 서사의 중심에 상업활동이 자리하고 있다는 점이다. 그래서 문약허가 상업활동을 하지 않았다면 이 이야기 자체가 성립될 수 없다.[39] 소설의 전체적인 서사는 시종일관 문약허가

36　『拍案驚奇』卷1, 23면.
37　문약허가 거상이 될 수 있었던 요인에 대한 자세한 분석은 다음을 참조. 한혜경, 앞의 글, 146~147면.
38　자세한 상황은 다음을 참조. 최수경, 앞의 글, 52면.

상인이 되고, 이러저러한 물품을 사서 판매를 시도하다가 예기치 않은 상황의 발생으로 본전을 모두 잃었지만 결국 재기에 성공해 거상으로 성장하는 일종의 성공담 구조를 갖고 있다. 서사를 이끌어가는 주요 갈등이 상인 신분인데서 기인하고 거상으로 성공하는 과정에서 전개된 각종 상업 활동의 에피소드가 중심이 되기 때문에 여성인물과의 연애나 결혼과 같은 개인적 생활은 개입될 여지가 없었다. 이러한 점은 '삼언'의 「장흥가중회진주삼」이 상인들의 삶과 가치관 및 상인문화를 반영한 상고소설로 간주되기는 하지만 주요 서사구조는 애정혼인상의 갈등에서 기인하고 있는 것과 비교된다.

「전운한우교동정홍」에서는 상인으로서의 실패와 성공 여부가 서사를 견인하는 원동력이 되고 있으며 그 과정에서 자연스럽게 다양한 상업 활동이 묘사되고 있는 것이다. 여기서 「전운한우교동정홍」의 서사가 진행되는 궤적을 추적해 보자.

문약허가 상인으로 입문하면서 처음으로 선택한 상품은 북경산 부채였다. 여름철 서화를 그려 넣은 부채가 인기가 있는 것을 보고 북경에 올라가 여러 상자를 구매했으나 여름철 습한 날씨로 인해 먹물이 종이와 엉겨 붙어 부채살이 펴지지도 않을 정도로 망가져 버린다. 물품의 특성과 지역의 날씨 등 위험요소 등을 면밀히 고려하지 않은 결과였다. 그리고 계속되는 실패로 인해 그의 별명은 재수 없는 사나이倒運漢가 되고 사람들의 동정과 비웃음을 사기에 이르렀다.

실패로 점철된 문약허의 삶에 전환기가 찾아 온 것은 장대張大 일행

39　김민호, 「馮夢龍과 凌濛初, 그 같음과 다름」, 『중국소설논총』 제11집, 2000. 2, 95면.

을 따라 해상무역 행렬에 합류하게 되면서 부터였다. 상인으로서의 한계에 부딪혔을 때 배를 타고 타향으로 가서 새로운 길을 모색하기로 한 것이다.

일신이 몰락해서 생계도 막막하니 저들 항해를 따라가 외국 풍광을 접해 보는 것도 인생 살아가는데 헛되지 않을 것이다. 게다가 그들은 나를 내치지 않을 것이고 집에서 땔감 걱정, 음식 걱정 안 해도 되니 이 역시 즐거운 일이다.[40]

장대의 무역선을 타기로 결심했을 당시 문약허는 생계를 걱정해야 할 정도로 극한 상황에 처해 있을을 알 수 있다. 선대로부터 받은 재산을 모두 탕진하고 더 이상 잃을 재산도 신경써야할 평판도 없었다. 이렇게 인생의 밑바닥에 떨어졌을 때 새로운 환경을 찾아 도전을 시도하는 것은 지혜로운 선택이었다. 그렇게 나선 해상무역에서 처음으로 선택한 상품은 동정홍이라는 과일이었다.

바로 태호 가운데 동정산이 있는데 기후가 온화하고 땅이 비옥해서 복건이나 광동과 다르지 않았다. 그래서 광동의 귤과 복건의 귤은 천하에 이름이 높았다. 동정의 귤나무는 그것들과 나뭇잎은 거의 같고 색깔도 완전히 동일했고 향기도 같았다. 다만 처음 나올 때 맛이 약간 시고 나중에 익으면 오히려 더 달았다. 복건의 귤 값에 비하면 십분의 일 밖에 안 되었고 동정홍이라고 불렀다.[41]

---

40 "一身落魄, 生計皆無. 便附了他們航海, 看看海外風光, 也不枉人生一世. 況且他們定是不却我的, 省得在家憂柴憂米的, 也是快活." 『拍案驚奇』 卷1, 6면.

물론 당시 문약허가 동정홍이 복건이나 광동의 귤과 모양이나 맛이 같으면서도 가격이 저렴하다는 사실을 간파하고 교역상품으로 구매한 것은 아니었다.

> 내 가진 한 냥으로 백 근 정도를 살 수 있으니 배 안에서 목을 축일 수 있을 것이다. 또한 하나둘씩 나눠줄 수도 있으니 나를 도와준 사람들에게 보답의 뜻도 될 것이다.[42]

처음에는 이 과일이 큰 수익을 가져다 줄 것이라고는 전혀 예상치 못하고 그냥 항해 중에 함께 먹을 간식 정도로 가볍게 생각했고 가격이 저렴하니 부담 없이 사람들에게도 나눠줄 생각으로 구입한 것이었다. 그러나 더운 날씨에 쉽게 변할 수 있는 과일을 사온 문약허를 보고 동료들은 모두 비웃었다.

> 사람들은 모두 박수를 치며 웃으며 말했다. "문선생이 보화를 갖고 왔네." 문약허는 부끄럽기 이를 데 없었다.[43]

동료들이나 문약허 모두 이 과일이 행운을 가져올 것이라고는 아무도 예상치 못했음을 알 수 있다. 그러나 다른 과일과 달리 동정홍은 처

---

41 "乃是太湖中有一洞庭山, 地暖土肥, 與閩廣無異, 所以廣橘, 福橘, 播名天下. 洞庭有一樣橘樹絶與他相似, 顔色正同, 香氣亦同. 止是初出時, 味略少酸, 後來熟了, 却也甛美. 比福橘之價十分之一, 名曰"洞庭紅"." 『拍案驚奇』卷1, 7면.
42 "我一兩銀子買得百斤有餘, 在船可以解渴, 又可分送一二, 答衆人助我之意." 『拍案驚奇』卷1, 7~10면.
43 "衆人都拍手笑道 : "文先生寶貨來也!" 文若虛羞慚無地." 『拍案驚奇』卷1, 10면.

음에는 시지만 나중에 익으면 달콤해지는 성질이 있었고, 이는 문약허에게 뜻밖의 행운을 가져왔다. 북경산 부채를 구매할 때는 여름에 부채가 인기 있다는 상식만 생각했지 북경의 습한 날씨에 먹과 종이가 엉겨 붙을 수 있다는 사실을 고려하지 못해서 실패했지만, 아무 생각 없이 저렴하게 구입한 동정홍은 후숙이 이루어지는 성질 때문에 며칠씩 이어지는 항해에도 맛이 더 좋아지는 행운이 따른 것이다. 문약허 일행이 파도에 휩쓸리고 바람에 표류하다가 길령국吉零國이라는 곳에 도착한 것도 행운이었다.

원래 이곳의 중국물건을 저곳에 가져가면 세 배 가격이 된다. 바꾸어서 저면의 물건을 중국으로 가져와도 마찬가지이다. 이렇게 왔다 갔다 하면 팔구 배 이익은 족히 남는다. 그래서 사람들은 모두 죽자 사자 이 노선을 다녔던 것이다.[44]

행운은 계속 이어져 이곳은 본래 중국과의 무역이 활발하고 중국의 상품이 좋은 값으로 팔리는 곳이었다. 그리고 드디어 동정홍을 판매하면서 상인으로서 문약허에게 잠재되었던 능력이 발휘되기 시작한다. 첫 번째로 동정홍이 무엇인지 모르는 현지인들에게 일단 맛을 보게 해서 단맛에 매혹된 현지인들의 자발적인 구매를 이끌어냈고, 현지에서 통용되는 은전은 문양에 따라 값이 매겨지나 중국에서는 중량에 따라 가치가 매겨지는 차이를 간파해서 일부러 저렴한 은전으로 지불을 받

---

44 "原來這邊中國貨物, 拿到那邊, 一倍就有三倍價. 換了那邊貨物, 帶到中國也是如此. 一往一回, 卻不便有八九倍利息, 所以人都拚死走這條路." 『拍案驚奇』 卷1, 10면.

아 많은 분량의 은을 챙길 수 있었다. 이렇게 판매 수완과 경영능력이 발휘되기 시작하면서 상인으로서의 첫 번째 성공을 거두게 되고 주위 사람들은 드디어 그를 인정하기 시작한다.

사람들은 모두 그가 운이 없다고 하는데, 이제 생각해보니 운이 돌아온 것이네![45]

그러나 성공의 기쁨도 잠시, 길령국을 떠나 항해하면서 배는 무인도에 표류하게 되고 앞날이 어떻게 전개될지, 생사마저 확신할 수 없는 어려운 처지에 직면하게 된다. 동료들이 절망과 두려움에 휩싸여 배 안에서 한 발짝도 떼지 않을 때 용감히 배 밖으로 나가 무인도를 돌아보는 문약허의 모습에서 불굴의 도전정신이 엿보인다. 그는 망망대해를 바라보며 캄캄한 상황을 이렇게 탄식한다.

마음속으로 이렇게 말했다. "생각컨대 나는 이렇게 총명한데 생명은 여기서 위태롭게 되었구나. 가업은 다 사라지고 내 몸뚱아리 하나 남았는데 멀리 해외에 떨어졌네. 다행히 천 냥의 돈이 주머니에 있기는 하지만 내 것인지 아닌지 어찌 알리오. 지금 절해고도 한 가운데 떨어져 땅을 밟아 보지도 못하고 생명조차 용왕님께 바쳐야 하는지."[46]

---

45 "人都道他倒運, 而今想是運轉了!"『拍案驚奇』卷1, 13면.
46 "心裡道 : "想我如此聰明, 一生命蹇. 家業消亡, 剩得隻身, 直到海外. 雖然僥幸有得千來個 銀錢在囊中, 知他命裡是我的不是我的? 今在絶島中間, 未到實地, 性命也還是与涯龍王合 著的哩!"『拍案驚奇』卷1, 15면.

　그러나 그 순간 침상만한 커다란 거북껍질을 발견한다. 그리고 어디에 쓸지도 모르겠지만 귀한 둘건이라고 생각해 본전을 까먹는 것이 아니니 갖고 가기로 결심한다. 커다란 거북껍질을 끙끙대며 끌고 오는 그를 보며 동료들은 비웃지만 문약허는 자신의 판단을 믿고 끝까지 밀고 나가는 배짱을 지니고 있었다.

　　웃지 마시오. 어찌됐든 쓸모가 있을 것이오. 절대 쓰레기가 아니오.[47]

　본인을 포함해 아무도 그 가치를 알아보지 못하는 물건이지만 상인의 본능적 직감을 믿은 문약허는 과감하게 거북껍질을 배에 싣고 항해를 계속 하고, 그 가치를 알아 본 복건에 상주하는 대무역상 페르시아 상인에게 오만 냥이라는 고가에 판매하는 큰 성공을 거두게 된다.

　한 냥에 구입한 동정홍이 천 냥이 되고, 거저주운 거북껍질은 오만 냥에 팔려나가니 일순간에 빈털터리에서 복건의 내로라하는 거상으로 변신한 셈이다. 항해를 통해 부자가 된 문약허의 이야기는 모든 서사모티프가 상업 활동과 관련되어 있는 전형적인 치부고사致富故事라고 볼 수 있다. 또한 상인으로 입문-사업 실패-해상무역에 도전-동정홍 판매-표류-귀각 판매-복건에 정착-거상으로 차근차근 성장하는 상인의 성장스토리이기도 하다. 그래서 이러한 이야기는 상업경제가 발전하며 상인에 대한 인식이 전에 없이 우호적으로 바뀐 당시 상황에서 일확천금을 꿈꾸며 부자가 되기를 갈망했던 수많은 사람들

47　"不要笑, 我好歹有一個用處, 決不是弃物." 『拍案驚奇』卷1, 16면.

에게 호기심과 함께 도전정신을 불러일으켰던 모험기이자 성공담으로 작용했을 것이다.

3) 상업경영 기술과 해상교역 상황의 반영

상고소설의 마지막 조건은 상인들의 가치관이나 상인문화가 반영되어야 한다는 것이다. 「전운한우교동정홍」은 상인이 주인공이며 이야기 자체가 거상으로 변모해 가는 궤적을 따라 진행되고 있기 대문에 상업활동과 관련된 다양한 사건이 비중 있게 묘사된다. 그리고 그 과정에서 자연스럽게 당시 상인들의 상업경영 기술과 교역상황이 실감 나게 재현되었다.

소설은 문약허의 중요한 상거래 2건을 매우 상세히 묘사하고 있는데, 그 첫 번째 사건은 줄곧 실패만 하던 상인 문약허가 우연히 길령국에서 동정홍을 판매하는 것이었다. 이때부터 그동안 잠재되었던 문약허의 상인으로서의 기지와 상업경영 능력이 발휘되기 시작한다. 문약허는 길령국에 도착한 후, 그제서야 자신이 백 근 넘게 사서 배에 실었던 동정홍이 생각났다. 그리고 항해하는 동안 한 번도 열어 보지 않았던 광주리를 열어 혹시 상하지는 않았는지 확인하다가 안심이 안 되었던지 갑판 위에 죽 늘어놓기 시작한다.

배 한 가득 불그스레한 귤을 늘어놓으니 멀리서 바라보면 마치 불빛이 하늘에 가득한 것 같았다. 해안가 언덕을 걷던 사람들은 모두 다가와서 "무슨 좋은 물건이오?"라며 물었다. 문약허는 대답하지 않고 가운데서 큰 것으로 하나 골라 잘라 먹었다. 언덕 위에서 바라보고 있던 사람들이 많아졌고 놀라 웃으며 말했다. "원래 먹는 것이구려!" 그 중에 호기심 많은 사람이 다가와 가격을 물었다. "하나에 얼마오?" 문약허가 그들에게 말할 틈도 없이 배 안에 있던 사람들이 알아차리고는 속일 생각으로 손가락 하나를 세우며 말했다. "하나에 1전이라우." 그러자 가격을 물었던 사람이 도포를 열어젖히고 붉은 비단주머니를 꺼내 손으로 은전을 꺼내며 말했다. "하나 사서 맛 좀 봅시다." 문약허가 은전을 받아 손에 들어 보니 약 한 냥 정도 무게였다. 마음속으로 "이 정도 은전이면 얼마나 살 수 있는지 모르겠고 달아볼 수도 없으니 먼저 그에게 하나 줘서 반응을 좀 살펴봐야겠다"고 생각하고는 크고 붉고 좋아 보이는 것을 골라서 건네주었다. 그러자 그 사람은 손에 받아 들고는 이리 저리 뒤집어 보며 말했다. "좋아, 좋아." 손으로 툭 쳐서 쪼개니 향기가 코를 자극했다. (…중략…) 복대에 손을 뻗어 은전 열 개를 꺼내고는 말하였다. "내가 열 개를 사다가 바쳐야겠네." 문약허는 기뻐서 어쩔 줄을 모르며 열 개를 골라 그에게 주었다. 이를 보던 사람들은 그가 사는 것을 보더니 하나를 사겠다는 이도 있고 두 개, 세 개를 사겠다는 이도 있었는데, 모두 같은 은전을 지불했다. 구입한 사람들은 모두 기뻐하며 돌아갔다.⁴⁸

---

48 "擺得滿船紅焰焰的, 遠遠望來, 就是萬點火光, 一天星斗. 岸上走的人, 都攏將來問道:"是甚麼好東西呀?"文若虛只不答應. 看見中間有個把一點頭的, 揀了出來, 揢破就喫. 岸上看的一發多了, 驚笑道:"原來是喫得的!"就中有個好事的, 便來問價:"多少一個?"文若虛不省得他們說話, 船上人卻曉得, 就扯個謊哄他, 竪起一個指頭, 說:"要一錢一顆."那問的人揭開長衣, 露出那兜羅錦紅裹肚來, 一手摸出銀錢一個來, 道:"買一個嘗嘗."文若虛接了銀錢, 手中等等看, 約有兩把重. 心下想道:"不知這些銀子, 要買多少, 也不見秤秤, 且先把一個與他看樣."揀個大些的, 紅得可愛的, 遞一個上去. 只見那個人接上手, 顚了一顚道:"好東西呵!"扑

 동아시아 문학 속 상인 형상

문약허가 동정홍을 구입할 때 처음부터 판매할 목적이 있었던 것은 아니었고, 이 날 동정홍의 상태를 확인한 후 배에다 늘어놓은 것 역시 판매를 위한 것은 아니었다. 이때까지만 해도 문약허의 마음속에 동정홍을 반드시 팔아서 수익을 내야겠다는 생각은 보이지 않는다. 하지만 항구에 모여 있던 사람들은 배 위에서 불타듯 반짝이는 주황색 귤에 호기심을 보이며 팔라고 하자 상인의 본능이 살아났던 것이다. 어떤 물건인지 잔뜩 호기심을 보이는 사람들 앞에서 한입 베어 먹으며 호기로움을 보여주고, 사겠다는 첫 번째 구매자에게 크고 좋은 것으로 골라 준다. 당연히 첫 손님의 반응은 만족스러웠고 하나 둘씩 사겠다는 사람들이 늘어난다. 그러자 자신감이 생긴 문약허는 물건이 얼마 남지 않았음을 알고 다음 단계로 나아간다. 수요가 공급을 앞지르는 순간, 바로 가격이 상승하는 타이밍을 놓치지 않고 남은 것은 자신이 먹을 것이라며 판매 종료를 선언함으로써 구매자들의 구매 욕구에 불을 지른 것이다.

몸에 돈을 소지하지 않은 사람은 크게 후회하며 급히 돈을 가지러 갔다가 돌아왔다. 문약허는 이미 물건이 많이 남아있지 않은 기회를 틈타 고의로 말했다. "이제 남은 것은 내가 먹어야겠소. 안 팔겠소." 그 사람은 다시 일전을 올려서 4전에 2개를 사겠다며 입으로 중얼 중얼거렸다. "화난다! 늦었네." 주변에 있는 사람들이 그가 값을 올리는 것을 보고 원망하며 말했

的就劈開來, 香气撲鼻. (…중략…) 又伸手到裹肚里, 摸出十個銀錢來, 說:"我要買十個進奉去."文若虛喜出望外, 揀十個與他去了. 那看的人見那人如此買去了, 也有買一個的, 也有買兩個, 三個的, 都是一般銀錢. 買了的, 都千歡萬喜去了."『拍案驚奇』卷1, 10~11면.

다. "내가 사겠다는데 어째서 그에게 가격을 올려 주는 것이오?" 사는 사람
은 말했다. "당신은 그가 방금 한 말 못 들었소? 안 판다고 하지 않소?"[49]

물건을 사지 못할까봐 애가 탄 사람들은 자발적으로 한 개에 2전을
주겠다고 가격을 올린다. 또한 앞서 10개를 사간 사람은 다시 와서 자
신이 나머지를 모두 사겠다며 다른 사람들에게 소매로 팔지 말라고 하
기에 이른다.

"팔지 마시오 팔지 마시오. 남은 건 내가 다 사겠소. 우리 주인님께서 사
서 칸에게 바치신다오." 구경하던 사람들은 이 말을 듣고 멀리 물러서서 보
고 있었다. 문약허는 영리한 사람이라 돌아가는 추이를 보고는 그가 좋은
고객임을 금방 알아차렸다.[50]

그리고 마지막 순간, 앞서 10개를 사 갔던 고객이 다시 와서 나머지
를 한꺼번에 사겠다고 하자 문약허는 기회를 놓치지 않는다. 판매 중
인 상품을 독점하기 위해서는 그들보다 높은 가격을 제시할 수밖에 없
는 상황을 이용해 문약허는 다시 한 번 가격을 올리는데 성공하는 것
이다. 그리하여 결국 남은 52개의 동정홍을 156개 수초문양의 은화를

---

49 "有的不帶錢在身邊的, 老大懊悔, 急忙取了錢轉來, 文若虛已此剩不多了, 拿一個班道:"而
今要留著自家用, 不賣了." 其人情愿再增一個錢, 四個錢買了二顆. 口中曉曉說:"悔气! 來
得遲了." 傍邊人見他增了價, 就埋怨道:"我每還要買個, 如何把价錢增長了他的?"買的人
道:"你不聽得他方纔說, 兀自不賣了?"『拍案驚奇』卷1, 11면.
50 ""不要零賣! 不要零賣! 是有的俺多要買. 俺家頭目要買去進克汗哩." 看的人聽見這話, 便遠
遠走開, 站住了看. 文若虛是伶俐的人, 看見來勢, 已瞧科在眼里, 曉得是個好主顧了."『拍
案驚奇』卷1, 12면.

받고 파는데 성공한다. 무려 처음보다 3배까지 가격을 올려 순식간에 판매한 것이다. 문약허는 더 이상 실패를 반복하던 어리숙한 상인이 아니었다. 짧은 시간에 상거래 현장의 돌아가는 추이를 정확히 판단하고 어떻게 해야 고객의 마음을 움직일 수 있는지 파악해 신속하게 행동에 옮겼다. 수요와 공급에 따라 가격이 변동하는 상거래의 특성과 군중심리를 이용해 엄청난 수익을 올리는 순간이었다. 뿐만 아니라 이 과정에서 문약허는 다시 한 번 중요한 결단을 내린다.

원래 그 나라는 은을 돈으로 썼는데 위에는 문양이 있었다. 용과 봉황 문양이 있는 것이 가장 귀하고 그 다음은 인물, 또 그 다음은 동물, 그 다음은 나무였고 가장 낮은 금액으로 통용되는 것은 수초였다. 그런데 모두 은으로 주조한 것으로 중량은 다르지 않았다. 방금 귤을 판매할 때 모두 같은 수초 문양으로 받았는데 그들은 싼 값으로 좋은 물건을 샀다고 말하며 기뻐했다.[51]

길령국에 도착한지 얼마 안 되었지만 현지에서 통용되는 은전이 중국과 달리 문양으로 그 가치가 결정되며, 서로 다른 가치를 지닌 은화가 사실 중량은 모두 같다는 사실을 간파한 것이다. 이에 문약허는 재빠르게 가장 낮은 가격의 은전으로 물건 값을 받겠다고 결정한다. 현지인들은 수목이나 봉황 문양의 비싼 은전으로 지불하겠다는데도 문

---

51 "原來彼國以銀爲錢, 上有文朵. 有等龍鳳文的, 最貴重; 其次人物, 又次禽獸, 又次樹木, 最下通用的, 是水草. 却都是銀鑄的, 分兩不異. 適纔買橘的, 都是一樣水草紋的, 他道是把下等錢買了好東西去了, 所以歡喜."『拍案驚奇』卷1, 11면.

약허가 굳이 가장 낮은 초목의 은전을 달라고 하는 것을 보고 바보짓이라며 싼 값에 샀다고 좋아한다. 하지만 문약허는 많은 중량의 은전을 모을 수 있어 기뻐하며 길령국 사람들이 멍청하다고 조소한다. 양국의 서로 다른 화폐문화를 실감나게 묘사한 이 장면에서 문약허의 영민함과 기지가 다시 한 번 부각된다.

두 번째 사건은 무인도에서 주운 거북껍질을 페르시아 거상에게 판매하는 것이다. 따라서 소설에서 이 페르시아 거상 마보합은 굉장히 중요한 역할을 하기 때문에 그와의 만남 장면부터 상당한 편폭을 할애해 묘사하고 있다. 게다가 내륙에서는 쉽게 볼 수 없는 외국인이기 때문에 상당히 이국적인 분위기마저 자아낸다. 물론 이는 당시 중국의 해외교역이 상당히 활발했었고 이를 위해 적지 않은 외국인들이 중국 경내에 입국해 활동하던 당시 상황을 반영한 것이라고 볼 수 있다. 소설은 복건에 정착해 큰 규모의 경영을 하고 있던 페르시아 상인 마보합과 중국 상인의 만남을 통해 페르시아의 상인문화와 독특한 상거래 방식을 보여준다. 이러한 해상무역에 대한 높은 관심은 「전운한우교동정홍」이 갖는 독특한 특징일 뿐만 아니라 '이박'의 상고소설이 갖는 특징이라고도 할 수 있다.

다음은 문약허 일행이 이미 지역의 유력 상인으로 자리 잡은 페르시아 상인과 처음 만나는 장면을 묘사하고 있는 단락이다.

원래 옛 규약에 따르면 해상들이 주인댁에 도착하면 먼저 융숭하게 대접을 하고 그 다음에 물품을 내어 놓고 값을 매겼다. (…중략…) "여러분들께서는 상품을 보여주시고 자리를 정해 앉으시지요." 이보게, 이건 또 무슨 뜻인가? 원래 페르시아에서는 이익을 귀중히 여겨서 교역물품 목록에 진기하고 귀중한 물건을 많이 가진 자를 상석에 앉게 했던 것이다. 나머지 사람들은 물품의 경중에 따라 다음 자리를 배정했다. 나이의 고하나 신분의 귀천을 논하지 않는 것이 늘상 해오던 규칙이었다.[52]

여기서 주목할 만한 것은 자리배치의 방식이다. 나이가 많거나 신분이 높은 사람이 상석에 앉는 것이 전통적인 중국의 관습이었다. 그러나 소설에 묘사된 페르시아의 상인 사회에서는 물품 목록을 보기 전에 융숭하게 대접하고 어떠한 물품을 가져왔느냐에 따라 자리 배정을 하는 관습을 보여주는데, 이는 평등주의를 지향했던 이슬람문화권 상인들의 실제 교역 모습을 연상시킨다.[53] 사실 이 장면은 작가가 당시 번영했던 해상무역 상황을 반영하고 이국적 정취를 부각시키고자 의도한 것이지만, 또 다른 해석도 가능하다. 경리중의輕利重義가 일반적인 유가사상 중심의 사회통념에서 이윤의 극대화를 노골적으로 긍정하고 사농공상의 신분제에 정면으로 도전하는 것은 쉽지 않은 일이었을 것이다. 따라서 중국이 아닌 외국 문화라는 형식으로 상품경제 중심의 세계관을 소개한 것으로도 볼 수 있다. 교역 물품의 가치에 따라 자리 배정이 이루어진다는 것은 적어도 상인사회에서 타고난 출신성분 보다는 상인으로서의 능력이 중요하다는 사실을 환기시킨다. 그리고 이러한 관습은 상인들의 경쟁의식을 자극해 그 능력을 극대화시켜서 결

---

52 "原來舊規, 海船一到, 主人家先折過這一番款待, 然後發貨講價的. (…중략…) "請列位貨單一看, 好定坐席." 看官, 你道這是何意? 原來波斯胡以利爲重, 只看貨單上有奇珍異寶值得上萬者, 就送在先席. 餘者看貨輕重, 挨次坐去, 不論年紀, 不論尊卑, 一向做下的規矩." 『拍案驚奇』卷1, 16면.
53 이슬람문화와 상업경제의 관련성에 관한 자세한 사항은 다음을 참조. 한혜경, 앞의 글, 152면.

국 사회의 상업경제를 활성화시키는 작용을 기대할 수도 있었다. 따라서 이러한 독특한 장면의 묘사를 통해 상인계층과 상품경제 중심의 문화에 대한 작가의 긍정적 시각과 호의를 엿볼 수 있는 것이다.

위 사건의 묘사에서 주목할 만한 또 다른 장면은 마보합이 문약허가 갖고 있는 물품의 가치를 간파하고 그가 제시한 물품의 가격에 동의하자마자 바로 계약서를 작성하는 장면이다. 마보합은 문약허의 마음이 변할까봐 바로 계약서의 작성을 추진한다. 다음은 계약서에 적힌 구체적인 내용이다.

계약서를 작성하며 장승운 등은 지금 소주상인 문실이 해외에서 가져 온 큰 귀각 하나를 마보합의 점포에 맡겨 놓았는데 오만 냥에 구매하고자 한다. 계약이 성사된 후 물품과 은자는 동시에 건네주며 각자 번복하는 일이 없도록 한다. 번복하는 자는 벌금으로 두 배 가격을 물어야 한다. 이 계약서로 증거를 삼는다.[54]

이어서 계약서의 형식에 대해서도 상세히 묘사한다.

같은 모양의 두 장 종이 뒤에 년 월 일을 쓰고 아래에는 장승운을 필두로 연이어 함께 배석한 상인 십여 경의 이름을 써 내려갔다. 저중영은 자신이 붓을 들어 쓰고 있기 때문에 맨 마지막에 이름을 썼다. 년 월 앞면에는 빈

---

[54] "立合同議單張乘運等, 今有蘇州客人文實, 海外帶來大龜殼一個, 投至波斯瑪寶哈店, 願出銀五萬兩買成. 議定立契之後, 一家交貨, 一家交銀, 各无翻悔. 有翻悔者, 罰契上加一. 合同爲照." 『拍案驚奇』卷1, 19면.

공간 중간에 두 장을 접어 이음새에 한 줄 적어 넣었는데 양면 반반에 쓰인 '합동의약合同議約'이라는 네 글자였다. 아래에는 '객상 문실, 주인 가보합'이라고 쓰고 각자 서명했다. 계약서상에 이름이 있는 사람들이 뒤에서부터 쓰기 시작해 장승운 차례에 이르자, "우리에게 보증금을 많이 주어야 이 거래가 성사 됩니다"라고 말했다.[55]

이와 같이, 작품 속에서 계약서의 내용과 형식까지 매우 상세히 언급하는 것은 상당히 이색적이다. 거래 당사자 외에 계약을 주재하는 저중영褚中穎이라는 인물이 중재자 역할을 하면서 계약서를 작성하고 동행했던 객상 십여 명이 계약의 증인 자격으로 보증인이 되고 소정의 보증금도 지불되고 있음을 알 수 있다. 그래서 계약서에는 판매자와 구매자 양자 외에도 중재자와 증인들의 이름까지 모두 기입해 서명하고, 계약서를 접어서 양측에 글자를 써 넣어 위조를 방지하는 방식까지 보여주고 있는데 이는 현대의 계약서 작성과 비교해도 큰 차이가 없다. 이러한 상세한 묘사를 통해 명대 상인들의 실제 교역상황과 계약방식 등이 이미 상당한 수준에 이르렀음을 알 수 있다.

---

55 "一樣兩紙, 後邊寫了年月日, 下寫張乘運爲頭, 一連把在坐客人十來個寫去. 褚中穎因自己執筆, 寫了落未, 年月前邊, 空行中間, 將兩紙湊著, 寫了騎縫, 一行兩邊各半乃是"合同議約"四字, 下寫"客人文實主人瑪寶哈", 各押了花押. 單上有名, 從後頭寫起, 寫到張乘運道 : "我們押字錢重些, 這買賣纔弄得成."""『拍案驚奇』卷1, 19면.

4. 나가며

'삼언'과 '이박'은 의화본소설을 대표하는 작품집인데 작가의 주제의식이 반영된 첫 번째 수록 작품이 모두 상인이 주인공이고 상업활동과 상인문화를 비중 있게 반영한 상고소설인 점은 단순한 우연이라고 보기 어렵다. 풍몽룡이나 능몽초 모두 상인계층에 대한 높은 관심을 갖고 있음을 보여주기 때문이다.

하지만 '삼언'과 '이박'이 주로 반영하고 있는 시대환경이 다르고 소설에 대한 인식 자체에 존재하는 차이로 인해서 '삼언'과 '이박'에 수록된 상고소설 역시 약간의 차이점이 존재하는 것도 사실이다. 송원대와 명초의 상업경제를 반영하고 있는 '삼언'은 상인과 상업 활동을 묘사하고 있기는 하지만 소규모 교역에 종사하는 상인이 대부분이고 서사의 중심에 상업 활동이 다루어지는 경우가 많지 않다. 주인공은 상인이지만 상업 활동 보다는 애정혼인 갈등이 중심 서사를 형성하는 경우가 많다. 그래서 '삼언'에 수록된 첫 번째 작품인 「장흥가중회진주삼」은 애정혼인을 제재로 한 뛰어난 애정고사이면서 동시에 상업을 자신의 본업으로 여기고 고군분투하며 성실히 살아가는 상인들의 생활과 가치관을 여실히 반영하고 있는, 특히 상인계층의 혼인관념과 성애관이 반영된 상고소설로 간주할 수 있는 것이다.

이에 반해 '이박'은 명대 중후기의 거부거상 중심의 상업경제를 반영하고 있으며 특히 부자가 되는 과정과 해상교역을 묘사하고 있는 작품이 많다.[56] 따라서 '이박'에 등장하는 상인형상은 '삼언'에 비해 상업 활동 현장에서 활동하는 모습이 많고 서사의 갈등과 주요 사건이 모두 상업 활동과 관련되어 있는 편이다. 예를 들어 '이박'의 상고소설을 대표하는 작품인 「전운한우교동정홍轉運漢遇巧洞庭紅」을 살펴보면 그 변화된 특징이 잘 드러난다. 첫째, '삼언'에 비해 주인공으로 등장하는 상인이 거상인 경우가 많으며 의리겸중義利兼重의 이상적인 상인 상을 제시한다. 둘째, 작품 속 서사 갈등이 상업 활동과 관련 있으며 시종일관 상인의 활동 궤적을 따라 이야기가 진행된다. 셋째, 성공한 상인으로서 현장에서 발휘되는 구체적인 판매 수완과 상업경영 기술이 상세히 묘사되며 당시 번영했던 해상 교역활동이 현실감 넘치게 재현되고 있다.

　물론 '이박'의 상고소설에 등장하는 모든 상인들이 「전운한우교동정홍」의 인물들처럼 '의'와 '리'를 적절히 추구한 것은 아니고 일부 작품에는 재물욕이 지나친 비도덕적인 간상奸商의 모습으로 나타난다. 또한 상업경제의 발달이 가져온 부정적 영향에 대한 묘사도 적지 않다. 따라서 '이박'에 등장하는 상인의 이중적 모습이나 상업에 대한 작가의 양면적인 태도 등에 대해서도 좀 더 논의를 확대할 필요가 있다. 이 글에서는 지면의 한계로 이러한 점들에 대해서는 미처 고찰하지 못했는데 이는 추후의 연구과제로 남기고자 한다.

56　王培紅, 앞의 글.

참고문헌

자료

馮夢龍,『醒世恒言』, 北京 : 人民文學出版社, 1992.

______,『喩世明言』, 北京 : 人民文學出版社, 2008.

______,『敬世通言』, 北京 : 人民文學出版社, 2008.

凌濛初,『二刻拍案驚奇』, 臺北 : 三民出版社, 2007.

______,『拍案驚奇』, 臺北 : 三民出版社, 2008.

논문 및 단행본

김민호,「중국 화본소설의 변천양상 연구」, 고려대 박사논문, 1998.12.

______,「馮夢龍과 凌濛初, 그 같음과 다름」,『중국소설논총』 제11집, 2000.2.

김영식,「박안경기 연구」, 서울대 석사논문, 1988.2.

김종박,「명청시기 '士商浸透' 현상에 관한 연구」,『역사학보』 제205집, 2010.3.

방영인,「박안경기 연구―주제별 분석을 중심으로」, 단국대 석사논문, 1989.8.

송동호,「양박에 대한 연구」, 연세대 석사논문, 1986.2.

송진영,「明淸商賈小說試論―『金甁梅』를 중심으로」,『中國語文學誌』 第36輯, 2011.8.

______,「'三言'의 상고소설연구―「蔣興哥重會珍珠衫」을 중심으로」,『中國語文學誌』
　　　第44輯, 2013.9.

최수경,「능몽초의 '양박'연구―작가의식을 중심으로」, 숙명여대 석사논문, 1995.12.

한혜경,「명대 의화본 소설에 나타난 상인들의 풍모와 이국정취」,『중국소설논총』
　　　제27집, 2008.3.

함은선,「사회문화적 측면에서 본 화본소설중의 상인형상」,『중국소설논총』 제25집,
　　　2007.3.

李麗霞,「「轉運漢巧遇洞庭紅, 波斯胡指破鼉龍殼」中商人形象淺析」,『戲劇之家』, 2015
　　　年 第05(上)期.

林剛,「明淸小說中的商賈活動及其價値」,『阜陽師範學院學報(社會科學報)』, 2003年
　　　第1期.

方明,「明代文學作品中對商人地位上昇的表現―以三言二拍爲例」,『傳承』, 2011年 第
　　　24期.

蘇丹,「『辛巴德航海歷險記』和『轉運漢巧遇洞庭紅』中"商人"刑象比較」,『魅力中國』, 2009
　　年 35期.
王飛,「從"三言""二拍"的商人刑象看其商業價値觀」,『中國學報』第70集, 2014.
王培紅,「"三言""二拍"商人形象之比較」,『許昌師專學報』, 2002年 第3期.
王瑞雪,「"三言"商人形象的文化解讀」, 延邊大學 碩士論文, 2008.5.
劉海濤,「"三言""二拍"中的商賈小說研究」, 重慶師範大學 碩士論文, 2006.4.
張想林,「明代中後期商業的繁榮對話本小說的影響」,『無錫商業職業技術學院學報』第
　　9卷 第6期, 2009.12.
周柳燕,「論明代小說中的商人形象」,『湖南商學院學報』第12卷 第1期, 2005.2.
秦良,「「戰運漢巧遇洞庭紅」的商業解讀」,『南昌大學學報(人社版)』 第34卷　第6期,
　　2003.11.

余英時, 정인재 역,『중국근세종교윤리와 상인정신』, 대한교과서주식회사, 1993.
邱紹雄,『中國商賈小說史』, 北京：北京大學出版社, 2004.
兪曉紅,『古代白話小說研究』, 安徽人民出版社, 2005.
胡士瑩,『話本小說槪論』, 中華書局, 1980.

『홍루몽紅樓夢』을 통해 본 청대淸代 여성의 경제활동과 금전의식

김수현

1. 들어가며

청대 장편소설 『홍루몽紅樓夢』에서 상인 혹은 상업행위가 이야기의 전면에 나서는 경우는 거의 드물다. 골동품상 냉자흥冷子興,[1] 황실 상인의 아들인 설반薛蟠과 그 사촌동생 설과薛蝌, 향료가게를 운영하는 복세인卜世仁, 저잣거리에서 고리대금업을 하는 건달 예이倪二 등이 등장하지만 『홍루몽』의 전체 줄거리에서 이들이 상인으로 활약하는 구체적인 상업행위가 묘사되는 경우는 찾아보기 힘들다.[2]

---

1   도성의 골동품상인 냉자흥은 가부賈府의 집사인 주서周瑞의 사위로, 2회에서 가부의 배경과 중심인물들을 가우촌賈雨村에게 소개하는 나레이터의 역할을 한다. 7회에서 냉자흥이 골동품을 팔다가 남들과 시비가 붙어 송사가 생기자 아내와 처가를 통해 왕희봉에게 말하여 곧 해결하였다는 간단한 언급 외에 그의 상업 행위가 직접적으로 묘사되는 장면은 없다.

2   『홍루몽』 속의 경제행위와 상인형상에 관한 연구로는 王有才의 「從『紅樓夢』中的經濟描

그러나 『홍루몽』 속에 그려지는 가문의 흥망성쇠가 황실과 연관된 청대 귀족가문의 경제생활을 세밀하게 묘사하고 있는 것도 사실이다. 가씨賈氏 가문의 대소사를 위한 잡다한 비용과 은고방銀庫房, 장방帳房3의 물품 출납 묘사, 가문에서 가족과 고용인들에게 다달이 배분하는 월전月錢과 그것을 둘러싼 갈등, 가문의 공금을 유용하여 고리대금을 놓는 며느리 왕희봉王熙鳳의 은밀한 치부致富 활동, 황상皇商 출신인 설씨薛氏 가문, 전당표를 처음 보는 귀족 아가씨들의 소동, 주인의 값나가는 물건을 몰래 전당포에 맡겨 돈을 융통하는 하녀들, 가택이 수색 당하고 가산과 고리대금 장부가 몰수되는 과정 등 『홍루몽』에 등장하는 상업경제의 요소는 소설 전체의 기승전결과 밀접한 관계를 갖는다.

이 글은 『홍루몽』에 나타나는 상업경제적 요소 중 여성 인물의 경제활동과 그녀들의 금전인식이 어떻게 그려지는지에 특히 주목했다. 가문 내의 월전月錢 분배와 고리대금업, 전당포, 대관원大觀園을 상업적으로 경영해보려는 여성들의 궁리, 사재의 축적 등 가문 안팎에서 여성이 행하는 다양한 경제행위를 살펴보는 한편, 가문의 살림을 맡은 왕희봉, 가부賈府의 금전적 폐단을 정리하는 가탐춘賈探春, 상인 가문의 딸로

寫看作品的主題」(『紅樓夢學刊』第2期, 1987.7), 陳大康의 「月錢：李紈與王熙鳳的經濟過節」(『中文自學指導』No.4, 2007), 方盛漢의 「淺談『紅樓夢』中的商人」(『文學教育』(上), 2009.6), 邱麗梅의 「『紅樓夢』中商人形象謏論」(『文藝評論』, 2012.12), 胡德平의 「曹雪芹筆下的中國商人」(『中國民商』, 2013.6), 劉國鈺의 「十三行及行商的文學形象研究─以『紅樓夢』, 『蜃樓志』, 『開洋』爲例」(『華南理工大學學報』(社會科學版), 2014.8) 등이 있다.

3 금전이나 물품을 관장하는 곳. "可巧**銀庫房**的總領名喚吳新登與**倉房**的頭目名戴良, 還有幾個管事的頭目, 共七個人, 從帳房裏出來, 一見了寶玉走來, 都一齊垂手站住. 獨有一個**買辦**名喚錢華, 因他多日未見寶玉, 忙趕來打千兒請寶玉的安."(曹雪芹・高鶚, 『紅樓夢：三家評本』, 上海古籍出版社, 2007, 8회, 126면. 이하 홍루몽 텍스트는 이 책에서 인용하고, 책명과 면수만 표시한다)

현실감각을 갖춘 설보차薛寶釵, 부족한 월전을 충당하기 위해 전당포를 이용하는 형수연邢岫烟, 전당표와 금전에 대해 순진무구한 시각을 드러내지만 시회를 주최할 비용 마련에 고심하는 사상운史湘雲 등 각각의 여성 인물이 갖고 있는 서로 다른 경제적 상황과 금전의식이 소설 속에서 어떤 방식으로 드러나는지를 살펴보고자 한다.

2. '월전月錢'을 둘러싼 여성의 경제활동

전한승全漢昇은 「송대 여성의 직업과 생계宋代女子的職業與生計」에서 송대 여성이 종사했던 직업군을 상업·공업·농업에 해당하는 실업實業, 가무와 기예, 이야기꾼을 포함하는 유예遊藝, 고용인에 해당하는 잡역雜役, 기녀妓女의 네 가지로 나누었다.[4] 여기서 상업에 해당하는 것은 찻집, 식당, 약가게, 노점 등이다. 이 기준으로 본다면, 『홍루몽』에서 생계를 위해 직업을 갖고 경제활동을 하는 여성 인물은 월급을 받으면서 고용되어 있는 시녀와 주방의 어멈들, 정원을 돌보는 할멈들뿐일 것이다.

『홍루몽』에서 귀족 여성들이 행하는 경제활동은 확실히 개개인의 생계와는 거리가 멀다. 작가는 이환과 설보차 등의 입을 통해 여성의 소임은 길쌈과 바느질이라고 여러 번 말하지만 이것은 다만 부덕婦德에 대한 하나의 수사구일 뿐, 실지로 귀족 여성이 행하는 주된 경제행위는 사람과 돈을 부리는 가문 내부의 살림살이 운영이라고 할 수 있

---

4   任達榮, 『中國婦女史論集』, 牧童出版社, 1979, 193~204면.

다. 왕유재王有才는「『홍루몽』의 경제 묘사로 보는 작품의 주제從『紅樓夢』中的經濟描寫看作品的主題」에서 "가부의 경제관리 체계는 세 부분으로 나뉘는데 이는 다시 녕국부와 영국부의 가사, 가정의 두 갈래로 나뉜다. 가부의 살림은 왕부인, 왕희봉, 가탐춘, 이환, 가련이 돌보며, 그중 중점적으로 묘사되는 것은 왕희봉이다"라고 말하며 『홍루몽』에 묘사되는 경제행위가 주로 가부에서 '집안 살림을 맡은 인물들管家人'의 형상을 통해 드러나고 있음을 지적한다.[5]

『홍루몽』에서 여성 인물들의 경제활동을 가능하게 하는 것은 매달 가문에서 분배되는 '월전月錢' 혹은 '월은月銀'이다. 가부의 경제 수입은 토지에서 거두어들이는 조세, 관직으로 받는 녹봉과 황실에서 내리는 상금, 선물로 들어오는 물품과 뇌물 등이며, 이렇게 들어온 금전은 가부의 생활비와 선물, 도박 및 뇌물 비용으로 소비된다.[6] 여기서 가족 구성원의 생활비용과 일용잡비는 매달 '월전'으로 분배된다. 위로는 가모에서 왕부인, 가보옥과 대관원의 여러 자매들, 아래로는 큰 시녀와 하급 여종들에 이르기까지, 각자의 지위에 따라 금액의 차등을 두어 가문에서 내주는 월전은 어떤 인물에게는 노동의 대가이거나 부모에게 절반을 나누어 보내야 하는 귀중한 생활비이지만, 또 다른 인물들에게는 지분과 연지 등 일용품을 구입하는 사소한 용돈이면서 때로는 돈놀이를 통한 치부의 수단이 되기도 한다.

가문의 어른인 가모와 보옥의 어머니 왕부인, 보옥의 형수이자 과부인 이환은 가장 많은 금액인 매달 20냥, 왕희봉은 4냥, 가정의 첩인 조

---

5 王有才, 앞의 글, 96면.
6 위의 글, 88면.

이랑(조이랑은 본인 몫 외에도 아들 가환의 몫으로 두 냥을 더 받고 별도로 동전 네 관[7]을 더 받는다)과 주이랑은 각각 2냥, 석춘, 탐춘, 영춘 등 미혼의 딸들은 2냥의 월전을 받는다. 하녀들 역시 등급에 따라 은자 1냥에서 동전 한 관, 동전 500문까지 차이를 둔 월전을 받고 있다.[8] 이렇게 분배되는 월전의 한 달 총액은 약 200냥 정도로, 43회에서 가모의 제안으로 왕희봉의 생일상을 차리기 위해 가문 여인들에게 비용을 걷을 때 각자 월전을 받는 액수에 맞게 위계질서에 따라 돈을 내놓는데 이때 하급 시녀들의 금액을 제외하고 약 150냥이 걷히는 상황으로 미루어 추정된다.

이미 결혼을 한 이환과 왕희봉은 원래는 같은 등급의 월전을 받아야 하지만 과부인 이환의 처지를 동정한 가모와 왕부인 등의 배려로 이환은 왕희봉의 몇 배가 되는 월전을 받고 여기에 아들 가란 몫으로 따로 추가되는 금액까지 받고 있다. 이러한 금전적 차등 대우는 왕희봉과 이환의 반목과 갈등이 생겨나는 원인으로 지목되기도 한다.[9] 45회에서 왕희봉은 시회의 관리를 맡아달라는 탐춘의 부탁에 자기보다는 금전적으로 넉넉한 이환이 물주로 적합하다고 빈정거린다.

노마님과 마님이야 조정에서 봉호를 받은 고명 부인이니까 그렇다 치고, 형님이야 한 달에 열 냥의 월급을 받으니 저들보다 두 배나 받는 거잖아요. 노마님과 마님은 형님이 과수댁으로 일도 없이 지낸다고 불쌍히 여겨 격정하시고 또 어린것이 딸려 있다는 핑계로 열 냥이나 더 보태주시잖아요.

---

7   엽전 천 개를 꿴 꾸러미를 관貫이라 한다.

8   청대에 유통되던 화폐는 백은白銀과 동전銅錢이 주를 이루는데, 동전 1,000문文이 은 한 냥 兩에 해당했다. 張硏, 『淸代經濟簡史』, 中州古籍出版社, 1998, 310~311면.

9   陳大康, 앞의 글, 14~18면.

노마님이나 마님하고 맞먹는 돈을 받고 있단 말이에요. 게다가 장원의 땅도 받았고 세도 받고 있지요. 연말에 돈을 나눌 때도 형님이 가장 많이 나눠 갖고요. 형님네 모자에다 하인까지 집안 통틀어서 열 명도 안 되는데 먹고 입는 것은 또 공금으로 쓰시고 있잖아요. 일 년간 쓰는 돈을 다 셈해 봐도 은자 사오백 냥은 족히 남을 거고요. 그래 이런 기회에 형님이 한 일이백 냥쯤 내어서 아가씨들하고 시모임을 하고 놀아도 그게 겨우 몇 해나 계속되겠어요? 머지않아 아가씨들 시집가고 나서도 설마 그 돈을 계속 내라고 하겠어요?[10]

이러한 희봉의 빈정거림에 이환은 "말도 안 되는 엉뚱한 소리로 미주알고주알 돈푼이나 따지는 속된 소리를 쏟아 붓는다"며 전날 왕희봉이 하녀 평아에게 손찌검을 한 일을 들춰 희봉을 창피주려 한다. 과부로 집안일에서 물러나 조용히 지내며 금전에 대해 초연한 것처럼 보이지만 실제로는 가문의 재산에서 상당한 몫을 다달이 챙기고 있는 이환의 위선적인 모습과, 시정잡배처럼 "돈푼이나 따지는 속된 소리"를 누구 앞에서든 거침없이 떠들어대는 왕희봉의 불만이 가장 노골적으로 충돌하는 대목이다.

집안의 하녀와 첩들이 받는 월전의 액수와 지급 방식 역시 각각의 인물이 가문 내에서 차지하는 위치를 분명하게 보여준다. 보옥의 하녀

---

[10] "老太太, 太太罷了, 原是老封君. 你一個月十兩銀子的月錢, 比我們多兩倍子. 老太太, 太太還說你, 寡婦失業的, 可憐, 不彀用, 又有個小子, 足足的又添了十兩銀子, 和老太太, 太太平等. 又給你園子裏的地, 各人取租子. 年終分年例, 你又是上上分兒. 你娘兒們主子奴才共總沒有十個人, 吃的穿的仍舊是大官衆的. 通共算起來, 也有四五百銀子. 這會子你就每年拿出一二百兩銀子來, 來陪他們頑頑, 能有幾年呢? 他們明兒出了閣, 難道還要你賠不成."
(『紅樓夢 : 三家評本』, 713~714면)

습인은 원래 월급으로 은자 1냥을 받는 큰 시녀이지만 왕부인의 눈에 들면서 시녀 월급 대신 왕부인 앞으로 나오는 월전에서 은자 두 냥과 동전 한 관을 받게 된다. 이것은 가정의 첩인 조이랑과 주이랑이 받는 월전과 같은 액수로, 습인이 장래 보옥의 시첩으로 암묵적으로 선택된 것을 알 수 있게 한다.[11]

조이랑 등 첩이 부리는 시녀는 시녀들 중에서도 낮은 등급으로 매달 동전 한 관씩을 받고 있지만 집안의 의논 후 동전 오백 문씩으로 월급이 깎이는데 이것은 조이랑이 왕희봉에게 원한을 갖는 계기 중 하나가 된다. 왕희봉이 월급 삭감을 결정한 것은 아니지만 월전을 집안에서 직접 내주는 입장이기 때문에 원망의 대상이 된 것이다. 이에 왕희봉은 "언젠가는 단숨에 월급을 몽땅 깎아버리는 날이 올 거다. 지금 시녀의 월급을 조금 깎았다고 우릴 원망하나본데 자기들 원래 지체를 조금이라도 생각해 보면 시녀를 두셋이나 거느리고 살게 되어 있나 말이야"라며 악담을 퍼붓는다. 탐춘이 살림을 맡게 되었을 때 조씨네 장례식 부조금으로 생모 조이랑과 실랑이를 하게 되는 상황도 모두 월전을 내주는 일과 관계되어 있다. 이처럼 월전은 인물들의 가문 내 경제적 지위를 직접적으로 제시하며, 인물 사이의 경제적 갈등이 빚어지는 데에서도 중요한 원인이 된다.

이러한 월전의 배분을 둘러싸고 진행되는 여성의 경제행위를 보여주는 대표적인 예이자, 가문 바깥까지 그 범위를 넓히고 있는 것은 월

---

11 "把襲人的一分裁了. 把我每月的月例二十兩銀子裏, 拿出二兩銀子一弔錢來, 給襲人去. 已後凡事有趙姨娘, 周姨娘的, 也有襲人的. 只是襲人的這一分, 都從我的分例上勻出來, 不必動官中的就是了."(『紅樓夢：三家評本』, 36회, 566면)

전을 유용한 왕희봉의 고리대금업이다. 청대 초기에는 고리대금업이 매우 널리 퍼져 지방 상인집단의 고리대금 자본이 다른 지역까지 유입되고 있었다. 거상 뿐 아니라 작은 점포나 행상도 고리대를 놓았고 지주, 관료, 부유한 군인들도 자신의 수입을 고리대금에 투자하여 이윤을 꾀했다. 특히 관료 집안에서 전당포를 운영하고 고리대금을 주는 것은 대개 불법적으로 은밀하게 이루어졌고 다른 죄업으로 가택이 수색될 때 발각되곤 했는데[12] 이는 『홍루몽』105회에서 가사의 비리로 녕국부가 차압당하고 왕희봉의 차용증서가 몰수되는 상황과 매우 유사하다.

"동해 용궁에 백옥상이 없으면, 금릉의 왕씨한테 청하러 온다"는 노래가 있을 정도로 부유한 왕씨 집안은 왕희봉을 어려서부터 아들처럼 키웠고, 각국의 조공품과 서양선박의 온갖 화물이 집안에 부려지는 분위기 속에서 자라난 왕희봉은 『홍루몽』의 여성들 중 가장 상업적인 인물이다. 『홍루몽』에서 금전과 관련된 왕희봉의 경제행위가 언급되는 부분을 도표로 정리하면 다음과 같다.

차	내용	비고
3회	"월전은 다들 지급했느냐?", "네, 월전은 벌써 다 나누어 주었고요."	왕희봉의 첫 등장에서부터 그녀가 집안 살림을 도맡고 있으며 특히 월전 지급을 책임지고 있음을 보여주는 장면.
9회	"저기 동면 골목 안에 가황 아주머니네 조카랍니다. 그게 무슨 허리 뻣뻣하게 펼 수 있는 든든한 빽이라고 우리한테 감히 달려들어. 가황 아주머니가 저 사람의 고모가 된대요. 너네 고모는 사람들한테 알랑방귀나 뀌고 다닐 줄이나 아는 주제에 우리 가련 아씨마님 앞에 와서 고개나 조아리고 돈이나 빌려가고 있잖아."	서당 학동들의 싸운 장면. 보옥이 이귀에게 김영이 어느 집 친척인지를 묻자 명연이 창 밖에서 소리치는 대목. 왕희봉(가련 아씨마님)이 사람들에게 돈을 빌려주고 있음이 처음 언급되는 대목.

---

12 方行 編,『中國經濟通史 : 淸代經濟卷』(中), 中國社會科學出版社, 2007, 898~899면.

제11회	"뭐 별다른 일은 없었어요. 그 3백 냥 이자는 왕아 댁네가 가져왔기에 받아두었어요."	"집안에 별일 없었느냐?"는 왕희봉의 음에 심복하녀 평아의 대답. 왕희봉 단순히 사람들에게 돈을 빌려주는 것 아니라 상당한 이자를 받는 고리대금 하고 있음을 드러냄.
제15회	"난 다른 사람들처럼 이것저것 끌어당겨 돈을 뜯어내려는 부류와는 전혀 달라요. 그 3천 냥이라는 것도 심부름시키는 하인들의 노잣돈밖에는 안 되니 나는 한 푼도 안 먹는 겁니다. 설사 3만 냥이라도 저는 지금 당장 만들어낼 수 있다고요."	진가경의 장례 후, 철함사 만두암에 왕희봉이 여승 정허에게 송사의 청탁 받고 3천 냥을 요구하는 장면.
제16회	"아씨의 그 이잣돈을 하필이면 지금, 조금 일찍도 아니고 조금 늦게도 아닌 바로 이 순간에 나리께서 집안에 계시는 때를 맞춰서 가져올 게 뭐란 말이에요? 다행히도 제가 대청마루에 나와 있다가 마주쳤으니 망정이지 그렇잖고 그대로 아씨 방에까지 가서 아뢰었다가 나리께서 들으시고 그게 무슨 이잣돈이냐고 물으시면 아씨는 나리한테 둘러댈 말씀이 없었을 것이 아니에요. 우리 나리님의 성질로 보면 끓는 기름 솥 안의 돈이라도 손을 넣어 꺼내 쓰실 분이신데 아씨께서 이렇게 모아둔 돈이 있는 줄을 아시면 얼마나 맘 놓고 쓰려고 하시겠어요. 그래서 제가 얼른 받아두고 그 사람한테 두어 마디 주의하라는 말을 했는데 하필 아씨께서 들으시고 물으시는 바람에 그냥 항릉이가 왔었다고 거짓말로 둘러댔던 거예요."	왕아댁이 왕희봉에게 가져온 이잣돈 가련에게 들키지 않기 위해 평아가 말을 둘러대는 장면.
제23회	희봉은 그 자리에서 인정을 베푸는 척 하며 가련에게 먼저 석 달치 비용을 내놓으라고 졸라 수령장을 쓰도록 했다. 가련이 비표에 수결한 다음 즉석에서 부절을 내어 줬다. 금고지기는 수표의 액수만큼 석 달치 비용으로 번쩍이는 은전 이삼백 냥을 내주었다. 가근은 손에 은전 한 닢을 얼른 집어 저울질하는 일꾼에게 찻값에 쓰라고 건네주고는 나머지 돈을 하인에게 들게 하여 집으로 돌아와 모친과 상의하였다.	왕희봉이 가근에게 철함사의 사미승 을 돌보는 직책을 맡기는 장면. 가난 친인척들의 청탁을 받아 가문 내의 지 한 이권을 나눠주며 왕희봉 스스로 권 을 불려가는 장면. 가부 은고방의 돈 출납이 묘사된 부분.
제24회	가운은 하릴없이 멍하니 앉아 정오가 될 때까지 기다리다가 희봉이 돌아왔다고 하여 수령증을 써 가지고 가서 패를 수령했다. 저택에서 나와 사람을 시켜 통보하게 했더니 채명이 수령증을 받아 가지고 들어가 돈의 액수와 연월일을 확인하고 패와 함께 가운에게 돌려주었다. 가운이 받아 들고 보니 돈의 액수는 2백 냥이었다. 마음속에 기쁨을 감출 길이 없어 구르듯이 은고로 달려가 패를 제시하고 돈을 탔다.	왕희봉에게 뇌물(고리대금업자 예에 게 빌린 돈으로 구입한 향료)을 주 며 대관원의 화초 심는 일을 맡게 된 운이 왕희봉을 통해 수령증과 패를 받 은고에서 돈을 타는 장면.
제36회	"저야 그저 심부름이나 하는 것이고 돈이 어떻게 들어왔다가 나가는 지 제 마음대로 할 수도 없는 일이거든요 (…중략…) 지금 제 손에서는 매달 날짜도 틀림없이 돈을 내보내는데 전에 바깥사람들이 일을 볼 때는 어느 달이나 단 한 번이고 제대로 돈이 나온 적이 없이 늘 밀리곤 했다니까요."	왕부인의 하녀 금천아가 죽고 그 월급 냥짜리 시녀 자리에 들어오려는 하인 이 왕희봉에게 뇌물을 바치는 대목 희봉과 왕부인이 시녀들의 월급에 대 이야기하면서 가정의 첩 조이랑, 주 랑이 본인들의 시녀가 받는 월전이 적 것에 품고 있는 불만이 드러나고 시녀 첩들의 월전이 어떤 등급으로 배분되 지가 대화를 통해 제시된다.
제39회 (1)	"이달 월급을 노마님과 마님 방에서도 아직 내주지 않는 이유가 뭐야?" (…중략…) "우리 아씨께선 벌써 지급받았지만 남한테 잠시 꾸어주었	습인과 평아의 대화를 통해 왕희봉이 문의 월전을 며칠씩 늦게 지급하면서

	는데 이자가 들어오면 다함께 지급하게 될 거야. 이건 너한테만 말하는 거니까 절대로 남한테는 말하면 안 돼.”	것으로 이자놀이를 하는 것이 처음 언급되는 대목.
39회 (2)	“이번에 나가면서 왕아에게 전하도록 해라. 아씨마님의 말씀이라고 전하고 남은 이자는 어찌 되었느냐고 하면서 내일까지 내지 않으면 아예 갚을 생각 말라고 전해라. 차라리 그냥 줘서 쓰게 하신댔다고 그래.”	평아가 휴가를 달라는 문지기 시동을 통해 왕아에게 이자를 독촉하는 장면.
43회	“다 모였어?” “다 모였어요. 어서 가져가요. 모자라도 난 몰라.” (…중략…) 아니나 다를까 이환의 몫이 없었다. (…중략…) “그만한 돈을 가지고도 모자란단 말이에요? 한 사람 몫이 없다고 무슨 대수야. 정 모자라면 그때 내주면 되잖아요.” (…중략…) “네 주인마님이 기막히게 이런 돈을 모아 도대체 어디다 쓰려고 그런다냐? 쓰다 남으면 나중에 관 속에라도 가지고 들어가겠다는 건지, 원.”	왕희봉의 생일을 위해 가모의 제안으로 걷게 된 돈을 다음 날 우씨가 왕희봉 앞에서 세보는 대목. 왕희봉이 대신 내주기로 한 이환의 몫이 없자 우씨가 비난하는 장면.
45회	“나를 데려다 무슨 감찰어사를 시킨다고 그래? 틀림없이 나를 불러내서 돈이나 내는 물주로 삼으려는 것이 분명하지. 당신네들이 무슨 시모임을 한답시고 그래. 틀림없이 돌아가면서 한턱내려는 수작일 거야. 자기들 월급으로는 모자랄 테니 이런 수법으로 나를 끌어들여 돈을 우려내려는 게 분명하잖아?” (…중략…) “내가 돈 몇 푼 아끼려고 시모임에 안 들어갔다간 이 대관원 천지에서 그야말로 역적이 되고 말게요. (…중략…) 내일 아침 일찍감치 부임하여 인수를 전해 받고 우선 먼저 은자 오십 냥을 바쳐 여러분들이 마음 놓고 놀도록 뒷바라지를 해드리지요.”	시회의 관리를 맡아달라고 탐춘이 왕희봉에게 부탁하는 장면. 여기서 희봉은 자기보다 몇 배나 되는 액수의 월전을 받는 이환을 비꼰다.
53회	“아버님! 희봉 숙모가 원앙이와 몰래 상의하여 노마님의 물건을 꺼내다 전당 잡히려고 하는 모양입니다.” “이번에도 또 네 희봉 숙모의 계략일 뿐이야. 그렇게까지 궁한 지경에 이르지는 않았다구. 그 사람은 틀림없이 돈 나가는 일이 너무 많으니까 적자만 보는 것이 너무 힘들었겠지. 어느 항목의 경비를 줄여야 하는지 알 수가 없는 거야. 그래서 은근히 그런 방법을 써서 남들에게 그 정도로 궁하게 되었다고 알려주려는 심산일 거야.”	설을 맞아 장원에서 바친 물품목록을 보고 가문의 일 년 비용을 푸념하는 가진과 가용의 대화.
55회	“셋째 아가씨는 규중처녀이지만 속으로 아주 훤하게 다 알고 있는 사람이야. (…중략…) 이제 그녀가 뭔가 새 법을 만들어 선례를 세우려고 할 때는 틀림없이 본보기로 나를 먼저 문제 삼고 나올 거야.”	병석에 누운 왕희봉이 자기 대신 살림을 맡은 탐춘을 칭찬하며 평아에게 처신을 잘 할 것을 당부하는 장면.
57회	“아직 이번 달 월비를 못 탄 모양이구나. 희봉 아씨가 요즘도 왜 그렇게 정신이 없는지 모르겠어.” “아니야. 희봉 아씨는 날짜를 생각해서 꼬박꼬박 틀림없이 월비를 주셨어요.”	겹옷을 못 입은 형수연에게 설보차가 말을 거는 장면.
65회	“또 돈은 모아서 산처럼 쌓아놓고 싶어서 안달이에요. 그래야 노마님이나 마님한테 살림 잘한다는 소리를 듣게 되겠지요.”	가련의 시동 흥아가 우이저에게 가부의 사정을 알려주며 왕희봉을 헐뜯는 장면.
69회	“무슨 돈을 말하는 거예요? 지금 집안이 어려워진 걸 당신은 모르신단 말이에요? 우리 월급조차도 다달이 제때를 맞추기 어려운 지경인걸요. 들어오는 돈이 나가는 돈보다 모자라서 닭도 다음 해 모이를 먹어야 할 판이에요. 어제도 내 금목걸이 두 개를 삼백 냥에 저당 잡혀서 돈을 마련해 왔다니까요 (…중략…) 여기 이삼십 냥은 있으니까 가져다가 쓰려면 쓰세요.”	자살한 우이저의 장례비를 왕희봉이 가련에게 내주지 않으려는 장면.
72회	“아씨한테는 그런 사례가 필요 없어요. 어제 당장 무슨 일로 백 냥인가	가련이 원앙에게 사정하여 가모의 재물

(1)	이백 냥인가 모자란다고 하셨으니까 돈을 빌려오면 거기서 일이백 냥을 덜어내어 쓰면 바로 해결되지 않겠어요?" (…중략…) "정말 너무들 지독하네, 그래. 당신들 지금 실력으로는 천 냥짜리 저당 잡힐 물건이 아니라 사오천 냥의 현금을 내라고 해도 별 어려움이 없을 거 아니오? 당신들한테 안 빌리고 말지. 지금 겨우 한마디 도와달라고 하는데 그렇게 이자를 달라고 하니 정말 지독하기 짝이 없네."	을 전당포에 몰래 맡겨 돈을 천여 냥 통하려 하자, 이를 알게 된 왕희봉이 돈에서 일이백 냥을 덜어달라고 요구 는 장면.
제72회 (2)	"왕아댁도 다 들었지? 이 일이 잘 끝나면 내가 부탁한 일도 잘 해결해야 하네. 자네 남편한테 잘 말해서 밖에다 꾸어준 돈을 정리하여 연말까지는 모두 거둬들이게 하란 말이야. 한 푼이라도 모자라면 내가 가만있지 않을 테니까. 요즘엔 내 평판이 너무 안 좋아서 일 년이라도 더 돈놀이했다간 다들 생으로 날 잡아먹으려고 난리일 거야."	왕희봉이 왕아댁에게 그동안의 고금 원금을 정리하여 연말까지 회수하고 지시하는 장면.
제72회 (3)	"저희한테 없다면 모를까 돈이 이왕 있으니 언제든지 마음 놓고 가져다 쓰시기 바랍니다." (…중략…) "내 금목걸이 두 개를 가지고 나가서 우선 4백 냥을 마련해 오너라." (…중략…) 희봉은 젊은 태감에게 절반을 싸서 건네주고 나머지 절반은 왕아댁에게 주며 팔월 추석 명절을 준비하는 데 쓰라고 하였다.	돈을 빌려주기를 요구하는 태감에게 희봉이 금목걸이를 저당잡혀 은자를 놓는 장면.
제74회	"차라리 우리한테 돈이 모자라는 형편이 되더라도 그면을 섭섭하게 해서는 안 된다. (…중략…) 어서 내 금목걸이를 가져오너라. 가서 이백 냥만 만들어 보내드리고 일을 마무리하자꾸나."	추석에 쓸 돈을 요구하는 시어머니 인에게 왕희봉이 금목걸이를 저당잡 은자를 보내는 장면.
제83회	"내가 대옥에게 은전 몇 냥을 쓰라고 보낼 테니, 아가씨한테는 알리지 말도록 해라. 월비는 먼저 내주기가 어려워. 선례가 되면 너도나도 먼저 달라고 할 텐데 그럼 어찌 되겠어? 조이랑과 탐춘 아가씨가 다툰 일을 잊었어? 그것도 다 월비 때문이었지."	임대옥이 병이 나자 약값을 위해 월비 한두 달 당겨 달라는 하녀 자견의 부탁 왕희봉이 거절하는 장면.
제92회	"물건이야 물론 좋은 것들이지요. 그렇지만 그런 걸 살 만한 여유 돈이 어디 있어야지요? 우린 지방관인 총독이나 순무도 아닌 터에 진상품 같은 것을 사놓을 필요가 있겠는지요? 저는 몇 해 전부터 죽 생각해왔는데 우리 집 같은 데선 반드시 든든한 부동산을 사놓는 것이 옳다고 봐요. 제사비용이 나오는 제전이라든가 소작료를 줘서 가난한 집안 사람들을 돕는 의장도 사놓아야 하고, 또 묘소 같은 것도 사놔야 하질 않겠어요?"	진상품으로 바치기에 좋은 수입 물품 팔려는 풍자영에게 왕희봉이 거절하 장면.
제104회	'몇 년 전엔 예이가 꿔준 돈으로 향료를 사서 희봉에게 선사하자 나무 심는 일이라도 시키더니, 이제는 내가 뇌물 줄 돈도 없으니까 이렇게 문안에 들여놓지도 않는구나. 그렇지만 희봉 아씨도 잘한 게 하나 없어. 조부님께서 남기신 돈으로 밖에다 고리대를 놓아서 돈을 긁어모으질 않았어? 그러면서 우리 같은 가난한 일가친척에게는 땡전 한 푼 빌려주질 않는단 말이야.'	예이의 일로 가부에 청탁을 하러 갔다 문으로 들어가지도 못한 가운이 집으 돌아오면서 왕희봉에 대해 하는 생
제105회	"동면 별채에서 가옥과 토지 문서 두 상자와 차용증서 한 상자를 찾아 냈는데, 모두 법을 어기고 높은 이자를 받아먹은 것들입니다." 그 소리에 조대감이 기다렸다는 듯이 말했다. "지독한 고리대를 놔서 착취했군요! 그러니 이런 것들은 마땅히 모두 차압해야 합니다."	가사의 비리로 녕국부가 수색당할 가련과 왕희봉의 거처에서 차용증서 발각되는 장면. 바로 칙지가 내려와 부의 재산 차압은 면해지지만, 왕희 의 고리대 차용증은 몰수당한다.
제106회	"나는 그동안 관직에 매인 몸이라 집을 통 돌볼 수 없었기에 너희 부부	가정이 가련과 왕희봉을 질책하는 장

(1)	에게 집안일을 모두 맡겼었다. 너로서는 부친이 하시는 일에 충고하기는 어려웠을 것이다. 그러나 고리대를 놓아 양민을 수탈한 것은 도대체 누구의 소행이냐? 우리 같은 집안에서 어디 그게 할 짓이더냐? 이제 관가에 몰수를 당했으니, 그까짓 돈이 문제가 아니라 소문이 쫙 퍼질 것이다. 그러니 이 일을 어쩌면 좋단 말이냐!"	
106회 (2)	"일은 밖에서 터졌으나 내가 돈놀이로 욕심만 부리지 않았어도 아무 일 없었을 텐데. 그동안 아등바등 했던 것도 이젠 다 수포로 돌아가고 말았어. 한평생 남한테 지지 않으려고 무던히도 애썼건만, 이제는 도리어 남보다 못한 신세가 되었구나."	왕희봉이 병석에서 자책하는 장면.
107회	"불쌍한 건 희봉이로구나. 한평생 잘 살아보겠다고 노심초사하더니만 이제는 빈털터리가 되고 말았으니, 그 애한테도 3천 냥을 줄 테니 잘 간수하라고 해라. 련이는 절대 손대지 못하게 하고 말이다. 희봉인 여전히 병중이라 맥을 놓고 있으니 평아더러 가지고 가라고 해라."	가모가 사재를 가족들에게 분배하며 왕희봉에게도 돈을 브내는 장면.

녕국부 가사의 며느리이며 가련의 처인 왕희봉은 가보옥의 어머니 왕부인의 친정 조카이기도 하다. 가문의 경제활동에서 금전과 물품의 출납을 맡고 있는 그녀가 득세했을 때는 가씨 집안이 가장 융성했을 때이고, 가씨 집안이 몰락할 때 왕희봉 역시 무너진다.

왕희봉이 사람들에게 돈을 빌려주고 있는 정황은 9회 학동들의 싸움 장면에서도 슬쩍 언급되지만, 그것이 고리대금이라는 사실은 11회에서 본격적으로 제시된다. 진가경의 문병을 하고 우씨, 가모, 왕부인에게 차례로 들러 인사를 하고 돌아온 왕희봉은 시녀 평아에게 그 동안 집안에 다른 일은 없었는지를 묻고 평아는 차를 내오며 "별 다른 일은 없었어요. 다만 왕아댁네가 그 삼백 냥의 이자를 가져왔기에 제가 받아두었어요"라는 말을 한다. 여기서 왕희봉이 받은 삼백 냥이나 되는 '이자利銀'는 가부에서 나오는 월전을 유용한 고리대금의 이윤이다. 가씨 집안의 월전, 물품의 배분을 맡고 있는 왕희봉은 자신의 직책을 이용해 월전을 나눠주는 날짜를 조금씩 늦추고 고리대금의 이자로 매달 주어야 할 월전을 돌려 막는 방법으로 은밀하게 돈놀이를 한다. 39

회에서 늦어지는 월전의 지급을 재촉하는 습인에게 왕희봉의 심복 하녀인 평아는 왕희봉의 고리대금업 사실을 몰래 털어놓으며 왕희봉이 몇 년 동안 돈을 굴려 수백 냥을 만들어낸 사실을 이야기한다. 자기 몫의 월전도 쓰지 않고 열 냥, 여덟 냥 같은 작은 돈도 조금씩 모아 일수를 주었다가 이자를 받는데 이런 식으로 모으는 돈이 일 년에 거의 천 냥에 이른다는 것이다.

"이달 월급을 노마님과 마님 방에서도 아직 내주지 않는 이유가 뭐야?" 평아가 습인 가까이 다가와서는 옆에 아무도 없는 걸 보고 비로소 가만히 속삭였다. "더 이상은 묻지 마. 어차피 며칠 지나면 지급할 텐데 뭐." "그건 왜 그런 거야? 뭐가 겁이 나서 그래?" 그제야 평아는 아주 가만가만히 몰래 알려준다. "우리 아씨께선 벌써 지급받았지만 남한테 잠시 꾸어주었는데 이자가 들어오면 다함께 지급하게 될 거야. 이건 너한테만 말하는 거니까 절대로 남한테는 말하면 안 돼." "설마 아씨가 용돈이 궁해서 그러시기야 하겠어? 욕심이 과해서 그런 거지. 왜 그런 일로 마음을 졸이고 그러시나 몰라." "누가 아니래. 벌써 몇 년째 이렇게 돈을 굴려서 몇백 냥쯤 만들어 냈어. 자기의 월급도 쓰지 않고 열 냥이나 여덟 냥 같은 작은 돈도 일수놀이를 주었다가 이자를 받는다구. 그래서 모은 비밀 돈이 일 년이면 근 천 냥에 이른다니까." 습인이 노골적으로 말했다. "우리한테 주어야 할 월급을 가지고 당신네 주인과 종이 이잣돈을 놓고 우리를 멍청하게 기다리게 하는군 그래." "너도 양심 없는 소리 그만해. 설마 쓸 용돈이 모자라겠어?" "나야 적지도 않고 또 그다지 써야 할 곳도 없지만, 다만 우리 도련님을 위해 준비하여 두려는 것뿐이지." 습인의 말에 평아가 선심을 쓰는 척했다.

"만일 급하게 돈이 필요하면 나한테 얼마쯤은 있으니까 먼저 갖다 쓰도록 해. 나중에 네 월급에서 공제하면 되잖아." "지금은 필요 없어. 다만 갑자기 쓸 데가 생기면 모자라지 않을까 해서 그러지. 그렇게 되면 사람을 브내 가져오게 할게."[13]

그녀의 고리대금업은 "그 아씨가 손에 쓸 돈이 없어서 그런 놀음까지 하시는 거야?"라는 하녀들의 의문을 사기도 한다. 『홍루몽』어서 사재를 모으고 있는 것이 왕희봉 뿐만은 아니다. 가모와 왕부인 역시 시집올 때 가져온 혼수를 포함하여 상당한 개인 재산을 갖고 있으며, 가모나 왕부인과 같은 등급의 월전을 받고 있는 이환도 많은 돈을 모아 놓은 것으로 묘사된다. 그러나 가문의 재물을 다시 적극적으로 활용해 고리대금이라는 방식으로 가문 바깥에서까지 이익을 추구하는 것은 왕희봉 뿐이다. 105회 녕국부가 수색을 당할 때 압수되는 왕희봉의 고리대금 차용증 총액은 칠팔만 냥에 달한다.

여기서 의문은 왕희봉이 이렇게 악착스럽게 금전을 모으는 근본적인 이유이다. 개인의 탐욕으로만 치부하기에 왕희봉의 손에서 들고 나

---

13 襲人又叫住, 問道:"這個月的月錢, 連老太太, 太太還沒放呢, 是爲什麽?"平兒見問, 忙轉身至襲人跟前, 又見左近無人, 悄悄說道:"你快別問, 橫豎再遲兩天就放了."襲人笑道:"這是爲什麽, 唬的你這個樣兒?"平兒悄聲告訴他道:"這個月的月錢, 我們奶奶早已支了, 放給人使呢. 等別處利錢收了來, 湊齊了纔放呢. 因爲是你, 我纔告訴你, 可不許告訴一個人去!"襲人笑道:"他難道還短錢使? 還沒個足厭? 何苦還操這心."平兒笑道:"何嘗不是呢! 他這幾年, 只拿着這一項銀子, 翻出有幾百來了. 他的公費月例, 又使不着, 十兩八兩, 零碎攢了, 又放出去, 只他這體己利錢, 一年不到, 上千的銀子呢!"襲人笑道:"拿着我們的錢, 你們主子奴才賺利錢, 哄得我們獃等."平兒道:"你又說沒良心的話! 你難道還少錢使?"襲人道:"我雖不少, 只是我也沒地方使去, 就只預備我們那一個."平兒道:"你倘若有要緊事用銀錢使時, 我那裏還有幾兩銀子, 你先拿來使, 明日我扣下你的就是了."襲人道:"此時也用不着, 怕一時要用起來不彀了, 我打發人去取就是了."(『紅樓夢:三家評本』, 39회, 617면)

는 돈은 가씨 집안의 체면과 너무나 밀접하게 연관되고 있다. 왕희봉은 집안에 당장 쓸 돈이 부족할 때마다 창고의 안 쓰는 놋그릇을 내놓거나 자명종 금시계를 팔아 은자를 마련하여 노마님과 마님들의 체면을 몰래 세워준다. 왕희봉은 자면서도 궁중의 이름도 모르는 귀비 마마에게 비단 백 필을 빼앗기는 악몽을 꾸는데, 실제로도 가씨 집안은 궁중의 여러 태감들이 요구할 때마다 현금을 기약 없이 '빌려줘야' 하는 상황이며 이 때문에 왕희봉은 본인의 금목걸이 두 개를 급하게 저당 잡혀 은자를 구해오기도 한다. 왕희봉의 고리대금업이 단순히 본인의 경제적 욕망 때문만이 아니라 기울어가는 가세에 대한 나름의 대책이기도 했음을 알 수 있는 부분이다. 제74회에서도 추석 비용을 요구하는 시어머니 형부인에게 왕희봉은 자신의 금목걸이를 저당 잡힌 돈 이백 냥을 내놓는다. 가련이 저당을 잡히는 김에 본인들이 쓸 돈을 이백쯤 더 빌리는 것이 어떠냐고 말하자 희봉은 "난 돈 쓸 데도 없어요. 지금 잡히면 언제 되찾을 지도 모르는데"라고 거절한다. 왕희봉을 미워하는 조이랑은 가부의 살림을 맡고 있는 왕희봉이 가씨 집안의 재산을 몽땅 끌어다 친정 왕씨 집안으로 가져가고 있다고 험담하지만 사실상 희봉은 자신의 사재를 써가면서 가씨 집안의 위기를 임기응변으로 막고 있는 상황이다.

철함사 만두암에서의 승려의 송사 청탁에 3천 냥을 요구하고, 가근, 가운 등 가난한 친인척에게 대관원의 자질구레한 직책을 나눠주며 뇌물을 받는 등 왕희봉이 이권을 휘두르며 금전을 착복하는 상황도 물론 등장하며, 위로는 형부인, 우씨부터 아래로는 조이랑 등 첩과 하녀들까지 왕희봉의 돈 욕심을 비난하고 헐뜯는 장면도 종종 등장한다. 그러나 『홍루몽』의 전체 흐름 속에서 주목해야 할 것은 왕희봉이 함부로 권력을 휘두르는 장면보다는 겉으로만 화려할 뿐 안으로는 기울어가는 가세에 가씨 집안 살림살이의 책임자로 노심초사하는 장면이 더 자주 등장한다는 사실이다.

희봉이 말했다. "내가 그따위 돈을 벌어서 뭐에다 쓰려고 그러겠어? 그게 다 생활비로 나가는 건 많고 들어오는 수입은 적기 때문이야. 이 집안에 있는 것 없는 것 다 합치고, 나와 우리 서방님한테 지급되는 월급에다 네 명의 시녀 월급을 다 보태도 겨우 일이십 냥밖에 안 되니 그것으로는 겨우 사나흘이나 쓰고 나면 그만일 뿐이야. 내가 백방으로 수를 써서 돈을 마련하지 않았으면 지금쯤 벌써 다 찌그러진 오두막 신세를 면하지 못했을 거야. 그런데 지금 나는 고리대금으로 돈놀이나 하는 파락호 같은 사람으로 호가 났으니 이젠 돈을 거둬들이려는 거야."[14]

그러나 왕희봉이 궤짝 가득 모아놓은 고리대금 차용증서는 원금을 거둬들이기도 전에 녕국부의 수색으로 발각되어 모두 압수당하고 결국 본인을 몰락하게 만든다. 청 조정은 고리대금업을 규제하기 위해 대출업에 관한 법률에서 이자의 상한선과 이율 총량에 제한을 두었다. 순치順治 5년 4월에는 "호부에 고함: 금후 일체의 대출에서 은 한 냥에 이자는 월 삼부까지 허락하며 금전을 더 요구하거나 복리를 취하는 것

---

14 鳳姐道: "我眞個的還等錢做什麼? 不過爲的是日用, 出得多, 進得少, 這屋裏有的沒的, 我和你姑爺一月的月錢, 再連上四個丫頭的月錢, 通共一二十兩銀子, 還不彀三五天的使用呢. 若不是我千湊萬挪的, 早不知過到什麼破窯裏去了. 如今倒落了一個放賬的名兒. 旣這樣, 我這收了回來."(『紅樓夢 : 三家評本』, 72회, 1189~1190면)

을 금한다論戶部 : 今後一切債負，每銀一兩，止許月息三分，不得多索及息上增息"는
조령을 내렸다.[15] 이러한 당시 조정의 규제는 『홍루몽』속에 그대로
반영되어 소설의 현실성을 더한다.[16]

봉인한 가산에 대해서는 가사 대감의 재산만 몰수하고 그 외의 것은 모
두 돌려주라고 하시면서, 앞으로는 더욱 전심전력하여 직무에 임하라고
당부하셨답니다. 단지 차압한 차용증서만은 저희 군왕전하께서 맡아 조사
해서 확인한 후, 만일 법을 어기고 높은 이자를 받은 것이 있으면 법에 따라
관에서 몰수하고, 정해진 법대로 이자를 받은 것은 토지문서, 가옥문서와
함께 죄다 돌려주라고 하셨답니다.[17]

법을 어기고 높은 이자를 받은 차용증을 모두 압수당한 왕희봉은
"일은 밖에서 터졌으나 내가 돈놀이로 욕심만 부리지 않았어도 아무
일 없었을 텐데. 그동안 아등바등 했던 것도 이젠 다 수포로 돌아가고
말았다"며 자책한다. 겉만 번듯할 뿐 실상은 "몇 해째 다음 해에 쓸 돈
을 미리 끌어다 쓰면서" 속으로 곪아가고 있었던 가부의 경제상태가
그대로 드러나는 결말부에서, 그동안 능수능란하게 경제적 수완을 보
여주었던 왕희봉은 원금조차 제대로 회수하지 못하고 병으로 세상을

15　方行 編, 앞의 책, 930면.

16　그러나 조정의 규제를 피하기 위해 차용증에는 이자를 거짓으로 낮게 써놓고 실제로는
폭리를 취하는 경우도 있었다. '違例取利' 항목, 上海市紅樓夢學會 編, 『紅樓夢鑑賞辭典』,
上海古籍出版社, 1988, 435면.

17　"所封家産, 惟將賈赦的入官, 餘俱給還. 幷傳旨 : 令盡心供職. 惟抄出借券, 令我們王爺查
核, 如有違禁重利的, 一槪照例入官; 其在定例生息的, 同房地文書盡行給還."(『紅樓夢 : 三
家評本』, 106회, 1735면)

떠난다. 왕희봉의 일생은 가부의 흥망성쇠를 그대로 반영하며, 월전과 고리대금을 통한 왕희봉의 경제행위는 그녀 개인만의 이익을 위한 것이 아니라 가부의 살림 운영 그 자체였다고 볼 수 있다.

3. 가문의 체면과 실리 사이의 한계

『홍루몽』 55회에서 가보옥의 이복누이인 탐춘과 설보차, 이환은 병석에 누운 왕희봉을 대신해 임시로 가문의 살림을 이끌어나가는데 그녀들이 보여주는 것은 왕희봉의 능수능란함과는 또 다른 검약과 절제의 미덕과 균형 잡힌 경제 감각이다.

서출이지만 가씨 집안의 딸들 중 가장 뛰어난 재주와 품성을 지닌 탐춘은 천박한 생모 조이랑과는 전혀 다른 고상함과 현명함을 갖고 월전 외에 이중으로 나가는 비용과 물품 구매담당자의 폐단 등 집안 대소사 비용의 각종 병폐를 정리해나가며 검소하게 실리를 추구하되 가문의 체면은 다치지 않게 하는 혜안을 보여준다.

"그러고 보니 서당에 다니는 핑계가 이 여덟 냥 때문이란 말인가? 오늘부터 이 항목은 삭제하겠어. 평아야! 돌아가거든 아씨한테 내 말을 전해드려. 이 항목은 없애야겠다고 말이야." 평아가 맞장구를 쳤다. "진작 없애야 했어요. 지난 해에 우리 아씨가 진작 없애려고 했는데 연말에 바쁜 바람에 그걸 또 잊어버리고 말았던 거예요."[18]

탐춘은 가환과 가란의 서당에 들어가는 일 년치 돈(서당의 간식비용과 지필묵 구입비용)을 따로 내주지 않고 각 방의 월비 안에서 충당하도록 하고, 월비 외에 이중으로 돈이 나가는 물품 구매 담당자의 구입항목을 없앤다. 구매 담당자가 시간을 끌어 제 날짜에 필요한 물건을 대주지 않거나 사들인 물건에 불량품을 채워 넣는 식으로 몰래 이익을 챙기는 상황 때문이다.

"내가 생각하는 건 다름이 아니라 월비에 관한 거야. 우리가 한 달에 두 냥씩 받는 돈 외에도 시녀들이 따로 월비를 받고 있지. 그런데 지난번에도 누군가 와서 우리가 매달 쓰는 머릿기름 값이며 지분 값을 사람마다 두 냥씩 요구했단 말이야. 이런 것도 따지고 보면 방금 전에 서당에서 쓰는 여덟 냥과 마찬가지로 다 중복되는 것이거든. 물론 사소한 일이지만 돈은 한도가 있으니까 가만히 보면 부당한 것은 분명하지." (…중략…) "돈은 돈대로 쓰고 물건은 물건대로 절반은 내버리고 있으니 셈을 해보면 결국 두 번 돈을 들이는 셈이잖아. 차라리 물품 구매담당자의 매달 구입항목을 없애는 게 좋겠어."**19**

대소사 비용의 병폐를 정리하는 55회에서 이어지는 56회 "영민한

---

18 "原來上學去的是爲這八兩銀子, 從今日起, 把這一項蠲了. 平兒回去告訴你奶奶! 說我的話, 把這一條務必免了." 平兒笑道: "早就該免, 舊年奶奶原說要免的. 因年下忙, 就忘了."(『紅樓夢: 三家評本』, 55회, 898면)

19 "我想的事, 不爲別的, 只想着我們一月所用的頭油脂粉, 又是二兩的事. 我想我們一月已有了二兩月銀, 丫頭們又另有月錢, 可不是又同剛纔學裏的八兩一樣, 重重疊疊! 這事雖小, 錢有限, 看起來也不安當"(…중략…) "饒費兩起兒錢, 東西又白丟一半, 不如竟把買辦的這一項每月蠲了爲是."(『紅樓夢: 三家評本』, 56회, 909~910면)

탐춘은 묵은 병폐 없애고 식견 있는 보차는 은혜로 전반을 돌보다敏探春興利除宿弊, 寶釵小惠全大體”에서 특히 흥미로운 것은 탐춘이 아이디어를 내어 원래는 귀비 원춘의 성친별원省親別園으로 지어져 그동안 자매들의 놀이와 한거閑居의 공간이었던 대관원 안에서 할멈들을 시켜 돈이 되는 작물을 돌보게 하는 대목이다. 탐춘과 보차, 이환은 대관원의 꽃나무와 과실나무, 대밭, 벼논 등에 제각기 돌보는 이를 두어 알뜰하게 수확을 거두고 가외 비용을 줄이자는 생각을 해낸다.

> “지난 정월에 뇌대네 집에 가지 않았어요? 그때 언니도 같이 갔지만 그 집에 있는 자그마한 정원을 우리 집에 있는 이 대관원과 비교해 보면 어때요?” “우리 정원의 절반도 안 되고 나무나 화초도 적었지요.” “그날 그 집 딸들과 얘기를 나누다가 들은 얘긴데 정말 그럴 줄은 몰랐어요. 그 정원에서는 자기들이 머리에 꽂는 꽃과 먹는 죽순, 채소, 물고기, 새우 등을 제외하고도 일 년 동안 남한테 주어서 연말에는 이백 냥은 족히 받는다는 거에요. 그때에야 비로소 나는 갈라진 연잎 하나, 마른 풀뿌리 한 가닥도 모두 돈이 된다는 걸 알게 됐어요.”[20]

가부가 풍요와 사치를 누리던 때에도 대관원에 때마다 열리는 과일은 친우들에게 보내는 계절 선물로 쓰였다. 37회에서 보옥은 친척집에 얹혀사는 상운에게 그 해 대관원에서 열린 신선한 홍릉(보라색 마름)

---

[20] “往賴大家去, 你也去的, 你看他那小園子比偺們這個如何?” 平兒笑道 : “還沒有偺們這一半大, 樹木花草也少多着呢.” 探春道 : “我因和他們家的女孩兒說閑話兒, 他說這個園子除他們帶的花兒, 吃的笋菜魚蝦, 一年還有人包了去, 年終足有二百兩銀子剩. 從那日, 我纔知道一個破荷葉, 一根枯草根子, 都是値錢的.”(『紅樓夢 : 三家評本』, 56회, 910면)

과 계두(가시연밥)를 대나무로 엮은 바구니에 담아 맛을 보라고 선물로 보낸다(37회). 39회에서 42회의 유노파도 가부에 구경 와서 대관원의 과일을 맛보고 집에 돌아갈 때 선물로 선사받는다. 47회에서 대관원 안의 연못에 연밥이 여물자 보옥이 그것을 따서 하인을 시켜 죽은 벗 진종의 산소에 제사를 지내고 오게 한다. 그러나 탐춘의 새로운 아이디어는 기존의 아취 있는 대관원 활용 방식을 넘어선다. 가문에서 나누어주는 월전의 범위를 벗어나 여성들이 비용을 절약해내고 정원에서 나는 것들을 잘 가꾸어 팔아 집 밖에서 적극적으로 돈을 벌어들일 수 있는 방법을 고안해내는 것은 대관원의 상업적 경영이라고까지 말할 수 있을 것이다.

> 형무원은 더군다나 대단한 곳이야. 지금 향료가게나 큰 시장, 큰 사당 앞에서 파는 향료나 향초가 모두 다 거기서 나는 게 아니고 뭐야. 다른 것보다 이득이 훨씬 많을 거야. 이홍원의 경우, 다른 것은 그렇다 치더라도 봄여름에 나오는 매괴꽃만 해도 도대체 얼마나 많아. 게다가 울타리에 가득한 장미꽃, 월계꽃, 보상화, 인동초 금은화꽃 등 화초들만 말려서 찻집이나 약방에 팔면 그것도 꽤 돈이 될 거야.[21]

이러한 방법을 사용하여 계산해낸 대관원의 이익은 한 해에 사백 냥에 이른다. 두 해면 팔백 냥이나 되는 그 돈은 "세를 놓을 만한 집이라

---

21 "蘅蕪苑里更利害, 如今香料鋪並大市大廟賣的各處香料, 香草兒, 都不是這些東西? 算起來, 比別的利息更大. 怡紅院別說別的, 單只說春夏天二季玫瑰花, 共下多少花朵? 還有一帶籬笆上薔薇, 月季, 寶相, 金銀花, 藤花, 這幾色的草花, 乾了, 賣到茶葉鋪, 藥鋪去, 也值好些錢."(『紅樓夢 : 三家評本』, 56회, 913면)

도 몇 칸은 사들일 수 있고 박토라도 몇 마지기 장만할 수 있는"[22] 큰돈이다. 그러나 탐춘과 보차들은 가문에 얼마쯤 보탬이 되도록 비용을 절약하는 정도가 목적이지 결코 인색해서는 안 된다는 결론을 짓는다. 낭비는 줄여야 하지만 돈이 생기는 족족 집안의 공금으로 거둬들여 남들의 원성을 사거나 대갓집의 체면을 잃어서는 안 된다는 것[23]이다.

이처럼 『홍루몽』의 여성들이 애써 강구하는 절약의 미덕은 가문의 체면이라는 한계에 계속 묶여있다. 이것은 107회에서 가부가 몰락하고 가모가 자신이 시집왔을 때부터 모아놓은 사재와 물품을 털어 가족들에게 분배할 때 한탄하는 말에서도 드러난다. 가모 역시 가문이 이미 몰락하고 있음을 알고 있었고 가난뱅이가 되었다고 자기가 견디지 못할 사람도 아니지만 체면 때문에 갑자기 씀씀이를 줄일 수도 없었기에 자식들의 사치를 그대로 놔뒀다는 것이다.

흥미로운 것은 기울어가는 가세에 가부의 아들들은 그리 큰 관심을 기울이지 않는다는 것이다. 가문에 들어오는 돈보다 나가는 돈이 더 많은 상황을 걱정하기는 해도, 기회만 되면 어떻게든 마음껏 돈을 써볼 궁리를 할 뿐이다. 2회에서 냉자흥의 입을 빌어 묘사되는 가부의 객관적인 상황이 그러하다.

지금도 식구는 많고 일도 적지 않은데 주인이나 하인이나 그저 부귀영화를 누리려는 사람만 가득하고 새로운 계획을 짜서 집안을 꾸려나가려는 사람은 하나도 없는 형편이지요. 그러니 일용물품이나 나날이 쓰는 온갖

---

22 "打租的房子也能多買幾間, 薄沙地也可以添幾畝了."
23 "不失大體", "豈不失了你們這樣人家的大體."

비용을 절약하지 못하고 있어 밖에서 보기에는 완전히 무너진 건 아니지만 속으로는 바닥을 드러낸 거나 진배없답니다.[24]

주어진 범위 안에서 애써 비용을 절약하고 가문의 미래를 위해 여러 가지 새로운 경제적 방안을 궁리하는 것은 오히려 『홍루몽』의 여성 인물들이다. 17, 18회에서 대관원의 사치를 보고 탄식하며 절약을 당부하는 귀비 원춘, 13회에서 희봉의 꿈에 나타나 조상의 제사비용과 자손들의 서당비용을 따로 마련해놓을 것을 조언하는 임종 직전의 진가경, 진가경의 장례를 치르면서 녕국부의 '다섯 가지 폐단'을 해결하는 왕희봉, 46회에서 남편 가사의 낭비 때문에 '자신이 근검절약해야 그나마 보상할 수 있다'고 믿는 인색한 형부인 등, 가업을 보존해나가기 위해 여성들은 나름의 시도를 계속 해왔고 잠시 살림을 탐춘들에게 맡기고 병석에 있는 왕희봉 역시도 가세가 기우는 상황에서 절약할 방법을 강구하고 있었음을 보여준다.

너도 잘 알겠지만 요 몇 년 사이에 절약할 방법을 얼마나 많이 찾아냈었느냐. 그러니 아마도 온 집안에서 나를 원망하지 않는 사람은 거의 없을 거야. (…중략…) 그리고 집안 살림을 보면 나가는 것은 많고 들어오는 것은 적어. 큰일이든 작은 일이든 모두 노마님의 규칙대로 하긴 하지만 지난 몇 년간 사업상 수입은 전보다 못하단 말이야. 너무 절약하고 옹색하게 굴면 바깥사람들이 비웃을 것이며 노마님이나 마님도 난감하게 여기실 테고 하

---

24 "如今生齒日繁, 事務日盛, 主僕上下, 安富尊榮者儘多, 運籌謀畫者無一, 其日用排場費用, 又不能將就省儉. 如今外面的架子雖未甚倒, 內囊卻也盡上來了."(『紅樓夢 : 三家評本』, 2회, 25면)

인들도 각박하다고 원망이 대단해지겠지. 그렇다고 서둘러 절약할 계책을 강구하지 않으면 몇 년 뒤에는 바닥나고 말 테니 이를 어쩌겠어.[25]

56회에서 탐춘과 보차가 낭비되는 이중 비용을 절약하고 대관원에서 나오는 것들을 활용해 새로운 수익을 만들어보려는 생각 역시 이러한 궁리의 연장선 위에 있다. 비록 가문의 체면이라는 한계에 묶여 이들의 시도가 적극적인 경제행위로 발전하지는 못하지만 가업을 고민하고 나름의 대책을 세우는 것이 재산을 상속하는 아들들이 아닌 딸과 며느리들이라는 점은 의미심장하다. 『홍루몽』 1회 도입부에서 "수염 난 대장부로서 저 치마 두른 여자들만도 못했음"을 부끄러워하며 "뛰어난 식견을 가지고 규중에서 진솔한 삶을 치열하게 살았던 여인들의 이야기"[26]를 전하고자 하는 작가의 뜻이 여기에도 있는 것이 아닐까?

4. 상인의 딸, 규중의 아가씨 – 여성들의 금전의식

『홍루몽』의 여성들은 그 신분이 시녀가 아닌 주인主子이더라도 각자 처지의 차이에 따라 대관원 내부에서도 다양하게 계층화되며 이에 그

---

[25] "你知道我這幾年, 生了多少省儉的法子, 一家子大約也沒個背地裏不恨我的. 我如今騎上老虎背了, 雖然看破些, 無奈一時也難寬放. 二則家裏出去的多, 進來的少, 凡百大小事兒, 仍是照着老祖宗手裏的規矩, 卻一年進的産業, 又不及先時. 多省儉了, 外人又笑話, 老太太, 太太也受委屈, 家下也抱怨刻薄, 若不趁早兒料理省儉之計, 再幾年就都賠盡了."(『紅樓夢: 三家評本』, 55회, 901면)
[26] 조설근·고악, 최용철·고민희 역, 『홍루몽』, 나남, 2009, 24면. 『홍루몽』의 원문은 "閨閣中歷歷有人"이다.

녀들이 보여주는 금전인식 또한 각각 다르게 묘사된다. 황실 상인皇商 집안의 딸 설보차, 설보차의 사촌누이로 광동 무역상 십삼행十三行인 아버지를 따라 세상 구경을 두루 한 것으로 묘사되는 설보금, 역시 무역상과 서양선박이 조공품을 갖고 오고가는 집안[27]에서 자라난 왕희봉 등이 지닌 금전의식과 현실감각은 규중에서 곱게만 자라난 임대옥, 사상운 등과 전혀 다르며, 주인 아가씨 신분이지만 친척에게 더부살이하는 신세인 형수연이 보여주는 상황과도 또 다르다.

그 중 가장 현실적인 금전의식을 보여주는 인물은 설보차라고 할 수 있다. 전당포를 여러 개 소유한 황실 상인 집안의 딸인 설보차는 향락만을 추구하는 망나니 오빠 설반[28]과는 매우 대조적인 사려 깊고 유능한 모습으로 묘사된다.

4회 호관부를 베껴둔 종이면지에서 설씨 집안을 묘사하는 노래는 다음과 같다.

풍년에는 큰 눈이 오나니, 진주와 금을 흙이나 쇠처럼 쓴다네.[29]

이처럼 돈을 흥청망청 쓰는 부유한 설씨 집안은 자미사인紫薇舍人 설공의 후예로 내무부 탕은 행상內府帑銀行商을 이끄는 거상이었지만 설

---

27 "我們王府裏也預備過一次, 那時我爺爺專管各國進貢朝賀的事, 凡有外國人來都是我們家養活, 粵, 閩, 滇, 浙所有的洋船貨物都是我們家的."(『紅樓夢 : 三家評本』, 16회, 238면)

28 설반은 대옥이 가부로 상경하는 3회의 끝부분에서 "금릉성에 살고 있는 설씨 이모네 아들인 사촌오빠 설반이 재산과 세력을 믿고 사람을 때려죽인 사건"을 통해 처음 언급된다. 설씨 집안이 몰락하는 『홍루몽』 후반부에도 설반은 다시 사람을 때려죽인 사건으로 옥에 갇힌다.

29 "豐年好大雪, 珍珠如土金如鐵.(紫薇舍人薛公之後, 現領內府帑銀行商, 共八房分.)"(『紅樓夢 : 三家評本』, 4회, 59면)

보차와 그 어머니 설부인이 가부로 올라오는 시점에는 이미 가세가 기울고 있는 상황이었다.

집은 백만금을 가진 부자이며 궁중의 내탕에 들어갈 전량과 잡료를 구하여 조달하는 일을 맡고 있는 궁중 상인이기도 했다. (…중략…) 비록 궁중 상인이라고는 하지만 경제의 일이나 세상사에 대해서는 일자무식이었다. 하지만 조부 이래로 쌓아놓은 정분으로 호부에 여전히 허명을 걸어두고 전량을 지급받을 뿐, 실제 사무에 대해서는 집사와 노복들이 처리하고 있었다. (…중략…) 사실 설반의 부친이 돌아간 뒤로 각 성의 구매처 집사나 지배인들이 설반의 나이가 어리고 세상사에 어두운 것을 보고 그 틈을 타 속이거나 갈취하는 바람에 경성에 있는 몇몇 군데 사업이 점차 쇠락하고 있었다.[30]

선대의 사업이 쇠락하고 있는 것은 어리석은 아들 설반의 탓이 컸고, 설반 스스로도 자기 자신이 "장사를 한다고는 하지만 저울이나 주판 한 번 만져본 적 없고 지방의 풍속이나 원근의 길조차 제대로 알지 못한다"(48회)는 사실을 알고 있다. 이와 달리 설보차는 부친이 생전에 특별히 아끼며 글공부를 시켰기 때문에 그 오라비보다 열 배나 뛰어난 재주와 품성을 갖고 있으며 상인 가문의 딸로서 냉정한 현실감각까지 보여준다. 『홍루몽』에서 설보차는 옷치장이나 패물장식, 방 꾸미기에

30　且家中有百萬之富, 現領着內帑錢糧, 採辦雜料…雖是皇商, 一應經紀世事, 全然不知, 不過賴祖上舊日情分, 戶部挂個虛名, 支領錢糧, 其餘事體, 自有夥計老家人等措辦…自薛蟠父親死後, 各省中所有的買賣承局, 總管, 夥計人等, 見薛蟠年輕不諳諸事, 便趁勢拐騙起來. 京都幾處生意, 漸亦銷耗.(『紅樓夢 : 三家評本』, 4회, 62~63면)

관심이 없는 검소한 성격으로 묘사되는데 이것은 보차의 본래 성품이라기보다는 그녀가 이미 가문의 쇠락을 보고 겪은 적이 있기 때문이다. 보차는 7, 8년 전 설씨 집안이 아직 부유하고 자신이 철없던 시절의 사치를 종종 언급하는데, 이러한 대화를 통해 그녀는 가부보다 먼저 쇠락의 과정을 거친 설씨 집안의 가세를 보면서 다른 아가씨들은 미처 알지 못하는 현실의 '염량세태炎凉世態'를 깨닫고 있는 것으로 그려진다. 설보차가 이모인 왕부인에게 하는 충언에서도 가씨 집안의 몰락을 예견하는 모습을 볼 수 있다.

> 이모님께도 말씀드리고 싶은 것은 이제 줄일 것은 줄여야 한다는 겁니다. 그래야 대갓집의 체통을 잃지 않을 수 있습니다. 제가 보기에는 대관원의 비용도 대폭 줄여야 해요. 굳이 옛날같이 하려고 할 필요는 없으니까요. 이모님도 저희 집을 잘 아시잖아요. 저희 집도 예전에는 지금처럼 썰렁하게 퇴락하지는 않았잖아요.[31]

설보차는 『홍루몽』에서 직접 상업 활동에 뛰어들지는 않지만 상인인 오라비보다 오히려 더 뛰어난 사업 감각을 보여준다. 48회에서 설반이 설씨 집안의 전당포 일을 총괄하는 장덕휘張德輝를 따라 종이와 향료, 부채 등의 장사를 배우러 떠나겠다고 하자 설부인은 "네가 그런 장사 하지 않아도 그만이고 그까짓 돈 몇 백 냥 안 벌어도 상관없다"고

---

31 "此外還要勸姨娘, 如今該減省的就減省些, 也不爲失了大家的體統. 據我看, 園裏這一項費用, 也竟可以免的, 說不得當日的話. 姨娘是深知我家的, 難道我們當日, 也是這樣零落不成?"(『紅樓夢：三家評本』, 78회, 1293면)

말리지만 보차는 "이번에 오라버니가 제 정신을 차리려고 일리 있는 말을 했으니 어머니는 그저 팔백 냥이고 천 냥이고 잃어버렸다 생각하시고 밑천삼아 한 번 해보라고 하세요. 어쨌든 점원들이 도와줄 테니 누구든 그렇게 손쉽게 속임수를 쓰지는 못할 거예요"라고 조언한다. 67회에서 설반이 장사를 마치고 돌아오자, 설보차는 "오빠가 강남에서 돌아온 지 스무 날이나 되고 사들여온 물건도 지금쯤은 다 배송이 되었을 것"이라며 "함께 갔던 점원들도 고생했고 먼저 돌아온 지 몇 달이 지났으니 어머니께서 오빠와 상의하여 그들이나 한번 청해서 대접하는 일이 더 중요할 듯 싶군요. 남들이 보면 세상 이치를 모른다고 할지도 모르니까요"라고 하며 설부인이나 설반이 생각하지 못하는 부분까지 주도면밀하게 대비한다.

100회에서 설반이 사람을 때려죽여 감옥에 갇혔다가 간신히 과실치사로 판정되자 설부인은 전당포를 팔아 벌금에 충당하려 하지만, 다시 판결이 기각되어 재심을 기다리는 상황이 된다. 이때 설씨 집안은 이미 관상官商의 명성도 잃고 전당포 두 개도 이미 다른 이에게 넘어갔는데 그 돈도 관아의 송사에 다 쓴 상황이다. 설부인은 딸 보차에게 남은 한 곳의 전당포는 집사가 도망쳐 수천 냥의 손해를 입었고, 남방에 남은 공동 전당포에 넣은 돈을 빼오고 집을 팔아야 하는 상황인데 남방의 공동 전당포까지 거덜이 나서 채권자들에게 몰수를 당했다고 하소연한다. 보차는 냉정하게 상황을 판단하여 "어머니도 부디 마음을 강하게 잡수시고 오빠가 아직 살아있을 때 각처의 장부를 알아보도록 하세요. 우리가 남에게 빌려준 것이 얼마이며, 우리가 갚아야 하는 것이 얼마인지 이전에 일했던 점원들을 불러다 계산해 본 다음 아직 남아 있는 돈이 얼마나 되는지 알아두셔야 해요"[32]라고 설부인 대신 현실적인 결정을 내린다.

설씨 집안에서 전당포는 가세가 기우는 거의 마지막까지 남아 있는 주요한 경제 수단이다. 근대 이전에 전당포는 서민들이 돈을 융통할 수 있는 은행과 같은 금융 기관이었다. 청대 강희康熙 초기에 전국에 이미 크고 작은 전당포가 2만 여 개 있었으며 건륭乾隆 초에는 북경 안팎으로 관에서 운영하거나 민간에서 운영하는 전당포가 6, 700개 있었다는 기록이 있다.[33] 법률로는 돈을 빌려주는 이자를 "한 냥에 매월 3부로 이자를 계산한다每兩每月三分起息"고 정해놓고 있지만, 실제로는 전당표當票에 적힌 금액의 90%만 돈을 빌려주었고 돈을 갚을 때는 전당표의 원래 금액에 30%를 더하여 갚아야 했으므로 연 이율이 44% 이상에 달하는 고리대금에 속했다.[34]

『홍루몽』에서도 전당포는 고리대금과 함께 여성이 쉽게 돈을 융통할 수 있는 거의 유일한 수단으로 등장한다. 하녀들 뿐 아니라 왕희봉도 급전이 필요할 때에는 패물을 전당포에 맡겨 돈을 마련한다. 73회에서 영춘의 유모는 노름밑천을 만들기 위해 영춘의 비녀를 몰래 전당잡히는데 노름에서 본전을 되찾지 못해 시일을 끌다 물건을 바로 되돌려놓지 못하고, 이것은 74회에서 대관원을 수색하게 되는 빌미 중 하나가 된다. 가보옥이 통령보옥을 잃어버려 현상금까지 걸고 온 집안이 옥을 찾을 때 95회에서 하인 배명은 그것이 전당포에 저당물로 잡혀 있

---

32 "我求媽媽暫且養養神, 趁哥哥活口現在, 問問各處的賬目, 人家該咱們的, 咱們該人家的, 也該請個舊夥計來算一算, 看看還有幾個錢沒有."(『紅樓夢 : 三家評本』, 100회, 1648면)
33 張研, 앞의 책, 339면.
34 위의 책, 340면; 韋慶遠, 『明淸史辨析』, 中國社會科學出版社, 1989, 121면.

을 것이라는 허튼 소리를 하기도 한다. 72회에서는 가련이 급한 돈을 융통하기 위해 가모의 하녀 원앙에게 사정하여 가모가 잘 찾지 않는 값진 물건을 전당포에 몰래 맡기고 돈을 천여 냥 마련하게 하는 장면도 등장한다.

57회에서 아가씨 신분이지만 가부에 더부살이하는 처지인 형수연은 부족한 월전을 메꾸기 위해 전당포에 하나뿐인 겨울옷을 맡기는데, 이 부분은 상인 집안 출신의 설보차와 가난한 형수연, 그리고 세상물정 모르는 사상운이 본인들의 각기 다른 경제적 상황과 금전의식을 대조적으로 드러내 보이는 흥미로운 대목이다. 49회에서 설보금, 설과 등과 함께 처음 등장하는 형부인의 조카딸 형수연은 대관원에 들어와 영춘의 거처에 함께 있게 되고, 왕희봉은 "앞으로 형수연이 집으로 돌아가면 그만이지만 대관원에 있게 되면 매달 영춘과 같은 용돈을 지급하기로 결정"한다. 그러나 인색한 형부인의 지시로 형수연은 매달 지급받는 월전의 절반을 가난한 부모에게 보내야 하는데, 형수연이 영춘의 방에 기거하면서 월전 두 냥 중 한 냥을 부모에게 보내는 일은 영춘의 하녀들에게는 불만의 요소가 되기도 한다. 영춘 유모의 며느리는 영춘의 비녀를 몰래 저당 잡혔다가 들통 난 자기 시어머니의 허물을 덮기 위해 형수연 때문에 본인들이 비용 부담을 지게 되었다는 트집을 잡는다.

형수연 아가씨가 이곳에 온 뒤로 마님이 분부하셔서 한 달에 한 냥을 염출하여 외숙모 마님한테 드리도록 하였고 형수연 아가씨 비용은 여기서 쓰도록 했으니 우리는 오히려 한 냥 돈이 모자라게 된 셈이에요. 그래서 늘 이것이 모자란다, 저것이 부족하다고 해서 우리가 다 보탠 게 아니던가요?[35]

모자라는 물건은 대관원의 자매들에게 빌려 써야 하고 비용 때문에 불만스러워 하는 하녀와 할멈들에게는 또 며칠에 한 번씩 자기 돈으로 다과를 대접해야 간신히 '아가씨' 대우를 받는 형수연은 궁리 끝에 한 벌뿐인 겨울옷을 전당포에 맡겨 하인들에게 다과를 대접할 돈을 마련해온다. 이를 설보차가 알게 되고 형수연이 옷을 맡긴 전당포가 자기네 설씨 집안의 전당포임을 듣고는 전당표를 갖다 주면 자기가 조용히 저당 잡힌 옷을 찾아오겠다면서 "그까짓 은자 한 냥은 그 사람들에게 줘 버리고 앞으로는 그런 사람들한테 쓸데없이 먹을 것을 사줄 필요도 없다"며 무슨 소리를 들어도 못 들은 척 넘기라고 충고한다. 설과와 약혼하여 곧 자신의 사촌올케가 될 형수연의 경제적 어려움을 예비 시누인 보차가 나서서 해결해주며 가씨 집안의 사치나 체면치레와 무관하게 검약하고 자족할 것을 수연에게 당부하는 이 대목은 앞으로 설씨 가문을 책임질 두 여성인물 사이에 경제적 태도에 대한 암묵적인 동의가 이루어지는 부분이다.

이때 보차와 수연의 하녀들이 주고받는 전당표를 보게 된 사상운이 신기해하며 소동을 벌인다.

홀연 상운이 들어왔다. 손에는 전당포 물표가 들려 있었다. "이게 대체 무슨 면지일까?" 대옥이 보았지만 무엇인지 알 수 없었다. 바닥에 있던 할멈들이 보고 모두 웃으면서 말했다. "이건 아주 굉장한 물건인데요. 이런

---

35 "自從邢姑娘來了, 太太吩咐一個月儉省出一兩銀子來與舅太太去, 這裏饒添了邢姑娘的使費, 反少了一兩銀子. 常時少了這個, 短了那個, 哪不是我們供給?"(『紅樓夢 : 三家評本』, 73회, 1206면)

기이한 것을 공짜로 가르쳐드릴 순 없어요." (…중략…) "전당표 물표가 뭐예요?" 그 말에 사람들이 다 같이 말했다. "정말 바보 중의 상바보로군요. 전당포의 물표도 모르다니." 설부인이 탄식하면서 설명했다. "그거야 상운이를 탓할 수도 없지. 그야말로 귀족가문의 규중처녀가 분명한 거지. 게다가 아직 어리니 어떻게 이런 걸 알 수 있겠어? 어딜 가서 이런 걸 구경이나 해? 설사 하인들이 가지고 있다고 해도 누가 보여주겠어?" (…중략…) 설부인이 상세히 설명해주자 그제야 상운과 대옥 두 사람이 웃으면서 말했다. "사람들이 그렇게도 돈이 필요한 모양이죠. 이모님네 전당포에도 저런 면지가 있나요?"**36**

상운은 사람들이 그렇게 돈이 필요한 것이냐면서 전당포에 물건을 맡겨야 하는 상황에 대해 전혀 이해하지 못하는 순진무구한 시각을 드러낸다. 대옥도 전당표를 처음 보는 처지이다. 귀족가문의 어린 규중처녀가 어떻게 전당표 물표를 알겠느냐는 설부인의 탄식은 세상 물정 모르는 사상운과 임대옥, 체면과 경제적 압박에 쫓기는 형수연, 현실적이고 처세에 능하며 세태를 아는 설보차의 입장과 위치를 극명하게 대조시켜 보인다.

순진하고 물정 모르는 사상운과 사려 깊고 현실적인 설보차가 또 한 번 대조되는 부분은 37회에서 국화시사를 준비하는 대목이다. 사상운

---

36 一語未了, 忽見湘雲走來, 手里拿着一張當票, 口內笑道: "這是什麽賬篇子?" 黛玉瞧了不認得. 地下婆子都笑道: "這可是一件好東西. 這個乖不是白敎的." … 湘雲道: "什麽是當票子?" 衆人都笑道: "眞眞是個獃子, 連當票子也不知道." 薛姨媽嘆道: "怨不得他, 眞眞是侯門千金, 而且又小, 那裏知道這個? 那裏去看這個? 便是家下人有這個, 他如何得見?" … 薛姨媽忙將原故講明, 湘雲, 黛玉二人聽了, 方笑道: "這人也太會想錢了. 姨媽家當鋪也有這個不成?"(『紅樓夢 : 三家評本』, 57회, 942면)

은 해당화 시모임에 빠진 벌칙으로 자신이 시모임의 주인이 되어 다시 초청하기를 선뜻 자청하지만 숙부 집에 얹혀살면서 용돈을 받아쓰는 처지라 시회를 주최할 비용을 마련하기 힘든 상황이다. 이에 보차가 꾀를 내어 대관원에서 먼저 계화꽃을 감상하며 자기 집 전당포의 점원이 보내온 게로 잔치를 준비할 것을 제안한다.

"모임을 열면 손님접대를 해야 하는데 비록 재미있게 놀자고 하는 일이지만 전후 사정을 살펴보지 않을 수는 없잖아. (…중략…) 상운네 집에서는 상운이가 마음대로 할 수도 없는 형편이니 한 달에 동전 몇 관을 쓸 수 있겠어? 그냥 용돈으로도 모자라는 형편이잖아. 이번에 이처럼 별로 요긴하지도 않은 일에 돈을 썼다는 말을 너희 숙모가 들으면 원망이 더욱 심할 게 분명하잖아. 더구나 지금 몽땅 내다 쓴다고 해도 이번 손님접대에 모자라는 판인데 그렇다고 이런 일 때문에 집을 다시 갔다 올 수도 없지. 아니면 이면에서 누구한테 손을 벌려 빌려달라고 할 수 있겠어." 그 말 한마디에 상운은 정신이 퍼뜩 들면서 마음에 주저함이 일었다. 그러자 보차가 말했다. (…중략…) "우리 오라버니한테 말해서 살찌고 큰놈으로 게 몇 광주리를 달라고 하고 우리 가게에서 좋은 술 몇 동이와 다과 몇 상만 차려 내놓으면 일도 간단하고 한바탕 즐겁게 놀 수 있잖아."**37**

---

37 "旣開社, 便要作東. 雖然是個頑意兒, 也要瞻前顧後, 又要自己便宜, 又要不得罪了人, 然後方大家有趣. 你家裏你又做不得主, 一個月通共那幾弔錢, 你還不夠使, 這會子又幹這沒要緊的事, 你嬸娘聽見了一發抱怨你了. 況且你就都拿出來, 做這個東道也不夠. 難道爲這個家去要不成? 還是和這裏要呢?"一席話提醒了湘雲, 倒躊躇起來. 寶釵道:"這個我已經有個主意. 我們當舖裏有一個夥計, 他家圧裡出的好螃蟹, 前兒送了幾個來. 現在這裏的人, 從老太太起, 連上房裏的人, 有多一半都是愛喫螃蟹的. 前日姨娘還說, 要請老太太在園子裏賞桂花, 喫螃蟹, 因爲有事, 還沒有請. 你如今且把詩社別提起, 只普統一請, 等他們散了,

　설보차의 기지로 사상운은 돈 한 푼 안 들이고 손님 대접을 할 수 있었지만 실상 스무 냥 가까이 되는 이 게 잔치의 비용은 유노파의 계산에 따르면 "시골집 농사꾼이 일 년간 살아갈 수 있는 돈"이다. 설씨 가문 전당포에서 가져온 게와 술, 다과로 준비된 이 연회는 사실 보차가 주최한 것이나 마찬가지이다. 진건평陳建平은 『홍루몽』에서 상인 가문 출신의 설보차와 설보금이 명문 귀족 출신의 다른 규수들과 비교하여 성품이나 재주가 더욱 뛰어나고 아무런 결점이 없는 완벽한 인물로 그려지는 것은 당시 시대적 특징을 반영하는 것이며 작가가 자본주의 상품경제를 긍정하는 것에 원인이 있다고 말한다.[38] 금전적 이익을 최고의 가치에 놓고 고리대금을 할 줄 밖에 모르는 왕희봉 등과 달리 설보차는 사사로운 이득보다는 금전의 사회적 효용에 더 큰 가치를 두고 있으며, 이윤을 추구하는 상인의 원칙이 설보차에게 있어서는 복잡한 친족의 관계를 풀어나가는 처세술의 하나로 작용하고 있다는 것이다.[39] 여기에 그녀가 단순히 상인 가문의 부귀영화만을 누리며 자란 아가씨가 아니라 집안의 부귀영화와 몰락을 모두 지켜보고 현실의 냉엄함을 이미 겪어본 인물이라는 점도 간과할 수 없다. 시와 몽상의 세계에 사는 임대옥이 아닌 상인 집안 출신의 현실적인 설보차가 자기가 쓰는 은자의 중량도 잴 줄 모르는 가보옥의 짝이 된 것은 왕희봉과 왕부인, 설부인 등 왕씨 집안 출신 여성들의 이해타산의 결과이기도 하지만 가씨 가문으로서도 가장 실리적인 선택이었던 것이다.

僭們有多少詩做不得的? 我和我哥哥說, 要他幾簍極肥極大的螃蟹來, 再往舖子裏取上幾罈好酒來, 再備上四五桌果碟, 豈不又省事, 又大家熱鬧了?"(『紅樓夢 : 三家評本』, 37회, 591~592면)

[38] 陳建平, 「論『紅樓夢』中的薛氏姊妹」, 『天津成人高等學校聯合學報』 第7卷 第3期, 2005.5. 106면.
[39] 위의 글, 107면.

5. 나가며

이 글은 『홍루몽』 속에 그려진 상업경제적 요소들 중에서 여성 인물들의 금전인식과 경제 활동이 어떻게 그려지고 있는지에 주목했다. 가부의 월전 분배와 여성들이 담당하는 살림 운영, 재물에 대한 인물들 간의 갈등, 전당포와 고리대금 등을 통한 여성들의 사사로운 경제 활동은 실질적인 생산 활동이 아닌 가문 내의 폐쇄적인 자급자족의 모습을 보여준다. 가장 적극적인 경제행위를 보여주는 왕희봉의 일생은 가씨 집안의 흥망성쇠와 궤를 함께 하며, 낭비되는 비용을 절약하고 새로운 수익을 만들어보려고 궁리하는 가탐춘의 시도는 가문의 체면과 실리 사이의 갈등에서 한계에 부딪히지만 왕희봉의 방식과는 다른 절제된 경제 감각을 제시한다. 상인 가문 출신인 설보차는 규방의 순진무구한 아가씨들과 비교되는 냉정한 현실인식과 실리적인 처신을 보여준다.

가씨 집안의 흥망성쇠를 중심으로 한 『홍루몽』의 복잡하고 섬세한 경제생활 묘사는 이른바 '염량세태'를 그리고자 했던 이 소설에 현실감을 더해주는 역할을 하며, 그 중에서도 여성들의 경제행위는 한 가문의 여성 구성원들이 가문 내부의 살림살이를 운영해 나가는데 어떤 역할을 했는지를 상세하게 보여준다. 소설 속에서 상업경제와 금전인식의 묘사가 각각의 인물을 형상화하고 이야기의 갈등구조를 만드는데 매우 큰 역할을 한다는 점에서 『홍루몽』은 이른바 '상고소설商賈小說'로 불리는 일련의 상업경제 소설들과 함께 논의할 가치가 충분하다고 하겠다. 다만 이 글에서 미처 다루지 못한 삼언이박三言二拍과 『금병

매金瓶梅』등 여타의 명청 소설에 등장하는 상인, 상업행위와 연관된
여성인물들이 보여주는 금전의식과의 비교 문제,『홍루몽』전반의 청
대 사회생활상의 묘사와 남성인물들의 경제 활동에 대한 문제, 청대
이후 변화하는 여성들의 가정 내 역할과 사회적 위치와 관련된『홍루
몽』여성인물들의 가치관과 경제관념 등의 문제는 앞으로의 연구과제
로 미루어둔다.

참고문헌

논문 및 단행본

邱麗梅,「『紅樓夢』中商人形象讕論」,『文藝評論』, 2012.12.

劉國鈺,「十三行及行商的文學形象研究－以『紅樓夢』, 『蜃樓志』, 『開洋』爲例」, 『華南理工大學學報(社會科學版)』, 2014.8.

方盛漢,「淺談『紅樓夢』中的商人」,『文學敎育』(上), 2009.6.

王有才,「從『紅樓夢』中的經濟描寫看作品的主題」,『紅樓夢學刊』第2期, 1987.7.

陳建平, 「論『紅樓夢』中的薛氏姊妹」,『天津成人高等學校聯合學報』 第7卷　第3期, 2005.5.

陳大康,「月錢：李紈與王熙鳳的經濟過節」,『中文自學指導』No.4, 2007.

胡德平,「曹雪芹筆下的中國商人」,『中國民商』, 2013.6.

조설근·고악, 최용철·고민희 역,『홍루몽』, 나남, 2009.

鄧小南 編,『中國婦女史讀本』, 北京大學 出版社, 2011.

方行 編,『中國經濟通史：淸代經濟卷』(中), 中國社會科學出版社, 2007.

上海市紅樓夢學會 編,『紅樓夢鑑賞辭典』, 上海古籍出版社, 1988.

任達榮 編,『中國婦女史論集』, 牧童出版社, 1979.

張硏,『淸代經濟簡史』, 中州古籍出版社, 1998.

曹雪芹·高鶚,『紅樓夢：三家評本』, 上海古籍出版社, 2007.

Kathryn Bernhardt, *Women and Property in China, 960～1949*, Stanford University Press, 1999.

『보은기우록』에 나타난 상인 형상과
그 의미

탁원정

1. 동아시아 상인 소설과 조선의 상인 소설

17~19세기의 중국의 명청시대와 한국의 조선 후기, 일본의 에도시대는 공히 농경 중심의 경제 및 사회 제도와 사상 문화들이 조금씩 균열을 일으키고 상업 영역이 사회·경제·문화적으로 점차 중요한 위치를 차지하는 시기이다. 중국은 강남지역과 동남해안 및 대운하를 중심으로 상업과 무역이 눈에 띄게 발달하기 시작했고, 조선은 화폐경제의 발달로 인해 상거래가 활발해지면서 서울을 포함한 교통의 요지를 중심으로 상업도시가 형성되기 시작했다. 일본 역시 에도·교토·오사카의 3대 거대도시가 형성되며 시장과 상업이 눈에 띠게 발달하기 시작했다. 이에 따라 문학 방면에서도 상인이라는 새로운 인물군에 대한 관심과 그들의 삶을 포착한 산문 및 소설들이 다수 출현하기 시작했다.

중국의 경우 당대唐代부터 이미 상인의 생활을 제제로 한 작품들이 출현하고 있긴 하지만, 본격적으로 상인을 주제로 한 작품들이 등장한 것은 명대明代 중엽 이후이다. 조선에 유입된 4대기서 중 하나인 「금병매金瓶梅」의 경우, 장편의 장회소설이면서 주인공인 서문경이 상인으로 설정되어, 당시 상인들의 상업활동이 매우 자세히 묘사되고 있으며, 상인의식이나 상인과 관리들과의 결탁, 당시 사회의 상인에 대한 인식도 드러나고 있다.[1] 이후 풍몽룡馮夢龍(1575~1645)과 능몽초凌濛初(1580?~1644)의 삼언이박三言二拍으로 통칭되는 『유세명언喻世明言』・『경세통언警世通言』・『성세항언醒世恒言』과 『초각박안경기初刻拍案驚奇』・『이각박안경기二刻拍案驚奇』 등의 백화단편소설집에는 상인이 주인공인 작품들이 다수 수록되어 있으며, 기존에 부정적으로 형상화되던 상인이 새로운 상인윤리와 전통 유교 윤리의 조화를 이루는 긍정적인 인물로 형상화되고 있다.[2] 청대에 이르면 다수의 백화白話 소설집 속에 한두 편 이상 상인들을 소재로 한 소설들이 수록되어 있으며, 특히 지괴소설志怪小說의 집대성이라고 할 수 있는 포송령蒲松齡(1640~1715)의 『요재지이聊齋志異』에는 총431편의 수록 작품 중 상인생활을 제재로 한 작품이 거의 50편에 달하고 있다. 그런가 하면 장편소설 「홍루몽紅樓夢」은 상인을 형상화하고 있지는 않지만, 대관원 건축 토목공사에 관계된 친인척과 소상인의 이권 다툼, 사재를 모으고 고리대금으로 불리는 며느리 왕희

---

1 송진영, 「명청상고소설시론明淸商賈小說試論 ―『금병매金瓶梅』를 중심으로」, 『中國語文學誌』 36, 중국어문학회, 2011. 국내 학계와 달리, 중국 학계에서는 四大奇書 『삼국지연의』, 『수호전』, 『서유기』, 『금병매』에 대해서도 상인 형상과 상업 활동, 경제 의식 등 상업과 관련한 연구가 활발하다.

2 천수연, 「'三言'에 나타난 商人形象 연구」, 수원대 중국어교육과 석사논문, 2006, 74~75면.

봉의 경제 활동, 황실 상인 출신인 설씨 가문의 전당포 운영 등 황실과 연관된 귀족 가문의 경제생활을 구체적으로 묘사되어 있으며, 이와 같은 상업경제의 요소가 가문의 흥망성쇠, 이야기의 기승전결과 밀접한 관계를 갖는다. 역시 장편인 「유림외사儒林外史」에서는 새롭게 부상한 염상鹽商을 중심으로 이들과 유가 지식인 집단 간의 관계를 지속적으로 다루면서 사상士商 계층의 문제를 밀도 있게 드러내고 있다.[3]

일본의 경우 17~19세기, 즉 에도시대 자체가 상인 계급의 대두 시기이다. 에도시대 상인은 크게 두 부류로 나눌 수 있는데, 에도 초기에 막부幕府나 번藩의 권력과 결탁하여 이권을 지니고 지역을 넘나들며, 혹은 국가를 넘나들며 대규모 무역 및 유통업을 일삼거나 상권을 장악한 초기 호상豪商과 이들의 경쟁력이 떨어지며 부상한 신흥 상인으로 나눌 수 있다. 한편 전쟁이 빈번했던 중세와 달리 평화가 찾아온 에도시대에는 하급 무사들이 더 이상 녹봉을 받지 못하며 주군 없는 무사, 즉 낭인浪人이 되고, 경제적 안정을 위해 상인이 되어간다. 이들 계층을 포괄적으로 일반 도시 서민, 즉 조닌町人이라고 부르는데, 이들 규모의 대소를 막론하고 상업을 업으로 삼으며 살아가는 조닌의 삶을 다룬 문학 작품이 에도시대에 다수 등장하게 된다. 에도시대 통속소설의 효시라고 불리는 이하라 사이카쿠井原西鶴(1642~1693)의 단편 작품집 『닛폰에이타이구라日本永代藏』은 이 시기 상인소설의 원류라고 할 수 있으며, 30편 중 18편이 성공담, 12편이 실패담으로, 주 내용은 부자가 되는 법, 즉 검약, 성실, 정직, 지혜, 신뢰 등 상업 윤리의 강조이다.[4] 사이카

---

3 나선희, 「明淸時期 鹽商의 자취―소설 「儒林外史」 속 鹽商」, 『중국어문학지』 33, 중국어문학회, 2010, 281~294면.

쿠를 뒤이은 에도 중기 소설가 에지마 기세키江島其磧(1667~1736)는 소
위 기질물氣質物라는 유형인물을 다룬 소설로서 인기를 얻는데, 상인
유형을 대상으로 부의 계승 문제를 중점적으로 다루고 있어 본격적인
상인 소설이라고 할 수 있다.[5] 이를 이어 19세기에는 소위 닌조본人情本
이라고 하는 상인 소설이 본격적인 출판물로서 대규모로 유통되었다.
이들은 무엇보다 상인과 기녀의 연애담을 유형적으로 공유하면서 다
양한 인물을 복수 주인공으로 한 장편소설로 흥행을 거둔 작품의 경우
속편이 계속 출판되어 그 인기를 지속해 나갔다.[6]

　이처럼 같은 시기 중국이나 일본이 상고商賈소설이나 조닌모노町人物
와 같이 상인 관련 소설을 유형화할 정도로 상인을 본격적으로 다룬 작
품을 다수 확보하고 있는 데 비해, 한국의 사정은 그렇지 못하다.[7] 주
지하다시피 18세기 박지원의 「허생전」에 와서야 매점매석하는 상인의
형상이 전면화되고 박지원의 다른 전들에서도 다양한 상인 형상이 나

<hr>

4　고영란, 「『닛폰 에이타이구라日本永代藏』에 드러난 교훈의 이면裏面」, 『일본어문학』 34,
　　한국일본어문학회, 2007, 201~220면.

5　이들 본격 상인 소설에는 상업을 잘 이어가기 위해서는 데다이(중간 관리직, 현대식으로
　　하면 매니저급)의 태도, 마음가짐, 그들을 대하는 주인집 사람들의 태도 등이 중요하다
　　는 내용을 담은 「아킨도 가쇼쿠쿤商人家職訓」, 「세켄 데다이 가타기世間手代氣質」, 부잣집
　　상인 아들, 딸들의 기행, 부자가 된 상인 1대 아버지의 기행을 골계적으로 다룬 「세켄 무
　　스코 가타기世間息子氣質」, 「세켄 무스메 가타기世間娘氣質」, 「우키요 오야지 가타기浮世親
　　仁形氣」 등이 있다. 고영란, 「에지마 기세키江島其磧의 축재蓄財 인식에 관한 소고小考-쇼
　　토쿠기正德期 작품을 중심으로」, 『일본학보』 제88호, 2011, 81~92면 참조.

6　최태화, 「다메나가 슌스이爲永春水의 닌조본人情本연구-『슌쇼쿠우메고요미春色梅兒譽
　　美』와 『슌쇼쿠다쓰미노소노春色辰巳園』를 중심으로」, 고려대 석사논문, 2004.

7　물론 산문으로 그 범위를 확대하면 18·9세기에 편찬된 야담집 속 상인 관련 작품들의
　　수는 상당하고, 이우성·임형택의 『李朝漢文短篇集』(1973; 1978)에 '富'와 '世態', '民衆
　　氣質'이라는 포괄적 분류틀 속에 묶여 소개된 이후, 이 분류틀에 준하여 '致富談'·'治産
　　談' 등의 연구 속에서 상인도 주목되어 왔으며, 「大豆」와 「歸鄕」 등의 작품에 주목한 논
　　의에서는 간략하나마 '客主의 상업활동'과 '치부담에 나타난 윤리' 등을 다루기도 하였다.

타나기는 하지만, 이 또한 실제 상인 그 자체를 그리고 있다고 하기는 어렵다. 이민희는 17세기 이후로 상인이나 상업 행위, 또는 상거래 풍속을 담아낸 일련의 작품들이 현저하게 등장하기 시작했다는 사실에 주목하여, 이 시기 고소설 작품을 '상업소설' 혹은 '상인소설'이라 부를 만한 가능성에 대한 문제의식 하에 17~18세기 고소설에 나타난 화폐경제의 사회상을 면밀하게 짚은 후 「조신선전」을 상인소설로, 「왕경룡전」·「허생전」·「낙천등운」 등의 작품들을 상업소설로 볼 수 있다는 조심스러운 결론을 내린 바 있다.[8] 이 논의는 고소설을 대상으로 상인소설의 가능성을 모색했다는 점에서 의미 있다고 할 수 있다. 단, 상인이나 상행위가 초점화되지 않는 많은 작품을 포획하지 못하는 측면이 있고, 시기적으로 19세기 이후 세정, 세태를 핍진하게 그려낸 세태 풍자소설이나 국문장편소설도 제외된 상태이다.

따라서 이 글에서는 조선 후기 고소설에 대해 상인 소설이라는 명칭은 유보해두고, 이 시기 고소설 속 상인의 형상을 개괄하여 정리한 후, 18세기 말에서 19세기 초에 창작, 향유되었을 것으로 추정되는 국문장편소설 『보은기우록』을 주 대상으로 하여 상인 형상과 그 의미를 진단해 보기로 하겠다.

8　이민희, 「17~18세기 고소설에 나타난 화폐경제의 사회상」, 『정신문화연구』 32, 한국학중앙연구원, 2009.

2. 조선 후기 고소설의 상인 형상과 『보은기우록』

이 시기 상인이 나타나는 첫 번째 작품은 「주생전」이라 할 수 있다.[9] 명나라 인물인 주인공 주생은 과거 시험에 붙지 못하자 궤짝 속에 숨겨 두었던 몇백 냥 돈으로 배 한 척을 사고 나머지 돈으로 장사가 될 만한 물건을 산 후 강호를 자유로이 유람하며 장사를 한다. 「최척전」에서도 조선의 인물인 주인공 최척이 정유재란으로 중국에 넘어가게 된 후 항주 사람 송우와 함께 상선을 타고 안남安南을 내왕하며 장사를 하게 된다. 이들 작품의 경우, 주인공들이 전문적인 상인이 아니고 상업 행위 또한 구체적으로 그려지지는 않지만, 선비 신분의 주인공들이 상인 혹은 상업행위에 거부감을 드러내지 않는다. 또한 주생이 장사를 하면서 이곳저곳을 자유로이 다니는 과정에서 여주인공 배도를 만나고, 최척이 일본의 상선을 따라 안남에 온 아내 옥영을 만나게 되는 등 단순한 화소에 그치지 않고 서사에 중요한 기능을 하고 있다. 「왕경룡전」 역시 주인공 왕경룡이 아버지의 고리대금업 수금을 위해 부상富商을 찾아 떠났다가 서주의 청루어서 빚으로 받은 돈을 탕진하는 과정에서, 고리대금업과 청루기생업을 하는 상인들이 나타난다.

18세기에는 실학파인 연암 박지원과 다산 정약용의 한문단편에서 상인이 두드러지게 나타난다. 박지원의 「허생전」, 「마장전」, 「광문자전」, 정약용의 「조신선전」이 그 작품들이다. 「허생전」은 허구적 설정 안에서 매점매석이라는 상업행위의 이론을 실제화하는 작품이라고 할

---

9   엄밀한 의미에서 「주생전」의 창작시기는 1593년이므로 16세기 말이지만, 17세기 언저리로 보고 대상에 포함하였다.

수 있으며, 이 과정에서 상업은 물론 자본 증식의 이치까지 함께 보여 주고 있다. 「마장전」은 말 거간꾼을 비롯해 집 거간꾼 등 거간꾼의 능변술과 흥정술에 비유해 벗 사귀는 방법을 논하고 있다. 「광문자전」은 전당업이나 고리대금업 등 돈을 취급하는 직업을 다루고 있으며, 그 후기에서는 부동산 중개업자가 등장하기도 한다. 정약용의 「조신선전」은 책 거간꾼의 일화를 담고 있다. 중인층이 부상하면서 그들의 문화적 결핍을 충족시키기 위해 등장한 책 중개상 조신선의 삶과 책을 대하는 나름의 철학을 드러내고 있다. 이처럼 실학파의 상인화소 작품들은 조선을 배경으로 조선의 다양한 직업들을 구체적으로 형상화하고 있을 뿐만 아니라, 이들 직업에 대한 작중 인물들의 인식은 물론 작가의 의식까지 투영하고 있다. 또한 매점매석이나, 전당업, 고리더금업 등이 대상이 되면서 상업이나 상인의 부정적인 면모가 새롭게 나타나고 있다. 이 시기에 성행한 판소리계 소설 「심청전」에서도 심청이를 공양미 삼백 석에 매매해 가는 남경인이 나타난다.

18세기 말에서 19세기에는 세태풍자소설과 국문장편소설에서 상인 형상이 두드러지게 나타난다. 먼저 세태풍자소설인 「이춘풍전」에서는 주색잡기로 남편 이춘풍이 가산을 탕진하자 부인 김씨가 장변, 월수, 일수 등의 고리대금업으로 수천 금을 모은다. 또한 이춘풍이 장사 밑천으로 호조돈 이천량을 빌리는 것도 고리대금업의 일종이며,[10] 평양에 갔을 때 이춘풍은 '서울의 부상대고富商大賈'로 소문나 이를 느리는

---

10 이춘풍이 호조돈 이천량을 빌리는 것은 당시 대곡제도가 관에서 운영하는 고리대업으로 변질된 사회상을 반영하는 것이다. 김소연, 「이춘풍전의 세태소설적 특징 고찰」, 인천대 석사논문, 2003, 27~28면.

명기 추월의 유혹을 받는다. 「채봉감별곡」의 경우 돈을 갚지 못해 옥에 갇힌 아버지 김진사를 구하기 위해 주인공 채봉이 평양의 한 청루에 몸을 팔아 기생이 되는데, 이때 청루업을 하는 기생모가 돈이 되는 채봉을 적극 이용하려는 상황이 사실적으로 나타난다. 「삼선기」의 후반부는 이춘풍과 홍도화, 유지연 삼인이 평양의 교방을 일종의 사업체처럼 운영하는 이야기가 주 서사를 이루는데, 이들이 평양 교방을 장악한 데 대해 시정의 상업적 교방 세력과 관권과의 갈등에서 상업적 교방의 세력이 승리함으로로써 조선 후기 시정의 상업정신의 승리를 그리고 있다고 진단된 바 있다.[11]

국문장편소설은 조선을 배경으로 하는 세태풍자소설과 달리 중국을 배경으로 하고 있으며, 방대한 분량 속에서 그 비중이 상대적으로 약하다고 할 수 있으나, 그럼에도 다양하고 구체적인 상인 형상이 나타난다.

「쌍천기봉」 연작은 전편인 「쌍천기봉」이 18권 18책, 후속작인 「이씨세대록」이 26권 26책에 이르는 방대한 분량인데, 파편적이기는 하지만, 작품 전반에 걸쳐 다양한 상인 등장 형상이 등장한다. 먼저, 1대의 인물인 이현은 서경으로 가던 길에 어느 촌의 주점에 들어가는데 이곳은 사람에게 술을 먹여 정신을 잃게 한 후 인육 만두를 파는 주막이었다. 이현은 계교를 써서 달아났다가 후에 객점의 노소를 다 결박하여 연경에 이르러 왕에게 고하니, 왕이 점주 등을 징치한다.[12] 남창이라는

---

11 박일용, 「조선 후기 훼절소설의 변이양상과 그 사회적 의미(下)」, 『韓國學報』 14, 일지사, 1988, 93~96면.

12 이런 인육만두가게 화소는 「성현공숙렬기」 연작에도 나타난다. 「성현공숙렬기」 21권에서 형을 시기하여 끊임없이 해치려 하는 동생 임유린은 여러 번 형의 도움으로 죽을 위기를 벗어나자 형과 화해하고자 촉 땅에 이르는데, 여기서도 형 임희린이 촉왕에게 항복을 얻고 모두에게 칭송받고 있는 것을 알고는 분함과 시기심에 사로잡혀 구강九江 가로 선

곳에서는 갓난아기를 유괴하여 자식 없는 집에 일천 금을 주고 아이를 파는 인신매매 화소가 나타난다. 나숭은 후에 절강의 객점에서 대주의 상인들과 얘기를 나누면서 대주 상인인 송상집이 절강의 물화를 대주 가서 팔면 삼분의 이에 해당하는 이문을 얻을 수 있다고 하자 아이를 팔아 남는 이문에는 비교도 안 된다며 떠벌린다. 또한 이 대주 상인 송상집은 일본에 가서 홍판을 할 정도로 전문적인 상인이기도 한데, 이 씨 집안의 잃어버린 아들을 찾는 서사에 긴밀히 매개된다.[13]

「낙천등운」에서는 주인공 석작이 부모를 모두 잃고 선주船主인 후선의 양자가 된 이후 여주인공 동예아와 수번의 만남과 이별 여정을 거치는 과정에서, 특히 돈을 벌 목적으로 창가의 포주가 여러 여자를 사서 창녀로 만드는 인신매매와 청루업의 결탁 양상이 두드러져 나타난다.[14] 동예아의 시련이 지속되면서 동예아가 숙부 동전채를 옥에서 빼내는데 필요한 돈을 마련하기 위하여 사채를 빌리는 상황이 나타나는데, 이때 남장을 한 동예아가 후매에게 돈을 빌리기 위하여 현금 거래를 증명하는 문서인 일종의 명문明文을 쓰는 등 금전 거래 과정이 상당히 구체적이고 현실적으로 그려지고 있다.[15]

「화씨충효록」에서는 여주인공 진채경이 부친을 구하기 위해 집을

유船遊 나간 임희린을 독살하려고 배에 오른다. 그러나 하필 유린이 오른 배의 사공이 유명한 도적이라 유린을 어느 그윽한 촌중에 내려놓고 인육으로 만두를 만들어 파는 인소점에 만두감으로 판다. 만두감이 되기 직전에 형 임희린이 나타나 구해주지만, 만두감이 되는 과정이 매우 상세하게 나타나고 있다. 이는 「수호전」의 인육만두가게 黑點에서 인육을 만두감으로 만드는 과정과 흡사하다.

13 이 밖에도 서촉 상인, 서역과의 비단 매매, 복건의 장삿배 등 다양한 상인 화소가 나타난다.

14 이지영은 이런 화소를 중국소설과의 영향 관계로 파악하였다. 이지영, 「낙천등운의 텍스트 특징과 형성배경에 대한 고찰」, 『국문학연구』 19, 국문학회, 2009, 61~65면.

15 강문종, 「落泉登雲 研究」, 『영주어문』 26, 영주어문학회, 2013.

떠나는 과정에서 집을 세놓은 화소, 진채경의 여정 중 엄숭에게 소금을 바치러 갔다가 뇌물이 적다고 곤장을 맞고 진채경 일행에게 길을 잘못 알려주는 염한鹽漢의 화소, 시모인 심씨가 두 며느리 윤씨와 남씨의 비단 짜기와 수놓기를 분업시켜 매매하는 화소, 화진이 전장에서 권도로 수하 장수 설문응을 쌀 장사꾼으로 위장시켜 쌀을 매매하는 화소, 악인 장평이 안삼낭이라는 양민의 아내에게 반하여 이를 취하고자 할 때 마침 안삼낭이 쌀 무역 때문에 집을 비우는 화소 등 작품 전반에 걸쳐 다양한 상인 형상이 나타나고 있다.[16]

그런가하면 19세기에 나타난 일련의 작품군인 한문장편소설 중 「옥수기」는 '십리진회'의 한 유명한 술집이 배경이 되고 있다. 주인공 가유진 삼 형제는 외할아버지 경상서의 생일연을 맞아 북경으로 올라가는 길에 천하 명승지라는 금릉 땅에 들러 잠시 놀다가기로 한다. 금릉 땅의 주점에서 상인들이 두사인 집의 포도주 맛을 높이 평가하는 말을 듣고 진회의 유명한 술집인 두사인 집을 찾아가기로 하는데, 이때 진회는 명대 진회라는 지역이 지니는 사실적인 특성을 매개로 하여, 화려한 누각과 술과 여자로 대표되는 유흥의 공간으로 그려진다.[17] 다른 소설의 청루업과 유사한 술집 화소가 나타나지만, 그 술집에서의 유흥이 여유와 유쾌함 속에서 긍정적으로 형상화되고 있으며, 작품의 분량에서도 상당 부분 차지하면서 상인 형상의 또 다른 독자적 면모를 보여주고 있다.

---

16 김수연은 이를 국문 장편소설에서 인정물태가 강화되는 양상 중 현실적 경제관념의 반영으로 진단한 바 있다. 김수연, 「「화씨충효록」의 문학적 성격과 연작 양상」, 이화여대 박사논문, 2008, 76~84면.

17 탁원정, 「「옥수기」에 형상화된 이국異國, 중국中國」, 『한국고전연구』 17, 한국고전연구학회, 2008.

한문소설

작품	상인 형상과 관련 서사	배경
주생전	주인공 주생이 과거공부를 접고 배를 사서 장사하러 다님	중국(/조선)
최척전	주인공 최척이 중국 상인 송우와 함께 베트남으로 비단과 차 장사를 하러 감	중국(/조선)
*왕경룡전	주인공 왕경룡이 아버지의 고리대금업 수금을 위해 부상富商을 찾아 떠났다가 청루에서 빚으로 받은 돈을 탕진함	중국
허생전	매점매석을 통한 자본 증식	조선
마장전	말 거간꾼 / 옷감 가게 주인의 상술	조선
광문자전	전당업 / 고리대금업	조선
조신선전	책 거간꾼	조선
*옥수기	주인공 가유진 형제가 과거길에 금릉 진회의 두사인이 운영하는 주색가에 들러 한 달 이상을 유희.	중국

국문소설

작품	상인 형상과 관련 서사	배경
심청전	남경 상인의 인신매매	조선/중국
*이춘풍전	이춘풍의 처 김씨의 일수, 월수, 장변 등의 고리대금업 이춘풍의 평양 장사행 이춘풍의 장사 밑천을 탕진하게 되는 청루기생업	조선
*채봉감별곡	채봉이 아버지를 구하기 위해 몸을 파는 과정에서의 청루기생업	조선
*삼선기	이춘풍과 홍도화, 유지연 삼인이 평양의 교방을 일종의 사업체처럼 운영	조선
*낙천등운	무역상 / 고리대금업 / 인신매매 / 청루기생업	중국
*쌍천기봉 연작	인육만두가게 / 인신매매 / 대주 상인의 일본 홍판 / 서역에서 온 상인	중국
성현공숙렬기	인육만두가게	중국
조씨삼대록	양주 상인의 화물 매매	중국
*화씨충효록[18]	쌀 무역상, 집 팔기, 소금바치鹽漢	중국

이처럼 조선 후기 고소설들은 작품별로 차이는 있지만, 상업 활동이 서사와 긴밀한 관련을 맺으면서 상인이 점차 부각되고 있으며, 중국과

---

18 * 표시는 상업이나 상인 관련 화소가 서사와 밀접한 관계에 있는 작품들이다.

조선을 모두 배경으로 하면서 상인이나 상업의 양상 또한 매우 다양하게 나타난다. 그럼에도 앞서 전제한 것처럼 상인의 삶이나 상업 행위가 전면화되는 작품은 드물다고 할 수 있는데, 18세기 말에서 19세기에 창작된 것으로 추정되는 국문장편소설 『보은기우록』은 유일하게 중국이나 일본의 상인소설에 비견될 만한 상인의 형상을 보여주고 있어 주목된다.

『보은기우록』에는 푸줏간 운영, 고리대금업, 청루기생업, 비단 매매와 무역, 서화 매매 등의 다양한 화소에서 상인 형상이 나타나는데, 무엇보다 특징적인 것은 그 중심에 주인공 가문이 있다는 것이다. 주인공 가문에 의해 상업행위가 이루어지고, 이런 상업행위가 작품 전반의 서사와 갈등에 긴밀히 매개되고 있다.

『보은기우록』의 이런 특징은 기존 연구에서도 포착되었고, 상당한 연구 결과가 축적되었다. 이를 통해 당대 화폐 경제상의 반영, 재물이나 재화에 대한 인식 투영, 전통 윤리와 가치관의변화 등의 의미가 확인되었다.[19] 이 글에서는 기존 연구 결과에 기대어 논의를 진행하되,

---

19 『보은기우록』은 일찍부터 재화를 소재로 다루는 작품들과 함께 다수의 글에서 중요하게 언급되었다. 신선희는 '富'라는 주제를 통하여 경제사적 접근을 시도하면서 『보은기우록』을 윤리와 부의 문제를 개인 차원이 아닌 사회적 차원으로 다룬 작품으로 보았다. 신선희, 「고소설에 나타난 부의 구현양상과 그 의미」, 이화여대 박사논문, 1991. 하성란은 조선 후기 소설에 나타난 화폐경제 인식을 살펴보는 가운데 『보은기우록』을 화폐경제 시대의 이윤 추구가 현실적으로 묵인되면서 도덕적으로는 부인되는 이율배반적이고 과도기적인 시대 현상을 드러내는 작품이라 평하였다. 하성란, 「조선 후기 소설에 나타난 현실인식―특히 화폐경제인식을 중심으로」, 동국대 석사논문, 2000. 임형택은 18, 19세기 화폐에 대한 실학과 지식인의 긍정론과 부정론을 다루는 가운데 「흥부전」과 『보은기우록』을 언급하였다. 임형택, 「화폐에 대한 실학의 두 시각과 소설」, 『민족문학사연구』 18집, 민족문학사학회, 2001. 최수현은 『보은기우록』의 시대 배경인 조선 후기가 자본주의의 맹아기로서 농업 사회에서 상업 사회로의 변모의 시초를 보이면서 신분제의 혼란을 가져왔던 격변기였다는 점을 전제로, 『보은기우록』의 작가가 경제력으로 인한

상인 형상에 초점을 맞추어 그 실상과 그 의미를 드러내는 데 집중해 보고자 한다.[20]

3. 『보은기우록』 속 상인 형상

『보은기우록』은 『명행정의록』과 연작 관계에 있는 국문장편소설로, 그 후편인 『명행정의록』의 독서 기록이 홍희복의 『제일기언』(1835 ~ 1848)에 실려 있는 것으로 보아, 적어도 18세기 중후반에 창작되었을 것으로 추정되고 있다.[21]

『보은기우록』의 1대 인물인 위지덕은 5대 째 벼슬길이 막혀 가문이 궁핍에 시달리게 되자, 벼슬을 자기 집안의 불호지사不好之事라 여기고 오직 치산治産에 몰두한다. 푸줏간을 직접 운영하면서 그 이익으로 고리대금업까지 병행하는데, 이런 아버지와 달리 아들 위연청은 부나 재물에 뜻이 없어 부친의 뜻을 여러 번 어기게 되면서 부자간의 갈등이 심화된다. 급기야 아버지 손에 죽을 절명의 위기를 맞았다가 구현옹이라는 도사에 의해 구출된 이후, 그 밑에서 수학하여 문무과를 겸하여 장원급제하고 관료로 현달하면서 가문을 부흥시킨다.

신분제의 동요를 사실적으로 반영하는 가운데 재화의 올바른 사용을 모색하고 있다고 보았다. 특히 상업 자체에 대해서는 부정하고 있지 않지만 도덕성을 상실한 재화 추구 방식으로 높은 이자율을 매기는 고리대금업에 대해서는 부정적인 시각을 보여주고 있다고 하였다. 최수현, 「『보은기우록』의 구성과 갈등구조 연구」, 이화여대 석사논문, 2004.

20 대상 텍스트는 (장서각본 18권 18책을 교주한) 『경인교주 한국고대소설총서 Ⅴ—보은기우록』上·下, 이화여대 출판부, 1975. 이하 텍스트를 인용할 경우 권수만 표기할 것임.

21 최수현, 앞의 글, 9~13면 참조.

1) 몰락 양반의 푸줏간 운영

위지덕은 양반이지만 5대째 벼슬을 못하여 궁핍에 시달리자 돈을
벌 수 있는 일이라면 초부 목동의 일이나 시정 상고의 일도 시험해 보
지 않은 것이 없을 정도로 닥치지 않고 하는데 심지어 푸줏간을 직접
운영하기까지 한다.

> 부친이 반기미 업셔 무심이 볼 쑨이오 모친의 반기ᄂ 싱이 황홀ᄒᄂ 감
> 히 베푸지 못ᄒ고 함호불토ᄒᄂ 다만 비디 취렴에 황황급급ᄒ니 장번곡가
> 의 돌돌망망ᄒ여 상고의 무리로 교두논니ᄒ고 졈쥬의 쎄로 힐난슈변ᄒ니
> 문젼이 혼잡ᄒ고 쳬면이 슈샹ᄒ니 노쥬에 분이 업스며 상하의 별이 업셔
> 종일토록 비비ᄒᄂ 무리 들네며 푸ᄌ와 육츅이 문의 가득ᄒ니 이 엇지 명
> 쥬 티후에 여풍이 잇스리오 고즁의 ᄊᄒ헌 거슨 곡식이오 방즁의 가득ᄒ 부
> 벽은 하긔라(권1)

위지덕의 아들 위연청은 5세에 외숙을 따라가 수학하다가 11세에
본가로 돌아온다. 위연청은 부모를 그리던 회포를 펼까 하였으나 아버
지 위지덕은 반기기는커녕 무심히 볼 뿐이고, 대신 상고의 무리와 머
리를 맞대고 이문을 따지는 데만 골몰해 있다. 이 집은 그야말로 상인
들을 비롯해 들락거리는 사람들로 정신없는 분위기인데 여기에 더해
점포에는 육축이 가득 쌓여 있기까지 하다.

> ᄎ후로 원의 히계 일부역심ᄒ여 의관을 갓초입고 단의단과로 늑츅을

모라 드리고 푸ᄌ로 몸쇼 감심ᄒ는지라 심상헌 쇼견이라도 동희의 쩌러지고져 ᄒ려든 허물며 위옥슈의 빅셜 쳥빙갓흠이리오 (…중략…) 님의 도라완 지 일삭이 못ᄒ여 원의 아ᄌ로 푸ᄌ의 즘싱 다히난 거슬 보살피며 쥬쳥의 이식 거두난 거살 쇼임ᄒ라 ᄒ는지라 옥쉬 거역지 못ᄒ여 푸ᄌ를 님ᄒ엿더니 원의 단삼초모로 져울을 들고 친히 고기를 다라 노왕모 노시를 맛져 이식을 낫낫치 분부ᄒ고 숀죠 푸ᄌ 문을 잠으며 아ᄌ를 불너 왈 네, 갓 왓고 나히 어리니 남의게 쇽으리니 창염ᄒ라 (…중략…) 불초이 가의 님뉴ᄒ여 연연이 시봉을 폐ᄒ고 디인이 친히 가셔 근근ᄒᄉ 지어 살육 미미ᄒ셔셔 가졍의 푸ᄌ를 열며 엄위선죠 시평을 잡으시니 도시 희아의 유츙불효ᄒ미라 쇼지 엇지 낫찰 드러 쳔일지하에 셔리잇고(권1)

위연청은 어머니로부터 아버지의 돈 모으기가 이미 되돌릴 수 없는 일이 되었고 아버지가 매우 엄하니 명을 거역하지 말라는 말을 듣고 먼저 가게에 나가 아버지의 일을 도와드린다. 이에 위지덕은 한 달 쯤 지나자 본격적으로 아들 위연청에게 고기를 다루는 일을 보조하게 하고, 주점의 매상을 단속하는 일을 맡긴다.[22] 위연청은 명을 거역하지 못하고 가게에 나가는데, 이때 위지덕은 간편한 복장으로 저울을 들고 직접 고기를 달아 팔고 마지막 가게 단속까지 하면서, 아들이 아직 세상 물정을 몰라 잘 속을 수 있다는 것을 경계한다. 이 과정에서 위지덕

---

[22] '쥬쳥의 이식 거두난 거살 쇼임ᄒ라 ᄒ는지라'는 두 가지 해석이 가능하다. 하나는 위지덕이 여러 가게를 운영하는 가운데 주점을 겸하고 있으며, 이때 주점의 매상을 관리하라는 것이다. '이식利息'은 보통 이자를 의미하지만, 고기를 달아 팔면서도 이식을 부탁했다는 데서 고기 판 값, 매상을 의미한다고 볼 수 있기 때문이다. 다른 하나는 이후의 고리대금업과 관련지어 근처의 주점에서 일종의 일수를 거두는 것을 의미한다고 볼 수 있다.

이 단순히 가게를 운영하는 것이 아니라 직접 고기를 다루고 있다는 것이 나타난다.

> 원의 비록 흥완ᄒ나 일분 감동ᄒ미 잇더니 명일의 임의 푸즈의 고기룰 풀고 니룰 거두어 다시 졔양을 사라 보니고 남은 고기 두어근을 가져 쥬방의 주어 찬션을 민드라ᄂ닌더라 독쉬 뫼셔 밥 먹으되 오직 치소로 하져ᄒ고 육깅을 졉구치 아냐 임의 즘생의 고기를 먹지 아닛ᄂ가 ᄒ여 무러 굴오더 네 엇디 소식ᄒᄂ뇨 싱이 무로룰 조차 자리를 써나 ᄭᅵ롤 그릇고 돈슈톄읍 ᄂᆞ왈 작일 엄ᄭᅬ 졀엄ᄒ시니 불쵸이 감히 두 번 소회룰 브릇지져 고치 못ᄒ읍ᄂ는더라 도라 싱각건더 뵤상왕이 산영을 즐기거늘 번희 삼년을 념육을 먹디 아니니 감동ᄒ여 전녑을 그치고 악양ᄌ 쳬 싀어미 눕의 듥을 먹거늘 감지 못밧들물 우러 뉘우츠물 어덧거늘 소지 불쵸 무상ᄒ여 임의 예 치랍ᄒ물 엇디 못ᄒ니 도료혀 녀ᄌ만 ᄀᆞᆺ디 못ᄒ온 고로 ᄎ마 졔양의 고기 입의 조흔 마술 탐치 못ᄒ미라 무로시물 조차 감히 은휘치 못ᄒᄂ이다(권2)

위지덕은 자신이 포악하게 구는데도 순응하는 아들 위연청에게 다소 감동하여 팔고 남은 고기로 반찬을 만들게 하여 아들에게 먹이고자 하는데, 위연청은 채소만 먹고 고깃국을 먹지 않는다. 위지덕이 그 동안 고기를 먹어 보지 못해 그런가 하여 물어보자 위연청은 번희나 악양자의 처 고사를 들어 육식하지 않고자 하는 자신의 뜻을 드러낸다. 결국 이 말에 분노한 아버지 위지덕에 의해 능변으로 명을 거역한다 하여 큰 매를 맞게 된다. 아버지와 아들 간에 고깃국을 둘러싼 공방이 오고가고 그 결과로 아들에게 매를 드는 상황은 상당히 새롭고 흥미롭

다. 또한 위 인용문에는 고기를 팔고 남은 돈으로 다시 고기를 사러 보
내는 상황이 드러나고 있어 푸주업 운영이 매우 사실적으로 드러나고
있다.

> 원의 홀연 감동ᄒ여 굴오디 푸즈롤 내 친검ᄒ믈 네 져럿툿 죵신디통을
> 삼은즉 초후로 졔양을 졈방 푸즈의 훗터 살육 미육ᄒ믈 내 몸소 아니리니
> 네 쾌히 ᄒ을 플고 의ᄉ를 다시금 징변ᄒ여 역명ᄒ기를 능ᄉ로 삼지 말나
> 공지 불승디열ᄒ여 빅비 샤은ᄒ여 셩덕을 칭하ᄒ니 원의 즉시 노ᄌ 쇼이
> 뇨삼을 졔양 대히던 연장과 푸즈 긔구롤 당대랑 푸즈의 맛겨 일일 니롤 바
> 드니 이 실노 쳔만의 불의예 이상ᄒ 일이라 효ᄌ의 디셩을 보리러라 (권2)

아들 위연청이 심한 매를 맞으면서도 아버지의 푸줏간 운영을 반대하
며 통곡하자, 위지덕은 그에 마음이 흔들려 자신이 직접 운영하는 것을
그만두겠다고 한다. 그러나 푸주업 자체를 포기하지는 않아 그동안 쓰
던 기구와 연장을 이웃 점방에 맡기고 위탁하는 방식으로 합의를 본다.

이후 푸주업은 직접 운영하지 않게 되었다는 점에서, 또한 아들 위
연청의 대외적 활동에 초점이 맞춰지면서 작품의 배면에 자리하게 되
지만, 푸주업을 하는 몰락한 양반이라는 『보은기우록』만의 파격적이
고 독자적인 상인 형상이라고 할 수 있다.

2) 관원과 결탁한 대규모 고리대금업자

위연청의 간청에 의해 푸주업의 직접 운영을 양보한 위지덕이 이후 몰입한 것은 소작농이나 인근 주민들을 대상으로 한 작은 규모부터 소항주蘇杭州의 점주와 상인들을 대상으로 한 대규모에 이르는 고리대금업이다.

> 츠후로 간언이 무익흐믈 씨드라 오딕 식이는 바의 스지라도 불감위여가 하니 빗즐 주며 니룰 밧는 스이 취렴흐믈 명흐즉 감히 면치 못흐여 미젼을 거두매 큰 말과 무거운 져울을 브리고 되며 둘기룰 저드려 흐라 흐며 십분 의 흔비룰 취흐나 원의는 흉악이 고혈흐여 가죽을 벗기며 피룰 짠듯흐되 힐난징변흐여 능히 다 거두지 못흐던 바로 싱은 구셜을 허비흐미 업고 셩 식을 움죽이디 아니코 졔졔히 바다 인인이 못밋츨가 근심흐는디라 또 허 다 문셔 산계흐매 힐난분운흐여 갑흐며 준 거시 밧고이고 쟈그며 만흔 거 시 섯기여 종일 언징흐여 단셔가 미히흐던 바로 싱이 호계훈 후는 고뷔진 물이 동으로 모히고 헌 실이 쯧치 풀님 숫희여 슈재룰 쟝쯧고 여재 고개 조 의니 고로 원의게 용납흐믈 어드니(권2)

위지덕은 빌려준 돈의 이자 받는 일을 위연청에게 시키는데, 십분의 일의 이자를 받는 방식에서 아버지와 아들의 이자 받는 방식이 대조적으로 그려지고 있다. 또한 고리대금 문서들이 정리가 안 되어 매번 언쟁이 이루어졌던 것을 위연청에게 그 회계를 맡긴 이후로는 말끔하게 정리되는데 이 일로 비로소 위연청은 아버지 위지덕에게 인정받게 된다.

일일의 원의 싱을 불너 왈 쇼줘 댱원의게로 비단 푸즈롤 열고 나의 지쵀
은 이쳔냥을 어더 즉년의 비로 갑호마 ㅎ니 둉보롤 노즈로 여슈치 못ㅎ리
니 네 가문의 표증을 명빅히 ㅎ고 일후의 위길ㅎ는 례 업게 ㅎ라 싱이 만분
졀박ㅎ나 이 극훈 비례 아닌즉 감히 슬ㅎ며 블가ㅎ믈 니르리오 오딕 유유
슈명ㅎ며 명일 발힝홀시 은즈 원의 심복 조즈 왕쇼삼이 뉴은ㅎ고 힝니는
셔동 쳥운을 지윗시니 쇼삼은 녹운의 조재오 원의홀 도아 블의로 복스ㅎ
미 극악디 아니미 업더라 여러 날이 못ㅎ여 쇼줘 니르러 댱원의롤 츠쟈 은
즈롤 뎐ㅎ고 문긔롤 명빅히 ㅎ며 좌우닌니의 증표를 바다 긋쳐 일이 업는
디라 (…중략…) 이곳의 원의게 밋쳔을 아니 진 푸지 업는 고로 냥듕의 스
스로 돈이 업서도 즈안의 술 사믈 근심치 아닐 배로디 싱이 훈 곳도 아니고
쏘 댱원의는 박실훈 사롬이라 킥박흉완ㅎ믄 위원의와 다르나 됴것의 즈믈
분주ㅎ믄 위원의와 일양이니 싱이 댱가의 머무디 아니코 동셔로 슉식ㅎ여
뎡쳬 업더니 (권2)

원의 개회치 아니코 향줘의 홋톤 은지 잇셔 샹고 졈방의 둔 배 오빅금이
러니 그 후 여러 번 번니ㅎ여 뉴쳔여금이 되어시디(권5) / 노댱의 말이 그
르다 원의 비록 치가ㅎ기로 남을 뮈여시나 엇디 귀읍쓰디 홰 밋쳐시리오
노인 왈 위원의 빗 주는 법이 돌시된 즉 비롤 밧느 이 양줘는 니르디 말고
쇼항 동남상고와 가회재 져의 빗즐 아니 진 재 이시리오마는 장수ㅎ는 사
롬들은 물화롤 포라 즉시 풀므로 빗즐 갑고 니를 남기거니와 가난훈 빅셩
이 처음 긔한을 견디지 못ㅎ여 돈을 어더 쁜 쟈면 긔한의 갑디 못ㅎ거든 고
관홀 문디롤 믄드러 일홈 두며 증인ㅎ엿다가 긔한의 밋츤즉 독촉 고관ㅎ
는 고로 박브득 되엇는 문셔롤 믄드니 이럿툿 ㅎ기롤 여러 번 훈 즉 ㅎ나히
열히 되여 열히 빅이 된 즉 닷냥이 쉿냥이 되고 열냥이 빅냥이 되여 져 욱역

으로 맛디미 아니나 이런 이즈 구ᄒ여 제 손으로 즈구ᄒ 거슬 어디 가 발명
ᄒ리오(권6)

앞의 인용문에서는 소주의 장원의가 비단 가게를 여는 데 위지덕이
돈을 빌려주면서 그 계약을 분명히 하기 위해 아들 위연청을 보내고,
문서를 작성하여 먼저 돌려보낸 후 위연청이 남아 유람할 때 이곳 가
게들이 위지덕에게 빚지지 않은 곳이 없어 돈이 없어도 머물 수 있다
는 것이 나타난다. 다음 인용문에서는 소항주의 여러 가게들에도 돈을
빌려주었다는 것이 나타나난다. 특히 서호의 배 위에서 아버지 위지덕
의 화가 이곳까지 미쳤다는 노인의 대화를 엿듣고 위연청이 잘못 안 것
이라고 하자, 노인은 이곳까지 위지덕에게 빚지지 않은 사람이 없다고
하면서 그 악덕한 회수 과정을 하소연한다. 이 두 인용문을 통해 위지
덕의 고리대금업이 근방에서 이루어지는 소규모가 아니라 이웃 지역
까지 장악하는 대규모의 것임이 드러난다. 또한 은 이천 냥이 일 년 만
에 두 배가 되고, 5백 금이 수천 여 금으로 불어나는 그야말로 높은 고리
대 이자를 거두고 있다는 것이 드러나고 있다.[23]

문득 ᄒ 스름이 이셔 셔로 말ᄒ며 이대로 양쥬가 위원의 푸즈의 은을 ᄶ
어 남경 비단을 고아 밧치고 왓노라 ᄒ니 강완이 보니 졔 아던 호이랑이라

---

23 실제 조선 후기에는 지나치게 높은 고리대의 이자율이 폐해로 지적되고 상소문으로 건의
되기도 하였는데, 당시 사실상 연 50%를 넘는 이자율로 인한 고리대의 폐해와 관련하여,
최석정은 영조에게 상소문을 올려 2할의 이자 원칙을 지킬 것을 건의했으나, 고리대 행
위의 폐단은 이 이후에도 여전하였다고 한다. 최승희, 「조선 후기 고문서를 통해 본 고리
대의 실태」, 『한국문화』 19, 서울대 한국문화연구소, 1997, 96면.

불너 가로대 호이가야 그 스이 어대 갓던다 이랑 왈 너 싱계 어려워 앙쥐 아
는 사롬이 잇더니 그롤 다리 노화 위원의 은 삼빅냥을 거연의 어더 비단을
고아 프라 니식을 갑고 오노라(권4)

　장스ᄒᆞ는 사롬들은 물화롤 프라 즉시 풀므로 빗즐 갑고 니를 남기거니와
가난ᄒᆞᆫ 빅셩이 처음 긔한을 견디지 못ᄒᆞ여 돈을 어더 쁜 쟈면 긔한의 갑디
못ᄒᆞ거든 고관홀 문디롤 믠드러 일홈 두며 증인ᄒᆞ엿다가 긔한의 밋츤즉
독촉 고관ᄒᆞᆫ 고로 박브득 되엇는 문셔롤 믠드니 이럿툿 ᄒᆞ기롤 여러 번
ᄒᆞᆫ 즉 ᄒᆞ나히 열히 되여 열히 빅이 된 즉 닷냥이 쉰냥이 되고 열냥이 빅냥이
되여 제 욱역으로 맛디미 아니나 이런 이즈 구ᄒᆞ여 제 손으로 즈구ᄒᆞᆫ 거슬
어디 가 발명ᄒᆞ리오(권6)

그런가 하면 위 인용문을 통해 위지덕과 평소 친분이 있는 인믈이나
소규모 상인들뿐 아니라 급전이나 장사 밑천이 필요한 사람이라면 인맥
을 이용해 개인적으로도 고리대를 쓰는 것이 나타난다. 특히 두 번째 인
용문에서는 같은 고리대라도 장사하는 경우에는 바로 이익을 남겨 갚을
수 있지만, 그렇지 않은 경우, 즉 일반 빈곤층에서는 결국 기한을 넘겨 이
자가 기하급수로 늘어나는 상황에 처한다는 것이 드러나고 있다.[24]

　돈 쁜 재 혹 밋천을 낭재ᄒᆞ며 가지롤 파손ᄒᆞ니 만하 젼취 셰월ᄒᆞ여 스력
으로 바들 길이 업는디라 금포디휘는 도적 잡고 빗밧는 아문이믈 브고 극

---

[24] 가난한 농민과 상인이 주 채무자가 되고, 그 대부분은 역시 농민이며, 상인들이 장사 밑
천을 고리대로 마련하는 조선 후기의 정황과도 닮아 있다. 마석한, 「17, 8세기 고리대활
동에 대하여 ─사채를 중심으로」, 『경주사학』 8, 동국대 사학회, 1989, 55~56면.

진이 대접ᄒ고 만만축당ᄒ여 빗즐 쥰슈이 바들딘터 듕샤례ᄒ마 문권을 주니 댱디휘 낙낙히 허락고 가니라(권5) / 지휘 ᄒᆫ 적은 됴회를 주어 왈 녕존이 임의 여츠 대거조홀 슈단을 ᄒ여시니 이거슨 엇디ᄒ라 ᄒ시더뇨 싱이 보니 십지일을 댱지휘로 가져 슈고를 사례ᄒ라 ᄒᆫ 뜻이러라 임의 어진 일홈을 어더 주고 엇디 실신ᄒᆫ 쑤지람을 듯게 ᄒ리오 뉴한으로 은즈를 알퍼 뎐ᄒ여 왈 이는 가히 존공을 사례ᄒ라 ᄒ시더이다 지휘 대회ᄒ여 희희 쇼왈 위형의 유신ᄒᄆᆞᆯ 사례ᄒ노라 ᄒ더라(권7)

이 번 댱지휘 ᄂ려와 관위로 다 바드니 혼을 넘긴 즉 협로으로 다스리니 이런 고로 집과 쳐즈를 다 푸라 돈 밧친 재 몃 사롭인동 알니오 다만 해를 바들 뿐이리오(권6) / 수일 후 디휘 왓다 ᄒ거늘 싱이 몬져 뉴한을 보너여 처음 부친 산쵀ᄒᆫ 문셔 보기를 구ᄒ니 디휘 문권을 주며 뉴한ᄃ려 왈 임의 슈쵀를 뭊차시니 네 낭군이 명일 아로와 가져가라 한이 회보ᄒ니 싱이 즈시 보건터 도로 소년이 도로혀 헐ᄒ더라 여러 민호와 대소 푸즈의 흔튼 본젼이 오빅냥으로 년년 준 니혼 거시 임의 오천냥의 디낫시니 그 바들 써 형벌ᄒ며 뎡일ᄒ던 쵸시 ᄒᆫ가지로 왓더라(권7)

위의 인용문들은 위지덕의 고리대금업이 관원과의 결탁 하에 이루어지는 것을 드러낸다. 앞의 인용문에서는 위지덕이 소주 채무자들의 파산으로 고리대 환수가 어려워지자 장지휘라는 소주의 관원과 결탁하여 사례를 약속하고 위탁하는 것과 임무 완성 후 십분의 일의 사례금을 받고 위지덕이 신의 있다며 만족해하는 장지휘의 모습이 그려지고 있다. 두 번째 인용문은 위탁받은 장지휘가 권력을 휘둘러 폭압적으로 대금을 환수한 상황이 나타난다. 장지휘는 위지덕에게 돈을 빌려 비단 가게를 열었던 장원의의 아들로, 아버지와 위지덕의 친분과 십분의 일이라는 사례금 때문에 위지덕과 결탁한 것이다. 인용문에서 나타나는 '관위官威'는 관원이 관직의 권력으로 개인의 고리대 환수에 임하고 있음을 잘 드러낸다. 고리대금업과 관련된 것은 아니지만, 강도감이라는 관료 또한 위지덕과 서촉 부상의 비단을 무역하고자 논의하는 등 위지덕과 긴밀한 관계를 유지하고 있다. 관료층이 경제적 이익 때문에 부자 상인과 결탁하고 있는 것이다.[25]

　　수월 후 댱지휘 셔간을 붓쳐 슈쵀롤 거의 다ᄒᆞ여시디 문서 허다ᄒᆞ고 번복ᄒᆞ미 호란ᄒᆞ니 문지 능ᄒᆞ고 산계 잘 하ᄂᆞ 니롤 보내여 바다가라 ᄒᆞ엿거늘 원의 셩을 명ᄒᆞ여 명일 항쥐 가 디휘롤 보고 은ᄌᆞ롤 출혀오라 ᄒᆞ니(권6) /

　　이윽고 허다ᄒᆞᆫ 사롬이 돈을 매며 은을 봉ᄒᆞ여 ᄀᆞ득이 디하의 밧칠시 저마다 눈물을 흘니고 목이 메여 이ᄂᆞᆫ 집을 업시ᄒᆞᆫ 갑시라 ᄒᆞ며 저는 ᄌᆞ식 폰 은ᄌᆞ라 ᄒᆞ여 셜워ᄒᆞᆫ 소리와 원통ᄒᆞᆫ 졍유롤 할매 (…중략…) 이제 다만 본은 오빅냥만 거두고 기여 허다 니젼은 각기 탕척ᄒᆞᄂᆞ 이 다 칭명의 ᄀᆞᄅᆞ치시미오 다른 의논이 업ᄂᆞ이다 (…중략…) 이에 뉴한으로 ᄒᆞ여금 ᄒᆞᆫ 집문셔롤 갓다가 ᄎᆞ례로 상고ᄒᆞ여 허다 해인을 각각 일홈을 불너 처음 본젼만 거두고 몃히 니젼 몃냥을 도로 주노하 ᄒᆞ며 은ᄌᆞ 다쇼와 번니 후박대로 졔계 환급ᄒᆞ니 문셰 무수ᄒᆞ고 명회 허다ᄒᆞ야 바든 쉬 착잡하고 늘기 황난ᄒᆞ여 졸연이 단셔롤 글ᄒᆞ기 어려우디 굿ᄐᆞ여 정신을 허비ᄒᆞ고 술피물 슈고로이 ᄒᆞ미 업서 봉안으로써 무수ᄒᆞᆫ 일홈을 불너 ᄎᆞ례로 졔계히 다 ᄎᆞ자주니 삽

25　관료들이 부자 상인과 결탁해 경제적 이익을 도모하려는 현상이 빈번해진 18세기 중반 이후의 상황과 밀접하다. 고동환, 『조선시대 서울도시사』, 태학사, 2007, 192면

시지간 혼 사롬도 그릇 주미 업고 혼 푼도 틀니지 아냣시니 노양 빅일공스
롤 일일 결단ᄒᄆ 오히려 쉬운 일이라(권7)

위연청은 위지덕이 벌여놓은 고리대금업의 대리자이자 실제 수행
자가 되는데, 장지휘에게 위탁한 소항 상인 대금 환수도 직접 담당하
게 된다. 앞 인용문에서는 이자 회수를 부탁받은 장지휘가 대금을 다
회수했으나 문서가 혼잡하니 회계 잘 하는 사람을 보내라고 하여 위연
청이 항주로 떠나게 되는 정황이 나타난다. 다음 인용문은 장지휘가
건낸 문건을 확인한 후 실제 대금 환수에 들어가는 상황이다. 위연청
은 문건 확인을 통해 오백 냥이 오천 냥으로 불어난 사실을 확인한 상
태이고, 더불어 빚을 갚느라 집은 물론 자식까지 팔았다고 하는 채무
자들의 절통한 울부짖음 앞에서 과감한 결단을 내린다. 아버지 위지덕
의 본래 뜻이라고 하면서 원금만 받고 이자는 모두 환급하는 것이다.
이 일로 위연청은 위지덕에게 철퇴를 맞고 죽음 직전까지 가게 된다.
　이와 같은 고리대금업은 작품 중반 이후까지 지속되는데, 아들 위연
청이 과거에 급제한 후 양주에 돌아와 위지덕과 화해하고 이 틈을 타
고리대금하던 문서를 다 태우고 돈을 나누어 주자고 할 때까지도 위지
덕이 쉽게 응낙하지 않다가 경사에 돈인 많다고 하자 그제야 허락하는
데서 일단락된다.

4. 『보은기우록』 속 상인 형상의 의미

1) 본격 상인 소설의 등장
─상인 생활상에 대한 포착과 이상적 상인상 모색

『보은기우록』에서 위지덕의 푸줏간 영업은 그 자체로 파격적인 화소이다. 5대 째 한로寒露의 몰락한 양반 집안으로 심하게 곤궁함을 겪어 당장 돈을 벌 수 있는 장사를 시작하게 되었다는 것은 그렇다 하더라도[26] 그 장사가 굳이 푸줏간 운영이어야 했는가 하는 점에서 그 파격은 의문을 불러오기도 한다. 그런데 이 작품에서 '몰락한 양반이 푸줏간을 운영한다'는 설정의 파격은 '푸줏간을 어떻게 운영하고 있는가'라는 실상에 와서 다소 완화된다고 할 수 있다.

돈 때문에 안 해 본 것이 없고 급기야 푸줏간까지 운영한다는 것은 돈에만 눈 먼 몰락 양반에 대한 선입견을 조장하는 데 그칠 수 있지만, 단삼초모로 직접 고기를 손질하고 저울로 달아 팔며 가게 문까지 직접 닫는 모습은 자기 일에 몰두하는 성실한 상인의 하루를 연상하게 한다. 상인 아버지가 가게 문을 닫으면서 자식에게 사기당하지 않도록 경계하는 것이나 고기 다루는 것을 곁에서 지켜보고 보조하게 하는 것도 자식에게 자신의 일을 제대로 전수하고자 하는 자연스러운 상인의 모

---

[26] 이 시기 한문학에는 몰락한 재상 집안의 아들이 생선과 소금장사로 나서서 장사꾼들과 너나 하며 지내다가 소금장사로 마치거나 많은 몰락 양반들이 니무장사 등 장삿길에 들어서는 것뿐 아니라, 여유 있는 사대부가에서도 이익을 극대화하기 위해 대리인을 써서 장사를 했다는 것이 확인된다. 허경진, 「조선 후기 한문학에 나타난 상업문화」, 『동방학지』 120, 연세대 국학연구원, 2003, 219~223면.

습이다. 나아가 그날 남은 이문으로 다시 고기를 사오도록 하는 것이
나 남은 고기로 반찬을 만들어 먹는 것은 그야말로 푸줏간 상인의 생
생한 생활상이다.

한편 고리대금업은 고소설 속 상인화소에서 가장 빈번히 드러나는
화소로 고소설 상인 화소를 대표하는 것이라고 할 만큼 익숙한 것이
다. 이는 문학적 측면만이 아니라 전통적으로 대부행위에 의한 재산증
식이 사족의 윤리에 위배되지 않았던 정황과 관련 있는 것으로 보인
다.[27] 전문적이고 대규모의 고리대금업이 아닌 일수나 월수, 장변 등
은 연원이 오래 된 것이고, 특히 여성들이 치산하는 한 방법으로 암묵
적으로 인정되어 온 것이기도 하다.[28] 그럼에도 이 작품에서 고리대금
업이 주목되는 것은 작품 전반을 지배하는 주요 화소라는 것 이외에
그 실상이 구체적으로 드러나고 있기 때문이다.

가난한 사람들에게 빌려준 돈의 이자를 미전으로 받는 과정에서 '말'
과 '되'로 정확하게 계산하는 장면, 적은 돈을 수시로 빌리고 갚고 하는
과정에서 문서 정리가 잘 안 되어 언쟁이 끊이지 않는 것이나 이를 위
연청이 담당한 후로 매듭 풀리듯 잘 정리가 되었다는 장면은 위지덕 자
신이 집에서 운영하는 소규모의 고리대 상황을 현실적으로 보여준다.
그런가 하면 평소 친분 있는 사람이지만 증표를 정확히 남기기 위해 아
들을 대리인으로 보내는 것, 빌려주는 은자를 도둑맞을까 하여 건장한
머슴을 대동하여 보내는 것, 고리대 환수를 위탁받은 장지휘가 임무를
완수하고 문서 정리와 회계에 능한 사람을 보내달라고 하는 것, 위연

---

27 서길주, 「개항후 利子附資本에 관한 史的考察(1)」, 『국제대 논문집』 7, 국제대, 1979 참조.
28 강혜선, 「조선 후기 사족 여성의 경제활동과 문학적 형상화 양상」, 『한국고전여성문학
    연구』 24, 2011, 199~200면 참조.

청이 찾아가 아버지가 썼던 문건과 장지휘가 거둔 문건이 일치하는 것을 확인한 후 실제 돈과 실물 환수에 임하는 것, 이자가 불어나는 것과 기한을 갱신하면서 독촉하는 행태가 문건에 그대로 담기는 것 등은 소항주 상인과 점포까지 장악한 대규모 고리대 운영을 구체적으로 보여 준다. 또한 고리대금업의 경우에도 아들에게 일을 전수하는 양상이 드러나는데, 흥미로운 것은 푸주업에서 위지덕이 자신감을 보이면서 아들에게 우월한 모습을 보인 데 비해, 고리대금업에서는 자신의 방식과 대조되는 아들의 방식에 주춤하기도 하고, 특히 회계나 문서정리와 같은 지식이 필요한 분야에서는 아들에게 일을 전적으로 위임하고 신임을 보인다는 것이다.

이처럼 푸주업이나 고리대금업 화소를 통해 생활인으로서의 상인의 모습과 실제 상업 양상이 생생하게 그려지는 것과 더불어 상인의 윤리나 경영 지침이 드러나기도 한다.

위지덕은 자신만의 상업 윤리, 철학을 가지고 있는데, 그것은 신뢰와 근검절약이다. 여기에서 신뢰는 고리대금업에서 문서를 정확히 작성하는 것과 시간이나 돈에 대한 약속을 지키는 것이다. 위지덕은 적은 돈이라도 철저하게 문서화하고자 했기 때문에 자잘한 문서들에 치어 곤란해 하고, 친분 있는 사람과의 거래나 관원에게 환수를 위탁할 때도 언제나 문서를 작성한다. 이 고리대금 문서들은 후에 경사로 올라가게 될 때 위연청의 설득으로 겨우 불태워진다.

져 위원의 지물이 태산ᄀᆞᆺ치 크ᄂᆞ 슈단이 계ᄌᆞᆺ치 적은고로 쟝긱 가졍의 식구를 괴로이 넉여 만치 아녀 농노촌혼이 수십의 밋디 못ᄒᆞ고 ᄀᆞ가다 쥬

간흐는 사름도 맛지디 아냐시며 집이 크고 동산이 너르지 아녀 화초누각의
즐기믈 보지 못흐고 다만 여러 간 창고와 덤방만 비치하여실 분이오(권4)

또한 위지덕은 근검절약을 거의 맹신하면서 생활화하고 있다. 위 인용문은 동네의 파락호 송첨과 강환이 위지덕의 재물을 강탈하기 위해 위지덕에게 돈을 빌려 장사를 하면서 이 집에 여러 번 가본 적 있던 호이랑에게 정탐한 내용이다. 이를 통해 위지덕이 부자이면서도 돈을 아껴 관리인이나 사환 등도 없고 화초누각을 꾸미지도 않았음이 드러나고 있으며, 집 지키는 데도 돈을 들이지 않았다는 것 때문에 이들이 강도행각을 실행하게 된다. 이러한 위지덕의 근검절약은 후에 며느리 백승설에게 이어져 노비 관리, 창고와 재산 관리 등에 적용된다.

이처럼 상인의 생활상과 상업 방식, 상인 윤리 등이 구체적으로 확인되고 있으며, 이는 상인 그 자체에 대한 관심, 상인의 전면화라는 점에서 분명 다른 고소설 상인화소에서 발견하기 힘든 새로운 국면이라할 수 있다. 그런데 이 새로움 속에는 악덕 상인의 구체적 형상이라는 부정적 가치가 내포될 수밖에 없다. 돈 모으는 데 혈안이 되어 있는 위지덕이 상인으로 표지화되어 있기 때문이다. 그렇다면 작가는 과연 독자들에게 악덕 상인의 삶을 생생하게 들여다보면서 상인에 대한 부정적 인식을 공고히 하고자 했던 것일까.

이 지점에서 아들 위연청에게 눈을 돌려 보자. 위연청은 양반 후손의 명맥을 유지하면서 결국 문무과에 모두 급제하기에 상인이라고 할수는 없다. 그러나 아버지의 명으로 푸주업이나 고리대금업에 종사하게 된다는 점에서 상인 행세, 상인 역할을 한다고 볼 수 있다. 그렇다

면 그가 보이는 상인 형상은 어떠한가. 위연청은 주로 아버지의 고리
대금업을 위임받아 임무를 수행하게 되는데, 그가 보이는 형상은 먼저
회계나 문서 정리에 재능을 보이는 유능한 상인의 모습이다. 아버지
위지덕이 신뢰를 중시하여 문서는 만들지만 그 정리를 제대로 못하여
골치를 썩고 원금과 이자, 이자의 증식에 대한 계산에 곤란을 겪는 데
비해 위연청은 이런 사무에 강한 면모를 보여주고 있는 것이다. 다음
으로 보이는 형상은 의로움과 정으로 채무자들을 대하는 덕 있는 상인
의 모습이다. 아버지 위지덕이 무력을 동원한 협박을 해도 다 걷히지
않았던 이자를 별말 없이 온화한 기색으로 순순히 걷으며, 고리대 원
금만 받고 이자는 정리해 주는 한편, 화재가 났을 때는 재산을 난민을
구호하는 데 기증한다.

상인은 아니지만 위연청에 의해 덕 있는 상인의 형상이 드러나고 있는
것은, 악덕 상인과의 대비를 보이는 측면도 있지만, 바람직한 상인의 모
습을 모색하는 측면도 있다. 결국은 상인이라는 표지를 보이는 위지덕이
지향해야 할 바를 보여준다는 것이다. 이렇게 볼 수 있는 근거는 위연청
의 덕상 형상이 모두 위지덕의 이름을 빌어 이루어지고 있다는 데 있다.

싱이 념슬 왈 가친이 처음의 저 무리 은즈롤 주시믄 혼갓 화식을 위호미
아니라 각각 저희 디원 소지므로써 급혼 거슬 구호시미어늘 (…중략…) 허
다한 사람이 개개히 머리 좃고 손을 합호여 위원의 활불대은으로 구산곳
튼 지물 브리믈 만나 집을 복고호고 쳐즈롤 듕봉호이다 호고 츠례로 나가
니 문이 베고 길히 실녀 숑셩이 우레 곳호니(권7)

위연청은 아버지의 이름을 빌어 빚을 탕감해 주면서 돈을 빌려준 것은 '화식貨殖'을 위함이 아니라 급한 사정을 구해주기 위한 것이었다고 한다. 이는 곧 아버지 위지덕이 들어야 할 말이기도 한데,[29] 어쨌든 이로 인해 위지덕은 활불대은活佛大恩의 고리대금업자로 채무자들에게 칭송을 받게 된다.

이렇게 볼 때 『보은기우록』의 상인 형상은 도시와 상업의 성장이 급속하게 이루어지는 현실 속에서. 소설에서도 상인의 생활과 삶을 전면화하는 본격적인 시도를 보이는 동시에, 탐욕스러운 장사치에 국한되지 않는 다양한 상인의 존재를 포착하고, 나아가 경영이나 윤리 면에서 이상적인 상인의 형상까지 모색했다는 의미를 지닌다고 할 수 있다.

2) 부자간 새로운 갈등의 설정 – 사士와 상商의 정체성 갈등

몰락한 양반인 위지덕은 "베슬은 내 집에 불호지사요 글 잘홈이 한갓 스스로 괴로올 짜름이요 헷 이름을 중히 여겨 평생 궁권을 감심ᄒ미 어리지 아니리요 부상 재수의 가음열며 평안ᄒ미 힁낙이라"(권1)는 생각으로 글 읽는 것을 접고 돈을 벌 수 있는 일이라면 안 해 본 일이 없을 정도로 치산에 힘쓴다. 5대 이상 몰락하여 극심한 곤궁함을 맛보았기에 생계를 위해 적극적으로 돈을 벌고자 하는 것은 어찌 보면 당연한 일이다. 주목할 것은 위지덕이 양반의 본분인 글 읽기에 대해 지

---

29 "니룰 탐ᄒ고 의룰 니즈며 일홈을 ᄇ리며 지물을 취ᄒ는 본시라"가 양주 마을의 일반적인 위지덕에 대한 평이기도 하다.

나친 혐오감을 내보이고 있다는 점이다.

부상더고로 벗ᄒ여 닌니 종독에 혼혼 독셔ᄒᄂ 니는 스괴지 아니ᄒ며 지물 스랑ᄒ믈 머리도곳 더ᄒ고 미곡 익기믄 셩명도곳 크게ᄒ니(권1) / 삼스녜의 이르미 비호면 지식이 셰스를 달통허ᄂᆫ지라 원의 갈쇼록 불열 왈 이 ᄌ식이 곱고 졍숙ᄒ미 단뎡단ᄒ고 욕심이 업스니 치산부가 혈 지목 아니 아니라 ᄒ고 스랑치 아니더니(권1) / 불초이 가의 님뉴ᄒ여 연연이 시봉을 폐ᄒ고 디인이 친히 가셔 근근ᄒ스 지어 살육 미미ᄒ셔셔 가졍의 푸즈를 열며 엄위션죠 시평을 잡으시니 도시 희아의 유츙불효ᄒ미라 쇼지 덧지 낫찰 드러 천일지하에 셔리잇고 원의 이 말을 듣고 심즁에 불렬ᄒ여 년식 왈 쇼이 엇지 가스를 아라 거냥ᄒ며 어룬을 괴셜ᄒ리오 치산ᄒᄒ 법이 막과어 치니 네 쇼활판탕헌 외구의 헌탕헌 시귀롤 지져귀고 죵일토록 무흡을 아마 홍거ᄒ믈 보고 미미싱니ᄒ믈 놀닌니 내 싱각기를 그릇ᄒ여 바리엿도다(권1) / 원의 대로 대분ᄒ여 굴오디 요괴로온 아히 교혜 능변으로 여러번 내 명을 역ᄒ니 반ᄃ시 무덕히 글ᄌ 닑은 해라 당니 가히 패가홀 당부이 되리니 아니 다스리디 못ᄒ리라 ᄒ스 큰 매로 달표ᄒ기로 엄히 ᄒ니(권2) 이 집 가온디 셔칙이 업스나 혹 의셔 악간 거인이 신힝ᄒ미 잇고 잉잉이 ᄀ마니 미득ᄒ여 일간 셔실을 죠비ᄒ엿ᄂᆫ고로(권2)

인용문에서 나타나듯, 독서하는 이는 가까이하지 않으며, 지스이 출중한 아들을 오히려 문제 삼고 사랑하지 않을 뿐 아니라, 외숙에게 수학한 후 돌아온 아들이 고깃국을 먹지 않으며 번희나 악양자의 처 고사를 언급하자 글을 읽은 폐해라며 심하게 매질한다. 또한 위연청이 외가에서 돌아왔을 때 이 집에는 서책도 없는 상태였다.

> 원내 원의 후장밧긔 반슝이 덥것츠러 집을 브림ᄒ엿시믈 보아던고로 이
> 의 그 우희 올나 넘어와 다 보니 과연 집이 솟굽어 ᄌ시 뵈는지라 원의 머리
> 와 관과 몸의 의과롤 ᄀᆺ초지 아녀 단의 ᄆᆞ로 창전의 긔좌ᄒ고(권4) / 디
> 휘 님힝의 회쟈ᄒ홀시 금의 쥰마로 군인과 토병이 조찻시니 앙앙ᄌ득ᄒ여
> 위원의롤 디ᄒ여 교만ᄌ존ᄒ여 제 문디 감히 우러디 못홀 줄 싱각디 못ᄒ
> 고 도로혀 귀인이 촌민 보듯ᄒ디 원의 개회치 아니코(권5)

그런가 하면 이웃 마을에서 의지덕 이야기를 듣고 집 안을 엿보는
사람 눈에도 선비로는 보이지 않는 옷차림을 하고 있으며, 소주 장원
의의 아들 장지휘가 금으로 관직을 산 후 위지덕을 촌민 대하듯 하대
할 때에도 위지덕은 그에 개의치 않고 고리대 환수를 위해 그에게 청
탁하는 데만 신경 쓴다.

> 금일 영광이 진실노 저희 ᄇ롤 비리오 그윽이 과분외람ᄒ니 지물이 구상
> 숫희여도 ᄌ신의 괴로옴만 극ᄒ고 ᄉ롬의 지소ᄒ미 심ᄒ더니 ᄋᄌ의 청념
> 소활ᄒᄆ 이럿듯 영귀현달ᄒ여 구치 아녀도 일슌의 십만관을 헌슈ᄒ물 보
> 니 친실노 취리ᄒ미 문혹만 갓지 못ᄒ물 안지라(권11)

물론 아들 위연청이 문무에 모두 급제하여 금의환향하자 위지덕은
기뻐하면서 영광이며 과분한 일이라고 하지만, 이때 그의 진심은 자신
이 상행위로 힘들게 얻은 '취리取利'와 아들 위연청이 문학으로 쉽게 얻

은 '취리取利'의 대조에 대한 허망함 혹은 허탄함의 토로라 할 수 있다. 이런 일련의 예들은 위지덕의 정체성이 더 이상 사족에 있지 않음을 보여준다고 할 수 있다.

이런 아버지의 정체성은 11세에 집으로 돌아와 푸줏간을 직접 운영하는 아버지를 보고 "오몸이 빅연 교목디죡으로 일믹 청엽이 잇거눌 불힝ᄒ여 과갑이 긋쳐지고 가디 빈곤ᄒᆫ 연고로 야야 도쥬공의 치가하시믈 효즉ᄒ시니"(권1)라고 탄식하는 아들 위연청의 정체성과 대비된다. 여전히 사족이라는 위연청의 정체성은 후에 강도 무리가 집에 들어왔을 때 "너희 무리 힘뻐 경농ᄒ여 구복을 계교ᄒ미 올커눌 엇디 감히 취소 작당ᄒ며 ᄉ죡지가의 돌입 노략고져 ᄒᄂ뇨 ᄲᆯ니 물너가지 아니면 성명을 요대치 아니리라"(권4)라고 호통치는 부분에서도 분명히 드러난다. 아버지가 팔고 남은 고기로 고깃국을 끓여 주었을 때 이를 거부하는 데서는 이런 정체성이 행위로 구체화된다.

이처럼 아버지 위지덕의 상인으로서의 정체성과 아들 위연청의 사족으로서의 정체성은 분명하게 대비되는데, 이는 주변 사람들의 반응에서도 극명히 드러난다.

집녜독셔ᄒᄂ 바ᄂ 깃거 아니나 금치 못ᄒ니 양쥬 읍현의 문인 지식 평일 원의를 춤밧타 지소ᄒ던 뉴ᄂ 싱의 일홈을 듯고 밋디 아니타가 ᄒ번 보기를 어든 즉 저마다 놀나 줄오디 이 사름이 과연 탐추비부 위지덕의 아들가 엇디 이럴 이 잇스리오 연작 홍곡을 나ᄒ며 노리 괴린을 혹ᄒ미 ᄌ고의 업스니 반드시 명분지ᄌ를 불의로 강탈ᄒ여 ᄒ미라 ᄒ고 지측상고ᄂ 서로 닐오디 이제ᄂ 위원의 집의 가기 어려우니 그ᄂ 낭군이 ᄭ짓디 아니더 숑

연이 긔운이 축척ᄒ고 말ᄒ미 업스디 비한이 렴의ᄒ여 감히 원의롤 젼ᄎ
치 헐간치 못ᄒ너라(권2)

위연청이 돌아온 후 평소 위지덕을 비웃던 양주 인근의 문인재사들
은 그 집에 그런 인물이 나올 수 있는가를 의심할 정도로 위연청의 명
망에 놀라는 데 반해, 평소 이 집을 드나들던 장사꾼들은 이제는 그 집
에 가기 어렵다며 위지덕도 그 전처럼 대하지 못하겠다고 하는 것이다.
이런 부자간의 정체성 대비는 곧 부자간의 갈등으로 나타난다. 아버지
위지덕에 의한 일방적 가해의 양상을 띠지만, 그런 폭력에는 언제나 아
들 위연청의 읍소와 아버지를 거스르는 행위가 선행한다.

중심 가문의 부자 간 갈등은 국문장편소설에서 중요한 갈등 요소로
서, 어느 한 면의 성품 혹은 인격이 문제가 되거나 아버지의 편애가 문
제가 되는 것이 대부분이다. 물론 위지덕과 위연청의 갈등도 포악한
인품과 온화한 인품 간의 성품 갈등으로 규정될 수 있다. 그러나 위에
서 나타나듯 이 작품에서 좀 더 두드러지는 것은 사士 자체를 거부하는
아버지의 정체성과 사士를 고수하려는 아들의 정체성 갈등이다.[30]

그런데 위연청이 사족의 정체성을 고수하려는 지향과 달리, 실상은
아버지의 지시대로 편한 복장으로 푸줏간 일을 돕고, 고리대 문서를
정리하는가 하면 고리대 계약을 하거나 대금을 환수하는 일 등의 심부
름도 그대로 시행한다. 그뿐만 아니라 스스로 매매를 행하기도 한다.

---

[30] 기존 논의에서도 이 부자간 갈등에 주목하였고, 재물 혹은 재화에 대한 욕망, 인식의 갈
등으로 규정하였는데, 유사한 의미망이지만, 이 글에서는 '상인 형상'라는 주제에 천착하
여 '사士'와 '상商'이라는 신분, 정체성의 문제에 초점을 맞춰 보았다.

뉴한을 주어 그로디 선비 셔화롤 졔작 매미홀 비 아니로디 너희 츌범혼 지긔로 눔의 업눈 무리의 복수홈믈 앗겨 이롤 주느니 소항의 일을 비록 아 눈 지 이시느 반드시 갑시 업술 거시오 갑시 잇눈 주눈 심샹혼 셔화로 사리 니 가히 타일의 셔역샹회 모힌 곳의 폰즉 죡히 너의 탈쵀슈신홀 은을 어드 리라(권4)

위연청은 자신의 심복으로 여기게 된 뉴한이 어머니의 고리대 빚 때 문에 노비가 되었다는 것을 알고 그 빚을 갚아주기 위해 서화를 그려 서역상호에게 팔도록 한다. 서역에서 온 호승은 이 서화의 가치에 대 해 존경을 표하며 조야주 백 낱을 지불하고자 하나 뉴한 또한 욕심이 없는 인물이라 열 낱만 받는데, 이 진주 4~5개가 고리대 은자 천금에 해당하는 것으로 되어 있어, 위연청 서화의 가치가 재화의 가치로 치 환되는 것도 분명히 드러난다.[31] 이때에도 위연청은 서화를 파는 것이 선비의 할 바가 아니라고 하면서도 뉴한을 시켜 매매를 하도록 하면서 좋은 값을 받는 방법까지 일러준다.

도쥬공의 뉵츅 기르미 왕픠의 업을 도모호던 나믄 슈단이라 주공의 화식 을 셩인이 혐의 아니시니 혼갓 일졀을 딕히여 하스롤 감심호미 디쟈의 호 지 아닐 밴지 잠간 신샹을 굴호샤 화실졀용호시미 비례의 거술 취호미 아 닌즉 시쇽의 불의로 구관호미 낫디 아니리잇가(권11)

---

31 빅비 고두 왈 은주 천금이라 진쥬 스오기 죡히 뽀리니 느문 바롤 엇디 가지리잇가(권4)

실제 위연청은 푸줏간을 하고 있는 아버지를 본 순간부터, 아버지를 도주공에 계속해서 비유하고 있으며, 과거에 급제하여 가문을 회복한 시점에도 여전히 도주공이나 자공 등 이재에 능한 인물들을 아버지에 빗대어 아버지의 상행위가 권도였음을 역설하고 있다.[32] 이는 아버지를 옹호하고 변호하는 발화로 보일 수도 있지만, 이들이 상행위를 통한 치부로 인정받는 부자라는 점에서, 자신의 정체성에 대한 혼란을 드러내는 발화로 보이기도 한다. 다소 극단적으로 표현하자면, 아버지 위지덕이 그 지향과 실상에서 온전한 상인의 삶을 살고 있는 데 비해, 아들 위연정은 양반과 상인의 경계적 삶을 살고 있다고 할 수 있다.[33]

이렇게 볼 때 『보은기우록』의 상인화소는 한 가문 내의 아버지와 아들의 정체성 갈등이라는 부자간 갈등의 새로운 국면을 보여주고 있으며, 여기에 아들의 내적인 정체성 갈등까지 중층적으로 설정하는 의미를 지닌다고 할 수 있다.

---

32 사마천의 '화식열전貨殖列傳'이 연상되는 지점이다.

33 상인이 문학에 좀 더 일찍 반영된 중국의 경우도 유인과 상인 간의 정체성이나 중심 / 주변 인식에 대한 갈등이 주요한 갈등으로 다루어진 바 있다. "상인들이 관리들과의 교류를 통해서 궁극적으로 추구했던 것이 바로 이러한 안정적인 사회적 지위를 확보하는 것이었다. 또한 어느 정도 재력을 갖춘 후에는 서문경처럼 본인이 직접 관리가 되어 官商이 되거나 그 자손을 관직에 진출시키는 것은 상인들의 꿈이었다. 그래서 儒商으로도 유명한 徽商은 바로 상인과 유인의 길을 겸하며 많은 관리를 배출했던 것이다." 송진영, 앞의 글; "염상을 비롯한 상인들의 뇌리 속에 자신들의 사회 속에서의 위치는 중심에 있지 않다고 생각하였다. 비록 儒家학자들이 염상을 비롯한 상인이 되는 경우도 있지만 그것은 어쩔 수 없는 선택이었으며 상인활동을 통해 부를 축적한 이후에는 다시 士의 생활로 돌아가고자 했다. (…중략…) 賈而好儒의 문제가 부상한다. 물론 이런 모습은 『儒林外史』 속에서 염상들이 끊임없이 유가 지식인 집단과 결혼하려는 데에서도 잘 나타난다. 자신들은 염상이라는 상인의 위치지만 그들이 지향하고 바라는 위치는 儒者의 위치이다." 나선희, 앞의 글, 125~127면.

5. 『보은기우록』과 동아시아 상인 소설

17~19세기 중국이나 일본의 상인 소설 유행과는 거리가 있지만, 조선의 경우도 18세기 중후반부터는 상업이나 상인에 주목한 작품들이 빈번하게 나타나기 시작했다. '서울의 부상대고富商大賈'로 소문나 이를 노리는 평양 청루의 기생 추월에게 패가망신당하는 「이춘풍전」으로 시작되는 「채봉감별곡」, 「삼선기」 등의 세태풍자소설은, 실제 조선을 배경으로 평양 교방을 중심으로 한 당시의 시정을 비교적 핍진하게 그려내고 있다. 이 시기 난숙기에 접어든 국문장편소설 또한 중국을 배경으로 하고 있으나, 상업이나 상인 관련 서사가 이전 시기에 비해 상대적으로 다양하고 비중 있게 다루어지고 있다. 「낙천등운」에서는 돈을 벌 목적으로 창가의 포주가 여러 여자를 사서 창녀로 만드는 인신매매와 청루업의 결탁 양상이 두드러져 나타나며, 그 속에서 현금 거래를 증명하는 문서인 일종의 명문明文을 쓰는 등 금전 거래 과정이 상당히 구체적이고 현실적으로 그려지고 있다. 「화씨충효록」에서는 고관에게 소금을 바치러 갔다가 뇌물이 적다고 곤장을 맞는 염한鹽漢이나, 쌀 무역 때문에 집을 비운 사이 악인 장평에게 아내가 농락당할 위기에 놓이는 안삼낭 등 작품 전반에 걸쳐 다양한 상인 형상이 나타나고 있다.

『보은기우록』 또한 바로 이와 같은 흐름을 공유하는 가운데 창작되고 향유된 작품이라고 할 수 있다. 그러면서도 푸주업이나 고리대금업을 하는 상인이 작품의 주인공으로 설정되고 그 생활상이나 경영 방침 등이 구체적으로 다루어지고 있다는 점에서 본격 상인 소설이라는 독자적인 위치를 점하고 있다. 또한 사士와 상商의 정체성 갈등을 통해 신분 갈등이라는 가문소설의 새로운 부자 갈등을 설정함으로써 가문주의를 표방하는, 사士 지향의 국문장편소설의 변화 지점을 드러내고 있다.

『보은기우록』 속의 상인 형상은 동시에 소설이라는 문학 장르가 당시의 사회, 경제를 읽어내는 중요한 자료가 될 수 있다는 것을 확인시켜 준다. 『보은기우록』 속의 고리대금업은 실제 조선 후기 고문서 등에서 나타난 고리대의 실태를 거의 그대로 반영하고 있으며, 그 전문성이나 대규모의 측면에서 당시 고리대의 전면적인 양상을 보여준다. 고리대금업과 푸주업, 술집운영 등 여러 상행위가 복합적으로 이루어지는 것도 사회상을 사실적으로 드러내는 다른 장르 속의 시정 상황과 부합된다.[34]

『보은기우록』은 같은 시기 동아시아 상인 소설과의 관계에서도 일정한 의미를 지닌다. 이 시기 증국을 대표하는 상인 소설인 「금병매」와 비교할 때, 주인공인 서문경이 상인으로 설정되고 그의 집안을 중심으로 서문경의 상업 행위가 작품전반에서 중요하게 드러나며 장편소설을 이루고 있다는 점에서 유사한 조건에 있다고 할 수 있다. 특히 상인인 서문경이 그 지역의 손꼽히는 부자이면서 관리들에게도 돈을 꾸어주고 압도적인 재력으로 관리들에게 영향을 미치는 모습은 위지덕과 흡사하다. 그런가하면 19세기를 대표하는 일본의 닌조본의 경우 역시 장편소설의 형태를 지니고 있으며, 기업인에 가까운 대상인과 고

---

34 정인숙, 「「덴동어미화전가」에 나타난 조선 후기 화폐경제의 발달 양상 및 도시생활문화의 탐색」, 『한국어교육학회지』 127호, 한국어교육학회, 2008.

리대금업을 하며 인신매매를 겸하는 악덕 상인 등이 다양하게 그려지고 있는데,[35] 이 또한 위지덕의 상인 형상과 상당히 유사하다.

중국이나 일본의 상인 형상과 유사한 양상을 보이면서 조선의 상인 소설로서 독자적인 성향을 보이기도 하는데, 그 대표적인 것이 상인의 부富, 돈과 밀착된 성性이 부각되지 않는 점이다. 중국이나 일본의 상인 소설은 돈 많은 상인들과 기녀를 중심으로 하는 주변 여성간의 애정담 혹은 성애담이 상인 소설의 핵심을 이루는 데 비해, 『보은기우록』에서는 기생 녹운이 위지덕의 돈을 보고 들어오기는 했으나 그녀가 성애의 대상으로 흠모한 것은 양반의 면모를 지닌 아들 위연청으로, 위지덕과의 애정담은 나타나지 않는다. 이는 중국이나 일본의 상인 소설에서 주인공들의 신분이 분명한 상인이며, 상인으로서 문사나 무사와 같은 양반 계층보다 인정받는 상황임에 비해, 『보은기우록』에서 위지덕은 상인 형상이지만 양반의 후예이며, 작품 내에서 양반과 상인의 신분 격차가 견고한 점과 밀접할 것으로 보인다.[36]

이처럼 『보은기우록』은 조선 후기 고소설에서 상인 소설의 존자를 확인하는 동시에 유사한 사회, 경제적 노정을 밟은 17~19세기 중국이나 일본 문학과의 동질성과 변별성을 확인하는 의미를 지니고 있으며, 『보은기우록』의 자장 안에 있는 작품들을 함께 다룸으로써 이런 의미를 좀 더 확대하고 그 깊이를 다지는 것이 이 글의 다음 과제가 될 것이다.

---

35 최태화, 앞의 글 참조.
36 이는 『보은기우록』 한 작품에서만 드러나는 것이 아니라 상인을 다룬 이 시기 고소설 전반에서 드러나는 양상이며, 그런 점에서 동아시아 다른 소설과 변별되는 고소설 상인 형상의 특징이라고 할 수 있다.

참고문헌

자료
『경인교주 한국고대소설총서 V-보은기우록』上·下, 이화여대 출판부, 1975.

논문 및 단행본
강문종, 「落泉登雲 硏究」, 『영주어문』 26, 영주어문학회, 2013.
강혜선, 「조선 후기 사족 여성의 경제활동과 문학적 형상화 양상」, 『한국고전여성문
　　　학연구』 24, 2011.
고영란, 「『닛폰 에이타이구라日本永代藏』에 드러난 교훈의 이면裏面」, 『일본어문학』
　　　34, 한국일본어문학회, 2007.
＿＿＿, 「에지마 기세키江島其磧의 축재蓄財 인식에 관한 소고小考-쇼토쿠기正德期
　　　작품을 중심으로」, 『일본학보』 제88호, 2011.
김소연, 「이춘풍전의 세태소설적 특징 고찰」, 인천대 석사논문, 2003.
김수연, 「『화씨충효록』의 문학적 성격과 연작 양상」, 이화여대 박사논문, 2008.
나선희, 「明淸時期 鹽商의 자취-소설 「儒林外史」 속 鹽商」, 『중국어문학지』 33, 중
　　　국어문학회, 2010.
마석한, 「17, 8세기 고리대활동에 대하여-사채를 중심으로」, 『경주사학』 8, 동국대
　　　사학회, 1989.
박일용, 「조선 후기 훼절소설의 변이양상과 그 사회적 의미(下)」, 『韓國學報』 14, 일
　　　지사, 1988.
서길주, 「개항후 利子附資本에 관한 史的考察(1)」, 『국제대 논문집』 7, 국제대, 1979.
송진영, 「명청상고소설시론明淸商賈小說試論-『금병매金甁梅』를 중심으로」, 『中國語
　　　文學誌』 36, 중국어문학회, 2011.
신선희, 「고소설에 나타난 부의 구현양상과 그 의미」, 이화여대 박사논문, 1991.
이민희, 「17~18세기 고소설에 나타난 화폐경제의 사회상」, 『정신문화연구』 32, 한
　　　국학 중앙연구원, 2009.
이지영, 「낙천등운의 텍스트 특징과 형성배경에 대한 고찰」, 『국문학연구』 19, 국문
　　　학회, 2009.
임형택, 「화폐에 대한 실학의 두 시각과 소설」, 『민족문학사연구』 18집, 민족문학사

학회, 2001.

정인숙, 「「덴동어미화전가」에 나타난 조선 후기 화폐경제의 발달 양상 및 도시생활
　　　문화의 탐색」,『한국어교육학회지』127호, 한국어교육학회, 2008.

천수연, 「'三言'에 나타난 商人形象 연구」, 수원대 중국어교육과 석사논문, 2005.

최수현, 「『보은기우록』의 구성과 갈등구조 연구」, 이화여대 석사논문, 2004.

최승희, 「조선 후기 고문서를 통해 본 고리대의 실태」,『한국문화』19, 서울대 한국
　　　문화연구소, 1997.

최태화, 「다메나가 슌스이爲永春水의 닌조본人情本연구―『슌쇼쿠우메고요미春色梅兒
　　　譽美』와 『슌쇼쿠다쓰미노소노春色辰巳園』를　중심으로」,　고려대　석사논문,
　　　2004.

탁원정, 「「옥수기」에 형상화된 이국異國, 중국中國」,『한국고전연구』17, 한국고전연
　　　구학회, 2008.

하성란, 「조선 후기소설에 나타난 현실인식―특히 화폐경제인식을 중심으로」, 동국
　　　대 석사논문, 2000.

허경진, 「조선 후기 한문학에 나타난 상업문화」,『동방학지』120, 연세대 국학연구원,
　　　2003.

고동환,『조선시대 서울도시사』, 태학사, 2007.

조선 후기 여성의 상업 활동과 『조부인전』

김수연

1. 들어가며

한국의 전통사회 특히 조선은 기본적으로 상업을 말단으로 취급한 사회였다. 때문에 상인이나 상업 활동에 대한 주목이 중국이나 일본에 비해 상대적으로 적었다. 상업적 문예물인 소설도 주로 양반 사회를 중심 소재로 삼는 것이 많아, 초기는 서생의 사랑을 그린 애정소설이 유행하다가 후기로 갈수록 양반가 가족 구성원의 삶과 갈등을 그린 가문소설이 성행했다. 조선 사회에서 본격적 '상업소설'의 발생을 확인하기란 쉽지 않았던 것이다.

그러나 소설은 인간의 총체적 삶을 다루는 장르이기에, 양반의 삶에 초점을 둔 작품이라 해도 사민四民 중 하나인 상인商人을 완전히 지워낼 수 없었다. 우리는 10세기 「최치원」에서부터 17세기 「주생전」까지, 소재적 차원이지만 서사적 세계 안에 뚜렷이 존재하는 '상인'의 모습을 목격할 수 있다. 그리고 18세기 이후 한문단편에서는 변화하는 사회를 반영하듯, 다양한 상업 활동과 상인의 모습이 등장한다.

조선 후기 서사에 등장하는 상업 활동은 주로 남성에 의해 이루어진 것이다. 대개는 몰락한 양반이 생계를 유지하기 위한 수단으로 브득이 말업末業인 상업에 종사하게 된 내력을 그렸다. 문식 있는 남성은 가난 때문에 상업에 종사하면서도 양반의 품격을 잃지 않으려 하였으며, 뛰어난 상업적 수단으로 도리어 조선 사회의 취약한 경제구조를 풍자하는 면모도 보인다. 대표적 사례가 「허생전」일 것이다.

이에 반해 여성이 상업 활동에 종사하기란 쉽지 않았던 듯하다. 여성의 상업 활동이 존재하지 않았던 것은 아니나, 대부분 그것은 하층의 생계 방식이었다. 즉 전문적 직업인으로서 이윤을 추구하는 상인이라기보다 저자거리에서 보따리 장사를 하며 하루 생계거리를 꾸리는 하층의 생존 양식인 것이다. 그러다 간혹 양인이나 반가의 여성이 상업에 간여하는 모습이 포착되는데, 대부분 여성이 주체로 참여하는 상업이 아니라 남성의 상업 활동에 대한 내조적 성격이 강하다. 그녀들은 서사의 전면에 나서지 못하고 후경으로 존재할 뿐이다.

그렇다면 최근 퓨전 역사 드라마에서 드물지만 여성 상인의 모습이 '상상'되고, 지식과 재력을 갖춘 상단의 여성 대표가 귀족들을 상대하여 무역을 하는 장면이 등장하는 것은 근거 없는 허구일 뿐인가? 이러한 의문에 대해 18~19세기의 몇몇 소설 기록이 답을 제공한다. 양인 이상의 신분에 속하는 여성이 본격적으로 상업 활동에 참여하는 모습을 발견할 수 있는 것이다. 18~19세기에 나온 한문단편서사에서 여성의 상업 활동이 확인되고, 19세기에는 국문소설에서 본격적 상인 혹은 상단의 대표라 할 인물이 등장한다. 이에 이 글에서는 조선 후기 서사에 등장하는 여성의 상업 활동 양상을 살피고, 여성 상인이 사회적으로 어떠한 성격을 구축해 가는지 고찰하고자 한다.

2. 18~19세기 한문단편에 나타난 여성의 상업 활동

조선 후기, 여성은 어떻게 살았을까? 정말 규방 안에서 꽃처럼 앉아서 수만 놓고 있었을까? 이능화는 『조선여속고朝鮮女俗考』에서 조선 여성이 산업에서 차지한 역할을 논하며, "조선에서 나는 고치실과 명주, 베, 모시, 무명 등 하나도 여자의 손을 거치지 아니한 것이 없다. 시정에서 물건을 팔고 사는 일에도 부녀의 조력이 태반이다"[1]라고 증언하였다. 여기에서 '시정에서 물건을 팔고 사는 일'에 부녀자가 종사하고 있음이 드러난다. 앞의 내용으로 보아, 여성이 직접 누에 치고, 고치 뽑고, 그것으로 천을 짜서 시장에 내어 판 듯하다.

『별본 청구야담』에 수록된 이야기 가운데, 병자호란에 포로로 잡혀갔다 돌아온 박씨 소년의 이야기가 나온다. 그는 일찍 아비를 여의고 편모 밑에서 자랐는데, 반가의 후손임에도 불구하고 집이 가난해서 실장수를 하였다.[2] 아마 그가 파는 실은 모친이 짠 실일 것이다. 이처럼

---

1   이능화, 『조선여속고朝鮮女俗考』, 동문선, 1990, 368면(김경미, 「조선 후기 여성의 노동과 경제 활동」, 『한국여성학』 28-4, 한국여성학회, 2012, 87면 재인용).
2   「호접蝴蝶」, 이우성·임형택, 『이조한문단편집』 중, 일조각, 1997, 320면.

여성의 경제활동은 기본적 생계 수단으로 그려지는 것이 보통이다. 그것도 전면에 부각되기보다 남성의 상업 활동의 배경으로 암시되는 경우가 많다. 위에서는 박씨 소년의 어머니를 이야기했으나, 많은 경우 상업과 관련한 여성의 신분은 노비이다.

『청구야담』 권6에 나오는 오 아무개는 재상가의 비부婢夫로서, 아내가 마련해준 자금으로 대추와 면화, 피복 등을 매점의 방식으로 장사하였다. 장사는 순탄치 않아, 여러 번 실패를 거듭한 끝에야 성공하게 된다.[3] 당시의 재상가 비부 가운데는 오늘날로 치면 개인사업자에 해당하는 경우가 많았는데 이들의 자금원은 주로 아내들이었다. 즉 재상가 노복의 신분인 아내가 투자자이고 실제 사업에 종사하는 것은 남편인 것이다.

아내들은 투자만을 하는 것이 아니라 사업 품목을 결정하거나, 거래 대상 및 방식을 선택하는 데 참여하기도 한다.『동패낙송』에는 가난한 양반인 김씨 가의 아들이 평민을 아내로 맞아, 그녀의 지혜로운 설계에 따라 소금 장수를 하여 부를 이루는 이야기가 나온다. 아내는 손수 짠 세목을 남편에게 주며 장에 나가 20냥 이상 받고 팔라고 하고, 그중 열 꿰미로 면화와 양식을 사고, 나머지 돈은 가져오라고 한다. 남편은 40냥을 받고 팔아 장을 보고 30냥을 가져온다. 아내는 그 30냥을 밑천 삼아 3년 간 소금 장사를 하도록 기획한다. 소금장수들에게 30냥을 주고 3년간 소금을 받아 팔 수 있도록 계약하게 한 것이다. 그리하여 3년에 3천 냥을 번다. 그렇게 다시 3년을 계약 연장하여 근 만 냥의 재산을

---

3 「비부婢夫」, 이우성・임형택,『이조한문단편집』상, 일조각, 1973, 29~36면.

일군다. 아내는 사업을 지휘하는 기획자의 역할을 한 것이다. 그럼에도 그녀는 여전히 상업적 경제 활동에 전면에 나서지는 않는다.

그런데 이 이야기의 뒷부분에서 흥미로운 점이 포착된다. 만 냥 재산을 이룬 어느 날, 그 동네의 한 무변이 자기의 올벼논을 주고 김씨네 소금지기 말을 사고자 하자 아내는 선달을 불러오게 하여 직접 흥정을 한다. 남녀가 내외해야 했기에 사립문을 사이에 두었지만, 말 거래 흥정에 남편을 내세우지 않고 직접 나선 것이다. 그녀는 기름진 올벼논이 아니라 묵정밭과 바꾸고 싶다고 하였다. 그리고 문서를 작성해 명마와 묵정밭을 바꾸고, 거기에 큰 집을 세웠다. 사실 그 밭이 수부다남 壽富多男을 누릴 수 있는 좋은 집터였던 것이다.

여기에서 우리는 여성들이 부동산 거래까지 개입하며 상거래에 참여했던 흔적을 발견할 수 있다. 한문단편 가운데는 이러한 흔적을 본격화한 작품들도 있어, 실제 조선 후기 여성들의 상업 활동이 생각보다 활발히 이루어지고 있음을 알게 한다.

신부 자신이 시당숙에게 천 냥을 빌려주시면 1년 이내에 갚아드리겠노라는 내용의 편지를 써 보냈다. 당숙집 며느리나 질부들은 모두
"시집온 지 며칠 안 되는 신부가 당돌하게 천 냥을 꾸어달라고 하다니, 이런 몰지각하고 인사를 모를 데가 있나"
하고 구설이 분분했다. 당숙은
"그렇지 않다. 지난번 신부를 보니 녹록히 볼 여자가 아니더구나. 그리고 편지 한 장에 천 냥을 용이하게 발설하니, 그 뜻이 볼 만하니라"
하고 쾌히 응낙하는 답장을 보냈다.

신부는 돈을 받아 다락에다 보관해두는 것이었다. 선비는 해괴하게 여기면서도 우선 맡겨두고 어떻게 하는가 보기로 했다.

신부는 부릴 만한 동비·동복 하나 없으므로 학동들에게 떡이며 과자를 주고, 돈을 쥐어주어 입전立廛에 가서 각색 비단 끝동을 떠오게 했다. 그것으로 주머니를 맵시 있게 지어서 골고루 채워주니, 학동들이 좋아라고 날뛰며 동복과 다름없이 고분고분 말을 잘 들었다.

이에 신부는 학동들에게 각각 돈을 나누어주고 문안·문밖의 약국들과 여러 역관譯官들의 집으로 보내 감초를 사오게 하는 것이었다. 이렇게 몇 달 계속하니 서울 시중에는 감초가 바닥이 나서 값이 무려 5배로 띄었다. 이때 곧 방매하여 3, 4천 냥을 받을 수 있었다.

집을 사고, 가장집기를 장만하며, 비복婢僕을 세우니 일조에 요족하게 되었다.

그러고 나서 시당숙에게 편지를 써 아뢰고 천 냥을 상환했다. 당숙 집에서는 모두 깜짝 놀라는 것이었다. 1년 정한 기간이 미처 반도 못되었다. 앞서 비웃던 사람들이 이제는 모두들 현명한 부인이라고 칭찬했으며, 당숙은 크게 기특히 여겨 직접 새집에 와보고 돌려받은 천 냥을 내주며, 이 돈을 놀려 치부의 밑천을 삼으라고 했다. 신부는 사양하여,

"사람이 세상에 나서 의식이 군색하지 않고 동네사람들과 친척들에게 착한 사람이라는 말을 들으면 족하지요. 구태여 부자가 되어야 하겠습니까? 그리고 부자는 뭇 사람들의 미움을 사기 마련이니 제가 원하는바 아닙니다"라 말하고 그 돈을 기어이 받지 않았다.[4]

---

4 「得賢婦貧士成家業」, 『청구야담』 권1. "夫人親自裁書於夫堂叔, 願貸千金, 限以一年還償. 堂叔家子姪婦女皆曰："新婦入夫家, 不過幾日, 請貸千金於至親, 誠是沒知覺無人事." 衆

가난한 선비에게 시집 온 신부가 무변인 시당숙에게 편지를 보내 돈 천 냥을 빌려달라 하여 그것을 자금으로 삼아, 부리는 사람을 두고 약국을 두루 돌며 감초를 매점매석한다. 시중의 감초가 바닥이 나고, 가격이 5배에 이르자 신부는 저장해 두었던 감초를 내어 팔아 천 냥의 돈을 마련한 것이다. 시숙의 가족들은 시집오자마다 당돌히 돈을 꾸면서 1년 내에 갚겠다고 장담하는 신부를 욕했지만, 시숙은 신부가 녹록히 볼 사람이 아니라며 단번에 승낙한다. 이는 박지원의 「허생전」에서 남루한 허생의 당찬 요구를 흔쾌히 수락하는 변 부자와 닮았다. 이후 신부가 성 안팎의 감초를 매점매석하여 이윤을 보는 것 또한 허생의 전략과 유사하다. 차이라면 주인공이 여성이라는 점뿐이다.

『기문습유』에 나오는 또 한 여성은 위 글의 신부처럼 약재를 매매하는 방법으로 재산을 불리는데, 그 수완이 매우 치밀해서 시선을 끈다.[5] 여항인 이영철의 아내는 남편에게 살아갈 방도를 차리라고 자극하지만 영철은 "손에 든 게 없으니 별 수 없다"며 무기력한 태도를 보인다. 이에 "손에 쥘 것이 생기면 해보겠느냐"고 권하지만, 남편은 다시 "돈이 있어도 돈 벌 일이 없다"며 여전히 꼼짝하지 않으려 한다. 여기까지 보

誚喧藉. 堂叔曰 : "不然. 吾向見此新婦, 則非碌碌女子也. 且一書千金容易發說, 其志亦可觀." 遂書快許之. 夫人受錢, 藏置樓中, 家長見之駭然, 姑且任之, 而觀其動靜矣. 夫人見無尺僮尺婢可使者, 乃招致學童輩, 饋以餠餌之屬, 給錢, 使之貿錦鍛於立廛, 縫出錦囊, 使學童各佩之. 群童皆感服, 凡有使喚無異童僕. 於是, 各給錢兩, 分往城內外藥肆, 及諸譯官家, 貿取甘草而來. 如是數月, 甘草垂乏, 而價踊五倍矣. 卽又散買之, 收錢三四千金. 買屋子·備釜鼎·立婢僕, 一朝饒足. 又裁書於堂叔, 還千金, 其家大驚之. 盖一年之限, 尙未滿半載矣. 向之誚譏之人, 咸稱賢婦. 堂叔大奇之, 來見新舍, 欲還送千金, 以爲致富之資. 新婦辭曰 : "人生斯世, 衣食才足, 鄕里親戚稱善人, 足矣. 安用富爲? 且富者, 衆之所忌, 吾固不願也." 固辭不受." 이우성·임형택, 『이조한문단편집』 상, 일조각, 1973, 37~40면.

5 위의 책, 40면.

면 「허생전」 앞부분과 매우 유사하다. 허생의 부인도 남편에게 몇 단계에 걸쳐 생계를 도모하라 권하지만, 허생은 번번이 이유를 대며 일어나려 하지 않기 때문이다. 그러나 결과에서는 두 작품이 갈라진다. 「허생전」에서는 아내의 구박을 못 이긴 허생이 어쩔 수 없이 7년 읽던 『주역』 책을 덮고 장사를 하러 나가는 반면, 이 작품에서는 남편이 아니라 아내가 나선 것이다. "가장이 이러시니 가망이 없지요. 내가 나서서 해보겠어요." 이 말은 상업 영역에 뛰어드는 그녀 자신의 당당한 출사표라 하겠다.

그의 부인은 집을 팔아서 300냥을 마련하고 남편에게 말했다.

"요즘 시중 약국의 약재 중에서 가장 헐값인 것이 뭔지 알아오세요."

그때 택사澤瀉가 지천이라 한 근 값이 2푼인데, 그 두 근인즉 3푼이요, 네 근인즉 5푼이어서 이대로 돌아와서 말해주었다.

부인은 10여 명 인부를 모집하여 잘 대접하고 고용을 시켜 이들을 여러 약국으로 나누어 보내 택사를 사들이게 했다.

약국인들은 택사가 지천이었던 터라, 어렵잖게 있는 대로 털어주었다. 여러 날 이렇게 사들이니 장안에 택사가 완전히 동이 났다.

며칠 있다가 짐짓 다른 약국에 가서 택사를 사려는 듯해보았더니, 재고가 없으므로 값이 풀쩍 뛰어 한 근에 8, 9 푼을 호가하는 것이었다. 돌아와서 택사 약간을 매출하니 약국은 2, 3푼의 이문을 탐하여 다투어 사갔다.

며칠이 지나 다시 약국에 가서 사려고 했더니, 6, 7푼 값으로 살 수 있었다. 일부러 약간을 내었다가 도로 그 값에 전부 거두어들이니, 여러 약국에 택사는 다시 극귀해져서 중가를 주고도 구입할 수 없는 형편이었다. 5, 6일

사이에 한 근 값이 20푼으로 올랐다.

다시 또 근당 열 푼에 토가 붙은 값으로 택사 약간을 방출하니 여러 약국들은 다투어 매입을 했고, 이를 또 5, 6일 있다가 전부 사들였다. 매번 3, 4일 혹은 5, 6일 간격을 두고 얼굴을 바꿔서 사람을 보내 많이 사들이고 적게 내니, 값이 날로 뛰어서 한 달 사이에 한 근 값이 50푼에 이르렀다.

이때에 이르러 여러 약국에 소문을 냈다.

"어느 시골 약국에서 시방 택사가 긴히 소용되어 값의 고하를 묻지 않고 많이 사들이려 한답디다."

그리고 돈 수십 냥을 가지고 일부러 급히 구하려는 모양을 꾸몄다. 여러 약국은 단 한 근의 재고도 없어 돈을 보고 모두 군침을 흘리며

"이런 판국에 택사만 있으면 여러 배 이득을 남기는 건데. 이젠 어쩔 수가 없는 걸"

하며 한숨들을 쉬는 것이었다.

이에 택사를 3, 40푼 값으로 방출하니, 약국 사람들은 그 약재가 동이 난 판국이라 반가워하고, 게다가 시골 약국에서 급구하는 때문에 좋아라고 사들였다.

그 후로 택사를 구입하려는 사람이 나타나지 않으므로, 약국 사람들은 그제야 속았음을 알았다. 그러나 어찌할 도리가 없었다.[6]

이영철의 아내는 집을 팔아 자금 300냥을 마련한 후, 인부 10여 명을 고용하여 여러 약국으로부터 약재 중 가장 싼 택사를 사들이게 한

---

6   위의 책, 40~41면.

다. 이리하여 장안에 택사가 동이 나고, 가격이 수십 배 오른다. 다른 이야기에서는 이럴 때 택사를 풀어 이득을 취하는 게 보통이나, 이영철의 아내는 일부를 내어 약국에 팔았다가 며칠 후 다시 그 가격에 되산다. 그러하기를 반복하여 한 달 사이 가격이 크게 오르자, 어느 시골 약국에서 장안의 약국들에 값을 따지지 않고 택사를 있는 대로 사들이려 한다는 말을 전하게 한다. 약국들은 팔고 싶어도 택사가 없어서 동동거리다가, 이영철의 부인이 택사를 내놓자 높은 가격임에도 고가에 다시 팔 요량으로 그것들을 모두 산다. 그러나 택사를 사겠다는 의사를 보였던 시골 약국 주인은 나타나지 않는다. 이는 이영철의 아내가 쓴 계략인 것이다.

이러한 전략은 단순한 매점매석과 다르다. 거짓 정보를 흘려 판매에 영향을 준 것은 오늘날 주식시장이나 실물시장에서 거래를 조작하는 수법과 유사하다. 이것은 시장 질서를 교란시키는 것으로 건전한 방법이 아니다. 그러나 조선시대 부인네가 시장의 판도를 조정하는 전략을 기획하고 실행했다는 것이 놀라운 것이다.

위의 두 이야기는 모두 매점매석과 속임수를 통해 시장을 장악하여 이득을 취하는 여성 상인의 모습을 구체적으로 포착했다는 점에서 의미가 있다. 그러나 그들의 상업 전략이 윤리성을 결여한 것도 사실이다. 이에 비해 상업적 윤리를 훼손하지 않으면서 성실한 경제 활동으로 이윤을 축적한 여인도 존재했다.

『차산필담』에는 경주 사람 김기연의 이야기가 나온다. 그는 서울에 올라와 권세가에 뇌물을 써서 벼슬을 구하려다 뜻대로 되지 않고 가산만 탕진한 채 고향으로 돌아가는 길에 헐벗은 여인에게 남은 돈을 적선한다. 여인은 객점에서 일하며, 김기연이 준 돈으로 담배를 사고는 담배 가격이 오르자 되팔아 이문을 남긴다. 여인은 객점 한 칸을 세내어, 어물, 과일, 생강, 마늘, 치자, 면, 지초, 백반 등을 사고팔고 하며 이득을 올린다. 이득이 생기자 점포를 늘려 짚신, 미투리, 종이, 명주, 비단 등을 취급하고 거기에 떡, 청주, 탁주 등 음식물까지 팔기 시작한다. 이후 10년간 조선이 성세를 누려 능묘 행차, 풍류 놀이가 성하고, 세도가에 올리는 선물이 이어지며, 과거를 치르려는 선비들이 다투어 몰리는 등 사회 경제적 분위기가 호황을 누리자 객점도 덩달아 큰 이문을 남기게 되고 여인도 만 냥의 재산가가 된다. 주위에서 여인에게 청혼하는 이들이 많았으나 끝내 김기연을 기다려 그와 인연을 이루는 결말이다.[7]

이 이야기에서 여인은 양민으로서 작은 자본으로 성실히 사업을 확장해간다. 처음에는 담배 품목만 다루다가, 이윤이 쌓이며 점차 식용품과 생활용품 그리고 주류와 같은 기호식품 등으로 품목을 늘려가는 것이다. 시장의 질서를 교란시키지 않으며 때에 맞게 물건을 사고 팔기를 성실하게 하는 와중에, 사회 경제적 호황기까지 더해져 만 냥의 재산가가 되었으니 참으로 전형적인 소규모 자본가 혹은 중소 사업가의 모습이라 할 것이다. 그녀의 상업 활동은 투자단계에서부터 경영과 재산의 사용까지 건전하고 성실한 윤리를 기반으로 하고 있다. 가산을 탕진했으나 자신보다 더 가난한 이웃에게 기부한 김선달의 마지막 재산을 투자금으로 삼아 부지런한 매매활동을 통해 일정 규모의 자산을

---

7 위의 책, 58~65면.

이룬 것이다. 여기에 사회경제적 상승세도 도움을 주었다. 무엇보다 모은 재산을 다시 투자자에게 돌려주며 신의를 갚는 것으로 마무리 되니, 이것은 건강한 여성 사업가의 일생이라 하겠다.

이상 세 여인의 사업가적 기질과 시장 장악 능력은 조선시대 여성의 상업 활동이 아마추어 수준에 머물고 있지 않음을 알게 한다. 이들은 때로는 매점매석이나 속임수와 같은 편법을 통해 시장을 주무르고, 때로는 성실함으로 장세를 주도한다. 우리는 이들에게서 약간의 차이를 발견한다. 이윤추구와 윤리성의 문제이다. 세 여인 모두 궁극적으로 상업적 활동이 개인의 치산 차원에서 머물고 있지만, 그럼에도 윤리성에 대한 자세가 다르다는 점에서 사회적 기업, 기업의 사회적 책임 문제를 논할 여지를 남긴다.

3. 『조부인전』에 나타난 여성 유상儒商

개인 자산을 늘리는 것은 경제 활동의 본질이고 상업 전략의 1차 목적이다. 그러나 전통 사회는 사회적 도덕 윤리와 책임을 강조하였기에 이윤 추구를 중시하는 상업을 말업으로 여겼다. 맹자는 "옛날의 시장이란 것은 자기에게 있는 것을 가지고 자기에게 없는 것을 바꾸는 곳으로 관리들은 감독만 할 뿐이었다. 그런데 비천한 자가 있어서 반드시 높은 농단壟斷에 올라가 좌우를 살펴보고 시장의 이익을 싹쓸이 하였다. 사람들이 모두 그를 천하게 여겼기에 그에게 세금을 징수하였다. 상인에게 세금을 징수한 것은 이 비천한 자로부터 시작된 일이다"[8]

라고 한 말은 '상업과 상인'에 대한 기본 인식을 반영한다.

그러나 상인들 가운데는 축적된 자산을 바탕으로 도덕윤리 회복에 기여하고 사회적 책임을 실천하는 이들도 있었다. 이들을 대부분 유학을 공부했던 지식인이었는데, 여러 가지 이유로 상업에 종사하게 된 사람들이다. 때문에 유자 출신의 상인이라는 뜻을 지닌 '유상儒商'이라 불린다. 그러나 후대는 상업 활동을 하면서도 학문적 교양을 쌓아나가며 유학자적 책임의식과 실천정신을 지닌 이들에 대한 총칭으로 사용되었다. 경제 방면에서 영향력을 행사하는 사회지도층이라 할 것이다.

앞서 보았듯 상인 활동은 대부분 남성들에 의해 이루어졌고, 여성 상인에 대한 기록은 찾아보기 쉽지 않다. 그중 귀하게 얻은 몇 편은 일반적 상인이 그러하듯, 개인 차원에서 몰락한 집안을 일으켜 세우고 가산을 늘리기 위한 방편으로 상업에 종사하는 내력을 그렸다. 그런데 19세기에, 뜻밖에도 양반 출신의 여성이 자신과 지역사회의 자강을 위해 주체적이고 능동적으로 '상고商賈의 업'에 참여하고 축적한 재산을 바탕으로 사회 윤리를 재건하는 내용을 담은 국문소설이 등장하여 눈길을 끈다. 1896년 『한성신보漢城新報』에 연재되었던 『조부인전』이 그것이다.[9]

---

8 『맹자』「공손추」하, 10장. "古之爲市也, 以其所有易其所無者, 有司者治之耳. 有賤丈夫焉, 必求壟斷而登之, 以左右望, 而罔市利. 人皆以爲賤, 故從而征之. 征商自此賤丈夫始矣."

9 『한성신보』는 1895년 2월 17일에 창간되었고, 1905년 이후에는 통감부 기관지 역할을 하였다. 『한성신보』는 1, 2면은 국문과 국한문, 3, 4면은 일문으로 작성되어 격일로 발행했는데, 이는 한국에 진출한 일본 상인의 상업적 활동을 지원하기 위한 것이다. 『한성신보』에는 40여 편의 서사물이 실려 있다. 김영민, 「구한말 일본인 발행 신문과 한국의 근대소설」, 『현대문학의 연구』 30, 한국문학연구학회, 2006, 10면; 이유미, 「근대초기 신문소설의 여성인물 재현 양상 연구」, 『한국근대문학연구』 16, 한국근대문학회, 2007, 77면.

『조부인전』은 1896년 5월 19일부터 7월 10일까지, 『한성신토』「잡보」란에 27회 연재되었다.[10] 내용은 청나라 도광道光 연간(1820~1850), 외척들의 전횡으로 인해 고향인 강도(남경)로 낙향한 병부상서 겸 강도후 조익성의 딸 조옥정의 빼어난 행적을 그린 것이다. 그녀는 어려서부터 유자적 자질을 보였는데, 하루는 부친에게 청하여 강도에 '남전여씨 향약을 시행'하자고 청한다. 이에 숙부 조기성은 옥정의 뜻을 이루어주고자 기덕주라는 큰 선생을 모셔온다. 이로부터 매달 초하루에 마을 사람들을 모아 학습을 하고 매년 상벌을 평가하는, 이른바 지역 교육 시스템이 마련된다. 이러한 교육 과정에서 옥정도 선생의 역할을 맡아, 사람들은 모르는 것이 있을 때마다 그녀를 찾아와 답을 구한다. 특히 딸 둔 이들이 자신들의 딸을 옥정에게 데려와 배우게 했다. 여성 교육은 주로 여공, 성인의 말씀, 부덕, 삼종지도, 부인의 유순한 성품 등으로, 인성 교육과 기술 교육을 두루 망라하였다.

그런데 조옥정의 삶이 그리 평탄한 것은 아니었다. 그녀는 몇 차례의 늑혼과 정절 위협의 위기를 맞게 된다. 영주 땅의 부호 서호길이 조옥정에게 청혼하는데, 그는 조옥정이 이미 왕상서의 아들 왕명중과 정혼한 상태임에도 아랑곳 하지 않고 무력으로라도 조옥정을 빼앗아올 계획을 세우는 것이다. 이에 조옥정은 시비에게 자신의 옷을 대신 입혀 보냄으로써 위기를 극복한다. 그녀에 대한 늑혼 위협은 이로 끝나지 않는다. 시부모와 남편이 죽은 후 조옥정은 한국청에게 혼인을 강요받는다. 왕상서 댁 종 출신으로, 능력을 인정받아 조정 대신이 된 한

---

10 김영민, 「구한말 일본인 발행 신문과 한국의 근대소설」, 『현대문학의 연구』 30, 한국문학연구학회, 2006, 9~18면.

국청이 옥정을 겁박하여 재취로 삼고자 한 것이다. 그러나 다행히 서호길의 형 서호영과 제종형제 옥청의[11] 도움으로 친정이 있는 강도로 돌아온다. 나머지 정절 위협은 회계 땅의 부상대고富商大賈 노위려와 남방의 큰 도적 서격란에 의한 것이다.[12] 모든 위기를 무사히 넘기기는 했으나, 그 과정에서 조옥정은 '자강'의 필요성을 절감하지 않을 수 없었다.

> 조 부인이 듣고 깊이 생각하며 "사람인 것은 마찬가지인데 여자는 어찌하여 물건처럼 남자에게 매여 지내는가" 하고는 길게 탄식하였다. 이에 옥청 공자를 청하여 의논하기를, "인생은 한가지인데 남녀가 다르다고 남에게 욕을 무수히 당하고 수치를 한없이 겪으니 어찌 분하지 않겠습니까. 아내나 며느리라는 직임이 있을 때는 순종함을 옳게 여겼으나 그러한 직임이 없어진 후에야 무엇 때문에 유약하게 다른 사람에게 다스림을 받겠습니까? 오늘에야 내가 이제껏 어리석었던 것을 깨달았습니다. 이제부터는 자강할 도리를 마련 하고자 하니 그대는 힘을 보태 도와주십시오.[13]

---

11 조옥정의 숙부 조기성에게 옥준, 옥청, 옥택 삼형제가 있다.

12 조혜란, 「구한말 양반 여성의 홀로서기─유교적 여성 정체성 문제와 관련하여」, 『근대성과 인문학』 II, 제23회 이화여자대학교 인문과학대학 교수 학술제, 2015.5.22 발표문, 53~39면.

13 김영민, 「『조부인전』 25회」, 『한국의 근대신문과 근대소설』 2, 소명출판, 2006, 317면. "조부인이 듯고 깁히 싱각ᄒ야 굴ᄋ디 굿치 스룸은 맛찬가지여눌 녀ᄌ는 엇지ᄒ야 물건과 굿치 남ᄌ의게 미여지ᄂᆞᆫ고 ᄒ야 길이 탄식ᄒ고 이에 옥청공ᄌ를 쳥ᄒᆞ여 의논ᄒ야 굴ᄋ디 인싱은 한가지여눌 남녀의 달음으로써 남의게 욕을 만히 취ᄒ고 붓그러움을 만히 당ᄒ니 엇지 분ᄒ지 아니ᄒ리요 ᄯᅩᄂᆞᆫ 쳡부에 직임이 잇슬 격의 슌ᄒ 걸노써 올케 알커니와 쳡부의 직임이 업신 후에야 엇지 유약ᄒ야 사롬의 졀졔롤 밧으리요 오날이야 내가 이왕의 어리셕은 것슬 ᄭᅢ다랏노라. 쟈금위시ᄒ야는 쟈강홀 도리를 ᄒ고쟈 ᄒ노니 군은 ᄒ 팔 힘을 도으라."

옥정은 며느리나 아내라는 이름을 벗어던진 여성이 한 '인간'으로
당당히 서기 위해서는 '자강'해야 함을 선언한다. 기존에 부덕이라 일
컬어진 순종이 기실 유약함임을 깨달은 것이다. 유약한 자는 남의 다
스림을 받거나, 남에게 휘둘린다. 그러지 않기 위해서는 스스로 강해
질 필요가 있다. 그렇다면 '자강'하기 위해 그녀는 어떠한 방법을 선택
했을까. 그것은 바로 '재물을 모아 경영하여 이익을 내어 재산을 불리
는 것'이다. 즉 그녀가 선택한 자강의 수단은 상업적 경영 활동이었다.
이를 위해 옥정은 집안 재물과 그동안 모았던 재산을 밑천 삼아 경영
하는데, 필요한 일은 아랫사람에게 맡기기도 하고 무엇보다 경영 활동
을 추진하는 가운데도 생활의 규율이 바로 서게 노력하였다. 이에 서
호영 등이 재물을 보태고, 이것을 가지고 조옥정은 '상고의 업' 즉 장사
를 크게 하여 천하 거부가 된다. 여기서 주목할 것은 그녀가 축적한 자
산을 가지고 향약을 다시 실시하였다는 점이다. 그녀의 경영 활동은
강도가 천하의 예의지향이 되는 데 기여하고 있는 것이다.

　　부인이 이에 사람으로 하여금 상고의 업을 크게 열고 여러 상인의 재주
　를 상급하여 높여 주니, 상인의 교함이 밝아지며 농민의 궁한 것을 도와주
　어 힘을 다하니 노는 백성이 없었다. 전일에 시행하던 향약을 다시 하니 본
　래 홍자는 기 선생의 덕화를 입은 사민이라, 크게 즐거워하여 하루아침에
　규범이 찬란하여지니 사농운고의 네 가지 업이 분명해서 강도 일향이 나날
　이 흥왕하였다. 재물을 늘리는 것과 상고업들이 날로 왕성히 일어나 천하
　의 재물이 밀려들어오고 천하의 거부가 되어 어떠한 사업이라도 할 만하
　더라. 향약의 규율이 굳으며, 학술이 성하고 예법이 흥하여 천하의 제일 되

는 예의지향이었다. 부인이 태공의 병법으로 문객과 하인을 지휘하여 전 고을의 장정을 단속하고 세상의 병기를 구해 모아 대오와 기틀을 늘려 놓으니 사람마다 용맹하여 천하에 대적할 사람이 없을 정예 병사가 되었다.[14]

조옥정은 어려서부터 지역사회의 규율을 바로잡는 데 뜻을 두었는데, 이는 유자적 세계관이라 말할 수 있다. 이는 그녀의 자강이 추구하는 궁극의 목표와 연결된다. 그녀는 반복되는 고난 속에서 스스로 강해지기 위해 '상고의 업'을 선택했지만, 그것은 자산 축적을 위한 것이 아니었다. 그녀는 '상고의 업'을 통한 자산 축적이 인간다운 삶의 구현을 위한 수단임을 자각하고 있었다. 인간다운 삶이란 서로가 서로를 존중하는 사회, 윤리가 회복된 사회에서야 가능하다. 같은 인간임에도 남녀의 성이 다르다고 차별받고 억압받는 사회가 아닌, 인간이 인간으로 존중받는 사회인 것이다. 그러한 사회 안에서만이 자신의 삶도 존중받을 수가 있다. 그녀가 향약을 다시 실시하여, 무너진 예의와 윤리를 재건한 것은 자신의 자강과 사회적 자강이 유기적 관계에 있음을 자각한 까닭이다.

---

14 김영민, 「『조부인전』 25회」, 위의 책, 318~319면, "부인이 이에 사룸으로 ᄒᆞ여금 샹고의 업을 크게 열고 각식 쟝식의 지됴를 샹급ᄒᆞ야 놉혀 쥬니 쟝식의 교함이 발거지며 농민에 궁혼 것슬 부됴ᄒᆞ야 힘을 다ᄒᆞ게 ᄒᆞ니 노는 빅셩이 업고 견일ᄒᆞᄃᆞᆫ 향약을 다시 ᄒᆞ니 본ᄅᆡ 홍지 긔션싱의 덕화를 입은 사민이라 크게 질거워ᄒᆞᅌᅣ셔 일됴에 규구가 찬란ᄒᆞ여지니 사룽(룡)운고에 네 가지 업이 분명ᄒᆞ여셔 강도 일향이 날노 흥왕ᄒᆞ여가며 지물을 느리는 것과 샹고업덜이 날노 흥왕ᄒᆞ야 텬하의 지물이 복쥬ᄒᆞ야 들어오고 텬하의 거부가 되야셔 아모 사업이라도 홀 만ᄒᆞ더라. 향약에 규구가 굿드믹 흑술이 셩ᄒᆞ고 례법이 홍ᄒᆞ야 텬하의 졔일 되는 례의지향일너라. 부인이 이에 티공에 병법으로써 문긱과 하인을 지휘ᄒᆞ야 일향의 쟝졍을 약속ᄒᆞ고 셰샹의 병긔를 구취ᄒᆞ야 디오와 긔틀을 증ᄒᆞ야 노니 사름마다 용밍ᄒᆞ야 텬하의 디젹이 업슬 졍병일너라."

　　조옥정은 삶의 위기를 극복하며 자강의
필요성을 깨달았고, '상고의 업'을 통해 모은
자산을 사회에 환원함으로써 그것을 구체화
시켰다. 그녀의 자강은 개인적 자산의 축적
이 아니고 사회적 윤리의 구축이다. 자산가
로서 재물을 사회에 환원하여 누구나 다 사
람답게 살 수 있는 예의지향을 이루는 것. 이
것이 바로 참된 사회지도층의 모습일 것이
다. 조옥정이 구현한 여성 유상의 이미지는
사실 완전히 새로운 창작이나 비현실적 구
상은 아니다. 이미 한 세기 전 조선사회에는
실제로 가난한 제주 백성을 구제하고 그들

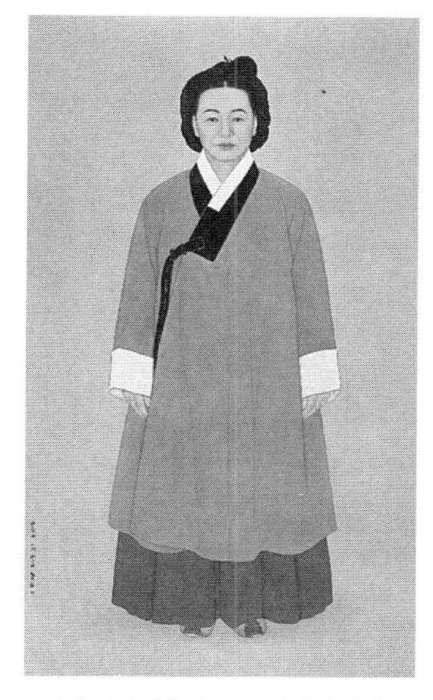

국가 표준영정 제82호 〈김만덕 영정〉

에게 새로운 삶의 기회를 제공한 여성 거상 김만덕金萬德(1739 ~1812)[15]
이 있었다. 그녀는 1794년 흉년으로 기근에 허덕이는 제주 도민을 위
해 전 재산을 들여 구휼하였고, 그것이 널리 알려져 의녀반수醫女班首
에 오르고 정조를 알현하기도 했다. 이러한 그녀의 삶은 최근 방송 드
라마를 통해 알려져, 이제는 우리에게도 익숙한 이름이 되었다. 기녀
에서 거상, 그리고 사회적 기여를 한 유상으로 거듭난 김만덕의 이야기
는 당시 가난한 백성들에게는 잊지 못할 미담이었을 것이다. 이러한

---

[15] 2010년 7월 29일 윤여환 화백이 그린 김만덕 영정은 국가 표준영정 제82호로 지정되었다.
윤 화백의 인터뷰 내용에서 김만덕의 영정이 "사업가적인 품격과 나눔정신이 깃든, 인자
한 기상을 드러내고 있음을 알 수 있다."(홍정표 기자, 「제주 여성상인 김만덕 표준영정
나왔다」, 『제주연합뉴스』, 2010.9.10(http://media.daum.net/politics/administration/ne
wsview?newsid=20100913100156357, 접속일 : 2015.9.28).
『조부인전』의 조옥정 또한 김만덕과 유사한 이미지를 공유할 것이라 생각한다.

미담의 전래와 그러한 유상이 더 자주 등장하기를 바라는 마음이 조옥
정과 같은 여성 유상 캐릭터를 만드는 데 참여했으리라 생각한다.

4. 나가며

오늘날은 사농공상의 구도가 뒤집어져, 기업인이나 자산가들이 사
회적 지도층으로 인식된다. 그러나 그들은 기본적으로 경영인, 즉 '상
인'의 마인드를 지니고 있기에 무엇보다 자신과 기업체의 이윤추구를
중시한다. 간혹 사회적 기여를 하는 기업체를 보기도 하는데, 이들 중
상당수는 기부와 같은 사회 환원 비용을 일종의 투자로 인식하기도 한
다. 홍보비의 일환인 것이다. 기업을 운영하거나 상업 활동에 종사하
는 사람으로서, 인간다운 세상을 구현하기 위해 자산을 사용하는 이를
찾는 것이 쉽지는 않다. 하물며 상업을 말단으로 여겼던 전통사회에서
그러한 책임의식을 발견하기란 더욱 어려운 일일 것이다. 그런 의미에
서 여성으로서 대규모 상업 활동을 주도하고, 그것으로 인해 발생한
이익을 사회에 환원하여 '예의지향'을 이룩한 조부인의 행적은 그것이
소설일지라도 많은 생각을 하게 한다.

19세기 국문소설 『조부인전』은 상업 활동을 통해 가난한 사람을 구
제하는 여성 상인을 중심으로, 사회 기여형 여성 유상儒商의 이미지를
제공한다. 이 작품은 문명 전환기에 사대부 여성이 고난을 극복하고
자강의 방도를 찾는 과정에서 사회지도층 유상으로 거듭나는 모습을
구체화한 것이다. 상업 활동을 통해 축적한 재물을 바탕으로, 향약을

실시하여 예의지향을 이루고 병사를 길러 부강향富強鄉을 이룩한 조부
인의 모습은 전통서사에서 보기 드문 발견이라 하겠다.

　마지막으로 이 글은 서사에서 묘사하는 '상인 이미지'에 초점을 두
고 쓰였음을 다시 한 번 강조하고자 한다. 서사가 그려내는 '상인'의 모
습이 어떠한가에 주목하는 것과 작품의 전체적 주제 및 작가의도에 천
착하는 것은 논점을 달리하는 문제이기에, 작품에 대한 전체적 평가를
논하는 작품론의 시각과는 차이가 존재할 수 있다. 한 작품 안에서 상
인 이미지가 어떠한 기능을 하고, 작품 전개 및 주제의식에 어떻게 참
여하는가는 후고를 기약하고자 한다.

참고문헌

자료
『맹자』
연세대 학술정보원·연세대 근대한국학연구소 편, 『한성신보』 영인본, 소명출판, 2014.

논문 및 단행본
김경미, 「조선 후기 여성의 노동과 경제 활동」, 『한국여성학』 28-4, 한국여성학회, 2012.
김영민, 「구한말 일본인 발행 신문과 한국의 근대소설」, 『현대문학의 연구』 30, 한국문학연구학회, 2006.
이유미, 「근대초기 신문소설의 여성인물 재현 양상 연구」, 『한국근대문학연구』 16, 한국근대문학회, 2007.
조혜란, 「『한성신보』 소재 『조부인전』 연구-구여성의 자기 각성과 현실대응양상을 중심으로」, 『고전문학연구』 45, 2014.
______, 「구한말 양반 여성의 홀로서기-유교적 여성 정체성 문제와 관련하여」, 『근대성과 인문학』 II, 이화여대 인문대, 2015.

김영민, 『한국의 근대신문과 근대소설』 2, 소명출판, 2006.
박무영·김경미·조혜란, 『조선의 여성들, 부자유한 시대에 너무나 비범했던』, 돌베개, 2004.
이우성·임형택, 『이조한문단편집』 상, 일조각, 1973.
______________, 『이조한문단편집』 중, 일조각, 1997.

기타
홍정표, 「제주 여성상인 김만덕 표준영정 나왔다」, 『제주연합뉴스』, 2010.9.10(http://media.daum.net/politics/administration/newsview?newsid=20100913100156357, 접속일 : 2015.9.28).

에지마 기세키江島其磧 소설에 보이는 상인의 치부致富와 그 의식

고영란

1. 일본 경제소설은 에도시대에 시작된다

21세기를 사는 인간에게 치부致富는 인생 최대의 관심사 중에 하나다. 물론 그 부의 척도는 개인, 혹은 그가 속한 사회문화적 배경에 따라 다양하겠지만, 치부를 통해 안정적인 생활을 누리고자 하는 보편적인 욕망을 부정할 수는 없다. 인간의 보편적인 욕망인 치부가 삶을 풍족하고 안락하게 해주기도 하지만, 때로는 고통스럽고 잔혹한 시간을 선사하기도 한다. 과도한 치부 경쟁과 경제적 도태에 대한 불안감은 인간의 이성은 물론 감성마저도 마비시켜, 간혹 스스로 목숨을 끊게 하는 불상사마저도 야기한다.

치부를 둘러싼 욕망과 갈등은 주로 자본주의 사회에 만연하지만, 봉건적인 체제를 유지했던 에도시대江戸時代(1603~1868) 일본 사회에서도 그와 같은 경향을 확인할 수 있다. 스즈키 고조鈴木浩三가 지적하듯, 에도시대는 소위 '경제 전국 시대'였기 때문이다.[1] '경제 전국 시대'였던 에도시대는 사농공상士農工商의 위계 속에서도 상인이 사회적으로 부상하며 근대의 맹아를 키운 시기였다.[2] 환언하자면 봉건적 위계에 저촉되지 않는 범위에서 치부를 향한 욕망과 갈등을 해소하고 극복하는 노력이 당대 상인에게 필요했던 것이다. 이에 에도시대 일본 상인의 치부 및 관련 의식을 살펴보면, 현대인이 안고 있는 치부와 관련된 고통과 불안을 타개할 실마리를 얻을 수 있을 것으로 생각한다. 에도시대 일본 상인의 치부 및 관련 의식은 사료나 기록을 통해서도 드러나지만, 상인의 치부를 둘러싼 욕당과 갈등이라는 감성을 이해하기 위해서는 문학작품이 보다 적당한 연구대상으로 보인다. 따라서 이 글은 에도시대 문학, 특별히 당대의 상인을 포함한 다양한 계층의 서민들이 즐겨 읽었던 통속소설 우키요조시浮世草子에서 묘사된 치부와 그 의식을 살펴보기로 한다.

우키요조시는 오사카大阪 출신의 작가 이하라 사이카쿠井原西鶴(1642

1　鈴木浩三, 『江戸商人の経営』, 日本経済新聞出版社, 2008, 80면. "いわゆる戦國時代は家康の天下統一で幕を終えたが, この章では, 江戸時代は同時に "経濟戦國時代" でもあったことを具体的に示したい. ここではまず, 長期間にわたって生き永らえた企業＝商家であっても, 事業の內容や形態が変化するのは珍しくなかったことを示す. 實際は, 絶えず環境への對応と競争に勝ち抜く努力が拂われ, それに成功した商家が生き殘り, 發展してきたのであった."

2　宮本又郎・粕屋誠 編著, 『講座・日本経営史1 経営史・江戸の経驗－1600～1882』, ミネルヴァ書房, 2009, 7～8면. "江戸時代といえば, 『停滯社會』『ゼロ成長の社會』という歴史觀をもつ人が多い. 江戸時代は通常, 『近世』と呼ばれるが, そこには『近代』とは異なる社會, つまり『プリ・モダン』という含意があったのである. しかし今日では, 日本の『近世』を『アーリー・モダン』(early modern, 『初期近代』)と考える歴史學者が多くなった. そこには, 古代・中世社會と異なって, 政治, 社會, 経濟, 文化上の諸側面において近代の萌芽的要素を多く見出しうるからである. (…중략…) 第4に, 士農工商という身分制は分業關係の成立を意味した."

~1693, 이하 사이카쿠)에 의해 비롯되었다. 사이카쿠는 애초에 골계미를 목표로 삼는 시 하이카이俳諧로 유명한 작가였는데, 이윽고 우키요조시 『호색일대남好色一代男』(1682)을 시초로 서민의 호색好色을 소재 삼은 호색물好色物을 집필하여 이름을 날린다. 나아가 상공업을 업으로 삼는 도시 서민 조닌町人의 삶, 특별히 치부를 소재 삼은 조닌물町人物을 집필하게 되었는데, 그 첫 번째 작품이 바로 『닛폰 에이타이구라日本永代藏(이하 에이타이구라)』(1688)이다.[3] 사이카쿠가 서민의 치부를 문학화 할 수 있었던 데에는, 그가 오사카라는 공간에서 활동했던 사실이 영향을 미친다. 주지하듯 당대 오사카는 에도와는 별개의 상법이 통용될 정도로 규모가 큰 경제 도시였다.[4] 거대 경제 도시 오사카에서 삶을 영위한 사이카쿠가 문학적 소재로써 '치부'를 선택했던 것은 지극히 자연스럽다고 할 수 있는데, 그는 『에이타이구라』의 모두冒頭를 다음과 같이 연다.

무릇 (사람의 마음이) 선도 되고 악도 되는 세상이지만, (나랏님이) 올바르게 다스려주시는 이 시대에 풍족하게 살아가는 사람은 사람 중에 사람이고 보통사람이 아니다. 일생에 가장 중요한 것은 세상을 살아가는 업이기 때문에 사농공상 외에 사찰이나 신사의 승려뿐만이 아니라 그 어떤 직업을 가졌다고 하더라도 검약대명신의 말씀에 따라 돈을 저축해야 한다.

---

3 작자 미상의 치부담 『조자쿄長者教』(1627)를 바탕으로 이를 1680년대 전후의 실계 사건이나 환경과 관련시킨 소설이다.

4 宮本又郎・粕屋誠 編著, 앞의 책, 27면. "江戸時代の法制度は地域的な差異が大きかった. 各藩が裁判權を持っていたので, 藩ごとに法体系が異なっていた. とくに江戸と大坂では取引法の仕組みが異っており, 大坂の取引法の体系は大坂法と呼ばれることがある. 大坂法は『營利を目的とした債權の保護という点で江戸法よりも厚いということとともに, 權利關係が迅速に確定され, 債權の回收が嚴格に行なわれ』た."

돈이야말로 부모 다음으로 중요한 생명의 부모이다. (…중략…) 시간이 흐르면 연기가 되어 사라지는 인간이기에 죽으면 무슨 소용이 있겠는가? 금은은 기와에도 못 미치는 것이다. (이들 금은은) 황천길에 도움도 안 된다. 그러나 금은은 남기면 자손을 위한 것이 되기는 한다.[5]

위에서 사이카쿠는 돈이야말로 생명을 준 부모 다음으로 중요하고, 후대를 위해 유용한 것이라는 점을 강조한다. 이는 현대 한국 사회에서 종종 확인되는 과도한 치부 경쟁과 경제적 도태에 대한 불안감을 유발하는 의식과 다르지 않다. 돈은 부모 다음으로 중요한 것으로서, 검약하고 치부하여 후대에 남겨주지 않으면 자신의 삶은 물론 후대의 삶도 크게 곤란할 것이라는 동일한 위기의식을 시대와 공간을 달리하는 에도시대의 일본 상인과 현대의 한국 서민이 공유하고 있는 것이다. 다만 데루오카 야스타카暉峻康隆가 지적하듯이, 6권 6장 구성인『에이타구라』의 1~4장까지와 5, 6장에 드러나는 경제인식은 서로 다른데,[6] 2016년 현재, 한국의 서민과 공유할 수 있는 치부 의식은 근면, 성

---

5 麻生磯次, 富士昭雄 譯注,『對譯西鶴全集 12 日本永代藏』, 明治書院, 1975, 4면.
　"是, 善惡の中に立て, すぐなる今の御代をゆたかにわたるは, 人の人たるがゆへに, 常の人にはあらず. 一生一大事, 身を過るの業, 士農工商の外, 出家・神職にかぎらず, 始末大明神の御託宣にまかせ, 金銀を溜むべし. 是, 二親の外に命の親なり. (…중략…) 時の間の煙, 死すれば何ぞ, 金銀, 瓦石にはおとれり. 黃泉の用には立ちがたし. 然りといへども, 殘して子孫のためとはなりぬ." 이하,『對譯西鶴全集』를『에이타이구라』의 텍스트로 삼고, 번역문은 인용자에 의한다.

6 暉峻康隆,『西鶴新論』, 中央公論新社, 1981, 362~365면. "前述のように, 貞享現在の手代クラスを勵ますことを目的とした四卷二十章であるのに, なぜモデルを二三十年以前に求めたのか, その点を素通りしては先に進めない. (…중략…) 一六六〇年代の寬文期以前を經濟史に言えば, 資本蓄積の時代であった. それは生産地と消費地を結ぶ全國的な流通機構の不備と, 金融機關の未組織によって, 地域經濟のワク內にあったからである. ところが寬文十一年(1671)と同十二年に河村瑞賢が幕命によって, 奧羽と江戶を結ぶ東回り航路と, 酒田

실, 지혜, 검약 등으로써 소위 '개천에서 용 나는' 전반부 1~4장까지의 일화가 아니라, 후반부 5, 6장이다. 후반부에는 일대의 자본만으로는 치부하기 힘들고, '지금은 돈이 돈을 버는 시절이므로, 웬만큼 정신 차리지 않아서는 세상 살기가 힘들다今は銀がかねを設る時節なれば, 中々油斷して渡世はなりがたし'[7]와 같이 자본가만이 치부에 성공할 수 있는 조쿄기貞享期(1684~1687) 현재의 경제현실이 반영되고 있다. 이렇듯 후반부 5, 6장의 경제현실을 경험한 것은 비단 사이카쿠만은 아니었다.

사이카쿠에 의해 묘사된 자본 없는 치부의 어려움은 사이카쿠를 답습한 것으로 유명한 작가 에지마 기세키江島其磧(1666~1735, 이하 기세키)[8]의 일련의 우키요조시에서도 엿보인다. 기세키는 70편 이상의 우키요조시를 남기는 등 다작을 했지만, 하치몬지야八文字屋의 소속 작가로서보다 유명하기 때문에 그의 작품과 출판사 대표 지쇼自笑의 작품까지 합쳐서 현재 하치몬지야본八文字屋本이라고 불린다. 이 글에서 주목하

と大坂, 江戸を結ふ西回り航路を開發した結果, 流通機構の欠陷が, 一擧に除去されたのであった. この海運の整備と時を同じくして, 三都を中心に兩替商制度が確立されている. (…중략…) この二代隘路が一擧に打開された結果, 蓄積された資本は大坂を中心に, 商業資本として始動しはじめたのである. 個人の才覺や努力による一代分限の出現はそれまでで, 一六七〇年代, 八〇年代, 延宝, 天和, 貞享の現代は, 「親の讓りなくては富貴になりがたい」商業資本自時代を迎えていたのである. 大坂町人であった西鶴が, その經濟的な代変動を知らないはずがない. (…중략…) それをあえて默殺し, 寬文以前でなければ求めにくい一代分限說話集を編んだのは, 「惣じて親のゆづりを受けず, 其身才覺にしてかせぎ出し」という, 農村の次男, 三男で親の遺産と關係のない手代クラスを勵ますにはそれしかない, 卷頭のスローガンに呼応した結果である. (…중략…) 今, 西鶴が『永代藏』をしめくくるに当たって, 初稿とおぼしき前半四卷では默殺した, 親ゆずりを活用して新時代を築きつつある新興町人を一括して紹介したのは, そういう現實認識を当初から持ち合わせていたことの証明である."

7 텍스트 167면.
8 교토의 대불大佛 떡 가게 아들로 태어나 가업을 잇지만 인형극 대본 조루리淨瑠璃를 집필하기 시작한다. 이윽고 배우 평판기를 쓴 것이 인기를 얻어 출판사 하치몬지야 소속 작가가 되는데, 출판사와의 갈등이 생겨 결국 아들과 함께 자신의 출판사를 연다.

는 점은 17세기 후반 사이카쿠가 묘사한 치부에 관한 위기의식이, 18세기 전반에 기세키의 손을 거치며 보다 구체적이고도 미묘한 변화 양상을 보인다는 사실이다. 기세키를 유명하게 한 일련의 가타기모노氣質物9『세켄 무스메 가타기世間娘容氣』(1715), 『세켄 무스코 가타기世間子息氣質』(1717), 『우키요 오야지 가타기浮世親仁氣質』(1720)의 주인공들도 주로 상인계층이지만, 치부와 관련된 인물의 희화를 주제로 삼는 이들 작품에서 치부 의식 그 자체는 부각되지 않는다. 이와 달리 기세키가 집필한『아킨도 군파이 우치와商人軍配団(이하 우치와)』(1712)와 그 후속작의 성격을 띠는『도세이 아키나이 군단渡世商軍談(이하 도세이)』(1713), 『아킨도 가쇼쿠쿤商人家職訓(이하 가쇼쿠쿤)』(1722), 『세켄 데다이 가타기世間手代氣質(이하 데다이)』(1730)의 네 작품은 치부를 주제로 하는 작품이라고 할 만하다. 이들 작품은 그간 가타기모노의 인기와 위상에 가려져 학계에서 큰 주목을 받지 못했으나, 하세가와 쓰요시長谷川强의 서지학적 해설과 내용에 관한 대강의 분석을 바탕으로 한 졸고를 통해 각 작품의 특징과 의의를 분석한 바 있다.10

그간의 연구를 요약하자면, 『에이타이구라』를 답습한『우치와』,『도

---

9 인물을 유형별로 나누어 유형적 특성을 과장하고, 나아가 골계적으로 그린 단편 모음집으로서, 당대 이후 꾸준히 인기를 얻었던 장르이다. 기세키에 의해 성립된 가타기모노의 가타기氣質는『日本古典文學全集 37 仮名草子集, 浮世草子集』(神保五弥 外校注, 譯, 小學館, 1971, 342면)에 의하면, 다른 신분, 계층과 구별되는 특정 신분, 계층 특유의 성격이나 성향을 일컫는다.

10 고영란,「에지마 기세키江島其磧의 축재蓄財 인식에 관한 소고小考─쇼토쿠기正德期 작품을 중심으로」,『일본학보』88집, 한국일본학회, 2011.8, 81~92면; 고영란,「에도江戶 중기 경제인식과 상인소설 소고小考─에지마 기세키江島其磧의 작품을 중심으로」,『일본근대학연구』46집, 한국일본근대학회, 2014.11, 169~188면; 고영란,「에도江戶시대 민중의 상업 윤리─우키요조시浮世草子『세켄 데다이 가타기世間手代氣質』를 중심으로」,『비교문화연구』39집, 경희대 비교문화연구소, 2015.6, 33~59면.

세이』에는 축재를 운명으로 생각하는 체념적 자세, 축재 결과에 집착하는 인식, 부의 계승에 대한 부담감이 강조되어 있었다. 전 5권 구성인『가쇼쿠쿤』은 가문 내의 구성원들에게 효행의 일환인 치부의 중요성을 강조하는 1, 2권, 가문 외의 구성원들에게 충성으로써 치부할 것을 강조하는 3, 4권, 효와 충으로서의 치부를 재차 강조하는 5권으로 구성되어 있었다. 궁극적으로는『가쇼쿠쿤』에서도 오직 주인 가문의 '치부' 결과만이 중요시되는 작가의 태도가 확인되었다.『데다이』[11]에는 첫째, 상업은 '충'의 일환이지만 그 과정보다는 치부의 결과가 중요하므로 기존 상업 윤리는 가변적이며, 따라서 주인 입장에서는 피고용인인 봉공인奉公人의 관리가 필요하다는 점이 묘사되었음을 알 수 있었다. 둘째, 상업은 실물경제의 범주를 넘어 형이상학적 가치를 내포하고 있으므로, 그 영위의 의의와 윤리는 인간의 보다 고차원적인 범주의 것으로서 유가가 바라보는 그것과는 거리가 있다는 인식이 묘사되었음도 확인하였다.

이상의 연구 결과는 기세키의 개별 작품을 이해하는 데에 의의가 있으나, 치부 및 관련 의식에 어떠한 변화가 도래했는지 통시적으로 이해할 수 있는 것은 아니었다. 이제 본 연구는 앞의 네 작품을 통시적 관점에서 살펴봄으로써 작가 기세키가 묘사하고 당대인과 공명하고자 했던 치부 및 관련 의식의 변화양상을 살펴보고자 한다.

---

11 데다이手代는 상가의 중간관리자로서 가장 어린 뎃치丁稚를 경험한 이들인데, 이윽고 가게에서 손님을 직접 응대하고 물건을 매매하는 역할을 맡았다. 이후 가게 관리자로서 반토番頭로 승진하고, 다년간의 공로를 인정받아 가게 주인인 단나旦那로부터 지점 출점을 허락받기도 한다.

2. 에지마 기세키의 작품과 치부 의식

1) 『아킨도 군파이 우치와』와 『도세이 아키나이군단』의
경제적 현실

기세키의 치부 의식이 처음으로 확인되는 작품은 앞서 확인했듯이 『우치와』와 후속작 『도세이』이다. 기세키는 1701년에 『게이세 이로자미센(けいせい色三味線)』을 필두로 소위 샤미센물三味線物이라는 호색물을 통해 인기를 얻었으나 출판사 하치몬지야와 갈등을 겪는 중에 『우치와』, 『도세이』를 아들과 함께 연 출판사 에지마야(江島屋)에서 출판한다. 작가 기세키의 입장에서 보면, 거대 출판사 하치몬지야에 대항할 작품 소재가 필요했는데, '치부'야 말로 적당한 소재였던 것이다. 기세키를 유명하게 한 가타기모노도 '치부'를 소재로 하는 것인데, 이 또한 하치몬지야와의 갈등이 고조된 시점에서 출판되었다는 사실로부터, '치부'는 작가 기세키에게 특별한 의미를 지니는 소재라고 할 수 있다.

이렇듯 기존의 호색물과는 차별적인 작품을 모색하던 기세키는 『우치와』 및 『도세이』 집필을 통해 기존의 작품과는 다른, 새로운 세계를 묘사하고자 했을 것이다. 졸고에서 밝혔듯이 두 작품에는 『에이타이구라』를 의식한 흔적이 보이지만, 근면, 성실, 지혜, 검약 등 인력으로써 축재하는 모습보다는 비윤리적 축재의 모습이 보다 빈번하게 확인된다.[12] 자연히 작중에는 축재의 방법이나 과정보다는 축재의 결과에

---

12 『우치와』, 『도세이』 총 29화 중, 『우치와』의 1권 3장, 2권 3장, 3권 2장, 4권 1 · 2장, 5권 1 · 2장, 『도세이』의 3권 3장, 5권 2장의 단 7화만이 오로지 인력으로써 윤리적으로 축재

만 무게를 두는 묘사가 진행되어 작가는 축재를 체념적으로 의식하고, 한편으로 부의 계승 부담감마저 의식하는 것으로 보인다.[13] 예컨대 『우치와』,『도세이』[14] 두 연작의 시작이라고 할 수 있는 『우치와』 1권 1장의 모두를 살펴보자.

> 인간의 성쇠는 꼬인 밧줄과 같다. 실로 부자는 2대를 가지 못하고 아버지 가 죽으니 한참인 꽃도 떨어지고 변해가는 꿈같은 세상,[15]

"꼬인 밧줄"로 은유되는 상인의 성쇠는 궁극적으로 치부의 성패와 연동된다. 이제 만 46세의 중년이 된 작가 기세키는 스스로의 치부는 물론, 아들에게 계승해야 할 치부에 대해 고민하고 있는 것이다. 물론 '부의 계승' 소재는 앞서 확인한 『에이타이구라』의 모두에서도 브인다. "금은은 남기면 자손을 위한 것이 되기는 한다"던 사이카쿠의 고무적 인 의식은 이제 기세키의 작품, 즉 18세기의 작품에 이르러 '자손을 위 해 남긴 부'가 오래가지 못한다는 절망적 깨달음으로 변모한다. 그런 데 치부에 대한 절망적 의식은 "빈부뿐만이 아니라 매사에 아무리 지 혜, 궁리를 발휘하더라도 시운이 닿지 않으면 그 노력은 성취되기 어 렵다. 운이 닿는 사람은 배짱을 부릴수록 더욱 좋은 결과가 따르고 큰

하는 모습을 묘사한다.

13 고영란, 「에지마 기세키江島其磧의 축재蓄財 인식에 관한 소고小考 ─ 쇼토쿠기正德期 작품 을 중심으로」, 『일본학보』 88집, 한국일본학회, 2011.8, 81~92면.

14 『아킨도 군파이 우치와』,『도세이 아키나이 군단』의 텍스트는 八文字屋本研究會 編, 『八文 字屋本全集 第三卷』(汲古書院, 1993)으로 삼는다.

15 텍스트 255면. "人間の盛衰はあざなへる縄のごとし. 誠に長者二代なし親父死なれて世盛り の花もちり, うつりかはる夢の世のありさま,"

돈을 번다. (…중략…) 시운이 따르지 않는 상인은 배짱을 부릴수록 역풍을 맞으며 큰 배를 젓는 것과 같아 파선하지만, 원하는 곳에 이르지 못한다"[16]와 같이 치부의 결과를 운명에 맡겨야한다는 체념적 의식으로 변모하며 약간의 변화를 보인다. 이는『도세이』의 마지막 장 "무릇 옛말에 작은 부는 노력에 의하고 큰 부는 하늘에 의한다고 하니, 춥고 배고픔을 극복할 정도의 부는 스스로의 노력에 이룰 수 있다. 큰 부는 인력으로써 이룰 수 있는 것이 아니니, 받지 못한 것을 원하지 말고 항상 의기소침하지 말며 맡은 바 일을 다 하여 하늘의 뜻을 기다려야 한다. 무릇 사람의 복은 좋은 데다이를 데리고 있는 것이다"[17]라는 언설로 연동되는 의식이다. 사이카쿠의 언설은 인력을 통한 치부의 가능성을 지향하는 것이었다면, 기세키의 그것은 치부의 비영속성 및 시운과의 관련성을 논하니 과히 고무적이라고 할 수는 없다. "돈이 돈을 버는" 시대도 이미 지난 1710년대를 사는 기세키의 의식 속에서, 이제 치부는 일정 정도 운명에 맡겨야 하는 행위인 것이다. 이렇듯 체념적인 의식 속에서도 흥미로운 점은 '데다이'라는 중간관리자를 통해 큰 규모의 치부를 희망하고 있다는 사실인데, 이를 아래에서 살펴보자.

---

16 텍스트 348면. "貧福の事のみにかぎらず. よろつの事をなすに, 何ほど智惠才覺有ても其時の運にのらざれば其功成就しがたし. 仕合に向いて來る人は大氣出すほど調子よく, 大金をもうくる事なり. (…중략…) 時至らず運にかなはぬ商人は大氣出すほど風に逆ふて大船をおすがごとく, 破損すれどもおもふ所へは漕つけぬものぞかし."

17 텍스트 388면. "されば古語に小富はつとめによる, 大富は天によるとあれば, 飢寒をたすかるほどの富は我つとめにてなる事なり. おほきなる富は人力のおよぶ所にあらざれば, あたはぬ事をねがはず共, つねつね氣をしなざす, なすべき所作をつとめて, 人事をつくして天道をまつべきなり. 惣じて人の福はよき手代をかかへあはす事なり."

무릇 주인이 되는 사람은 요즘 데다이들을 조심해야 할 것이다. 주인이 요괴 고양이만큼 무섭다면 (가산을 좀먹는) 극성맞은 쥐 격의 데다이도 무서워서 소리도 못 내고 돈을 함부로 못 쓸 것이다.[18]

『우치와』, 『도세이』를 마무리하는 마지막 장 후반부를 장식하는 위의 언설은, 큰 규모의 상업을 영위하는 주인 입장에서 중간관리자인 데다이가 치부의 흥망성쇠를 쥐고 있음을 의식하는 것인데, 이후 기세키가 집필하는 치부가 주제인 작품의 소재를 암시하기도 한다. 『우치와』, 『도세이』에는 에도시대의 첫 경제소설이라고 할 수 있는 『어이타이구라』의 발상 및 소재가 계승되면서도, 1712~1713년 현재의 경제적 현실과 작가의 환경이 농후하게 반영되고 있는 것이다. 이제 치부의 초점은 개인의 근면, 성실, 지혜, 검약 등에 의한 일대의 영위에 놓여있지 않고 "돈이 돈을 버는" 시대도 지났으니, 치부의 결과는 운명에 맡기는 지경에 이르렀다. 다만 이와 같은 양상은 치부의 주체가 더 이상 개인이 아님을 의미하기도 한다. 개인별 치부의 가능성에는 한계가 보이지만, 경제공동체 이에家[19] 단위의 치부가 어떻게 운영되어야 할 것인지가 바로 18세기 초 일본 상인의 관심사가 된 것이다. 치부라는 영위가 개인을 넘어 '이에'라는 집단의 영위임을 숙지한 기세키는 이

---

18 텍스트 388면. "かまへて旦那たる人, 今時の手代にゆだんする事なかれ. 親かた猫またなれば荒鼠の手代もちうの聲をもあけず. おそろしきとのみ思ひて手ぐらまぐらの銀まはしもならず."

19 尾崎正英, 『江戸時代とはなにか』, 岩波書店, 1993, 15면. "ここでいう『家』とは血緣上の家族と同一ではなく, 養子や奉公人など非血緣者を包括しつつ, 『家業』としての職業を營み, そのために必要な『家産』すなわち財産を所有する主体としての, 日本に獨特ともいうべき社會組織の單位である."

제 경제공동체의 치부를 위해 중간관리자인 데다이의 존재를 의식하고, 다음 치부 주제 소설에서는 데다이를 전면적으로 등장시킨다. 그러므로 『우치와』, 『도세이』는 『에이타이구라』의 피상적 교훈성을 극복하고 경제 주체의 변화를 감지하며, 기세키 스스로와 독자의 경제적 현실을 진단하고자 한 첫 단계의 작품이라고 평가할 수 있다.

2) 『아킨도 가쇼쿠쿤』의 치부와 충

치부의 단위가 개인이 아닌 '이에' 단위로 이동하고 있음을 의식한 작가 기세키는 『가쇼쿠쿤』이라는 제목에서 드러나듯 '이에'를 위한 가훈서의 틀을 지닌 '상인 집안의 직업 훈계서'를 집필한다. 하세가와 쓰요시의 선행연구에 따르면 『가쇼쿠쿤』 또한 여전히 출판사 하치몬지야와 갈등이 있었던 시점의 작품인데,[20] 권별로 그 대강의 내용이 무엇인지 쉽게 짐작할 수 있는 목록이 붙어서인지 내용에 대한 구체적인 선행 연구는 찾아볼 수 없다. 즐고에서 밝힌 바와 같이, 각 권의 목록에는 내용을 알 수 있는 키워드가 제시되어 있는데, 1권은 '가업을 위한 부모의 교육 필요성', 2권은 '치부와 효행', 3권은 '데다이의 중요성', 4권은 '데다이의 충과 능력', 5권은 '노년, 자식, 주종'에 관련된 것으로 요약할 수 있다. 또한 1권과 2권은 가내의 구성원인 자식에게, 3권과 4권은 가외의 구성원인 데다이에게 '치부를 어떻게 교육할 것인가?'라

---

20 長谷川强, 『浮世草子の硏究』, 櫻楓社, 1969, 321~322면. "一方其磧は『商人家職訓』を谷村から出し, (…중략…) 七年はかく八文字屋と其磧の不協和の見られる年であり,"

는 내용이 연동된다. 그리고 그 종합적인 내용이 다시 5권에서 전개된다. 흥미로운 점은 앞서 『도세이』의 마지막 장이 그러했듯이, 『가쇼쿠쿤』 또한 데다이를 의식한 주인 입장의 일화가 전개되는데, 이는 1, 2권에서 전개되는 자식에 대한 그것과는 차별적이다. 작품의 틀이 가훈서이기에 아버지의 입장에서 서술되는 『가쇼쿠쿤』은 자식들에게 그 무엇보다도 치부가 중요하다는 점을 역설하지만, 치부는 효행의 일환임을 일깨우고도 있다. 한편 데다이에게는 겸허와 충성을 강요하고 있다.[21] 즉 데다이의 치부는 주인에 대한 일종의 '충'으로서 그 의의를 강조하고 있는데, 그 일례는 다음과 같다.

『가쇼쿠쿤』 4권 1장에서 지혜로운 아들이 번 돈은 '상업에 힘쓴 결과 얻은 돈'임에도 불구하고 그 정당성을 어머니로부터 인정받지 못한다. 아들이 번 돈의 원래 주인은 '이에'의 주인님이기에, 돈은 주인님에게 돌아가야 한다는 논리가 전개되는 것이다. 2권 3장에서 아버지의 돈으로 아들이 '상업에 힘쓴 결과 얻은 돈'을 차후 자유롭게 사용할 수 있었던 것에 대비되는 대목이다. '상업에 힘쓴 결과 얻은 돈'이라는 측면에서 동일하지만, 가내의 아들이 번 돈과 가외의 데다이가 번 돈은 엄연히 다른 것이다. 이렇듯 동일한 치부 행위도 치부 주체에 따라 환원되는 곳이 다르다는 냉엄한 위계 의식이 『가쇼쿠쿤』에 반영되어 있다. 일견 모순적인 의식이지만, 이는 반드시 작가 기세키만의 것은 아니다. 당대의 거부 미쓰이三井 가문의 2대 미쓰이 다카히라三井高平(1653~1738)가 1722년에 남긴 「소치쿠 유서宗竺遺書」를 살펴보면, 초대 미쓰

---

21 고영란, 「에도江戸 중기 경제인식과 상인소설 소고小考 — 에지마 기세키江島其磧의 작품을 중심으로」, 『일본근대학연구』 46집, 한국일본근대학회, 2014.11, 169~188면.

이 다카토시三井高利(1622~1694)의 유언에는 없었던 데다이에 대한 뚜렷한 의식을 확인할 수 있다.

종류	다카토시(1694)	다카히라(1722)	합계
상업 윤리	1. 가운의 결속 2. 수입의 분배 3. 로분老分이 전체의 총리總理 6. 등용 7. 주인의 근로 8. 자제의 교육 9. 상업을 끝낼 시기 10. 외국과의 거래	1. 가법家法의 준수 2. 가업의 준수 3. 법령의 준수 5. 상매매 열심 6. 데다이의 채용과 상업 7. 앞 차가 뒤집어 지는 것은 뒤차를 위한 훈계 8. 주인의 역할 9. 제재制裁 10. 미망인이 된 자의 상속 11. 후계자의 상속 12. 소슈宗秀의 처우 42. 타국에서 근무하는 자의 마음가짐 43. 기슈가紀州家에 대한 대응 44. 마키노가牧野家에 대한 대응 47. 모토지메 역할元締役의 임무 48. 형제 일치 49~51. 부연설명	55
생활 윤리	4. 가내의 융화 5. 검약	4. 동족 내의 융화 22. 축의금의 주고받기 45. 사치 금지 46. 신앙과 사업	6
합계	10	51	61

이 표는 요시다 지쓰오吉田實男[22]의 연구 내용에 따라 분류한 것이고, 앞의 번호는 가훈의 항목번호이다.

17세기 말에 작성된 미쓰이 가문 초대 다카토시의 가훈서에서는 가내의 자식들에 대한 치부 교육은 이루어졌지만(4번, 8번), 데다이에 대한 의식이 별도로 확인되지는 않는다. 그러나 18세기 초반 다카히라의 가훈서에는 이전에는 없었던 데다이 관련 항목이 6번에서 발견되는데,

---

[22] 吉田實男, 『商家の家訓』, 清文社, 2010, 293~319면.

그 구체적인 것을 살펴보면 다음과 같다.

데다이의 채용은 지극히 중요한 것이고 그 사람을 잘 보고 채용해야 한다. (…중략…) 신하가 좋고 나쁜 것은 주인의 마음에 달렸다. 예로부터 훌륭한 대장 아래에는 훌륭한 신하가 있다고 하는 바와 같이 좋지 못한 주인 아래에는 칠칠치 못한 데다이가 붙는 것이다.[23]

위에서 강조되는 바는 '이에'의 주인이 올바로 서야 데다이 또한 훌륭하게 치부할 수 있다는 점인데, 주인과 점원인 데다이의 관계를 '대장'과 '신하'라는 무사의 주종관계로서 파악하고 있다는 사실은 흥미롭다. 상가商家 내의 위계 의식은 다카히라를 통해서는 가내 구성원에게 '데다이의 관리 필요성 강조'로서 표출되고, 기세키를 통해서는 가외 구성원에게 '충의 일환으로서의 치부 강조'로서 표출되었을 뿐, 실질적 치부의 주체로서 데다이를 의식하고 그들을 위계질서 속에 포섭하려 했다는 점에서는 서로 다름없다. 이처럼 상업을 영위하는 상가 내의 위계 의식은 데다이를 의식하면서 그들을 관리, 교육할 필요성 강조로 이어진다. 다만 『가쇼쿠쿤』의 한계는 치부의 주체로서 데다이 스스로의 자각이 있음에도 불구하고 앞서 확인한 4권 3장의 아들과 같이, 그 치부의 결과를 주인 가문에 환원시키고 궁극적인 주체성을 부정하고자 한다는 사실이다.

---

23 위의 책, 300면. "手代の採用は, 極めて大切なことであり, その人をよく見て採用することである. 家來が良いも惡いも主人の心掛けによるのである. 昔から, 優れた大將の下には優れた家臣がつくというように, よくない主人の下にはだらしない手代が付くことになる."

치부 주체로서의 데다이를 발견하고도 치부의 결과를 데다이 개인이 아닌 '이에'에 환원시키고자 하는 주인, 즉 기세키의 모순적 입장이 『가쇼쿠쿤』에 노정되고 있다. 경제공동체로서의 '이에'를 강하게 의식할 수밖에 없는 18세기 초반의 현실 속에서, 작가는 치부의 주체로서 데다이를 인정하면서도 그를 개인이 아닌 '이에'의 일원으로서 종속시키고 있는 것이다. 주지하듯 당대 일본 사회는 장남의 단독 상속제를 원칙으로 했기에, 장남 이외의 수많은 농가와 상가의 아들들은 경제적으로 독립할 수밖에 없었다. 그 중에는 상가의 데다이로서 '이에'를 위해 치부하면서도 눈에 띠는 활약을 하는 이들이 있었을 것이다. 그들의 능력과 감각을 자신의 '이에'로 포섭하는 일, 그것이 호상 다카히라의 가훈서와 기세키의 『가쇼쿠쿤』에 공통적으로 드러나는 당대 주인들의 시급한 과제요, 희망이었다. 이 때문에 『가쇼쿠쿤』에는 주인 입장에서 데다이를 포섭하고자 하는 일화가 눈에 띠는데, 그 일례로 3권 3장을 살펴보자.

근래에 부자가 된 사람의 사정을 들으니 그 집의 훌륭한 데다이의 활약으로 점차 부자가 되었다고 한다. 많은 군졸은 얻기 쉽지만 한 명의 장수는 얻기 어렵다고 한 군법자의 말처럼, 주인을 망하게 하는 젊은이를 얼마든지 데리고 있는 것은 자유다. 주인을 큰 부자가 되게 할 정도의 데다이는 백 집 중 한 명도 없다.[24]

24　八文字屋本硏究會 偏, 『八文字屋本全集』 第八卷, 汲古書院, 1996, 341면. "近年分限になる人の子細をきくに, 其家によき手代有て, 是等が働にて段々出世をする事なり. 万卒は得やすく一将は得がたしと軍法者の詞のごとく, 　主を倒す若い者はいくたり抱ふとも自由なり. 親方を大金持にさするほどの手代は百軒に一人もなし."

수완 좋은 데다이 찾기는 훌륭한 장수 찾기만큼 힘들다는 위의 언설
은 데다이의 위상과 가치를 높여주는 것이기도 하다. 상가에 종속된
일개 데다이의 능력과 지배계급 무사의 우두머리인 장수의 그것이 등
치되고 있기 때문이다. 이렇듯 『가쇼쿠쿤』에서 데다이 개인의 치부는
인정되지 않지만, '이에'를 위한 치부를 독려하기 위해 마지막 5권3장
은 주인과 데다이 등 봉공인이 서로 협조하여 경제적으로 안정적인 삶
을 보장받는 것으로 마무리된다. 『가쇼쿠쿤』에서 작가 기세키는 데다
이 개인의 치부를 인정하기에 이르지는 못했다. 다만 데다이의 위상과
가치를 인정하지 않을 수 없는 모순적 태도를 보임으로써, 1720년대
일본 사회의 경제적 고민과 갈등을 대변하고 있는 것으로 보인다.

3) 『세켄 데다이 가타기』에서 보이는 치부 주체의 변화

『가쇼쿠쿤』이 치부의 주체로서 데다이를 의식하지만 치부의 결과
를 오롯이 '이에'를 위한 것으로서 인식하는 한계를 보였다면, 그 한계
를 극복한 양상을 보여주는 작품이 바로 『데다이』이다. 기세키가 말년
에 집필한 본 작품은 '데다이 관리'를 소재로 한 작품인데, 그 모두에서
부터 데다이가 곧 '이에'의 주인이 될 수 있다는 고무적인 언설을 보이
고 있다.

가격을 잘 매겨 그 이득을 얻는 것은 그 가게 데다이의 활약 하나에 달려
있다. 데다이는 또 주인이 되고, 또 그 데다이가 연공을 쌓아 주인이 된다.

순차적으로 주인이 되어 나를 고용했던 주인의 마음을 이해하고 은혜를 알 것이다. 데다이의 출세는 스스로의 근면함에 있다.[25]

‘이에’의 주인 또한 과거에는 데다이였다는 위의 언설은, 치부의 주체로서 데다이를 인정함은 물론, 그 치부가 ‘이에’가 아닌 데다이 개인에게 환원될 가능성을 인정하는 것이다. 이렇듯 데다이를 포함한 봉공인인 독자가, 치부를 통해 장밋빛 미래를 꿈꿀 수 있는 여지를 주는 『데다이』에 보이는 기세키의 의식은 일견 선동적이기까지 하다. 특별히 5권 1장에서는 거대 경제도시라고 할 수 있는 교토京都, 에도, 오사카의 거부巨富를 예로 들면서, 그들 또한 태생적인 부자가 아니고 대부분은 주인 덕에 여러 가지 상도를 배워 가업을 현명하게 일구어 거부가 되었다고 한다.[26] 주목할 점은 이들 데다이들을 치부를 위한 도구가 아닌 한 명의 개인으로서 보고, 그 가능성과 한계도 인정하고 있다는 사실이다.

용과 같은 (절대적인) 말도 넘어지는 경우가 있듯이, 지혜와 기지가 있는 자도 젊을 때는 한 번의 실수를 하지 말라는 법도 없다. 그때, 실수를 반성하고 마음을 바꿔먹고 열심히 하여 선을 행하면 훌륭한 인간이 되어 입신하지 말라는 법도 없다.[27]

---

25 八文字屋本研究會偏, 『八文字屋全集 第十一卷』, 汲古書院, 1996, 49면. "ねをよく出して商物の利を得るはその家の手代の働き一つぞかし. 手代又旦那になれば又其手代, 年功を積て旦那になれり. 次第送りの旦那に成て我を抱し主人の心を弁て恩を知るべし. 手代の出世は己が勤にあり." 이하, 『데다이』의 틱스트로 삼는다.

26 텍스트 115면. "他國はさらなり, 京江戸大坂三ヶ津に棟高き有德人の町人, 根生の分限者ばかりにあらず. 大かたは皆手代の宿ばいり, 親方の影にてそれぞれの商ひの道をおぼえ, 家業に賢く拔出して大身代と成り."

젊은 시절 데다이가 행한 한 번의 실수를 극복하고 입신출세 할 수 있음을 보여주는 위의 언설은, 5권 1장에서 약제상에 봉공하는 스케하치助八의 일화로서 증명된다. 스케하치는 성실하고 영리하여 주인에게 인정받아 나가사키長崎에 주인 대신에 상품을 매입하러 가는데, 나가사키의 유명한 유곽 마루야마丸山에서 500냥 중 200냥을 탕진한다. 겨우 정신이 들어 주인에게 돌아와 솔직하게 보고하지만, 주인은 스케하치를 용서하지 않는다. 다만 부모는 자신들의 교육 부재 때문이라며 아들을 혼내지 않는다. 이에 감동한 스케하치는 나가사키에 내려가 열심히 치부하는 가운데, 우연히 묘약 처방을 알게 되어 일만 냥一万両을 지닌 거부로서 거듭난다. 이렇듯 데다이의 치부는 이윽고 개인적 치부로 이어질 것임을 묘사하는 한편, 데다이의 능력과 인품을 조명하는 것이 『데다이』의 특징이기도 하다.

1권 2장에서 거부 미노야美濃屋의 주인 신토쿠信徳는 장남 산시치三七에게 훌륭한 데다이인 고헤五兵衛에 대해 알려준다. 일전에 건강이 안 좋아 고헤에게 미삼을 사오라 했더니 조선인삼 큰 뿌리 한량両을 210 몬메匁에 사왔다. 낭비라고 생각하여 질책하자 고헤는 주인님의 건강을 지켜드리는 일이야 말로 진정한 절약이라고 생각한다고 했다. 고헤의 사려 깊음과 주인을 향한 충성심이 돋보이는 이와 같은 일화를 통해, 작품은 데다이가 단순히 치부를 위한 일개 고용인이 아니라, 주인과 함께 동고동락하는 경제공동체의 일원임을 일깨워준다. 이와 같은

---

27 텍스트 116면. "龍の駒にも跛といふ事あれば, 智惠才覺ある者も, 若き中は一旦仕損じのあるまじきものにてなし. 其時仕損ひを悔て心ざしを改め勵みて善をうつらばよい人間に成て立身せまじき物にもあらず.

일화를 통해, 치부를 둘러싼 주인과 피고용인 데다이라는 종속적이고 도 대항적인 구도보다는 상부상조하여 공생할 수 있는 의식이 배태될 수 있는 것이다. 이처럼 주인과 데다이의 치부와 관련된 욕망과 갈등을 해소하는 또 다른 일화가 『데다이』에 소개된다.

3권 1장에 등장하는 반토番頭 다로베太郎兵衛와 데다이 사부로베三郎兵衛는 미망인인 주인을 위해 결과를 알 수 없는 투자를 한다. 다로베는 투자에 성공하여 그 돈으로 주인 집안을 재기시켰으나, 사부로베는 패가하여 근황을 알 수 없다. "사부로베는 주인님을 위해 돈을 잃고 패가망신하여 도망갔는데, 일가일족을 비롯해서 모든 이들에게 옆길로 샌 자라고 비웃음을 사고, (…중략…) 그날 밤에 바로 사부로베를 찾아 나간다. 전례가 없는 조닌의 모범이다"[28]라고 일컬어지듯이, 다로베는 동료 사부로베에 대해 의리와 인정을 지키기 위해 머리를 깎고 사부로베를 찾아 나선다. 물론 다로베는 "전례가 없는" 모범적인 인물이기는 하지만, 이렇듯 『데다이』는 치부를 위해 수단과 방법을 가리지 않는 데다이만이 아닌, 소위 의리와 인정을 알고 이를 실천하는 인간적인 데다이도 함께 묘사하고 있는 것이다. 주인은 물론 동료에게도 의리와 인정을 다하는 훌륭한 데다이 상을 제시함으로써, 데다이는 주인과는 물론, 동료들과도 상부상조하고 공생할 수 있는 인물 유형임을 전시하고 있는 점이 이전의 작품과는 다른 『데다이』의 새로운 측면이다. 앞서 『우치와』, 『도세이』를 통해 개인의 치부 한계를 느끼며 치부

---

28 텍스트 91~92면. "三郎兵衛は, 旦那の御爲に損金して身代しまひ逐電して一家一門をはじめ諸万人に横道者と嘲せられ, (…중략…) 其夜より三郎兵衛が行衛を尋に出けり. 前代例なき町人の手代鑑."

의 주체로서 데다이를 발견하고, 『가쇼쿠쿤』을 통해 데다이를 관리하고 교육시킬 필요성을 의식하였다면, 이제 기세키는 『데다이』를 통해 주인과 데다이는 협조하고 존중하는 공생의 관계로 발전해야 함을 내비추고 있는 것이다.

그러나 말년의 기세키가 데다이라는 인물군을 단편적으로 파악하지만은 않았던 것 같다. 『가쇼쿠쿤』에서 그러했듯이, 『데다이』에서도 여전히 의심과 관리의 대상인 데다이는 등장한다. 3권 3장에서 자신의 능력을 파악하지 못하고 악한 친구의 말에 속아 현재의 업을 버리고 패가망신한 칼 가게의 이하치伊八, 자살하는 연기까지 하여 주인을 속이고 몰래 다른 가게를 차린 4권 1, 2장의 요로쿠베与六兵衛는 치부만을 위해 내달리는 비인간적 유형이다. 이렇듯 데다이 개인의 본성이 우매하고 사악할 수도 있지만, 이들 데다이의 수완과 노력으로써 '이에'의 가산이 유지될 수밖에 없는 현실이 4권 2장의 말미에 다음과 같이 묘사된다.

젊은 사람치고는 한 재주 있는 놈, 반토로 만들어보면 주인을 부자로 만들지 홀딱 벗은 가난뱅이로 만들지 최종적으로 옳고 그름은 아베노 세이자에몬의 점술서를 펼쳐보아도 알 수 없는 일이라고 말을 했다.[29]

앞서 상부상조하고 공생할 수 있는 훌륭한 데다이를 작중에 확인했지만, 위의 어린 데다이는 그와 같은 성실하고 정직한 데다이를 비웃

29　텍스트 107~108면. "若輩ものには一ト器量ある奴, 番頭に仕立て見たら主人を長者にするか, 丸裸にするか, 末での善惡は安部の清左衛門が占の本ひかへても見へぬ事と, 申し侍りき."

는다. 그런데 성실하고 정직한 데다이를 비웃는 어린 데다이는 비판적으로 묘사되지 않는다.[30] 이렇듯 기세키는 근면, 성실, 지혜, 검약 등 기존의 윤리적인 행위만으로써 치부에 좋은 결과를 낼 수 없는 현실을 묘사하기 위해, 기지를 발휘하여 주인 가문을 재기시키는 5권 1, 2장의 일화로써 『데다이』를 마무리하는데, 그 내용은 다음과 같다.

반토 소스케惣助는 도쿠타로德太郎를 후견하며 견실히 살아갔다. 그런데 도쿠타로는 아내가 사망하자 상심하고 우연한 계기에 연극에 빠진다. 때마침 소스케가 가게를 비우자 도쿠타로는 거금을 사용하고, 이에 소스케는 급전을 위해 절친한 긴에몬金右衛門을 찾아갔는데, 친구 또한 급전이 필요한 상황이었다. 긴에몬의 주인인 환전소兩替屋 도련님이 돈 선물시장小判市에 투자하여 실패하고, 따님은 결혼을 못하고 있는 상황이었던 것이다. 이에 곤란에 빠진 두 반토는 두 집안의 혼사를 성사시키고, 두 가문에 대한 속세의 재정적 의구심을 불식시켜 안정적으로 가업을 지속하였다.

이렇듯 데다이의 기지 없이는 치부와 가산 유지가 곤란함을 재차 확인시키는 『데다이』의 마지막장은, 어떻게 해서든 주인 가문의 치부와 가산 유지에 데다이가 힘써주기를 염원하는 작가 기세키의 의식을 담을 것으로 보인다. 근면, 성실, 지혜, 검약은 물론이요, 속세의 심리를 이용하는 교묘한 기지로써라도 '이에'를 영속시키기 바라는 주인마님 기세키의 의식이 작중에 드러난 것이다. 그러므로 앞서 기세키가 『우치와』, 『도세이』, 『가쇼쿠쿤』을 통해 치부의 주체로서의 데다이를 발

---

30 고영란, 「江戸시대 민중의 상업 윤리—浮世草子『世間手代氣質』를 중심으로」, 『비교문화연구』 39집, 경희대 비교문화연구소, 2015.6, 44면.

견하고 그들에 대한 관리, 교육의 필요성을 묘사하였다면, 이제 작가
는『데다이』에 이르러 치부 주체인 데다이 없이는 경제공동체 '이에'
가 영속 불가함을 묘사하고 있는 것이다. 환언하자면 경제공동체 '이
에'의 형식적 치부 주체로서의 주인과 실질적 치부 주체로서의 데다이
가 상부상조하여 공생하는 타결점을 지향하고 있다고 할 수 있다.

3. 치부 주체의 전환과 공동체의 치부

기세키는『우치와』,『도세이』에서 개인의 치부 한계성을 묘사함과
동시에 치부 주체로서의 데다이를 의식했다. 상인 개인의 근면, 성실,
지혜, 검약 등의 노력과 능력을 떠나 천운이 좌우하는 17세기 말 경제
현실을 경험하고, 사이카쿠의 시대와 같이 자본이 충분하다고 해서 치
부가 가능하지도 않음을 깨달은 것이다. 이에 기세키는『우치와』,『도
세이』에서 치부의 단위를 개인에서 '이에'라는 경제공동체로 전환시키
며 그 일원인 데다이를 치부 주체로 의식하기에 이르렀다. 10년 후인
1722년, 기세키는『가쇼쿠쿤』을 통해 치부 주체인 데다이를 어떻게 관
리, 교육할 것인가를 묘사한다. 그의 고민은 데다이의 치부를 '이에'에
환원시키는 것으로 그쳐 그 한계가 있었으나, 데다이들의 위상과 능력
을 지배계층인 무사의 그것에 비유할 정도로 시급한 과제가 데다이의
관리와 교육임을 역설적으로 보여주었다. 데다이 포섭이 시급함은 작
가 기세키뿐만이 아니라 호상 미쓰이 다카히라의 경우도 그러했다. 이
와 같은 경향은 이윽고 기세키의『데다이』에서 상부상조와 공생의 존

재로서 데다이를 묘사하기에 이른다. 이는 치부 주체로서 데다이를 의식하면서도 상가 내의 위계질서를 구축하며 데다이를 타자화했던 『가쇼쿠쿤』의 의식에서 벗어나, 상인의 치부와 가산유지에 실질적 주체는 주인이 아닌 데다이임을 인정하는 태도로 이해할 수 있다.

작가 기세키는 『우치와』, 『도세이』, 『가쇼쿠쿤』, 『데다이』의 네 작품을 통해, 치부와 관련된 현실적 욕망과 갈등을 묘사하면서, 단계적으로 의식 변화를 겪은 것으로 보인다. 한계를 느낀 치부의 주체를 주인 개인에서 데다이로 재인식하여 그 한계의 탈출구를 찾고, 데다이의 관리 및 교육을 통해 치부의 선점적 위상을 유지하고자 했으나, 결국에는 치부의 실질적 주체로서 데다이를 인정하지 않을 수 없었던 것이다. 본 연구에서 다룬 네 작품을 통해, 당대의 독자가 치부와 관련된 욕망과 갈등을 모두 해소, 극복할 수는 없었을 것이다. 그러나 경제 성장의 정점을 지난 18세기 전반의 일본 사회에서, 치부의 주체를 자본가인 주인이 아닌 피고용인 데다이로 대표되는 봉공인으로 설정하고, 그 관계성을 조율하고 그 위상을 인정하며 궁극적으로 봉공인들과 공생, 공명할 필요성을 피력했던 기세키의 태도는, 치부와 관련된 욕망과 갈등을 문화적 차원에서 풀어보고자 했다는 점에서 그 의의가 높다.

『에이타이구라』를 모방한 결과로 얻은 네 개의 치부 주제 우키요조시는 아리스토텔레스가 "모방은 창조의 어머니다"라고 했듯이, 독자적인 문제의식을 반영한 창조 작품이었다. 18세기 전반, 정체된 일본 경제사회의 욕망과 갈등을 치부 주체 '데다이'로써 풀 수밖에 없었던 작가 기세키의 흔적이 『우치와』, 『도세이』, 『가쇼쿠쿤』, 『데다이』에 일맥상통하게 드러난다는 사실만으로도, 치부의 주체 및 치부 결과의 환

원이란 문제가 끊임없이 고민되고 조율되어야 할 중요한 사회적 과제
였음을 쉽게 가늠할 수 있다. 21세기 현대 한국 사회에서도 여전히 치
부의 주체로서 피고용인과 고용인은 치부 결과의 환원을 놓고 다양한
줄다리기를 하고 있다. 누구에 의한, 누구를 위한 치부인가도 중요한
문제이지만, 시공을 달리하는 에도시대 일본과 같이 현대 한국에서도,
상부상조와 공생을 위해서는 치부를 이행하는 개인의 존재를 조건 없
이 존중하고 배려하는 의식이 우선되어야함을 본 연구를 통해 재확인
할 수 있었다.

참고문헌

논문 및 단행본

고영란, 「에지마 기세키江島其磧의 축재蓄財 인식에 관한 소고小考－쇼토쿠기正德期 작품을 중심으로」, 『일본학보』 88집, 한국일본학회, 2011.8.

______, 「에도江戶 중기 경제인식과 상인소설 소고小考－에지마 기세키江島其磧의 작품을 중심으로」, 『일본근대학연구』 46집, 한국일본근대학회, 2014.11.

______, 「에도江戶시대 민중의 상업 윤리－우키요조시浮世草子 『세켄 데다이 가타기世間手代氣質』를 중심으로」, 『비교문화연구』 39집, 경희대 비교문화연구소, 2015.6.

宮本又郎, 粕屋誠 編著, 『講座 日本経営史 1：経営史・江戶の経驗－1600～1882』, ミネルヴァ書房, 2009.

吉田實男, 『商家の家訓』, 淸文社, 2010.

鈴木浩三, 『江戶商人の経営』, 日本経濟新聞出版社, 2008.

麻生磯次, 富士昭雄譯注, 『對譯西鶴全集 12 日本永代藏』, 明治書院, 1975.

尾崎正英, 『江戶時代とはなにか』, 岩波書店, 1993.

長谷川強, 『浮世草子の研究』, 櫻楓社, 1969.

八文字屋本硏究會 偏, 『八文字屋全集』 第三卷, 汲古書院, 1993.

______________________, 『八文字屋本全集』 第八卷, 汲古書院, 1996.

______________________, 『八文字屋全集』 第十一卷, 汲古書院, 1996.

暉峻康隆, 『西鶴新論』, 中央公論新社, 1981.

다메나가 슌스이爲永春水 소설 속에 등장하는 실존 상인들의 묘사

최태화

1. 들어가며

1830년대의 일본의 소설계를 석권하였던 다메나가 슌스이爲永春水의 몰년은 1844년으로 확인되고 있으나 생년과 출생지는 아직 알려진 바 없으며, 단지 당시에 에도江戶라 불리던 도쿄東京가 본거지였기 때문에 에도 출신일 것이라고 추측하는 학자가 많다. 필자는 현재의 교토와 오사카에 가까운 후쿠이현福井縣의 미나미 에치젠초南越前町 유노오湯尾 라는 지역을 슌스이의 출신지로 상정하고 있으나, 자료에 대한 세밀한 조사가 필요한 사항으로 현재로서는 가설로서 남기고자 한다.[1]

---

[1] 『천연두를 낮게 하는 사사유의 효능疱瘡安体きゝ湯の壽』(간행년 불명, 동경대 종합도서관 소장). "이 책의 작자는 에치젠국의 유노오 고개자락에서 정말 가벼운(별 볼일 없는) 집 안의 적자로 태어났다. 작자의 처는 가루이자와의 하녀로 이 또한 가벼운 집안이다. 이 때문에 출판사의 의뢰를 가볍게 받아들여 아카혼赤本(천연두 예방을 위한 책—인용자)

슌스이에 대한 이력은 그가 에도에서 책대본업을 시작하던 때부터 알려져 있다. 슌스이는 책대본업으로 시작하여 출판사 세이린도靑林堂를 경영하게 된다. 출판사의 초창기 시절에는 다른 작가의 작품을 재출판하는 등의 조악한 수준이었으나, 점차로 슌스이렌春水連이라 불리는 많은 서브작가, 즉 조작자助作者를 두고 1년에 20편 이상의 소설을 간행하여 소설의 대량생산과 대량소비를 가능케 하는 출판사로 키워나갔다.

그러던 중, 슌스이는 1829년의 화재로 인해 출판사와 인쇄판 격인 판목版木을 소실하게 된다. 이후 다메나가 슌스이(이하 슌스이)는 작품 집필에만 몰두하여 절치부심 끝에 1832년에 간한 『매화꽃 필 무렵春色

을 잘 간행하려 홍필紅筆을 들어 일필휘지로 써내려가서 책을 끝내니 이를 기쁘게 기록한다. (…중략…) 기분도 신분도 가벼운 작자 슌스이 씀.ʺ(此本の作者わ生國越前湯尾峠の麓にて誠に輕き者の孫嫡子なり. 女房は輕井澤の輕女にて輕々しきものなり. 依之, 版元の賴を手輕く請合, 赤本の見事に山を揚んと紅筆をとつて起上り, さつさつと足早に, ぱらりと出來てめでたくしるす. (…중략…) 氣も身上も輕る作者 春水述給ふ)

〈그림 1〉 福井縣 南越前町 湯尾의 대략적 위치(출처 : google map)

梅暦』(이하 『매화꽃』)이 대성공을 거두게 된다. 이후 슌스이는 『마화꽃』의 장르를 '닌조본人情本'이라 칭하였는데,[2] 닌조본은 작품수가 300여 편 이상에 작품당 판매 부수가 무려 1만 부 이상을 기록하며, 일본의 1820년부터 메이지유신明治維新 이후의 1870년대까지 가장 인기 있는 장르로 군림하게 된다. 닌조본은 쓰보우치 쇼요坪內逍遙, 나가이 가후永井荷風, 모리 오가이森鷗外 등의 유수한 일본 근대문학가에게도 많은 영향을 끼쳤다. 특히 '이수일과 심순애'로 친숙한, 한국의 『장한몽』(1913)에 영향을 끼친 오자키 고요尾崎紅葉의 『금색야차金色夜叉』(1898)의 유명한 남자의 바짓가랑이를 붙잡는 여성의 모습을 묘사하는 장면은 닌조본의 전형적인 남녀 간의 갈등 묘사의 방법에서 가져온 장면이다.

닌조본은 가로 약 18센티미터, 세로 약 13센티미터의 판형으로 당시에 중본中本이라 불리던 사이즈였다. 이 판형은 닌조본의 인기와 함께 근대 이후에도 명맥을 유지하여, 현재의 일본만화 단행본의 판형의 원형이 되었다.

당시 이러한 판형, 즉 중본이라 불리던 소설은 해학적인 내용의 골계본滑稽本이라는 장르와 남녀 간의 사랑을 그리고 있으나 그 엔딩이 주인공의 자살과 같은 비극으로 끝나는 내용이 많아 나키본泣本이라 불리던 장르로 나뉘었다. 슌스이의 닌조본은 남녀의 사랑을 제재로 삼고 있으나, 그 내용은 유쾌하고 해피엔딩으로 끝난다는 점에서 이전의 나키본

---

2 슌스이가 말하는 人情이란 일본의 국학에서 말하는 닌조세타이人情世態에서 온 갈로, 닌조세타이는 일본의 고전인 『겐지모노가타리源氏物語』를 설명하는 데 사용되는 용어이다. 여기에서 말하는 닌조는 사랑을 뜻하는 것으로 보편적인 의미로 쓰이는 인정과는 다른 의미로 사용되기에 人情의 일본어의 발음인 '닌조'를 차용하여 닌조본으로 부르기로 한다.

과는 차이가 있다. 슌스이가 닌조본이라는 이름으로 장르의 이름을 바꾼 이유는 이러한 차이가 있었기 때문으로 『매화꽃』 이후 슌스이는 자신의 소설을 닌조본으로 부르며, 닌조본의 원조를 자칭하게 된다.[3]

그런데 슌스이의 닌조본의 구성과 기법이 현대의 드라마와 극히 유사하며, 특히 2015년 전반기에 크게 인기를 끌었던 KBS 드라마 〈프로듀사〉와 '간접광고', '실존인물의 등장'이라는 점에서 비교할 가치가 있을 정도의 유사성을 보여주고 있다. 이 글에서는 이점에 주목하여 슌스이 닌조본과 〈프로듀사〉의 비교를 통해 슌스이의 소설기법이 현대의 그것과 통하고 있음을 확인하고자 한다. '현대의 그것'에는 '집단작가체제', '옴니버스식 구성'이 포함될 것이다. 특히 슌스이 닌조본의 등장인물 중에는 당시에 실존하던 인물들이 실명이나 약간의 가공을 거친 이름으로 등장하는 경우가 있는데, 이러한 인물들의 신분이 조닌町人, 즉 상인의 신분인 점은 흥미롭다. 구체적으로 이들은 슌스이의 패트런이었던 분테 아야쓰구文亭綾継와, 쓰노쿠니야 도지로攝津國屋藤次郎, 조쇼調松 등과, 사쿠라가와 요시지로櫻川由次郎 등의 슌스이와 교유관계가 있던 상인들이었다.

이들의 외양과 행동묘사에 초점을 맞추어, 당시의 이상적인 상인상이 어떠한 모습으로 그려지고 있으며, 그들이 사건을 해결하는 능력과 방법, 상인으로서 갖추어야 될 미덕 등이 어떻게 묘사되고 있는지를 확인하여, 당시 상인들의 도덕률과 이상형에 대해서 확인하고자 한다.[4]

3　まごつきながら筆を採て, 一日一夜の急案拙作, 只看官の愛讀を願ふのみ.
于時天保三壬辰年臘月稿成　同四癸巳年孟春吉辰發市　江戸人情本作者の元祖　狂訓亭主人誌. 『매화꽃』 4편 서문.

4　닌조본의 특성상 많은 등장인물들의 이름이 등장하고, 또한 많은 작품들이 거론되기 때

2. 후발주자, 다메나가 슌스이

슌스이에 의해서 닌조본이라는 장르가 완성되었기 때문에 남녀의 사랑을 주된 테마로 하던 나키본泣本이라는 장르명은 현재에는 닌조본으로 통일되어서 불리고 있다. 이러한 의미에서의 닌조본의 효시는 1819년의 19년의 짓펜샤 잇쿠十返舎一九가 간행한 『청담, 봉우리에 핀 첫 꽃 清談峰初花』으로 삼는 것이 일반적이다. 이로부터 13년 후인 1832년에 간행된 슌스이의 『매화꽃』에 의해 닌조본은 다른 소설장르를 압도하며 근대에 이르기까지 가장 성공한 근세소설장르 중의 하나로 자리매김하게 된다.

닌조본은 젊은 여성이라는 새로운 독자층을 개척하여 이들을 타겟으로 하는 소설장르로, 슌스이의 『매화꽃』은 지금까지 없었던 남녀 간의 애정묘사에 대한 신선한 묘사기법과 함께 '유행체流行体'라 불리는 당시에 유행하는 의상과 화장법 등을 충실히 묘사하는 슌스이 특유의 기법이 사용되었다.[5] 또한 독자가 스토리의 전개를 예상하지 못하게 하는 복잡한 내용전개와 더불어 각 장면에 날짜나 시간을 명시하여 독자가 각 장면의 흐름을 잃지 않게 해주는 설명적 요소를 더하였다. 그

문에, 혼란을 피하고자 작품명과 등장인물명 등에 필요에 따라서 한자의 병기를 반복하는 경우도 있을 것이다. 또한 작품명은 가능한 한 한국어 역으로 기재하고, 첫 노출 시에 한자어에 덧말로 일본어 표기하였다. 본고에서 사용되는 용례는 필자의 번역으로 한국어로 제시하는 것을 원칙으로 한다. 그러나 제시되는 용례 중에서는 아직 현대일본어로 번각조차 되지 않은 자료들도 있으며, 가케고토바掛詞 등으로 인해 번역으로 그 뜻이 잘 전달되지 않는 경우나, 용례를 통한 실증적 분석이 중요한 경우 등의 용례는, 한국어역과 함께 그 원문을 제시하고자 한다. 이때 일본어표기에 있어서 구두점과 탁음, 반탁음 표시는 필자가 필요에 따라 보충하였다.

5 「유행체流行体」에 대해서는 최태화, 『春水人情本の研究―同時代性を中心に』, 若草書房, 2014.10, 18〜48면 참조.

결과『매화꽃』은 젊은 여성들에게 크게 어필되었으며, 무려 1만 부 이상이라는 판매고를 거두는 커다란 성공을 거두게 된다.『매화꽃』이 다른 작품보다 압도적으로 성공을 거두게 되자, 이러한 슌스이류의 소설은 닌조본人情本이라는 장르의 대명사로 사용되기에 이른다.

슌스이는 전기적 요소가 강한 요미혼讀本 등의 다른 장르의 소설도 간행하고 있었으며, 닌조본으로서의 처녀작은『청담, 봉우리에 핀 첫 꽃』이 나온 2년 뒤인 1822년의『'새벽을 알리는 까마귀' 이후의 꿈明烏後の正夢』이다. 이로부터『매화꽃』이 등장하기까지의 10년간이 슌스이 닌조본의 모색기라 할 수 있을 것이다.

게사쿠戱作라 불리던 에도시대의 소설은 원전에 대한 각색이나 패러디를 그 특징으로 한다. 패러디는 독자와의 공유지식이 필수적이며, 유희遊戱로서의 독서라는 관점에서 볼 때 이러한 패러디는 작가의 창작 능력 부족 등으로 비난받아야 할 점은 결코 아닐 것이다.

청림당青林堂이라는 출판사를 경영하고 있었던 슌스이는 젊은 여성층을 타겟으로 하는 새로운 장르에서 가능성을 보았다. 이에 슌스이는 젊은 여성이 좋아하던 조루리淨瑠璃를 소설 속에 끌어들이고자 하였으며,[6] 당시에 2세 쓰루가 신나이鶴賀新內에 의해 인기를 끌고 있던 조루리의 여러 유파중 하나인 신나이부시新內節를 이용하고자 하였다.

잇쿠의『청담, 봉우리에 핀 첫 꽃』이 나온 2년 후, 슌스이는 일종의 패러디로서 신나이부시의 명곡인 '새벽을 알리는 까마귀明烏'의 내용을 이어받아 그 후일담을 그린『'새벽을 알리는 까마귀' 이후의 꿈』으로

6　조루리淨瑠璃는 샤미센三味線을 반주악기로 하여 다유太夫로 불리는 가수가 사장詞章을 읊는 극장음악이다.

나키본에 데뷔하게 된다.

『'새벽을 알리는 까마귀' 이후의 꿈』은 남자의 방탕함과 유녀와의 도망, 이러한 남자를 지키는 부인의 정절담을 기본으로 하는 내용으로, 그 사이의 부인과 유녀가 겪는 고초를 통해 독자의 눈물을 유도하고 마지막에는 유녀를 첩으로 맞이하여 본처와 함께 행복하게 살아간다는 스토리로 끝맺음을 하는 당시 나키본의 전형적인 구조를 택하고 있다.

슌스이가 신나이부시의 후일담으로 닌조본을 집필하는 방식이 인기를 끌게 되자, 곧 다른 작가들도 슌스이의 방식을 차용하게 된다. 예를 들어 당시의 나키본 장르를 리드하던 작가인 하나산진鼻山人은 신나이부시의 또 다른 명곡 중 하나인 '란초蘭蝶'의 스토리를 소설로 그린 『란초기蘭蝶記』(1824)를 간행하는 등 신나이부시를 배경으로 하는 소설이 범람하게 되어 독자가 질려할 정도가 되었다고 한다.[7]

따라서 처음으로 신나이부시를 이용하여 독자의 시선을 끌었던 슌스이의 방법은 그 신선함을 잃게 되었다. 이에 슌스이는 새로운 방법을 도입하여 독자의 흥미를 끌고자 하였다.

교쿠테이 바킨曲亭馬琴, 산토교덴山東京伝, 짓펜샤 잇쿠十返舍一九, 류테다네히코柳亭種彦 등 당시의 일본의 소설장르를 석권하고 있던 기라성 같은 작가들 사이에서, 후발주자였던 슌스이가 끊임없이 새로운 방법을 구상하고 시도하였던 것은, 작가로서 생존하고, 작가로서의 위치를 차지하기 위한 노력이었다. 특히 『소녀 이마가와婦女今川』(1826~28)와 『다마가와 일기玉川日記』(1827~30) 등의 작품은 슌스이가 새로운 유형의 소설을 시도하기 위한 실험적인 성격의 소설이었다.

---

7   神保五彌, 『爲永春水の硏究』, 白日社, 1964, 71면.

1) 『소녀 이마가와^{おんないまがわ}婦女今川』(1826~1828)

우선 『소녀 이마가와』는 3편으로 완결되는 소설로, 2편까지의 내용이 신나이부시가 아니고 아직 출판되지 않은 필사본 형태로 존재하던 『인정의 두 갈래길情之二筋道』을 이용하고 있는 것이 특색이다.[8] 게사쿠라는 장르의 특성상 원전에 대한 패러디가 전제되는 것은 하등의 문제가 될 부분은 아니나, 슌스이는 패러디의 대상이 되는 원전, 즉 분본粉本으로 존재하는 『인정의 두 갈래길』의 내용을 전부 다 차용한 것은 아니며, 자신만의 아이덴티티를 보여주며 독자가 흥미를 끌만한 요소를 추가하고 있다는 점은 주목할 만하다.

『인정의 두 갈래길』에서는 주인공인 오야나おやな가 죽는 걸로 결말이 난다. 그런데 슌스이는 『소녀 이마가와』에서 오야나를 죽이지 않고 해프닝적인 요소를 첨가하여, 비극이 아닌 해피엔딩으로 끝맺음을 하는데 이러한 해피엔딩은 이후의 슌스이 닌조본의 전형적인 결말의 방식으로 자리 잡게 된다.

당시의 나키본이라 불리기도 하였던 닌조본의 결말은 그 이름에 걸맞게 새드엔딩이 많았기 때문에, 독자들에게는 오히려 해피엔딩이 신선하게 느껴졌을 것이다. 해피엔딩의 결말에 대해 슌스이는 슌스이 닌조본의 최고의 작품 중 하나로 손꼽히는 『꾀꼬리春告鳥^{はるつげどり}』(1837)의 초편 서문에서 다음과 같이 언급하고 있다.

---

8   國文學硏究資料館, 『人情本事典』, 笠間書院, 2010, 21면.

고인(시키테이 산바式亭三馬를 지칭함—인용자)이 쓴 복수담을 닌조본으로 꾸미니, 번쩍이는 칼을 뽑는 장면을 비오는 날 주먹으로 싸우는 장면으로 바꾸고, 목숨을 잃는 장면을 돈 때문에 괴로워하는 장면으로 수위를 낮추어, 비록 죽더라도 다시 살아나게 만드는 이 모든 장치는 지금의 세태에 맞도록 함이며, 옛날이야기책에 있을 법한 이야기 전개를 피하여, 선한사람은 복을 받고 악한사람은 벌을 받는 행복한 결말로 만들고자 한다.

故人の作りし敵討を人情ものにかきかへたれば, 白刃を拔うといふ所を握りこぶしの雨あられ, 命を落とす一段を金ゆえくるしむ難儀におとし, たとえ死んでも蘇生る, すべての趣向, 今樣の道理にかなふを旨となし, 昔ばなし本にでもありそうなといふ目前を除れ, めでたくつづりし, 勸善懲惡.

비극적 결말을 피하고 독자들이 좋아할 해피엔딩으로 결말짓는 것이 '지금의 세태'에 맞는다고 생각한 슌스이의 방법론이 드러나 있는 부분으로, 이러한 방법이 시도되기 시작한 작품이 『소녀 이마가와』였던 것이다.

또한 슌스이는 소설 속에 실존인물을 등장시키는 것으로 리얼리티를 강조하는 방법을 자신의 스타일(소위 '슌스이류春水流')로 하였는데,[9] 이는 『소녀 이마가와』 제2회의 "(독자들이) 다들 아시는 방간幇間인 다마야 쇼하치玉屋庄八"라는 문장에서 알 수 있듯이 이미 『소녀 이마가와』에서부터 시도되고 있었음을 알 수 있다.

마지막으로 신이나 부처와 관련있는 특정 연일緣日을 시간적 배경으

9　최태화, 앞의 책, 105~130면.

로 사용함으로써 계절감과 주인공의 우연한 재회, 악인의 처단등과 관
련한 갑작스런 전개에 신불의 공덕이라는 이유를 제시할 수 있는 등의
효과를 얻을 수 있는데, 슌스이는 『매화꽃』에서 소설 전체에 연일을
시간적 배경으로 사용하였다.[10] 그런데 『소녀 이마가와』의 말미인 제
17, 18회에서도 그 시간적 배경을 우란분절로 삼아 여름이라는 계절감
을 살리며, 악인이 인과응보를 통해 벌을 받게 되는 당연성을 높이고
있는 것을 확인할 수 있으며, 이는 곧 『매화꽃』에서의 본격적인 사용
을 위한 시도로 볼 수 있을 것이다.

2) 『다마가와 일기玉川日記』(1827)

『소녀 이마가와』보다 1년 후에 출판된 『다마가와 일기』 또한, 『소
녀 이마가와』처럼 신나이부시에서 그 모티브를 가져온 작품이 아니다.
『다마가와 일기』는 초편 서문을 쓴 에키테 고마히토驛亭駒人가 서술하
고 있는 바와 같이 슌스이와 에키테가 다마가와에서 놀았을 때 들었던
설화인 송로사松露寺 유래담과, 에도시대에 유포된 『전등신화』의 「금
봉차기金鳳釵記」의 영향을 받고 있는 점 또한 지적되고 있는 작품이
다.[11] 또한 제1회에서는 또 하나의 설화의 영향을 받고 있음을 밝히고
있는데, 바로 제1회 모두에, 아래와 같이 언급되고 있는 이쿠다가와生
田川 설화이다.

---

10 위의 책, 155~184면.
11 國文學硏究資料館, 앞의 책, 129~130면.

세쓰국 아시야란 곳의 아지누마촌에 아가씨무덤이라는 곳이 있다. 전해 오는 바에 따르며, 옛날 이곳에 우나이라고 하는 처녀가 살고 있었는데, 남자 둘이서 우나이를 사모하였다. (…중략…) 우나이의 부친이 말하길, 둘이서 이쿠다 강의 새를 쏘아서 잘 맞추는 자를 사위로 맞겠노라고 하였다. (…중략…) 우나이는 둘의 활솜씨에 감복하여 (그 우열을 가리지 못하고 괴로워하다) 끝내 강에 몸을 던져 죽었다. 이에 두 남자도 물속으로 뛰어들어 각각 우나이의 손과 발을 잡고 죽었다. (…중략…) 이 작품에서 풀어나갈 이야기는 이러한 옛날이야기와 반은 닮았고 반은 다르다. 한 명의 멋진 남자를 두 명의 여인이 사랑하는 (…중략…) 너무나 괴이한 인과담이다. 옛날 옛적 어느 때인가의 이야기이다.

摂津の國, 芦屋の里味沼村に處女塚といふあり. 相伝へて云. 往古這里に一人の女あり. 其名を兎名負處女といふ. 然るに男二人あり. 俱にこれを慕ふ. (…중략…) ここにおひて女の父のいはく. 汝等二人ともに生田川の鳥鳥を射てよく中たる者を婿とせんといふ. (…중략…) かの女, 二人の射芸その勝劣なき事を感じて (…중략…) 終に身を投て死す. 二人の男もまたともに水底へ飛入て, おのノ\ その手足をとらへて死す (…중략…) 爰に說所の物語は, これに似てこれに異なり. 一人の風流男を兩人の女戀慕ふ (…중략…) いとも怪しき因果がたりあり. 是も今はむかし何れの頃ありけん.

슌스이는 이쿠다가와 설화는 2명의 남자가 한 명의 여자를 두고 다투는 쟁처爭妻설화이나, 자신은 이를 바꾸어서 한 명의 남자를 두고 2명의 여자가 다투는 쟁부爭夫의 이야기로 꾸몄다고 설명하고 있는 부분이다. 바로 이 쟁부담, 즉 남자 1명에 여자 2명을 배치한 삼각관계는 이후의 슌스이 닌조본의 가장 기본적인 구도가 된다.

3) 『세 처녀三人娘』(1827)

삼각관계를 통한 갈등구조는 자극적이다. 따라서 쉽게 독자의 흥미를 끌 수 있는 큰 이점이 있다. 그러나 자극적이기 때문에 독자의 역치가 급속히 올라가 쉽게 둔감해지며, 계속해서 삼각관계의 스토리를 출판하고자 하면 더욱더 자극적인 삼각관계를 설정해야 하는 악순환에 빠지기 쉬운 것은 굳이 현대의 한국 TV드라마의 상황을 예로 들지 않아도 쉽게 알 수 있을 것이다.

슌스이는 하나의 소설에 복수의 삼각관계를 배치하여 각각의 관계를 얽히게 배치하는 것으로 이러한 문제점을 극복하고자 하는 시도를 하였는데. 그 시험적인 작품으로 1, 2편이 『다마가와 일기』보다 1년 전인 1826년, 3, 4편이 같은 해인 1827년에 출판된 『세 처녀三人娘』를 들 수 있다. 『세 처녀三人娘』는 부잣집 딸인 오쓰키お月와 가난한 집 딸인 오유키お雪, 그리고 낭인이 된 사무라이의 딸인 오하나お花라고 하는 3명이 주인공으로 정월 초하루에 3명의 소녀들이 모여서 노는 장면에서 시작하여, 각각의 주인공들의 이야기가 순서대로 전개되어간다. 복수의 주인공을 등장시키는 방식은 『매화꽃』 이후의 슌스이 닌조본의 전형이 되어, 각 주인공들의 이야기의 배치방식에 있어서도 순차적인 방식에서 의도적인 교차배열로서 독자의 흥미를 끌고자 했

다는 것은 졸저에서 밝힌 바 있으므로 이 글에서는 언급하지 않기로 한다.[12]

4) "세상에 있을 법한 일"을 그리는 소설

슌스이의 새로운 시도는, 신나이부시의 내용을 모티브로 사용하고, 독자의 눈물을 유도하던 당시의 닌조본의 흐름을 해피엔딩으로 바꾸는 시도를 한『'새벽을 알리는 까마귀' 이후의 꿈』이 성공한 이후, 이러한 방식이 더 이상 독자의 흥미를 끌지 못하게 되자, 필사본이나 설화 등의 다양한 원전을 이용하여 해피엔딩의 스토리를 시도 하였으며(『소녀 이마가와』), 이에 더하여 남자 1명에 여자 2명을 배치한 삼각관계를 이용하기도 하였다(『다마가와 일기』). 자칫 단순한 결말이 되기 쉬운 삼각관계의 단점을 보완하기 위해 복수의 삼각관계를 시험해보며(『세 처녀』), 슌스이 닌조본만의 특징을 만들어 가고 있었던 것이다.

그러나 동시에 기존의 소설의 양식을 답습하는 곳도 산견되고 있다. 예를 들어『소녀 이마가와』에서는 주인공의 위기를 법화승法華僧의 도력에 의한 영험으로 구한다고 하는 전기적 요소가 사건해결의 방법으로 사용되고 있다. 슌스이는『소녀 이마가와』로부터 10여 년 후인 1838년에 간행된『봄 매화梅の春』제5회에서 "지금 세상에 있을 법한 일을 묶어서 출판하려" 한다고 서술하고 있다.

---

12 최태화, 앞의 책, 105~130면.

　　"세상에 있을 법한 일"을 그리기 위해서는 전기적 요소는 배제되어야 할 것이며, 확실히『소녀 이마가와』이후 슌스이 닌조본은 전기적요소를 배제시키는 방향으로 전개되어간다. 전기적 요소의 배제라고 하는 시도는 결과적으로 다음 시대의 소설, 즉 근대소설로 다가가는 방법이다. 그러나 슌스이 닌조본이 끝날 때까지, 예를 들어 예지몽予知夢 등과 같은 전기적 요소의 완전한 배제는 이루어지지 않았으며, 이는 슌스이 닌조본의 가능성과 한계를 동시에 보여주는 지점이라 할 것이다.

　　"세상에 있을 법한 일"을 그리기 위해서는 소설의 시간적 배경도 지금 "세상에 있을 법한" 시간을 그려야 할 것이다. 그런데 소설의 시간적 배경을 과거의 어느 때로 설정하는 것은 막부와의 마찰을 피하기 위한 수단으로 에도 게사쿠의 가장 일반적인 형태였다. 앞서 예로 든『다마가와 일기』나『세 처녀』의 시간적 배경이 두 작품 다 첫 회에 "옛날 옛적 어느 때인가의 이야기今はむかし"로 설정되어 있는 것 또한 당시 세태의 반영이었다.

　　『세 처녀』가 완간 된지 2년이 지난 1829년 3월, 슌스이는 화재를 만나 경영하던 출판사를 잃어버린다. 3년간의 절치부심 속에서 슌스이는 지금까지 없었던 새로운 소설인 "세상에 있을 법한" 내용의 소설을 시도하였으며, 슌스이가 지금까지 시험해왔던 방법들 중에서 독자의 반응이 좋았던 모든 방법을 총동원하여 1832년, 마침내『매화꽃』을 출판하게 된다.

3. 슌스이 닌조본과 KBS 드라마 〈프로듀사〉의 구성

슌스이 닌조본은 타겟으로 하는 독자층이 명확했으며(젊은 여성층), 문학적 성취가 목적이 아닌 상업적 성공을 목표로 하는 소설이었다. 『매화꽃』이후의 슌스이 닌조본은 기본적으로, 작은 에피소드들로 이루어지고 전체적으로는 하나의 이야기가 흘러가는 옴니버스식 구성으로 이루어져 있다. 옴니버스식 구성과 슌스이렌이라는 집단작가시스템이 합쳐져서 얻어지는 효과는, 다음과 같은 현대의 미국드라마를 설명하는 문장으로 설명 가능할 것이다.[13]

> MBC 이은규 드라마국 국장은 (…중략…) 선진국에서는 미국 드라마 〈앨리의 사랑 만들기〉나 〈엑스 파일〉, 〈ER〉과 같이 매회 다른 소재를 다루면서도 전체적으로는 하나의 이야기가 진행되는 옴니버스 식 드라마가 주류를 이루고 있다는 것이다. 그는 또 "선진국의 경우 한 명의 작가와 PD가 드라마 전체를 끌어가는 것이 아니라 다수의 작가와 연출진이 제작에 참여하는 시스템을 갖추고 있으며 이 때문에 시리즈 형식으로 시즌별 드라마 제작이 가능하다"고 설명했다. (…중략…) "드라마의 퀄리티를 높이고 다양성을 확보하기 위해서는 공동 집필, 공동 제작 등 드라마 제작 시스템 전반의 변화가 필요하다"고 지적했다.

이러한 집단작가 시스템과 옴니버스식 구성은 작품의 대량생산과 일

---

13 석현혜 기자, 「MBC, "선진국형 드라마 시스템 정착 시키겠다"」, 아이뉴스24, 2005.5.5(http://news.inews24.com/php/news_view.php?g_menu=080204&g_serial=150421).

정한 품질을 보장하기에 적합한 방법으로, 시청률에 따라 드라마가 연장되기도, 종영되기도 쉬운 미국드라마의 시즌제 운영의 결과라 할 것이다. 슌스이 닌조본이 간행되던 1830년대의 일본의 출판업계 또한 현대의 미국 드라마시장과 마찬가지로 인기가 없는 작품은 완결되지 못한 채 미완으로 끝나버리는 경우도 적지 않을 정도로 치열한 경쟁이 펼쳐지고 있었다. 이러한 시장에 대한 슌스이의 해답이 현대의 미국드라마의 그것과 닮아 있다는 것은 많은 것을 시사한다 할 수 있을 것이다.

슌스이의 닌조본은 기본적으로 연애소설이다. 일영 번역 사이트에서는 닌조본을 번역하면 'love story'로 번역될 정도이다.[14] 슌스이는 고전소설의 일반적인 여주인공의 전형인 현모양처형의 여성을 주인공으로 내세우지 않고, 대신에 당시의 유행을 충실히 따르는 세련된 인물들을 독자들의 롤 모델로 내새워 주인공으로 사용하고 있다. 세련된 인물을 등장시켰기에, 그들이 입거나 소비하는 물건들도 당시에 유행하던 것들로, 이를 묘사하는 것으로 당시의 유행을 소설 속에서 그리고 있는 것이다.

1) 실존인물과 리얼리티의 관계

닌조본은 대개 4편이나 5편으로 구성되어, 편당 상·중·하 3권, 권당 약 23매로 이루어져 있으므로, 작품 당 345장 정도의 분량의 장편소

---

14 http://translate.weblio.jp/, http://honyaku.yahoo.co.jp/ 등.

설이다. 슌스이 닌조본은 분명히 이러한 분량 위에서 그려지고 있는 연애소설이기는 하나, 이것만으로는 그 특징을 전부 설명할 수 없다. 즉, 앞서 언급한 바와 같이 소설 속에 실존인물이 등장하기도 하고, 당시의 유행도 충실히 묘사하고 있으며, 심지어 유행을 창조하기 위하여, 작품 속에 상품의 광고를 하는 간접광고 또한 셀 수 없이 많이 등장하기도 하기 때문에, 슌스이 닌조본의 특성을 한마디로 설명하기가 쉽지 않은 것이 사실이다. 그런데 2015년 한국의 KBS에서 인기리에 방영되었던 〈프로듀사〉라고 하는 드라마와의 비교를 통하면 본고의 논지가 더욱 선명해질 것이라 예상하여, 〈프로듀사〉를 설명하고 있는 다음과 같은 2꼭지의 기사를 확인하고자 한다. 우선 첫 번째 꼭지기사는 〈프로듀사〉에 대한 시청자의 반향에 관한 기사다(번호와 밑줄—인용자).[15]

실존하는 인물과 프로그램의 이름을 사용해 리얼리티를 살리는 K3S 2TV 예능드라마 〈프로듀사〉가 높은 인기를 끄는 가운데 (…중략…) KES 예능국 한 관계자는 8일 오후 OSEN에

① "드라마에 등장하는 인물들이 누구를 모델로 했는지에 대한 관심이 높다. 하지만 가상 인물에 실제 인물을 대입시키니 부담을 느끼기도 한다"고 말했다.

② 〈프로듀사〉에는 〈1박2일〉 라준모(차태현 분)PD, 〈뮤직뱅크〉 탁예진(공효진 분)PD (…중략…) 등 다양한 캐릭터가 등장하고 있다.

③ 특히 〈프로듀사〉는 (…중략…) MBC 〈무한도전〉 김태호PD 등 시청자에 익숙한 이름을 등장시키며 어디까지가 리얼이고 가상인지 구분이 안

---

15 권지영 기자, 「KBS "〈프로듀사〉에 실존 인물 대입, 부담스러워"」, 『OSEN』, 2015.6.8(http://entertain.naver.com/ranking/read?oid=109&aid=0003085813).

되는 에피소드로 화제를 모으고 있어, ④ 시청자들은 각 캐릭터의 모델이
됐을 것 같은 인물을 찾아내 다양한 이야깃거리를 만들어나가고 있다.

우선 첫 번째 꼭지의 기사를 통해 〈프로듀사〉는 실존하는 인물과 가
상의 인물이 섞여서 출연하여, 각 에피소드들의 리얼리티를 살리고 있
으며, 가상의 인물이라 할지라도 그 인물이 누구인지 추측하고 싶어하
는 심리를 통해 드라마의 화제성을 높이고 있음을 알 수 있는데, 이러
한 특징은 오롯이 슌스이 닌조본에 합치되는 설명이다. 즉 슌스이 닌
조본에는 다양한 캐릭터가 등장하며, 이중에는 실존인물도, 가상인물,
실존인물을 모델로 한 가상인물도 있다.

기사 내용 중에서 ② "다양한 캐릭터가 등장"한다는 것은, 수호지나
삼국지 등과 같이 영웅이 많이 등장하는 고전소설에도 다양하고 많은
캐릭터들이 등장한다는 점에 있어서는 따로 언급할 필요가 없을 것이
다. 그러나 여성 등장인물의 경우에는 현모양처라고 하는 전형적인 여
성상의 틀에서 벗어나기가 쉽지 않기 때문에 빌런villain으로서의 다채
로운 여성 등장인물들은 있을지언정 히로인으로는 대동소이한 캐릭터
로 인해 그 숫자가 많아질 수 없다. 그러나 슌스이는 현모양처가 아닌
세련되고 의협심도 강하며 여성성을 어필하는 데 주저하지 않음을 미
덕으로 여기던 '이키いき, 粹, 意氣'라고 하는 미의식에 기대어 '이키'한
여성을 히로인으로 삼는다. 이로 인해 다양한 성격을 지닌 히로인을
등장시킬 수 있게 되어, 슌스이 닌조본의 여성 히로인의 숫자는 비약
적으로 늘어난다.[16]

또한 ① "드라마에 등장하는 인물들이 누구를 모델로 했는지에 대

한 관심이 높다. 하지만 가상 인물에 실제 인물을 대입시키니 부담을 느끼기도 한다"라는 언급은 실존 인물의 에피소드를 다루는 것에 대한 부담으로 시청자들이 ④ "캐릭터의 모델이 됐을 것 같은 인물을 찾아내 다양한 이야깃거리를 만들어나가고" 있기 때문인데, 슌스이 또한 대표작 중 하나인 1836년의 『꾀꼬리春告鳥』 제12장에서 다음과 같이 독자들 에게 자제를 부탁하는 글을 남기고 있다.

> 책속의 인물의 이름이 의도치 않게 현재의 인물과 맞아떨어져서, 혹시 그 사람 이야기를 쓴 게 아닌가하고 의심받는 상황이 매번 있다고 흔다. 반드시 내 소설 속에 닮은 이름이 나온다고 해서 '아 그 일이구나'하고 추측하는 것은 아무쪼록 자제해주기를 바란다.
>
> 卷中の人物其名前のはからず現在の人に的中して, もしやその人の事を作りしかと思はるゝ憎しみ, 毎度なりと噂を聞たり. かならずしも予が作の中本に似寄の御名があればとて, それならんかとの御評判はくれゞゝゆるし給へと願ふになん.

독자의 자제를 부탁하고 있기는 하나, 실존하는 인물이 등장하는 것도 사실인지라 ③ "시청자에 익숙한 이름을 등장시키며 어디까지가 리얼이고 가상인지 구분이 안 되는 에피소드로 화제"를 모으고 있다고 한다. 슌스이 닌조본에서도 독자에게 익숙한 이름들이 등장하는계, 주로 사쿠라가와 요시지로櫻川由次郎, 사쿠라가와 젠코櫻川善孝, 와주和十 등

---

16 최태화, 앞의 책, 18~49면.

의 술자리에서 흥을 돋아주는 방간幇間들이다. 이들은 슌스이 닌조본
에서 감초 같은 역할을 하며, 자칫 심각해지기 쉬운 상황을 희극적 상
황으로 반전시킨다. 슌스이 닌조본에 있어서도 이들이 소설 속에 등장
함으로써 닌조본을 '어디까지가 리얼이고 가상인지 구분이 안 되는 에
피소드'의 집합으로 만들어 주고 있다. 특히 이들은 한 작품에만 등장
하는 것이 아니라 여러 작품에 걸쳐 등장하고 있어, 소설의 리얼리티
뿐만 아니라, 여러 작품을 하나의 세계로 묶는 역할도 하고 있음을 알
수 있다.

2) 간접광고와 실존인물(상인)

한편, 두 번째 꼭지의 기사는 〈프로듀사〉 속의 간접광고에 관한 기사다.[17]

④「김수현이 먹고, 입고, 바르게 해주세요!」

한류스타 김수현이 출연하는 KBS 2TV 새 드라마 〈프로듀사〉(15일 첫선)
가 간접광고PPL 협찬 '대박'을 쳤다. 김수현 외에 차태현, 공효진, 아이유 등
의 스타가 고른 비중으로 출연하지만 기업들의 PPL과 협찬은 김수현에게
몰렸다. ⑤ 협찬은 주로 촬영 장소협찬 등의 방식으로 이뤄지고, PPL은 화
면 안에 제품이 노출되는 것을 말한다. PPL의 경우는 전체 방송 시간의 100

---

17 윤고은 기자, 「"김수현이 먹고 입게 해주세요!"…〈프로듀사〉 PPL 대박」, 『연합뉴스』, 201
5.5.14(http://www.yonhapnews.co.kr/bulletin/2015/05/13/0200000000AKR20150513
180200033.HTML).

분의 5를 넘지 않는 범위에서 노출할 수 있는데 70분인 〈프로듀사〉의 경우
는 회당 3.5분을 PPL에 할애할 수 있다.

현대드라마에선 이미 흔하고 익숙해진 간접광고에 대해서 〈프로듀
사〉도 김수현 효과를 통해 더욱 많은 간접광고를 수주하였다는 기사
이다. 그런데, 슌스이 닌조본에도 간접광고는 존재하였다. 당시의 유
행을 선도하는 세련된 주인공을 등장시켰기에, 그들이 입거나 소비하
는 물건들도 당시에 유행하던 것들이었다. 슌스이는 이러한 최첨단의
유행을 묘사하는 것에 그치지 않고, 광고를 통해 유행을 창조하고자
하였다. 이를 위해 슌스이는 마치 현대의 '협찬'이나 'PPL'과 같은 방식
으로 실제로 존재하는 상품으로 등장인물들이 입고 먹고 마시는 화장
품이나 과자, 음식점 등을 묘사하여, 광고의 효과와 함께 소설의 리얼
리티도 살리는 효과를 획득하였다. 〈프로듀사〉와 같은 현대의 한국
드라마에서는 위의 기사의 내용과 같이 간접광고에 대한 여러 가지 규
제 장치가 있으나, 오히려 슌스이 닌조본에는 당연히 그러한 규제는
없어서, 등장인물들의 대화를 통해서도 상품, 장소, 인물 등을 선전하
고, 선전하고자 하는 장소, 즉 협찬 장소에 주인공들이 머물며 칭찬하
고 선전하게 하는 등, 오히려 현대의 간접광고보다 고도의 테크닉을
사용하고 있음을 알 수 있다.[18]
　특히 슌스이 닌조본의 간접광고에는 앞서 언급한 방간들이 관계되
는 경우가 많은데, 이는 방간을 통한 간접광고로 웃음과 위트의 전달

18　최태화, 「일본 근세 광고문학과 슌스이 닌조본에 보이는 광고의 역할」, 『일본언어문화』
　　25집, 2013.9, 693~711면.

을 꾀하고자 하던 슌스이의 방향성의 결과였다. 특히 사쿠라가와 요시지로는 방간이자, 슌스이의 친구였으며, 비즈니스의 파트너이기도 하였다. 『꾀꼬리』 3편에는 사쿠라가와 요시지로에 대한 삽화가 보이는데 가운데 있는 사쿠라가와 요시지로를 중심으로 왼면에는 작가 슌스이의 수양딸이자, 닌조본의 서브작가이며, 작품 속에 등장하는 실존인물인 기요모토 노부쓰다清元延津多를 배치하고. 오른면에는 우스구모薄雲라는 가상의 여주인공을 그리고 있다.

이 사쿠라가와 요시지로는 후카가와에 있던 고이케小池라고 하는 음식점의 주인이기도 하였는데, 이 고이케에 대한 삽화는 『우메고요미』의 속편인 『후카가와의 봄春色辰巳園』(1833) 제3회에 수록되어 있다.

실재하던 음식점 고이케에서 주인공이자 가상의 인물인 요네하치米八와 아다키치仇吉가 싸움을 벌이고, 입구에 들어서고 있는 슌스이의 서브작가이며 슌스이의 연인이기도 한 기요모토 노부쓰다清元延津賀가 중재에 나서려고 하는 장면으로, 요시지로의 고이케는 현대 드라마의 용어로 '협찬' 장소로 사용되고 있음을 알 수 있으며, 그 이유는 당연히 음식점 고이케의 선전에 있음을 알 수 있다. 또한 이 고이케는 작가 슌스이가 제작 판매하는 상품을 위탁 판매하는 취급점이기도 하여, 출판사를 경영한 경험이 있는 슌스이라는 작가가 상인과의 관계를 어떻게 가져가고 있는지를 알 수 있는 흥미로운 접점이 아닐 수 없다.

4. 소설 속에 등장하는 패트런, 단나

1) 분테 아야쓰구 文亭綾継

소설 속에 등장하는 실존인물들은 앞서 다룬 방간들 외에도 슌스이를 도와주던 패트런들로 분테 아야쓰구文亭 綾継와, 쓰노쿠니야 도지로攝津國屋 藤次郎, 조쇼調松 등을 들 수 있다.

특히 분테 아야쓰구는 니혼바시日本橋에 있던 약품과 설탕도마 점인 오사카야大坂屋의 주인으로 슌스이 닌조본의 여러 작품 속에서 분테가 취급하던 순환산循環散이나 살무사주マムシ酒 등에 대한 간접광고가 삽입되어 있다.[19] 분테에 대한 직접적인 선전으로서는 『봄날의 명물경단春色永對暖語』 제16회의 다음과 같은 부분을 들 수 있을 것이다.

분테라고 하는 사람의 교카狂歌는 (…중략…) 기품이 있는 가운데 저미가 있단 말이지. (…중략…) 서화 중에 분테가 읊은 시 한수 「(고전시가에서 연가에서 자주 쓰이던) 만난다는 말이나 목숨이라는 말을 들으면, 봄마다 여인에게 다가가던 때를 생각한다」

文亭だのといふ人の歌は (…중략…) 上品のうちに面白みがあるぜ (…중략…) 書畫の中に文亭が詠し一首の歌, 逢見るといのちと聞ば幾春も 花にかたらん齡ひおぞ思ふ.

—『春色英對暖語』第十六回

---

19 최태화, 앞의 책, 75면.

교카란 5·7·5·7·7의 글자 수로 통속적인 언어를 사용하여 풍자
와 해학을 즐기는 운문으로 당시 상인들의 교양이자 여흥이었다. 분테
는 이러한 교카에도 능하고 교양도 갖추고 있으며, 돈을 쓰는 데에 있
어서도 인색하지 않음을 신조로 하였다고 보이는데,『후카가와의 봄』
제5조의 다음과 같은 문장에서 확인할 수 있다.

방간이 웃기지 않는 것은 설탕이 달지 않은 것과 똑같다. 요사이 방구석
에 처박혀서 두문불출하고는 있지만, 분테사람들이 정한대로 돈을 잘 분
별하여 쓰는 것이 멋진 남자지,

幇間の芸をしねへのは, 砂糖のあまくねへのと同じことだ. このあいだ
引込で, さつぱり出かけねへが, 文亭連中の定めてたとほり, 金を遣て行
とゞきのいゝのが色男,

—『春色辰巳園』第五條

위의 예에서 보듯, 슌스이 닌조본에 있어서 설탕은 곧 분테를 의미
함을 알 수 있다.

그런데『꾀꼬리』제1장에서 주인공 조가鳥雅는 다음과 같이 분테의
제자로 그려지고 있다.

큰 부자의 숨겨놓은 자식으로 이름을 조가라고 한다. 간요사이 아야쓰구
寒葉齋 綾継의 제자로 고상好雅(いき)하고 풍류를 아는 자이다.

大分限の秘蔵にて名を鳥雅と呼び寒葉斎綾継の門弟, 好雅(いき)にして風流なり

—『春告鳥』第一章

조가는 아야쓰구의 제자라는 설정인데, 작품의 결말부인 제30장에서 조가는 설탕도매점의 주식과 재고품을 물려받아 설탕가게의 주인이 되는 것으로 소설이 끝이 나고 있다.

> 설탕가게의 건물과 재고품, (…중략…) 그리고 천량 정도의 설탕가게 주식을 전부 조가에게 넘기는 것은 총본가의 할머니의 자비이다.
> 砂糖問屋の店を所有代物と (…중략…) 千兩余の砂糖家土藏問屋株を付て不殘鳥雅に引渡しけるは, 全本家の祖母の慈悲.
>
> —『春告鳥』第三十章

설탕만으로도 분테를 떠올릴 수밖에 없는 슌스이 닌조본에서 설탕도매점을 물려받았다는 설정은 조가가 분테를 모델로 했다는 것을 자연스럽게 독자에게 알려주는 설정일 것이다.

이러한 설정은 당시의 독자들에게 매우 흥미로운 가십거리로 〈프로듀사〉의 기사와 같이④ 캐릭터의 모델이 됐을 것 같은 인물을 찾아내 다양한 이야깃거리를 만들어나가고 있었을 것이다. 분테의 실명이 슌스이 닌조본의 여러 곳에서 등장하고 있었음에도 불구하고 소설의 주인공으로 실명을 사용할 수 없었던 것은 조가의 형이 악인으로 그려지고 있기 때문으로 제11장에 다음과 같은 설명이 있다.

> 조가의 형(고지로)는 고상한 곳이 하나도 없고 (…중략…) 후쿠주미야福富屋의 단나라고 하는 위치에 걸맞지 않게 고집 세고 욕심이 많으며, 하는 행동이 아주 천박하였다.

鳥雅の兄(幸次郎)―雅情の心さらになく（…중략…）福富屋の旦那とい
う風にあらず強情多欲のふるまひ誠にいやしき.

―『春告鳥』第十一章

　　독자들이 등장인물의 모델이 누구인지를 찾아내려 할 때, 악인으로
묘사된 조가의 형 또한 그 모델이 누구인지를 찾아내고자 하였을 것이
다. 앞서도 인용한『꾀꼬리』제12장에서 슌스이가 독자들에게 "닮은 이
름이 나온다고 해서 '아 그 일이구나' 하고 추측하는 것은 아무쪼록 자
제해주기를" 바란다고 부언을 한 것도 이러한 맥락에서 나온 것으로 결
국 조가가 분테를 모델로 하고 있음을 반증해주고 있는 것이다. 독자
에게 실제 모델이 누구인줄 쉽게(혹은 의도적으로) 알려준 만큼, 조가는 사
람들의 입에 오르내려도 부담이 없을 멋진 주인공으로 그려지고 있다.
　　슌스이는 〈프로듀사〉의 기사 중에서 ④ "김수현이 먹고, 입고, 바르
게 해주세요!"의 기사의 내용과 같이 멋지고 세련된 인물이 특정의 상
품을 사용함으로써 구매욕구를 자극하고자 한 것처럼, 세련된 남녀주
인공인 '조가鳥雅'와 '오타미お民'를 이용하여 간접광고를 시도하고 있는
데, 예를 들어『꾀꼬리』제3장어서는 청풍헌淸風軒이라는 브랜드의 차
茶를 간접광고하고 있다.

　　조가 "아까 가마에 좋은 물을 넣어 두었어, 그리고 소반위에 도시마초豊
　　　　嶋町의 차를 두었으니까 그걸 써."

　　타미 "네. 청풍헌 말씀이지요?"

　　조가 "잘 알고 있네?"

타미 "네. 그 도시마초의 이세야 기치베라고 하는 곳은 요새 굉장히 인기
있다고 평판이 좋아요"라고 말하며, 찻물과 도구를 준비해서 차 끓
일 준비를 한다.

鳥 "先刻釜へいゝ水を入ておゐた. そして丸机の上に豊嶋町の茶を置た
から, あれを入な."

たみ "ハイ, 清風軒のでございますか."

鳥 "よく知つてゐるの."

たみ "ハイ, アノ豊嶋(としま)町の伊勢屋吉兵衛と申すのは, 此頃は大そ
ふによく賣れますと申て, 評判がよふございます, トいひつゝ, 茶
の湯のどふぐをならべて, ちやをこしらへにかゝる"

당시의 미디어로서의 책을 이용하는 광고는 주로 책의 말미에 광고
란을 마련하여 책의 내용과 관계없이 광고를 싣는 방식이 보통이다.

굳이 현대드라마의 예를 들지 않더라도, 광고의 효과는 작품의 내용
과 관련이 있는 간접광고가 책 말미에 광고 섹션을 삽입해두는 방식보
다 훨씬 효과가 좋았을 것이다.

또한 간접광고에 적합한 멋진 모델로서 분테(조가)와 같은 상인이 사
용되고 있음은 동아시아 문학에 있어서의 상인형상이라는 시점에 흥
미롭다고 할 것이다.

2) 단나^{旦那}, 도베^{藤兵衛}

『꾀꼬리』에는 조가의 친구로, 그 모델이 누구인지는 밝혀지지 않은 바이리梅里라는 또 한명의 상인이 등장하는데 바이리에 대해서는 "이 단나旦那는 단나라는 이름에 걸맞는 쓰진通人으로 (⋯중략⋯) 바이리라는 호로 불리며 유녀들과 놀 줄도 알고"(『꾀꼬리』 제14장)라고 돈을 쓰는데 인색하지 않은 인물로 그려지고 있다. 또한 바이리는 상대방의 입장에서 배려할 줄 아는 인물로 그려지고 있는 데 예를 들어『꾀꼬리』 제17장의 다음과 같은 장면이 보인다.

> 바이리는, 장어구이의 덮개를 열고 꼬리 면의 맛있는 부분을 우선 작은 접시에 덜어,
>
> 바이리 "이건 언니에게 먼저 드리고"라고 말하면서 오쿠마お熊의 앞에 두고 (⋯중략⋯)
>
> 바이리 "자 오키요お淸 자네도 들게"라며 지갑에서 금화를 꺼내 종이에 싸서 슬쩍 오키요에 손에 건네준다.
>
> 梅里は, 蒲燒の蓋をとり魚尾の方の味美所をまづ二三本小皿へとりわけ, 梅"これは姉さんのお初穗ト言ながらお熊の前へおき, (⋯중략⋯) 梅"サア お淸どんお上りト出し紙入より金を二つほど出して紙に捻りてそつとお 淸の手にわたし.

돈을 쓰는데 인색하지 않고, 상대방에 대한 배려심과 그 배려심의 표출이 세련된 모습으로 그려지고 있는 바이리는 '단나'로서 마땅히 갖춰

야 할 이상형이었던 것이다.

이러한 이상적인 '단나'로서의 묘사가 더욱 자세히 행해지고 있는 실존인물로서 앞서 분석한 분테 아야쓰구에 이어 쓰노쿠니야 도지로를 들고자 한다. 슌스이와 도지로에 대해서는 일본 근대의 문학가였던 모리 오가이森鷗外가 쓴 『호소키 고이細木香以』라는 수필집에 기록되어 있으므로 이를 인용하기로 한다.

호소키 고이細木香以는 쓰토津藤이다. 쓰노쿠니야 도지로攝津國屋藤次郎이다. (…중략…) 슌스이의 닌조본에는 데우스 엑스 마키나로서 여기저기에 쓰토라는 인물이 등장한다. 인정을 알고, 부자로 연인을 역경에서 구해준다. 대게 쓰토는 인물간의 대화에 숨어있어 직접 등장하지는 않는다. 그것이 드물게 소설 속에 직접적으로 등장한 것이 『매화꽃』의 지토千藤이다. 지바의 도베千葉の藤兵衛이다. 당시 고쿠라바카마小倉袴 동료였던 쓰진通人이 나에게 알려줬다. "그건 쓰노쿠니야 도지로라고 하는 실재로 있었던 인물 이래"라고. 모델이라는 단어는 이런 의미로는 아직 쓰이지 않았다.

슌스이가 도지로가 『매화꽃』에 등장하는 도베의 모델이라고 직접적으로 기술하고 있는 곳은 없다. 그러나 오가이에게 도베의 모델이 도지로라고 알려줬던 '쓰진'의 말과, '지바의 도베'라고 하는 이름에서 도베의 모델이 도지로임을 추측하기란 어렵지 않은 일이며, 당시의 독자들 또한 쉽게 도베의 이름에서 도지로를 연상하였을 것이다.

한편 『매화꽃』에는 도베의 '단나'로서의 행동거지가 묘사되는 장면이 산견되는 데, 우선 제15척에는 곤란한 상황에 처한 여주인공에 대한 배려심으로, 경제력으로 도와주는 장면이 그려지고 있다.

오쿠마 "아니 당신은?"

도베 "잊어먹었는지 모르겠으나, (유곽인) 가라고토야唐琴屋의 2층에서는 조금은 이름이 알려진 도베다. (…중략…) 오쿠마의 욕심많은 상인惡商人의 모습

오쿠마 "정말로 당신은 지바의 단나 (…중략…) 수수료를 제하고 넘긴 20냥, 잡비부터 원이자를 전부 돌려준다면 증서를 드리지요. (…중략…)"라고 대놓고 말하는 오쿠마의 말투를 참아 넘기지 못하는 사나이의 마음やまとだましひ, 지기 싫어하는 성격의 투자, (…중략…) (도베는) 오쿠마에게 건네며

도베 "자 어차피 내가 중개인이 될 테이니, 2, 3일은 이걸로 연장해라" 하고 건넨 돈은 확실히 1냥

제15척은 도베가 경제력으로서 주인공의 역경을 도와준다면, 제19척에서는 다음과 같이 완력으로 악인을 제압하는 히어로의 모습으로 보여주고 있는데, 이 장면은 4편 서장에 채색판화로도 들어가 있어 작품의 하이라이트임을 알 수 있다.

도베는 2명을 끌어당기며, 도베 "무릎을 꿇어라 도둑놈들" 하고 고시로五四郎의 손을 꺾는다.

『매화꽃』은 젊은 남녀의 연애소설로 단지로丹次郎가 남자주인공이다. 그러나 사건을 해결하는 것은 도베로서 다양한 갈등의 해결사로서

의 역할을 하며, '단나'로서 마땅히 해야 할 모습, 즉 이상적인 상인으로서의 모습을 보여주고 있는데,『매화꽃』의 클라이막스 중의 하나로 단지로를 둘러싼 두 여인의 갈등이 최고조로 달하였을 때 이를 중재하는 도베의 모습이 제20척에 그려지고 있으므로 이를 인용하고자 한다.

> 요네하치米八 "아니 당신은 도베님, 어째서 여기에?"
>
> 도베 "아마 많이 놀랬을 거야. 오는 길에 싸웠던 이야기를 들었다. 요네하치 분하겠지만, 진정하렴. (…중략…) 지금까지 마음을 다한 단지로를 중요하게 생각해서 계속 같이할 생각이라면, 게이샤芸者의 의지는 이 도베에게 맡겨라. (…중략…) 단지로를 소중하게 생각한다는 것을 알게 되었으니, 이 도베가 힘을 써서 도움을 줄 거다." (…중략…) 이후, 도베는 많은 게이샤를 모아서, 아다키치仇吉를 단지로와 연을 끊게 하여, 요네하치의 면을 세워주는 등, 세심하게 일을 처리해 간다.

약자에 대한 배려, 경제력, 때로는 완력을 사용하여 사건을 해결하는 도베의 모습은, 3장에서 확인한 분테를 모델로 한 조가보다 더욱 더 적극적인 '단나'의 이상형을 보여주고 있다고 할 것이다.

3)『청담 소나무의 선율清談松の調』과 단나, 조쇼調松

3.의 2)에서 언급한 바와 같이 슌스이는 소설 속에 각종 광고를 통해, 상품이나 가게, 인물을 선전하고 있으며, 슌스이가 사용하는 간접광고는

상품의 광고만이 아니라, 소설의 복선으로도 사용하는 등, 현대의 드라마나 영화에서 사용되는 간접광고보다 앞선 기법이 사용되기도 하였다.

슌스이가 사용하던 인물에 대한 선전의 예로, 『청담 소나무의 선율』 제8회에 보이는 조루리의 한 분파인 도키와즈常磐津를 부르는 고산小三에 대한 장면을 인용해 둔다.

한 명은 나이가 10살로 이름을 도키와즈 고산常磐津小三이라고 한다. 나이에 어울리지 않게 조루리를 잘한다. 특히 묘음妙音으로 목소리도 천하지 않고 곱다. 얼굴도 예쁘고 10살의 소녀에 맞는 귀여움이 있다. 똑똑하고 온순하고 기예가 높아 여러 손님에게 불려가 그 이름을 모르는 사람이 없었다.

슌스이가 사용하던 간접광고에는 이렇게 인물에 대한 선전도 포함되며, 이 연장선상에 『청담 소나무의 선율』이 존재한다. 본 작품은 '조쇼調松'라는 패트런을 모델로 한 작품으로, 작품 전체가 '조쇼'의 선전을 위해서 만들어졌다.[20] 따라서 조쇼의 모든 언동은 미화되어 있으며, '단나'로서 마땅한 모습이 그려져 있는데 일례로, 제2회에는 "구경나온 이 아이를 나쁜 놈들이 잡아서 으슥한 곳으로 끌고 갈려고 하는 것을 이 지팡이로 그 놈들을 쫓아버리고 이 집까지 온 거야"라는 문장에서 알 수 있듯이 『매화꽃』의 도베처럼 완력으로 구하는 모습이 그려져 있다.

또한 제9회에서는 조루리에 대한 일가견을 가지고 있는 조쇼의 모습이 다음과 같이 그려져 있어 교양인으로서의 단나의 모습을 엿볼 수 있다.

---

20 최태화, 「광고문학으로서의 『청담, 소나무의 선율淸談松の調』―실존인물과 배경음악을 통한 선전을 중심으로」, 『일본언어문화』31집, 2015.6, 373~390면.

조쇼 "신나이新內는 소소리부시そゝり節와는 다르지. 신나이부시라고 하
는 것은 분고부시豊後節를 원조로 해서 (…중략…) 무엇이든 하나의 유파를
주창하며, 이것이 유행하면 그 사람의 명예로, 이에 대해 비판하는 것은 뭐
랄까. 질투라고 하는 거지."

조쇼의 선전과 함께, 조쇼의 입을 빌려, 슌스이가 '닌조본의 일류一流'
라고 불리는 것에 대한 비판의 목소리를 질투로 치부하는 슌스이의 자
신감이 엿보이는 장면이기도 한다.

이렇듯 『매화꽃』의 성공 이후, 진부한 고전소설의 틀을 깨고, 현대
의 TV드라마의 구성포인트와 궤를 같이 하는 새로운 소설구성법을 완
성한 것에 대한 슌스이의 자부심은, 자신의 방법을 '슌스이류春水流'라
부르며 '에도닌조본江戶人情本의 원조'임을 자처할 수 있을 만큼 컸다.
자부심이 컸던 만큼, 경제개혁과 함께 부수적인 조치로 행해진 풍기단
속, 즉 '덴포天保의 개혁'의 희생양으로 슌스이가 처벌을 받고 닌조본이
제재를 받게 되었을 때의 상심의 폭도 컸으며, 결국 처벌을 받은 3년
후, 심로心勞로 인해 죽음에 이르게 된다.

5. 나가며

소설의 간행과 유통이 시스템화 되어있던 에도후기의 문학계에서
후발주자로서 새로운 장르와 독자층을 개척해야만 했던 다메나가 슌
스이는 소설에서 차별화된 구성과 내용으로 활로를 모색하였으며, 슌

스이가 모색하던 방향은 『소녀 이마가와』와 『다마가와 일기』, 『세 처녀』 등의 작품에서 확인되는 바처럼 "세상에 있을 법한 일"을 그리는 소설이었다. 슌스이의 노력은 『매화꽃』의 성공으로 그 성과를 얻을 수 있었다.

슌스이가 "세상에 있을 법한 일"을 그리고자 사용하였던 기법들은 2015년 상반기에 한국에서 많은 인기를 얻었던 KBS 드라마 〈프로듀서〉에 사용된 작품 속에 실존인물을 등장시키고 각종 상품의 간접광고도 작품 속 곳곳에 배치하는 등의 현대드라마의 그것과 동일하다. 또한 슌스이의 닌조본은 당시의 유행을 묘사하고 있었으며, 당시의 세태도 충실히 반영하고 있었다.

슌스이 닌조본의 주인공은 상인이다. 당시의 상인에게는 이상적 상인, 즉 '단나'로서의 행동이 요구되어졌고, 그 욕망이 소설에 반영되고 있다. 이러한 슌스이 닌조본을 통해서 본 19세기의 일본의 성공한 상인의 모습은, 예술에 대한 일정 수준의 교양이 요구되었으며 또한 돈을 쓸 데에도 그 모양새에 주의가 필요하였음을 알 수 있었다. 또한 상인소설로서의 닌조본은 다른 동아시아 각국의 소설과 비교하였을 때, 상인에 대한 인식에 있어서 상당한 차이를 보이고 있음을 알 수 있다.

슌스이는 에도에서 멀리 떨어진 후쿠이현 출신으로 스스로 '가벼운(별 볼 일 없는) 집안'의 출신이라고 말하고 있는 등, 여러 정황으로 보았을 때 슌스이가 무사계급이었다고 보기에는 무리가 있으며 조닌町人, 즉 상인계급에 속하는 인물이었다. 한국과 중국소설에서 보이는 상인에 대한 경멸과 무시, 반감의 양상이 슌스이 닌조본에서 보이지 않고, 오히려 상인을 주인공으로 내세우고 있는 것은 슌스이 자신이 상인계급이었다는 것도 하나의 원인으로 들 수 있을 것이다.

　다만 슌스이의 출신에 대해서는 아직 정확히 입증되지 않은 부분이 남아있으며, 이에 대한 연구 또한 시급한 과제가 아닐 수 없으나, 시간적 물질적인 한계로 인해 이에 대한 부분은 앞으로의 과제로 삼으며 이 글을 마치고자 한다.

참고문헌

논문 및 단행본
최태화, 「일본 근세 광고문학과 슌스이 닌조본에 보이는 광고의 역할」, 『일본언어문화』 25집, 2013.9.
______, 「광고문학으로서의 『청담, 소나무의 선율淸談松の調』－실존인물과 배경음악을 통한 선전을 중심으로」, 『일븐언어문화』 31집, 2015.6.

國文學硏究資料館, 『人情本事典』, 笠間書院, 2010.
近世風俗硏究會, 『江戸名物酒飯手引草』(蒼先堂藏版(1848)의 복각판), 1961.
林英夫・芳賀登 編, 「江戸の華名物商人ひやうばん」, 『番付集成』, 柏書房, 1973.
______________, 「江戸前大蒲燒」, 『番付集成』, 柏書房, 1973.
______________, 「東都贅高名花競」, 『番付集成』, 柏書房, 1973.
______________, 「魚盡見立評判第初輯」, 『番付集成』, 柏書房, 1973.
______________, 「卽席料理」, 『番付集成』, 柏書房, 1973.
武藤禎夫 編, 『粹興奇人伝』, 『未翻刻江戸小咄本十一集』 3, 近世風俗硏究會, 1986.
神保五彌, 『爲永春水の硏究』, 白日社, 1964.
爲永春水, 『婦女今川』(東京大學總合図書館所藏本), 1826〜28.
________, 『三人娘』(鈴木圭一所藏本), 1827.
________, 『玉川日記』(東京大學總合図書館所藏本), 1827.
________, 『春色梅兒譽美』(東京大學總合図書館所藏本), 1832.
________, 『春色辰巳園』(東京大學總合図書館所藏本), 1833.
최태화, 『春水人情本の硏究－同時代性を中心に』, 若草書房, 2014.10.

◎초출일람

중국 문학 속 상인 대 선비의 애정 쟁취 양상의 변화
    소의평, 「상인과 여인 그리고 선비―중국 전통시기의 문학작품에 등장하는 상인
    을 예로 들어」, 『민족문화연구』 68호, 2015.

한국 전기서사에서의 상인 소재와 그 의미
    정환국, 「한국 傳寄敍事에서의 상인 소재와 그 의미」, 『민족문화연구』 68호, 2015.

조선 후기 야담에 나타난 상인의 범주와 상인 형상의 변모 과정
    박경남, 「朝鮮後期 野談에 나타난 商人의 範疇와 商人 形象의 변모 과정」, 『민족
    문화연구』 68호, 2015.

일본 근세소설 속 상인상의 형성과 전개―사이카쿠와 그 이후의 우키요조시를 중심으로
    미즈타니 다카유키(水谷隆之), 「일본 근세소설 속 상인상의 형성과 전개」, 『민족
    문화연구』 68호, 2015.

당대 이전 상인시가 작품에 드러난 상인의 모습
    신정수, 「唐代以前 商人詩歌 研究 : 移動性과 異質性을 중심으로」, 『세계문학비
    교연구』 52호, 2015.

돈황 변문 속 상인 형상과 그 문학적 작용
    정광훈, 「敦煌 變文 속 商人 형상과 그 문학적 작용」, 『중국소설논총』 제46집, 2015.

왕세정의 상인전기와 명대 상인의 성장
    박경남, 「王世貞의 商人傳記 창작과 復古의 현실적 의미」, 『한국한문학연구』 제
    56집, 2014.

'삼언'의 상고소설 연구 - 「장흥가중회진주삼」을 중심으로
　　송진영, 「'三言'의 商賈小說 연구 - 「蔣興哥重會珍珠衫」을 중심으로」, 『中國語文學誌』 제44집, 2013.

'이박'의 상고소설 연구 - 「전운한우교동정홍, 파사호지파타룡각」을 중심으로
　　송진영, 「'二拍'의 商賈小說 연구 - 「轉運漢巧遇洞庭紅, 波斯胡指破龜龍殼」을 중심으로」, 『중국소설논총』 제46집, 2015.

『홍루몽』을 통해 본 청대 여성의 경제활동과 금전의식
　　김수현, 「『紅樓夢』을 통해 본 淸代 여성의 경제활동과 금전의식」, 『중국소설논총』 제46집, 2015.

『보은기우록』에 나타난 상인 형상과 그 의미
　　탁원정, 「조선 후기 고소설에 나타난 상인 형상과 그 의미 - 『보은기우록』을 중심으로」, 『한국고전연구』 30, 2014.

조선 후기 여성의 상업 활동과 『조부인전』
　　김수연, 「18~19세기 한국 소설에 나타난 여성의 상업 활동과 여성 儒商」, 『중국소설논총』 제46집, 2015.

에지마 기세키 소설에 보이는 상인의 치부와 그 의식
　　고영란, 「18세기 에도 시대 소설에 보이는 상인의 致富와 그 의식」, 『중국소설논총』 제46집, 2015.

다메나가 슌스이 소설 속에 등장하는 실존 상인들의 묘사
　　최태화, 「19세기 일본 근세소설 속어 등장하는 실존 상인들의 묘사」, 『중국소설논총』 제46집, 2015.

◎필자 소개

소의평 邵毅平, Shao Yiping

복단대학 중문계 교수. 중국 고대문학 및 동아시아 비교문학을 전공했으며, 저서로는
『중국문학 속 상인세계(中國文學中的商人世界)』와 『문학과 상인 : 전통중국상인의 문
학적 현현(文學与商人 : 傳統中國商人的文學呈現)』 등 십여 종이 있다. 역서르는 『중
국문학에 표현된 자연과 자연관(中國文學中所表現的自然与自然觀)』 등이 있으며, 편
서로는 『동아시아 한시문의 교류와 창화연구(東亞漢詩文交流唱酬硏究)』가 있다.

정환국 鄭煥局, Jung, Hwankuk

성균관대학교 대학원 한문학과에서 17세기 애정류 한문소설로 박사학위를 받았으
며, 현재 동국대학교 국어국문문예창작학부 교수이다. 동아시아 서사학의 지형 속
에서 한국 고전 서사의 성격을 규명하는 연구를 진행하고 있으며, 저역서로 『초기 소
설사의 형성과정과 그 저변』, 『교감역주 천예록』, 『역주 신단공안』, 『역주 유양잡조』
1·2 등이 있다.

박경남 朴京男, Park, Kyeongnam

고려대학교 민족문화연구원 HK교수. 한국한문학을 전공했으며 서울대 국문과에서
박사학위를 받았다. 16~18세기 동아시아를 배경으로 '개인'의 발견, 복고파의 재해
석, 문학 속 상인 형상 연구를 진행하고 있다. 「18세기 文學觀의 변화와 '개인'과 '개체'
의 발견」, 「王世貞의 商人傳記 창작과 復古의 현실적 의미」, 「朝鮮後期 野談에 나타
난 商人의 範疇와 商人 形象의 변모 과정」 등 다수의 논저가 있다.

미즈타니 다카유키 水谷隆之, Mizutani Takayuki

일본 도쿄대학 일본어일본문학과를 졸업하고 같은 학교에서 에도시대 통속소설의
효시 이하라 사이카쿠[井原西鶴]의 작품과 하이카이[俳諧]의 관계를 밝힌 논문으로
박사학위를 받았다. 불교대학 문학부 부교수를 거쳐, 지금은 릿쿄대학 일본문학 전
공 부교수로 재직 중이다. 연구서로는 『西鶴と団水の研究』를 집필했고, 이외에 다
수의 공저가 있다.

신정수 申正秀, Shin, Jeongsoo

고려대학교 한문학 학사, 중어중문학 석사, 워싱턴대학교 한중비교문학 박사. 현 한국학중앙연구원 글로벌한국학부 조교수. 동아시아의 정원문화에 관심을 가지면서 한국한문학과 중국고전문학을 폭넓게 연구하고 있다.

정광훈 鄭廣薰, Jung, Kwanghun

1973년생. 한국외대 중국어과를 졸업하고 같은 학교에서 돈황(敦煌) 변문(變文)에 관한 논문으로 석사학위를 받았으며, 북경대 중문과에서『스토리텔링과 당대(唐代) 중후기 문학 변혁』으로 박사학위를 받았다. 지금은 고려대 민족문화연구원 HK연구교수로 재직 중이다. 중국 고대문학 및 돈황학(敦煌學)과 관련된 논문을 다수 발표하였으며,『돈황변문교주(敦煌變文校注)』,『당대 변문(唐代變文)』,『그림과 공연』(이상 공역),『중국문화사전』 등을 번역하였다.

송진영 宋眞榮, Song, Jinyoung

이화여자대학교 중문과를 졸업하고 같은 학교에서『홍루몽』의 비극성에 관한 논문으로 석사학위를 받았으며, 북경대 중문과에서「명청세정소설의 서사특질 연구」로 박사학위를 받았다. 하버드대학 동아시아연구센터 박사후연구원을 거쳐 현재 수원대학교 중문과 부교수로 재직 중이다. 중국 고전문학 및 중국문화와 예술에 관하여 가르치고 있으며, 명청소설과 페미니즘, 중국전통서사와 문화산업에 관련된 논문을 다수 발표했다. 주요 저작으로『명청세정소설연구』,『동아시아여성의 기원』(공저) 등이 있다.

김수현 金秀玹, Kim, Soohyun

1978년 서울 출생. 고려대학교 중어중문학과를 졸업하고 북경대학 중문과에서『명청소설 삽화 연구-서사의 시각 재현과 문인화, 상품화』로 박사학위를 받았다. 현재 고려대학교 중국학연구소 연구교수로 재직 중이다.「명말청초 중단편 백화(白話)소설 삽도의 박고기물(博古器物) 도안 연구」,「재학화된 인물표상-紅樓夢과 鏡花緣의 인물-기물 삽도 연구」,「청대(淸代) 석성금(石成金)『전가보(傳家寶)』삽화의 '쾌락도(快樂圖)'와 기물 도안」 등의 논문을 썼다.

탁원정 卓元姃, Tak, Wonjong

이화여대 국문학과를 졸업하고 같은 학교에서 '일락정기' 구성에 관한 논문과 17세기 가정소설의 공간에 관한 논문으로 석사학위와 박사학위를 받았다. 지금은 홍익대와

성신여대 등에 출강하고 있다. 고전소설의 공간에 관련된 논문과 대하장편소설에 대한 논문을 다수 발표하였으며, 『고전소설의 공간 미학』, 『금오신화 전등신화』(공역) 등을 출간하였다.

김수연 金秀燕, Kim, Sooyoun
이화여자대학교 국어국문학과에서 고전소설로 박사학위를 받았으며, 중국 산동이 공대학교 초빙교수, 북경대학교 방문학자, 한국학중앙연구원 연구교수를 거쳐, 현재 이화여자대학교 국어국문학과 조교수로 재직 중이다. 고전서사를 중심으로 비교문학과 도교 관련 논문을 다수 발표하였으며, 『유의 미학, 금오신화』, 『조선 후기 소설개작과 서사의 소통』, 『중국 고소설 목록학 원론』, 『중국 고소설 작가고증학 원론』, 『도연명을 그리다』 등의 저・역서가 있다.

고영란 高永爛, Koh, Youngran
고려대학교 일어일문학과를 졸업하고, 일본 도쿄대학에서 에도시대 문학으로 문학 석사학위를 받았으며, 고려대학교에서 「일본 근세 유형 소설 가타기모노에 다 한 연구」로 문학 박사학위를 받았다. 현재 고려대학교 민족문화연구원의 HK연구고수로 재직 중이고, 17~19세기 한일의 서사문학에 관심이 많다. 공저로는 『일본 고전문학에 나타난 삶과 죽음』, 『귀신, 요괴, 이물의 비교문화론』, 『동아시아문학의 실상과 허상』 등이 있다.

최태화 崔泰和, Choi, Taewha
고려대학교 일어일문학과를 졸업하고 같은 학교에서 닌조본에 관한 논문으로 석사학위를 받았다. 일본문부성 장학생으로 동경대학교로 유학을 떠나 닌조본연구로 박사학위를 받았다. 현재 경희대학교 외국어대학 학술연구교수로 재직 중이다. 일본 근세문학 및 문화학과 관련된 논문을 다수 발표하였으며, 저서로는 『春水人情本の研究―同時代性を中心に―』(일본 와카쿠사 서방[若草書房], 2014)가 있다. 저서의 업적을 인정받아, 교육부에서 2016년 BK21Plus 우수인력으로 부총리 표창을 받았다.